[上册]

NI TOU SHANG
YOU
GUANGHUAN

江月年年 著

青岛出版社
QINGDAO PUBLISHING HOUSE

图书在版编目（CIP）数据

你头上有光环 / 江月年年著. — 青岛 : 青岛出版社，2020.10

ISBN 978-7-5552-8973-9

Ⅰ. ①你… Ⅱ. ①江… Ⅲ. ①长篇小说－中国－当代 Ⅳ. ①I247.5

中国版本图书馆CIP数据核字(2020)第059062号

书　　名　你头上有光环
著　　者　江月年年
出版发行　青岛出版社
社　　址　青岛市海尔路182号（266061）
本社网址　http://www.qdpub.com
邮购电话　18613853563　　0532-68068091
责任编辑　李文峰
特约编辑　龚雅琴
校　　对　耿道洋
装帧设计　蒋　晴
照　　排　梁　霞
印　　刷　河北鹏远艺兴科技有限公司
出版日期　2020年10月第1版　2024年4月第4次印刷
开　　本　16开（640mm×920mm）
印　　张　38
字　　数　400千
书　　号　ISBN 978-7-5552-8973-9
定　　价　65.00元（全二册）

编校印装质量、盗版监督服务电话　4006532017　0532-68068638
建议陈列类别:畅销·青春文学

目录

[上册]

目录

[下册]

第一章　总裁的光环诞生

影视公司内，楚楚正围绕小说《巨星的惹火娇妻》，跟版权采购部同事发生激烈争执，双方相持不下。

同事崩溃地道："没有恶毒的女配角，男女主角怎么推动感情？！你不要太苛刻！"

"女性对女性的恶意是最可悲的，我死也不会同意这种价值观的。"

楚楚掷地有声，简单粗暴地拒绝采购小说IP（知识产权）。

下班后，楚楚撑伞顶着豆大的雨点回家，一道闪电横空落下。

轰隆——

楚楚晕倒！

豪华酒店的露天泳池边，节目组由于出了事故，拍摄突然中断。救生员从泳池里救起溺水的女子，联络医务人员进行施救。场面一片混乱，众人交头接耳起来。

"怎么突然有人落水？工作人员没弄防护措施吗？"

"这可是深水区，没事吧……"

医务人员和救生员抢救半天，躺在地上的女子吐出一摊水，她睁眼苏醒，剧烈地咳嗽起来。周围人顿时松了口气，开始四处呼喊，汇报节目组领导。

“欸，醒了，醒了！快去通知楚总！”

“李泰河呢？”节目组导演舒了口气，环顾一圈明星，却发现重要人物突然消失了。

李泰河的跟镜导演小心翼翼地靠近导演，悄声道：“李泰河怒气冲冲地拉着楚总走了……”

导演闻言一愣，想起两人的流言蜚语，一时不知该说什么。

楚总是银达投资的董事长，建立了辰星影视，其父楚彦印更是富豪榜上的商业巨头。李泰河是辰星影视的当红艺人，可谓被楚总一手捧红。因为两人微妙的关系，公司内和网络上有无数捕风捉影的传闻。

导演沉默片刻，提点道：“你自己长点心，有的事烂在肚子里。”

辰星影视是节目的主要投资方，他们说到底不过是打工仔，总不能嚼老板的舌根。

“我明白……”那人老实地点点头。

豪华酒店的僻静角落，一男一女站在落地窗前对峙。这里鲜有人来，又有装饰植物遮挡，完全不会引人注意。交谈的两人身份都不简单，一个是炙手可热的当红男星，一个是腰缠万贯的年轻女总裁。

李泰河英俊的面孔由于愤怒而扭曲，他痛心疾首地怒斥：“你真是个疯子！居然想杀人灭口！”

他瞪着面前的女人，女人身着昂贵的定制套装，拥有婀娜的身材和出众的相貌，但美好的外在却掩盖不了肮脏的内心。他不敢相信，她是怀着什么样的恶毒心思，才会对一个无辜单纯的女孩下手。

女人此时面无表情，像是一个冷血魔鬼，似乎毫无忏悔之心。

李泰河一边摇头，一边喃喃道：“我忍受不了你了……”

楚楚望着面色阴沉的俊美男子，他头顶有一个亮闪闪的光环，旁边飘浮着人物名“李泰河”和一个名为“男主角”的光环。李泰河是《巨星的惹火娇妻》的男主角，文中设定是最终成为影帝的大明星。

楚楚微微侧头，从落地窗内看到自己的身影，她头上同样顶着光环，旁边的名字是“楚楚”，光环名称是“恶毒女配角”。楚楚是小说里的女配角，一个勇往直前阻碍男女主角、越挫越勇的烦人角色。

老天让她成了自己最讨厌的那类人，心肠可谓歹毒。

请通过任务加强“恶毒女配角”光环，光环消失将被主世界抹杀。

任务：对李泰河说出经典台词“如果不是她，你根本不会离开我”。

楚楚还没适应离奇的遭遇，奇怪的提示音却在耳畔响起，同时落地窗上浮现出古怪的文字。李泰河似乎完全没察觉旁边的异样，仅有楚楚一人能看到任务文字。

《巨星的惹火娇妻》中，女配角曾因嫉妒将女主角从高空推下。幸亏女主角落入泳池，才捡回一条性命。男主角由于此事认清了女配角的真面目，并狠心与女配角决裂，致使她进一步黑化。

楚楚回忆完剧情，顿时冷静下来，出言询问：“你亲眼看到我推她了？”

李泰河冷笑道：“事到如今，你还要狡辩？”

“那你还等什么？我这是故意杀人未遂，”楚楚神色自若地说道，“赶紧拿起手机报警，可以判三年以上十年以下有期徒刑，我就站在这儿等警察来抓。”

李泰河：“……”

请通过任务加强“恶毒女配角”光环，光环消失将被主世界抹杀。

任务：对李泰河说出经典台词“如果不是她，你根本不会离开我”。

楚楚：你让我说我就说，我的面子往哪搁？

奇怪的声音再次出现，显然对楚楚出格的行为很不满意，颇有警告的意味。楚楚头顶的“恶毒女配角”光环亮度稍微变淡了一点，但她还沉浸在警察逮捕剧情中，并没有发觉。

楚楚偏偏吃软不吃硬，谁逼着她做什么，她就非得拧着来，叛逆十足。有本事就抹杀她，万一她能因此回到现实世界呢？

看小说时就觉得女配角有问题，作为一个正直守法的好市民，她打算大义灭自己，绝不让任何一个坏人为非作歹！

楚楚见李泰河露出仿佛吞了苍蝇的表情，皱眉道：“你怎么还不行动？快把手机借我，我报警自首，争取减刑。”

李泰河咬牙切齿地道：“你这是在故意挑衅吗？”

楚楚满脸茫然：“我诚心想自首！我确实做错了！”

李泰河见状，勃然大怒：“谁不知道你的背景？！你算准警方不敢拿你怎么样，这才有恃无恐！”

任务：对李泰河说出经典台词“如果不是她，你根本不会离开我”。

奇怪的声音第三次提醒她，像是跟李泰河一样处于忍耐线边缘。

楚楚闻言，正义凛然地痛斥：“就算是天子犯法，也与庶民同罪！李泰河，我没想到你是这种缩头缩尾的男人，居然还怕权贵子弟！我保证，不在牢里坐十年，绝对不出来！”

李泰河被这番话气到吐血，只觉得楚楚嚣张到无法无天，颤声道：“好，很好……你别太得意，楚彦印护得了你一时，护不了你一世！”

铃——

手机铃声突然响起，打断两人的激烈争吵。李泰河接通来电，听清消息后脸色稍缓，应声道：“好的，我马上回去。”

他挂断电话，恶狠狠地看她一眼，语气冰冷：“你该庆幸笑笑没事，否则我饶不了你！”

楚楚直接吐槽：“让你报警都不报，你想饶不了谁？”

李泰河气得说不出话，愤然离去，留下楚楚一人。

小说男主角退场，楚楚这才有时间整理思路。她对着落地窗照镜子，发现不管如何扭头，都摆脱不了头顶的“恶毒女配角”光环，光环的亮度似乎还减弱了一点。如果按照提示音的说法，当光环彻底黯淡时，楚楚的生命就会走到终点。

楚楚望着镜中的自己，忍不住摸了摸下巴，又浮现出新的疑惑，跟一首歌极为契合。

楚楚：我怎么这么好看？这么好看怎么办？

楚楚在落地窗前照来照去，压抑不住内心汹涌的自恋之情。她的五官明明没有太大的变化，但仿佛被美图精修过一般，自带滤镜效果，精致得不似凡人。这难道就是做“纸片人”的优势？每个恶毒女配角都要有一副美丽的皮囊？

楚楚默默地揉脸，只觉得整容都无法整得如此完美，控制不住地欣赏起自己的盛世美颜。

旁边，总裁助理张嘉年有些踌躇，不知此时跟楚总搭话是否合适。他只能沉默地站在原地，看着自家老板疯狂地照镜子，等待出言提醒的时机。

楚楚在落地窗前足足沉醉了几分钟，这才直起腰来。张嘉年立刻抓住机会，出声道：“楚总，节目组今天的拍摄已经结束，您要回公司吗？”

楚楚没料到身旁有人，吓了一跳，回头就看到一名儒雅稳重的男子。他的名字是“张嘉年”，光环名称是“路人甲”。

张嘉年是公司的总经理助理，完全是个龙套，用于衬托女配角的家境、权势，属于没资格写上人物小传的边缘角色。

楚楚逐渐摸清了这个世界的规律，男女主角的光环最强，楚楚、张嘉年等有名字的角色会拥有不同属性的光环。小说中连名字都不配拥有的人则没有光环，酒店里的来往路人基本上属于这类。

楚楚道：“你知道公安局在哪吗？”

张嘉年温和地道：“距离这里最近的是龙潭区派出所，您有什么事可以交代给我，我帮您代办。”

楚楚摇摇头：“我要去自首，你代办不了。”

张嘉年的笑意僵硬在脸上，他好脾气地确认道：“您说什么？”

楚楚解释道：“我杀人未遂，要去公安局自首，争取减刑。”

总裁助理张嘉年蒙了一瞬，随即便恢复强大专业的职场态度，态度和缓地道：“您可能最近有些劳累，我先安排司机送您回燕晗居休息，然后联系胡医生上门。”

楚楚道：“你是觉得我病了，还是觉得我疯了？”

张嘉年露出毫无破绽的笑容，无懈可击地说道：“当然没有，今天本来就是您定期检查的日子。”

张嘉年引着楚楚往门外走，司机早已开车抵达酒店门口等待。楚楚刚要上车，突然又回过头来：“对了，还有件事情。”

张嘉年的神经瞬间紧绷，生怕这位祖宗又要说去公安局自首的胡话，礼貌地道：“您说。”

楚楚问道：“夏笑笑没事吧？”

张嘉年一愣，并不认识此人，疑惑道：“您说的是……”

楚楚提醒道：“今天落水的小姑娘。”

张嘉年恍然大悟，汇报道：“她安然无恙，除了受到惊吓外，没有外伤。”

楚楚点点头：“你去公司楼下的蛋糕店买一份蔓越莓曲奇，送给她压压惊，她喜欢那个。”

楚楚还记得书中提到过，女主角夏笑笑情绪失落时喜欢吃蔓越莓曲奇。

张嘉年：“嗯？”

张嘉年：“好的，我这就去办，您放心回去休息。”

楚楚这才安心上车。张嘉年将大老板送走后，终于松了口气。他总觉得今日的楚总怪异无比，虽然她平时也古怪暴躁，但绝不会说些荒谬的话，更不会关心谁喜欢吃什么。

张嘉年不敢耽误，立刻给总裁秘书打电话："你去楼下蛋糕店买蔓越莓曲奇，然后给夏笑笑送过去，这是楚总的吩咐。"

秘书迟疑道："总助，请问是哪位夏笑笑呢？"

秘书同样蒙蒙的，她倒是知道辰星影视的夏笑笑，但那个夏笑笑跟楚总简直八竿子打不着。

"落水的那个。"张嘉年想起楚总对此人的关注，不由得好奇，"她到底是什么人？"

秘书支支吾吾："夏笑笑是辰星影视的实习生……"

张嘉年更为迷糊，日理万机的楚总怎么会记住实习生的名字？

另一边，楚楚本想甩掉跟屁虫张嘉年，下车去公安局自首，没想到司机尽职尽责，直接将车驶入燕晗居小区内。燕晗居是市内的顶级配套小区，主打概念就是大隐于市、闹中取静，让住户在繁华中获得安逸。

楚楚望着车窗外设计别致、窗明几净的高档小区，有种误入豪门剧的错觉。

燕晗居的地理位置优越，背靠繁华的创意园区，距离市内有名的医院、学校及图书馆仅百米。这套房子是女配角楚楚的众多不动产之一，因为距离公司很近，是她工作期间用来歇脚的居所。

楚楚其实对豪华别墅毫无感觉，她更佩服的是在寸土寸金的市中心，能有这样的居所。小区管理严格，地下车库有直达电梯，需要刷卡摁键。

电梯上楼后，楚楚顺利用指纹解锁后进门，望着屋内的环境，终于意识到什么叫贫穷限制了想象力。即使无数小说描写过富人奢华的生活，仍比不上真实看到的震撼感。

充足的采光，明亮的落地窗，薄木拼花的意大利古典家具，极有品位的家装设计。桌上随意摆放着一组光洁璀璨的巴卡拉水晶杯，旁边是一个古典雅致的小木盒。

楚楚好奇地打开木盒，发现其中装着不同车标的车钥匙。因为她对豪车毫无研究，并不能分辨每把钥匙的来历。她悻悻地将木盒放回原位，小心翼翼地在屋内转了一圈，这里处处透着奢华、经典和优雅。

楚楚站在视野开阔的落地窗前，将蔚蓝的天色和繁华的城市一览无余，于是不禁感慨，女配角真是脑子进水了，居然会死皮赖脸地纠缠男主角。他们简直是贵族和戏子的差距，难道只有出身豪门的大小姐才会在乎爱情？

如果她能这么有钱，一定天天在家混吃等死，再也不上班了。女人只要能躺在自己的豪宅之中，拥有装满衣帽间的高定时装，具备独立优渥的经济条件，谁还苛求有没有男人？

楚楚光是在衣帽间里玩真人版《奇迹暖暖》，就能消磨一整天的时间！

请通过任务加强“恶毒女配角”光环，光环消失将被主世界抹杀。

任务：阻止李泰河解除经纪合同，把他挽留下。

楚楚正沉浸在浮想联翩的美梦中，奇怪的声音却突兀地出现，打断了她对米虫生活的向往。落地窗上同样浮现出任务文字，不过转瞬即逝。

楚楚听到这声音就烦，她要是老实听话就是小狗！

铃——

手机铃声突然响起，把楚楚吓了一跳。她手忙脚乱地从包中找到手机，来电显示是胡医生，赶忙接通电话：“喂，您好？”

“楚总，不好意思打扰了，我想跟您确定一下检查的时间，请问您今天什么时候方便呢？”电话那头的声音极为客气。

“抱歉，胡医生，我今天有些累，改天再说吧。”楚楚镇定自若地道，她现在可没有做体检的心情。

“好的，如果您有需要，可以随时联系我。”胡医生礼貌地挂断电话。

楚楚思考片刻，果断将手机关机，心想她临死前还是别被人打扰了。

仔细想了想，她穿越进书中前被闪电劈中了，能够存活的可能性极低。楚楚现在脑袋上还顶着“恶毒女配角”的光环，如果不完成任务，随时会被抹杀。既然人生苦短，她何不做个快乐的富贵鬼，最后享受一下生活？

三天后。

普新大厦内，总裁秘书王青看着空荡荡的办公室，不好意思地向张嘉年汇报：“总助，楚总已经三天没来公司了，您看……”

张嘉年一时无言，有点头疼地扶额：“你给楚总打电话。”

秘书王青小心翼翼地道：“我昨天就想要联系楚总，但她的手机至今都是关机状态。”

“什么意思？”张嘉年不禁挑眉，询问道，“家政人员那边怎么说？”

楚总有极为强烈的领地意识，非常反感别人踏入她家。家政人员只敢在她离家时上门，平日里绝不打扰。

王青无奈地道："家政人员说楚总一直没有出门，应该还在家中。"

张嘉年陷入沉默，不知道自己的老板又在搞什么幺蛾子。他的职位非常尴尬，按道理应该是总经理的心腹，但他和楚总的关系只是面子上过得去而已。楚总极为强势，谁要是贸然上门打扰，估计免不了一顿狗血喷头的怒骂。

张嘉年最终叹气道："我知道了，我一会儿就去燕晗居。"

这就是伴君如伴虎，他不下地狱，谁下地狱。

王青十分同情他，连忙真心实意地说道："您辛苦了。"

总裁秘书王青回到办公室，正巧听到屋里的小姑娘们八卦。

"楚总是不是因为李泰河的事情生气啊？现在连班都不来上了，网上疯传解约的事情。"

"哇，网上骂得可凶了，听说董事长都知道这事，让王姐去公关呢……"

"这怎么公关？谁要是惹上李泰河，还不得被楚总整死？"

夏笑笑作为新来的实习生，坐在秘书们中间，踌躇着不知该说什么。她和楚总仅有一面之缘，印象中楚总是个冷漠高傲的大美女，却会让人私下送她曲奇饼干。

夏笑笑想到自己在楚总面前落水、出丑，更觉得万分丢脸。她从辰星影视来到银达投资后，还没有跟楚总真正打过照面，因为楚总三天没来公司了。

屋内议论得热闹，王青听得直皱眉，当即敲了敲门板，厉声道："公司出钱就是让你们在这里八卦的？"

原本叽叽喳喳的小姑娘们见秘书长回来，立刻作鸟兽散，灰溜溜地回到各自的位置。总裁办是总裁的助理机构，由秘书长王青统一管理。

王青面色严肃，巡视一圈后警告道："总助已经去燕晗居了，楚总估计下午就到公司。什么话该说，什么话不该说，大家最好心里都有点数。"

众人听闻这个消息，顿时倒抽一口凉气，像是被拧上发条般绷起劲儿。有人立刻道："王姐，我现在就去催财务……"

"王姐，这是笑影文化、光界娱乐的投资方案，请您看看下午是否能给楚总过目。"

"王姐，这是辰星影视上半年的财报。"

夏笑笑茫然地坐在工位上，诧异地看着这一幕，刚才还在八卦聊天的众人一键切换成精英模式，简直是菜市场大婶秒变常春藤高才生。她似懂非懂地接收着数量庞大的信息，觉得辰星影视和银达投资的工作风格差距极大，颇感不适。

银达投资是一家PE（私募股权投资）基金投资公司，辰星影视则是楚总试水影视的小小版图。如果单纯论学历，夏笑笑是绝无可能进入银达投资的，但谁让她是被楚总钦定的女人？

楚总记住了夏笑笑的名字，还专程派人送她曲奇，这显然是示好的意思。王青作为职场“老油条”，凡事都要抢先替老板考虑，立刻将夏笑笑调来银达总部，放到自己手下重点观察。

夏笑笑看着繁忙的众人，走到王青桌前，怯怯地询问道：“王姐，我能帮忙做些什么吗？”

王青抬头打量她一眼，不由得微微皱眉。夏笑笑年纪不大，未施粉黛，脸上还带着大学生初出茅庐的青涩稚嫩，穿着一件普通的涤纶卫衣，脚踩帆布鞋。

王青这才想起自己过于忙碌，忘记提醒夏笑笑妆容及衣着的事情。总裁办的秘书们个个儿都是踩着高跟鞋的职场白骨精，夏笑笑的风格着实奇怪。王青为难地道：“你等楚总来了，下楼去买一趟咖啡？”

夏笑笑立刻打起精神来，认真地道：“好的！”

夏笑笑不在乎做打杂跑腿的小事，只要有工作就行，毕竟其他业务她也没法马上上手。

请通过任务加强“恶毒女配角”光环，光环消失将被主世界抹杀。

任务：阻止李泰河解除经纪合同，把他挽留下。

你的“恶毒女配角”光环即将消失，请尽快完成任务。

另一边，燕晗居内，楚楚正抱着马桶疯狂地吐血，像是青春疼痛文学中身患绝症的女主角。

事情要从昨天说起，楚楚放肆地在家玩乐两天后，头顶的“恶毒女配角”光环终于濒临透明。她三番五次忽视任务，最终迎来惩罚，感到身体十分不适，接着就开始大口呕血。

楚楚刚开始吓了一跳，后来吐着吐着就习惯了。她望着镜子中面色惨白的自己，竟然还有心思苦中作乐，觉得挺有病美人的风格。

楚楚可以接受自己被主世界抹杀，但问题是能不能来个痛快？这种软刀子磨人的方式太痛苦了，可惜她胆小如鼠，不敢自己结束生命。

请通过任务加强“恶毒女配角”光环，光环消失将被主世界抹杀。

任务：阻止李泰河解除经纪合同，把他挽留下。

奇怪的声音再次出现，像是感受到她的疼痛，饱含深意地提醒道。

卫生间的镜子上滑过任务文字，像是蛊惑人心的恶魔咒语。

这就像有人无声地诱哄着：做个坏人吧，做个坏人吧！你只要成为恶毒女配角，就能获得活下去的机会。

楚楚面无表情地盯着那行文字，一字一顿地道：“你、做、梦。”

她死也不要做恶毒的女配角，自己立下的目标，跪着也要走完。

楚楚刚燃起满腔的雄心壮志，紧接着又是一轮吐血：“呕……”

卫生间内回荡着她凄惨的呕吐声，奇怪的声音终于变更了任务。

> 请通过任务加强“恶毒女配角”光环，光环消失将被主世界抹杀。
>
> 任务：前往银达投资正常上班。

楚楚听清内容一愣，这是第一个脱离男主角李泰河的任务，看上去完全没难度。

小说中，男女主角都在辰星影视，跟银达投资连半毛钱的关系都没有。她岂不是只要去公司点个卯（报个到），就能解决自己浑身上下到处疼加呕血的毛病？

此时，门铃叮咚一声响起，楚楚诧异地看向门口。

张嘉年来过燕晗居两次。他硬着头皮站在门外，艰难地摁下门铃，准备接受暴风骤雨般的怒骂。

楚总极度讲究私人空间，很讨厌别人靠近自己的生活，这也是秘书们不敢过来查看的原因。张嘉年好歹是个高管，即使楚总对他有万般不满，总要考虑到董事长的面子。秘书们则不一样，楚楚随手就可以开掉，完全不用多想。

令张嘉年意外的是，开门的楚总并没有大发雷霆。她的皮肤苍白到近乎透明，身上还穿着一件真丝睡衣，她警惕地问道：“有事吗？”

张嘉年疑惑于对方的着装和脸色，迟疑片刻，礼貌地道：“楚总，您三天没有到公司，我们联系不上您，实在有些担心。您是生病了吗？”

楚楚看上去状态极差，毕竟这回都没力气骂人，估计病得挺严重，不上班也正常。

楚楚对书中的世界还不熟悉，哪里知道老板不上班，下属也会找上门。

她挠挠头，坦然道：“没有，我就是忘了总裁也要坐班。”

富二代难道不是花天酒地、游戏人间就行，为什么要辛辛苦苦地工作？楚楚穿越进书中后就没有上班的概念，她又不缺钱！

张嘉年一时竟不知如何接话，只得默默闭嘴。

他依靠过去的经验，秉承少说话多做事的工作态度，选择沉默不言。楚总脾气暴躁，这种时候谁张嘴谁就挨骂，他做木头人是最好的选择。

楚楚仍然浑身都疼，心想张嘉年来得正好，可以帮她快速熟悉银达投资的情况。思索片刻，她开口道："你稍等一会儿，我这就去公司。"

张嘉年礼貌地询问："好的，您是自己开车，还是我安排司机过来？"

女配角原身是个爱车之人，不但收集无数豪车，还爱飙车。如果条件允许，她都会自己驾驶出行，并不习惯让司机开车。楚楚可没原身的驾驶技术，贸然开车上路估计真会翻车。

楚楚犹豫半晌，答道："你安排司机吧。"

"好的。"张嘉年有点意外，不过见楚总的脸色不佳，便心领神会，猜测她是生病了，状态不好，所以不便开车。

张嘉年在门口等待，楚楚强忍想要呕血的冲动，进入衣帽间。她打开柜子，看到一排整齐的女式西装，抓紧时间挑了一套穿上。楚楚胡乱地理了理头发，简单收拾好，便准备出门，希望能尽快抵达公司，消除疼痛吐血的感觉。

张嘉年见楚总连妆都没有化，看上去面如菜色，也不敢多言，只是关切地提议："不然您今天在家里休息，我联系胡医生上门？"

楚楚面色紧绷，在疼痛中备受煎熬，果断道："走。"

她继续在家休息就真嗝屁了，还不如赶紧完成任务缓解一下。

张嘉年已经适应了楚总雷厉风行的态度，索性不再废话，妥帖地安排楚楚下楼。司机早就在楼下等待，两人上车后，汽车便缓缓启动向公司驶去。

张嘉年按惯例介绍今天的工作，提醒道："楚总，下午笑影文化的韩东会到公司洽谈后续合作，您有空出席吗？"

楚楚头大如斗，还在强忍疼痛感。后背冷汗连连，她勉强道："嗯。"

张嘉年确认完行程，又继续汇报楚楚旷工三天期间公司的情况。楚楚听着A轮融资（第一轮融资）、VC（风险投资）、PE、IPO（首次公开募股）等相关术语，头疼不已。她本来就对金融投资一窍不通，现在浑身又火烧般地疼，不由得略感烦躁地道："待会儿再说好吗？"

张嘉年立刻收声，他的心态很好，暗道楚总果然还是过去的暴脾气。车内噤若寒蝉，司机也不敢说话，生怕又刺激到后座上的老板。

楚楚踏进普新大厦的瞬间，浑身上下的疼痛感一扫而光。她猛地吸了一口气，只感觉神清气爽，像是破茧重生了。她原本被痛苦折磨得直冒冷汗，如今总算放松下来。

恭喜你完成任务，“恶毒女配角”光环已加强。

楚楚顿时脚步轻松，回想起在车上时的失态，有些抱歉地道：“你刚才在车上说什么？我没有听清。”

张嘉年看着自家老板变脸般变化的态度，面色有点古怪。他脸上不露分毫，波澜不惊地摁下电梯键，平和地道：“没事，我到办公室再跟您汇报。”

楼上，总裁办内鸡飞狗跳、吵闹不已，众秘书步履匆匆，开始疯狂地补妆。

“快快快，老板和总助上电梯了，快把财报给我！”

“赶紧把楚总办公室里的空调打开，别磨叽啦！”

“完蛋！谁有吸油纸？这是什么破粉底……”

夏笑笑茫然地望着忙碌的众人，小声询问道：“王姐，我去买咖啡？”

王青同样焦头烂额，不安地看了眼时间，催促道：“去吧去吧，双倍特浓美式，去冰不加糖，尽快回来。”

夏笑笑连连点头，火急火燎地出门，从另一侧的电梯下楼。

众秘书整装完毕，精神焕发地等候在门口，迎接老板的到来。电梯发出叮咚一声，秘书们立刻换上职业式的笑容。

楚楚跟着张嘉年出电梯，抬眼便看到一排光鲜靓丽的都市白领。她们的脸上绽放着标准的笑容，整齐而温和地问候道：“楚总好。”

楚楚吓了一跳，没见识过这种阵仗，忙不迭地道：“好好好。”

她以前在影视公司工作，职场氛围宽松自由，还没遇到这样的企业文化。张嘉年为楚楚带路，率先开门，将她引进办公室。

办公室门一关，秘书们立刻叽叽喳喳，热烈地讨论起来：“老板今天心情很好？居然回话了！”

楚总平时都是目不斜视，迈着六亲不认的步伐直接进屋，什么时候搭理过她们？

“不是吧，楚总的脸色很差……”

“老板今天没化妆？”

夏笑笑提着咖啡，风尘仆仆地归来。王青帮她将咖啡检查一番，确定无误后道：“可以。礼貌地敲门后再送进去，尽量少说话。”

夏笑笑被王青紧绷的态度感染，不由得有点紧张。她乖巧地点点头，拿着咖啡往办公室走。

请通过任务加强“恶毒女配角”光环，光环消失将被主世界抹杀。

周围检测到“女主角”光环拥有者，跟你产生排异反应，强行进入对决任务。

对决任务：让夏笑笑颜面尽失，狼狈地离开公司。

“楚总，辰星影视那边询问李泰河的经纪合同该如何处理……”张嘉年站在一旁尽职尽责地汇报工作。楚楚没有发话，没人敢处理李泰河的事情。

楚楚还没在办公室里坐稳，便看到奇怪的文字在墙壁上浮现，不由得一阵头大。她想不出女主角出现的理由，决定避避风头，果断道：“稍等，我回来再说……”

张嘉年满脸茫然，看着楚总大步往外走，不知又发生了什么。

这回的任务文字是鲜红色的，显然对决任务和普通任务不同，排斥反应听上去就很严重。楚楚的耳畔甚至出现警笛声，然而张嘉年是听不见的，他神色古怪地看着楚楚离开。

楚楚决定马上逃离办公室，躲开这一劫。

门外，夏笑笑正小心翼翼地准备敲门，不料屋内的楚楚猛地将门拉开。夏笑笑猝不及防，一时身形不稳，直接被带翻在地，居然倒在楚楚的身上！美式咖啡污染了干净的地毯的同时，也泼在了两人身上。

楚楚狼狈倒地，身上还压着夏笑笑，只感觉心口一阵钻心的疼痛，熟悉的火烧般的痛感涌现。她抿了抿嘴唇，强压着想要吐血的呕吐感，面色苍白发青。

你的“恶毒女配角”光环即将消失，请尽快完成对决任务。

对决任务：让夏笑笑颜面尽失，狼狈地离开公司。

张嘉年大惊失色，赶忙上前：“没事吧？”

不远处的王青及众秘书也吓傻了，一窝蜂地过来。秘书们扶起两人，紧接着是一番嘘寒问暖：“楚总，您没事吧？”

“我去拿您的毛毯和备用外套……”

“这门是怎么设计的？赶紧跟他们反应一下，太危险了！”

“楚总，这是干净衣物……”秘书立刻从总裁休息室取来衣服，小心地递给楚楚。

楚楚的衬衫完全被咖啡毁掉了，她嘴唇紧抿、眼神发黯，像是在酝酿一场暴风雨。众人顿时大气都不敢出，没料到实习生上来就将老板点爆，准备迎接即将到来的狂风暴雨。

夏笑笑身上同样沾满咖啡污渍，手足无措地站在一旁，惶恐地看着被众人围着的楚总。楚总的美很有韵味，她身着休闲西装，手腕上是一款彩宝白金钻石腕表。只是她冷眼挑眉时，无人敢直视其容颜。夏笑笑低头看着自己沾满污渍的帆布鞋，再看看对方简约精致的高跟鞋，竟有一种自惭形秽的感觉。

你的“恶毒女配角”光环即将消失，请尽快完成对决任务。

对决任务：让夏笑笑颜面尽失，狼狈地离开公司。

众人看着楚总的脸上浮现一层寒意，倒吸一口气。楚楚强忍痛楚，向夏笑笑招手：“你过来。”

夏笑笑心惊胆战地走上前，瞟了一眼对方严肃发冷的神情，惭愧而不安地低头：“楚总，真的对不起，是我太鲁莽了……您将换下来的衣服给我，我一定帮您洗干净！”

王青绝望地扶额，众秘书听到这话，脸上的表情更加惊恐，心道：小实习生彻底完了！老板怎么会穿洗过的衣服，真是哪壶不开提哪壶！

楚总的休息室里有一堆备用西装，有专人定期打理，怎么可能留下弄脏的衣服？

果不其然，只见面色阴冷的楚总扯过旁人手中的备用外套，向夏笑笑甩过去。夏笑笑被西装外套猛地罩住，吓了一跳。她彷徨地抱着外套，等待楚总对自己处以死刑，没料到自己那么快就要离开银达资本。

楚楚冷冰冰地道：“换上。”

众人本来屏气凝神等待骂声，不想却是如此简单的一句话：“嗯？”

众人：说好的暴躁易怒、冷漠苛刻呢？怎么突然转性了？

夏笑笑极为诧异，赶紧摆摆手，想要婉拒：“不用不用，您的衣服太贵重了，我下班回去换就行……”

楚楚微微皱眉，挑剔地扫视一遍夏笑笑的着装，不容拒绝地道：“既然初入职场还没有业务能力，那就在衣着上多加注意。”

夏笑笑的穿衣风格在银达资本分外显眼，跟周围人格格不入。夏笑笑闻言顿时满脸通红，像被人点破心事，眼中溢满羞愧不安，不敢再回绝。

楚楚沉默地扯过毛毯，大步向外走去。旁人立刻闪到两侧，为老板让路，生怕让她感到碍眼。有人见她走远，喃喃道：“楚总没拿衣服，这是要去哪儿……”

王青打量一眼望着楚总的背影出神的夏笑笑，见她还穿着沾满咖啡的卫衣，提醒道：“好了，你先去换一身吧，这事应该翻篇了。”

虽然大家不知道楚总为什么没有追责，但夏笑笑显然捡回了一条小命。

夏笑笑闻言，这才恍然醒悟，抱着西装外套，闻到衣物上淡淡的清冷香气，不由得有点出神。她手中的西装外套材质特殊，摸上去极有质感。因为家政人员会在衣柜内喷上楚总喜欢的香水，所以外套上还沾着缕缕香气。

这件定制西装和那盒蔓越莓曲奇，让夏笑笑觉得楚总越发神秘独特。难道她看上去不好接近、面带寒霜，实际上却是很温柔的人？

你的“恶毒女配角”光环即将消失，请尽快完成对决任务。

对决任务：让夏笑笑颜面尽失，狼狈地离开公司。

“闭嘴。”

楚楚裹紧毛毯，脸色发青，忍受着剧烈的疼痛，艰难地踏入大厦天台。她刚才挤不出好脸的原因很简单，她快痛死了。

通往天台的小门不知为何没锁，给了楚楚出来透气的机会。

空荡荡的天台上并无围栏，楚楚站在边缘处，低头向下看，便能感到一阵眩晕。

她抬头望天，注视着虚空，一字一顿地道：“我最讨厌被威胁。”

她认定的道理，就算是死也不会轻易改变。

“不管你是什么，别想左右我的人生。”

楚楚说完，义无反顾地跳下大楼。

人在高空中坠落的感觉并不好受，哗啦啦的风声在她的耳畔呼啸而过。

楚楚觉得自己像是沉水的重石，向看不到边界的底部落去。她本以为瞬间就能结束，不料身体感知的时间流逝却骤然缓慢，整个世界犹如电影慢镜头。

空中飞翔而过的大雁停止扇动羽翼，大厦两旁的旗帜不再摆动。人行横道上的路人暂停脚步，操场上本该弹跳的篮球悬在半空。这个世界的时间突然停滞，紧接着周围的一切景象像是倒放的镜头，时间忽然逆流。

书中的世界按照既定的规则运行，不允许任何崩坏的情节出现。每个人物都有自己的定位，在书中的世界发挥着不可或缺的作用。

楚楚茫然地站在天台上，又回到跳楼前一秒。她放眼望去，似乎世间静好，没人察觉光阴回溯的异常。

主世界读档成功。

你的“恶毒女配角”光环即将消失，请尽快完成对决任务。

楚楚冷笑一声，她还不信邪了。

她果断再跳一次，居然又回到天台边。

主世界读档成功。

楚楚想要逃脱“恶毒女配角”光环，光用这种手段，显然无法成功。

她见此计不成功，突然灵光乍现，想到曲线救国的办法。既然她没法自己选择结束，那就无耻地干扰主世界，让它不断读档，什么都进行不下去。

主世界读档成功。

主世界读档成功。

主世界读档成功。

楚楚锲而不舍地骚扰主世界，重复跳楼无数次，终于听到新的话语。奇怪声音像是不堪重负，无奈地给出新内容。

正在根据你的过往行为，重新进行光环判定，请稍等……

请通过任务加强“霸道总裁”光环（预备役），光环消失将被主世界抹杀。

周围检测到“女主角”光环拥有者，跟你产生相合反应，强行进入进阶任务。若光环进阶失败，将自动回归原始“恶毒女配角”光环。

进阶任务：对夏笑笑说出经典台词“女人，你成功引起我的注意”。

楚楚面对庞大信息量的炮轰，看着进阶任务，陷入无语的状态。

楚楚：这莫非是一个“不说羞耻台词就必须死”的世界？

她千方百计想摆脱“恶毒女配角狂作死”的桥段，又摇身一变陷入“霸道总裁爱上我”的怪圈？

最不可思议的是，她居然不是“傻白甜”女主角，反倒变成霸道总裁本尊。

楚楚开始自我反思，难道是她对女主角的关怀让主世界误会了什么？她明明是想打破恶毒女配角刻板的反派形象，怎么故事会变成这样？她的过往行为跟霸道总裁有什么关系？

光环属性发生改变，楚楚身上的疼痛感也完全消失。目前来看，她和奇怪的声音继续僵持，不断重新读档也没意义，现在只能走一步看一步。夏笑笑不过是个小女生，楚楚到时候甩句台词蒙混过关，也不是不行。

楚楚想通了这一点，不由得豁然开朗。

会议室门口，笑影文化CEO（首席执行官）韩东已经抵达会场，客气地跟张嘉年握手，问候道：“楚总今天来吗？”

“您稍坐片刻，楚总马上就到。”张嘉年找人安排韩东入座，同时看了眼时间，眉宇间略有一丝忧虑。

会议马上要开始，楚总却不见踪影。如果她没说要来，张嘉年便可以按时开展谈判会议，但她在车上已经许诺，他们自然就要等她出席，不敢逾越。

秘书长王青步履匆匆地走来，无奈地摇摇头：“我们都没找到楚总。”

张嘉年极度无语，颇为不解：“怎么会找不到？休息室也没人吗？”

按道理，楚总的衣服被弄脏，她肯定会去休息室更换才对。

“全公司上下都找遍了，没有看到人。”王青同样头大，绝望地道，“而且楚总也不接我电话。”

张嘉年发现最近大老板古怪异常，不仅行踪成谜，还习惯性失联。他突发奇想，询问道：“那人是不是叫夏笑笑？她在哪儿？”

楚总遇到这个小实习生后，简直就像撞了邪一样。

王青迟疑道：“夏笑笑在办公室，不可能知道吧……”

张嘉年果决地道：“排除所有不可能的选项，即使剩下的选项再不可思议，那也是事实真相。”

总裁办公室内，夏笑笑穿着西装外套，独自坐在工位上出神。其他秘书出动寻找楚总，只有刚刚惹怒了老板的夏笑笑被留守，以防她又闯祸。

夏笑笑抚摸着衣料，她从来没有穿过如此合身的西装，跟那些便宜货的板型完全不一样。她曾经本能地排斥正装，因为穿上会像个卖房的，现在想来不过是没碰到合身的衣物罢了。

楚楚的所有衣服用品，全都是一丝不苟的私人定制款，像她本人一样完美得不差分毫。楚楚不怒自威，气场强大，用无形的控制力左右着身边的人。

“夏笑笑。”清冷的女声突然响起。

夏笑笑吓了一跳，回头就看到众人遍寻不见的楚总，弱弱地道：“楚总，总助和王青姐在找你……”

“我知道了。”楚楚点点头，犹豫片刻，艰难地挥挥手，“你过来，我有句话跟你说。”

“好的。”夏笑笑忙不迭地小步跑来，发现楚总不知在哪儿换了身衣服，可大家明明没在休息室找到她。

请通过任务加强“霸道总裁”光环（预备役），光环消失将被主世界抹杀。

进阶任务：对夏笑笑说出经典台词“女人，你成功引起我的注意”。

楚楚望着女主角夏笑笑天真烂漫的神情，想到自己的任务，一时难以启齿。

“女人，你成功引起我的注意……”她的视线飘到一边，用几不可闻的声音，以饶舌般的语速一股脑地说完这句话，等待任务完成的提示。

奇怪的声音并没有出现，倒是夏笑笑脸上浮现歉意，小声道：“对不起，您刚刚说什么？我没有听清。”

楚总的声音太小，夏笑笑努力捕捉信息，却一无所获。

进阶任务：对夏笑笑说出经典台词“女人，你成功引起我的注意”。

楚楚硬着头皮，佯装风轻云淡地问道：“你喜欢看小说吗？”

夏笑笑不知话题为何跳跃得如此之快，但还是老实地点点头：“喜欢。”

楚楚努力保持神色镇定，强撑着不要让表情崩坏，淡淡地道：“有一类小说中常有一句台词‘女人，你成功引起我的注意’。”

夏笑笑茫然道：“嗯？应该是有的。”

进阶任务：对夏笑笑说出经典台词“女人，你成功引起我的注意”。

楚楚说完，仍没有获得任务完成的提示，不免开始变得焦躁。这什么破任务，居然打擦边球都不行？

夏笑笑着实不懂楚总的思维逻辑，试探地问道："您是需要我准备这方面的资料，还是说……"

公司项目研发阶段，秘书们会协助进行一些调研，难道老板突然要开拓小说市场？

楚楚看着夏笑笑懵懂的样子，纠结再三，最后把心一横，索性不要脸了！

"我是说……"楚楚单手壁咚，将夏笑笑逼退一步。她眉如远黛，秋瞳剪水，居高临下地问道："你是不是在故意引起我的注意？"

楚楚说完就后悔不已，关键时刻居然嘴瓢念错词，功亏一篑！

楚楚身材高挑，轻松地堵住略显娇小的小实习生。夏笑笑被大老板的美颜近距离暴击，瞬间满脸通红，不知所措起来，语无伦次地道："没、没有，今天的事情真的对不起！请您原谅我吧，我以后会小心的！"

恭喜你完成任务，"霸道总裁"光环已进阶。

"楚总，跟笑影文化的会议马上就要开始……"张嘉年带着王青，远远便看到老板的身影，两人赶紧大步赶来。他走进办公室，目睹眼前这一幕，声音戛然而止。

王青本来还疑惑于总助突然变得沉默，等看到年轻女总裁公开壁咚小实习生的景象后，第一反应居然是将门关上。

楚楚顺利完成任务，转身看到张嘉年和王青的举动，奇怪道："你们为什么要关门？"

张嘉年、王青表示无语。

张嘉年往常高速运转的大脑内此时一片混乱，他很想直接反问：您为什么觉得这种情况不该关门？

强大的求生本能压抑住张嘉年的满腹疑惑，他词穷片刻，干巴巴地提醒道："您的会议马上就要开始……"

"好的，我这就过去。"楚楚完成进阶任务，保住"霸道总裁"光环，顺利甩脱女配角的身份，不由得心情愉悦。她泰然自若地理了理衣领，迈步往外走，并没发觉众人的微妙神色。

张嘉年在前为楚楚引路，留下直发蒙的王青和夏笑笑。王青觉得自己的职业生涯遭遇挑战，她已经完全没法悟出老板的想法，这对秘书长来说简直是致命打击。

王青看向身边人，严肃地道：“楚总究竟跟你说什么了？”

夏笑笑磕磕巴巴地道：“她、她问我是不是故意引起她注意……”

王青：“……”

今天会议的主要内容是银达投资和笑影文化的Pre-A轮融资（A轮之前的融资）洽谈。

楚楚姗姗来迟，踏入会议室。笑影文化CEO韩东赶忙起身，堆上热情的笑容伸出手来，开口道：“楚总，好久不见。”

楚楚扫视对方一眼，发现韩东连人物光环都没有，这代表他在小说中都没被提及过。她礼貌地跟他握手，心道书中的世界太真实了，连女配角的日常都弄得像模像样的，还真要天天开会。

张嘉年小声询问道：“楚总，那我们现在开始？”

楚楚点点头，假装镇定地坐在会议桌边，聆听张嘉年和韩东寒暄后的谈判。她努力投入地听了两分钟，便彻底陷入发蒙的状态，有种高中听数学课的感觉。这些陌生的专业词汇让谈判桌前的她头昏脑涨，上下眼皮快要打架，睡意控制不住地上涌。

楚楚：我是谁？我在哪儿？你们在说什么？

楚楚穿越进书中前是影视内容创作者，对金融投资一窍不通，完全不理解各位大佬的谈笑风生。她曾经做过影视策划、制片人，虽然也会对项目进行管理，但从没接触过投资和公司管理事宜。

说实话，哪个读者会关心恶毒女配角的上班内容？大家对她的唯一印象恐怕就是“男女主角情感道路上的绊脚石”。同理可得，读者也不关心霸道总裁是怎么做总裁的，霸道总裁只要有钱霸道就行啊！

楚楚想通这一点，立马精神涣散起来。她全程面瘫，一本正经地翻资料，实际上早就神游太空。

双方谈判完一轮，韩东忍不住抹了抹额角的汗。张嘉年给笑影文化施加的压力很大，楚总却完全不说话，让韩东心里没底。

最初，银达投资内部对于是否投资笑影文化，其实是存在分歧的。楚楚力排众议，牵头此事。张嘉年当时就是反对派，惹得楚楚大怒，差点因此被开除。

张嘉年的职位叫总经理助理，虽名为助理，实际是副总级别。银达的投资案例张嘉年都要经手，他更是被楚彦印钦点的“太子伴读”。虽然“太子”楚楚对张嘉年的存在很不爽，但一时也没法直接把他踢走。

笑影文化之所以会进行Pre-A轮融资，正是因为它们正处于不上不下的尴尬位置，还没达到A轮的水平，却又不甘心天使轮的盘子。笑影文化虽然具备商业模式，但还没有实现自主盈利，这是楚楚和张嘉年的主要争议点。

韩东对今天的谈判不敢托大，将全部希望寄托在楚楚身上，谁知道她突然不说话了？

中场休息时，韩东主动嘘寒问暖道："楚总是不是有点累？我看您都不说话。"

楚楚有种上课走神被点名的错觉，立刻精神一振，故作镇定地道："嗯，我看你和张嘉年聊得挺好的。"

韩东："……"

张嘉年正喝水润嗓子，听到这话差点没被呛死，内心同样无语。一个月前，他和楚总在笑影文化的投资案上意见相左，暴怒的楚总放话要将他换掉。往事历历在目，楚总如今是在反讽自己？

韩东不安地搓了搓手，主动提议道："不如我再给您介绍一下我们公司的重点项目《欢乐笑开颜》？这是一档喜剧类的真人秀节目，还在策划中。"

楚楚闻言眼前一亮，韩东看她颇感兴趣，立马吩咐道："将预告片段放出来给楚总看看。"

楚楚带着满腔热情而来，看完预告片却败兴而归。《欢乐笑开颜》是一档中规中矩的喜剧节目，虽然披着真人秀的光鲜外皮，但毫无惊喜可言。说实话，穿越而来的楚楚看过太多优秀节目，这实在不算什么。

楚楚虽然听不懂公司估值和股权商议，但评判内容是没问题的。她索性翻开手边的资料，认真查看笑影文化所做的几档节目，越看眉头皱得越紧。笑影文化是一家内容制作公司，喜剧团队出身，创作的节目风格都幽默风趣，只是形式有些老旧。

楚楚伸手叫来张嘉年，避开韩东的视线，小声询问："这公司节目做得也不怎么样，我们为什么要投资？"

张嘉年盯着她的眼睛，直言不讳地提醒："您当时坚持要投。"

楚楚迟疑片刻，恍然大悟地眨眨眼："哦，我忘了。"

她怎么知道原身做过这样的决策，穿越进书中后也没人做岗前培训啊！

楚楚摸摸头，不太想花冤枉钱，又问道："那我现在可以反悔不投吗？"

张嘉年点点头："当然可以，只是要等韩东走后再商议。"

笑影文化一行人还坐在公司，楚总立刻翻脸说不投，这就有点过分了。

楚楚觉得这样像是在拿人开涮，毕竟韩东是抱着期望过来。她犹豫片刻，继续提问："我们要投多少钱？"

张嘉年报出数字："两千万。"

楚楚不懂这笔钱和对应股权比重的概念，又问道："我们公司用来做投资的资金有多少？"

张嘉年坦白道："首期规模十亿，这是楚董当时给您的……"

张嘉年本来想提醒楚楚，这是楚董给她的学费，一味挥霍是不合理的。谁知楚楚一听到这数字，当即就拍了桌子，豁达地道："我还以为多大点儿事，那就投吧！"

楚楚：两千万放在十亿面前算什么？不就是钱吗？！

张嘉年艰难地开口："可您刚才不是说节目做得一般？"

楚楚深深地看他一眼，大言不惭道："但他们有梦想，梦想是无价的。"

张嘉年听到这句话，倒吸一口凉气，努力为自己做心理建设：别生气，别生气，气出病来无人替，她是老板她最牛。

中场休息结束，韩东惊讶地发现楚总变得活跃起来了。楚楚坐直身子，干脆地做出许诺，拍板道："我觉得没有问题。"

一旁的张嘉年表情难看，仿佛吞下了一只苍蝇，麻木地看着这一幕。

张嘉年：没有心，就不会受伤。

韩东喜形于色，激动地道："谢谢楚总的信任和眼光，笑影文化一定不会辜负您的期望，会在未来给您不错的回报率……"

"客气，不过既然确定参投了，我能提点内容方面的意见吗？"楚楚翻了翻笑影文化的公司资料，礼貌地问道。

韩东已经达到了此行的目的，现在可谓有求必应、百依百顺，连忙道："当然，我们早就想听您的高见了。"

楚楚浏览了一遍笑影文化的储备节目，直白地道："这里面也就《我是毒舌王》还算可靠，其他节目类型市场上早就饱和了。"

说实话，要不是不想让韩东白跑一趟，再加上有约在先，楚楚是不想投资的。笑影文化的节目模式太老了，就连最新研发的脱口秀节目也只能说挤上末班车，毕竟近两年脱口秀大火过一轮。

韩东立马顺杆而上，夸赞楚楚："楚总真有眼光，很多人不理解《我是毒舌王》的概念。脱口秀在国外其实非常火，但国内的综艺节目才刚刚迈进真人秀阶段，我保证未来国内会迎来脱口秀节目的井喷年……"

楚楚略感惊讶："等等，你说国内的综艺节目才刚刚迈进真人秀阶段？"

韩东愣了一下，立刻善解人意地解释道："是啊，最近大火的《爹地去哪儿》就是……"

楚楚骤然醒悟，《巨星的惹火娇妻》已经完结多年，书中时间和她穿越进书中前的时间是不同的。她在现实中看过的无数影视作品和综艺节目，此时可能在书中都没有出现，怪不得笑影文化研发中的节目模式看上去老旧，因为两个世界的时间不同！

如果是在这个时间节点上，女配角原身能拍板投资笑影文化，确实可以说具备前瞻性，拥有可怕的商业头脑。但楚楚可以比原身做得更棒，她是见证过未来的人，对未来存在的商机了如指掌。

楚楚顿时兴致勃勃起来，追问道："你能再跟我讲讲《我是毒舌王》的节目模式吗？"

她刚才只是觉得这档节目还算优质，但现在市面上完全没有同类竞品，这档节目很可能凭借其独特性，成为新一代爆款。

"我们以年轻人感兴趣的'毒舌'元素为切入点，寻找有争议且善于表达自己的嘉宾参加节目。大家同台互相吐槽甚至自嘲，用一种幽默风趣的方式来表达自我。节目调性年轻化，每期节目的嘉宾同样可以有很多看点，本身就带有争议性和噱头。"

楚楚不禁问道："哪些嘉宾的争议性强，可以举个例子吗？"

韩东此行是带着团队来的，还没来得及回话，身边的一个男生就忍不住嘀咕了一句。韩东听到后变了脸色，当下瞪了旁边的男生一眼。

楚楚面露茫然，疑惑地道："他刚才说什么？我没听清。"

韩东身边的男生年纪不大，看上去不像高管，穿得相当休闲。楚楚依靠自己敏锐的嗅觉，闻到了同类的味道，觉得对方很可能是内容创作者，不是节目编剧，就是节目编导。

韩东不确定楚总有没有听到，想要蒙混过关："小孩不懂事，就是开个玩笑，逗大家一乐……"

楚楚挑眉："说说看，让我也乐一乐。"

韩东的笑意尴尬地凝结在脸上，他不知楚总是真没听见，还是冷嘲热讽。那个男生却鼓起勇气，提高音量道："我说您做嘉宾就挺有争议的，毕竟您已经霸占热搜榜好几天了。"

张嘉年闻言，跟韩东一样脸色大变。这男生实在胆大包天，楚总因为李泰河解约一事被刷上热搜榜好几次，张嘉年和王青为此事忙碌了很久，却被这个男生当众指出来。

“我上热搜了？”楚楚下意识地看向张嘉年，询问道，“怎么回事？”

众人本以为她早就知道，但看她现在的表情不似作假，才发现当事人对网上的腥风血雨一无所知。张嘉年硬着头皮道：“我待会儿跟您解释。”

散会后，韩东带队离开普新大厦，恨不得打爆某人的头，愤怒地斥责道：“你是不是脑子进水了？什么话都敢往外抖。你差点把事情搅黄了！”

他从没见过谁敢在投资人面前大放厥词，更别说那是楚彦印的女儿。人家的爸爸出手就是十个亿，让她赔着玩，这是什么概念？

那男生委屈地道：“可我真的觉得楚总既有争议又有噱头，很适合做嘉宾啊……”

韩东不客气地道：“你早点睡吧，梦里什么都有。”

居然想让楚总上节目，真是爱做梦！

办公室内，楚楚饶有兴趣地浏览着热搜榜，热搜榜排行前三分别是“李泰河解约”“辰星影视压榨门”“请公正对待李泰河”。她随手点进一个热搜页面，没翻几条就看到网友们对自己的实名辱骂。显然，粉丝们对女配角原身积怨已久。

原著中，李泰河的成功既因为自身的天赋和努力，也离不开女配角给他的资源加持，否则他怎么可能成为娱乐圈中的清流？女配角确实对男主角别有用心，但她给的影视资源都是实打实的。辰星影视恨不得只捧李泰河一人，为他拉来了许多高端代言。

吃瓜群众也不是傻瓜，早就瞧出端倪来了，经常传李泰河和楚楚的绯闻。这是李泰河的粉丝无法容忍的地方，她们一听到潜规则论就要爹毛。现在李泰河公开要求解约，粉丝们自然敲锣打鼓地支持，只求自己的偶像马上跟楚楚脱离干系。

楚楚看着网上的恶毒言论，好奇地问：“辰星影视真的这么压榨人？”

她看了几个粉丝制作的关于“辰星影视压榨李泰河”的资料，自己都有点信了，毕竟粉丝们言之凿凿，资料整理得有理有据、图文并茂。

张嘉年觉得“太子近臣”真不是一般人能做的，看楚总喜怒难辨的样子，不得已解释道：“楚总，这不过是网友们的无端猜测，您不用放在心上。”

楚楚点点头。她确实不在乎，反正那些事都是女配角原身做的，网友们骂的又不是她。

张嘉年见楚总没有发飙，反而神色平静，立马趁热打铁，小心翼翼地问：“那您觉得应该怎么处理李泰河的经纪合同？”

这两天，辰星影视那边频频询问此事，想要跟楚总统一口径，做好后续公关事宜。李泰河单方面提出解约，楚总却没有回应。大家揣摩不出楚总的心思，自然不敢对李泰河做什么。

楚楚思考片刻，问道："李泰河的合约还没有到期？"

张嘉年答道："是的，他愿意付违约金……"

楚楚风轻云淡地道："那就让他付吧。"

张嘉年努力解读楚总的表情，不知道她是真的要与李泰河决裂，还是在故意与李泰河生气。他不敢冒险，只得硬着头皮问："那您觉得多少违约金合适？三千万？"

楚楚诧异地道："李泰河才值三千万？怎么也得让他出一个亿吧！"

李泰河可是《巨星的惹火娇妻》男主角，是即将成为影帝的男人，怎么能只值这点小钱？张嘉年简直是在侮辱李泰河的"男主角"光环，身为男主角的李泰河怎么会被区区三千万难倒？

张嘉年这下确定楚总是在置气，李泰河怎么可能付得起一亿的违约金？楚总简直是在强人所难。她是用这种方式挽留李泰河，不想让他离开辰星影视。

张嘉年为难地道："楚总，违约金从来没有过这么高的先例，我们很难胜诉……"

楚楚心平气和地道："哦，他和他的粉丝还诽谤了我。违约金加上精神损失费、名誉损失费，够一亿了吗？"

张嘉年头大如斗，觉得楚总异常任性，硬着头皮说道："假如您确定是诽谤，当然没有问题。"

他的潜台词是，如果楚楚确实潜规则过李泰河，后面还被人找出证据，那就打脸了。

张嘉年其实不想询问老板的私生活，只是事关重大，与法务部后面的行动息息相关，他不得不问。

楚楚断然道："当然是诽谤！我又没睡过他！"

张嘉年："……"

楚楚对这点很有信心，言情小说的男主角怎么可能真的跟女配角有首尾，这是会被读者骂死的。她清楚地记得，小说中刻画了好几次李泰河和夏笑笑的珍贵感情，两人都是第一次。

张嘉年被楚总的发言吓了一跳，仍有些犹豫："如果您执意如此……"

楚楚受不了他的磨磨叽叽，直接道："法务部要是办不妥这件事，基本就可以裁掉了。我没听说过哪个艺人单方面解约，公司还打不赢官司的。"

她现在坐拥十亿，难道还请不到一个好的律师团队？

张嘉年见楚总面露不悦，立刻将准备好的规劝之言咽回肚子里。他只期盼楚总别再情绪反复，过两天又跟李泰河和解，倒让他们这些做事的人两头为难。既然老板已经发话，张嘉年当即通知辰星影视，着手处理李泰河的经纪合同。

对方听清要求，同样不敢相信："您确定这是楚总的意思？那是李泰河啊！"

张嘉年原话转告，淡淡地道："楚总说打不赢官司，就裁掉法务部。"

对方：这蛮不讲理的语气倒是很符合大老板的性格。

楚楚躺在办公室的豪华转椅上，百无聊赖地转来转去，欣赏着落地窗外的高楼大厦，品尝站在权力顶端的感觉。她已经开始在心里计划出游，决定去环游世界，追求诗与远方。

她现在拿到了"霸道总裁"的光环，过上了有钱人的生活，当然不愿每天待在写字楼里虚度光阴。男女主角跟她有什么关系？有钱就有快乐，她要去过挥金如土的生活！

楚楚将王青叫进屋，吩咐道："你能不能帮我订张机票？"

秘书长王青立马恭敬地道："好的，您的具体行程是……"

楚楚摸摸头，坦然道："没什么行程，我就想去环游世界，你先帮我订张去美国的票吧。"

王青有些蒙，迟疑道："您大概要出游多久？"

楚楚也没主意，不确定地道："一两年？两三年？环游世界要多久？"

王青："……"

秘书长王青进入大脑死机状态，走投无路，只得搬来总助张嘉年做救兵。张嘉年听清楚楚的要求，顿时有种"老板又犯病了但我没法打醒她"的焦虑感，想起楚总那天要去公安局自首的事情。

张嘉年比王青镇定得多，好脾气地道："您出游期间是不回公司了吗？"

楚楚理所当然地点点头："是啊，旅行不办公，办公不旅行。"

张嘉年耐着性子道："楚董约您今晚回去用餐，不如您当面跟董事长说一下此事，我们实在没法拿主意。"

虽然楚楚是银达投资的董事长，但公司里的人还是称她为楚总，以便跟楚彦印做区分。

楚彦印是女配角的生父，同样是她在原著中最大的靠山。楚彦印白手起家，一手建立齐盛集团，集团旗下业务涵盖多个领域，如房地产、矿业、医药、餐饮等。楚彦印是国内首富榜上的杰出人物，财富值约三百亿美元，世界排名第二十三。

楚楚当初建立银达投资，楚彦印直接给她十亿人民币，全当学费任她赔。外人可以指责楚楚是恶毒的富二代，却没法否定楚彦印的商业手腕。

楚楚想了想，作为空降的富二代，跟掏钱的人打声招呼也是应该的。张嘉年见她同意此事，当即松了一口气，他们管不了楚总，只能让楚总的父亲出面。

下班后，张嘉年给楚楚安排车辆，陪同她回到老宅。楚家老宅说是老宅，其实只是楚彦印名下一处面积较大的房产，位于距离市区不远的别墅区。豪宅占地两亩，远远望去气势磅礴，不亚于偶像剧中的豪宅。

楚楚经历堵车高峰，现在头昏脑涨，实在没心情欣赏豪宅。她强压晕车的恶心感，吐槽道："我爸每天怎么上班？这不得堵死？"

有钱也不是万能的，有钱人同样躲不开大城市堵车的问题，总不能这点路也开私人飞机飞过去。

张嘉年发现楚总最近记忆力变差了，对很多事没印象了。他尽职尽责地解答道："楚董平时不住在这里，还是在齐盛大厦附近休息。"

楚彦印和楚楚一样，平日上班时住在城里，只是偶尔会来老宅聚会。

楚楚看着车窗外的堵车潮心烦意乱，抱怨道："那我们在城里找个地方见面不就行了？为什么非要去市外的老宅？"

这简直是"见面十分钟，堵车三小时"，人生都耗在路上。

张嘉年道："但林夫人基本都住在老宅里……"

楚楚茫然道："林夫人是谁？"

张嘉年看她眉头紧皱，似乎确实不解，小声提醒道："林明珠，楚董的现任妻子。"

楚楚恍然大悟："哦，不就是我后妈吗？听你说话可真累。"

张嘉年无言以对，以前他们要是这么介绍林明珠，楚总必定会生气，坚决跟林明珠划清界限。楚总一听到林明珠的名字就会翻脸，恨不得将她赶出家门。

楚楚隐约记得女配角有个后妈，二人的关系好像不太好，但更多情况她早就忘了。小说的主线是男女主角的爱情故事，原身本来就是配角，楚彦印和林明珠更是配角身边的配角，在小说里无足轻重。

楚楚现在只想赶紧汇报一下环游世界的事，然后带着钞票出去玩，没空处理豪门内部纷杂的人际关系。

豪宅内，有人礼貌地敲敲雕花大门，进屋汇报道：“夫人，大小姐的车已经开进院子了。”

梳妆台前坐着一名妆容精致的女子，她对着镜子抿了抿嘴唇，检查完口红，露出满意的笑容。林明珠身着旗袍，看上去端庄大方，抱起椅子上的泰迪犬。她用纤纤玉指轻点小狗的鼻子，妩媚地笑道：“‘可怜’啊，你姐姐回来了，高兴吗？”

“呜——”泰迪犬听到自己的名字，哼唧一声。它叫“可怜”，是林明珠的宠物。因为泰迪犬的名字，女配角原主还跟林明珠大闹过一场。她叫楚楚，林明珠的狗叫“可怜”，这是什么意思？

林明珠盛装打扮后，抱着泰迪犬在门口等着。楚楚每次回老宅，林明珠都要故意硌硬她一把，向她展现楚彦印对自己的宠爱。暴躁刁蛮的大小姐一般会破口大骂，说些不堪入耳的词指责林明珠，惹得楚彦印甚是心烦。

林明珠远远便瞧见楚楚过来了，故技重施，装模作样地倚在门边，低头对泰迪犬说话：“‘可怜’啊，你看这是谁回来……”

林明珠还没说完，楚楚就带着张嘉年，一阵旋风般地钻进屋子，完全忽视了她的存在。林明珠的台词还没说完，说出来也不是，咽回去又难受。

最近的气温偏低，林明珠要风度不要温度，穿着单薄，站在寒风中下意识地瑟瑟发抖，但仍要强撑着摆造型。

一旁的人小声道：“夫人，我们也进去吗？”

林明珠气得直咬牙，不满地道：“哎哟，真是有长进了，现在不撒泼，改无视人了！”

“夫人，其实我觉得大小姐……没看见您。”

“你什么意思？！我这么大个人，她难道眼瞎吗？”林明珠打扮得如此隆重，而且就站在门口，怎么可能有人看不见？

“但我看大小姐没生气，就平静地走过去了……”

恭喜你完成隐藏任务，“霸道总裁”光环已加强。

隐藏任务：忽视拥有“恶毒女配角”光环的人物一次。

楚楚突然收到提示，感到莫名其妙，她什么时候完成任务了？

张嘉年犹豫地望了望身后，无奈地规劝任性的老板：“楚总，您老这么无视林夫人，董事长也会很难做。”

楚楚无辜地道：“我什么时候无视她了？”

张嘉年点明："您进门时对她视而不见。"

楚楚满目茫然，看着头顶"路人甲"光环的张嘉年，头一回感到委屈，痛心疾首道："我哪想到她比你还路人。"

张嘉年："……"

楚楚最近养成习惯，看人先扫一眼光环，再扫一眼名字。小说中，重要的主角会拥有抢眼的光环，例如李泰河和夏笑笑。戏份儿很多的配角则有中等大小的光环，例如楚楚。边缘人物的光环会再小一点，例如张嘉年。

林明珠的光环小到可以忽略，谁能看得见！

楚楚只把她当成小说世界中的NPC（非玩家角色），才会径直从她身边走过。

林明珠还没来得及找楚楚理论，楚彦印的车便开进了院子，管家替他开门。一双考究的商务皮鞋从车内迈出，西装革履的中年男子一边整理衣袖，一边往屋里走。门口的林明珠还没反应过来，楚彦印便已经风驰电掣般地踏入大屋。

一旁的人再次小声道："夫人，我们也进去吗？"

林明珠："……"

林明珠：我今天是被父女俩都无视得彻底吗？一个个走路带风！

楚彦印的观察力比楚楚要好一点，他走了几步，突然发觉刚才的人有些眼熟，便又折回来，询问道："你站在这里做什么？"

林明珠立刻像绽放的花朵，攀上楚彦印的胳膊，娇声道："不是在等你吗？！"

林明珠一边挽着楚彦印，一边引着他往屋里走，正好跟楚楚打了个照面。林明珠隐隐露出挑衅的眼神，颇有炫耀的神色。楚楚却没注意到她丰富的小表情，视线都被楚彦印的光环吸引了。

楚彦印拥有的是"财神"光环，不愧是广大网友心目中的"爸爸"，光环名字也如此清新脱俗！

楚彦印今年六十一岁，头发有点花白，但神采奕奕，眼底暗藏着苍鹰的敏锐。他看向张嘉年，提议道："嘉年也留下一起吃饭吧。"

张嘉年不卑不亢地应下，显然对此举习以为常。

林明珠见楚楚没有异议，不禁笑里藏刀："楚楚跟嘉年的关系变好啦？上回还闹着要把人家开掉呢。"

如果当时不是楚彦印全力保人，估计张嘉年真要卷铺盖离开了。张嘉年是楚总手下的一员大将，是楚彦印从齐盛集团内部调去为楚楚保驾护航的。林明珠的话挑拨意味明显，像是故意要激怒楚楚。

楚楚诧异地看向张嘉年，脱口而出：“有这事儿？”

她对张嘉年的印象就是女配角忠实的小老弟，没想到居然还曾有纷争？

林明珠掩嘴笑起来：“楚楚，你也真是的，多伤嘉年的心啊……”

张嘉年不想卷入这场家庭纷争，不咸不淡地道：“不过都是玩笑之言，楚总每月都说要把我开掉，我不还是待在公司里？！”

林明珠见他四两拨千斤，有点不甘心。楚彦印却一锤定音：“生意场上，意见偶有不合，算不了什么大事。”

四人都到齐了，便一同走向金碧辉煌的餐厅用餐。古木餐桌上摆满光洁明亮的餐具和各色珍馐，在灯光下看上去秀色可餐。醇透汤汁中的明火酸菜鱼，装满时蔬的金汤杭三鲜，覆盖蜜汁的糖醋里脊，清淡爽口的白灼菜心……

楚楚对着琳琅满目的菜品迅速沦陷，全神贯注地开始吃饭。

楚彦印本想跟楚楚说两句家常，但实在不忍打扰她进餐，索性转头看向张嘉年，询问道：“银达的食堂怎么样？”

楚彦印：这得是什么样的力量，能把她饿成这样？

张嘉年：“楚总今天事务繁忙，可能有些饿了。”

楚楚饱餐一顿，用纸巾轻轻擦了擦嘴，似乎要休整片刻。林明珠见状，立刻开始搞事，状似好奇道：“楚楚，你跟李泰河是怎么回事啊？网上闹得沸沸扬扬的。”

楚彦印闻言脸色一沉，他今天就是想郑重地跟楚楚谈谈此事。他过去可以任由女儿胡闹，但现在事关女生的名节和商人的名誉，确实有些不像话了。

楚楚没察觉风雨欲来，波澜不惊地道：“没什么大事，我就是靠他赚了笔钱。”

林明珠阴阳怪气地道：“你能靠他赚什么钱？不倒贴钱就算好吧？”

楚楚平静地道：“赚了一个亿。我把他给告了，拿笔违约金。”

林明珠愣了一下，掩嘴笑道：“真是不念旧情啊。”

“商人跟商品谈什么旧情？”楚楚看着林明珠掩嘴的姿势，关切地问道，“你是感冒怕传染给我们，所以才老捂嘴？果然现在穿这么少不行，冻着了吧？”

林明珠：“……”

林明珠做的明明是风雅妩媚的姿态，在楚楚的嘴里怎么就变成病毒源了？

张嘉年忍不住低头，强行憋笑：“咯、咯……”

楚楚：“瞧瞧，这就把我的助理传染了。”

林明珠：“……”

楚楚得知林明珠拥有“恶毒女配角”光环后，就完全没把她放在眼里。她对楚楚玩恶毒女配角的套路，无异于班门弄斧、小巫见大巫。《巨星的惹火娇妻》说到底就是本言情小说，恶毒女配角也是智商极低的存在，这也是楚楚当时极度排斥“恶毒女配角”光环的原因之一。

楚楚：不是我吹，我做恶毒女配角时好歹是女二号，你只能算女路人。

楚彦印似乎并没察觉楚楚和林明珠之间的暗流涌动，漫不经心地问道：“最近工作怎么样？”

“还可以。”楚楚牢记此行的目的，立马顺杆而上，“爸，我想跟你说个事儿。”

楚彦印抬头望她：“什么事？”

楚楚坦然道：“我不想工作了，想去环游世界。”

楚彦印举筷的手停住，问道：“你不是环游过吗？”

楚楚：“我还想环游一次。”

楚彦印淡淡地道：“也好，去吧。”

楚楚：“谢谢爸！”

楚楚大喜过望，没料到楚彦印如此轻松就答应了，但下一秒就听到奇怪的声音出现。

干净的墙面上浮现出提示文字，她只觉熟悉的疼痛感尾随而上。

> 请通过任务加强“霸道总裁”光环，光环消失将被主世界抹杀。
>
> 任务：改变楚彦印想要嫁女的念头。
>
> 你的“霸道总裁”光环即将消失，请尽快完成任务。

楚彦印放下筷子，沉声道：“既然你不想再弄公司，那就趁现在痛快地出去玩，回来正好赶上婚事筹备，女孩子家本来就不用这么累。”

楚楚收到提示正感到疑惑，听到楚彦印的话一惊，赶忙制止道：“怎么突然就说起婚事……”

楚彦印的目光犹如鹰隼，他一针见血地道：“你当初自己说的，如果银达投资失败，那就老实地嫁人。现在你要出去旅游，哪里有时间管理公司？”

楚楚万分惊讶，她怎么知道原主和楚彦印有过这样的约定，书里也没写。她当即后悔，出尔反尔道：“我不去旅游了，你就当我没说过这话，咱们翻篇吧。”

楚楚要是早知道这要求会威胁到“霸道总裁”光环，绝对不会贸然张口。

楚彦印却不答应，态度咄咄逼人，厉声道：“嫁人收收心也好，你以前信誓旦旦跟我说要开创一番事业，结果呢？现在网上都是些风言风语，我看不到你在公司上的半分努力，倒看见你把心思耗在一个戏子身上！明天就跟我出去吃饭见见人，有的是青年才俊，你也到了该结婚的年龄！”

楚彦印勃然大怒，张嘉年本着“非礼勿视，非礼勿听”的态度低头，林明珠则有些幸灾乐祸地看着父女吵架。

楚楚硬气道：“我不会结婚的。”

她从来没考虑过这事，怎么能随便就把终身幸福搭上？

楚彦印果决地道：“这事由不得你！”

楚楚信口胡说：“我喜欢女生，不可能结婚！国家法律不允许！”

张嘉年：“噗——”

楚彦印脸色大变，咬牙道：“别想说瞎话骗我，难道李泰河是女扮男装？你真是越长大越糊涂，都敢口出狂言了！商人一诺千金，我从前教你的道理，你是全忘光了？”

楚彦印是铁了心要定下楚楚的婚事，他看到网上的各类言论，只恨前段时间对她管教过疏，让女儿被“小白脸”迷了心智，成为笑话。

楚楚的光环濒临消失，又遭楚彦印一通暴吼，叛逆的情绪瞬间涌上来。她忍痛冷声道：“我过去或许真的做错了很多，但这不是你逼我结婚的理由。”

楚彦印看她面色发白，心头一软，温声规劝：“结婚有什么不好？女人本来就该回归家庭，你到时候想去哪里玩都可以，自然有人替你打拼，在家插花读书很悠闲……”

楚楚猛地抬起眼，直视着楚彦印，眼底浸满寒意。她指着林明珠，面无表情地道：“你觉得像她这样生活，就是幸福吗？”

楚彦印眼神一黯，理所当然地道：“难道不是吗？她只要养尊处优地待在家里，每天不用动脑子，也能活得很好。楚楚，你不要看我在外面光鲜，实际上连歇口气的工夫都没有，打拼不是那么容易的。”

林明珠：总觉得我被人身攻击了！

林明珠露出别扭的笑：“亲爱的，你说什么呢……”

楚彦印却对林明珠视若无睹，仿佛她只是家中装饰的花瓶，全身心地投入到跟楚楚的争辩之中。楚楚看着豪宅内扭曲的人物关系，只觉得像一出光怪陆离的讽刺剧，屋里最恶毒的人居然不是林明珠，而是楚彦印。

他最恶毒的地方在于，他意识不到自己的恶毒，甚至自认为是为你好。

楚楚突然冷静下来，忍不住纠正道：“女人不是家里的摆设，更没有什么女人就该回归家庭的胡话。大清早亡了，我要不起你所谓的幸福。”

楚楚承认自己对书中的世界很不走心，但楚彦印成功将她点燃了。

她真的非常非常非常讨厌“女人要回归家庭”“事业好不如嫁得好”等观点，以前谁要是当面发表这类言论，她会想打爆对方的头。

楚彦印听到她的反驳，不置可否：“或许结婚后你会改变想法的。”

楚楚冷静地讨价还价：“既然当初说是银达投资失败后嫁人，现在显然还没到时候……”

楚彦印面露不满，教训道：“再放你出去瞎闹吗？你还嫌这次不够丢脸？”

楚楚迎上他的视线，胆大包天地道：“商人怕什么丢脸，不要脸才能挣到钱。”

楚彦印语塞，活动了一下手指，沉默片刻后缓缓道：“我可以再给你一个机会，但是有条件。”

楚楚见还有回旋余地，当即道：“你说。”

她现在的首要任务是保住“霸道总裁”光环，说什么也不会嫁人的。

“你建立银达投资时，我给了十亿。假如你三年后能还我一百亿，我就不再过问你的人生。”楚彦印的手指在桌上敲了敲，他看向楚楚，岁月风霜在他的眼角添上皱纹。

张嘉年和林明珠听到这个条件都愣了，张嘉年下意识地观察楚总的神色。

楚楚虽然不懂投资金融，但也不是傻瓜，马上感到楚彦印的老奸巨猾，吐槽道：“你见过什么投资项目的回报率这么高？我是借高利贷了？”

三年翻十倍，什么公司做得到？楚彦印给她一笔创业基金，她就得十倍奉还？

“你生来比别人起点要高，难度自然不一样。”楚彦印面色不改，从容不迫地说道，“我不会占你的便宜，如果三年后你能做到，作为交换，我会把持有的一切财产转让给你，彻底放你自由。”

楚彦印可是齐盛集团董事长，手中握有集团股权，名下更有多处价值不菲的不动产，更不用说私人飞机等资产。如果用早期霸道总裁类小说中的句子来描述，他可以说是掌握世界经济命脉的男人，拥有的财富足以撼动一方。

林明珠听到这话，立刻变了脸色，想要出言劝阻，却被楚彦印伸手制止。楚彦印看向楚楚，补充道：“当然，你还给我的一百亿不能是公司估值，得是现金流。假如你做不到，三年后就老老实实地听我的安排结婚，不要再有别的小心思。”

张嘉年在心中估算，三年内公司估值达到一百亿容易，但变现出一百亿现金则有难度，这是两个概念。很多投资的收益虽然能在三年内见效，但楚总想要套现，同样需要时间。

齐盛集团的年净利润自然能破百亿，但那是创立三十年的老牌企业，更是房产界巨头，光是员工就有十二万人。银达投资的规模远不能及，成立不满两年，与齐盛集团之间简直是蚂蚁和大象的差距。

这个三年之约并不容易实现，伴随极高的风险，属于高难度挑战。

张嘉年偷偷打量着楚总的脸色，她似乎也陷入沉思，不过看上去还算镇定。林明珠不安地左右看看，似乎比楚楚还紧张。

楚彦印见楚楚不语，开口道：“一百亿换我的全副身家，可不是人人都有这样的机会。”

楚楚没料到楚彦印能玩这么大，抿抿嘴唇，同意了楚彦印的提议：“好，我答应你。”

林明珠的脸色瞬间煞白，楚彦印点点头，提醒道：“一诺千金。”

楚楚直视楚彦印，认真地补充：“不过我要先说清楚，我答应下来，不是为了你的全副身家，而是不认同你的说法。女人在家庭以外的地方，同样能做得很好，甚至可以比你更强。”

楚彦印还没来得及露出嘲笑之色，楚楚便又云淡风轻地丢下一句话。

“我现在确实还不具备说服你的资格，但三年后我会带着证据来的。”

楚彦印的鬓角已有斑白，他望着她良久，沉声道：“拭目以待。”

恭喜你完成任务，“霸道总裁”光环已加强。

夜晚的大都市并没有沉睡，马路上汇聚着川流不息的点点星河，昏黄的路灯下是行人的影子。楚楚侧头望着车窗外逼真的书中世界，感慨这里跟现实完全一样，甚至每个细节都惟妙惟肖。唯一的区别大概就是，现实中的人头顶上没有光环。

车内，张嘉年坐在副驾驶的位置，察觉后面的楚总一直沉默不言。他迟疑片刻，忍不住好言规劝：“楚总，董事长其实也是好心，并没有真的想安排您的婚事。”

“我知道。”楚楚懒洋洋地靠着车窗吹风，“他一说三年之约，我就明白了，就是想督促我上进呗。”

如果楚彦印铁了心要嫁女，没必要赌上全副身家，跟楚楚进行三年之约。这简直就是电影中的套路剧情，父爱如山的富豪不忍心看子女不求上进、挥霍家产，用这种方式激励子女。

楚楚好歹以前是做影视的，看过太多同类影视作品。

张嘉年没料到楚总如此客观，完全没有往日的暴躁脾气，可以说是心明如镜。他疑惑道："那您何必跟董事长呛声？"

楚楚平静地道："我们是在其他方面观点不合。"

她可以理解楚彦印的苦心，但道理她都懂，她却不是书中人。

张嘉年微微一愣，总觉得楚总最近虽然胡闹的次数暴增，但也偶有理性的时候。他正略感欣慰，内心有些感慨，忽听到身后人的下一句话。

"你觉得我帮林明珠打离婚官司，分割我爸财产，可以分出一百亿吗？"楚楚摸了摸下巴，突然询问道。

张嘉年："……"

张嘉年："楚总，董事长是您的亲生父亲。"

楚楚："我知道，怎么了？"

张嘉年："您用这种方法，是不是有点胜之不武？"

张嘉年着实佩服楚总的脑回路，她怎么会有数不清的骚操作？

楚楚厚颜无耻道："你先告诉我可行性。"

"很遗憾地告诉您，这是不可能的。林夫人即使跟董事长离婚，也没办法进行财产分割，他们是有协议的。"张嘉年给出官方回答，彻底打消了楚楚的念头。

有钱人比穷人更会管理资产，绝不会给宵小们可乘之机，更别说楚彦印是齐盛集团的实权者，他的婚姻还背负着董事局的压力。

"果然，结婚也不是铁饭碗。"楚楚早有预感，倒没有太失望。

张嘉年颇为不解，好奇道："您很讨厌结婚吗？"

楚楚立刻警惕地发问："你该不会也是'女人回归家庭论'支持者吧？"

"不是。"张嘉年察觉楚楚的思想倾向，"您是女权主义者？"

楚楚纠正道："我更喜欢平权主义的说法。"

张嘉年若有所思，但又陷入了更深的疑惑，大老板什么时候开始研究这些了？

汽车很快抵达燕晗居，张嘉年赶在下车前，向楚楚确认行程："楚总，您明天大概几点抵达公司？"

张嘉年被这几天的老板搞怕了，她要是再次失联，他和王青估计会被逼疯。

楚楚断然道："我不想上班。"

张嘉年："……"

楚楚："逗你的，别绷着脸。上午九点，不见不散。"

张嘉年："……"

张嘉年松了口气，楚楚见他一本正经的样子，轻松地笑笑："我既然应下三年之约，总不能让你们失望，一诺千金。"

张嘉年看楚总神色自若，她脸上难得流露笑意，像是冰雪初融，美目流盼。他沉默片刻，不知在思索什么，最后礼貌地道："那您早点休息。"

楚楚点点头离开。

第二天，普新大厦，繁忙的总裁办门口。

王青看一眼时间，已经十点了。她麻木地向张嘉年汇报："总助，楚总还没有到公司，您看？"

张嘉年："……"

张嘉年：说好的上午九点呢？说好的一诺千金呢？我信了你的邪！

张嘉年果断给楚楚打电话，在内心默默期盼，千万不要再听到令人窒息的关机声。电话顺利接通，他立刻换上礼貌温和的职业语气，询问道："楚总，请问您到哪里了？我们要去接您吗？"

王青对张总助的专业态度甘拜下风，即使对老板有再多腹诽，却总能拿出春天般的服务精神，不愧是董事长钦定的"太子伴读"！

张嘉年耐心地等待那头的回复，便听到楚总充满歉意的声音："对不起，可能需要你们来接我，顺便帮我处理下保险的事……"

"我没把车开出库，撞到墙上了。"楚楚站在豪车前，身边围满嘘寒问暖的保安和小区人员，望着翻车现场头大如斗。

张嘉年惊讶不已，马上问道："您本人没事吧？"

楚楚不好意思地道："应该没事。为了安全起见，速度二十迈而已。"

张嘉年实在不想吐槽：你当年是在马路上飙车的人，如今二十迈都能翻车？

张嘉年："好的，我马上过来。"

楚楚："实在抱歉，我又迟到了，你还好吧？"

张嘉年："没事，请您稍等片刻。"

张嘉年：我还能怎样，还不是像父亲般把你原谅。

第二章　总裁的节目首秀

总裁办门口，张嘉年和王青动身营救翻了车的老板，总裁办内的吃瓜群众则在小声八卦。众秘书聚在一起，热烈议论着今日的重磅消息。辰星影视终于对李泰河的解约做出回应，法务部将李泰河告上法庭，索赔一亿元的天价违约金。

这个消息一出，李泰河的粉丝简直炸了锅，在网上怒斥辰星影视。

小河流水："无耻公司天天在他的身上吸血还不够，这是彻底撕破脸了？"

Tai："支持李泰河维权，搞垮垃圾公司，完全是不平等合约！"

球球翻滚："辰星影视想钱想疯了，你们公司的年净利润能有一亿吗？"

光明小可："粉丝别洗白了，李泰河以前的资源那么好，现在出尔反尔解约，不被告到倾家荡产才怪。真以为商人是慈善家？"

蝴蝶机："不吹不黑，辰星影视在资源上绝对没亏待过李泰河。粉丝应该高兴，辰星的手段如此强硬，证明你家偶像跟老板确实清清白白，绯闻只是捕风捉影而已。"

噜噜噜西："不不不，粉丝们肯定会叫嚣'齐盛小公主'对李泰河旧情难忘，故意打击报复。真以为自己的哥哥魅力无边呢？！"

李泰河作为正处于上升期的男明星，具备战斗力可怕的粉丝群体，有关他的一举一动都会被无限放大，轻松登上热搜榜。现实世界中会用"流量""鲜肉"来形容这类演员，但书中的世界还没发展到这步，网友们只觉得李泰河的粉丝很疯狂。

夏笑笑看到网上的纷争心情复杂，没想到李泰河会跟自己的公司站在对立面。虽然她已经离开辰星影视，开始在银达投资工作，但说到底两边都由楚总统管，属于同一阵营。

夏笑笑想起李泰河在节目拍摄期间对自己的诸多照顾，又想到冷面丢给她西装外套的楚总，一时竟不知道该站在哪边。

秘书们看到网友的评论，同样八卦不已："居然真告上法庭了，楚总都不在乎吗？"

"楚总当初可能只是想培养他？"其他人也一脸茫然，虽然听过不少风言风语，但确实没见过证据。

李泰河在辰星影视的几年里发展得顺风顺水，资源好到爆棚，实在引人怀疑。公司中虽然充斥着流言蜚语，但还真没人看到他和老板公开逛街或出入酒店。

"笑笑，你以前不是辰星的吗？没听说过什么？"有人看向工位上身着西装的夏笑笑，好奇地询问道。

夏笑笑突遭点名，吓了一跳，连忙不安地摆摆手，心虚地解释道："我只是实习生，怎么会接触到公司明星……"

"这倒也是。"其他秘书闻言不再多想，夏笑笑资历尚浅又是新人，确实不容易见到李泰河。

夏笑笑撒完谎有些羞愧，但既不想说李泰河不是，又不想说楚总不好，只能以此来逃避话题。

众人正议论着，王青推门进来，扫视一圈，开口道："你们谁了解综艺影视？楚总要找人做份报告……"

翻车事故已经有专人处理，楚楚来到公司后做的第一件事，就是让王青帮忙搜集综艺影视行业的资料。

秘书们的日常工作各有分工，谁都算不上空闲，除了一个另类的存在。王青的视线经过夏笑笑，突然想起她来："夏笑笑，你以前不是辰星影视的吗？你跟我过来一趟。"

夏笑笑赶紧起身，亦步亦趋地跟随王青，向楚总的房间走去，没听见身后人的议论。

"完了完了，楚总对报告的要求贼高，小实习生岂不是要被骂死？"

"王青姐也没办法，总不能老让她闲着。笑笑不懂公司业务，其他方面也没法上手啊。"

夏笑笑如今像是总裁办的吉祥物，以格格不入的风格和死里逃生的锦鲤体质，在众人中脱颖而出。其他秘书皆为名牌院校毕业，个个儿履历丰富，对待夏笑笑就像对待小朋友，只差天天揉她的头了。

她们之间完全不存在办公室竞争，因为夏笑笑的等级相比旁人实在有点低。夏笑笑虽然想积极地融入工作，无奈对金融投资一窍不通，每日便只能打杂买咖啡，同时羡慕着其他人的忙碌。

同事们对夏笑笑都很好，分外照顾她，反倒让她更加愧疚。她很想证明自己，变成像其他姐姐一样独当一面、高效干练的职场女性。

夏笑笑跟着王青抵达总裁办门口，看着那扇罪恶之门心惊胆战，她当时就是在这里泼了老板一身咖啡。秘书姐姐们偶尔还会拿此事打趣她，说她是撞到冰山却死里逃生的锦鲤，绝对百年难遇。

王青小心地敲敲门，听到楚总应声，带着夏笑笑进入办公室，汇报道："楚总，您不是说想了解一下综艺影视的现状？您可以将具体要求告诉夏笑笑，让她整理后将报告给您。"

夏笑笑站在王青身后，偷偷打量楚总。楚总今日化着淡妆，衣着干练，正低头垂眸浏览文件，漂亮的侧脸看上去冷若冰霜。夏笑笑小心检查自己的衣着，确认一切无误后，紧张感才稍微得以缓解。

楚楚抬起头，看到进屋的两人不由得一愣。她确实是想了解一番书中世界的影视市场现状，但让小说女主角给她做报告合适吗？这是不是太奢侈了？

楚楚犹豫道："怎么会让她来做报告？"

她倒不是怀疑女主角的工作能力，问题是她俩一待在一起就会有奇怪的化学反应。"女主角"和"霸道总裁"听上去简直有无数种可能性，楚楚实在害怕再触发羞耻的台词。

王青有些踌躇，试探道："因为夏笑笑原来在辰星影视工作，对这方面比较熟悉。或者您想指定谁来做？我一会儿去安排。"

因为制作报告尽管烦琐却不困难，王青便想借此锻炼夏笑笑一下，不料楚总似乎并不愿意。

夏笑笑见楚总抿唇不言，不愿放弃这个机会，努力争取道："您告诉我要求，让我试试好吗？如果到时候您哪里不满意，我一定好好改！"

夏笑笑看着办公室内忙碌的姐姐们，深感自己像个废人，不想错过难得的工作机会。夏笑笑握紧拳，用期盼的眼神盯着楚楚，希望她能答应。

楚楚看夏笑笑神情真挚，充满刚出校园的热情和纯真，顿时理解她想在职场中证明自己的心态。初出茅庐的年轻人还是一张白纸，渴望得到他人的认可，迫不及待地想要争取每个机会。

楚楚早就不是职场新人了，但也曾有这种阶段，便不忍心拒绝对方。她无奈地道："我想了解娱乐传媒类业务的相关情况，包括但不限于影视、综艺、艺人经纪、短视频、直播、游戏等。"

"具体内容最好有各板块的行业情况、代表作品、行业政策、行业重要事件、同类公司资料和专家对未来市场趋势的预估。"楚楚一口气说完，耸耸肩，补充道，"你可以认为我现在对这些毫无了解，需要最精准扼要的信息，为下一步规划建立体系。"

楚楚既然决心完成三年之约，首先就要对书中的世界进行宏观了解，不能再像过去一样偷懒。她虽然在现实中已经拥有丰富的实操经验，但面对陌生的市场却不能贸然行动，需要建立对书中整个行业的认识。

现实世界和书中世界的行业发展状况是不一样的，她要最快地抓住即将到来的商机。

王青本以为是简单的总结汇报，没想到楚总的要求却如此复杂，顿时感觉夏笑笑难以胜任，提议道："楚总，既然如此，不如我亲自来做……"

楚楚不置可否，看向夏笑笑，开口道："如果你觉得完成不了，那就让王青来做吧。"

夏笑笑沉默片刻，鼓起勇气道："我做完后先给王青姐审核，再交给您可以吗？"

楚楚点头同意，王青见状也不再多言。王青作为秘书长，确实事务繁杂，没时间完成内容如此丰富的报告。

两人回到办公室，王青仍不放心，叮嘱道："我把过去做给楚总的报告发给你参考，有什么不会的地方就问我。你可以先列提纲，给我检查过后再填充内容，避免有遗漏疏忽的部分。"

夏笑笑老实乖巧地应下，这是她第一次接到正经任务，暗下决心一定要做好。

另一边，楚楚依靠记忆整理出未来上升趋势迅猛的行业。她打算阅读完夏笑笑的报告后，先观察一下书中和现实里的差距，再决定银达投资下一步的发展方向。她如果想要三年挣出一百亿，只将目光放在传统行业上，肯定是无法做到的。

齐盛集团的产业遍布各行各业，尤其在房地产、矿业、医药、餐饮等方面成就显著，这全都是楚楚不了解的领域。她只能着眼于自己最熟悉的影视娱乐产业，再用新兴行业撬动楚彦印庞大的商业帝国，不能以卵击石。

楚楚正刻苦地在办公桌前做计划，一旁的手机屏幕却突然亮起，来电显示是熟悉的名字。她瞟了一眼，又漫不经心地继续工作，直接忽视振动着的手机。

奇怪的声音却骤然出现，硬是要引起她的注意。

请通过任务加强“霸道总裁”光环，光环消失将被主世界抹杀。

任务：对李泰河说出经典台词“夏笑笑是我的女人”。

楚楚：经典你个大头鬼！

桌上的手机像是个烫手山芋，来电人正是李泰河。

楚楚实在不明白，为什么她不管拥有哪个光环，都要卷入男女主角的爱情？

楚楚：虽然是三个人的故事，但我不想拥有名字。

楚楚硬着头皮接通电话，李泰河满含愤怒的语句便冲耳而来，他恨恨地道：“你到底想做什么？”

自从发生泳池落水事件后，李泰河便彻底认清了楚楚的真面目，觉得她是一个歹毒且不择手段的女人。他过去还曾感恩于对方的提携点拨，现在只余下厌恶和反感。

楚楚坐在转椅上，一手握着手机，回身俯瞰远处的高楼大厦，淡淡地道：“我不知道你在说什么，如果是违约金的事情，请你直接联系相关法务。我很忙，实在没空听你咆哮。”

“该付的违约金，我一分也不会少你的，但你别想对笑笑做什么！”李泰河面色阴沉，咬牙切齿道，“你将她调到银达，到底在打什么主意？”

李泰河得知消息后万分惊讶，夏笑笑居然离开了辰星影视，到银达投资任职，这无异于是羊入虎口。楚楚可有推人入水的前科，想要再次对夏笑笑下手太容易。

楚楚本来懒得理他，现在反被他怒火冲天的态度惹毛了，慢悠悠地反问：“你觉得我能对她做什么？”

“李泰河，你又不是夏笑笑的男朋友，有什么资格在这里大吼大叫？”楚楚觉得男主角着实不讲理，不由得眯起眼，毒辣地反击，“你根本就不了解她，真把自己当成情圣，然后自我感动式付出？”

李泰河勃然大怒：“你能明白什么？！我当然了解笑笑……”

“你能了解什么？单靠你们童年时的缘分？”楚楚不客气地打断他，出言嘲讽，“你和她分别十几年，现在都不敢对她说出自己的身份，还敢号称了解她？”

《巨星的惹火娇妻》中，李泰河和夏笑笑童年相遇、两小无猜，然后分别十几年。多年后，明星李泰河一眼就认出实习生夏笑笑是当年的小女孩，展开漫漫追妻路，其间有若干配角进行阻碍。

楚楚初读这本小说，就觉得女主角好惨，总是莫名其妙地遭到恶毒女配角陷害。男主角就像电影中爱迟到的警察，每次都等女主角被欺负完才出现。小说的主线就是“男主角追女主角——女主角受欺负——男主角替她出头——女主角又受欺负——男主角再替她出头”。此类剧情居然能堆出几百章，让楚楚佩服不已。

楚楚当时便觉得男主角就是个害人精，他就不能提前保护好女主角吗？

李泰河听闻楚楚戳穿两人渊源，内心震惊不已：“你怎么会知道……你调查我们？”

楚楚挑眉：“这还用调查吗？不如你去查查夏笑笑在辰星影视的时候，因为你的优待私下是怎么遭人排挤的？你的感情根本帮不了她，倒给她拉了不少仇恨。被你喜欢可真倒霉！”

小说中，夏笑笑在辰星影视处处遭人刁难，很大程度上缘于男主角的偏袒照顾，当然也有女配角原主嫉妒之下的授意。现在，夏笑笑在总裁办过得如鱼得水，一跃成为团宠，日子过得太滋润。

李泰河沉默良久，哑声道：“够了，你不过是在假仁假义地狡辩，故意留下笑笑！”

“夏笑笑是我的（女）人，她在职期间只要不犯错，我没道理开掉她。”楚楚懒洋洋地靠在椅背上，提议道，“既然你不想让她待在银达，为什么不自己去跟她说清楚，看她愿不愿意离开？”

“你该不会在害怕吧？”楚楚嗤笑一声，语气宛如魔鬼，“怕自己在她的心中无足轻重。”

夏笑笑现在还没对李泰河产生感情，心中懵懂的幼芽并未破土而出。她甚至没发现李泰河的心意，完全不会想到别的地方。

李泰河被戳中心事，当即变了脸色，一时竟无言以对。楚楚说得没错，他还没资格插手夏笑笑的事，因为他不是她的谁。

恭喜你完成任务，“霸道总裁”光环已加强。

恭喜你完成隐藏任务，“霸道总裁”光环已加强。

隐藏任务：打击拥有“男主角”光环的人物一次。

楚楚没料到这回的擦边球竟然成功了，而且形成了暴击式伤害，明明她没照着原句念台词。她察觉任务成功与否，不是靠台词的完整度判定，而是靠人物的情感积累。如果人物的心情波动符合任务台词，就可以判定为成功。

楚楚完成任务，立马抛弃被利用的男主角，果断道：“好了，话费挺贵的，没事挂了吧。”

李泰河满腹不甘，坚持道：“她会离开银达的，你也得意不了多久。”

楚楚满不在乎：“随便，你记得赔我一亿就行。”

蚊子再小也是肉，她的百亿目标就差男主角雷锋般地添砖加瓦了。

李泰河愤愤挂断，楚楚望着屏幕上的号码，随手拉黑删除。

门口有人轻轻敲门，楚楚将手机丢到一旁，应声道：“请进。”

张嘉年推门进屋，眉宇间全是忧虑，询问道：“楚总，我听韩东说，您同意参加《我是毒舌王》？”

银达投资跟笑影文化顺利敲定合作，关系便密切起来。韩东虽然昨天怒斥编导小男生，但也发觉楚总很适合做嘉宾，毕竟她快把最近的热搜承包了。

外界对楚楚的评价褒贬不一，各类传闻甚嚣尘上。有人说她疯狂潜规则公司艺人，数次骚扰李泰河；有人说她学历出众，继承了楚彦印的毒辣眼光，极富经商手腕；有人说她就是纨绔富二代，不及其父万分之一，银达不过是她赔钱玩票的道具。

不管大众喜欢她，或者讨厌她，都会不由自主地关注她，对这位“齐盛小公主”产生好奇。她是天生的热点体质，很多十八线明星拍马不及。

如果《我是毒舌王》真能邀请到楚总，估计第一期就能火出圈外，成为爆款不是梦。韩东最终冒死联络楚总，询问她是否愿意成为首期节目的嘉宾，没想到楚总居然答应了。

张嘉年得知消息时，内心是崩溃的。他明明昨天全程陪伴楚总回家吃饭，她究竟是什么时候背着他做出这个鲁莽决定的？

张嘉年回忆自己最近跌宕起伏的经历，觉得电影都不敢这么拍。楚总先是突然闹着去公安局，紧接着是失踪不上班，上班后跟公司的女实习生不清不楚。她昨天跟董事长公然呛声，今早刚蹭一辆豪车，现在又说要去上综艺节目。

张嘉年：老板虽然脾气变好了，但胡闹次数直线上涨。

楚楚没察觉他的忧色，泰然自若地点点头，回答道：“是啊，我跟韩东打过招呼了。”

张嘉年不禁皱眉，颇为迟疑地提醒：“您提前跟董事长商量过吗？他昨天还对网上的评论表示不满，您今天就答应去这种节目……”

《我是毒舌王》的节目尺度很大，许多言论尖锐直接。楚总现在争议在身，真去录制落不了好。张嘉年觉得楚总最近叛逆得像青春期少女，老爱在太岁头上动土。董事长不让她做什么，她立马就要大张旗鼓地去做。

楚楚听到张嘉年唠叨的语气，挑眉反问：“其实我好早以前就想问你一个问题，你究竟是我爸的人，还是我的人？你是站哪边的？”

楚楚对原著中的张嘉年印象不深，只记得他曾是女配角的背景板，在只言片语中被提及。因为他不是重要人物，在小说中的结局甚至都没有交代，整个人在后期剧情中像是直接消失了。

楚楚的发问纯属好奇，并没有故意责怪的意思，但张嘉年听来却不是如此。

张嘉年不卑不亢地道：“我站中间，哪边有道理就站在哪边。”

他对楚总的这类不满早就习以为常，很清楚自己位置尴尬。虽然他每天协助陪同楚总办公，但还要时刻向董事长汇报，经常两边都讨不了好，被楚总认为是董事长派来的监视器。

他本以为她会像往日一样，因他不痛不痒的敷衍回答而发火，没想到她这次却转变了风格。

楚楚理所当然地道：“哦，那你就是站在我这边的，我是最讲道理的。”

张嘉年震惊于她的厚颜无耻，很想直接吐槽：您要是讲道理，那我们就是圣人了。

张嘉年无奈地发问：“您参加节目有什么道理？”

“堵不如疏，你越怕别人议论你，越堵不住叽叽喳喳的嘴。”楚楚百无聊赖地转着手中的笔，看金属外壳在阳光下闪闪发亮，“我索性到节目上让他们议论个够。”

张嘉年出言规劝：“您大可不必如此，等这阵风波过去……”

“这不过是对问题避而不见，以后遇到类似的情况，难道你们再公关一波？”楚楚抬眼看向张嘉年，平静地道，“人类的本质是复读机，你不想被别人一窝蜂地诋毁，那就得去做被复读的人，成为发声者。”

她随手将笔放回桌上，淡淡地解释：“我上节目不是为了洗白自证，而是为后续的规划布局。未来KOL（关键意见领袖）营销是大趋势，甚至远超电视和纸媒，与其让我如今的热度自然蒸发，还不如借此机会运营起来。”

楚彦印仍是保守的思维，不知未来会有“黑红”一说。他厌恶一切负面评论，想尽办法堵住网友的嘴，反而使事情愈演愈烈。楚楚不在乎名声和议论，在她看来，粉丝、热度、话题度都可以变现为真金白银。

书中的世界还没迎来“网红经济”时代，更不知道有时候网友的关注就能扶持起一个行业。

外人现在觉得楚楚的做法离经叛道，等过几年，他们就会发现：鸟大了什么林子都有。

张嘉年觉得楚总真是神奇，她有时候让你颇为认同，有时候又能让你觉得不讲道理。他快要被她的言论说服，询问道：“如果他们说得不堪入耳，很难听呢？”

楚楚诚心发问：“还有人能说得过我？”

张嘉年：“……”

或许，他不用太担心楚总，反而应该担忧节目组其他人？

总裁办内，夏笑笑下定决心好好工作，让楚总眼前一亮。她挑灯夜战，整理综艺节目板块的资料，汇总成报告。夏笑笑将成品递给王青，王青阅读后相当惊讶，真心实意地道：“比我想象的要好。”

王青最开始其实很不放心，夏笑笑性格文静，平日不显山不露水，没人知道她的实际水平。这份报告内容翔实、图文并茂，排版也有设计，显然制作者搜集大量资料，消化琢磨后下功夫了。

王青针对内容提了点意见，又嘱咐一些细节，便松口道：“你拿去给楚总过目吧。”

夏笑笑一愣，颇为迟疑：“王青姐，不然你帮我交给楚总……”

王青看她满脸稚嫩，语重心长地道：“让领导看见你的努力，才算真有成效。”

王青在职场混迹多年，自然有些处世哲学，对实习生也不藏私。

夏笑笑不料秘书长王青会吐露肺腑之言，内心有些感动，觉得银达的姐姐们对自己很照顾。辰星影视里，其他人才不会搭理夏笑笑，不让她背锅就算好，更谈不上提点。

王青指导夏笑笑装订整理好文件，便鼓励她去敲楚总的门。夏笑笑抿了抿唇，轻轻地敲门，便听到门内传来熟悉的清冷声音：“请进。”

夏笑笑推门进来，发现楚总正起身穿大衣。她老实地汇报道：“楚总，这是综艺节目板块的报告，请您过目。”

楚楚正准备出门，接过报告粗略翻了翻，称赞道："做得不错，我会好好消化的。"

夏笑笑的报告制作得很认真，确实能帮上忙。楚楚要参加《我是毒舌王》，正好需要综艺板块的资料，这算是场及时雨。

夏笑笑头一次听到楚总的称赞，紧张而羞涩地低下头，按捺住内心小小的兴奋和满足。

张嘉年敲门进屋，提醒道："楚总，您的车到了。"

他看到屋内的夏笑笑有点诧异，转瞬又恢复平静，开口询问："需要有人陪您去笑影文化吗？"

"谁要是有空就跟着吧，没空我自己去也行。"楚楚头也不抬地收拾东西，准备去跟《我是毒舌王》的编导们交流节目内容，马上就要出发。

张嘉年思及楚总撞车一事，深感不能放她独自出门。然而，公司内众人各司其职，楚总身边确实没配备生活助理，毕竟她很讨厌被人贴身照顾，又对细节要求苛刻。

以前，哪个秘书要是跟完楚总的行程，回来后都会犹如被狂风暴雨凌虐过，足足要缓好几天。

张嘉年思来想去，突然福至心灵，对夏笑笑道："你跟我出来一下。"

"好的。"夏笑笑茫然地跟着张嘉年出门，她还是头一次跟张总助直接对话。

张总助是公司的"二把手"，今年二十八岁，相貌端正斯文，为人稳重儒雅。虽然他对着楚总脾气很好，但在下属的心中却颇具威严。毕竟，他能凭借老辣的投资眼光，在齐盛集团的一堆老家伙中脱颖而出，成为"太子伴读"，绝不是省油的灯。

夏笑笑面对张总助有些怯懦，他向来不过问总裁办事务，有事只吩咐秘书长王青。

张嘉年打量了一眼青涩稚气的夏笑笑，开口道："你今天跟着楚总行动，她有什么需要，你提前安排好，不要耽误楚总的事情。"

夏笑笑大吃一惊，连忙摆手婉拒："总助，我刚来没几天，可能难挑大任……"

张嘉年不置可否，脸色沉静："不是什么重要任务，你只要让楚总接受你的存在，别被赶走就行。"

夏笑笑内心茫然：这听上去难度更高啊？

"我今天没时间跟着，她对你的容忍度好像比较高，你先随行吧。"张嘉年也是没办法，他还有很多投资案要处理，总不能天天当楚总的生活助理。

夏笑笑怒泼老板咖啡没被开除，绝对是银达投资里程碑式的重大事件。张嘉年虽然不知两人的渊源，但感到楚总对夏笑笑不一般，或许小实习生能撑一撑。

张嘉年想到老板最近的怪异举动，不由得微微皱眉，忍不住提醒道："如果楚总说出奇怪的话，或者要做奇怪的事，你拿不定主意就联络我，不要随意声张。"

夏笑笑："好的。"

夏笑笑察觉张总助语气谨慎，更是颇为疑惑，楚总能做什么奇怪的事？

张嘉年事先提醒完，又带着夏笑笑前往总裁办，找上王青："今天她来跟楚总的行程，你马上培训一下，楚总就要出发了。"

张嘉年说完，便继续去处理公司其他事务，留下还在状况外的夏笑笑。

秘书长王青同样一愣，一时不知夏笑笑是要飞黄腾达，还是正站在死亡线边缘。她看了眼手表，发现时间所剩无几，火急火燎地念叨起来："你下去后坐副驾驶座，记得上下车时给楚总开门，咖啡要求就是上回我说的，点菜时不要葱姜蒜香菜、不要辣和海鲜，席间记得偷偷结账，不要最后让老板等你付钱。"

"随身携带纸巾、湿巾、充电宝、充电线、雨伞、记号笔、订书机、口香糖，你要是没有，我先借给你！"王青像是报菜名般一口气说完，又问道，"你们下午是不是去笑影文化？我把资料发你，你在车上把公司高层的名字和脸记住，千万别搞混了！"

夏笑笑面对海量信息的轰炸，不由得晕头转向，下意识地记起笔记，害怕自己出现疏漏。

总裁办其他秘书听到王青的耳提面命，诧异道："笑笑是要去跟楚总的行程吗？"

夏笑笑乖乖点头。

秘书们望着小白兔般的夏笑笑，不约而同地露出同情的目光，安慰道："笑笑，每个人都有第一次，你要是被骂了也别哭，忍忍就过去了。"

夏笑笑迟疑道："还好吧，楚总又不吓人……"

"啧啧，果然是锦鲤才敢说这话。"

"……"

王青在庞大的压力下情绪极为敏感暴躁，抓狂道："好啦，你们别插科打诨！赶紧帮我想想，有没有漏下的东西？楚总快出发了！"

秘书长骤然发威，其他秘书立马开展助攻，不敢再聊天。

“笑笑，你把我的笔记本电脑带上，到时候可能会用。”

“这是司机的电话，记得离开时提前联系他。”

“橡皮筋？创可贴？还是都带上吧，谁知道会不会突然需要。”

夏笑笑在众秘书的帮助下，背负着全办公室的希望，陪同楚总出现在公司楼下。司机早就将车停在门口，只等两人下来。

楚楚看着夏笑笑沉甸甸的背包，奇怪道：“你包里装石头了？看上去好重。”

夏笑笑总不能说包里都是姐姐们的爱。双肩被勒得生疼，她别扭地替楚总开门，老实道：“楚总，您小心脚下。”

楚楚见小说女主角如此客气，实在惭愧且不适应，原本不想带上夏笑笑的心思也打消了。楚楚跟她道谢，然后走下楼梯，想要上车。

请通过任务加强“霸道总裁”光环，光环消失将被主世界抹杀。

周围检测到“女主角”光环拥有者，跟你产生相合反应，强行进入任务。

夏笑笑摸着良心发誓，自己没有半点疏忽。她明明全神贯注地看着楚总上车，却突然左脚绊右脚，控制不住地向对方倒去。沉重的背包将夏笑笑彻底压垮，她伴随惯性跌向楚总，猛地将楚总扑倒在车内的后座上！

楚楚正弯腰上车，刚要坐好，便猝不及防遭受袭击，差点没被身上的庞然大物压吐血。夏笑笑的体重加上沉重的背包，像是高速落地的陨石，直接撞在楚楚的身上。

前座的司机大叔惶恐地看着这一幕，从未见过如此操作，脱口而出：“楚总，您没事吧？”

任务：对夏笑笑说出经典台词“女人，你惹起的火，你自己灭”。

楚楚：我都快被女主角压灭生命的火焰了，你还跟我玩这套？

两人姿势暧昧，夏笑笑差点贴到楚总的脸上，她近距离细看老板，更觉得对方皮肤光洁如瓷，抬眼时顾盼生辉。夏笑笑甚至能听见老板的吐息声，感受到手下的温暖触感。

楚楚被压得倒吸一口凉气，面无表情地道：“我的肋骨要断了。”

楚楚对“霸道总裁”光环快绝望了，它居然还能玩如此古老的套路！女主角摔倒，跌到霸道总裁的身上引起肢体接触，这是哪年的老旧桥段了？她是不是要感谢在跌倒时两人没有嘴碰嘴？

夏笑笑闻言顿时惊慌不已，赶忙笨手笨脚地起身，偷偷打量老板的冷脸，大声道歉：“楚、楚总对不起！我不是故意的，我也不知道怎么了……”

夏笑笑后悔不迭，好不容易做出让楚总满意的报告，为何又中邪般地发生这种事？！

“道歉有用的话，还要警察干吗？”楚楚居然开始对此类情况习以为常，在“霸道总裁”光环的磨炼下，对羞耻的感知度日益变低，逐渐解放天性。她破罐破摔地说道：“女人，你惹起的火，你自己灭。”

夏笑笑遭遇土味台词的暴击，傻傻地呆立在原地。

夏笑笑听到楚总的话，只觉得脑容量瞬间炸裂，陷入死机休克的状态。她难以同时承受羞愧不安和满脸发蒙这两种截然不同的感情，大脑终于彻底报废，完全不知道该说什么。

两人沉默而尴尬地注视着对方，世界仿佛静止。

楚楚没听到任务完成的提示音，知道失败了，只希望女主角能当无事发生过。她率先打破沉默，轻咳两声，假装随意地道：“你上车吧。”

楚楚脸皮再厚，面色也有些许僵硬，感慨真是整段垮掉，期盼夏笑笑的记忆力不好。

夏笑笑看着别扭地侧头的楚总，不知为何突然领悟到一种冷幽默。她控制不住地开始瞎想，或许是楚总怕她尴尬，故意说些奇怪的话，想要缓解自己的紧张？毕竟楚总平日都是冷言冷语的，也不常安慰人，没道理会突然搭话。

没错，一定是因为楚总不善于表达，所以自己乍一听感觉古怪，但楚总的心意还是好的！

她是想讲冷笑话，缓解自己的紧张！

天真善良的夏笑笑带着超强的粉丝滤镜，完美地解读了楚楚的行为，在内心给出合理的解释。她真诚地注视着楚楚，感激道：“谢谢楚总！我下次一定会小心的。”

夏笑笑：楚总果然是人美心善的好老板！

楚楚：“……”

楚楚总觉得夏笑笑误会了什么，但着实不想再提此事，应付地点点头，看着对方坐上副驾驶座。汽车终于缓缓启动，朝着目的地驶去。

车内，坐在副驾驶座上的夏笑笑背完资料，又偷偷在小本子上记录下楚总的爱好：喜欢看霸道总裁类的小说。

夏笑笑觉得楚总可能热衷于某类小说，所以才会用独特、幽默的方式安慰人。她想到大老板平日冷若冰霜、让人胆寒，背地里却爱看小说、背台词，觉得老板似乎还挺萌的。

楚楚和夏笑笑抵达笑影文化时，享受的是贵宾级待遇，由CEO韩东亲自带人迎接。夏笑笑佯装镇定，模仿着王青和其他秘书姐姐往日专业的职场态度，安静地站在楚总的身后。

楚楚像往常一样淡定，由于女配角原主声名在外，这种平静淡然常被曲解为高冷而难以接近。银达投资上下同样对她有此类误解，只有张嘉年和王青看出老板以前是真高冷，现在则是有点浑不吝。

韩东跟楚楚握手，寒暄过后便引路道："楚总，那我们先聊聊稿子的事？"

楚楚点头，跟随韩东进入会议室，夏笑笑背着重重的书包小步紧跟。韩东身边的编导小杨见状，仗义地出手相助，开口道："我帮你拿包吧。"

韩东立马道："对，小杨帮你背，小姑娘太辛苦了！"

楚楚打量编导小杨一眼，发现他正是当日在融资会议上口无遮拦的小男生。

夏笑笑摇摇头："谢谢，不用了。"

王青教导夏笑笑在跟行程时，要拿出职业态度，展现公司的精神面貌，她牢记在心。

编导小杨遭到婉拒，悻悻地摸摸鼻子，没再多言。

《我是毒舌王》作为一档脱口秀节目，需要编导编剧们对嘉宾做提前采访，然后撰写对应的稿件。那些妙趣横生、金句频频的脱口秀表演中，每个笑点都是人为设置的，经历过多次排练后，才能完美地呈现出来。

虽然韩东邀请到楚总参加节目，但编剧们却开始犯难，他们如何为这样的人写稿？大家写得太犀利会惹老板不快，写得太平淡节目效果不好，实在左右为难。

众人昨夜绞尽脑汁撰写出一稿，韩东小心翼翼地递给桌边的楚楚，示意道："楚总，您看看吧？"

会议桌旁，楚楚低头读稿，夏笑笑乖乖地守在一边。编导们表面上正襟危坐，私底下却开始在群里疯狂地交流。

"楚总的手表跟我的车是同价位的！伙伴们，你们敢想象吗？她的左手上有辆车！”

“看来楚总今日走亲民路线，左手上只是车不是房。”

“为什么在群里还称呼她楚总？难道不能提真名？”

“叫真名总觉得怪怪的，莫名地暧昧。”

“我现在有种等待小学语文老师判作文的感觉，她看完不会勃然大怒，让我们公司破产吧？”

“为什么是小学，不是初中或高中？难道你只上了小学？”

“关键时刻还要抬杠？有本事你当着楚总的面杠！”

“我看完了。”楚楚平静地将稿件放回桌子上。

她的声音瞬间惊醒众编导，众人立刻认真地盯着她，等待大老板的评价。他们本来还抱有些许期待，下一秒便听到轻飘飘的一句：“我觉得不行。”

楚总面无表情地盯着稿件，手指在桌上轻轻敲了敲，似乎陷入思考。

韩东紧张地擦擦汗，询问道：“您是觉得哪里尺度大？还是不想提什么事？我们可以改……”

韩东认为当务之急是扣下楚总，绝不能让她反悔退出节目，有些劲爆的话题删掉就删掉吧！

楚楚微微皱眉，看上去很不满意，直言不讳道：“这稿子写得不痛不痒的，算得上毒舌吗？”

众编导：“……”

她摸了摸下巴，提议道：“不然你们找个李泰河粉丝来写，估计都骂得比这好。”

众编导：“……”

楚楚望着众人，脸上写满怀疑，迟疑道：“你们是专业的脱口秀编剧吧？”

楚楚虽然看过笑影文化的资料，但没见过成片。《我是毒舌王》又还没播出，虽然脱口秀确实是未来的流行趋势，可万一书中和现实不一样呢？谁能保证节目制作的质量？

众人读出楚总脸上透露的隐藏信息：别误会，我不是针对谁，我是说在座的各位都是垃圾。

这一刻，楚楚成功地拉起整个节目组的仇恨，激起众人熊熊燃烧的毒舌之魂。谁能接受被当面挑衅专业度？即使你有钱也不行！

夏笑笑依靠小动物的直觉，觉得气氛不太对，有种如坐针毡之感。

韩东强颜欢笑，努力解释道：“因为还没采访您，又不知道您能接受的尺度，写出来就有些平淡……”

编导小杨不是磨磨叽叽的类型，当即跳出来打抱不平，展开灵魂拷问：“那咱们就开门见山做采访吧，您和李泰河是什么关系？”

韩东怒瞪小杨一眼，怎么上来就是送命题，真不想活了？

“打官司的老板和前任员工而已。”楚楚早猜到这个问题，几乎脱口而出。

“既然如此，为什么要撤热搜？是有什么见不得人的隐情吗？”小杨不依不饶。

“没钱的人鼓动粉丝刷热搜，有钱的人不耗人力直接撤，隐情是我爸看不下去。”楚楚思路清晰，对答如流，“老头子容易激动，看不得闹心事，换我才不花冤枉钱。”

张嘉年曾说过，楚彦印找人公关过一波，尽管楚楚觉得“键盘侠”不足为惧，但谁能拒绝董事长的要求？

小杨看楚楚回答得无懈可击，不甘心地冒死开口：“有人说你性骚扰李泰河。”

众人倒吸一口凉气。楚楚抬眼望了小杨一眼，沉默片刻，突然有些邪气地眯起眼，似笑非笑地道：“你让我性骚扰两年，接下来笑影文化倾尽全力推你，你愿意吗？”

她玩味地勾起嘴角，眼波流转，还真有几分像惑人的魔鬼。

在座的编导们都蒙了，一时分不清楚总是戏谑调侃，还是真有此意。夏笑笑同样吓了一跳，犹豫着要不要给张总助打电话，难道这就是传说中的奇怪举动？

“威武不能屈，贫贱不能移。我怎么会如此随便，用清白换公司的资源……”编导小杨愣了一下，义正词严地拍桌，断然道，“你要是直接给我钱，我就愿意！”

楚楚淡淡地道：“哦，我不愿意。”

小杨：“……”

众人：“哈哈哈哈哈哈哈哈哈！”

小杨怅然若失地搓搓手，觉得自己错失一个亿，讨价还价道：“楚总，其实价格好商量，不然我只要公司的资源也行，你给我推成脱口秀明星？”

楚楚安慰小杨，语重心长地开解：“你不要太失落，李泰河当年跟你是同样的心情。”

她的潜台词是，你和李泰河不要白日做梦，老娘怎么会看上你们？自己心里怎么没点数呢?

“哈哈哈哈哈哈哈哈哈!”众人目睹小杨被楚总玩弄于股掌之间，毫不留情地爆发嘲笑，也理解了楚楚的潜台词。她完全看不上李泰河，怎么可能潜规则他?

楚总极擅长一本正经地“抖包袱”，看上去是千年寒冰不好接近，实际冰山下藏着一颗火热的心。众人平日都被她的巨额财富和面无表情的脸蒙蔽了!

夏笑笑觉得，如果总裁办的姐姐们看到这样的老板，下巴都会被惊掉!

其他编剧见状，跃跃欲试起来，纷纷想在楚总的身上挖掘素材。有人犀利地发问：“有人觉得您不学无术，全靠父亲，您怎么看呢?”

楚楚泰然应声：“嗯，我承认，躺平任嘲，不然怎么沦落到上你们的节目?毕竟我爸都上财经新闻，从来不会上网络综艺。”

编导们：“……”

有人不死心：“网友常说跟你有夺父之仇，你怎么看?”

楚楚手一挥，大方地道：“投胎是门本事，虽然大家不能成为楚彦印的子女，但可以认我做爸爸。常言道‘隔代亲’，以后大家都是楚家的不肖子孙!”

编导小杨对楚总的离奇思路甘拜下风，果断江湖式抱拳，转身欲走：“来来来，笔在这，这期劳烦您自己写，打扰了!”

楚总绝对能打破过往的刻板印象，让众人眼前一亮。编剧们简直文思如泉涌，在她的身上找到无数新奇的点子，摩拳擦掌重新改稿子。

韩东原本还怕楚总不接受节目的尺度，现在恍然大悟，楚总的尺度就是没有尺度。

夏笑笑对楚总也有了全新的认识。在夏笑笑的印象中，老板严肃寡言，让秘书姐姐们闻风丧胆。她总是身着西装，面无表情地背对落地窗看文件。周围所有人对楚总都恭敬客气，没有任何逾矩，更不敢在她的面前放肆大笑。

如今，楚总面前的编剧们像是“尖叫鸡”，或者一群怪叫的鹅，然而她的脸上也并无不悦，半分眉头都没皱。

采访环节结束，韩东提议跟楚楚和夏笑笑共进晚餐，楚楚婉拒道：“等节目录制后，大家再一起开庆功宴吧。”

“好好好，那也行!需要我帮您叫车吗?”韩东其实也没那么想聚餐，立刻顺坡下驴，毕竟节目还在筹备期，正是众人忙得晕头转向的时候。

“不用麻烦，我的助理已经安排好了。”楚楚摆摆手，解释道。

夏笑笑被骤然点名，听到楚总的称呼，不知为何有点羞赧。她按照王青的指示，在会议快结束时提前联系了司机，同时抽空买完咖啡。夏笑笑跟随楚总往外走，小声问道：“楚总，您要喝咖啡吗？”

“可以啊。”楚楚刚才还没察觉，现在才感到口干舌燥。她道谢后接过咖啡，毫无防备地喝下一口，顿时面色古怪，询问道：“这是中药吗？”

夏笑笑闻言，有些慌张道：“是您平时的口味，双倍浓缩美式，去冰不加糖。”

楚楚心想这跟中药也没差多少，见夏笑笑有点无措，并未多加责怪，说道：“下次还是拿铁加糖吧。”

她如果不补充糖分，是没办法长时间工作的，女配角原主的口味太苦了。

“好的。”夏笑笑应声，手忙脚乱地在小本子上记下。

普新大厦内。

夏笑笑跟随楚总安然无恙地回公司复命，让秘书姐姐们大跌眼镜。办公室内，她们围着夏笑笑转了一圈，感慨道：“真没缺胳膊少腿？可以啊！”

夏笑笑忍不住辩驳，弱弱地道：“楚总没有那么恐怖……”

旁人连连摇头：“啧啧，果然还是‘应届生’好骗，笑笑已经成功被洗脑，遭压迫而不自知。”

夏笑笑：“……”

夏笑笑见姐姐们不信，刚想说出今天的事情，但张开嘴又强咽下了。她突然想到张总助的话，觉得有些事不能跟其他人分享，尤其是楚总的另一面。她将发票整理好，交到王青那里报账，突然被路过的张嘉年叫住。

张嘉年冷不丁看到夏笑笑，马上想起楚总今日的行程，拦住她问道：“楚总今天顺利吗？”

夏笑笑赶紧打开小本子，老实地汇报起来，简要地描述了《我是毒舌王》的节目进度。张嘉年看到她手中写得密密麻麻的小册子，不由得面露疑惑，出言询问道：“这是什么？方便让我看看吗？”

夏笑笑犹豫地递出小本子，小声道：“总助，我的字迹比较潦草……”

张嘉年取过她的小本子，眼眸如墨、面色沉静，一目十行地看完内容，视线却在“喜欢看霸道总裁类小说”上停留许久。张嘉年取出自己的钢笔，提笔划掉几行字，纠正道：“楚总可以吃辣和海鲜，很喜欢吃香菜。”

张嘉年在楚家老宅家宴上观察过，虽然不知道为什么，但楚总的饮食习惯发生了变化。

“好的。”夏笑笑等张嘉年批改完，忙不迭地收回自己的小本子。

张嘉年上下打量夏笑笑一眼，说实话他看不出这个女孩儿的特别之处，既无姿色，也无谋略，似乎只剩踏实善良，完全不知她为何能博得老板青睐。他开口问道："你觉得楚总怎么样？"

夏笑笑骤然被问，不免发蒙，磕磕巴巴地道："楚、楚总人很好……"

"那你就跟完这个节目的录制吧。"张嘉年想了想，又提醒道，"楚总的事不要跟别人乱说。"

夏笑笑赶紧点点头，庆幸刚才没在办公室里多嘴，保护老板的隐私很重要。

《我是毒舌王》排练当天，忙碌的编导们在台上穿梭，现场热火朝天地筹备着。楚楚单独排练，没有跟其他艺人同一批上场。楚楚最近跟编剧们相处得不错，大家发现楚总其实没什么架子，远没有传闻中可怕，就连助理都只带一个。

"楚总，麻烦您上台彩排一下。"导演在小休息室门口轻轻敲门，提醒楚楚过去，又看到夏笑笑，"您的助理可以在休息室里歇会儿，流程很快。"

楚楚此行没带其他人。她要登台彩排，夏笑笑正好留下来看包。

《我是毒舌王》每期节目有多位嘉宾，有人的地方就有江湖，嘉宾众多随之而来的就是地位的较量。

后台里，艺人们带着团队呼啦啦地钻入房间，大休息室内人声鼎沸。梁灵经过走廊时，颇不适应这般喧闹的环境，她的助理在前开道，提醒道："梁姐，往里面走。"

梁灵被众人簇拥，她的团队人数众多，助理、化妆师和服装师等一应俱全，瞬间把走廊塞得满满当当，引来路人侧目。因为梁灵算是电视上的熟脸，旁人看到她的排场，一时也不敢抱怨。

梁灵迈着优雅的步子进入大休息室，环顾一圈，发现化妆镜前堆满杂物，不由得微微皱眉，询问道："没有其他休息室吗？"

助理有些为难："他们安排的位置是这边，我问过没别的……"

"你再去找找，这么多人怎么化妆换装？"屋内人来人往，梁灵看得心烦，不满道，"我们的人根本挤不进去啊。"

大休息室里已经有不少人了，梁灵的团队又人员众多，倒是真塞不下了。

梁灵早年是偶像歌手出道，现在多年媳妇熬成婆，曾经唱甜歌的新人歌手在乐坛上也有了位置。然而，音乐唱片大环境的颓势，让她处于不温不火的状态，她这才决定上脱口秀节目刷脸赚钱。

梁灵认为，她是本期节目中在娱乐圈内最火的艺人（楚总不是艺人），理所应当拥有更好的休息室。

助理对梁灵的要求习以为常，任劳任怨地出门寻找休息室。按常理，休息室门口会贴上艺人的名字，提醒其他人不要贸然进入。夏笑笑所在的小休息室却是个例外。节目组特意在较安静的地方划出一个小房间给楚总，又觉得她和其他艺人不会共同排练，便没有贴上名字。

用编导们的话来说，贴上“楚楚”总觉得哪里不对，不符合楚总的形象，贴上“楚总”又显得大家很卑微，索性不要贴。因为小休息室位置偏僻，楚总的彩排流程又短，工作人员并没想到会有人盯上这儿。

梁灵的助理在走廊里找了好久，终于发现有一扇门没贴名字。他敲了敲门，探头问道：“你好，请问这间休息室有人用吗？”

助理是个人精，率先扫视一圈屋内，发现只有一人，推测对方不会太火。

房间门口没贴姓名，加上助理很少等于人不红、吵得过。

夏笑笑骤然听到门外的声音，愣了一下，忙答道：“有人用，他们马上就回来了……”

楚总上台试讲，看时间很快就要结束归来。夏笑笑本以为对方会转身就走，没想到梁灵的助理却停在门口，没有挪动脚步。

他嬉皮笑脸地道：“小姐姐通融一下呗，我是梁灵的助理，大休息室内人实在太多，这间借我们用一下吧。咱们就当结个善缘，你跟哪个艺人？”

“我跟的不是艺人……”夏笑笑刚要说出楚总的名字，梁灵却突然出现在门口，身后还跟着一大群人。

梁灵自顾自地踏入小休息室，左右看看，露出满意的神色：“这不是有空的休息室吗？你们进来吧。”

话音刚落，她的团队便呼啦啦地进屋，服装师推着衣架，瞬间挤满小休息室的空间。

“对不起，这间休息室有人用了，请您让他们出去。”夏笑笑向来脾气软，此时也微微皱了眉。

梁灵没有正面回应夏笑笑，反倒对助理轻轻扬眉。助理立马会意，上前大声规劝：“花不了多长时间的，说不定你家艺人还是梁姐的粉丝呢？小姐姐别那么古板！”

助理早就打听好了，今天彩排的艺人里梁灵最火，助理抢占休息室没在怕的。夏笑笑一看就是个职场新人。

“不可能，请你们离开！”夏笑笑的脸上隐隐浮现一丝怒意，她不是傻瓜，听完对方软硬兼施的一番话，便明白他们的强盗逻辑。

如果是以前在辰星影视，夏笑笑可能会选择让步，毕竟明星耍大牌很正常，但今时不同往日，她要是输了，就是辜负了姐姐们平常的教导，是她工作的严重失职。

助理见夏笑笑一副死脑筋的样子，同样不耐烦起来，恶声恶气地道："用一下怎么了？你算哪根葱？"

梁灵的助理虎背熊腰，前一秒还喊着小姐姐，此刻瞬间变脸，看上去很吓人。

门外，熟悉的清冷女声响起："她算是小白葱吧……"

众人循声望去，便看到面无表情的楚总和惊疑不定的导演正站在门口。梁灵同样一愣，总觉得眼前身着西装的高挑女子极为眼熟，像是最近总在热搜榜上的某人，心底浮现出不祥的预感。

楚总手握台本，倚在门边，扫视屋内一群人，调侃道："你们这是跑到我家来偷葱？"

她旁若无人地进屋，走到夏笑笑身边，语气轻松中透着戏谑："你撞我的时候挺厉害，怎么对着外人就不行了？"

楚楚真不明白，难道夏笑笑的"女主角"光环就是专克自己的？夏笑笑泼咖啡、扑人时都挺猛的啊！

门外，蹲守战况的小编导立刻在群内放出重磅消息，进行实时转播。

"前线急报，梁灵要完！"

说实话，楚楚完全没把这满屋的人放在眼里，扫视一圈就夏笑笑有"女主角"光环，其他人连路人甲都不是，属于在原著中连名字都不配拥有的人。这种路人刁难女主角的老土情节在书中屡见不鲜，楚楚头一回目睹颇感新鲜，反倒没被冒犯的感觉。

毕竟，只有小说中才会有这种情节！

楚楚：突然兴奋了！

楚楚的兴奋点在于可以现场看女主角打脸他人，其他人的兴奋点则跟她不同。

众人：我们是不是可以现场看楚总打脸梁灵？突然兴奋！

楚总闪亮登场，跟梁灵等人正面撞上，吃瓜群众自然万分激动，恨不得替楚总"手撕"对手！

蹲守在门口的小编导燃起满腔热血，充满期待地盯着屋内的情况，心中是源源不断的臆测：梁灵被雪藏封杀逐出演艺圈？经纪公司倒闭消失？百万粉丝说散就散？

梁灵极有眼色，刚刚还不愿跟夏笑笑搭话，如今瞬间挂上温婉有礼的笑容，变脸神速。她自知踢到铁板，深感事态棘手，硬着头皮强行补救，尴尬地笑道："楚总，这其实是个误……"

"别，千万别说是误会！"楚楚刚听到话头，立马伸手喝止，"你要是现在服软，人设就崩了！"

梁灵愣了一下，诧异道："我……"

楚楚看她还要多言，当即严肃起来，厉声道："你要找清楚自己的定位！你要是不够刁钻、不甩大牌，我们后面的剧情怎么进行？！"

恶毒女配角还没遭打脸就跪地求饶，太让人扫兴了！

楚楚绝不能让这种事发生！

梁灵："……"

这一刻，梁灵竟然被楚总一本正经的冷脸震慑，不知该说什么。她的大脑内一片混乱，她不知现在究竟该马上诚恳地道歉，还是该听话地继续耍大牌。

楚楚满意地看梁灵住嘴，随即满怀期待地注视着夏笑笑，只差为夏笑笑握拳打气，鼓励道："快撕呀，我给你加油！"

楚楚现在只想亲眼看女主角打脸逆袭，怒撕路人甲乙丙！

夏笑笑满目茫然："好、好的。"

夏笑笑看着眼睛发亮的楚总，觉得老板的脸上透着一股莫名其妙的跃跃欲试，老板竟还有点可爱？

众人面色古怪地看着这一幕，总觉得跟想象中的剧情不太一样。他们想看的明明是楚总出手，实际情况为什么完全不对？楚总居然饶有兴趣地做吃瓜群众，兴致勃勃地旁观战况。

众人只差向楚总控诉：您可是主角，快点上场啊！

楚总没发现周围人微妙的神色，反倒用眼神向夏笑笑示意，无声助威：快上呀，加油呀！

夏笑笑握紧拳，鼓起勇气，向着梁灵及其助理弱弱地吼道："请、请你们离开，你们算哪根葱……"

梁灵及其助理忙不迭地道歉，转身就想走："好的好的，对不起，打扰了！"

门外的工作人员：这是什么幼儿园级别的对决？

楚总的突然出现完全打乱了屋内原本紧张的节奏，就连夏笑笑和梁灵的助理刚开始的对峙感都彻底变弱。

楚总看梁灵一行人想溜，皱紧眉头，不满地道："等等。"

门口的小编导瞬间打起精神，难道终于到他期盼的环节了？！

楚总摸了摸下巴，神情凝重，陷入深思，失望地批评道："你们这个桥段的戏剧张力太差了，完全没有我想象中热血沸腾的感觉。"

楚楚：这要是在某文学网，绝对不会火。

楚楚回到原本倚门的位置，模仿导演进行场面调度，拍拍手指挥道："我们再走一遍吧，就从'你算哪根葱'开始重新来一次，这回大家都把人设立住了！"

梁灵的脸色一阵青一阵白，她觉得楚总的折辱远比发怒更让自己难堪，不由得真心示弱道："楚总，这回真是大水冲了龙王庙，您看在星兰唱片和齐盛曾多次合作的分儿上，原谅我吧……我改日一定登门道歉。"

梁灵的经纪公司是星兰唱片，跟齐盛集团有密切合作。她还为齐盛旗下的品牌代言过，所以得知楚总的身份时才会立刻低头认尿。梁灵本来盼着楚总顾忌齐盛的产业，可以放自己一把，没想到这位老板却不买账。

楚总冷言教育道："都说了别崩人设，你不要浪费大家时间，能不能赶紧踜起来，咱们这次一回过好吗？"

梁灵觉得楚总在反讽，被这番话刺得不是滋味，咬牙道："请您不要再折辱人了。"

楚楚诧异道："我哪有折辱你？"

天地良心，楚楚只是想重现小说中的经典桥段，没有侮辱谁的意思，毕竟她都不知道梁灵是哪位。她根本不在乎休息室有没有被抢，只是想看女主角打脸女配角的情节啊。

梁灵内心愤愤：谁敢对着你踜起来？我爸要是楚彦印，我现在就踜到飞起！

楚楚瞟到梁灵愤恨的眼神，立刻道："你这个表情就对啦，入戏了，赶紧赶紧！"

梁灵极度崩溃，又不敢违背楚总的意思，只得僵硬地站在原地。接下来，夏笑笑和梁灵等人在导演楚总的指导下，陷入无限循环的剧情中。

"请你们出去，否则我就叫人了……"

"我们这就走，告辞！"

"停！你见过哪个反派如此随便？重新来。"

"请你们出去，这间休息室有人用了，不然我就叫人了！"

"你叫破喉咙也不会有人救你的！"

“停！注意人物状态，这是什么台词？重新来！”

“……”

梁灵被反复折磨，后来每次坐在休息室里，都会想起这段铭记于心的痛苦记忆，被人精神荼毒的残忍时刻。她不知道配合楚总排练了多少遍，才成功塑造了对方心目中的恶毒女配角形象。梁灵估计以后可以不用唱歌了，直接出演偶像剧女二号，绝对惟妙惟肖。

梁灵：给我一次机会，我想做个好人。

这场休息室闹剧过后，编剧们在群里疯狂地吐槽起来。

“哈哈哈哈，人设崩坏？我猜梁灵这辈子都不敢再抢休息室了！”

“完全是我初中老师的套路，‘你不是爱说吗？来来来，站到讲台上让你说个够’。梁灵不是爱耍大牌？楚总就让她连耍一下午，直至无牌可耍。”

“楚总是当代偶像剧教母，绝不容许恶毒女配角中途退场，必须走完所有剧情。”

“太失望了，我想看楚总出手，不想看现场版的儿童教育话剧！”

“快撕呀，我给你加油。”

“快撕呀，我给你加油。”

“都说了别崩人设。”

“快撕呀，我给你加油。”

“破坏队形的人请自重！”

梁灵等人配合排演了一下午，终于得到楚总首肯，赶紧一溜烟地离开，再也不想触这位富二代的霉头。夏笑笑若有所思地看着这幕，总觉得楚总的思路很独特，总是能找到解决问题的奇怪方法，实在太厉害了！

夏笑笑崇拜楚楚，不管老板做出什么举动，永远都能为其找出合理的解释。楚总既让梁灵等人长了教训，又没有使用太过分的手段，果然是有大智慧的人，远非常人能及。

车上，坐在副驾驶座上的夏笑笑深受激励，钦佩地道：“谢谢楚总，我今天学到很多。”

楚楚百无聊赖地望着车窗外，冷不丁听到这句，疑惑道：“你学到什么了？”

夏笑笑认真道：“为人处世的道理。”

楚楚：“……”

楚楚：完了，女主角疯了。

楚楚百思不得其解，难道夏笑笑果真只能做被保护的小白兔，没法硬拗成爽文女主角？早期言情小说跟不上现在爽文的流行趋势？

楚楚思来想去，觉得这个锅要梁灵背，都是梁灵没立住角色，跪地求饶的速度太快！

公司内，张嘉年从夏笑笑处得知此事后，立刻联系韩东，要求《我是毒舌王》换掉梁灵。张嘉年觉得梁灵就站在作死的边缘，竟然敢摸老虎的尾巴，甚至兴起联系齐盛集团撤梁灵代言的念头。

张嘉年的思路跟夏笑笑不一样，他认为这种事绝不能让楚总亲自做，下属们应该在无声中为老板解决一切问题，替老板排忧解难。

电视剧中，重要人物的身边都环绕着部下和打手，哪有让老板自己冲上去的？

韩东接到张嘉年的电话，无奈地咳嗽两声，解释道："您晚来一步，梁灵已经主动请辞了，似乎对楚总闻风丧胆。"

毕竟肉体打击是一时的，精神打击却可以绵延一生。

张嘉年觉得梁灵还算识趣，但仍向楚总请示一番，汇报道："楚总，梁灵已经主动请辞节目，您觉得还有必要联系齐盛那边吗？"

潜台词是，梁灵主动离开节目了，我们还要不要追着她打？

楚楚闻言错愕地抬头，询问道："为什么请辞？她挺有意思的，不能把她找回来吗？"

这类女配角千载难逢，万一下回能跟女主角擦出火花呢？

张嘉年："……"

梁灵当然是不可能回来的，但楚楚参加首期《我是毒舌王》的消息引爆全网。网友们震惊不已，没料到风口浪尖上的人物居然会上脱口秀节目。辰星影视和李泰河的官司还在僵持阶段，吃瓜群众自然对辰星影视背后的大人物密切关注。

当然，有一部分人并不想看到楚楚出现在节目上，例如李泰河的粉丝。

河水洛川："小河（李泰河粉丝的代称）们别给某某热度了，天天捆绑前员工有意思吗？想进娱乐圈想疯了，上节目还蹭我家的热度。"

松松："粉丝们真可怕，她要想进军娱乐圈需要李泰河吗？直接让自家公司安排一下就行。"

龙五："没人想看又蠢又爱作妖的女人上节目，这节目传递扭曲的价值观。"

天地玲珑："先不评价人品、性格，如果常春藤硕士都算蠢，你家偶像算智力障碍者？”

云漂：“李的粉丝别追着骂节目了。怎么会没人想看？我想看！从今天起我就是楚总的假粉丝，齐盛旗下的产品能给我打个九折吗？让我当真粉丝就得打八折！”

条慢慢：“小楚和老楚的风格真的完全不同，楚董看楚总会不会被气死？”

网友们的猜想没错，楚彦印得知楚楚要上脱口秀节目时，确实既震惊又愤怒，直接让张嘉年转达最后通牒：“嘉年，你明明白白告诉她，我不会同意的！大家闺秀跑去综艺节目，真是越混越回去了，赶紧让她退出！”

张嘉年早知楚董会雷霆大怒，小心翼翼地解释：“楚董，楚总说这跟她后面的公司规划有关……”

楚彦印暴怒道：“胡说八道，她就是嫌脸丢得还不够多，变着法儿地丢人现眼！”

楚彦印经商多年，重视的是口碑信誉、一诺千金，对这种胡言乱语闻所未闻，上节目跟公司规划有什么关系？

张嘉年不好再劝，只得硬着头皮道：“董事长，楚总已经出发去录制了，现在可能联系不上了。”

楚总一大早就去棚里录制节目，看时间应该早就开始了，肯定没空再看手机，而且他并不觉得楚总会在意董事长的想法。张嘉年逐渐摸透规律，凡是董事长反对的事情，楚总都会更加积极地去做，十分叛逆。

另一边，《我是毒舌王》首期节目正进行录制，排练时空荡荡的观众席此时座无虚席。舞台一侧则是嘉宾席，正中间的位置是发言台。每位嘉宾会依次走上发言台，按照台本完成个人脱口秀环节，再对其他嘉宾和现场观众的吐槽做出回应。

在绚丽的灯光和激烈的开场乐中，嘉宾们依次登场。楚楚着一身小香风套装，打扮得简洁而优雅，泰然自若地走向嘉宾席首座。她出现时呼声最高，远超在座的其他艺人，当然其中同样夹杂着嘘声。

“下去吧！”观众席上有人撕心裂肺地朝着楚楚吼道，几乎惊动全场，立刻有编导上前查看情况。虽然节目组选择观众时严格把关，但仍有讨厌楚楚的人混进来，想当面对她表达不满。

站在后台的夏笑笑看到此景颇为担忧，生怕影响到楚总接下来的发挥。

“怎么回事？把那人带出去！”旁边的工作人员焦急地用对讲机说道。

台上的楚楚倒是镇定，瞟了对方一眼，欠欠地答道：“我不，你上来。”

楚楚可没有被吓到，舞台上下隔着那么多工作人员，对方要是能冲破阻碍到自己面前，那才是真牛，光在观众席瞎吼能威胁到谁啊？

因为节目刚开始，又不是楚总的发言环节，她的麦还没有被推高音量，仅有小部分观众听见了她的回应，看到了她欠揍的表情。另一侧的观众则一脸茫然，只远远看见楚总在说话，却没听到内容。

“欢迎大家收看《我是毒舌王》，用最犀利的声音剖析自己，用最幽默的方式笑对人生，我是主持人小毒！”主持人赶紧救场，马上吸引了众人的注意力，“今天是首期节目，现场来了很多重量级嘉宾，现在我就为大家隆重介绍……”

主持人先将嘉宾介绍一遍，又讲解了节目流程和规则，嘉宾们便开始陆续上场完成脱口秀。因为楚总的“毒性”较大，编剧们特意把她安排在最后，确保观众不会流失，能够撑到最后。

每位嘉宾的脱口秀稿子都结合了自身经历，凝聚了编剧们冥思苦想后的笑点，逗得现场观众哈哈大笑。然而，楚楚的风格却不一样，她由于完全不了解书中的娱乐圈明星和现场嘉宾，很多笑点都理解不了，只能面无表情地聆听，完全不对任何人毒舌。

很快，大家便发现楚总异于常人的面瘫表情，她恨不得在脸上写着“欢笑是你们的，而我什么都没有”。

主持人小毒终于看不下去，主动问她：“我看楚总一直很安静啊，原来您是与世无争派，完全不毒舌！”

楚楚突然被点名，还没跟上节奏，坦然地道：“抱歉，主要是我不认识大家。”

毒舌也是要做功课的，她都记不清在座嘉宾谁是歌手、谁是演员，自然无话可说。

众人愣怔片刻，随即一片哗然，楚总这是要靠一句话拉起全场的仇恨啊！

果不其然，下一位嘉宾站在发言台上，立刻对楚楚展开攻击：“我很好奇，楚总最近是不是资金困难，不然怎么追着李泰河赔一个亿，您是缺钱花啦？想借机大捞一笔？”

此言一出，观众们立马看热闹不嫌事大，发出阵阵起哄声，翘首期盼楚总的回应。李泰河的天价违约金如今简直成为网络段子，带动最近的“一个亿”话题的热潮。如此高昂的违约金闻所未闻，不少人认为楚楚压榨了李泰河多年，手段恶劣。

楚楚迟疑片刻，轻声反问：“一个亿很多吗？”

楚楚：对不起，现在对钱真的没概念，毕竟“便宜爸爸”上来就要自己先赚一百亿。

众人皆倒吸一口凉气，被她云淡风轻的炫富言论震惊，恨不得立刻冲上台打爆她的头，好让她清醒一点。

在楚楚看来，书中世界的金钱宛如游戏币，完全没法给人实际的感觉，全都以亿为单位。在旁人看来，楚总是吹嘘于无形，出生在罗马，有钱人就敢瞎说话！

嘉宾语塞片刻，不甘心地提醒："楚总，这是《我是毒舌王》，不是《我是炫富王》，请您不要回避问题。"

"如果李泰河认为自己只值十元，我也可以接受，咱们自主定价，还能商量。"楚楚随和地摆手，一副好商量的样子，"原价一亿，现价十元，清仓销售，童叟无欺。我要是满世界这么喊，李泰河的粉丝同样要追着我骂吧？"

她认真地总结道："所以我很委屈，其实李泰河的粉丝应该感谢我，我索赔天价违约金，不是为我自己，是为了给予李泰河足够的尊重。如果是像你这样不被人认识的艺人，我断然不会开太高的违约金，绝对客观公正。你直接走也可以，我不要你的钱。"

嘉宾："……"

众人："哈哈哈哈哈哈哈哈！"

楚总的脸上写满真诚，有种令人信服的魔力，完全看不出她在一本正经地胡说八道。她如此风轻云淡的态度，简直要把发言台上的嘉宾气到晕厥，甚至顾不上查看提词器的内容进行反击。

台下的观众却正好相反，被她平静的阐述逗得哈哈大笑。《我是毒舌王》本就是一档放肆的节目，大家想看的正是嘉宾们彼此攻讦，以此达到综艺效果。

节目过半，楚楚总算明白为什么要分批彩排了，不单是因为她身份特别，更因为其他嘉宾的吐槽内容中频频提及自己。这些脱口秀稿件都由编剧提前撰写，现场还有提词器，避免嘉宾忘词。

编剧们不想让楚总提前得知内容，要的就是她的自然反应。既然楚总没有尺度，嫌弃写好的稿件不够犀利，他们就要玩一把狠的！

接下来，楚楚简直成了全场的重点攻击对象，谁上台都要提她。

"楚总，您好歹是辰星影视的大老板，也算半只脚踏在娱乐圈内，上来就说谁都不认识，是不是有点假？这难道是什么引以为傲的事情？"嘉宾A看不惯楚楚的言论，针锋相对道。

楚楚总不能解释她是穿越到书中来的，语重心长地道："主要还是你们的粉丝不努力，我知道这话有点伤自尊，但凡事要从自身找原因，你该反思为什么自己不红，没办法鼓动粉丝对我进行实名辱骂。你看，我不就记住李泰河的名字了？”

对方没想到看上去高冷的楚总，给出的回答却有趣而接地气，不由得当场愣住。

众所周知，李泰河的粉丝对楚楚实名辱骂良久，如今当事人不但一笑而过，还进行自嘲，着实让人没想到。

楚楚平和地摆摆手，提议道：“你回去后抓紧时间，发动粉丝连骂我两周，不但我能记住你的名字，你们伟大的偶像楚彦印，同样能记住你的名字！”

嘉宾A：“……”

观众：“哈哈哈哈哈哈！”

嘉宾B看别人受挫，立刻蹦出来发问：“楚总，坊间流传您潜规则自己公司的艺人，李泰河因此解约离开，您怎么看？”

“我又不是元芳，能怎么看？我选择不看。”楚楚面无表情地吐槽，“如果李泰河确实被强迫与我发生了关系，应该打电话报警，让警察以猥亵罪为由逮捕我，而不是解约出走。”

嘉宾B：“您的大胆发言可能会使节目下架。”

楚楚：“为什么？我是在认真地普法。”

嘉宾B：“……”

观众们在下面拍腿叫绝！

嘉宾C满脸严肃：“我说句实话，您别不高兴。您能在节目上如此嚣张，不过是靠您的好爸爸。”

楚楚摇摇头：“我靠的不是我爸。”

嘉宾C不置可否，挑眉道：“您没法否认家境和财富带给您的底气。”

楚楚不慌不忙，慢条斯理地道：“你错了，我给你打个比方，老楚同学比我更有钱，但他没法在节目上嚣张，你知道为什么吗？”

楚彦印的财富值是楚楚的好几倍，但楚董永远端庄有礼，没有半分失态。嘉宾C确实被问蒙了，好奇地问道：“为什么？”

“因为楚彦印要脸，而我不要啊。”楚楚眨眨眼，浅浅地笑了，轻拍一下自己的脸，“因此我的嚣张靠的不是我爸，而是自己的厚脸皮。”

嘉宾C：“……”

观众：“哈哈哈！”

主持人小毒甘拜下风，恨不得拍手赞叹：“楚总很厉害啊，不黑别人，狂黑自己！那么接下来就有请我们最后一位嘉宾，疯狂自嘲的霸道总裁——

楚总！”

登场音乐响起，楚楚终于在热烈的欢呼声中站上发言台。

如果说现场观众刚开始还对楚总心存反感，现在却都被她的幽默感和金句所惊艳，非常期待她的脱口秀表演。毕竟她舌战群儒，完全不用看提词器，可以即兴发挥。

楚楚摆正话筒，环顾人头攒动的观众席，开口道：“开播前，有人问我为什么要上综艺节目；开播后，肯定还会有人问我为什么综艺感那么好，现场的大家知道原因吗？”

台下的观众皆满目茫然，有人老实地摇摇头。

楚楚坦白道：“原因很简单，如果不是银达刚跟笑影达成合作，你以为我会这么卖力？我在此要郑重地提醒韩东，你们的编剧再写这种不痛不痒的无聊稿件，戳不到痛点，《我是毒舌王》的首期节目播完很可能会无人问津，或者改名《我是尴尬王》。”

后台被点名的韩东：“……”

韩东：等等！这是节目录制啊，您怎么能这么说？

观众哈哈大笑起来。

“大家应该都知道笑影最近完成Pre-A轮融资，就是我投的。公司高管那时候苦口婆心地劝我，让我三思而行，千万不要冲动。我那时据理力争，引经据典地说服对方，费了好多口舌……”楚楚停顿片刻，叹息一声，摇了摇头，“现在我站在节目现场，发现我过去是白费口舌，我属于‘王者’带‘青铜’，不放下身段自嘲，他们完全给不出笑点啊！”

后台的编剧们恍然大悟，原来楚总毒舌的对象不是其他嘉宾，而是无辜的他们！

台下的观众情不自禁地献上掌声，哄然大笑。

“刚才不是还有嘉宾愤怒地发问，为什么我记不住他们的名字吗？”楚楚看向嘉宾席，认真地说道，“你现在就该庆幸我没记住你叫什么了，我要是真记住了，以后就再也不找你上脱口秀了。你除了在talk（谈话），完全不够秀！”

嘉宾A佩服地江湖式抱拳，恨不得给楚总跪下。

楚楚摆摆手，随意地道：“好了，现在肯定有人又要问，为什么你只会说英文单词talk？因为我的学历是花钱买的，你们可以去找李泰河的粉丝们了解一下，他们对我的了解，比我自己还多。苏格拉底曾经说，认识你自己。我都没法认识我自己，李泰河的粉丝却可以！”

“我现在很想打个广告，承接明星的宣传营销工作。如果哪位艺人想红，请私下联系我，我们对骂一波，基本上就预定了两周的热搜榜第一，效果比任何宣传公司都要好，价格还会更便宜，先付款后操作。”楚楚泰然自若地说道，“买不了吃亏，买不了上当，非诚勿扰，已有成功的宣传案例——号称自己要做影帝却天天上综艺的男明星李某。”

台下的观众已经笑得肚子疼。

“许多人认为有钱人的生活很快乐，我想告诉大家的是……确实挺快乐的，快乐得我不想上班！”楚楚深表赞同地点点头，无奈地道，“但老楚同学不允许我在家混吃等死，大手一挥，先给我定了个小目标，挣个一百亿。我一听这话就愣了，心想当初违约金怎么不索赔一百亿呢？我要这一亿有何用！”

爆笑中，有观众喊道：“一百亿是真的吗？！”

楚楚应声答道：“是真的，而且还有附加条件，如果我三年内没有完成目标，老楚就要安排我嫁人生子，过上大门不出二门不迈的日子，用他的话来说就是‘避免我在外丢人现眼’，估计以后他也不会让我上这种节目。”

“不行——我们想看你上节目！我们给你众筹一百亿！”

“哎呀，那怎么好意思？”楚楚欲拒还迎道，“我到时候让助理把账户名挂在微博上，大家给我转账啊。”

观众：“哈哈哈哈哈！好！”

楚楚：“开个玩笑，我才是有钱人，怎么好意思要你们的钱？”

观众：“……”

观众：你这是突然炫富？

楚楚逗完观众，又重回话题：“大家不要紧张，我相信一百亿的目标很好达到。我借这个平台，善意地规劝各位商界大佬，一定多多跟银达合作，否则你们的儿子们就要遭殃。你要是培养出了一个青年才俊，最后被我这样的人糟蹋了，我都不忍心啊！”

“老楚到时候挨家挨户敲门，张口就问‘唉，你家有儿子吗’，你们怎么回答？这种情况就很尴尬了。老楚的事业虽然大，但他也不能卖子求荣啊！”楚楚幽默风趣地自嘲道，“各位年龄适婚的后起之秀、青年才俊们也请奋力自救。我向你们保证，只要你们跟银达合作，我就放你一马，绝对不嫁你！”

“楚总，让我进地狱吧——求娶——”台下有小姑娘尖声叫道，众人哈哈大笑。

楚楚满脸光风霁月，义正词严地道：“国家法律不允许。”

观众：你还真把自己当成普法节目的主持人啦？！

“大家听完刚才的段子，基本上就能明白，我生命中最重要的两个男人是谁，一个是老楚，一个是李泰河。”楚楚倚在发言台上神情自然，娓娓道来，“老楚，你们熟悉的大佬，在生意场上可谓呼风唤雨，绝对不是个一般的男人，可以一个顶俩，而李泰河嘛……嗯……”

楚楚面露迟疑之色，用支支吾吾的语气挑动着观众的好奇心，为难道：“总之，这是道数学题，老楚加李泰河是两个男人，老楚一人顶俩，剩下的你们自己算吧。现场不说了，不然我回家又要挨骂。”

观众听题后疯狂计算：楚彦印+李泰河=两个男人，楚彦印算两个，那李泰河算几个？

有人叫道：“李泰河不算男人！”

楚楚：“哦，这可是你说的，跟我没关系啊。冤有头债有主，李泰河的粉丝们快记住这人的脸！”

观众：“哈哈哈哈哈哈哈！”

“大家小时候应该都写过作文，知道写作文的套路，到结尾都要提炼、升华一下主题，脱口秀也是如此。我刚才已经把段子都讲完了，因为不太擅长励志鸡汤，接下来就直接念编剧们给我准备的主题思想……”楚楚站在发言台上，拿起手卡，低声朗读，“我知道最近网上有很多恶意的传闻，但我想告诉大家，我既没有大家想的那么好，也没有你们说的那么差。古斯塔夫·勒庞在《乌合之众》中说过……”

“等等，这段酸词是谁写的？写稿的编剧完全不客观。”楚楚突然话题一转，举起手卡晃了晃，望向后台，振振有词，“我绝对比大家想的还要好，我是完美的！”

后台的写稿编剧：“……”

编剧们：楚总，求求您稍微谦逊一些，悠着点吧，还要洗白呢！

观众们却开始习惯楚总的厚脸皮，笑着起哄道：“好好好，你是完美的！”

“这词可以丢到一边了，根本不励志。我今天站在这里，就是想告诉大家，无论生活再难，困难再多，旁人再怎么骂你不要脸，你都要坚信自己是完美的。”楚楚双手撑着发言台，掷地有声地说道，“人要勇于表达自己，假如你不主动表达，别人就会来表达你。”

“很多人会奇怪地问，为什么我要上脱口秀节目？这是不是很掉身价？我从来不觉得表达自我可耻，执着于外在的刻板印象，对我来说反而是束缚。我就是我，活不成他人心目中的样子。不要跟我说什么偶像包袱，你都没把我当偶像，还敢跟我提包袱？”楚楚恨铁不成钢地道。

“哈哈哈哈哈哈哈哈！从今天起你就是我的偶像！”台下的人附和。

楚楚微笑道：“当然，有时候你的表达同样会遭到非议，甚至影响他人对你的印象，比如老楚就很烦我。有钱人之间也会互相议论，四处八卦，‘你看楚彦印的闺女多丢人，跑到综艺节目上胡说八道，搞得老楚颜面无光’……对于这类人，我只想说，怎么就你的嘴一天到晚叭叭的！”

观众们简直要为楚总的硬核发言鼓掌到手痛了。

“所有人都希望有钱、暴富，但作为还算富的那拨人，我真心想要告诉大家，千万不要假装活成有钱人的样子。”楚楚认真地望着台下的观众，“真正的富裕不是你账户上有多少钱，而是你能在法律允许的范围内自由地做任何事。最重要的不是财务自由，是精神自由。”

“有钱后却无法自由地表达，或者有钱后还要看人脸色，那你要这百亿身家有何用？活得远没有穷人自在！有的人觉得我给上流圈子丢脸，但我和那些人正好相反，他们看重的上流圈子，在我眼里什么都不是……”楚楚轻笑一声，调侃道，“你越在乎什么，越会被什么束缚。”

“所以老楚看到网上的风言风语，只能暗戳戳地公关，顾及自己的面子、形象，花完钱心里也不痛快。而我就不一样了，我会直接骂回去，骂到他再也不敢找碴儿，不但一分钱不花，心里还特痛快。”楚楚直视镜头，一本正经地道，“没错，李泰河，我就是说你呢，别一天到晚组织粉丝骂我，弄得别人怪辛苦的。你已经是个成熟的艺人了，要学会自己下场控评，多跟我学习，自己跑到节目上澄清！”

观众：“哈哈哈哈哈哈哈哈哈哈哈！”

楚楚站在台上，环顾一圈观众，总结道：“人生就是一个起起落落落落落落落的过程，所以一定要在有限的时间里自由地表达，千万不要用自己的不开心造就他人的开心，到头来追悔莫及、捶胸顿足。人生就是走自己的路，让别人无路可走。

“如果路上有人说你不够完美，对你指指点点，我们就淡然一笑、大手一挥，响亮地回他一句——去你的吧！”

“谢谢大家，我是楚楚。”楚楚抬起头，眼中盈满浅浅的笑意，轻轻鞠躬后下台。

台下，观众们扯着嗓子呐喊，喊声一浪高过一浪，齐声叫道：“Encore（再来一次）！Encore！”

楚楚摆摆手：“行了吧，这节目都没给我酬劳，我还赶着回家赚一百亿呢。”

观众们：“哈哈哈哈哈！让韩东给你结账，酬劳一百亿！”

后台，笑影文化CEO韩东可怜躺枪：“……”

韩东：大哥大嫂们行行好，我们这个破公司哪有那么多钱！

夏笑笑在台口看着热闹的场面，舞台上的楚总几乎是发亮的火焰，以幽默的谈吐、张扬肆意的思想点燃全场，像是天生的发光体。原本还对楚总心存隔阂的观众，如今一面倒地为她欢呼，完全不亚于见到一线明星的狂热。

夏笑笑只觉得自己心中有一簇小小的火苗被点燃了，随着台上人的言语而摆动。如果她有楚总一半的水平，都能知足了。夏笑笑想到自己在办公室内垫底的业务能力，又看着在绚烂的灯光下大放异彩的楚总，不由得心生小小的沮丧。

她离大家真的还差好远好远。

楚楚在众人的簇拥中下台，将手卡随手递给工作人员，朝夏笑笑道：“我们走吧。”

“好、好的！”夏笑笑立马回神，尽职尽责地引导楚总向外走。她最近已经对助理的工作得心应手，基本上没出过差错。

上车后，夏笑笑听到后座传来轻轻的叹息声，立马反应过来，楚总也累了。虽然楚总在台上表现得很好，但经历如此漫长的录制，估计也筋疲力尽了。夏笑笑小心翼翼地问道：“楚总，您还要去泉竹轩用餐吗？如果您很累，我们直接回燕晗居？”

楚楚确实浑身疲惫，肚子也饿得咕咕叫，揉了揉太阳穴：“先去吃饭吧，好不容易这件事结了，庆祝一下。”

泉竹轩是市内一家有名的创意菜餐馆，餐厅环境清静雅致、别有洞天，角落是布满荷叶的小池，周围升起袅袅白烟，颇有仙境的感觉。夏笑笑早就预订好位置，态度亲和的服务员带领两人向包间走去。

“泰河，你在看什么？”新经纪人询问道。

李泰河坐在桌前，注意力早没在谈话中，正痴痴地看向一边。经纪人扭头查看一圈，没发现任何异状，提醒道：“我们接着聊违约金的事？”

“稍等，我离开一下。”李泰河好像看到了夏笑笑和楚楚的背影，不确定自己是否看错，连忙起身过去，想要一探究竟。

“等等，我们还没聊完呢……”经纪人看李泰河魂不守舍地拔腿就走，不由得满目茫然，不知他到底看到谁了。

第三章　总裁的百亿奋斗

楚楚和夏笑笑跟随服务员穿过走廊，进入餐厅内部的雅间。雅间是半开放设计，可以看到大堂内颇有意境的装潢设计，然而私密性很好。因为有青翠竹叶和淡色兰花的遮掩，外面的人不太能看到雅间内的情况。

楚楚觉得穿越进书中暴富后最大的好处，就是可以品尝各种各样的美食。点餐完毕，雅间内只留下楚楚和夏笑笑两人，楚楚主动开口道："这几天辛苦你了。"

夏笑笑跟随楚楚录制节目，可以说跑进跑出好几天。楚楚真要彩排忙起来，很多事情都顾不上，全是夏笑笑在旁打点。从用餐到叫车，夏笑笑将时间规划得非常细致，书包中的各类用品一应俱全。

楚楚在最近的相处中逐渐了解了原书的女主角，她其实并没有小说中那么"傻白甜"和冒冒失失。夏笑笑是一个温柔体贴、真心照顾旁人的女孩，虽然有时候过于单纯，但正是这种人畜无害的气质让人难以拒绝，这才会在办公室中得到其他姐姐的照顾。

虽然楚楚只带了夏笑笑一个助理，但夏笑笑的效率绝不逊色于其他艺人的团队。节目内的编剧们甚至戏称夏笑笑是电影《穿普拉达的女魔头》中的女主角，楚总就是女魔头本尊，觉得二人的组合甚是有趣。

总而言之，夏笑笑刨去"女主角"光环，同样是个有能力的小姑娘。

夏笑笑赶忙摆摆手，羞赧地道："没有没有，我只是做些简单的事情，没什么难度……"

夏笑笑没料到自己的工作会落入楚总的眼中，以为自己只是此次行程中的隐形人，顿时有种受宠若惊之感。

“简单的事情想要做到极致，同样很困难。”楚楚望着旁边闪闪发亮的水晶杯，打了个比方，“就算是一个杯子，做工普通的和细心雕琢的也完全不同，前者只能摆在夜市，后者却能成为奢侈品。”

夏笑笑似懂非懂地点点头，望着灯光下面容安静而隐含疲惫的楚总，不禁脱口而出：“您现在又跟录节目时不太一样呢……”

“当然，我没有说您不好的意思！”夏笑笑说完觉得不对，生怕楚总误会，又赶紧补充一句。

她只是觉得楚总性格多变，在公司里让人闻风丧胆，在生活中随和淡定，在舞台上张扬肆意，几乎每一面都不同。

夏笑笑跟楚总接触得越多，就越觉得她神秘而独特。

楚楚淡淡地道：“毕竟是脱口秀表演，说到底只是秀和表演，在现场要煽动气氛。”

她在生活中肯定不会表现得太夸张，今天录制完就像电脑的电量告竭了似的，现在浑身软绵绵的，大脑犹如糨糊。

夏笑笑迟疑片刻，终于鼓起十二万分勇气，弱弱地发问：“那真实的您是怎样的呢？”

按捺住自己心中小小的、隐秘的冲动，她想要更了解和靠近自己的老板。

楚楚沉默片刻，将筷子放到一边，坦白道：“我也不知道。”

楚楚现在感受不到真实，更无从谈论真实的自己。庄生晓梦迷蝴蝶，她有时都不知道自己是在梦中还是在现实，也不知道自己究竟是书中的人物，还是游离于故事外的旁观者。

“嗨，别提那么哲学的话题啦，我今天已经很累了。”楚楚随意地摆摆手，询问道，“你接下来有什么计划？最近的工作如何？”

夏笑笑老实道：“我接下来还是跟姐姐们多学习吧，大家的工作氛围很好，不过我确实差得太多，对金融一窍不通……”

楚楚安慰道：“正常，我也是对着数字就头大，都让张嘉年去做。”

楚楚可不会傻到从头开始学金融，术业有专攻，自己不会的事就直接安排给会做的人，反正张嘉年是楚彦印选拔出的人，想来能力没有问题。

“既然你不擅长金融，那就去做综艺或影视项目吧，我们马上也会涉及这方面的内容。我跟王青提一下，为你安排这类工作。”楚楚和夏笑笑相熟后，便不再把她当作书中的“纸片人”，而是一个初出茅庐的小新人，下意识地出言指点。

夏笑笑闻言，眼睛有些发亮，神色又有点犹豫：“楚总，可我资历还浅……”

楚楚大手一挥，豪言道：“经验都是刷出来的，不要尿，就是干！”

咚咚咚——

门外突然响起的敲门声打断了两人的闲聊，夏笑笑起身解释道：“应该是上菜了。”

楚楚点点头，却突然看到墙壁上浮现出熟悉的文字，耳畔传来令人绝望的声音。

周围检测到“男主角”“女主角”光环拥有者，跟你产生排异、相合反应，强行进入对决任务。

对决任务：击退李泰河，破坏夏笑笑对其的好感。

楚楚：为什么这都能碰上？这只是随便吃顿饭啊！

楚楚看着任务要求，觉得头大如斗。难道她的存在必然会阻碍男女主角的感情，不是跟女主角掐架，就是跟男主角掐架？

李泰河查看一圈雅间，终于找到两人所在的那间。他看到面露惊讶的夏笑笑，又瞟到坐在桌边的楚楚，不禁皱起眉头，直接进入房间。夏笑笑诧异不已：“您怎么会在这里？”

夏笑笑以前跟李泰河在节目中共处过一段时间，最终以她落水为结局，后来两人便再没碰过面。原因有两个，一是夏笑笑进了银达投资，二是李泰河忙于解约官司。

李泰河没有回答夏笑笑，而是一把将她拉到自己的身后护住，对楚楚厉声道：“我早就跟你说过，不要对笑笑下手！”

楚楚不怒反笑，淡淡挑眉，轻嘲道：“我怎么对她下手了？”

“像你这样卑劣的女人，不配接近笑笑！”李泰河想到楚楚的狠毒手段，毫不客气地痛斥。

夏笑笑听到这话，心里却有点不舒服，不知为何无法容忍别人对楚总如此冒犯。她被李泰河握住手腕，一时无法挣脱，努力心平气和地道：“泰河哥，您对楚总可能有些误会，她不是那样的人……”

“笑笑，你太天真，被她蒙蔽了！”李泰河断然道。

“像你这样强行拉扯女生，打着为对方好的名义，对她的上司大吼大叫，是不是就不算卑劣？”楚楚看向正咆哮着的男主角，语气颇为挑衅，“李泰河，这里是公共场合，能请你安静一点吗？”

楚楚话音刚落，门外就有服务员探头。他望着屋内的对峙，小声询问道：“您好，请问是有什么情况吗？”

李泰河过高的音量引人注意，有服务员前来查看。楚楚丝毫不给男主角面子，面无表情地道：“这位先生突然闯入我的包间，你们餐厅就是这么安排客人的？”

楚楚尽管平时随和、没架子，但真要冷下脸来，依然有原主挑剔冰冷的气势，瞬间震住服务员。

泉竹轩雅间内的客人基本非富即贵，服务员不敢怠慢，刚想要将李泰河请出，定睛一看却发现对方竟是明星李泰河。服务员正略感犹豫时，又发现桌边面容姣好的女子正是大名鼎鼎的“齐盛太子”，两边都不能得罪！

服务员：神仙打架，小鬼遭殃，我现在该做什么？！

夏笑笑深受张嘉年的影响，居然变成最镇定的人，第一反应是维护楚总，毕竟老板大过天。她委婉地向服务员开口：“麻烦您将门关上吧，出去后也请不要乱说。”

热搜上闹得沸沸扬扬的解约事件的当事人如今突然碰头，传出去那还得了？！

“好好好，您有事随时吩咐。”服务员忙不迭地答应，离开时将门带上，远离是非之地。

“李泰河，你有钱来泉竹轩，没钱赔我违约金？你现在站在屋里，是等我请你吃饭？”楚楚觉得小说的男主角极不讨喜，他最爱大吼大叫和胡搅蛮缠，每次都搅得人心烦。

李泰河闻言气结，越发厌恶楚楚，眉头紧皱：“你除了会提钱，还会做什么？”

夏笑笑察觉到李泰河的敌意，终于奋力地挣脱他握着自己的手，忍不住替楚总出头，恼怒地道：“够了，请您出去！”

李泰河没想到会被她突然甩开，望着难得高声说话的夏笑笑，大为震惊：“笑笑……”

“请您不要这么称呼我！”夏笑笑略显稚气的脸庞染上薄怒，由于李泰河对楚总的无礼而气得满脸通红，“李泰河先生，这里是楚总的包间，现在请您马上离开，否则我会联系餐厅人员过来处理此事。您是明星，应该注意自己在公共场合的言行举止。”

李泰河惊愕而受伤地看着突然发火的夏笑笑，头一次对她感到万分陌生。他看着夏笑笑走回楚楚身边，不由得声音沙哑：“你知不知道她对你做过什么？你居然还帮她说话。”

楚楚可是亲手将她从二楼推下，想要杀死她的女人！

夏笑笑挡在楚总面前，抿了抿嘴唇，跟李泰河对峙，一字一顿地道：“我是楚总的助理，处理这些事是我的本职工作。”

恭喜你完成任务，“霸道总裁”光环已加强。

恭喜你完成隐藏任务，“霸道总裁”光环已加强。

隐藏任务：获得拥有“女主角”光环人物的维护。

恭喜你激活新称号“邪魅狂狷”。

邪魅狂狷：不管你在他人眼中如何邪恶、张狂，女主角永远认为你魅力十足。

李泰河英俊的脸上浮现出脆弱而悲伤的神色，他不敢置信地看着这一幕，原本气势汹汹的态度瞬间消失。他可以对着楚楚大叫，却无法如此对待夏笑笑。然而，他想要保护和珍惜的人如今却走到了他的对立面。

李泰河失魂落魄地道：“所以我要是挡了她的路，你也要处理我？”

夏笑笑有些不忍，但想到楚总平白被吼，仍然硬气地道：“是的，这是我该做的。”

李泰河的嘴唇动了动，却说不出任何话。夏笑笑的五官原本跟他心中的小女孩重合，现在似乎又分开了。

李泰河难得沉默片刻，望向夏笑笑身后的楚楚，意味深长地嘲讽：“楚总，您真可怕。”

李泰河无法想象，楚楚居然能拥有如此可怕的心计，将夏笑笑洗脑成这样，几乎唯命是从。

楚楚看到他眼中跳跃的仇恨火焰，平静地回道：“彼此彼此。”

楚楚：你们俩上来就给我的脑袋上扣上“邪魅狂狷”的称号，我找谁诉苦？

李泰河看着眼前的两人，突然明白自己此时在夏笑笑的心中还无足轻重。即使他指责楚楚的不是，也会被夏笑笑误解为偏见。他不敢放任夏笑笑留在楚楚身边，但现下只能从长计议，贸然行事只会引来夏笑笑对自己更大的反感。

李泰河面色铁青地离开房间，刚走几步，正好撞上新经纪人。对方诧异地道："你到哪里去了？我们赶紧聊正事啊！"

"回去吧。"李泰河心情不佳，直接道。

"那你的解约官司呢？我们还没聊跟辰星和解的事……"新经纪人有些蒙，觉得自己跟不上艺人的节奏。

"不和解！"李泰河像是被踩中痛处，怒火冲天地断然道，"我绝不跟她和解！"

李泰河大步离开，只留下眉头紧皱的经纪人。新经纪人不知道李泰河哪里来的火气，简直一触即燃，像是火药桶。经纪人不由得陷入沉思，李泰河不愿意让官司和解，铆足干劲的辰星影视肯定不会放过他，说不定真得掏出天价违约金，还会影响后续的很多商务合作。

辰星法务部最近像是疯了一样，恨不得追着李泰河痛打落水狗。如果李泰河愿意稍微低头和解，解约赔偿了事，说不定还能借现有的影响力和热度建立工作室，发展前途明朗。但官司僵持下去，他们想要抵挡辰星的势力，就只能投靠其他大影视公司，否则谁来为一亿的违约金买单？

新经纪人觉得李泰河还没有明确的自我认知，现在他早就不是辰星影视呼风唤雨的"一哥"了，失去资源和资本的加持，又面临许多新人的冲击，想保住先发优势并不容易。

另一边，喜提"邪魅狂狷"称号的楚总却不开心，忧心忡忡。张嘉年轻轻敲门，随即进屋询问："楚总，您找我？"

楚楚犹豫良久，一时不好开口，问道："夏笑笑当时是怎么进银达的？"

张嘉年心想，难道不是托您的特别关照进来的吗？您心里没点数吗？

张嘉年迂回婉转地说道："王青那时觉得她很适合处理一些工作，就将她要到银达重点培养。"

楚楚恍然大悟，误以为夏笑笑确实博得了王青等人的青睐，不料这是个美妙的误会。她思考片刻，开口道："你安排夏笑笑回辰星做项目吧，她不懂金融。"

张嘉年一愣，疑惑道："楚总，她哪里做得让您不满吗？"

张嘉年相信自己的判断，夏笑笑对待楚总必然是上心的，恨不得事无巨细地记录老板喜好。最可怕的是，别人是为了生活而拍马屁，夏笑笑是因为发自内心地崇拜楚总而拍马屁，水准完全不同。

楚楚有些头疼，用手支着脑袋，手指不安地在办公桌上敲动。楚楚硬着头皮道："我怎么老觉得她喜欢我？"

楚楚拿到“邪魅狂狷”称号后吓了一跳，觉得女主角对自己的感情在往不可控制的方向发展，应该适当阻止，拉开两人的距离。

张嘉年更为不解，脱口而出：“这不是正合您的心意？”

楚总对夏笑笑的各种包容和撩拨，要的不就是这个效果？

楚楚猛地抬头，露出见鬼的表情：“什么？”

张嘉年立马意识到自己说错话，义正词严地改口：“公司的员工尊敬、喜爱您，这是值得高兴的事情，您何必感到烦恼。”

楚楚略微被他说服，却仍有些不敢相信：“我有这么强的人格魅力吗？你们难道不是天天在心里骂我，还会尊敬和喜爱我？”

楚楚以前上班时，天天恨不得在心里咒骂老板一百遍，难道银达的各位都如此优秀，完全不会对老板产生恶感？

张嘉年一边觉得楚总很有自知之明，一边温和地否认：“当然不是。”

楚楚：“我总觉得你现在就在心里骂我。”

张嘉年：“您多虑了。”

楚楚：“那你说说看，我哪里值得你们尊敬和喜爱？”

张嘉年：“……”

张嘉年已经逐渐对楚总突发的离奇言论习以为常了，眼观鼻鼻观心，马上岔开话题，说起另一件事情：“辰星影视已经开始搜集、评估合适的IP内容了，我给您整理了几家版权公司的资料，规模都不算大。”

张嘉年为了逃避这个盲目吹捧老板的环节，强行转移话题。他都不知道楚总是怎么想的，别人都是暗戳戳地拍老板的马屁，他的老板却是主动凑上来让你拍！

张嘉年：在职场拍马屁也要讲基本法则，老板未免硬核得过头了。

楚楚佩服地鼓掌：“神转折啊？！”

张嘉年佯装不知，将资料放到楚楚的桌上，礼貌地温声道：“请您过目。”

楚楚索性不再折磨他，老实地看起资料，关注自己的下一步计划。

楚楚前不久突然要求关注影视IP市场，让张嘉年安排人寻找合适的小说、漫画和游戏IP，进行内容方面的储备。同时，她还想跟各大渠道取得合作，通过参投的方式优先获得优质内容的影视改编权，甚至整合了几家版权渠道的资源。

张嘉年虽然不知道楚总为何对这个领域感兴趣，但还是认真地准备了资料。现有的网络小说、网络漫画分布零散，各大网络平台割据一方，日活跃用户和总用户数量都只能算初具规模。虽然曾有集团想对这些内容平台进行整合，但最后以IPO失败告终。

楚楚看着资料上的报价，惊讶道："价格很便宜啊！"

张嘉年将当前的顶级IP的报价列成清单，一目了然地呈现出来。楚楚一扫而过，居然没发现千万级水平的，几百万的都少见，按打包价算还可以更便宜。

张嘉年开口道："您如果有感兴趣的内容，可以告诉我，我安排他们跟版权方谈判。"

楚楚点点头，随意地将资料放到桌上，云淡风轻地道："我都挺感兴趣的，你派人去谈吧。"

张嘉年艰难地确认道："您的意思是都要买？"

楚楚泰然自若地道："是啊。"

张嘉年看她淡然的样子，只想疯狂地摇醒她，就算每个版权的价格便宜，一笔笔钱攒起来也价格不菲啊，这简直是在烧钱！她甚至都没认真看资料，居然就如此随便地拍板决定了？！

张嘉年觉得自己再次面临职业生涯的大挑战，每月基本上都要跟楚总唱反调，现在还能待在银达真是奇迹。

张嘉年面露隐忧，直言进谏："虽然网文市场具备发展前景，但您一次性采买如此多小说及漫画IP，远超出辰星影视目前的开发能力。这是一笔不小的支出，公司囤积过多的IP内容，却没办法及时消耗，会承担较高的风险。"

楚楚有条有理地解释道："我不会都留下的，你让他们将IP按等级分类，等级较低的IP到时间直接转卖，剩下的优质IP由辰星自主开发。"

楚楚知道书中世界还没兴起IP狂潮，就算现在没时间自主开发，到时候当二道贩子转卖赚钱，收益也是很可观的。现实中就有类似的IP版权运营公司，很多都有高额收入，可谓暴利。

张嘉年提醒道："楚总，目前市面上根据IP改编的影视作品很少，您确定市场可以消化如此大量的内容？"

楚楚信誓旦旦："绝对可以，等风潮一来，简直不买不是中国人。"

张嘉年：这叫什么话？！

楚楚可是亲身经历过这个阶段的，简直把原创编剧逼上绝路。那几年影视公司手里要是没有IP，都不好意思出门谈项目。当初，版权部非要采买《巨星的惹火娇妻》，给出的理由就是"虽然内容一般，但性价比高"。

这话听上去都离奇。评估小说内容居然不看内容，而看重性价比。然而，这就是那些年常见的行业乱象。

楚楚只要在IP浪潮势衰前，将所有不合适的IP倒卖干净，留下优质的IP，便能在完成内容储备的同时大赚一笔。她觉得IP潮的势头已经快要出现，尤其是顶尖IP很难贬值，再不买就来不及了。

张嘉年想到当初笑影文化的事情深感无力，不知还该不该就IP一事跟楚总据理力争。楚总上回跟他掐得天翻地覆，如今事情已经翻篇，他再贸然进谏，似乎新仇旧恨都得算上。

楚楚察觉张嘉年的脸色，询问道："你是有什么想法吗？"

张嘉年耐着性子问道："我可以说我的想法吗？"

楚楚大方答应："当然可以说呀，反正我不一定听。"

张嘉年：他竟然已对楚总的胡搅蛮缠感到习以为常了。

张嘉年获得发言机会，一时不知从何说起，最终只能语重心长地询问："您是真的想要完成跟董事长的百亿约定吗？"

张嘉年有时候觉得楚总行为离奇，有时候又觉得她很有逻辑，不由得陷入纠结。他其实大可以不管楚总的决策，以前就有人规劝他不要过于耿直，跟老板唱对台戏，但他自己放不下心。

楚楚眨眨眼，果断道："是的，我很认真地在完成。"

她要是没有求胜之心，哪还用费工夫折腾，整天躺着睡觉不好吗？

张嘉年叹口气："好吧，我相信您的决定。"

楚楚见他松口，露出满意的神色。她也不想搞一言堂，只是很多事实在不好解释。

张嘉年不是相信网络文学的发展，也不是相信IP会兴起，只是相信楚总的做法总有道理。他觉得自己如此不理智的投资方式，实在有辱职业操守，凭借情感来决定是否参投，绝对是最愚蠢的想法之一。

张嘉年看老板高兴起来，破罐破摔地想：凑合着过吧，还能怎么办。

《我是毒舌王》录制结束，广大网友都好奇地等待成片上线。现场观众生怕事情闹得不够大，陆续放出一些路透（指通过非官方渠道曝光的资料），四处鼓吹楚总的霸气不凡。楚楚录制当天便吸引了一批粉丝，网上很多网友自发地推荐她。

嘎嘎叫嚣："本年度最硬核的素人嘉宾！现场观众给楚总的尖叫声居然比明星还高。"

没开放域名："楚总真人好看到发光，我不在乎她的才华，只在乎她的脸！"

貂绒：“齐盛终于开始给‘太子’买水军了？”

大风车：“你们看完节目会爱上楚总的！李泰河，对不起，虽然喜欢你的戏，但我这回站楚总。”

河水洛川：“小河们别给节目热度，不要理水军的言论！”

玻璃花：“李泰河的粉丝们别烦，有时间在节目下跳脚，不如赶紧赔违约金。”

画画好难：“网综的营销好可怕，这是第几个热搜了？我都看烦李、楚之争了，两人快消失，别再刷存在感啦。”

在网友的热议中，众人某天惊讶地发现当事人之一楚楚突然注册了微博。

楚总的微博头像是一只猫，微博认证是“银达投资董事长”。她的微博页面上还空荡荡的，什么内容都没有，但粉丝数量已经开始飞速上涨，转瞬便有了几十万名粉丝。

咖啡糖：“楚总有那么多粉丝吗？涨粉速度吓人！”

热烤面包：“是不是你@齐盛集团买的？”

爆米花：“我是楚总的第1314个粉丝，圆满。”

楚楚早就让人给她注册了微博，她才不会错失这波热度，一定要赶在节目播出前就认证完毕。她满意地看着不断上涨的粉丝数，刚刚放下手机，便听到敲门声，应声道：“请进。”

“楚总，打扰了，我有事想跟您说……”夏笑笑的眉宇间有些失落，她小步挪进办公室内。

楚楚预感到她想说的事情，安抚道：“好的，你说吧。”

“您为什么要把我调回辰星影视？是我哪里做得不够好吗？”夏笑笑得知消息时，犹如晴天霹雳。她将这几天的工作反思了一遍，着实不知道自己哪里做错，惹恼楚总了。夏笑笑本以为自己可以靠努力弥补跟姐姐们的差距，没想到现在连尝试的机会都没了。

楚楚否认道：“怎么会，你的职级可是升了……”

夏笑笑要是真做错事了，就不会被升职加薪了。

夏笑笑垂眸，小声道：“可我不想走。”

虽然夏笑笑升职了，但有些舍不得银达投资。

楚楚难得放缓语调，开解道：“你的专业跟金融无关，在银达投资内很难有上升空间。辰星影视的岗位跟你的专业对口，正好能给你大展拳脚的机会。我以为年轻人都会想去拼一拼。”

楚楚没说假话，觉得将女主角扣在银达太过屈才，总不能让夏笑笑打杂一辈子吧？！

夏笑笑见老板并非厌恶自己，又说了肺腑之言，不由得有些动容，但仍弱弱地道：“那我过去以后，岂不是见不到王青姐她们……”还有您了。

楚楚挑眉道：“你毕业时都会跟同学告别，更何况工作不是交朋友，大家不可能永远在一起的。夏笑笑，社会上的人都很现实的，无法创造独特价值的人，随时都能被取代，你难道要等着被替代？”

“我知道你回到辰星后，肯定会跟旧同事有摩擦，想起过去那些不愉快的事，但你不能永远活在办公室其他人的羽翼下，总要试着独当一面。”楚楚循循善诱。

夏笑笑抿抿唇，没有说话，似乎仍有些不情愿。

楚楚鼓励道：“我现在没时间马上直接管理辰星影视，但娱乐、影视肯定是我不会放下的部分，而且至关重要。我希望等我想重点推动影视时，你已经在辰星站稳脚跟，能够帮上忙了。”

夏笑笑闻言一愣，心底又生起期待，询问道：“那您以后会经常出现在辰星？”

楚楚坦诚地点点头：“肯定的，应该很多时候会在吧。”

楚楚不懂金融，自然要多做自己擅长的事情，不可能天天跟数字打交道。

夏笑笑想到以后还能见到楚总，原本悲伤的心情顿感舒畅，尤其楚总还让她赶紧站稳脚跟，这是派她去开疆拓土。夏笑笑立刻像是打了鸡血，握拳保证道：“我一定不会辜负您的期待，会在辰星好好努力的！”

“加油！”楚楚对她的态度转变有些茫然，虽不知夏笑笑为何一秒变脸，但觉得这似乎是件好事！

夏笑笑解开心结后，便乖乖地接受工作调动，准备回到辰星影视。临走前，她还跟办公室的姐姐们聚餐。众人跟夏笑笑的感情不错，一时有些不舍。秘书长王青宽慰道：“没关系，你还可以经常回银达看看，年会时大家也能碰面。”

“笑笑，你要是在辰星受了欺负，就在群里说……我们一定帮你削死他们！”某豪爽的秘书姐姐放下酒杯，掷地有声地说道。

她们虽然常被楚总骂，却是离老板最近的一批人，只要走出银达的大门，每人都有用不完的人脉和能量。

楚彦印怎么可能让一群佞臣、小人围着“太子”，所以楚总身边一水的优质精英，质量杠杠的，不但长得帅，而且业务能力过硬。

“没错，你看谁不爽就干谁！你可是从总裁办出去的人，千万别看轻自己！”其他人附和道。

夏笑笑难以婉拒众人的好意，讷讷地道："好的，谢谢姐。"

夏笑笑：总觉得真告了状，秘书姐姐们会把辰星影视铲平……

《我是毒舌王》首期节目强势上线，播出当天连上三个热搜，彻底引爆了各大新媒体平台。"为楚总众筹百亿""李泰河不算男人"和"毒舌王楚总"成为热搜榜的前三名，网友们对楚楚在节目上的惊艳表现感到佩服，疯狂地展开讨论。

TOAST："楚总以一人之力带火整个节目，其他嘉宾都没什么知名度啊。"

小黄蜂："天哪，她好可爱，她好会说，我陷入了新恋情！"

洪雅："楚总，一个被钱埋没的脱口秀谐星，居然有人的才华能被财富遮掩。"

豆瓣酱："笑死了，齐盛集团的官博（官方微博）@齐盛集团转发《我是毒舌王》后又秒删，这是董事长不高兴了吗？转发的小编你还活着吧，有没有失业啊？"

吹风机呼呼呼："你不要装死了，快起来替你老板营业@银达投资。"

花花水："楚总的微博粉丝数破百万啦，她怎么还不发博？！"

小菊："李泰河，对不起，我爱上她了，只能离开你了。"

夏粮："名媛千金上这种节目，真是够低级的，一股暴发户的味道。"

蓝蓝路："某河的人终于来控场啦！"

何河："垃圾节目一天到晚买热搜，丑人多作怪，真是事儿精。"

大灯大灯亮："粉丝有病吧，我是路人，发一条跟节目相关的微博，至于私信追着我骂？我看李泰河确实不算男人，真是玩不起。"

格子君："有本事她别在节目上提李泰河啊！一天到晚蹭热度，恶心不恶心？祝齐盛早日破产！"

红果："难道不是你们先在网上骂的？人家起码上节目时一个脏字没说。"

精分小子："偶像学历低，粉丝素质也不高，不就是个综艺节目，看过一笑就完了，值得上纲上线？"

李泰河的粉丝们看着网上的热搜，简直要被《我是毒舌王》气死。原本网友们对解约官司众说纷纭、各执一词，但楚楚在节目上的精彩表现却让舆论瞬间转变。楚楚博得了吃瓜群众的眼缘，挽救了过去留在大众眼中的负面形象。

大家说到底是局外人，根本不在乎李泰河为何解约，最开始是抱着看热闹的心态，当发现楚总幽默有趣的内心后，关注点就大不一样了。他们不会觉得“李泰河不算男人”这句话是人身攻击，只觉得很搞笑。毕竟《我是毒舌王》的节目风格是这样的，何必开不起玩笑？

然而，李泰河的粉丝们却不答应，坚信楚楚是打击报复，四处强压节目舆论，反倒引发路人们的反感。观众们觉得粉丝小题大做、上纲上线，楚总都能在节目上自嘲了，粉丝却要为一个段子搞文字狱？

冰红茶：“#李泰河不算男人#我就刷怎么了？有本事继续骂，真够无聊的！”

玫瑰：“#李泰河不算男人#我就是好奇真会被举报吗？”

肉绵绵：“粉丝别玩不起，你家也可以上节目反击啊！”

看节目的网友被粉丝们弄得群情激奋，李泰河竟沦为两方交战的炮灰，成为群嘲对象。

《我是毒舌王》在热议中变得更为火爆，三大点击量成功破亿，在行业内实属罕见。笑影文化也传来好消息，节目拿下高达六千万的冠名费，并接连收到广告植入的邀约，获得了不菲的收益，前途一片光明。

银达投资曾依靠参投拿到笑影文化的股份，也是此次节目红火后的直接受益方。

张嘉年当初对笑影文化的判断没错，这家公司的各个节目其实并不突出，《我是毒舌王》最开始甚至没有冠名商。网上说节目凭楚总一人之力大火，实际上并非过誉。节目最初的稿件不痛不痒，嘉宾们也不温不火，要不是蹭上楚总的热度，绝无可能拿下如此好的成绩。

然而，这种事就是时也运也，笑影文化只要首期节目大红，后面的商务和广告便会源源不断地飞来。投入资金变多后，随之而来就是节目水平的提高。楚总在第一期的表演已经为《我是毒舌王》立下基调，只要编导们能延续水准，不怕后面没点击量。

《我是毒舌王》要是能维持好势头，等到第一季结束，笑影文化基本就能开展A轮融资，估值翻上数倍。张嘉年当时在Pre-A轮时提出的条件相当苛刻，综合下来银达投资稳赚不赔。

楚总一时大胆随心的投资，居然真取得了不错的成果。张嘉年暗自将这种现象命名为“楚学投资”，其原理就是不顾正常的投资流程和常识，一切唯楚总的意志是从，最终还能取得优异成绩的离奇现象。赢靠的不是玄学，而是楚总的心情。

张嘉年：我们天天钻研市场，居然比不过老板的随口戏言，简直伤透了心。

张嘉年本以为节目播出后，此事就算了结，没料到突然接到笑影文化CEO韩东的电话，对方想要再次邀请楚楚。

他尽职尽责地向楚总汇报："楚总，韩东询问您还有没有意向再上节目？"

楚楚头都没抬，断然拒绝："你理他做什么？我都把他拉黑了，快把IP方案给我。"

韩东整天骚扰楚楚，希望她再来一次节目。楚楚被他的来电扰得心烦，干脆直接拉黑他，反正她连楚彦印的电话都敢拉黑，还差一个韩东吗？

张嘉年：怪不得韩东会打给自己，这是已经碰过壁啊。

"这是您要的资料。"张嘉年见楚总无心再上节目，顿时放下心来，将小说IP的报价方案放到桌上。

楚楚粗略地翻了翻，提笔在上面圈圈画画后，伸手将册子推还给张嘉年，开口道："画圈的书内容不错，留着给辰星开发，打叉的不用买了，其他的看情况，价格合适就买。"

张嘉年诧异道："您该不会亲自看了吧？"

辰星影视的版权评估部门都还没做出总体的意见报告，楚总难道是直接自己上手评估了？要知道书单上的内容可不少，光看完都很费劲！

"是啊，昨天晚上看的。"楚楚揉了揉眼睛，点头解释道，"你不是说怕都买会有压力吗？我就先筛一筛。"

张嘉年得知楚总昨晚熬夜看书，心里颇不是滋味，无奈地规劝："这些事您让我们去做就好，何必熬夜累坏自己？"

楚楚："不累，因为还要让你们做更有难度的事，所以小说就留给我读吧。"

张嘉年："……"

张嘉年：这逻辑好像也没什么问题！

张嘉年收好资料，又跟楚总核对接下来的工作，有条有理地道："明天上午有投资管理部例会，请问您要出席吗？"

楚楚想到会议上的投资术语就头大，直接道："你替我去吧。"

张嘉年："好的。那下午跟光界娱乐的会议，请问您要出席吗？"

楚楚："你替我去吧。"

张嘉年："那有关公司接下来基金业务的商讨，请问您……"

楚楚："你替我去吧。"

张嘉年："楚董邀约您今晚一起用餐，您看几点出发合适？"

楚楚："你替我去吧。"

张嘉年："……"

张嘉年露出有礼而温和的笑容，好脾气地提醒道："楚总，这个我真替不了。"

楚楚崩溃地道："他不该很忙吗？为什么一天到晚找我吃饭？"

楚楚光是接手原主的公司，都快活活被累死了，如今勉强能活下来，还是因为她把很多复杂费脑的事情推给了张嘉年。正因如此，银达投资才能正常运转下去，否则真让楚楚管理，公司分分钟就要停摆垮台！

楚彦印作为商界大佬，明明应该比她更忙才对，怎么会天天揪着她不放？

张嘉年耐心地规劝："董事长关心您，所以才会频频……"

楚楚面无表情地道："你能不能别老说虚的，来点实在的，行吗？"

张嘉年瞬间改口，不敢再隐瞒，小心翼翼地道："董事长似乎今晚给您安排了相亲。"

张嘉年本想蒙混过关，闭口不提此事，又怕楚总被骗去后当场奓毛，决定还是提前打好预防针。

楚楚摸了摸额头，再次确认道："等等，我该不会没睡醒吧，你说他安排了什么？"

张嘉年硬着头皮道："董事长对您上节目的事情很生气，给您安排了相亲。"

楚楚断然道："那我更不能去了！"

张嘉年斟酌着措辞："董事长说，如果您拒绝前往，他会重新考虑银达的未来规划。"

潜台词是，楚总要是不听话，楚董就拿银达开刀。

楚楚咬牙道："他这是威胁！三年时间还没到呢！"

张嘉年弱弱地道："董事长还说，如果您愿意参加相亲，他给您追加五亿资金……不然您忍忍？"

楚楚勃然大怒："我的尊严和理想就值五亿？他难道觉得我会见钱眼开？"

张嘉年转达完楚董的话，见楚总暴怒，聪明地闭上嘴，打算当背景墙。

楚楚豪气冲天地拍桌道："说吧，地点在哪儿？是不是相亲一次就五亿？那你让他赶紧安排二十场，凑足一百亿，我时间很紧的。"

张嘉年："我这就给您安排车。"

张嘉年：真是谁都逃不过真香定律。

下班后，夜幕下繁华的都市灯火通明，一辆昂贵而低调的豪车行驶在马路上。张嘉年不安地坐在副驾驶上，忍不住再次婉言相拒："楚总，我真觉得这样不合适，而且公司还积压了许多工作。我将您送到后，就回去处理事务，不出席今晚的用餐了……"

张嘉年是吃了熊心豹子胆，才敢蹚这种浑水，他要是真去了，估计就完了。

楚楚冷漠地道："闭嘴，一天到晚'董事长说'，换我说就不管用了？"

张嘉年头疼不已，为难地申辩："楚总，我只是个传话人而已……"

楚楚淡淡地道："那你今晚还做传话人，我跟你说什么，你就对着他说'楚总说'，就用刚才对着我说话的语气说！"

楚楚觉得有必要对张嘉年进行思想教育，让他搞明白到底该站在哪边。

张嘉年："……"

张嘉年：你们父女相争，我做错了什么呢？

相亲地点在一家雅致的餐厅内，楚彦印早就订好包厢，率先一步抵达。楚彦印见楚楚和张嘉年进屋，若无其事地挑眉："嘉年还说你会发脾气，这不是乖乖地来了吗？"

楚彦印正等楚楚回话，却见她朝张嘉年招招手。张嘉年有些不愿，最终还是犹豫地低头侧耳倾听。

楚楚凑到张嘉年的耳畔，说道："你问他，人来了，五亿呢？"

张嘉年：怎么听上去像电影里绑匪要赎金时说的台词？

张嘉年无力吐槽，不敢违逆楚总的意思，干巴巴地对楚彦印道："楚总说，她想知道结束后，您什么时候兑现诺言？"

楚楚瞪了张嘉年一眼，对他的转达方式不满，她有如此客气吗？

楚彦印对两人的交流方式感到莫名其妙，眼中透出老鹰般的光："你老实相完亲，我自然会打钱。我还有笔账没跟你算呢，你在节目上到处丢脸，像什么样子？！"

楚楚没正面回答，又先行告诉张嘉年，逼着他代为转达。张嘉年听完楚总的答复，脸上露出复杂的神色。

他最终在楚总的怒视和楚董的疑惑中冒死开口，轻声道："楚总说，您是她的父亲，当然是像您的样子。"

楚彦印："……"

楚彦印被此等忤逆之言气到，微微瞪眼，又因为是老江湖，最终沉下气来。楚彦印没有直接反击，反倒看向张嘉年，以牙还牙道：“嘉年，你转告她，让她千万别被网友吹得飘飘然，别人只是想看她的笑话呢！”

张嘉年：“……”

张嘉年：楚董居然也如此幼稚。

楚楚冷笑一声，不甘示弱地看向张嘉年，冷冷地道：“你转告楚董，商人如果一直保持着僵化的思想，迟早会被社会淘汰。笑话也不是人人都能讲的！”

楚彦印：“你转告她，旁门左道不是长久之计，诚信为本才是万物规律！”

楚楚：“你转告他，固执己见只会害人害己，刚愎自用最易马失前蹄！”

张嘉年：这怎么还较量上了？

张嘉年试探道：“其实您们可以直接交流……”

大家明明都待在同一屋檐下，何必专程让张嘉年传话，现在跟面对面交流有什么区别？每人开头都要加一句“你转告他（她）”，张嘉年都替老板们嫌累。

楚彦印和楚楚异口同声道：“不行！”

弱小、可怜又无助的张总助：“……”

张嘉年甚至期盼楚总的相亲对象早点到达，好让他于水火之中得以解脱。房门终于被轻轻敲响，楚彦印立马掩去刚才外泄的情绪，恢复往日精明镇定的模样。他瞪了楚楚一眼，告诫道：“接下来老实点。”

楚楚微微挑眉，露出不置可否的表情，跟张嘉年落座在一边。张嘉年礼貌地道：“楚董、楚总，我先回公司了，两位好好用餐……”

楚楚意味深长地瞟他一眼：“这就想跑？”

楚彦印附和道：“嘉年，你留下一起吧。”

张嘉年：留下一起死吗？

包厢的门被推开，服务员引着外面的人进来，楚彦印连忙起身迎接。楚楚漫不经心地向门外望去，看清来人后却露出诧异的神色，狐疑地询问张嘉年：“老楚难道不是我亲爹？”

“怎么会？”张嘉年不知楚总为何突然胡思乱想，赶紧打消她乱七八糟的想法，“董事长当然是您的父亲。”

楚楚大为震惊，愤怒地道：“那他安排我跟中年人相亲？我在他眼里如此不堪入目？”

俗话说，你看到的相亲对象什么样，就能推算出自己在媒人心中是什么样的。

进屋的男人有一张透着福气的圆脸，小眼微眯、大腹便便，像一尊笑眯眯的弥勒佛。虽然他看上去充满财气，但年纪绝对比楚楚大太多，完全不是同龄人。楚楚痛心不已，就算她对这场相亲不太上心，老楚这媒人做得也未免太过分了！

张嘉年无奈地道："那是南董，应该是您相亲对象的父亲。"

南董是不亚于楚董的商界风云人物，掌管着南风集团，其子南彦东也是业内知名的青年才俊。

南彦东今年三十二岁，曾在海外留学多年，从小受到音乐家母亲的熏陶，在钢琴上有不凡造诣。他还是一名互联网新贵，凭借老到的投资眼光，在全新领域内站稳脚跟，是非常厉害的人物。

楚彦印就算对楚楚有万般不喜，但肯定不会害她，也是认真搜罗一圈适龄优质青年的资料后，为她选定的相亲对象。因为齐盛集团和南风集团有合作，楚彦印才会跟南董提起此事，两个"老油条"可谓一拍即合。

楚楚听完张嘉年的科普，淡淡地道："有那么好吗？"

楚楚总觉得南风集团听上去就像是言情小说中会出现的名字，但她一时没想起小说中谁姓南。

张嘉年想劝楚总放下心结，别对相亲太过抵触，顺水推舟地答道："南董的儿子确实很有名……"

楚楚："比我还好？平时也没见你这么吹我。"

张嘉年："……"

张嘉年深感楚总今日阴阳怪气的，似乎还在为自己站队董事长之事而生气。

另一边，楚彦印跟南董握完手寒暄一通，发现南董身后无人，疑惑道："彦东跟您不是一起过来啊？"

南董脸上透出一丝尴尬，为难地笑笑："楚董，真对不起，彦东今天突然有事，没法来啦。我这不是专门过来请罪吗，实在是时机不凑巧……"

这话说出口，南董自己都觉得心虚，没想到儿子会突然大发脾气，说不来就不来，还直接躲了出去。南董已经答应楚彦印了，冷不丁地闹这么一出，着实束手无策了，只得带着歉意来解释。

楚彦印一愣，脸上仍挂着轻飘飘的笑，但远没刚才真切，笑不达眼底："这有什么值得请罪的，您太客气了。"

楚彦印心中不快，觉得南彦东实在不懂礼节，南董也不像话。相亲都能临时爽约，那当初他又何必答应？这是给谁甩脸子看呢？

两家的地位、背景相当，互相没有攀附巴结的意思，明明是想成就一桩佳话，如今反倒差点结仇。这种事情要是没处理好，楚彦印和南董的交情也就散了。

楚楚在旁幸灾乐祸地吹了声口哨，火上浇油地调侃道："楚董，您行不行啊？好不容易安排次活动，当事人都找不齐，执行力还没我助理强。"

楚彦印脸色一沉，怒斥道："就你有嘴，一天到晚叭叭的。"

楚楚不满："你这是剽窃我节目上的话……"

张嘉年眼看父女二人又要吵起来了，小声提醒："楚总，相亲失败，五亿就没了。"

楚楚差点就忘了这茬儿，可人没来怎么办？楚彦印会不会赖账？

南董没想到楚楚如此心直口快，摸了摸头上的虚汗，干笑道："楚楚啊，实在是对不起，这次是叔叔没联系好，我回去一定收拾他……"

楚楚想起五亿元，顿时有种使命感，大手一挥："没事，不然您替他相！收拾他的最好方法，就是给他找个后妈！"

楚彦印厉声喝止："住嘴！"

张嘉年："……"

张嘉年：总觉得刚才的规劝起了反效果，推动楚总做出更离奇的事。

南董被楚楚的大胆发言吓到，忙不迭地摆手道："那怎么行……"

楚楚生怕没有相亲对象，到手的资金泡汤。她无视楚彦印愤怒的眼神，忍不住苦心规劝，祭出名言："来都来了，走个过场！"

楚彦印脸色发黑，忍无可忍："嘉年，你让她闭嘴！"

骤然被点名的张嘉年硬着头皮上场，为楚楚斟茶，干巴巴地道："楚总，最近天气干燥，多喝热水……"

"楚董，我看今天确实是时机不巧，改日我再登门道歉，回见啊！"南董本还想吃顿便饭，跟楚彦印诚心道歉，现下被楚楚吓得落荒而逃，客套话都顾不上。

南董对楚彦印万分同情，他不过今天被儿子气了一通，楚董这得是天天被气。南董看向楚彦印的目光，甚至都透着一股怜悯，果然有钱不代表一切。腰缠万贯有何用？最重要的是子女听话，家和万事兴。

"小女忤逆，让您看笑话。"楚彦印头大如斗，一场好好的相亲宴算是彻底垮掉了。楚彦印同样被搅得心烦意乱，提不起兴致，干脆跟南董告别。

南董一走，房门关上，楚彦印便大怒道："你就是故意胡闹，对不对？！”

楚楚懒洋洋地辩驳：“我又没有爽约，明明是人家看不上我，这都能怪我？”

楚彦印原本怒火中烧，现在又被她随意凉薄的话刺得心痛，一时心情复杂，又爱又恨。他一方面恼怒于楚楚的叛逆，一方面又看不得别人看轻她。父亲的心在矛盾中反复煎熬，他竟没再开口骂她。

楚彦印胸中怄气，沉声道：“你就是故意说些诛心之话，想要气死我对吧？”

楚楚抬眼望他，反驳道：“我什么时候诛你的心了？不就是说你不如我的助理？你真够小心眼儿的。”

张嘉年：真是谢谢您了，这时候仇恨值千万别往我这里拉。

张嘉年以后再也不敢得罪楚总了，站队也需三思而行，她这手借刀杀人玩得妙啊。

楚彦印看楚楚没心没肺的样子，气不打一处来，干脆道：“什么叫‘收拾他的最好方法，就是给他找个后妈’？你是觉得自己被收拾了？”

楚彦印近年来跟楚楚的关系一直不好，有部分原因就是林明珠。女配角原主当初对林明珠态度极度恶劣，由于后妈的存在大闹一场，彻底搬离老宅，跟父亲的关系僵化。在楚彦印听来，楚楚刚才的话就是在影射自身的遭遇，暗中指责楚彦印。

楚楚对楚董的脑回路赶到匪夷所思，诧异道：“你怎么这都能对号入座？”

她的想法可没如此复杂，她早把林明珠忘在脑后，谁还记得书中的便宜后妈？

楚彦印却似乎并不相信，脸上甚至浮现一丝隐痛，仿佛对她的话耿耿于怀。

楚楚摆摆手，解释道：“哎呀，天要下雨，爹要嫁人，我早就看开了，没你想的那层意思！”

楚彦印听着她浑不吝的话，这回却没动怒。他目光一黯，喃喃道：“我知道你还在怪我……”

楚楚见楚董没了往日的精神矍铄，这才发现他年纪大了。楚彦印的眼角布满皱纹，只是旁人平日只能看到他在商界纵横捭阖时的精明，忽略了他的苍老。如今，他像个普通而笨拙的父亲，被子女伤透心，露出黯然之色。

如果是之前的楚楚，或许可以歇斯底里地继续朝楚彦印发火，但她不是。

因为她是书外人，站在客观的角度，反而更能看透楚彦印的父爱。他不善表达，甚至常事与愿违，导致父女关系进一步恶化，但无可否认他在心中为女配角留下了柔软的位置。

不然，楚彦印大可以再生其他孩子，何必非在楚楚的身上较劲？他又何必提出三年之约，用激将法使楚楚上进？

楚楚确实可以对书中的世界满不在乎，但她不能，也没资格对别人的真心视若无睹，即使他是“纸片人”。

“怎么会，父女哪有隔夜仇……”楚楚已经习惯跟楚董斗嘴，现在看他这副样子，反倒不适应起来，下意识地否认。

她向来是吃软不吃硬，最怕打这种感情牌，抿了抿唇：“你的苦心我都明白……”

张嘉年闻言，露出欣慰的神色，楚总长大了。

因为楚总的话，原本沮丧不安的楚董也受到安抚。楚彦印的目光柔和下来，屋内的气氛融洽了不少。父女对视，像是冰雪初融，终于要化解多年的隔阂。

楚楚弱弱地道：“但不知为何，我总想跟你对着干。”

张嘉年：“……”

楚楚害怕楚彦印误会，强行解释一通：“大概就是虽然知道你为我好，但还是想惹你生气的感觉吧。你要是不开心了，我就开心了！”

张嘉年：您可闭嘴吧。

“当然，你要是太不开心，我似乎也不会开心。”楚楚别扭地挠挠脸，坦白道。

楚彦印被楚楚一番话，弄得心情忽上忽下，最终一颗心平稳着陆。

他疲惫地捏了捏鼻梁，几不可闻地叹息道：“罢了，你要是不喜欢相亲，以后我也不安排了。”

楚彦印可不想自己的女儿再被羞辱，索性由她去吧，先拼三年事业再说。

楚楚松了口气，又不免得寸进尺，小心翼翼地问道：“那五亿还给我吗？”

楚彦印：“……”

楚彦印秉承其诚信为本的座右铭，即使相亲失败，仍兑现诺言拿出五亿。

楚楚简直心花怒放，忙不迭地拍一通楚彦印的马屁，感慨董事长的魄力果然远超常人，是重情重义、一诺千金的典范。

楚彦印见她油嘴滑舌，冷哼一声：“要是给钱就能让你一直听话，我倒不用费心劳神了。”

楚彦印现在看到她就头疼，父女关系似乎缓和，又总是针锋相对，个中滋味难以形容。楚彦印有时候都好奇，他上辈子造了什么孽，怎么会有这样的女儿？

楚楚大言不惭道：“其实这是公平交易，您付钱，我提供服务。”

楚彦印开口道：“什么服务？我花钱买你老实听话？”

楚楚眨眨眼，义正词严地纠正：“当然不是，董事长是花钱买个教训，以后便能每日借此三省自身，长此以往受益终生。”

楚彦印：“……”

楚楚：“本人还长期兜售吃亏、上当等产品，品种繁多，物美价廉，欢迎董事长选购。”

楚彦印眉头直跳，揉了揉太阳穴：“嘉年，今天很晚了，你们先回去吧。”

张嘉年：“好的，楚董。”

楚楚见楚彦印又恢复道貌岸然、运筹帷幄的商人姿态，深感无聊地啧了一声。楚彦印今日深受多重精神攻击，此时竟麻木起来，只想赶紧把她送走。

五亿的相亲奖励金可以说给楚楚解了燃眉之急，她正愁资金不够，没法做项目。如今钱管够，剩下的就是艺术创作，最近储备的IP便要派上用场了。楚楚大致规划了各个项目的投入，鸡蛋不能放在一个篮子里，她不会把五亿全砸在一部戏上。

五亿资金刚刚到账，楚总就已经计划好如何将钱花得精光。张嘉年得知消息时，并非惊讶于楚总的大手大脚，而在于她居然会做影视项目的预算。

不知从何时开始，楚总再也不过问公司的具体事务，甚至懒得翻看投资案，而是开始遍地撒网式地做蓝图规划，冷不丁就冒出新点子，仿佛早就胸有成竹。张嘉年本以为她会跟数字彻底绝缘，没想到她似乎并不是对财务一窍不通。

准确地说，她对金融投资的关注度大幅下降，发展方向逐渐向其他行业靠拢。

张嘉年不知道这种情况是好是坏，但银达投资的众员工却轻松不少，他们获得喘息的机会，工作积极性也提高了。

原来的楚总锱铢必较、极为苛刻，又不愿倾听旁人不同的意见，将公司众人逼得人人自危。毕竟张总助由于忠言逆耳差点被开，其他人连总助的位置都没有，谁还敢说半句不是？

现在的楚总倒是好说话多了，只要能完成她的基本要求，投资方案能按照常规流程走下来，她就不会过问太多，直接让张总助把关。楚总不爱插手管闲事，众人便有了大展拳脚的余地，可以充分调动自己的能力和才智。

银达投资中没有废人，只是过去的高压政策反倒束缚了大家的才能。张嘉年发现楚总的着眼点在文娱产业上，其他人便将目光放到其他行业，如互联网、新能源、医疗、教育、电子商务等，逐步规划起银达的投资布局。

另一边，辰星影视奉楚总之命，疯狂采买小说IP，在网文界也引起了不小的震动。某知名论坛上，不少网文作者就此事展开讨论。

辰星影视雷厉风行的采买手段一时让众作者蠢蠢欲动，毕竟只要能卖出版权，便是天降巨款。辰星刚开始只着眼于知名的网文作者，随着头部IP的采购结束，又开始慢慢筛选优质的腰部小说。

红小米："有谁了解辰星采买版权的流程吗？为什么我周围的人全卖给这家公司了？"

姑姑鸟："天啊我也被辰星问过价，价格还行。他们买这么多真的会拍吗？"

宇宙第一厉害："辰星背后是齐盛，有钱很正常，反正我卖了。"

钰钰："如果卖版权成功，楚总有可能看到我的小说吗？我是她的脑残粉，不求钱只求她的读后感！"

楚楚大肆购买IP后，又挑选了合适的编剧开始创作，等剧本工作顺利走上正轨后，便着眼于另一方面。她打算为电视剧《胭脂骨》储备些新人演员。

张嘉年敲门进屋，询问道："楚总，您有什么吩咐？"

楚楚一边转笔，一边随口说道："我想找些年轻好看的小男生，你知不知道门路？"

张嘉年："……"

张嘉年听完此话，脑海中首先蹦出的就是纨绔王爷逛青楼的画面，谁让楚总的语气透着一股风流不羁。张嘉年想起楚总过去的黑历史，看着她随意松散的态度，总觉得自己像是被当成老鸨了。

面对超纲的题目，他艰难地开口："楚总，对不起，我不太了解这方面。"

张嘉年：我学的是金融投资，又不是夜总会管理。

楚楚并没发现自己的话产生歧义、遭人误解，诧异道："还有你不知道的事情？那过去怎么找的？"

张嘉年无奈地坦白："我不知道您过去怎么找的。"

他的工作只是协助老板处理公司事务，又不涉及私生活范畴。他可以跟着楚总出入会议室，但总不能跟着出入夜店吧！

楚楚没想到原主如此接地气，居然是亲自选人，不过想到李泰河，也觉得较为合理。她思考片刻，拍板道：“那这回你安排吧，先让他们筛十个人出来给我看看。”

张嘉年头大如斗，第一次面对工作毫无头绪、无从下手。

张嘉年生怕自己会错意，再次确认一遍，小心地问道：“楚总，您找这些人是要做什么呢？”

楚楚头都没抬，理所当然地答道：“用啊。”

张嘉年：“……”

张嘉年：完了，这话越听越奇怪。

张嘉年既然接到任务，只能硬着头皮解决问题。楚总的指令如此模糊不清，他也没有头绪，只能先参考过去的成功案例——李泰河。张嘉年虽然不擅长这些，但懂得举一反三，照着李泰河的标准寻找，应该能勉强达到及格线吧？

“张总，您有什么吩咐？”辰星影视CEO接到张嘉年的电话吓了一大跳，第一反应是公司财务出问题了，毕竟张嘉年向来只跟数字与钱打交道。

张嘉年微微皱眉，斟酌着措辞，询问道：“公司现在有储备的新人吗？”

对方一愣，没想到张嘉年会问起此事，犹豫道：“似乎是有几个……”

“楚总想要选拔一些有潜力的年轻艺人，你们挑十个，将资料递过来吧。”张嘉年对于楚总的真实打算难以启齿，最终给出一个冠冕堂皇的理由，竟阴差阳错地跟楚楚的本意相契合。

“好的，请问是五男五女吗？”辰星影视CEO不敢怠慢，重新确认道。

“不，十个男的。”张嘉年想了想，思及楚总的怪癖，又补充道，“再备选十个女的，或许会需要。”

“没问题，您还有什么其他要求吗？”

“男的参考李泰河，女的参考夏笑笑。”张嘉年给出上位成功的案例，觉得这回应该没问题了。如果有模板在前，他们筛选起来应该会很容易。

辰星影视公司内，夏笑笑突然接到同事的通知，让她一起帮忙进行练习生选拔。夏笑笑满目茫然，忍不住提出异议：“可我是做内容的，没对接过艺人。”

夏笑笑凭借在银达投资积攒下的战斗力，已经逐渐在辰星影视立稳脚跟。她刚空降公司时，跟过去的同事发生激烈的冲突。夏笑笑这回没有忍气吞声，而是勇敢地跟对方怒撕一通，有惊无险地获得胜利，成功从软萌的小白兔变成了有尖牙的小白兔。

因为楚总当初的激励之言，夏笑笑下定决心要在辰星影视做出成绩，在工作上也更敢发表自己的看法，不会再逆来顺受地背锅。夏笑笑目前负责的是项目内容，艺人选拔确实离她远了点。

“公司现在要选拔大量新人，为项目储备演员，这是楚总的意思。你既然要参与项目，以后肯定还要跟这些年轻艺人打交道的。”同事不好说穿，他们是想让夏笑笑站在一旁，好照着模板选人，便给出个看上去很合理的理由。

夏笑笑听到楚总一愣，迟疑道：“这确实是楚总的意思吗？”

说起来，夏笑笑好长时间没见到楚总了，甚至觉得楚总忙到遗忘辰星影视和自己了。

“当然，张总助亲自打来电话，这还能有假？”同事信誓旦旦地答道。

夏笑笑立刻燃起雄心壮志，一口答应下来：“好，那我帮你们一起。”

辰星影视确实有新签约的艺人，但离十男十女，着实还差太多。众人自然不敢对大老板的想法轻慢半分，严格按照模板进行选拔。

一周后，普新大厦内。

楚楚望着张嘉年提交上来的资料，忍不住陷入深思。她略感头疼，无奈地道：“我俩是不是对‘年轻好看’的理解有差异？”

张嘉年：“您是对这些人不太满意吗？”

楚楚望向他，忍不住吐槽：“这些人的长相怎么都那么像李泰河？”

她颇感无语，难道书中世界“好看”的标准就是男主角？谁长得越像男主角，谁就越好看？

张嘉年心想：这本来就是照着李泰河找的，毕竟他是成功案例。

他发现楚总不满意，连忙尝试补救，询问道：“您有什么具体要求，或者参考对象？我们可以更有针对性地选拔人选，重新给您上交名单。”

“不要太油腻、孱弱，看上去就像没读过书的不行，最好气质出众，五官端正具备辨识度，不要千篇一律的好看，要耐看……”楚楚源源不断地提出要求，描述自己的感觉。

她正说着，冷不丁扫过眼前的某人，摸了摸下巴，突然道：“咦，你好像还挺符合的……”

张嘉年：“……”

楚楚虽然常跟张嘉年待在一起，但还真是第一次认真打量他的长相。张总助老是担当沉默的背景板，再加上“路人甲”光环，很难引人注意。此时，他像往日一样西装革履，斯文儒雅的气质和挺拔如松的身影还真让人眼前一亮。

楚楚和张嘉年隔着一张桌子，好奇地凑上前，想要仔细看一看。张嘉年却直接低头，微微退后半步，回避着楚总的视线。

楚楚不满：“你躲什么？”

张嘉年不卑不亢，给出完美的理由：“楚总，我现在就去整理一份新名单给您。”

张嘉年说完想跑，却被铁面无私的楚总叫住：“等等。”

楚楚眯了眯眼，朝他招招手，开口道：“你过来一下。”

张嘉年：生活终于要对我下手了。

他不得已上前一步，恭敬地问道：“您有什么吩咐？”

楚楚丝毫没觉得自己的话暧昧，礼貌地问道：“我想看看你，可以吗？”

张嘉年硬着头皮反问：“我想拒绝您，可以吗？”

楚楚笑着摇头：“不可以。”

张嘉年：“……”

楚楚可不管他的脸色，从办公桌后绕出来，直接道：“你坐到那里。”

张嘉年长得太高，她现在抬头看实在觉得累，索性将他安排在会客用的椅子上。张嘉年僵硬地坐下，任由楚总将自己的五官打量了个遍。他对于靠近自己的楚总颇感不适，犹豫着要不要起来就跑，然而她又没做出实际的逾越举动，确实只是单纯地在看。

楚总全神贯注，细致地观察着他的相貌，最终感慨地总结道：“你确实挺好看的。”

张嘉年虽不是一眼惊艳型，却有种浓墨般的沉稳气质，遇水后便渲染出温润之感，让人想到古代的谦谦君子。他展露笑容时亲和有礼，神色平静时又如远山松柏，拒人于千里之外。

楚楚平日最常见到他的营业性笑容，还真不知道自己以前为何没注意过张嘉年的真容，莫非是“路人甲”光环导致的？

张嘉年听到楚总的话，内心越发不安，干巴巴地说道：“我应该谢谢您的夸赞吗？”

楚楚厚颜无耻地点点头：“应该，我的眼光很高的。”

她以前看过不少明星艺人，张嘉年如果包装一下，想吃这碗饭也行。

楚总专注的眼神让张嘉年坐立难安，尤其无法对视她波光流转的眼睛。她完全没有碰到自己，但肆无忌惮的视线已经令人焦灼，热烈得仿佛要把人击穿。

张嘉年尴尬得一动也不敢动，开始思考自己的职业规划，完全不懂上个月还差点被老板辞退的自己，为何这个月又遭遇隐形的职场性骚扰！

“我觉得你可以照着自己找！”楚楚欣赏完他的脸，骤然起身，拍着手提议道，“复制粘贴十个你出来，应该也没大问题。”

张嘉年：我又不是草履虫，还能分裂成这么多个？

张嘉年见楚总远离了自己，顿时松了一口气，感觉逃过一劫。

张嘉年勉强答道：“您过誉了。”

张嘉年绝对不可能照着自己的标准找的，这话越想越古怪，总觉得楚总在意味深长地暗示什么。张嘉年原本精密运转的大脑此时有些混乱，他一时不敢深思，只想仓皇而逃，乱七八糟地答道：“楚总，那我待会儿将新名单给您。”

楚楚完全没意识到自己把人吓得魂飞魄散，漫不经心地应道：“好啊。”

第二天，楚楚没等到新名单，反倒等来张嘉年请假的消息。

秘书长王青委婉地说道：“楚总，总助今天生病请假了，您有事可以先叫我。”

“病了？”楚楚茫然地眨眼，“昨天不还好好的？”

“最近正是换季，生病的人很多。”王青解释道。

“那好吧。”楚楚是通情达理之人，张嘉年平常兢兢业业，偶尔请假一天算不上什么大事，便没再多问。

王青例行公事地询问道：“那今天基金运营部的例会，您要出席吗？”

楚楚：“等他回来开吧。”

王青：“那我将您最近的财务报表汇总给您？”

楚楚：“等他回来看吧。”

王青：“那最近公司运营的投资项目……”

楚楚：“等他回来做吧。”

楚楚越说越心虚，总觉得这公司离开张嘉年就不转了，日常怎么会有如此多的琐碎杂事要处理？！

她过去没察觉，只觉得管理银达就像在玩大富翁游戏，现在才发现执行工作好麻烦，要是没有张总助，估计公司早就垮掉了。她只能提出蓝图式的构想，凭借对未来的了解提出建议，但实际操作都需要专业人士。

面对杂乱无章的日常事务，楚楚不由得发问：“你知道他家在哪吗？”

第四章　总裁的攻心之策

王青不敢隐瞒，老实地供出张总助的住址，犹豫道：“您是要去看望总助吗？”

王青在内心偷偷为张嘉年默哀，他要是被楚总堵在家门口，那未免太惨了。

楚楚刚想应声，瞄到王青略显为难的神色，顿悟道：“我上门是不是不太好？”

楚楚换位思考一番，要是自己请假还被老板骚扰，估计会火冒三丈。

王青很想坦白说是，但也不想如此直接地打击楚总，圆滑地道：“您关心总助的病情，他肯定也会高兴的，您可以发条信息问候一下。”

这句话的潜台词是，别专程上门吓人了。

楚楚想想也是，天天追着张嘉年问工作，着实不近人情，倒不如撑过这一天。她的算盘打得好，但刚工作一会儿，她就发现很多事情乱七八糟的，忙得焦头烂额。

银达投资中部门繁多，更别提正在进行的投资项目，庞大的信息量几乎瞬间将楚楚压垮。张嘉年就像是无数条细绳上打出的一个结，将所有琐事归整，集中递给楚楚过问。现在盘结消失，万千细绳散开，楚楚面对毫无规律的各类事情，完全摸不着头脑，有种无从下手的感觉。

中午刚过，楚楚便撑不住了，叫来王青，颇为头疼地道：“你们能不能把所有事按轻重缓急，有条理地交给我？我好明白需要做什么。”

每个人东一榔头、西一棒槌地汇报工作，甚至没有通过气，让楚楚感到工作极难推进，变得心烦意乱的。以前张嘉年都会将所有资料准备好，将需要她决策的重要工作放在最上方，琐事慢慢解决，逻辑清晰、一目了然。

王青一愣，赶忙道："好的，您稍等。"

秘书长王青害怕楚总动怒，匆匆整理工作内容，但她毕竟只是秘书长，对于投资及业务上了解不深，做出来的东西跟张总助没法比。王青的职级也不如张嘉年高，她很难跟公司大佬们直接对话，沟通力下降，没法根本性地解决问题。

张嘉年站在老板的角度宏观地看问题，将最关键的内容呈现给楚总，为老板节约时间和精力。其他人缺乏他的视野与经验，即使照猫画虎，也模仿不出精髓。

不过这不能怪王青，她要是达到了张嘉年的水平，早就升职加薪不当秘书长了。

楚楚叹了口气，颓丧地倒向椅背，头一次感到平日太过压榨张总助，提议道："我们不能再找个总助吗？长此以往，岂不是要累死张嘉年。"

王青小心翼翼地提醒："公司有过其他总助。"

楚楚诧异道："那他们人呢？我怎么没见过？"

王青："您说他们跟公司的企业文化不合，让他们离开了。"换句话说，那些总助都被变相劝退了。

女配角原身最讨厌别人左右她的意志和想法，总助实际上是拥有一定实权的高级管理岗位，她怎么可能容忍有人影响到自己的权力？她将没能力的开掉，不听话的开掉，不顺眼的开掉，搞来搞去只有张嘉年留下，成了国宝般的存在。

楚彦印曾经往银达投资塞了不少人，如今张嘉年是硕果仅存。

楚楚还真不了解公司过去的历史，望着繁杂的事务头疼，终于站起身来，拍板道："我还是去看望一下吧。"

楚楚：别管是真探望，还是假关怀，反正我不想留在公司处理工作。

楚楚让王青为自己叫车，便去拿衣架上的外套，收拾东西准备离开。王青连忙答应，安排完车辆，还是忍不住偷偷给张总助发了条信息通风报信。楚总突然到访，必然会给人莫大压力，她得让张总助有所准备。

楚楚并不知道下属们的小动作，乘车前往张嘉年的住址，汽车却在狭窄的路口停住。司机抱歉地说道："楚总，对不起，前面似乎开不进去。"

楚楚茫然地看着车窗外，道路两边停满私家车，将小路堵得严严实实，根本无法通过。斑驳的居民楼上覆盖着绿油油的爬山虎，提着菜篮的大妈正站在路边闲聊，墙壁上张贴着奇怪的小广告，极具烟火气和生活感的画面极大地冲击着她的感官。

她都不知道多久没见过这样的地方，似乎穿越进书中后就跟世俗生活绝缘了。

楚楚身着高定套装，肩上挎着名包，站在单元楼门口格格不入。树下聚集着一堆正在下棋的退休老大爷，瞧见这位不速之客，好奇地扯着嗓门问道："姑娘，你找谁啊？"

"您好，请问哪边是三单元？"楚楚没怯场，礼貌地问道。

热心的大爷们给她指了方向，忍不住八卦道："唉，以前没见过你啊！"

"嗯，我是来找朋友。"

"男朋友？"

"不是。"

退休大爷们显然既不爱上网，也不了解网综，谁都没认出楚楚来。楚楚照着指示找到三单元。居民楼内居然没有电梯，一旁的报箱筒落满厚厚的灰。楚楚爬上楼梯，满腹狐疑，张嘉年怎么会住在这里？

楚楚就算不了解基金公司部门构架，但也不是毫无生活常识的傻瓜。张嘉年位同副总，年薪必然上百万元，甚至会拥有一定股权并参与分红。他还是从齐盛集团调到银达投资的，曾为楚彦印工作过，很可能拿的是齐盛的股权。

王青都能在公司附近租下一室一厅，以张嘉年的收入，他买房绝对没问题。在楚楚的想象中，金融精英是绝对不会住在老旧居民楼里的，这完全不符合人设。

张嘉年白天工作经手几个亿的项目，晚上回家睡在破旧的居民楼里，简直闻者落泪、见者伤心。楚楚想想都感到一阵心酸，想要给他加薪。

楚楚按照地址，找到张嘉年的家门口。她想摁下门铃，却发现竟然坏了，只能无奈地敲着厚重的铁门。还没等到人开门，她身后却传来奇怪的声音。楚楚扭头，便看到对门的邻居警惕地开了条门缝，偷偷看她一眼，随即便合上铁门。

楚楚被邻居鬼鬼祟祟的行为吓了一跳，只觉得莫名其妙。

老旧居民楼的隔音效果并不好，没过多久她便听见邻居在家里大呼小叫："哎哟喂，隔壁那个泼妇居然没撒谎！她还真有个大家闺秀般的儿媳妇！"

"你怎么又吵吵，不是说好不提这事，不就是说媒失败了吗？"

"我就是气不过，不过是有个好儿子，瞧她眼高于顶那样子！她儿子要真有出息，怎么不见买房买车？除了脸能看，其他条件哪样好？"

楚楚站在狭窄的过道，听着家长里短、鸡毛蒜皮，像是从高端精致的韩剧掉落至土味至极的国产家庭伦理剧，感到风格迥异。

厚重的铁门被猛地打开，一个系着围裙的中年女人叉腰出现，用重庆话骂道："姓何的，你晓得个锤子！"

"张雅芳，你少撒泼！"邻居听到熟悉的声音，当即要出门回骂。

张雅芳气势汹汹地推门出来，想要上前跟对方理论，邻居也不相让，眼看双方就要对峙起来。中年大妈间的交手最为可怕，一时谁都不敢劝架。

"停——"楚楚看不下去，做了个暂停的手势，从中进行调停。

张雅芳疑惑道："你又是哪个？"

楚楚淡淡地道："居委会调解员。两位阿姨都少说两句，共同打造文明社区。"

张雅芳："……"

邻居见状，白了张雅芳一眼："看在你家有客人，今天懒得跟你计较！"

邻居说完便关门离开，不知是真不计较，还是害怕张雅芳的彪悍。

楚楚适时地提醒："阿姨您好，我是张嘉年的同事，听说他病了，就过来看看。"

张雅芳闻言，上下打量一番气质不凡的楚楚，有些慌张地在围裙上擦擦手，没了刚才威风的派头。她没再说重庆话，而是换成别扭的普通话，不安地道："啊，你快请进，嘉年出去了……马上回来！"

楚楚点点头，将手中的袋子递给张雅芳："阿姨，这是一点小小的心意。"

张雅芳赶紧伸手去接，客套道："来就来，怎么还带东西！"

楚楚："实在不知道该送什么，我就带了两斤工作资料……"等着张嘉年处理。

张雅芳："好好好，你太客气了！"

楚楚跟随张雅芳进屋，房间的地板是极具年代感的地砖，装修风格也透着20世纪的风格。屋内倒是打扫得很干净，让楚楚有种过年回老家的感觉。

张雅芳看着身穿昂贵套装的楚楚，一时坐立难安，竟不知如何安排她。楚楚的风格跟屋内完全不同，张雅芳最终热情地提议道："不然你去嘉年房间坐坐吧，他一会儿就回来啦！"

张雅芳只知道儿子在一家很厉害的公司工作，同事们也是非富即贵、身家不菲，对楚楚自然不敢怠慢，努力想让她感到宾至如归。张雅芳显然很在意楚楚的到访，忙得像团团转的蜜蜂，混乱地道："我、我要不要给你泡个那什么……咖啡？"

"谢谢阿姨，不用客气。"楚楚不好意思地婉拒，没想到自己来得不是时候，更没想到张总助是跟家人同住。

张雅芳有些苦恼，又用期盼的眼神注视着楚楚："那你想喝点什么？"

楚楚难以回绝长辈的爱，只得道："凉白开就好。"

张雅芳成功地向楚总投喂一杯凉白开，终于心满意足地离开。

楚楚在张嘉年房间内晃悠一圈，终于发现一些张总助的生活痕迹。简洁大方的电脑桌上整齐地摆放着各类资料，书架上是几排厚重的外文书籍，衣架上放置着干净的衬衫，深色的单人床。除此之外，房间内没有其他摆设，一切都是极简风格。

楚楚看着这一幕，想起自己的豪华小区和楚家老宅，觉得自己像是个万恶的资本家。

楚楚：得力下属家境贫寒，她居然还有脸挥金如土。

楚楚百无聊赖地等待片刻，便听到厨房里发出咚咚咚的剁菜声。楚楚扒在门口观望，张雅芳察觉她的到来，连忙用别扭的重庆普通话问道："你有忌口吗？"

"没有，阿姨我帮你吧。"楚楚嗅到菜肴的香气，竟有些饿了，好久没吃到家常菜了。

"不用不用！你去坐着吧！"张雅芳连忙道。

居民楼下，张嘉年提着塑料袋缓缓上楼，并未察觉今日与往常不同。他出门忘带手机，此时略微不安，有种错失信息的焦躁感，估计这是现代人的通病。张嘉年想到今天请病假，短暂地脱离通信设备应该没事，在心中进行自我安慰。

这段时间他累坏了，准确地说他自从来到银达投资后，没有一天是轻松的。楚总以前暴躁易怒、蛮不讲理，给人极大的精神压力，逼退了无数董事长的心腹。如今，她性格转好，开始讲理，却讲的都是歪理，依旧给人极大的精神压力。

张嘉年想起楚总，又想到昨天的事情，顿感无力。他现在还没想到解决办法，这种事情也没人可以倾诉，只能先躲在家中，暂时远离公司。

张嘉年暗自思索，不过待在家里同样不好，在公司是被楚总压迫，在家里是被张雅芳女士压迫。

张嘉年摸出家门钥匙，打开门便看到人生中最恐怖的一幕。

张雅芳和楚总同聚一堂，正在愉快地交流着。张雅芳操着熟悉的川渝腔调，兴奋地说着家长里短，而身家不菲的楚总此时正挽着袖子，蹲在一旁择菜。屋内洋溢着欢乐的气氛，两个可怕的女人有说有笑。

张雅芳看到门口神情僵硬的张嘉年，招呼道：“唉，回来了！”

下一秒，张嘉年果断将门关上，面对着铁门，只希望自己刚刚看错了。

张嘉年：地狱里怎么会同时出现两个魔鬼？这就像天空上出现两个太阳一样不合理！

张嘉年希望这是一场梦，却绝望地听见门内的声音。

张雅芳：“他又玩什么花招，真是病糊涂了……”

楚楚：“可能回家太开心了，想要重新开门回味一下。”

张嘉年：“……”

《阿甘正传》中有句台词：“人生就像一盒巧克力，你永远不知道下一颗是什么味道。”张嘉年觉得他的人生恐怕是一盒整蛊巧克力，芥末、黄连、朝天椒等味道应有尽有。

张嘉年看着家中的楚总大跌眼镜，她的高定外套随手挂在一旁的椅背上，袖子挽起一半，正坐在茶几边的小板凳上择菜，手法还相当娴熟。张雅芳女士一边握着菜刀咚咚剁馅儿，一边热情地跟楚总讨论着电视上的中老年节目。

“唧个回事呦，都不晓得看啥子……”张雅芳似乎不满节目内容，放下菜刀，拿着遥控板换节目，但也没找到满意的频道。

楚楚将装满菜的塑料篮随手放在桌上，提议道：“看会儿午间新闻吧。”

张雅芳切换着频道，突然看到电视剧，便停了下来：“看这个吧。”

张嘉年看清屏幕上的电视剧，差点吓得魂飞魄散，主演居然是李泰河。张雅芳女士真的是闷声干大事，完全没察觉自己在摸老虎的尾巴。

张嘉年简直想摇醒自己的母亲：你知不知道坐在你旁边择菜的人是谁！

楚总却没勃然大怒，反而津津有味地跟张雅芳女士吐槽起剧情，闲散自在得就像出生在这里一样，比张嘉年还要接地气。说实话，如果忽视楚总身上的昂贵配饰，她蹲坐在小板凳上还真像个邻家小姑娘。

“回来就傻站着，不知道搭把手？”张雅芳见张嘉年待在原地，立刻恨铁不成钢地训斥起来，“小楚专程过来看你，连声招呼也不打？”

张嘉年听到自己母亲对楚总的称呼，内心绝望而茫然。

张嘉年：你管我老板叫“小楚”，我还能打什么招呼？

“没事，让病人回屋休息吧。”楚楚出面做和事佬，看向张嘉年，“我把礼物放在你桌上了。”

张嘉年好奇地回屋，便看到颇具意义的“探病礼物”，喜提一大袋工作资料。他果然太天真了，资本家就是要将人压榨到一滴血都不留，居然还提供送工作上门的服务。

最可气的是，隔壁的张雅芳女士还在朝楚总抱怨，说张嘉年一天到晚躲在屋里假装忙工作，在家就是个跷脚大少爷，什么事情都不干。张雅芳气愤起来，就冒出乡音："哪天把劳资整冒火了，直接掀了他娃儿的办公桌……"

楚楚好脾气地劝道："哎呀，现在年轻人都这样，四体不勤、五谷不分。"

张雅芳颇为赞同地点头，开始夸奖楚楚："像你这种会干家务的都少见！"

张嘉年："……"

张嘉年内心呕血，张雅芳怎么不问谁才是让他加班到死的罪魁祸首？楚总可是定期请家政的人，居然好意思攻击他生活能力低下？他哪有不做家务，明明生病在家还被赶出去买菜！

张嘉年强饮下满腹苦楚，默默地打开资料袋，开始任劳任怨地工作。楚总吸引住张雅芳的注意力，倒给他留出些空余时间，可以处理些其他事。

没过多久，楚楚便到他的房间晃悠一圈，嘘寒问暖起来："病得严重吗？"

张嘉年声音沙哑，还夹杂着些许鼻音，缓缓答道："好多了，谢谢您的关心。"

张嘉年估计是生病虚弱，显得病恹恹的，身穿家居服，缺乏工作时的饱满状态，甚至没法露出营业性的笑容。

他忍不住咳嗽两声，像往常一样汇报："这份光界娱乐的投资案最重要，需要您重点过目。我前两天跟您汇报过各部门的事务，琐事我会交代他们去做，您不用操心。进入合同谈判阶段的IP名单，我已经用邮件发给您了，您可以抽空查看……"

楚楚见他打不起精神，不由得心生愧疚："没关系，这些等你病好再说。"

张嘉年无力吐槽："您不是专门来让我处理这些吗？"

楚楚露出关切的眼神，否认道："不是呀，只是过来探望而已。"

张嘉年将信将疑地看着桌上的资料，不太相信楚总的说辞。

楚楚见状，从资料袋底部摸出一颗糖果，放进他的手中，露出安抚的笑容："给你带份薄礼，生活太苦，吃颗糖补。"

张嘉年看着手心的糖果，一时无言以对。

楚楚在屋里转了一圈，如今见到正主，不由得好奇地询问："你怎么住在这里？以你的收入买房没问题吧？"

这栋破旧的居民楼看上去楼龄极长，恐怕是20世纪80年代的产物，周围的布局也不合理，俗称"老破小"。楚楚刚毕业时租住过这样的房子，对这一切相当熟悉，不过考虑到张嘉年的收入，他住这里就有点奇怪了。

张嘉年不太愿意详谈，回答略显敷衍："从小住着习惯了。"

"楚总如果不适应，可以早点回公司，我给您安排车。"张嘉年平静地提议。

楚楚调侃道："那估计我比你更适应，毕竟你切个土豆都能失手。"

张雅芳趁张嘉年不在，早就将他日常的丑事抖搂得干净，如数家珍地说给楚楚听。

张嘉年原本还想板着脸婉言送客，如今露出赧意，心想张雅芳女士怎么还跟自己老板说这些！

正所谓一鼓作气，再而衰，三而竭。张嘉年想询问楚总何时离开，又不敢太过直接，只能委婉地道："您离开公司太久，会不会耽误重要的事情？"

楚楚大大咧咧地摊手："对我来说，没什么重要的事情。"

张嘉年：真是熟悉的套路。

或许是生病的缘故，或许是看到楚总破天荒地择菜，张嘉年原本精准运转的大脑有些迟钝。他难得失去平时谨慎的态度，直言道："您相比过去变了很多。"

这是他的心里话，楚总性情大变，只是大家平时碍于上下级关系不敢说。现在两人都不在特定的公司环境，只是站在家中随意聊天，气氛轻松不少，才让张嘉年放松警惕。

楚楚懒洋洋地倚着书架，打量着书目，并未被他的话吓到，反而漫不经心地说道："也许吧，变好还是变坏了？"

张嘉年迟疑起来："不好说。"

楚楚语重心长地教育："这个时候请坚定地说变好了。小伙子，你怎么没有一点政治敏感度？"

张嘉年："如果单纯评价您的幽默感，现在算变好吧。"

张嘉年其实觉得楚总的脾气也变好了，但这话不能往外说，仿佛在暗指老板过去脾气不好。如果是以前的楚总，断不可能看望下属，更不可能跟下属如此闲聊。

楚楚坦言："适时的幽默感是缓和人际关系的好办法。"

张嘉年诚恳地道："我以为您根本不在乎这方面……"

楚总的行事风格难道不是"不服就干"？她什么时候在乎过别人的看法？

楚楚厚颜无耻地道："我在用得到你的时候，还是很重视这方面的，毕竟现在公司没你不行。"

张嘉年闻言，原本晕乎乎的大脑突然警醒，从老板的话中捕捉到一丝信息，迅速恢复往日的滴水不漏，委婉地道：“您过誉了，我只是按照您的指导，配合执行一些工作。”

“你的求生欲很强啊。”楚楚看着张嘉年的下意识反应，颇感好笑，“我知道公司过去频繁的人事变动让你留下了阴影，但我保证以后不会了。”

“我今天来也是想跟你说这事，以后银达的日常事务由你主管，我的工作重心会偏向其他方面。重要事务还是按流程汇报给我，别的事你来拿主意。”楚楚早就有这样的打算，索性打开天窗说亮话。如果想要冲击百亿目标，她绝不可能每日被琐事绊住，公司内部需要分工明确。

张嘉年早有预感，但还是感到惊愕，询问道：“您是要着手辰星影视的业务吗？”

楚楚有条有理地解释：“辰星只是其中较为重要的一环，我想做的不仅仅是影视，而是整合所有资源，覆盖影视、游戏、图书、餐饮等全行业，以IP创造为核心，形成生态产业链，打造在国际上闻名遐迩的跨国娱乐公司。人们提到齐盛就会想起房地产，但我希望未来看到银达，大家想到的是一种文化。”

“如果银达能够真正改变大众的生活方式和思维模式，渗透进所有人的生活中，那它就能成为极具含金量的品牌，甚至超越齐盛。”楚楚望向张嘉年，认真地说道，“但这绝不是我一个人就能做到的，所以我需要你的帮助。”

张嘉年还是头一次见楚总如此正经，既有些受宠若惊，又有点茫然失措。

她褪去往日满不在乎的慵懒神情，明亮的眼中满是真挚，将未来的美好蓝图娓娓道来，一番话极具煽动力，还真让人心潮澎湃。

楚楚看他愣神，开口道：“你该不会以为我就想挣一百亿吧？”

张嘉年坦白：“不是的。”

其实他以前怀疑楚总连百亿约定都不想完成，她现在居然有如此远大的理想，实在让人惊讶。

“当然，创造IP没那么容易，我的短期目标还是一百亿。银达以后的发展方向是文化企业，我的主要工作必然会倾向于打造优质内容，而财务和常规经营很可能都要交给你。”楚楚也不是贸然分工，而是参考业内多家大型影视公司得出的。内容创造和经营执行要是混为一谈，全让一个人负责，才是不科学的工作方式。

女配角原身将所有事情揽在自己身上，是极为低效的方法，将合适的工作安排给合适的人，事情才能井井有条。公司既然聘请了员工，便是让他们帮助老板排忧解难，只要用人手段得当，就不存在分权的问题。

上位者将权力攥得越紧，底下人越没有积极性，人只有看到一丝曙光，才有拼命创造的动力。楚楚观察张嘉年许久，才会做出这样的决定，今日的拜访也是出于多方面的考虑。

张嘉年见楚总如此大度地放权，并没有被天降大饼砸晕，反而觉得自己被推上了断头台。他平日不敢妄断楚总的心思，但此刻还是担忧地提醒："您这么做，不怕银达后续的管理出现问题吗？"

张嘉年其实想问，她哪里来的信心，觉得自己不会监守自盗？

张嘉年心中忧虑重重，不由得微微皱眉，这对他来说也是极大挑战。如果楚总未来改变主意，对此举反悔，他基本上也就完了。伴君如伴虎，他深谙此理。

楚楚挑眉，反问道："你觉得会出现什么问题？"

张嘉年斟酌措辞："您过度放权，可能会助长下属的一些……"

楚楚直白地问道："你会吗？"

张嘉年骤然被问，不由得心情复杂。他见她神色镇定，一时难以回答："这不是一个简单的问题……"

他现在回答"会"或者"不会"都没有任何意义，这不是短期的保证，而是长久的许诺，随之而来的是无尽的考验。他无法预测未来，只能给出模棱两可的答案。

"不，其实很简单，我可以替你回答，你不会。"楚楚信誓旦旦地说道，忍不住嗤笑一声，"如果你真的想要钱，你大可不必待在这里，齐盛能给你更多。"

齐盛集团的规模远超银达投资，张嘉年要是真求"钱途"，回到齐盛会更容易。

"用人不疑，疑人不用。如果有一天你真的产生异心，我只会为你感到惋惜。"楚楚斜靠着书架，注视着张嘉年，"因为你为了短期的利益，亲手错失打造世界品牌的机会。财富积累到某种程度只是数字，富人和财团很多，但改变人们观念的标杆企业屈指可数，银达就是要成为其中之一。"

"这就像你有钱还选择住在这里一样，很多事不能用财富来衡量，还有其他更重要的东西。"楚楚目露深意，轻轻地说道，"张嘉年，我都没有怀疑你，你何必怀疑自己？"

张嘉年思绪有些凌乱，听完一席话，努力忽略心中的悸动，最终只能由衷地感慨："您可真是天生的演说家。"

他算是明白为何无数网友会追捧她了，她的现场煽动力简直太强了。即使知道这是上位者的某种天赋技能，你仍会情不自禁地深受鼓舞，心甘情愿地为此卖命，这就是领导者的魔力。

上兵伐谋，攻心为上，楚总倒是很明白。

两人正聊着，张雅芳风风火火地过来通知：“吃饭了！”

楚楚原本还一本正经地描绘星辰大海，闻言立马起身出屋，直奔饭桌而去。张雅芳擅长川渝料理，楚楚对中午的伙食颇为期待。

张嘉年看着楚总一溜烟跑去吃饭，只觉得刚才鼓舞人心的发言犹如过眼云烟，像是幻觉。

片刻后，张嘉年坐在饭桌前，看着满桌的辛辣美食，茫然地不知如何下筷。他弱弱地询问：“有稍微清淡点的吗？”

张雅芳女士将碗推向他，随意地道：“生病多喝粥！”

张嘉年默默观望桌上的水煮鱼、毛血旺、炝炒包菜，又低头看了看清粥，觉得自己成长至今没有自闭，简直是人类心理学上的奇迹。

楚楚难得开窍，提议道：“我再去做道清淡的……”

张雅芳出言制止：“别理他，病人沾不得油荤，真以为自己是大少爷呢！”

张嘉年：绝对是亲妈，后妈不可能狠心至此。

席间，张嘉年沉默喝粥，充当背景板，眼看口才超群的楚总将张雅芳女士哄得心花怒放，两人恨不得结为忘年交。他还是头一次见楚总如此亲和，她要真的肯放下身段跟人交心，根本没人抵挡得住。

楚楚尝了一口滑嫩鲜香的水煮鱼，恨不得当场给张雅芳跪下，吹捧道：“太好吃了，我简直想跟张嘉年交换父母……”

楚彦印坐拥金山银山有何用，又做不出如此美味的水煮鱼！

张雅芳得意扬扬：“吃过的人都说好得很，你想吃可以再来！”

张嘉年：“……”

张嘉年心想母亲实在太单纯了，客套话还能当真？！楚总可是吃遍米其林的人，谁会在乎家常菜？不过楚总如此给张雅芳面子，张嘉年自然领情，他觉得要是抖出楚总的真实身份，张雅芳估计要吓得半死。

临走前，楚总和张雅芳已经建立了深厚的“革命友情”。张雅芳还拉着楚总的手，郑重地许诺：“你放心，等老家寄来藤椒油，我一定让嘉年带给你！”

“好好好，跟面条是绝配！”楚楚感动于张雅芳的热情好客，只差热泪盈眶。

张嘉年麻木地看着这一幕，脑海中浮现出红军与老乡互送粮食的感人画面。

楚总走后，找到知己的张雅芳只差将人夸得天上有地下无，不停地感慨：“小楚真是个质朴和善的好孩子，手脚也勤快，这么踏实的年轻人不多了。你再看看你，一天到晚端着架子……”

张嘉年：“……”

张嘉年真不明白，她究竟从哪里看出楚总质朴和善、踏实勤快的。

张嘉年：可能只有戴着几百万的手表，开着几千万的豪车，才能做到张雅芳口中的质朴无华、清新脱俗吧。

张嘉年的病来得快去得也快，他被探病的楚总一搅和，便将隐约遭受了职场性骚扰的事忘在脑后。人真是奇怪的生物，一旦对某人有所改观，便会自带滤镜，下意识地合理化很多事情。楚总对银达的宏伟规划，冲淡了张嘉年的疑虑和纠结，让他没再对许多细节细究。

当然，这其中也有他最近太忙的缘故，他忙到没时间探究。

辰星影视按照楚总要求，重新选拔了十名年轻艺人，并开始进行长期培训。夏笑笑像往常一样盯完练习生的训练进度，往自己的办公室走，却被人突然叫住：“笑笑姐！”

夏笑笑回头，便看到浑身洋溢着青春荷尔蒙的明凡，他刚刚练习完，额角还沾着汗水，笑容阳光肆意。明凡开朗地说道：“今天辛苦姐啦！”

“没什么，我也没做什么……”夏笑笑其实年纪不大，无奈练习生们的年龄更小，例如眼前的明凡才十八九岁。如今艺人间竞争激烈，年龄也成为优势，出名要趁早。

夏笑笑最近偶尔盯练习生们训练，逐渐跟十名男孩子认识，明凡是其中较为活泼热情的一位。按道理，夏笑笑以前会欣赏这种阳光型的男生，但不知是不是受到了银达姐姐们的熏陶，对明凡总抱着一丝警惕。

夏笑笑觉得以职场厚黑学看待人际关系不好，但明凡实在有些自来熟过头了，还总会说些似撩非撩的话。夏笑笑的感知相对迟钝，但其他工作人员早对此议论过几回。

“笑笑姐待在旁边，对我们就是最大的鼓舞！”明凡笑着挠头，漫不经心地问道，“我听说楚总最近要来看训练，这是真的吗？”

夏笑笑猛地抬头，询问道：“这是谁跟你说的？”

永远不要低估粉丝对偶像的上心程度。夏笑笑对其他事不敏感，对楚总的事可谓极度敏感。

明凡没料到夏笑笑的反应这么大，干笑道：“我听其他练习生说的……”

“我不知道楚总会不会来。”夏笑笑坦白道，楚总那么忙，谁也没法保证她会不会真的来。

明凡有些诧异，脱口而出：“姐以前不是银达的吗？怎么会不知道。”

夏笑笑微微皱眉，狐疑道：“你怎么对这些了解得这么清楚？”

刚来的练习生居然知道她来自银达，实在有些奇怪。

“因为笑笑姐的每件事，我都想知道啊。”明凡一愣，随即绽放笑容。

夏笑笑没再追问，但总觉得明凡像是戴着一张假笑面具，脸上的笑意并不真切。

练习室内，其他练习生隔着玻璃门，看到不远处明凡向夏笑笑搭话，面上难免不屑。陈一帆冷哼道：“真能拍马屁，看见有背景的人就去了！”

“我看他心高着呢，这里怕是容不下他……”有人冷嘲热讽地附和起来。

楚总来辰星影视检查训练，对练习生们来说绝对是重大事件，这可是他们头一次见到幕后大老板。他们同样是第一次深切地感受到楚总的威力，大老板驾到，声势阵仗极大，由辰星影视CEO跑进跑出陪同着。

辰星CEO相当客气：“楚总，您往这边走，就是练习室……”

夏笑笑站在人群外围，看着许久未见的楚总，见老板被人簇拥，一时不知该不该上前。夏笑笑毕竟职位不够高，现在往老板身边凑，实在有些冒尖。她不由得有点失落，犹豫后没有迈步。

楚楚一打眼便看到了旁边的夏笑笑，谁让对方的“女主角”光环太扎眼，简直是人群中最亮的那颗星。楚楚干脆主动打招呼，果断叫道：“夏笑笑。”

夏笑笑猛地抬头：“到！”

“你怎么搞得像军训报到一样？”楚楚被她的反应吓了一跳，淡淡地道，“你过来给我介绍下情况。”

楚楚站在一大堆陌生人中间，实在晕头转向，直接找上唯一认识的夏笑笑。

辰星影视CEO见楚总钦点夏笑笑，立马让出自己的位置，连声附和：“来来来，好好跟楚总介绍下公司情况……”

夏笑笑发觉楚总并未遗忘自己，内心燃起小小的欣喜，不由得振作精神，鼓起勇气走过去。她最近紧盯练习生计划，此时娓娓道来：“前面就是练习生训练室，目前共承担十名练习生的日常课程及训练，由专业老师完成培训……”

夏笑笑简要介绍了练习生的日常课程和时间安排，同时组织他们在楚总面前进行表演。楚楚看着一群半大不小的帅哥在自己面前唱歌跳舞，唯一的感想就是：物以稀为贵，上来就凑足十个帅哥，实在看不出来什么。

辰星影视CEO见楚总神色难辨，赶忙用眼神向夏笑笑示意。夏笑笑小心翼翼地问道："您觉得怎么样呢？"

楚楚揉了揉眼睛："我想去检查下视力。"

夏笑笑立马担忧起来："您怎么了，哪里不舒服吗？"

楚楚："我可能有人脸识别障碍，怎么都分不清这些人呢？"

夏笑笑及练习生们："……"

陈一帆是第一个沉不住气的，年少气盛，壮着胆子喊道："楚总，给我一分钟，我保证让您记住我！"

辰星影视CEO没料到陈一帆会口出狂言，隐含威胁地瞪了他一眼。其他练习生有的偷偷观望楚总态度，有的幸灾乐祸，还有的想要制止冲动的陈一帆。如果楚总是和善的伯乐，或许会接受陈一帆的提议；如果楚总是冷酷的老板，或许会怒斥陈一帆的行径。谁都没法猜透楚总的心思，不知道下一秒会发生什么。

楚楚闻言，面无表情地拒绝："不行，我一分钟能赚一百万，实在给不起你。"

陈一帆："……"

陈一帆猜到自己可能会遭到拒绝，但万万没想到被拒的理由是这样的。

陈一帆咬牙道："那我向您借一百万，可以吗？"

楚楚沉默地望了他一眼，陈一帆执拗地与她对视。片刻后，楚楚扭头对夏笑笑道："你来起草借条，让他签字画押。"

夏笑笑："好、好的……"

夏笑笑茫然失措地做完借款合同，又经人打印，快速地递到楚总手中。

楚楚一目十行地浏览完内容，确认无误后交给陈一帆，挑眉道："如果你真的要借，现在就签字吧。"

如果众人刚刚还对楚总的行为抱有疑惑，现在便万分确定她是在刻意刁难，想让陈一帆难看！这个小练习生是彻底完了，惹得老板不快，估计前途黯淡。

底下有人小声规劝："一帆，你跟楚总道个歉，这事就过去了……"

陈一帆对外界的声音充耳不闻，盯着合同，抿了抿嘴唇，再次确认道："如果我签了，您就给我一分钟？"

楚楚点头："当然，诚信经营，童叟无欺。"

陈一帆拿起笔，龙飞凤舞地签下自己的大名，旁边有人惊叫道："你疯了！？"

"大不了就卖身给公司，有什么了不起的！"陈一帆硬气地道。

楚楚满意地收回合同，说出选秀节目里梦想导师的经典台词："请开始你的表演。"

陈一帆价值百万的首秀说长不长，说短不短。他是唱跳型练习生，剧烈的舞蹈动作伴随着高音演唱，认真的神态极有舞台魅力，让众人眼前一亮。如果不是旁人在乎楚总的脸色，说不定现在就要起哄叫好。底下已经有个别练习生为陈一帆的表现喝彩。

虽然一分钟不算太久，但陈一帆卖力地表演完也大汗淋漓。他完成歌舞，气喘吁吁地看着楚楚，眼神亮如火焰。陈一帆年纪不大，脸上写满肆意的张扬，尤其是在舞台上的样子，简直是一道闪耀的光。

楚楚配合地鼓掌，在她的带动下，原本顾忌老板情绪的众人这才献上热烈的掌声，肯定了陈一帆的精彩表现。楚楚看着额角沾染汗水的陈一帆，提醒道："你还没说自己的名字。"

陈一帆微微一愣，看着楚总波澜不惊的神色，犹豫地开口："我叫陈一帆。"

楚楚点点头，心平气和地道："我记住你了。"

其他练习生露出羡慕的神色，陈一帆不走寻常路，清新脱俗地博得老板的注意，简直是难以复制的上位之路。可当事人陈一帆却有点高兴不起来，总觉得楚总并不是记住自己的表演，而是记住自己欠下百万巨款。

陈一帆：好像不用表演，光是欠钱不还，老板都会记住。

果不其然，下一秒楚总就把一式两份的借款合同递给他，鼓励道："好好努力，加油赚钱。"

陈一帆："……"

其他练习生想到陈一帆首秀一分钟，燃烧一百万，立马心理平衡起来。果然有得必有失，想吸引老板的关注，就要付出倾家荡产的代价。

众人怜悯地看着陈一帆，陈一帆竟然还颇有骨气地道："我会按时还的。"

辰星影视CEO暗道，这新人实在是死鸭子嘴硬，他一穷二白拿什么还？

楚楚笑了笑，倒也没多言，跟着夏笑笑继续往公司内部走。众人离开练习室，练习生们才叽叽喳喳讨论起来。有人暴捶陈一帆一拳，怒道："你是不是傻？你哪里有钱还？你捡垃圾还啊？"

陈一帆其实心里也没主意，不过坚信车到山前必有路，破罐子破摔道：

“大不了一年还一万，我争取活到一百多岁！”

“美得你！”其他人原本紧张的情绪，也被他的言语打断，不由得笑骂起来。

夏笑笑拿着借款合同，目睹花样少年欠下百万巨款的全程，有些于心不忍地问道：“楚总，您真的要让他还吗？”

夏笑笑希望楚总能有些恻隐之心，并不将此当真，这份借条干脆作废算了。

楚楚果断道：“当然啦，欠债还钱，天经地义，每个人都要为吹过的牛负责。”

夏笑笑露出为难的神色：“练习生每月的补贴很低，陈一帆家境一般，估计承担不了这笔巨款……”

楚楚大手一挥：“那你们就赶紧把他推出去卖钱，商务合作接起来，到时候直接将酬金划给我还款。”

夏笑笑迟疑道：“可他还没有出道，商务合作的数量估计很少。”

楚楚作为债主，催款方式层出不穷：“给他安排一些能刷脸的综艺，实在不行让他上部戏。他好歹是个艺人，总不至于要拉着他卖血卖肾吧？”

如果张嘉年在场，肯定会吐槽楚总，您是正经的企业家，不是黑社会一姐，怎么还惦记上人体器官买卖？但夏笑笑不是张总助，自带超强的粉丝滤镜，楚总的每个举动在她的心里都能有合理的解释。

毕竟楚楚有着“邪魅狂狷”称号，在女主角的眼中，她的万般不好都有其缘由。

夏笑笑的第一反应是楚总不愿埋没人才，用别扭的方式提拔陈一帆，不由得感动地道：“您用这种方式激励他，也是别出心裁，他以后一定会明白您的苦心。”

楚楚有点不理解夏笑笑的脑回路，不过也没多言，只道：“那就安排下去吧。”

楚总发话要为陈一帆安排资源，辰星影视里自然无人敢拂老板的面子。毕竟李泰河如日中天时，公司都能为他量身打造节目和电视剧，现在不过是在综艺和影视剧项目中塞进一个小小的练习生，简直太容易了。

辰星影视CEO不敢怠慢，害怕手下人处理不周，干脆将此事委托给夏笑笑：“你来处理这件事吧。”

夏笑笑误以为楚总对陈一帆有栽培之心，还真颇费心力地为其挑选节目。因为陈一帆在歌舞方面的业务能力超群，她就为他找了一档有歌舞环节的综艺节目《最梦声》。这档节目的收视和口碑不错，每集都有嘉宾踢馆环节，陈一帆就是作为踢馆嘉宾参加节目的。虽然大多数嘉宾踢馆失败了，但不可否认留下了许多经典舞台。

陈一帆要上《最梦声》的消息传开，简直让其他练习生嫉妒得红了眼。有人还想看他为百万欠款苦恼，没想到天上突然掉馅饼，机会这就上门了。

“那你岂不是可以跟我的偶像同台献唱？我的天，我现在去找楚总借一百万还来得及吗？”其他人后悔不迭。原来被老板记住名字，人生会发生如此大的变化。

陈一帆得知消息，同样相当诧异，练习生们目前基本都没资源，他能够参加《最梦声》绝对有楚总的授意。陈一帆不免有些疑惑，他当初表演完，楚总明明没什么反应，只是毫无灵魂地鼓掌，难道自己真的因此获得了老板的赏识？

“陈一帆，请你过来一下。”不远处，夏笑笑朝着陈一帆招手，温和地喊道。

“好的！”陈一帆听到声音，赶紧跑过去。

其他练习生见状越发感慨：“一帆以后的日子不一样啦……”

人群中的明凡听到这话眼神一黯，握紧了拳，沉默地望向练习室外交谈的两人。

“笑笑姐，你找我有什么事吗？”陈一帆难得踌躇起来。夏笑笑显然跟楚总关系不一般，她的意思某种程度上就是楚总的意思。

夏笑笑缓缓解释道：“是这样的，你不是要上《最梦声》吗？按道理，你是可以拿到酬劳的，但因为你和楚总的约定，我就将这笔款直接抵债了，可以吗？”

夏笑笑润物细无声地美化着老板，连“借款合同”都能婉言成“你和楚总的约定”，听上去顿时让人舒服多了。

陈一帆赶忙道：“可以，能给我表演的机会就好。”

夏笑笑点点头，又耐心地道：“那以后也是如此，我就先跟你确认了。”

陈一帆更加惊讶：“还有以后吗？”

他本以为只有《最梦声》，难道还能拥有其他资源？

夏笑笑看他惊愕不已，柔声道：“当然，楚总很重视你的发展和‘钱途’。”

不得不说，夏笑笑和善的态度和欣慰的神情，让陈一帆产生误会，原来楚总真是能识千里马的伯乐！他哪能料到楚总随便说的一句话，只要经由夏笑笑转达，都能自动美化一百倍。

陈一帆想到未来会有更多展现自我的机会，颇受鼓舞地说道："我一定会拿出更燃更爆的舞台表演，不辜负你们的期待！"

努力上进的夏笑笑自然也激励他一番，为他加油打气。

楚楚最近频繁出入辰星影视，一是检查练习生进度，二是着手《胭脂骨》剧组筹备。剧本的生产走上正轨，制作方面也不能落下。楚楚最近约见了几位导演，初步对书中世界的制作团队建立了解。

穿越进书中后，楚楚面对全新的人脉和行业资源相当尴尬，等于一夜砍号重来，第一任务是努力将活跃的一线导演认全。虽然基本常识被清零，但好在她如今的社会身份摆在这里，还有庞大的财富。

在现实的影视行业里，有钱的才能叫制片人，没钱的只能叫制片，她好歹不用再从制片爬到制片人的位置了。

楚楚开完会，步履匆匆地迈出会议室，打算先行离开。夏笑笑见状，赶忙跟上，体贴地询问道："楚总，我给您叫车？"

"不用了，张嘉年会过来，我晚上还有会。"楚楚看了眼时间，不免略感焦灼。她刚才的会议时间有点长，一会儿还要去见光界娱乐CEO，这是最近的重点工作。

"那我送您下去。"夏笑笑想要跟上，却又见楚总伸手制止。

"你们去送导演，我认识路。"楚楚拿好东西，自顾自地往电梯方向走，"车已经到楼下了。"

楚总行事利落果断，加上最近确实常来辰星影视，对环境比较熟悉，其他人就没有再劝。

楚楚顺利进入电梯，眼看着电梯门缓缓合上，突然有人钻了进来。男孩看到电梯内的楚总一愣，随即不好意思地道："楚总好。"

楚楚点头应声，又看了眼表，没将进来的人放在心上。明凡小心翼翼地打量楚楚一眼，见她并未注意自己，一时也找不到搭话的契机。

电梯中仅有两人，楚总身边居然没带下属，实在是千载难逢的好机会。明凡耐心地等待着，终于感受到电梯紧急停止产生的震动，听到尖锐的刺啦声。

楚楚察觉电梯晃动，下意识地扶着墙壁，勉强站稳身形。

明凡适时地开口："楚总，电梯好像坏了……"

楚楚面无表情："说点我不知道的。"

下一秒，电梯内的灯突然熄灭，顿时漆黑一片，两人的脸也陷入暗处。

"楚总，灯好像也坏了……"

“说、点、我、不、知、道、的。”楚楚简直心烦到崩溃，为什么越忙的时候，越会出现这种意外？

明凡感觉楚总的情绪不太对，他本想在黑暗中营造出暧昧的氛围，但在电梯中的楚总却犹如暴躁的困兽，怒气值直线飙升。明凡事先通过渠道查找到资料，楚总患有幽闭恐惧症，按道理此时她的心理状态应该是恐惧，但她的语气更像是……愤怒？

难道是楚总对于恐惧的表现方式，跟其他人有所不同？

明凡有些疑惑，不过还是按照设定好的剧本，开始正常地走流程，换上阳光善良的声线：“如果您害怕的话，可以拉住我的手……”

黑暗中，男孩温柔的声音犹如治愈的良药，他为今天不知模拟多少遍，演技极度出色。如果楚楚真的是幽闭恐惧症患者，此时恐怕会深受触动。

下一刻，明凡便看到本该恐惧的楚总暴怒地捶下呼救键，像是砸下一记铁拳。黑暗中，她脸色晦暗不明，不耐烦地扭头发问道：“你刚说什么？我没听清。”

明凡：“没什么。”

明凡：总觉得现在去拉楚总的手，会被她扭断胳膊。

张嘉年在楼下等待良久，迟迟不见楚总出来。他看了眼时间，忍不住给夏笑笑打电话询问：“楚总的会议结束了吗？”

夏笑笑诧异地道：“楚总已经下楼了，您没看到她吗？”

张嘉年眉头微皱，不知哪个环节出了问题，干脆直接给楚总打电话，却发现她的手机正处于无法接通的状态。

张嘉年：怎么光是下楼都能人间蒸发？！

张嘉年和夏笑笑分头行动，将公司上下盘查一遍，没有发现楚总的身影，最后将目光锁定在骤停的电梯上。辰星影视CEO得知消息万分惊愕，吓得魂飞魄散：“什么？！楚总被关在电梯里了？”

天地良心，辰星影视的电梯从未出现过任何问题，突然故障就困住大老板，这也太寸了！

众人忧心忡忡、担惊受怕，唯恐老板迁怒于自己。张嘉年想起楚总的幽闭恐惧症却颇为焦虑，这不仅是耽误行程的问题，目前楚总在密闭空间内的情形实在不好说。

他镇定下来，指挥工作人员施救，同时询问道：“哪里能看到电梯监控摄像头内的画面？能不能跟电梯里的人取得联系？”

如果外界能跟电梯里的楚总直接沟通，应该可以缓解她目前在电梯内的压力。工作人员检查设备后，无奈地道："电梯的呼救键好像坏了，听不到电梯里的声音，也没法直接对话。"

张嘉年又问道："画面呢？现在能看到里面的情况吗？"

工作人员调试片刻，支支吾吾道："摄像头也坏了……"

张嘉年眉头紧皱，不由得心生狐疑。他脸上难得显现一丝冷色，看向倒霉的辰星影视CEO，冷冷地质问："你们平常就是这么工作的？"

"张总助，我们马上安排人维修……"辰星影视CEO满头是汗，忙不迭地催促维修人员抓紧时间。

"这不是维修的问题，如果楚总今天出事，你们谁都担不起这个责任！"张嘉年眼浸寒意，严肃地说道，"现在马上联系消防队，我不管具体方法，半小时内电梯门必须打开。"

如果不是张嘉年发现楚总没下楼，估计无人察觉到老板被困在电梯里的事。这事处处透着疑点，张嘉年觉得他们对辰星影视的管理太松懈了，关键时刻尽显疏漏，连个稳定人心的领头者都没有。如果今天电梯里被困的不是楚总，按照这种效率，电梯公司的人一直修不好，难道受困者要等一天？

众人被张总助劈头盖脸一顿训斥，皆有些惊慌失措。张嘉年看他们满目茫然的样子额角直跳，干脆眼不见心不烦，直接联系消防队，同时通知秘书长王青。

夏笑笑颇为担忧，提议道："附近就有消防队，我跑一趟吧。"

"这样最好，你再通知胡医生过来，早做准备。"张嘉年觉得辰星影视里也就夏笑笑还有脑子，看向工作人员，冷冷地道，"带我去监控室。偌大一个影视公司，连电梯都弄不明白！"

张嘉年平日对着楚总脾气极好，那是他的职业素养，但他对旁人的工作失误可谓毒舌至极。毕竟他每天能给楚总解决无数难题，怎么换其他人，电梯都能出问题？张嘉年实在受不了他们又蠢又笨、束手无策的样子，打算自己过去一探究竟。

辰星影视CEO见张嘉年带人往监控室走，小声问道："张总，那我先让其他人回去工作？"

电梯门口如今围满公司的人，大家聚在这里，也不是办法。

张嘉年嗤笑道："不用了，今天老板出不来，我们都会失业，工作不急在这一会儿。"

辰星影视CEO："……"

黑暗的电梯内，楚楚皱着眉头打电话，无奈信号极差，电话根本无法接通。

明凡好心规劝道："楚总，我们耐心地等待营救吧……"

楚楚挑眉道："你确定有人会营救我们吗？呼救键根本摁不了，万一被困一整天呢？"

辰星影视内部可有好几部电梯，每天人流量极大，光是出口起码就有三个，谁能保证匆忙的行人会发现电梯出了故障？

明凡闻言，脸上露出一丝腼腆的笑意，温和地道："能跟楚总一整天待在一起，未尝不是因祸得福。"

楚楚："……"

楚楚猛地打开手机的手电筒功能，刺眼的亮光照得明凡直眯眼。黑暗中，握着手电筒的楚总脸色阴森，宛如女鬼，冷飕飕地道："你这话说的，让我觉得自己是祸不单行。"

明凡："……"

明凡没想到无往不胜的撩妹计策对楚楚毫不奏效。他严重怀疑是灯光太暗，楚总看不清自己的脸导致此计的威力下降。

明凡露出受伤的神色，问道："您很讨厌我吗？"

楚楚淡淡地道："没，说喜恶太沉重，我根本不认识你，更谈不上讨厌。"

明凡：这天是聊不下去了。

明凡不屈不挠，再次开口，柔声道："楚总，您别害怕……"

楚楚平静地打断他："你知道为什么有的人很快就能平步青云，有的人混了几年却还做基层吗？"

明凡见她岔开话题，疑惑道："为什么？"

楚楚瞟他一眼，面无表情地道："因为有的人能马上为老板解决问题，而有的人只能在遇到困难时耍嘴皮子，实际毫无行动。"

楚楚完全不理解明凡的脑回路，现在难道不该积极自救，他老唠什么闲嗑呢？！她平时算是很没有老板架子的，但现在也看不惯明凡如此拎不清的下属。她忙着修电梯，他怎么没完没了地搭话！

楚楚烦心于晚上的重要会议，怒气值早就满槽，明凡却没有眼力见儿地跳来跳去。她如今才发觉当背景板也是一种天赋，路人甲也不是好做的！

明凡无辜地道："我又不会修电梯，同样是受害者，您不能迁怒于我……"

楚楚正研究着呼救键，不耐烦地道："电梯不会修，闭嘴总会吧。"

明凡失落地道："您这样有点残忍……"

楚楚："我只是让你闭嘴，又不是让你闭气，哪里残忍？"

明凡："……"

明凡算是看出来了，楚总完全不害怕，她现在焦躁异常，见谁都想怼，而他就是那个可怜的炮灰。现在是"暴躁楚总，在线捶门"，他要是再多嘴，估计就是"暴躁楚总，在线打人"了。

明凡有些不甘心，好不容易找到这个时机，如果毫无收获，实在太可惜了，要知道楚总平时身边的人简直是里三层外三层。陈一帆的境遇让明凡异常羡慕，同时他不能辜负那个人的嘱托，毕竟这个好机会是对方提供的。

明凡努力调动自己的演技，故作开朗，声音中却夹杂几丝失落："楚总，对不起，我只是想说话缓解您的紧张，没想到适得其反……我确实挺没用的，什么都做不了。"

楚楚闻言，停下手中的动作，沉默地转头看他。

明凡受伤地笑笑："您忙吧，我不说了……"

楚楚松口道："也不是完全没用，什么都做不了。"

明凡见此番卖可怜的话起作用，在心中为自己暗暗叫好，原来楚总是吃软不吃硬，刚才攻略的路线走错了！他正要再接再厉，以"阳光小白莲"的姿态博得楚总的同情，便听到她接下来的发言。

"我也给你讲个故事，缓解一下紧张吧。"

楚楚毫无感情地道："过去的水手如果遭遇海难，会在茫茫大海上漂流许久，没有任何食物来源。那时候，船上的弱者就会被杀死，被除去内脏、分割四肢，成为食物……漂流结束后，所有人会对此避而不言。"

"其实，我们一起被困，也算是件好事。"楚楚望向明凡，似笑非笑，宛如魔鬼。

明凡："……"

明凡借着手电筒微弱的光，看着楚总鬼魅的笑容，只觉得头皮瞬间发麻，简直毛骨悚然。

黑暗中，他不由得打了个寒战，下意识地后退一步，干笑道："您真会开玩笑。"

"呵。"楚总意味不明地笑了笑，轻声道，"应该让更有价值的人活下去，不是吗？"

明凡现在只盼望电梯门赶紧打开，剧情怎么突然变成"暴躁楚总，在线吃人"？

楚楚看清他眼底的恐惧，歪了歪头，无辜地道："你躲什么？"

她的眼神里闪烁着残酷的光，她娇声道：“能跟你一整天待在一起，未尝不是因祸得福。”

说实话，明凡作为始作俑者本不该害怕，但楚总现在的表情实在太过变态，他被吓得脸色苍白。明凡直接缩进角落里，思及对方暴力砸门的举动，觉得自己遭到手撕不是没有可能！

明凡：难道楚总的幽闭恐惧症的全名叫“幽闭就会让其他人恐惧症”？难道楚总在密闭空间便会“黑化”吃人？

楚楚看着瑟瑟发抖的明凡，露出电影中变态反派的邪恶笑容，让人不寒而栗。

“喀喀，楚总，请问您听得到吗？”

张嘉年镇定的声音回荡在电梯里，原本死了一样的呼救键突然恢复功能，电梯内的灯光骤然亮起。明凡仿佛看到获救的曙光，有种逃出生天的感觉！

监控室内，张嘉年直接让无能的工作人员走开，亲自上手操作，原本号称修不好的电梯瞬间复原，紧接着众人便听到楚总温柔似水的声音。

“能跟你一整天待在一起，未尝不是因祸得福。”

张嘉年：“……”

张嘉年：我是不是动作太快，耽误了老板的好事。

电梯终于缓缓停稳，发出叮的一声。电梯门打开，被困的楚楚和明凡从中走出来。楚楚看到迎面而来的张嘉年，直接询问道：“会议还来得及吗？”

“我已经通知对方推迟半小时。”张嘉年心想，楚总居然还记得正事，实在出乎意料。他瞟了一眼楚总身后脸色苍白的明凡，想起刚才听到的话，不由得略感无语。

张嘉年：电梯被困都能发展出支线剧情，她的幽闭恐惧症简直像假的一样。

“胡医生马上就到，不如我将会议取消，您稍后先进行检查……”张嘉年挥去脑海中对楚总荒谬行径的吐槽，真心实意地说道。虽然楚总现在看上去若无其事，但心理上产生的伤害，谁也不好说。

楚楚看他一眼，面露古怪之色：“我又没受伤，做什么检查？直接出发去会场，现在过去应该正好。”

张嘉年见楚总面色如常，心中疑惑更甚，像是冥冥中摸到什么线索，又转瞬即逝。他迟疑起来，看向旁边的明凡，询问道：“那他……”

楚楚回头看了明凡一眼，对方吓得差点缩回电梯。她淡淡地道：“我也不认识，你看着办吧。”

张嘉年：“……”

张嘉年：我能怎么办，难道“凉拌”吗？

张嘉年满头雾水，完全摸不清楚总的脑回路，无奈光界娱乐的会议迫在眉睫，他也没时间处理这些杂事。楚总已经大步出门，向着等待的汽车走去，留给众人潇洒无情的背影，像是已将电梯小插曲抛在脑后。

辰星影视众人望着明凡啧啧感慨，原来从天堂坠到地狱，不过是老板的一念之间。这场电梯情缘简直比露水情缘还短暂，几乎是火速蒸发，都没坚持到太阳升起。

张嘉年有种奇怪的预感，事情远没有表象简单。他看向夏笑笑，吩咐道："你先在这里守着，等王青过来，监控室内的东西都不许动，跟此事有关的人员也不准走。"

张嘉年现在觉得辰星影视内部乱七八糟，谁都信不过，干脆委托给夏笑笑。他暂时没空，等解决完今天的会议，绝对要从头细查一番。

夏笑笑接到任务，赶忙乖乖点头，老实应声："好的。"

夏笑笑在银达投资工作过，早就养成了听从张总助指示的习惯，毕竟当初就是他安排自己跟楚总的综艺节目行程的。王青更是夏笑笑曾经的直属上司，两人同样熟悉得不得了。

楚楚得益于张嘉年的及时营救，顺利出席晚上的会议。

光界娱乐公司内，大屏幕上是精美的和风动漫人物，CEO梁禅兴致勃勃地为楚总介绍着公司正在研发的游戏："《缥缈山居》是一档3D（三维）回合制RPG游戏（角色扮演类游戏），游戏用户定位为年轻女性……"

光界娱乐是一家以游戏研发运营为主营业务的公司，目前正研发着多款手机游戏，尝试进行转型。这是张嘉年跟进很久的公司，手游也是楚楚看过后觉得极有前景的行业。

因为游戏的许多内部数据展示只能在光界娱乐公司内进行，所以楚楚和张嘉年才会专程过来。

楚总亲自到来，光界娱乐上下全都打起精神，誓要让投资人满意！

楚楚看着《缥缈山居》的绚丽原画，大致明白这类游戏的套路，无非是靠着氪金不断解锁剧情和道具，吸引玩家充值。她不免好奇，道："你们公司以前是做女性向游戏的吗？"

梁禅面露尴尬，解释道："近几年正在努力转型……"

光界娱乐以前是做竞技类游戏起家，可惜这类游戏的吸金能力远不及女性向游戏。梁禅没有马上拿出竞技类游戏的原因很简单，目前光是维持收支平衡已经很难，有的游戏甚至入不敷出，考虑停止运营。

梁禅想拿下银达投资的资金，当然会把前景最光明的产品交出来，加上楚总的性别摆在这里，《缥缈山居》或许会更有说服力。

楚楚提议道：“我想看看其他游戏可以吗？比如说竞技类游戏。”

她来之前做过功课，光界娱乐也曾创造出辉煌一时的竞技类端游，只是玩家的不断流失和运营不善，让游戏内一片荒芜，如今仅剩情怀。

梁禅面露难色，委婉地说道：“楚总，那几款游戏比较老了，也不是我们的运营重点，不然我再带您看看别的……”

楚楚猜透梁禅心中的想法，直接道：“你放心，我们的合作没有问题，我很相信你们的实力，你直接跟张嘉年沟通细节条款就好。我想看看其他游戏，只是出于好奇。”

楚楚看过《缥缈山居》的品质，基本了解了光界娱乐的研发能力。她觉得《胭脂骨》播出后，光界娱乐完全可以趁机推出同名游戏，正好受众群体也有所重合，都是年轻女性。

楚楚现在要搭建一条产业链，进行衍生品开发，不仅有电视剧，还有漫画、游戏等。光界娱乐只要资质达标、性价比合适，就没有大问题，反正到时候是由电视剧带动其他业务。

她想看别的游戏，不过是出于探究的态度，毕竟来一次游戏公司可不容易（路上还被关进电梯）。

梁禅闻言放松下来，但还是无奈地提醒：“好的，不过您要有些心理准备，《赢战》当初流失了不少骨干，近几年又运营困难，可能人员看上去会稍显懈怠……”

《赢战》就是光界娱乐当初火爆一时的竞技类端游，如今却早已彻底完了。团队骨干纷纷跳槽，玩家流失严重，虽然游戏本身的知名度还在，但也仅是众人童年的回忆罢了，真正怀旧、重温的人极少。

《赢战》年初发布公告，预计游戏年内就会停止运营，简直是要多丧有多丧。

楚楚刚开始还不明白梁禅的意思，等跟着梁禅走过数条走廊，靠近公司的边缘，才真正理解他口中的“懈怠”。

角落的办公区没有窗户，显得极为阴暗。墙壁上《赢战》的海报颓丧地垂下半边，桌角的废纸篓莫名其妙地倒在地上。这里远不及《缥缈山居》的办公区热闹，既没有高端的设备，也没有明亮的灯光，甚至连个人影都没有。

梁禅巡视一圈，不禁皱起眉头，询问身边的人：“他们人呢？打电话给秦东！”

虽然他早就猜到他们懈怠了，但总不至于连面都不露吧？

梁禅忙着找员工，张嘉年望着地上散落的纸张无处下脚，小声提议道：“楚总，如果您真对竞技类游戏感兴趣，我让他们再寻找其他合适的公司？”

现在想要融资的游戏公司简直太多了，只要老板有意想做，张嘉年觉得可以很容易地找到其他更合适的公司。

楚楚叹了口气：“算了，我只是随便看看。”

她不过是觉得以后竞技类手游很火，想观察一下《赢战》能不能发挥余热，没有非要做的意思。如今大环境确实颓丧得彻底，她也就不强求了。

楚楚百无聊赖地在混乱的《赢战》办公区转了一圈，无意间看到亮起的电脑屏幕，疑惑地问道：“这是什么？”

屏幕上有着《赢战》的logo（标识）和游戏画面，但看上去更像是设计中的未完成品。梁禅过来看了一眼，心情颇为复杂地答道：“这是负责人秦东的座位，可能他在捣鼓什么吧……”

楚楚看不懂那些复杂的数据，闻言更加好奇：“你们不是要停止运营了？”

“我也不清楚他在做什么，秦东算是《赢战》的元老，不过他的性格……有点拧巴。”梁禅纠结地答道。

楚楚看出梁禅对秦东的感情似乎挺微妙的，按道理让老板感到性格拧巴的员工，大多在公司里干不长。秦东能在光界娱乐待这么久，甚至坚持到现在，恐怕也有些故事和本事。

楚楚最终也没见到《赢战》的人员，不过这并未影响银达和光界娱乐的合作。细节条款的谈判由张嘉年负责，楚楚只要决定投或不投就行，真正的砍价协商环节概不过问。每个人在谈判合作中饰演的角色不同，功能自然不一样。

夜色中，光界娱乐的办公区仍然亮着，又是一个不眠的夜晚。

双方会议结束，张嘉年跟随楚总离开光界娱乐，忍不住再次询问：“楚总，您真的不用让胡医生看看吗？”

他们匆匆忙忙赶来开会，反倒让胡医生扑了个空。胡医生为此还联系张嘉年，询问楚总这边还需不需要自己。

楚楚头也不回，漫不经心地答道：“不用，我真的没受伤！”

夜里小风阵阵，楚楚历经波折终于开完会，正闲散地活动着筋骨。张嘉年望着她伸展手臂的背影，又想起楚总过去一丝不苟的举止，大脑中一瞬间闪过无数个细节，突然冒出大胆的念头。

他想到她说要报警自首的胡话、翘班后的苍白神色、突如其来的出奇举止、多变的饮食习惯、懒洋洋的调侃姿态……原本不起眼的一个个小点连接成线，又编织成网将他罩住，让他有种陌生而抽离的感觉。

万千细节涌上，她的一颦一笑在他脑中形成慢动作，跟过去形成鲜明的对比。

张嘉年犹记他差点被辞退时，楚总歇斯底里的可怕模样，宛如发疯的厉鬼，又想起她描绘未来时眼中的星光，有种成竹在胸的信服感。

人或许是会发生变化的，但幽闭恐惧症都能不治而愈吗？

张嘉年的思绪有些混乱，他像是摸到了事情的真相，但又害怕现实远比猜测的更离奇。他其实从来都不了解楚总，过去跟她在工作上频频争执，老板在生活中又拒人于千里之外，现在他刚感觉有些熟稔，似乎又陷入更大的困惑。

“楚总，我想问您一件事情……”张嘉年沉默良久，终于忍不住开口。

楚楚转头，茫然地眨眼，对他的心境还一无所知：“什么事？”

张嘉年望着她毫不知情的面孔，话明明到了嘴边，又改变主意，转而道：“您饿了吗？”

“有点。”楚楚诚实地点头，看了看黑漆漆的四周，提议道，“我们随便吃点吧，别搞得太隆重了。”

楚楚说完，便先行上车，并未察觉张总助的怀疑。张嘉年思索片刻，给王青打了个电话，询问辰星影视那边的进度：“现在情况怎么样？电梯故障的具体原因知道了吗？”

张嘉年在监控室时就感到奇怪，在他看来设备没有任何实质性的问题，然而工作人员却总嚷嚷着修不好。让他觉得更古怪的，其实是明凡的存在。哪个练习生敢跟老板挤同一部电梯？

在银达投资里，楚总要是进了电梯，闲杂人等都会自觉地等待下一班。

明凡不是傻到爆棚，就是心机到爆棚。无论是哪个，这人都不能留。

“总助，我们又问了一下情况，也调取现场的部分监控查看。有几人本来还顾左右而言他，在我们用报警威胁后，他们承认是有人授意，故意困住楚总……不过我还是不太明白，为什么要故意弄坏电梯拦住楚总？”

王青从银达投资赶到辰星影视，为此事跟夏笑笑忙碌许久，没想到一件不起眼的小事，牵扯出的信息量却越来越大。

王青不知道楚总患有幽闭恐惧症，张嘉年作为“太子”直系，却是知道的。

被困到电梯对寻常人来说只是小事，但对患有幽闭恐惧症的人来说，却会留下不小的心理阴影。看来有人想借此威慑老板。

“你们看住那个练习生，我陪楚总用完餐就回公司。”张嘉年看着不远处停靠等待的车辆，想到车上的某人，同样感到一阵阵头疼。

张嘉年：这简直是侦探游戏，害老板的人不清楚，老板还是不是老板也不清楚。

张嘉年心事重重地上车，后座的楚总却没心没肺地哼着小调，似乎心情挺好。

虽然楚总说要随便吃点，但张嘉年其实没信她的话，毕竟有钱人的随便吃点，在普通人看来也挺不随便的。他满腹心事，就没有过问具体地点，等下车后，看着路边灯火通明的大排档，才感到一丝不妙。

楚楚挎着名包，兴致盎然地进店，看上去是打算去撸串了。

张嘉年：虽然我理解老板的内部程序可能发生了更换，但她能不能走心地伪装一下，不要让人看出来？她稍微掩盖些异常举动，装得像模像样点不行吗？

张嘉年头一次痛恨自己的观察力，他为什么要做第一个发现老板古怪的人，现在越看疑点越多！

人一旦埋下怀疑的种子，立刻会关注到无数细节。

张嘉年眼睁睁地望着楚楚绕过门口的一堆空啤酒瓶，熟门熟路地踏进烧烤店，随便找了张空桌，便开始唰唰地勾画起菜单，像是来过苍蝇小馆无数次一样。

吃完的客人正好往外走，不经意间瞟到楚楚的装束，觉得她有些眼熟。那人瞟到她的手表和包，这才出声感慨：“妹儿，你怎么这副打扮来撸串啊？”

楚楚全神贯注地翻着菜单，头也不抬地答道：“假的，穿完就丢了。”

“哦哦哦，别丢啊，仿得挺真的，洗洗接着穿呗！”那人露出恍然大悟的神色，苦心规劝道。

张嘉年：您可不要再胡说八道蒙骗穷苦百姓了！

“别傻站着，坐啊。”楚楚见张嘉年没有动静，抬头对他招招手，又疑惑道，“还是你不习惯？”

“没有。”张嘉年老实地坐到她对面，看上去颇为拘束。他倒不是对烧烤摊的环境不习惯，而是对这样的老板不习惯。

“这种店才好吃，你尝过就知道了，我选的一般都没错。”楚楚只当他有偶像包袱，好声劝道。

张嘉年暗中观察对面的楚总，只觉得她的外貌跟过去别无二致，又或者因为他以前根本没认真观察过老板的长相，所以现在看不出区别？

他脑海中出现无数猜想，莫非老板有性格迥异的双胞胎姐妹？但她们为什么要互换身份？董事长知情吗？还是老板被奇怪的外星生物附体了？但外星人怎么会热衷于撸串，同时对日常事务如此熟悉？老板是不是突然重生了，所以性情大变，对曾经做过的错事幡然悔悟？

张嘉年屏除杂念，决定出言诈她，直接道：“您到底是什么人？”

楚楚淡淡地道：“我是你永远也得不到的‘爸爸’。”

张嘉年鼓起的勇气犹如被扎破的气球，他瞬间颓丧起来。

“老板，点菜！”楚楚完全没在乎张嘉年的脸色，朝着柜台高声喊道。

烧烤摊老板干净利落地下单，接着提上两瓶冰镇啤酒，连同玻璃杯放在桌上。楚楚轻松地单手开瓶盖，同时友善地询问道：“你需要烫杯子吗？还是能直接喝？”

张嘉年看着她潇洒的开瓶手法，麻木地答道：“都可以。”

“那我不给你烫杯啦。”楚楚当即偷懒，给两人分别满上。她喝着沁人心脾的啤酒，幸福地眯起眼睛。

上菜的速度相当快，鸡脆骨被烈火烤得吱吱冒油，咀嚼间爽脆痛快；肥牛柔嫩的触感和鲜美的滋味让味蕾难以忘怀；茄子被从中切开平铺，浇满蒜泥和调味汁水，带来扑鼻香气；吐司面包涂满微甜的炼乳，烤得金黄焦酥，缓解烤肉的油腻。

张嘉年还沉浸在内心的纠结中，没有动筷，只是默默地注视着楚总进食。

楚楚用餐许久，终于发现对面人的异常。她见张嘉年犹如木头人，不禁感慨道：“我们公司可能搞不了餐饮。”

张嘉年虽然大脑混乱，但还是下意识地问道：“为什么？”

楚楚平静地道：“我一个人吃海底捞时，服务员在对面座位放的熊，都比你现在的表情可爱。”

张嘉年：“……”

楚楚面露无奈：“你要觉得不够吃就再点，为什么要用如此可怕的眼神盯着我？”

旁边路过的老板打趣道：“小姑娘别欺负人，明明是你好看，男朋友看呆了！”

张嘉年露出赧意，想要直接否认，但又害怕打草惊蛇，毕竟现在最关键的问题不是这个，而是楚总的身份。

张嘉年：为什么没有人知道自己背负着多少重担？！

张嘉年觉得自己不能再跟楚总绕弯子了，否则很快就会被带上歧路。他敏锐地捕捉到信息，狐疑地问道：“您还一个人吃过海底捞吗？”

楚楚漫不经心地道：“是啊。”

张嘉年意味深长地询问：“您吃的是辣锅？”

楚楚点头：“对，清汤有什么滋味。”

张嘉年：“您以前不能吃辣。”

楚楚：“现在能了。”

张嘉年略感焦灼，觉得不能再度陷入大事化小的闲聊状态，坦言道：“您可能不知道，其实楚总有幽闭恐惧症。”

张嘉年有意识地将称呼拉开，干脆挑明自己发现“她”和“楚总”的区别，想让对方直面问题。

楚楚微微一愣，随即轻笑出声，大大方方道：“你发现啦？”

张嘉年震惊道：“您真是……”

楚楚慢悠悠地开口：“既然如此，那我干脆告诉你真相。”

张嘉年没想到迷雾瞬间散开，本以为还要再三追问，现在遮盖事实的帷幕却骤然要落下，让他毫无心理准备。

楚楚敛去笑意，一本正经地说道：“其实我患有多重人格障碍，身体里有七重人格。每过一段时间，不同的人格就会占据我的身体，争夺身体的主控权。你肯定觉得我常常性格大变，做出不同寻常的事情，其实就是多重人格的缘故……”

张嘉年相当意外：“您是什么时候发现这种情况……”

楚楚冷静地答道：“三年前，不过近几年我都没有获得身体的主控权，直至最近才击退了其他人格。我现在如此紧张地工作，就是害怕他们突然出现，犯下弥天大错。老楚不知道这件事，这也是我跟他保持距离的原因之一，我的病情对他打击太大，倒不如让彼此的感情淡下来，以防未来不测。”

张嘉年心底涌上由衷的怜悯，但又觉得哪里不对，不禁皱起眉头，疑惑道：“胡医生也不知道您的病情吗？您应该只有幽闭恐惧症吧？”

张嘉年跟胡医生有联络，胡医生在行业内极有地位，尤其在心理研究方面建树颇多。

楚楚随口道：“他医术不精。”

张嘉年沉默片刻，质疑道：“您骗我。”

楚楚看到他明澈的眼神，愣怔一会儿，轻轻叹气：“好吧，事到如今，我只能告诉你真相了……”

张嘉年听着熟悉的故事开头，预感到自己陷入了无限轮回剧情。

楚楚：“其实我是来自异界的修士，渡劫中遭遇雷劈，不小心穿越到她的身体中，意外进行夺舍。我一直很想将身体还给她，无奈找不到她的三魂七魄，只能暂时在这里安顿下来，寻找重回异界的契机。我们的世界遍布天材地宝，可以飞天御剑……”

张嘉年：编，你接着编！本月的《故事会》都让你一个人来写！

张嘉年：“您既会修仙，又会说脱口秀，听上去可真厉害！”

楚楚：“哎呀，大道至简，自然融会贯通。”

张嘉年：“您还不如说是重生了，想改过自新，从头再来。”

楚楚：“这都被你知道了？其实我那天醒来，突然发现自己回到十年前……”

张嘉年垂下眼，婉言打断她的故事，反问道：“楚总这么逗我，是不是觉得很好玩？”

楚楚用手支着脑袋，看着他忍耐的小表情，坦白道：“超级好玩，简直是我的快乐源泉。”

她瞟到对方憋屈无语的表情，恶作剧心理得到极大满足，心里快要乐开花儿。

张嘉年闻言，外表看上去与平时无异，实则内心早发出土拨鼠般的尖叫，对老板的恶趣味有了更深刻的理解。她简直鬼话连篇，一阵瞎扯搞得他都抓不住重点！

楚楚娓娓道来：“其实我是外星人，不然你把我上交给国家吧……”

张嘉年自暴自弃地拿起菜单，问道：“楚总，您还想点些什么？”

楚楚见他不再追问，不由得意兴阑珊：“啧，我还憋着好几个笑点呢。”

张嘉年：我还憋着一肚子气呢，被魔鬼老板玩来玩去。

张嘉年思索片刻，忍不住闷声道：“总有一天我会拿出证据，让您没法再逃避话题。”

他算是看出楚总的如意算盘了，她料定自己没有证据，便放心大胆地让他随便怀疑，打起哑谜。

张嘉年也很无力，他凭借的不过是直觉，感觉这东西靠得住，却立不住脚。他现在就算大声嚷嚷楚总变了，也没人相信，甚至会觉得他疯了。毕竟她在现代社会的一切身份证件和信息认证都没问题，可谓滴水不漏。

人的性格变化，没法证明什么，更何况她也不蠢。

没错，不管她的外在表现如何，他坚信老板的内在已经变了，只是没有证据。

楚楚情不自禁地为他鼓掌，赞扬道：“有志气，在此之前你千万要坚持住，别辞职啊！”

楚楚的想法很简单，张嘉年想查就查，只要别耽误正经工作就行，她绝不过分插手下属的私人生活。

张嘉年对她浑不吝的态度甘拜下风，迟疑道：“您都不感到害怕吗？”

楚楚淡淡地道：“这有什么可害怕的，你想查就查，我如果愿意，一句话就能打消你接着查的念头。”

张嘉年颇不相信，断言道：“不可能。”

楚楚放下酒杯，歪头看他：“你要是查出来，我就嫁给你，有本事你就继续查。”

张嘉年：“……”

张嘉年：居然还能这样？

张嘉年原本还意志坚定，现在顿时打起退堂鼓。老板诚不欺我，一句话就打消了他所有的好奇心！

张嘉年：惹不起，打扰了。

楚楚看他面色古怪、神情僵硬，调侃道：“怎么？不敢查了？”

张嘉年小心地问道：“您是人类吧？”

张嘉年佩服于她灵活跳跃的思维，想要先求证她的物种，他是在跟一般人类作对吗？毕竟谁都不知道楚总的硬件设备里，装的是什么软件系统。

楚楚挑眉：“当然是人类。”

张嘉年刚松口气，又见她露出狡黠的笑意，她意味深长地道：“不过性别你得自己猜。”

张嘉年：“……”

张嘉年面对庞大的信息量，无比后悔自己的好奇心。他好端端地为什么要探求真相，平淡安逸地活着不好吗？现在这种他好像知道老板的底细，又似乎什么都不清楚的感觉，反而更让人挠心挠肺。

楚楚看着他微妙的表情，越发感到有趣，忍不住混淆视听：“其实你有没有想过，我根本就没变，刚才不过是顺着你的话在说？”

毕竟楚楚从未亲口承认什么，这一切完全可以是张嘉年的臆想。

张嘉年瞥她一眼，沉声道：“不可能。”

张嘉年：休想再骗人，不能被假线索影响了！

楚楚耸耸肩，故意道：“我明天就可以演得像过去一样，你又怎么分得清？”

张嘉年抿唇：“我会认出你的。”

他大概真被戏弄得奓毛了，难得没有使用敬称“您”，而是称呼“你”。

楚楚见他义正词严，忍不住掩嘴笑了。

张嘉年看着她突然发笑，更为茫然。

楚楚：“你好可爱哦，认真得就像天桥底下贴膜的。”

张嘉年暗自忍耐：不可以掀桌，不管她究竟是谁，现在终归还是自己的老板！

张嘉年被魔鬼老板无情地玩弄一番，对方愉悦地上车回家，他却还要去辰星影视处理后续的事。张嘉年带着一身烧烤味回到公司，让王青颇感意外。

王青疑惑道：“总助，您晚上不是陪楚总用餐？”

张总助身上的味道，跟楚总平日出入的餐馆无异，简直太接地气了。

“嗯，现在人在哪里？”张嘉年显然不愿多提刚才的事情，而是问起电梯事件的具体情况。他一旦远离楚总，似乎马上就能捡回自己的颜面，然而只要跟老板待在一起，偶像包袱就会被她一脚踢飞。

“那个练习生还待在房间里。”王青解释道，“他什么都不肯说。”

张嘉年点点头，在王青的带领下进入房间，正好看到在屋内看守的夏笑笑。明凡正坐在屋中的椅子上，见又有人进来，固执地道：“我说过了，我什么都不知道，这是一场意外……”

明凡今天被王青等人反复盘问许久，看上去比其他工作人员心智坚韧得多，矢口否认自己跟电梯的关联。他依靠人畜无害的表现，想要蒙混过关，一时间竟套不出话来。

张嘉年淡淡地瞟他一眼，随口道：“你还没察觉自己被骗了吗？想帮对方保守秘密？”

明凡一愣，见张嘉年气度不凡，勉强笑道：“我不知道您在说什么。”

张嘉年风轻云淡地道：“楚总根本没有幽闭恐惧症，对方却派你过来，这是故意要整你。”

明凡面露诧异，脱口而出：“不可能……”

张嘉年平静地道：“有什么不可能？被人卖了还替对方数钱，你这样的人，我见多了。”

张嘉年虽然没法击垮楚总的心理防线，但蹂躏明凡绰绰有余，没多久就将他逼得自我怀疑起来，不费吹灰之力地获取信息。然而，明凡也不是聪明人，说不出幕后黑手的底细，只知道对方是个有权势的男人。

剩下的工作人员只是公司的边缘人物，最多搞搞小动作，比明凡得知的信息还少，眼看着线索居然断了。

张嘉年思考一圈楚总的敌人，一时没有头绪，主要是敌人有点多，搜索的限定条件又少，范围过广。他不是没想过李泰河，但仔细想一想，没几个人知道楚总患有幽闭恐惧症。如果他真要细究，甚至可能要回到齐盛集团内部，毕竟只有跟过董事长的人，才能知道这些细节。

张嘉年：算了，我瞎操什么心，她不害别人都算好的。

张嘉年想到楚总可怕的战斗力，觉得他们是“白银”替“王者”担忧。她既然号称自己是异界修士，拳打怪兽、手撕妖怪，应该不在话下？

张嘉年审完明凡，便走出房间。王青紧随其后，小声询问道：“总助，那这个练习生……”

“不能留，你们后续再观察一下他的动向，看谁会跟他接触。”张嘉年果断道。明凡显然不是省油的灯，放在哪里都是害群之马。

王青有些犹豫：“可我听其他人说，楚总和他在电梯里……”

王青也不知道事情的来龙去脉，只听到些风言风语，一时没有主意。李泰河的前车之鉴还历历在目，她对待明凡，实在不知该拿出何种态度。

张嘉年颇为无语，解释道：“我会跟楚总说清此事的。”

张嘉年觉得，离开对明凡也是件好事，毕竟一般人惹不起楚总。

王青见张总助扛下此事，便放下心来，直接安排人劝退明凡，并下令内部小范围封口。明凡以这种方式离开辰星影视，基本上等同于跟演艺事业直接告别，再无出头之日。圈子内最重视口碑、人脉，他现在就像定时炸弹，前路也被封死，无异于被直接雪藏。

第二天，张嘉年便敲门进屋，用委婉的措辞，介绍了明凡的离开。他温和地道：“楚总，练习生明凡由于个人身体不佳及部分现实因素，主动提出不再进行接下来的培训，最近就会从辰星影视离开。”

张嘉年也猜不透楚总对明凡的想法，索性摆出万能理由进行搪塞。

楚楚闻言抬头，奇怪道：“谁是明凡？他很重要吗？”

楚楚不太明白，为什么练习生的去留也要向自己汇报。他难道有什么背景？

张嘉年默默地想，新楚总虽然在能力上突飞猛进，但在某些方面的不着调，简直跟前任一脉相承。前任是为情所困、歇斯底里，现任是流连花园、游戏人间。

楚楚敏锐地捕捉到他的神色，嘀咕道：“你是不是在用看渣男的眼神，注视着我？”

张嘉年露出无懈可击的笑容：“您看错了。”

楚楚对他的营业式微笑见怪不怪，打趣道：“我真想给你改个备注名，就叫‘假笑男孩’算了。”

张嘉年：笑不出来。

第五章　总裁的竞争对手

小小的电梯事件过去了，光界娱乐的参投计划却出现问题。光界娱乐是银达投资跟进了许久的公司，经历过多轮考察评估。楚楚上次既然答应跟梁禅合作，就肯定不会反悔，眼看双方就要签订协议了，却突然冒出竞争者——新视界。

新视界隶属于南风集团，近几年同样相当活跃，拿下不少回报率极高的项目。新视界同样有意参投光界娱乐，而这家公司的背后老板，居然是楚楚无缘见面的相亲对象——南彦东。

“梁禅跟我联系过了，他很重视与您的口头约定，但这回情况有些复杂……新视界似乎不是奔着光界娱乐来的，而是看上《赢战》了。”张嘉年了解完事情经过，简明扼要地向楚楚汇报。

楚楚闻言，想起《赢战》人丁凋零的办公区，颇感奇怪：“那他们大可以挖角《赢战》团队，何必非要参投光界娱乐呢？”

张嘉年也不明白，他还没见过如此硬核的竞争对手，直接不管不顾地掏钱，连个流程都不走。他无奈地道：“光界娱乐内部也存在分歧，虽然梁禅现在没有改变主意，不过新视界开出的条件似乎很优渥，接下来并不好说。”

楚楚怀疑道：“光界娱乐不是坐地起价吧？突然找人哄抬价格？”

张嘉年：“目前来看不是，梁禅还算有契约精神。”

光界娱乐同样没料到新视界的出现，否则在跟银达投资接触时就会有所表示。

这种时候突然杀出黑马，其实光界娱乐两边都讨不了好。如果光界娱乐因为价格接受了新视界，就等于跟银达和齐盛彻底断了。反之亦然，如果光界娱乐得罪了新视界，就等于得罪了南彦东和他的南风。梁禅夹在大佬们中间，也快睡不好觉了。

楚楚思考片刻，开口道："如果梁禅没改变主意，你就在合适范围给他更优厚的条件，以表诚意。"

既然梁禅没有翻脸不认人，楚楚觉得他们也得拿出起码的诚意。张嘉年点头答应。

张嘉年和梁禅就此事初步达成新协议，令人意外的是，新视界却死咬不放，再次加价，将参投金额提到一个不可思议的数字。

张嘉年这回彻底看不懂新视界的战略了，这是宁肯赔本，也要跟银达抬杠？他总觉得这种简单粗暴的方式似曾相识，跟楚总有时的行为有异曲同工之处。

张嘉年眉头微皱，诚恳地说道："楚总，虽然我们同样能够给出这样的价格，但就光界娱乐的整体发展态势而言，实在没必要冒如此大的风险。"

银达投资和新视界当然可以竞争加价，但这种疯狂哄抢的结果是否值得，其实有待商榷。张嘉年不太理解新视界的思路，这种投资方式过于激进，就像认准了光界娱乐一定会赚，赌徒般押上一切！

楚楚同样发觉新视界来者不善。她想了想，心平气和地道："你安排一下，我最近要跟梁禅见一面。"

张嘉年应声："好的，您要再跟梁禅谈一下条款的……"

楚楚摇摇头："现在这种情况，谈钱没意义了。"

张嘉年疑惑道："那您想要谈什么？"

楚楚："谈情。"

张嘉年面色古怪，询问道："您该不会也要威胁梁禅，不签合同就嫁给他吧？"

张嘉年想破脑袋，觉得老板的必杀技数来数去，似乎只有这些。

楚楚立刻挑眉，断然否认："当然不会，他长得又不符合我的审美！"

张嘉年恍然大悟，原来他的致命失误就是那天被楚总看清了脸，一失足成千古恨。

光界娱乐的会议室内，梁禅见到楚楚依旧客气，苦笑道："楚总，我也没想到会突然发生这样的事。"

楚楚一改往日懒散随意的态度，温和地笑笑："你们的业务能力强，自然会被人哄抢，这是正常的。”

梁禅见楚楚并未生气，赶忙摆摆手，不好意思地道：“哪里，您和张总跟我们沟通了这么长时间，规矩我还是懂的……”

楚楚眼含笑意，真挚地注视着梁禅：“梁总，您懂规矩，我们同样也懂。事情发展成这样，总不能真让您吃亏，那就不合适了。”

梁禅没想到楚总的态度如此亲和，当下松了口气，连日的烦恼忧愁也被打消一些。

张嘉年站在旁边，看到楚总巧笑嫣然的营业态度，内心露出见鬼的表情，头一次佩服自家老板的演技。楚总平常随口说的一句话就能把人骂得无地自容，如今居然变成假笑女孩。人果然是现实的生物，看来老板往日只是不爱出手而已。

张嘉年反思自己，他和楚总的演技还存在差距，需要继续努力。

“其实我本来也想跟您继续聊价格，但我觉得这么做，只是在给您增加无形的压力的同时，炫耀自己有几个臭钱。”

楚楚轻声笑笑，用饱含热忱的声音说：“我相信光界娱乐求的是长期发展，我们可以探讨更多合作的可能性，而不是只赚一笔快钱……”

张嘉年眼睁睁地看着楚总在给梁禅灌迷魂汤的同时，暗戳戳地讽刺新视界的南彦东，将对方形容得犹如暴发户。

“当然、当然，我们也相信您和银达的实力。”梁禅连忙说道。

楚楚认真地点头，诚恳地道：“新视界给出了极高的价格，您还愿意继续跟我们合作，肯定也背负了巨大的压力。我可以向您保证，今后将给光界娱乐更多无形的资源和支持。新视界接触的大多是互联网公司，而我们在娱乐行业的积累，绝对是他们没法比的……”

“既然您当初为公司取名光界娱乐，我相信您绝不会只将目光放在游戏运营上，衍生品的开发同样重要。目前我们不但深耕影视，还储备了大量优质IP，未来双方深度合作的方式其实有很多……您肯定也明白，有时候，这些资源远比现钱更有价值。”楚楚娓娓道来，露出职业笑容。

梁禅连连点头，感慨道：“是的、是的，您在这方面确实很厉害！”

毕竟楚总随便上个脱口秀，都能把自己运营到红遍社交网络，还以一人之力带出一档爆款节目《我是毒舌王》。外行看热闹，内行看门道。其他人只觉得楚总有趣，梁禅看到的却是她的经营思维。她在尝试将自己运营成一个IP，加强自己的公众影响力。

虽然新视界开价很高，但梁禅并没有马上答应，便是因为有这方面的考虑。光界娱乐不缺游戏研发的能力，如果跟互联网公司合作，起不到相辅相成的作用。光界娱乐缺的是将产品卖出去的能力，需要更多的热度和关注度。

梁禅甚至都不用银达投资或辰星影视全力支持，只要楚总愿意在微博挂上《缥缈山居》的广告，估计都能吸引一大拨吃瓜群众的关注。

现在楚总如此通透，甚至主动提出给梁禅其他方面的资源，更让梁禅感到满意，这简直是瞌睡时送枕头。两人相谈甚欢，不时发出阵阵笑声，恨不得马上拍板签约。

张嘉年望着这一幕，对楚总的嘴上功夫甘拜下风，她要真想给谁洗脑，简直太容易了。明明这些内容在条款中都有，为什么由她说出来就让人感到如沐春风、分外舒服？梁禅就像是智商被楚楚降低了，只会满含期待地点头。

张嘉年又想起探病时，楚总在他家中对“星辰大海”的描绘，觉得自己也没资格说梁禅什么，毕竟自己当初同样被骗得团团转。她说话时太有煽动性，旁人的思维总会被她带着走。

楚楚的假笑攻势收效良好，她已经基本将梁禅拿下，甚至不用支付新视界竞价后抬升的高价，延续初版条款就行。梁禅真心实意地道：“您既然如此有诚意，我们也不好坐地起价……”

楚楚十分上道，立马提议道：“梁总太客气了，你们的新游戏如果有想合作的代言人，完全可以跟辰星影视联络……这都是小事情！”

双方合作无非资源置换，银达想要打败新视界，就必须靠自己的独特性。楚楚拿了梁禅的好处，自然得马上给出正向的反馈。

梁禅闻言大喜过望，随即小声问：“您有意向做代言人吗？”

梁禅确实眼红楚楚的热度很久，这可是连霸热搜榜两周的女人。她的微博没有任何内容，都能有600万粉丝，完全不亚于活跃的新生代小花。

楚楚连连摆手：“不行、不行，我是过气网红，热度早没了！”

梁禅觉得楚总太过谦虚，赶忙道：“哪有，您前两天才因为吃烧烤上了热搜，再因为玩游戏上个热搜，岂不是正好？”

张嘉年：“……”

张嘉年万万没想到，老板晚上带着他撸串，都能谈成一个项目。

楚楚面对梁禅，盛情难却，勉为其难地道：“如果梁总觉得合适的话……”

“合适，绝对合适！”

楚楚靠出卖自己的微博广告位，终于彻底谈下跟光界娱乐的合作。张嘉年看她有些沮丧，趁梁禅不注意，悄声询问：“您不用支付额外的费用，不该感到高兴吗？”

楚楚叹气道：“我之前想把第一条微博留给《胭脂骨》的电视剧。”

她原本有自己的运营规划，第一条微博肯定能冲上热搜，最好能推出目前最重要的项目，没想到被梁禅半路抢先。

张嘉年见楚总一副失算了的样子，觉得有点好笑，安慰道：“没关系，您可以再去吃几次夜宵，热度就回来了。”

楚楚还是有点不甘，嘀咕道：“他还挺有眼光，上来就盯上了我的微博……”

谈判结束，梁禅送银达一行人往外走。楚楚走在人群中，突然听到好长时间都没出现的声音。

请通过任务加强“霸道总裁”光环，光环消失将被主世界抹杀。

周围检测到“霸道总裁”光环拥有者，跟你产生排异反应，强行进入对决任务。

对决任务：从南彦东手中抢夺《赢战》游戏团队。

楚楚听清任务内容后一愣，停下脚步，忍不住环顾四周。

张嘉年疑惑道：“楚总，您怎么了？”

楚楚突然停住，左顾右盼，似乎在寻找着什么。张嘉年摸不着头脑，干脆站在一旁，等她回答。

楚楚轻轻叹息：“我有点难过。”

张嘉年分外诧异，更为糊涂，问道：“刚才的条款有问题？您为什么难过？”

楚楚遗憾地感慨：“原来我不是世界上最特别的存在。”

张嘉年：“嗯？”

奇怪的声音检测到其他“霸道总裁”光环的拥有者，表明南彦东跟她有同样的光环。楚楚有种跟人撞“衫”了的感觉，虽然可以理解书中世界的设定，但发现自己没那么与众不同，实在让人有些失落。

毕竟她有种微妙的心理，可以接受自己不优秀，但不能接受自己跟别人一样。

楚总名言：宁做唯一的智障，也不做千篇一律的精英。

张嘉年完全不明白老板的心思，只看到她莫名其妙地伤春悲秋起来。他想起上次相亲会，南彦东的缺席让楚董大发雷霆。难道楚总虽然面上嘻嘻哈哈，其实脆弱的内心仍介意此事？还是他们过去对南彦东太过褒奖，让楚总心生不适？

毕竟张嘉年替楚董说两句话，楚总都要大发脾气，看到陌生人南彦东被褒奖，估计心里更气。

张嘉年思及此，心态顿时柔和起来，努力地开解老板："您当然是世界上最特别的存在，您不是异界修士吗？"

楚楚深感安慰："你这么说，我心里就好受多了。"

她可是穿越进来的，南彦东算什么！

张嘉年见楚总打起精神，感慨老板有时候就像个中二期少年，一定要跟别人与众不同才行。

张嘉年：还能有什么办法，就顺毛撸吧。

楚楚被奇怪的声音提醒，很快就发现大步迈进光界娱乐的人群。为首的男人看上去三十出头，戴着黑色墨镜，步伐有力、走路带风，被众人簇拥着入门。醒目的"霸道总裁"光环悬挂在他的头顶，旁边还有名字"南彦东"。

在新视界的正对面，银达投资的队伍同样没落下风。众人众星拱月般围着楚楚，双方一时竟有黑社会帮派对峙的感觉。唯一的区别大概是，楚总身边的张嘉年不是拿着棍棒的古惑仔，而是西装革履的金融人士。

楚楚和南彦东在人群中骤然对视，两人打了个照面，随即风轻云淡地挪开视线，视对方如无物。

张嘉年为两人默契的动作感到惊讶，此时的氛围，颇有一山不容二虎的感觉。

楚总和南总是相看两相厌，谁都不想搭理谁。

梁禅将银达众人送到门口，迎面遇到不请自来的新视界一行人，脸上浮现出惊讶而尴尬的神色："南总，您怎么突然来了？"

南彦东缓缓摘下墨镜，扫过银达投资的人，又将视线放回梁禅的身上，沉着冷静地道："梁总，你考虑得如何？"

南彦东看到楚楚和银达的人，率先发问。

梁禅夹在两位霸道总裁中间，不好意思地说："南总，实在抱歉，我们刚跟楚总和银达谈完合作……"

南彦东淡淡地道："谈完合作不等于合作，如果是价格的问题，新视界还可以加价。"

楚楚看不惯他旁若无人的态度，忍不住笑了："南总好大的口气，您能再加多少？"

南彦东闻言，挑剔地扫视她一番，傲慢而直接地说道：“总之，是你这种女人想象不到的数字。”

楚楚：这扑面而来的傲慢气息和“女人”的称谓，让人莫名地熟悉和火大。

南彦东的态度要是放在平常，似乎还能让人忍受，但有楚总的和善态度在前，他现在便显得相当无礼。毕竟两位老总的身家差不多，他凭什么如此盛气凌人？

没有比较就没有伤害，梁禅更偏向楚总，有点不满：“南总，这不是钱的问题，而是信誉，我既然先跟楚总……”

“别！这就是钱的问题，南总说得对。”楚楚赶忙制止梁禅的发言，顺水推舟道，“我们不用谈什么信誉，就谈钱吧！”

梁禅闻言有些茫然，诧异地看向楚楚，他们难道不是同一条战线的？

张嘉年小声提醒：“楚总，梁总在替我们说话……”

楚楚大义凛然，义正词严：“谁说光界娱乐只能接受一家公司的投资？我自愿让出一半股权给南总，请您务必拿出我想象不到的数字。”

“事先声明，一百亿属于我能想象到的区间。”楚楚说完，用真挚的眼神注视着南彦东，像是在无声地暗示他赶紧掏钱。

张嘉年：“……”

张嘉年：老板是打算靠讹诈凑足一百亿吗？

光界娱乐的估值远远达不到一百亿，楚楚倒是打着好算盘，让南彦东高价买入，她以合理价买入。这样下来，银达掌握的股份等于变相增值。

南彦东不怒反笑，嘲讽道：“哼，难道你会参投这么多钱？”

他又不是冤大头，傻瓜才会接受这种不可思议的高价！

“当然不会，所以我也从来不吹‘想象不到的数字’这种牛。”楚楚眨眨眼，反讽道，“商人一诺千金，南总既然夸下海口，可千万别让大家白高兴一场。我和梁总真切地想跟新视界合作，就等着您掏钱了。”

楚楚就是不爽南彦东的态度，这年头谁还没几个臭钱了，有本事就全砸出来。

楚楚看南彦东脸色发青，调侃道：“您该不会是每天嘴上说着几个亿，最后带大家去美特斯邦威的那类人吧？”

梁禅实在佩服楚总嘴皮子的灵活劲儿，同样是九年义务教育，她的切入点怎么就如此神奇？看着南彦东犹如吃到苍蝇的表情，简直大快人心！

“你只会逞口舌之快！”南彦东被楚楚挤对得有些下不来台，干脆岔开话题，露出鄙夷的神色，“在不入流的路边摊用餐的女人，果然同样不入流。”

张嘉年闻言，不由得微微皱眉，南彦东的话有些过分了，让人不太舒服。楚楚却并未动怒，耸耸肩，笑着说：“我也没办法，知道自己不入流，本想挑一家入流的餐馆熏陶一下，没想到周围只有南风集团的餐厅和路边摊……”

“我是个上进的人，两相权衡之下，肯定会选择去路边摊熏陶。”楚楚摊手，一副理所当然的样子。

南彦东被楚楚气得头疼，索性不再理她，反而看向梁禅，开口道：“我要见《赢战》的秦东。”

楚楚佩服地鼓掌，赞许道：“买不下公司，又开始挖团队，南总果然很入流。”

南彦东：“……”

南彦东：怎么就不能让她闭嘴呢?

梁禅摇头拒绝，正色道：“南总，光界娱乐和银达投资已经达成合作，您请回吧。我既然答应楚总了，就会遵守起码的契约精神。《赢战》也是光界娱乐的一部分。”

南彦东眼神一黯，提醒道：“就算你现在拒绝了，我一样可以高价挖他。”

南彦东本想靠参投直接控制光界娱乐，但如今被楚楚抢先，只能退一步尝试挖走《赢战》的团队。如果秦东离开光界娱乐，基本上制作《赢战》的团队都会跟着离开。

原本稍显软弱的梁禅，此时却胸有成竹，郑重地道：“无论您开价多少，秦东都不会走的，就像今天的光界娱乐一样。”

南彦东皱眉，遭遇多番拒绝，脸色极为难看。

楚楚在一旁煽风点火，语重心长地规劝梁禅：“让秦东也别排斥被挖，直接开价一百亿，拿完钱再跳槽回来，思维不要太僵化。”

南彦东被楚楚搞得忍无可忍，眼神凌厉地看向众人，冷笑道：“你们总有一天会改变主意的，她只是个愚不可及的女人，你们会为今天的选择后悔的！”

楚楚还没来得及反击，一直沉默的张嘉年却突然发话，直言不讳道：“南总，如果您继续对楚总进行人身攻击，我们会以侵犯名誉权为由提起诉讼。我想南董也不愿意看到南风和齐盛，因为这种小事而对簿公堂。”

张嘉年的脸上难得显现一丝冷色，他直接替楚楚挡回南彦东的攻击。

南彦东三番五次对楚总发表不敬言论，让张嘉年颇为不悦。虽然大家平时爱在心里吐槽老板，但绝不允许有人指着楚总的鼻子说她不是。

张嘉年的心态很微妙，纵然老板有万般不好，让他们偶尔万分崩溃，但外人却是没资格说的，否则他见一个打一个。

南彦东跟张嘉年似有些渊源，不但一眼认出对方，甚至还能直呼其名。南彦东嘲讽道："张嘉年，你也是有能力的人，就甘心做她身边的一条狗？"

南彦东看不起他在楚楚身边做小伏低，明明在校时是颇有眼界、运筹帷幄的优等生，如今却成了有钱人的贴身恶犬，向现实和金钱低头。

"南总，有时候跟着人做狗，可能会比跟着狗做人要强。"张嘉年的态度不卑不亢，他垂下眼，说出来的话非常诛心。

张嘉年的话刺得南彦东的脸色铁青。南彦东没想到对方竟如此维护楚楚，一时说不上话来。

楚楚从两人的对话中发现，张嘉年和南彦东似乎是旧识，而且对彼此都有一定的了解。

"我当年真是看错你了。"南彦东语塞良久，终于挤出一句话，尝试进行反击。

他似乎还感到不够解气，斜睨张嘉年一眼，居高临下地说："果然什么出身的人，就会做什么样的事。即使稍微走上云巅，还是染着污泥般的习性，你就这么急着巴结你的老板？"

南彦东本来十分看好张嘉年，没想到张嘉年却坚持跟楚楚为伍，还将话说得如此之绝。

张嘉年微微颔首，不卑不亢地说："南总，我本来就是泥，没奢求过走上云巅。您也该注意一点，别一时不慎，被泥水弄脏了脸。"

南彦东狠狠地盯着张嘉年，只觉得自己一拳砸在棉花上。张嘉年神色镇定，轻轻垂眼，丝毫没被南彦东影响，全程表现得风轻云淡。

楚楚看不下去了，直接在南彦东的面前挥挥手，扰乱他的视线："嘿，别看了，又不是你的人，看什么？"

南彦东咬牙，被她气得眉头直跳。他觉得自己跟楚楚犯冲，只要他俩对视，彼此都会无故生气，恨不得出去打一架。

楚楚听不惯南彦东对张嘉年的贬低，挑眉嘲讽道："这都什么年代了，还搞出身论？你投了个好胎，就自己偷着乐吧，出来显摆什么呢？"

她相当不爽南彦东的态度，他除了有个好爹，哪里比张嘉年强了？

南彦东脸色一沉，不满地道："你……"

"闭嘴。"楚楚完全不想听到他的声音，毫不留情地打断道，"你还真以为自己是旧时代的地主，对谁都呼来喝去？南霸天最后都被红色娘子军打败了，你心里怎么不能有点数？”

南霸天是《红色娘子军》中的反派人物，是个鱼肉百姓、横行乡里的恶霸地主，居然还真跟南彦东此时的样子有几分相像，二人连姓氏都重合。

梁禅听到楚总的描述，忍不住偷笑，感叹她可真是说出了许多人想说却不敢说的话。其他人忍俊不禁，只是碍于南总的面子，努力进行表情控制，不敢太过放肆。

南彦东气得说不出话来，倒吸一口冷气，只恨自己为什么没有两张嘴，可以同时对她发起攻击！

南彦东还从未经历过如此丢人的时刻，一天接连遭遇打击，还说不过别人。他告诫自己，不要跟她进行口舌之争，反正拿下齐盛集团犹如探囊取物，以后有她哭的时候！

“别以为你还能靠楚彦印嚣张多久，你的好日子快到头了。”南彦东眼神一黯，低声警告道，“总有一天，我要让你为今天的行为付出代价。”

“南总这话说得可真像反派。”楚楚看他面露狠厉，反倒满不在乎，“我和你正好相反，希望南叔叔家庭美满，再得麟子，以便挽救南家被你拉低的智商。”

楚楚心想，他居然还敢威胁我，要不然直接把他蒙在麻袋里暴揍一顿。

南彦东被楚楚气得半死，干脆拂袖而去，甚至把《赢战》团队的事都忘在脑后。

恭喜你完成隐藏任务，“霸道总裁”光环已加强。

隐藏任务：打击拥有“霸道总裁”光环的人物一次。

“楚总，您可真敢说啊……”梁禅见南彦东离开，佩服地感慨起来，“不过，楚董和南董的关系不错，您这么做好吗？”

齐盛集团和南风集团的合作颇多，但楚楚和南彦东却势同水火。

楚楚随意地摆摆手：“他们是‘塑料’兄弟情，当不得真的。”

梁禅：“……”

楚楚只听到奇怪的声音说起隐藏任务，却没收到对决任务成功的提醒，显然这还不算从南彦东手中抢到《赢战》团队。她不禁好奇地询问梁禅：“他为什么盯着《赢战》不放？你们不都要停止运营了吗？”

“楚总，对不起，我确实不清楚……”梁禅也是丈二和尚摸不着头脑，

《赢战》近两年烧掉公司很多钱，而且没有任何盈利，勉强撑到今年。如果不是梁禅和秦东对老游戏有感情，其实更早以前就会停止运营这个游戏。

楚楚若有所思，张嘉年看出她的心思，询问道：“梁总可以为我们介绍一下《赢战》的秦东吗？”

既然南彦东三番五次提起此人，想必从他身上可以窥探出一些玄机。

“没问题。”梁禅痛快地答应，看了眼时间，提议道，“今天有些晚了，我改天再跟您和楚总约时间吧。”

众人在门口稍一耽搁，竟然都快天黑了。光界娱乐和银达投资的人互相道别后，楚楚便跟着张嘉年上车。

张嘉年按惯例坐在副驾驶的位置上，楚楚在后排落座。她思考片刻，突然问道：“你会开车吗？”

握着方向盘的司机一愣，不知老板何出此言：“楚总，我当然会开……”

司机刚说到一半，又灵光乍现，觉得楚总似乎不是对自己说话，默默扭头看向张嘉年。

张嘉年突然产生不祥的预感，老实答道：“会开。”

楚楚：“那挺好。”

片刻后，司机站在车外。他骤然下岗，有点茫然无措：“楚总，您真的不需要我接送了吗？”

“今天不用了，辛苦你打车回去，记得报销。”楚楚重新调配车内的人员，直接打开副驾驶的门，自己坐上去。

新任司机张嘉年内心一紧，总觉得车内的气氛极其别扭，生怕待会儿将车开进沟里。

果不其然，闲杂人等刚刚消失，楚楚便立刻发问：“你和南彦东以前认识？”

张嘉年早就猜到了楚总会盘问自己，坦白道：“他曾经是我的学长。”

楚楚面露疑惑，紧咬不放，意味不明地感慨：“看上去关系很好呢。”

张嘉年：这熟悉的语气，跟上次自己帮董事长说话后的感觉一模一样。

张嘉年立马调动强大的求生欲，信誓旦旦地道：“并没有，我们本来就不是同一个世界的人，所以谈不上熟。”

楚楚闻言，满意地点点头，肯定道：“很好，年轻人的政治觉悟挺高，知道跟谁是同一个世界的。”

楚楚觉得张嘉年现在可以将敌我势力划分明确，确实在思想觉悟上有显著的进步。

张嘉年看她斤斤计较的样子，心中难免好笑，转瞬又涌上一点淡淡的无奈。他本可以让话题到此为止，但不知为何又不想敷衍她，便轻轻地摇摇头，解释道："我跟您也不是同一个世界的。"

楚楚诧异道："为什么？"

"人贵有自知之明，您和我是不一样的。"张嘉年温和地笑笑，像是在说一件不值一提的小事。

楚楚沉默片刻，问道："你是指出身？你很在乎南彦东的话？"

张嘉年心平气和地道："并不是在乎，只是理性地接受。"

每个人的出生环境影响着他的发展，张嘉年不会自暴自弃地放弃努力，但同样对于未来有清醒客观的认识。有的人天生自带光环，世上的一切唾手可得，而有的人光是想跟幸运者比肩，便要花费毕生的心血。

楚楚天生站在金字塔的顶端，跟他必然不是同一个世界的人。他不会被自己的出身左右心态，但同样要对现实有清醒的认知。

普通人没有肆意的资本，更要学会摆正自己的位置。

楚楚闻言，不由得安静下来，一时不知该说什么。张嘉年此时的微笑是真心的，却给人一种拒人于千里之外的感觉。这是他对过去人生的真实认识，作为幸运儿的楚楚，确实没资格反驳什么。

张嘉年没想到能言善辩的楚总还会无言，怕她心里有负担，率先打破沉默，出言安慰道："其实您不用把这些放在心上，这不过是我个人的想法而已。"

楚楚无法否认他的理论，想了想开口道："我会带动你的，先富带动后富。"

张嘉年从小到大听过不少感慨和评价，有的人为他的家境背景惋惜，有的人是坚信他能靠能力改变命运，只有楚总的宽慰是如此清新脱俗、毫不造作。

他因为楚总的言论哭笑不得，反而放松下来："总觉得世界上的任何事由您一说，都变得不算什么了。"

楚楚毫不谦虚地应道："那确实。"

她可是穿越进来的，书中的世界的确不算什么。

夜色中，汽车在红灯前缓缓停下，张嘉年握着方向盘，静静地等待着。他忍不住轻声问道："您到底是从哪来呢？"

他只能从楚总的只言片语和行为举止中，推测她到底是个什么样的人。她拥有同理心，对现代社会有一定认识，具备较为超前的眼光和嗅觉，然而也不是不懂烟火气的天之骄女，在传销、洗脑方面能力惊人。

异界修士肯定是她糊弄人的鬼话，她所生活的世界应该跟这里相差无几。

张嘉年曾经考虑过，要不要将“她”的事告诉董事长，最终却又满含私心地打消了念头。他为自己的逃避和包庇感到惭愧，却仍然无言地保守着秘密。

楚楚难得没再编鬼话，沉默片刻后平静地道：“其实人不用活得那么明白。”

如果周遭真实的一切不过是书中的世界，每个人只是遵循主世界规则的角色，任何人得知真相时，都会经历世界观的重构。每个人生来拥有光环，按照在书中的重要性排序，生或死都无法改变，这远比阶级和出身更加残酷。

这个世界是围绕少数人运行的，因为有主角，剩下的人便只是配角和路人甲。

张嘉年看她难得正经，不由得微微一愣，随即哑然失笑：“起码给点提示？”

楚楚想了想，询问道：“你的生日是几月？”

张嘉年逐渐适应她的话题跳跃能力，坦白道：“十月。”

楚楚看了眼时间，提议道：“这样吧，每年你过生日的时候，我就给你一个提示，作为生日礼物。”

张嘉年好奇道：“什么样的提示？”

楚楚举例：“比如我的性别？”

张嘉年：等等，明明是想知道她的秘密，为什么她给出的信息是这些？

张嘉年无力吐槽：“如此模糊的提示，我要过多少次生日，才能推测出真相？”

假如张嘉年想知道她的性别、年龄和家乡，岂不是就要等上三年？

楚楚振振有词：“你可以努力活得久点啊，向天再借五百年？”

张嘉年：“借您吉言。”

张嘉年思索片刻，觉得有提示总比一头雾水好。他约法三章，强调道：“那您给出的提示必须准确无误，同时不能回避问题，不能再编瞎话。”

他对楚总瞎掰的能力有清晰的认知，实在不想再听《故事会》了。

楚楚不满地挑眉，反问道：“我什么时候编瞎话了？”

张嘉年马上改口，重新措辞：“不能过度粉饰真相。”

“可以。”楚楚点头保证，“毕竟是生日礼物。”

“那今年我可以指定提示吗？”张嘉年见她答应得爽快，又缓缓地提出附加条件。

“你想问什么？”楚楚提醒道，“如果是太过直白的发问，就不算提示了。”

“您的名字。”张嘉年望向她，语气颇为笃定，“现在的名字应该不是真名吧？”

楚楚有点惊讶，没料到他会想知道这个，坦然地道：“确实不是我的真名。”

“楚楚”是女配角原身的名字，同时是她在现实世界中的昵称。

“那么一言为定，这是今年的提示。”张嘉年见她并未拒绝，顺利地敲定生日礼物的指定内容。

“一言为定。”楚楚觉得就算告诉张嘉年真名也无妨，反正他也不能跳出书中世界，调查到自己的真实身份。

光界娱乐公司内，秦东感觉自己最近遇到好多怪事，突然成为众多大佬注视的焦点，前有新视界的南总放言要挖他，后有银达投资的楚总亲自过来谈话。

CEO梁禅再三叮嘱秦东，反复提醒：“见到楚总不要说瞎话，也不能避而不答，态度一定要端正！”

秦东觉得自己犹如被老师告诫的后进生，连忙点头：“是、是、是……”

梁禅：“回答‘是是是’也不行，听上去就很敷衍！”

秦东默默地想，他在梁禅心中估计连呼吸都是错的。

不过秦东面对梁禅严厉的态度，并没太生气。毕竟《赢战》每年都产生巨额亏损，梁禅算是很有良心和情怀的老板了，一直没让项目停止运营，这让秦东感恩于心。

秦东是《赢战》团队的元老级人物，亲眼见证其辉煌，又目睹其没落。《赢战》从光界娱乐的代表作，成为每年亏损的利器，最终在公司业务中变得无足轻重。

原本浩浩荡荡的研发队伍，如今早就不断减员、支离破碎，核心成员陆续离开，只留下为数不多的有情怀者在苦苦支撑。如果不是CEO梁禅也是有情怀者之一，恐怕游戏早就停止运营了。

秦东近两年也在疯狂寻找为《赢战》续命的办法，但收效甚微。他甚至答应梁禅，今年就安心地停止运营，逐渐适应《赢战》的消失。没想到在光界娱乐融资的关键时刻，自己却被推上风口浪尖。

虽然梁禅打过预防针，但秦东骤然面对楚楚，还是表现得相当迟钝。

“你觉得自己远超旁人的价值是什么？”楚楚坐在会议桌前，一本正经地进行发问，宛如选秀节目上的梦想导师。

秦东满脸困惑，坦诚道："我好像没什么价值……"

秦东这两年就守着一个疯狂烧钱、快要倒闭的游戏，确实没创造什么价值。

梁禅捂嘴提醒："咯、咯……"

秦东想起要好好回答问题，强行道："我、我帮国家浪费了一些粮食？这几年光吃干饭了。"

梁禅：这都是什么乱七八糟的？谁让你对着老板说这些了？！

楚楚又问道："没有与众不同的特长吗？"

秦东弱弱地道："每顿比别人多吃两碗饭算吗？"

梁禅有些头疼地扶额，秦东还是像过去一样拧巴，问题总是答不到点上。

梁禅观察一下楚总的表情，对方似乎没生气。她上下扫视一番秦东瘦弱的体格，感慨道："看不出来啊，确实有点浪费国家粮食。"

秦东有着一头卷毛，戴着一副黑框眼镜，身材瘦弱不堪，看上去就像班上不起眼的阴郁小男生，着实不像《赢战》的负责人。

秦东不好意思地挠头，腼腆道："惭愧惭愧。"

张嘉年不愿让话题被带偏，温和地道："《赢战》最近有什么突破？据我们所知，新视界想要竞争参投光界娱乐的重要原因就是《赢战》。"

秦东茫然道："难道是本月亏损的金额有新突破？我真的不知道，我都没跟新视界接触过。"

秦东平日里大门不出二门不迈，一天到晚对着电脑，别说金融投资人士，就连跟家里人的接触都少。

众人确实问不出来什么。梁禅说得没错，没人知道南彦东找上门的原因。

"我能去你办公的地方看看吗？"楚楚提议道。

秦东赶忙答应："当然可以。"

一行人再次来到略显寂寥的《赢战》办公区。楚楚盯着秦东的屏幕，上面依旧是熟悉的数据和画面。她好奇地问："上次就想问你，游戏都快停止运营了，你在研究什么？"

站在旁边的秦东一愣，犹豫着该如何回答。跟随而来的梁禅却代他发声："他在开发《赢战》的手游。"

楚楚颇感有趣："那不错啊！这也算是个品牌。"

她上次来就考虑过《赢战》，只可惜时间不凑巧，没见到秦东等人。

秦东尴尬地挠挠脸，并未有被夸奖的喜悦。梁禅冷静地解释："楚总，我上次没有告诉您此事，就是因为秦东的想法不太现实。”

楚楚：“哪里不现实？”

秦东坦白道：“我要的研发资金有些多。”

楚楚问道：“你要多少钱？”

秦东答道：“嗯……可能跟您参投光界娱乐的资金差不多。”

楚楚赞同地点头：“那你是挺不像话的。”

秦东：“……”

光界娱乐是一家较为成熟的游戏公司，《赢战》只是其众多项目之一，秦东居然张口就要那么多钱，还仅仅是用来做手游！

秦东早就听过太多类似的言论，就连梁禅都说他是在做梦，但他不想降低标准，用粗制滥造的游戏去糊弄曾经的粉丝。

楚楚看着屏幕上的《赢战》，又问道：“不能稍微缩减预算吗？”

他认真地道：“只要用心付出，玩家总会看到。”

楚楚：“你这不是用心付出，是用人民币付出。”

秦东：“……”

秦东原本还结结巴巴地说不清话，此时却据理力争地辩驳起来：“楚总，其实国外很多优秀的游戏的投入资金都达到上亿美元，远超《赢战》的研发预算……”

张嘉年在一旁听得心惊肉跳，很怕楚总被秦东忽悠，真的拿出巨资投资《赢战》，毕竟这太像她会做的事情了。秦东的要价实在太离谱，四舍五入等于一个亿。

“你的意思是，你要的钱还算少的？”楚楚确实对《赢战》感兴趣，但也不是冤大头。楚楚语重心长地道：“年轻人，能用钱解决的问题都不叫问题。但没有钱还能解决问题，那才是真有能力。”

秦东毫不留情地吐槽：“您这是典型的甲方思维……”

梁禅拼命用眼神向秦东示意，希望他有点求生欲，怎么能这么跟楚总说话呢？

楚楚无情地答道：“可我现在就是甲方。”

楚楚不是没做过项目，太清楚下面人爱哭穷的状态了，毕竟她既哭过穷，也砍过别人的预算。影视圈里的水分更大，两亿砍成一亿，一亿砍成五千万，五千万砍成两千万，类似的事情比比皆是。

秦东义正词严：“您不能光让牛产奶，不让牛吃草，这只会让国产游戏没落。”

楚楚同样寸步不让："可我只想要本地奶，你不能老跟我扯外国进口奶。"

秦东："……"

秦东：我竟无言以对，差点被这个逻辑鬼才说服。

楚楚确实想做《赢战》，但价格实在让人望而却步。书中世界和现实世界中的时间不同，这笔资金现在可以拍摄两部电视剧，或者参投一家正在进行B轮融资（第二轮融资）的公司，基本上是她手中总资金的十五分之一。

对决任务的确要求她抢夺《赢战》团队，但这个游戏的收入模式尚不清晰，很容易就会将钱打水漂。

"我是个讲道理的人，不然你跟我说一说，这笔钱会花在哪里。"楚楚怕刺激到秦东，心平气和地说道。她总不能一听秦东报完价，就不管不问地把钱掏出来。

秦东难得被楚总激发热血，充满斗志地接下挑战："好。"

秦东刚要开口，楚楚又补充道："不只是跟我解释，还有我团队中的其他人。"

梁禅太清楚秦东贫瘠的语言表达能力了，提议道："楚总，不如我来……"

"既然用心付出后，玩家会看到，那你用心讲解的话，我们应该也能感受到。"楚楚不置可否，只是转头看向秦东。

"我可以讲。"秦东本来还有些退却，此时却鼓起勇气道，"我来介绍《赢战》。"

会议室内，秦东看着满屋的精英人士，紧张地咽了咽口水，没想到自己有一天会在台上为《赢战》拉投资。他强作镇定地打开PPT（PowerPoint，演示文稿），轻咳两声后，开始进行讲解："下面我简要地介绍一下《赢战》研发投入的各个板块……"

他还是头一次面对这么多人演讲，额角冒出汗滴，有些头晕目眩。

楚楚见状，鼓励道："坚强点，骗钱都是不容易的。"

秦东："……"

秦东居然被这莫名其妙的话安慰了，不再感到紧张。

当然，他接下来很快就打消了心中对楚总的一丝谢意，变得每分每秒都想将她打飞。原因无他，楚楚简直是吹毛求疵地询问细节，怒砍《赢战》的预算，张嘉年都没见她如此苛刻过。

张嘉年：果然，老板想要的东西，没人能够阻拦。

楚楚现在脸上恨不得写着“我想做《赢战》，但我没钱，你看着办吧”，然后不断追问秦东各项开支的用途。张嘉年甚至怀疑她在欺负小朋友，故意不让表达流畅的梁禅发言，而让不善言辞的秦东上台。

楚楚简直完美地演绎了令人心烦意乱的甲方“爸爸”，每个问题都在秦东发怒的边缘试探。

“我不太明白这部分投入的价值……”

“你是以多长时间为周期来计算的？有理论依据吗？”

“各阶段的研发成果如何验收？项目进度如何保证？”

秦东：“……”

秦东：楚总身体力行地验证名言“只要用心刁难，乙方总会看到”。

后来，每当秦东回忆起这段惨痛的遭遇，都会进入游戏怒刷副本。他由于此番经历，后续在《赢战》中暗藏私心地增加了一名女性大反派，名叫“Miss. C”，角色台词是“用心付出就是用钱付出”“世上没什么是不能砍的”等，必杀技“暴风十一连斩”，被玩家们认为是在隐喻幕后大老板楚总。

此时，楚楚刚刚对秦东完成现实版的“暴风十一连斩”，直接将预算砍掉三分之一，随即满意地点点头：“现在我觉得项目是可行的。”

虽然楚楚原本的主意是切掉一半预算，但在秦东的讲解中很多开支是必须的，再砍确实会影响质量。她对此轮谈判还算认可，秦东没有乱报价，为人比较中肯。砍预算是个互相试探的过程，她也要靠这些行为认识秦东。

秦东闻言终于松了口气，不枉他苦口婆心、费尽心力地说服楚总，好歹取得了阶段性成果。

楚楚扭头询问张嘉年：“我们公司投个游戏怎么样？跟光界娱乐签个补充协议？”

梁禅和秦东面露喜色，期盼地注视着张嘉年。张嘉年却神色僵硬，困难地开口：“我可以为您的决策提些建议吗？”

《赢战》就算砍掉一部分预算，他也觉得价格太高了。毕竟谁都没法保证游戏的实际收入情况，这简直是在赌博。

楚楚当机立断：“不可以。”

张嘉年小心翼翼地提醒：“您现在还无法确定游戏未来的收入，如果后续盈利不达预期……”

秦东微微低头，似乎略有些沮丧，不可否认近几年《赢战》亏损得太久了。

楚楚却颇有信心，道：“你要相信，用心的好游戏终会获得应有的回报。”

秦东闻言，略感诧异地抬头，没想到全程龟毛的楚总，还能说出如此正能量的话。秦东正有些感动，又听到楚楚的下一句话。

“如果真的亏损也没关系……”楚楚不紧不慢地道，“我今天可以砍预算，明天也可以砍人。”

秦东：“……”

楚楚对秦东和善地笑笑：“你要加油啊。”

秦东面露惊恐，为什么研发游戏还能变成高危工作，听上去项上人头随时不保？！

众人经历漫长的讨价还价后，终于敲定了《赢战》的投入资金。楚楚跟梁禅等人签完合同，随即便听到奇怪声音的提示，对决任务终于完成。

恭喜你完成任务，“霸道总裁”光环已加强。

楚楚和张嘉年迈出光界娱乐的大门，后知后觉地感慨：“这笔钱还是挺多啊。”

张嘉年在心中默默吐槽：原来您也知道。

张嘉年现在只能开解自己，这是“楚学投资”策略，不遵循一切投资规律，应该没问题。

楚楚突然提议：“不然你去跟老楚说一说，再给我安排一次相亲？”

张嘉年：“不如我直接让董事长给您转五亿，可能更简单直接一点？”

楚楚大喜过望：“那当然最好，可行吗？”

张嘉年露出营业式的假笑：“估计不太可行。”

楚楚长叹一声：“为什么天上不能砸下一笔巨款？”

张嘉年觉得自家老板想太多了。

万万没想到，第二天真的有巨款砸来，完美地弥补了银达参投《赢战》后的资金空缺。

次日，张嘉年突然接到李泰河的电话，还没弄明白来龙去脉，便听到对面恶狠狠的声音。李泰河咬牙道：“你告诉她，我跟她已经两清，以后别再用违约金过来纠缠。”

张嘉年丈二和尚摸不着头脑，颇为无语地说：“请问是谁将我的电话告诉你了？”

张嘉年可以理解自己被骂作楚总的走狗，但没必要让所有人都把他当传声筒吧？为什么这些人不能直接给老板打电话，非要绕个弯子让他传话？

张嘉年试探地问道：“你被拉进黑名单了？”

所有将电话打到张嘉年这里的人都有共性，那就是被楚总拉黑了，只能靠他传话。

李泰河冷哼一声，放完狠话便挂断了电话。

楚楚得知消息，万分震惊：“他真赔违约金了？我还以为他要赖一辈子。”

李泰河居然真的赔偿了巨额违约金，彻底恢复自由身，为此支付了一个亿。

张嘉年肯定地点头，神色却相当凝重，并没半分轻松。他汇报道：“楚总，李泰河跟新视界旗下艺人经纪公司刚签订新合作，违约金很有可能是南总出面付的……”

楚总当初异想天开地说要一个亿，简直引爆全网。所有人都觉得李泰河赔不起，总爱以此打趣他，活生生地让一个演员变成了谐星。

李泰河心中一直窝火，下定决心要挽回自己的名誉。他觉得最直接的办法就是用钱打楚楚的脸。只有重获自由身，他才能找回自己最初的定位。

然而，当事人楚楚并没感到被钱羞辱了。

她听完事情经过，露出关爱智障的眼神，不可思议地感叹：“他们两个是傻吗？”

楚楚：有钱不赚是小乌龟蛋，谁关心是不是被羞辱了。

楚楚从未想过她真能收到违约金，毕竟张嘉年当初就说过，违约金如此高昂的官司很难胜诉。辰星影视法务部虽然竭尽全力，但官司依然陷入僵持状态，没想到李泰河为了面子，居然真能割肉放血。

张嘉年微微皱眉，远没有楚楚乐观，开口提醒道：“楚总，南总做出此番举动，像是跟您杠上了……”

张嘉年实在不解，楚总和南彦东为何天生对彼此带有敌意，互相针对的手段也不断升级。李泰河作为当红艺人，宣布跟辰星影视解约后，不是没有影视公司联系过，但那些公司最终都打消念头，原因之一就是顾忌银达和齐盛的势力。

如果单纯看李泰河的吸金能力，现在代其支付一亿违约金，未尝不是一种投资。其他公司不是没有这笔钱，只是抱着观望态度，一时不敢跟楚家人作对。南彦东此时出手，颇有要与楚楚撕破脸的架势。

楚楚心态挺好，漫不经心地道：“他光杠也没用，关键要看谁最后能和。”

张嘉年感慨楚总的骚话无孔不入，又问道：“您好像第一眼就很讨厌南总？”

楚楚道：“有的人天生就是敌人。”

毕竟是撞“衫”之仇，简直天理难容。

虽然楚楚觉得李泰河赔钱很傻，但网上的李泰河粉丝们却高兴得快翻天了。

川川不息：“终于获得公正的结果。李泰河花路相随、未来可期，让我们重新起航！”

柔帕：“希望垃圾辰星不要再捆绑我家了。违约金也赔了，放过前员工吧。最好把《最梦声》的热搜也撤一撤，别一推新人就拉踩我家，烦死cyf（陈一帆）了。”

吕莹：“为什么粉丝会觉得李泰河赢了？李泰河是赔钱又不是胜诉。”

小芝绿野：“有些人老酸我家的资源都是前公司给的，现在有没有被啪啪打脸？新视界影视比辰星差吗？有能力的人到哪里都能发光发热，某些人少给自己加戏。”

自由的小鸟：“楚总：今日离百亿目标又近了一步！”

蓝玻璃：“楼上的是魔鬼吗？我看到消息的第一反应也是这个，总觉得楚总并未感到被打脸，粉丝们才是疯狂加戏。”

青花瓷：“辰星的水军快别洗地了。现在官司也了结，今后双方江湖不见，别再剥削我家李泰河！”

摩卡咖啡：“老楚，赶紧撤热搜，你还捞不捞自己的女儿啦@齐盛集团？”

楚总全球粉丝应援会：“老板，快自己出来骂他，我们骂不过@楚楚。”

楚家不肖子孙：“你如果骂我偶像，我就怂恿她骂你。”

Air：“不想说话，只想吃烧烤。”

楚总在《我是毒舌王》上一炮而红，很快便有了应援会。粉丝和应援会的风格跟偶像本人一样奇怪，不管楚总爆出的新闻是好是坏，粉丝们都能将评论区搞得趣味十足。

前不久，有网友本着好玩的心态，放出楚楚及其下属在路边吃大排档的照片，被李泰河粉丝各种抹黑，取笑楚总不上台面。楚总粉丝们给出的反应恰好相反，不但不反黑，还进行调侃。

面包成精：“楚总爱吃韭菜，我也喜欢吃。”

红色的童年：“你有时间在路边撸串，没时间发微博跟我们互动？说好的在微博上众筹一百亿呢？”

波浪圈圈：“楚总对面那个小哥的背影挺好看……楚总再不发微博，我就改喜欢你的下属。”

小神仙：“楚总居然吃路边摊，太不体面啦！你要做符合自己身份的事，快来我家，我做烤串给你吃！”

新视界不但签下李泰河，为他支付天价违约金，还为其量身打造电视剧，想将李泰河重新推回事业巅峰。电视剧《游离者》的官宣信息一出，李泰河的粉丝们纷纷打足鸡血，为新视界拍手叫好。

南彦东心中早有规划，虽然从短期来看，帮助李泰河解约的价格高昂，但长期来讲，未来的影帝李泰河的身价远不止这些。南彦东觉得自己是一箭双雕，不但打击了愚蠢的女人楚楚，还直接控制了前途坦荡的李泰河，让他变成自己的赚钱机器。

既然有机会重活一世，南彦东就绝不会再选择默默付出。他要将夏笑笑身边的阻碍一个个除掉，最后名正言顺地站在她身边。楚楚不过是无关紧要的小人物，击垮李泰河，吞并齐盛集团，才是南彦东真正的目的。

此时，辰星影视内的夏笑笑刚接到消息，正沉浸在巨大的喜悦和不安中，再次确认道：“真让我来负责《胭脂骨》？”

电视剧《胭脂骨》是公司最近的重磅项目，夏笑笑要是能全程跟进项目，前途不可限量。同事对夏笑笑的境遇钦羡不已，点头应道：“没错，这是楚总的意思。”

“我资历尚浅，真的可以吗？”夏笑笑一边感到激动，一边又有点犹豫。她感恩于楚总的提拔，但更不想辜负对方的期待。

“老板说你行，谁敢说不行？”同事为夏笑笑加油打气，鼓励道，“再说你的工作不都做得很好？综艺节目风风火火，陈一帆最近的资源也不错……”

虽然辰星影视内众人都知道夏笑笑是楚总的心腹，但同样无法否认她的能力，基本上她经手的工作都滴水不漏。尽管夏笑笑的工作经验不多，但处事相当老到，而且踏实能吃苦，跟普通新人完全不一样。

楚总当初随口钦点夏笑笑带艺人，让她安排陈一帆的行程。陈一帆立马在《最梦声》播出后大火，如今微博粉丝数破300万，且呈现疯狂上升的趋势。夏笑笑简直就是开过光的锦鲤，她要做的事情，没有不能成的。

“楚总很重视《胭脂骨》，让你负责也在情理之中。”同事总结道，大家都看出楚总对这部剧很上心，不但千方百计扣下原作者醉千忧写剧本，还亲自跟多名导演洽谈，交给心腹运作很正常。

虽然楚楚安排夏笑笑负责项目，但显然有人是不愿意的。

夏笑笑礼貌地敲敲门，走进辰星影视CEO的办公室。辰星影视CEO见她进屋，赶忙热情地招招手："来啦，快坐快坐！"

夏笑笑正襟危坐，小心地问道："您找我有什么事吗？"

尽管夏笑笑回到辰星影视许久，但跟辰星影视CEO的接触并不多，一方面是职级存在差异，另一方面是夏笑笑身份特殊。毕竟她是空降过来的，以前又在银达投资总裁办待过一段时间，不是一般的空降兵。

"笑笑，是这样的，我们商量了一下，觉得你既带艺人又参与项目，精力恐怕会有点跟不上……"辰星影视CEO眼含精光，循循善诱道，"《胭脂骨》你先放放，最近还是全心投入在陈一帆那边吧。"

夏笑笑一愣，询问道："这件事您跟楚总说过吗？"

对方脸上隐隐露出一丝不悦，但还是婉言道："我会跟楚总商量的。"

"那就是现在还没有提过？"夏笑笑似有所悟，摇了摇头，"对不起，如果不是楚总直接授意，我不能马上放下《胭脂骨》那边的工作。"

夏笑笑必然是依据大老板的意志来行动的，毕竟是楚总让她空降过来的。

辰星影视CEO不满道："夏笑笑，我知道你做过楚总的助理，可我同样是你的领导。我理解你离开项目会有点失落，但你资历太浅，现在还难挑大梁，仍需历练。这是正常的工作调动，不能只考虑你一个人的感受！"

如果放在过去，夏笑笑被上司如此训斥，必定会惊惶不安，但现在想到楚总对自己寄予厚望，心中顿时充满勇气。她认真地纠正道："我不是只考虑自己的感受，只是楚总安排我负责此事，我当然得忠于职守。如果您跟楚总商议后，她也认同这个结果，我会退出《胭脂骨》项目组的。"

辰星影视CEO见她不配合，有些恼羞成怒："你不要敬酒不吃吃罚酒！"

夏笑笑皱眉道："您应该先问过楚总的意思……"

对方冷笑道："如果她的意思跟我一样呢？"

夏笑笑面露犹豫，一时不知该如何作答，便听到一旁传来熟悉的女声。

"那估计不可能。"楚楚望着屋内对峙的两人，开口道，"你们都是这样先斩后奏的？"

楚楚今天来辰星影视，原本是想亲自提点夏笑笑《胭脂骨》的事务，没想到上来就看到一出大戏。辰星影视CEO居然私下威胁女主角，让她离开项目组？

楚楚身后的人看向辰星影视CEO，弱弱地解释："楚总突然过来，特地没让我们汇报……”

老板扒开门缝偷听，他们怎么敢拦？

大家只能眼睁睁地看着楚总过去查岗，茫然无措地跟在她身后。

辰星影视CEO见楚总驾到，神色一僵，立即展现出川剧变脸的效果。他迎了上去，假惺惺地嘘寒问暖：“楚总，您怎么不说一声就来了？我好下去接您……”

楚楚慢悠悠地道：“其实自成为总裁起，我就一直想说一句话……”

对方赶忙道：“您说，您说……”

楚楚眨眨眼，开口道：“你完了。”

对方：“……”

楚楚：一直想发动必杀技，却苦于没有机会，今天终于等到了。

辰星影视CEO尴尬地笑了：“我不太明白您的意思……”

楚楚直接道：“你以后不用在这家公司任职了。”

“您是在开玩笑吧？”他不可思议地说道，没想到楚总为了包庇新职员，居然会直接对高层下手。

“当然没有。”楚楚走向夏笑笑，拍了拍她的肩膀，当着众人的面宣布，“以后她的意思，就代表我的意思。”

众人闻言顿时面露震惊之色，夏笑笑本人更是感到头晕目眩，完全不敢相信。

恭喜你完成隐藏任务，“霸道总裁”光环已加强。

隐藏任务：维护拥有“女主角”光环人物一次。

恭喜你激活新称号“鱼塘塘主”。

鱼塘塘主：我要让所有人知道，这个鱼塘被你承包了。你的维护让女主角大为感动，获得5%锦鲤运加成。

夏笑笑被楚楚拍了拍肩膀，闻到老板身上浅浅的香气，脑海中一片空白。她像是木头人般呆立当场，根本无法形容此时的感觉。这一刻，她甚至顾不上听清楚楚的话，心中的激动之情几乎快要溢出！

夏笑笑：偶像拍我的肩、拍我的肩、拍我的肩啦——

楚楚听清奇怪声音的提示，动作一僵，没料到还会有这种称号。

楚楚：谁想做鱼塘塘主？而且女主角难道是锦鲤吗？

楚楚触电般地将手收回，像是被锦鲤夏笑笑的鳞片烫了手。

虽然大家早就知道空降兵夏笑笑是楚总的心腹，但楚总当众承认，还是头一遭。

辰星影视CEO脸色发青，直言道："楚总，我理解您想提拔新人，但我们都是辰星的老人，您这么做实在让人心寒……"

辰星影视CEO没想到楚总会突然到访，不好解释自己劝退夏笑笑的行为，干脆硬着头皮倒打一耙。大家天然地敌视空降兵，此时激化矛盾，对他有利无害。

夏笑笑还没工作几年，就恨不得越级连跳，完全是一飞冲天的架势。其他人就算明白道理，心中难免还是有所不服，无法接受如此不公的待遇。

楚楚云淡风轻地看他一眼，反问道："你是觉得我不公平？"

对方点点头，道："公司有自己的晋升机制，您就算是老板，也该尊重制度。"

楚楚笑了笑："如果你现在住口，我们还能好聚好散。"

辰星影视CEO大义凛然道："忠言逆耳利于行，即使您因此让我离开，我也要说出来。"

"你还挺能给自己立人设，摇身一变成直言进谏的忠臣？"楚楚看到他虚伪的嘴脸，佩服地鼓掌，随即道，"不如我们聊聊，你以前从项目中扣下多少钱。"

"楚总，我行得正坐得端，不明白你在说什么……"辰星CEO心头一跳，面上却仍是道貌岸然。

"水至清则无鱼，我原来睁只眼闭只眼，不过是觉得底下人总要赚点，否则没有积极性。"楚楚慢条斯理地道，"真要细算过去的账目，说不定你要坐牢。"

楚楚以前还没察觉辰星影视的问题，但最近跟导演洽谈问价几波，已经逐渐摸清书中世界的影视行价。虽然辰星影视的财报看上去毫无问题，但真要细抠电视剧的成本支出，实际上有不少令人生疑的部分。

外行看热闹，内行看门道。楚楚只要大致知道演员和主创的价格，基本上就能估出电视剧项目的总成本。经验老到的制片人其实看一眼画面，就明白会花多少钱。拍摄主场景有几个，群演和马匹有多少，周期有多长……这些数据只要明确，估出来的总支出就八九不离十了。

除此之外，高于平均水平的导演和演员价格，无非就是暗中走账。这种形式类似回扣，辰星影视CEO多年经营下来，估计也拿了不少钱。

银达投资的附属公司太多，张嘉年不可能监察公司中的每个项目。辰星影视CEO只要将财报账目抹平，每年做出不错的盈利，这些私下的小金库就只能算小钱。楚楚明白这个道理，才没有马上戳破，本想平稳过渡，为辰星换血，没想到对方已经坐不住了。

夏笑笑是楚总的人，要是负责完整个项目，得知其中诀窍了，那还得了？

辰星影视出品、制作过不少电视剧，要是被老板发现弯弯绕，那他CEO的位置也坐到头了。

“你在辰星这么多年，公司确实成长不少，没有功劳也有苦劳，我不跟你计较那点小钱，权当是分手费……”楚楚神色平静，说出的话却毫不客气，“但你要真想闹，可别怪我翻脸无情。”

辰星影视CEO面色惨白，本打算先下手为强，没想到楚总心如明镜，其实什么都知道。

楚楚见对方不说话，不由得挑眉：“怎么？难道还得把剧组的账目翻出来，一笔一笔对着查，你才会承认？”

见楚总如此笃定，辰星影视CEO顿时没了底气，讷讷地道：“楚总，工作交接也要时间，您总需要先找到继任者……”

他心知大势已去，明白楚总不过是没把事情做绝，勉强给自己留下一丝颜面。他是个识趣的人，气势立刻弱了下来，施展缓兵之计。

“没那么麻烦，CEO的位置就空着好了，这世上没有谁重要到无可替代。”楚楚快刀斩乱麻，丝毫不给他拖泥带水的机会。她早就想换掉辰星的几个高层，现在不过是把时间略微提前。

对方哑口无言，没料到楚总手起刀落、杀伐果断，看上去早有准备。

这场风波来得快去得也快，辰星影视一夜变天，高层领导瞬间消失。前任CEO离开前带走了公司内一小批人，那些人知道，留下也自身难保，还不如赶在楚总计较前，抓紧时间撤退。

夏笑笑没料到一次简单的私下交谈，竟会推动公司内部大换血。公司经历短暂的人心惶惶后，又迅速恢复平稳。小石子在水面激起的涟漪，最终重归平静。

辰星影视CEO的位置空悬，楚楚便代行决策，亲自管理部分事务。

她完全没被影响，不但守着公司，还泰然自若地处理着《胭脂骨》的工作，看上去比过去都悠闲。她不但拿到了新鲜出炉的剧本，还开始着手演员选角的事情，项目进展得相当顺利。

私下里，夏笑笑满腹疑惑，忍不住偷偷问道：“楚总，您为什么不跟他们计较剧组款的事呢？”

夏笑笑那天在现场，大致明白了来龙去脉，楚总选择息事宁人，实在不像她的作风。

“每个人的性格、能力不同，有的可以直接重用，有的则要恩威并施。”楚楚懒洋洋地翻着《胭脂骨》剧本，解释道，“你不能把小人逼上绝路，一直握着他的把柄才是上策。”

前任CEO是“老油条”，如果真把他逼得走投无路，很可能鱼死网破，还会引发公司内部大范围的动荡。现在他悄无声息地离开，只带走个别心腹，对辰星的损失不大，对后续项目更没有影响。

虽然楚楚没有追究旧账，但不代表过去的事情能一笔勾销。倘若他以后想做出对辰星不利的事，必然会想起这颗隐雷，因此有所顾忌。

“而且你现在资历太浅，我对他手段过重，看上去似乎大快人心，到头来都要还到你身上。”楚楚心里很清楚，众人对夏笑笑的越级连跳肯定有意见。

即使前任CEO离开，他在公司中积攒多年的能量并未马上消失。楚楚待在公司时，夏笑笑能安然无恙，但只要她一走，其他人立马会拿夏笑笑开刀。夏笑笑就像是靶子，别人没法对老板做什么，难道还对付不了她吗？

现在楚楚没有严惩前任领导，使用略微柔和的手段，反弹在夏笑笑身上的力量也不会太强。

夏笑笑有些愣怔，没想到看似粗枝大叶的楚总，居然有如此细腻的考虑。她不免有些感动，真心实意地道：“谢谢您……”

楚楚摆摆手，随口道：“不用谢，谁让你太弱了。”

楚楚：女主角总归是小白花，做不出太恶的事，比较容易受欺负。

夏笑笑涨红脸，鼓起勇气道：“您知道我很弱，为什么还要我负责《胭脂骨》呢？”

楚楚抬头瞟她一眼，疑惑道：“你不想负责吗？”

夏笑笑连忙道：“当然不是，但既然您都了解我的能力……”

“有能力的人很多，但真想把事情做好的人很少。”楚楚看出夏笑笑的茫然无措，开解道，“你现在很弱，不代表未来也弱，我看人可没错过。”

这是楚楚的真心话，她想要努力推动夏笑笑往上走，跟对方的“女主角”光环没关系，只是单纯觉得夏笑笑是个赤诚认真的小姑娘。夏笑笑就算没有光环，依然是值得指导和扶持的新人，因为她本质上是好人。

夏笑笑听到楚总的鼓励，眼神亮亮的，不知想到什么，又缓缓垂下眼，轻声道：“您对我这么好，我真不知道该怎么回报……”

楚楚大方道：“不用太客气，多替我赚钱就行。”

如果是其他人，肯定会觉得此话挺微妙的，然而夏笑笑却面露坚定，信誓旦旦：“我一定不会辜负您的期望！”

夏笑笑在超强的粉丝滤镜下，几乎看不到楚总的瑕疵，直至收到一份匿名寄来的光盘。

“笑笑，这份快递是你的。”同事们像往常一样翻看包裹，随手将其中一件递给夏笑笑。

“好的，谢谢！”夏笑笑接过，翻看一眼毫无特点的快递文件夹，并不知道是谁寄给自己。文件夹上没有寄件人，只有收件人，看上去着实可疑。

她疑惑地拆开纸质文件夹，发现里面只有一张白色的光盘。

夏笑笑用电脑读取光盘的内容，这里面是一段监控录像，画面中的地点很熟悉。

豪华酒店，露天泳池。

楚总将她推下二楼。

夏笑笑看完这段监控录像，一时陷入沉默。那天，她虽然没有看到始作俑者，但一直坚信是有人将自己推进游泳池的。节目录制当天，她被人叫到二楼，毫无防备地站在栏杆前，却突然被推下二楼。

现场工作人员曾经调查过此事，但没有任何结果，最终不了了之。

夏笑笑仔细回忆，似乎就是落水事件后，自己才跟楚总有了千丝万缕的关系，还收到了楚总送来的蔓越莓曲奇。她休息回来后，便莫名其妙地被调到银达投资，从此跟楚总的接触越来越多。

现在有人想让她知道真相，但目的是什么？

夏笑笑想了想，在电脑上将录像删了。她将格式化后的白色光盘放回快递文件夹，然后毫不客气地掰断光盘，随手丢进垃圾箱里。

光盘断裂的清脆声吓了旁边人一跳，同事不禁问道：“笑笑，你把什么丢啦？”

“没用的光盘。”夏笑笑抱歉地笑笑，“对不起，吓到你了？”

“光盘是可以回收再利用的……”同事弱弱地提醒。

“我忘啦。”夏笑笑毫无愧疚地解释，根本不想再看到这张光盘。

新视界公司内，南彦东站在落地窗前，目光幽深。他询问手下人：“她看到后什么反应？”

夏笑笑看清楚楚的真面目后，估计会悲恸欲绝，没料到自己向来钦佩的大老板用心险恶，竟做过如此歹毒的事。

下属小声说道："南总，她好像……没有反应。"

南彦东略感诧异，皱眉问道："你们确定她收到录像了吗？"

"确实是夏笑笑签收的。"下属同样极度不解，补充道，"但她好像并没有想要对质的念头，或者有其他任何举动。"

南彦东面露沉思："你们再用别的渠道给她发送录像，确保她真的看过。"

"背叛的情绪是会积累的，总有爆发那一刻。"南彦东觉得夏笑笑现在只是在逃避问题，不想面对真相而已。

接下来的一周，夏笑笑一共掰断了七张光盘，甚至邮箱都会收到监控录像。暗处的人简直是狂轰滥炸，生怕她忘记此事，无孔不入地进行提醒。夏笑笑每次都心平气和地把录像删掉，睡醒后迎接全新的一天与再次出现的神秘光盘。

第十天时，南彦东决定亲自出面，不能再这样拖延下去。

"你就是给我寄光盘的人？"夏笑笑根据提示抵达地下停车场，看到靠在玛莎拉蒂旁边的南彦东。她看清对方的长相，发现他是新视界的南总，顿时有种恍然大悟的感觉。

众所周知，新视界和银达现在水火不容，是绝对的竞争对手。

南彦东虽然私下收集了无数夏笑笑的资料，但今生却是第一次跟她见面。夏笑笑看上去跟上一世大不一样，穿着简洁大方的通勤装，换掉学生气十足的卫衣，脸上略施粉黛，少了几分怯懦之气。

南彦东印象中的她更像是糯米团，总是软软地说话，看上去毫无攻击性，尤其喜欢坐在钢琴边听自己弹琴。如今她却用警惕的眼神注视着他，似乎饱含戒心。

南彦东轻轻挑眉，询问道："发现自己崇拜的老板不是好人，感觉如何？"

夏笑笑皱眉，反问道："南总想让我了解这些，又是为什么呢？"

"你知道我？"南彦东稍感讶异，随即笑了笑，"你就把我当成好心人吧，我只是想提醒你及时止损而已。"

"她远没有你想的那么好，一直以来都在骗你。"南彦东一针见血地道。

南彦东紧紧地盯着夏笑笑，等待她露出崩溃失望的表情。然而夏笑笑却安然道："这是我和楚总之间的事情，南总未免插手太多。"

"我不知道你从哪里拿到的录像，但请不要再寄给我。如果你要跟楚总和银达竞争，堂堂正正地出招更好，现在这种手段很没有格调。"夏笑笑不顾南彦东难看的脸色，义正词严地说道。

南彦东的眼中酝酿着风暴，哑然道："你觉得我在挑拨你们的关系？"

夏笑笑摇了摇头："我只是个小人物，当然不值得南总如此费心。"

夏笑笑说完就要离开，完全没有跟南彦东继续攀谈的念头。

"等等。"南彦东见她转身要走，忍不住出言道，"你以前很喜欢听我弹钢琴……"

他看到夏笑笑果断离开的背影，冥冥中竟有种覆水难收的诀别感，难得地示弱。

"南总还会弹琴吗？"夏笑笑有些疑惑地停下脚步，随即轻声道，"您成功让我对一门乐器失去了兴趣。"

这句话成为压垮南彦东的最后一根稻草，几乎瞬间惹怒了他。

南彦东勃然大怒道："她到底有什么好？让你们一个个都为她说话！"

张嘉年是这样，夏笑笑也是这样，他们简直如同被楚楚灌下迷魂汤，彻底失去了心智。

南彦东努力平复自己暴怒的情绪，冷静地道："她能给你们的，我同样能给，甚至可以是双倍……不管是金钱财富，还是社会地位！"

他明明不比楚楚差，为什么夏笑笑却对自己避如蛇蝎？

如果夏笑笑只是在乎晋升的机会，那她来新视界，甚至可以得到更多！

夏笑笑看到他失控的状态，想起近一周数不清的光盘和对方的无礼之言，顿时心生恼怒。

夏笑笑扭头看向南彦东，眼底满含厌恶之色，直白地说道："你不配。"

楚总从来不会让别人感恩戴德地接受自己，更不会如此高高在上地说话。

即使她给予夏笑笑工作上的机会，也不会摆出这种施舍的态度。

"你根本就不配跟楚总相提并论！"夏笑笑据理力争地说道。

南彦东不由得冷笑，脱口而出："我不配？你知不知道上一世，我为你做了多少事……"

这句话宛如咒语，瞬间引发书中世界的连锁反应。

主世界读档成功。

正在根据主世界数据，重新进行光环判定，请稍等……

请通过任务加强"霸道总裁"光环，光环消失将被主世界抹杀。

周围检测到"马赛克"光环拥有者，跟你产生排异反应，强行进入清理任务。

清理任务：修复主世界bug（漏洞），清理“马赛克”光环拥有者。

辰星影视内，楚楚本来正在办公桌前读剧本，突然听到奇怪的声音出现，不由得满脸疑惑。

楚楚低头看了一眼时间，不知道主世界重新读档的原因。

办公室内只有她一人，楚楚面对墙壁上的任务文字，忍不住吐槽：“我又不是你雇的程序员，为什么要给你修bug？”

她又不傻，为什么要做这种任务？

楚楚低头继续看剧本，但很快就发现自己不能无动于衷，因为主世界陷入无限读档状态，任何事情都进行不下去。

主世界读档成功。

主世界读档成功。

主世界读档成功。

假如她不修复bug，每隔十分钟，主世界就会重新读档一次，所有人都会被困在这一天。

最糟糕的是，楚楚根本不知道“马赛克”光环的拥有者是谁。她只能茫然地在公司中寻找，经常还没找到，便耗尽时间，再次回到办公桌前。

办公室的大门被猛地拉开，其他人看到脸色郁郁、神情不善的楚总从房间里走出，赶忙道：“楚总，您有什么吩咐吗？”

楚楚是第二十三次走出办公室，第二十三次听到这句话。

她大声道：“都别耽误我拯救世界！”

楚楚必须争分夺秒地寻找，在十分钟内解决战斗，否则主世界又要重新读档。

众人：“……”

楚楚指挥道：“去帮我按电梯！”

“好好好……”其他人感受到楚总的风风火火，忙不迭地飞奔而去。

楚楚快速地左右扫视一圈，随手抄起某人办公桌上的扳手，大步踏入电梯，按下去地下楼层的按钮。她几乎将辰星影视翻了个底朝天，奇怪的声音只告诉她在周围，却没说周围的范围究竟有多大！

楚楚低头看手表，焦急地注视着秒针，眼见时间缓缓逝去，心中期盼这回不要落空。

如果是十分钟可以赶到的地方，最远的距离应该就是地下停车场。

果不其然，楚楚刚迈进停车场，便看到夏笑笑闪亮的“女主角”光环，像是黑暗中的一盏明灯。

令人意外的是，夏笑笑的对面却是一团移动的“马赛克”，像是电视机上被高斯模糊的画面，只能隐隐看出人形。

楚楚：这是个什么妖精？

楚楚被吓了一跳，但见到愤怒的“马赛克”向着夏笑笑扑去，只能鼓起勇气冲上前。如果十分钟再次耗尽，她又得重新来过！

蠕动的“马赛克”咆哮道：“我不配？你知不知道……”

“你给我闭嘴！”

楚楚眼看截止时间快到了，却来不及跑到夏笑笑面前，干脆将手中的扳手投掷而出，直直地向那团“马赛克”砸去！

砰——

扳手击中目标，发出一声重响，随后便是倒地声。

夏笑笑惊惶地看着这一幕，下意识地捂住嘴，脑海中控制不住地蹦出一个念头。

夏笑笑：我这回是不是要替楚总把监控录像删干净？

事情发生得太过突然，楚楚眼看着那团“马赛克”倒在地上，缓缓恢复成正常的人形。南彦东趴在地上昏迷不醒，看上去毫无知觉，原来他就是“马赛克”光环的拥有者。

恭喜你完成清理任务，“霸道总裁”光环已加强。

恭喜你激活新称号“铁窗泪”。

铁窗泪：用暴力手段清除bug的你，自带不怒自威的社会气息。

楚楚：明明是你让我清理bug的，怎么说翻脸就翻脸？！

楚楚没料到bug居然会是南彦东，他明明是“霸道总裁”光环的拥有者。楚楚远远地看到一团“马赛克”，根本联想不到南彦东，鬼知道会是什么东西？

她望着南某，头疼地扶额，嘀咕道：“我这回是真的得自首了……”

十分钟过去了，主世界不再重新读档。楚楚成功地拯救了世界，却涉嫌蓄意谋害他人，很快就能喜提豪华牢房游了。

夏笑笑壮起胆子，小心地伸手试探南彦东的鼻息，弱弱地道：“还有气……”

“打急救电话……”楚楚无奈地抱头，自暴自弃道，“顺带报警吧。”

她这回是被奇怪的声音害惨了，系统居然用“马赛克”迷惑她的视线。如果知道对方是南彦东，她绝对不会那么用力地砸他……会稍微轻一点的！

现在倒好，什么蓝图规划，什么百亿目标，统统都成了泡影，变成铁窗内的美梦。

夏笑笑看着楚总的反应，不由得轻声问道：“您刚刚说这回，也就是说还有上回吗？”

夏笑笑虽然对着南彦东底气十足，但想到监控录像中的内容，心里仍不是滋味。她垂下眼，平静地发出质问：“上回是您将我推下二楼的，对吗？”

楚楚闻言一愣，撞上夏笑笑认真的神情，沉默片刻后，终于忍不住开口：“我们先打急救电话，再继续聊可以吗？他要是真挂了，我绝对要坐穿牢底了。”

夏笑笑立刻手忙脚乱地打电话：“好、好的……”

夏笑笑赶紧叫来救护车抢救，但犹豫再三，还是没有报警。

这一刻，夏笑笑完全不理解楚总的想法，有点颓丧地低下头：“您既然知道后果，为什么还要做这样的事呢？”

夏笑笑实在不明白，如果楚总是个坏人，她现在只要毁尸灭迹、勒令封口就好；如果楚总是个好人，她又怎么会做出用扳手一击爆头的事情来？

这些行为简直自相矛盾，让夏笑笑完全看不透。

楚楚叹息一声，无力地道：“人在江湖，身不由己，你总得接触一些不愿意做的事。”

这不是她的想法，是奇怪声音的授意，但这句话她也没法告诉别人。

夏笑笑的手指颤了颤：“推我下楼也是因为如此吗？”

楚楚难得无言以对，注视着夏笑笑明亮的眼睛，坦白道：“不管你相不相信，虽然我在行为上做过，但心里不是那样想的。”

“没有任何解释？”夏笑笑听完楚总的回答，反而越发不解。

“是的，没有办法解释。”楚楚坦然承认自己的行径，但给不出任何合理的解释。

“您那时明明都不认识我？”夏笑笑更为疑惑，总觉得自己跟楚总间隔着一层迷雾，只能从她似是而非的话中努力捕捉真相。

“不，我认识你。”楚楚摇摇头，眼波流转间第一次透露出真相，“夏笑笑，我一直都认识你，因为你是这个世界里最特别的存在。”

夏笑笑是这本女性向言情小说的女主角，是主世界的核心，就算是男主角李泰河，都无法跟她匹敌。

“我不明白。”夏笑笑失落地低下头，竟有些想哭的冲动，忍不住眼圈泛红，“所以您对我的提拔，都是因为愧疚吗？如果不是那些说不出口的原因，您根本不会跟我接触？”

夏笑笑恍然大悟，生而高贵的楚总之所以会关注自己，根本不是由于自己有能力。夏笑笑早该想到，楚总在旁人眼中遥不可及，要不是有身不由己的理由，又何必弯下腰跟自己对话？

楚楚没料到女主角会这么想，反驳道：“当然不是。”

夏笑笑像是红了眼的小白兔，有些委屈地看向她。

楚楚不好意思地挠挠脸：“我是觉得，你未来应该能给我赚不少钱，率先投资一下……”

夏笑笑：“……”

资本家楚总安慰道：“别不高兴了，这也算是对你能力的肯定。”

夏笑笑的声音中夹杂着哭腔，但她还是尽量恶声恶气地道：“请您给我道歉。”

楚楚茫然道：“啊？”

夏笑笑：“把我推下二楼，请您给我道歉！”

楚楚试探道：“对不起？”

虽然这事不是她做的，但她代替原身道歉也是应该的。

夏笑笑抿了抿嘴唇，最终闷声道：“那我就原谅您了……”

楚楚不知所措地眨眨眼，这么简单就原谅我了？

夏笑笑一本正经地强调：“但您不要以为这件事就过去了！如果有一天，您可以解释原因了，请一定要告诉我……”

楚楚真挚地道：“我保证。”

夏笑笑的脸色这才缓和，她终于解开束缚多日的心结。

夏笑笑：楚总是有苦衷的，我要相信她。

第六章　总裁的游戏宣发

医院的僻静角落，楚楚和夏笑笑正坐在长椅上受训。

“谁能给我解释一下事情的经过？”张嘉年面无表情地注视着两名始作俑者，努力镇定地发问。

夏笑笑立刻为偶像辩驳，果断道：“总助，楚总是有苦衷的……”

张嘉年淡淡地道：“把人砸到脑震荡，在急救室抢救。这听上去是挺苦的。”

张嘉年得知消息时都蒙了，虽然知道楚总很讨厌南彦东，但她没道理像个幼儿园小孩把人打破头吧？他向来以为楚总是嘴上功夫厉害，只会用言语攻击敌人，决不会费半点体力，没想到她有天还会聚众斗殴？

张嘉年：不对，目前来看是单方面凌虐。

南彦东不是一般人，南风集团不但跟齐盛集团合作密切，南董更是楚董的好朋友。楚总如今闯下大祸，南家真要追究起来，她肯定没有好果子吃。

张嘉年匆匆赶来，本想了解一下起因经过，没想到两人的嘴却像是被焊死了一般。楚楚一言不发、只求报警，夏笑笑则磕磕巴巴、说不清楚。

不过这也不能怪夏笑笑，她确实不知道楚总为什么要用扳手打人。

张嘉年从夏笑笑处勉强弄懂来龙去脉。南彦东约夏笑笑在地下停车场面谈，楚总却突然冲出，直接用扳手将南彦东爆头。他一时不知该吐槽南彦东莫名其妙的行为，还是楚总的暴力飞击，又或是辰星办公室内神奇出现的扳手。

夏笑笑：“总助，楚总都是因为我才这样的，你不要怪她……”

张嘉年：“我又没被打晕，当然不会怪她。”

张嘉年心想：该怪罪她的人还躺在急救室，你俩倒挺有义气，听上去还很骄傲。

张嘉年望向楚楚，严肃地道：“您还有什么想补充的？”

楚楚深感后悔，无奈地捂脸，再次说道：“报警吧，我自首。”

夏笑笑焦急地道：“那怎么行！”

张嘉年沉默片刻，认真地询问：“您是真心感到愧疚吗？”

楚楚：“其实也没那么真心啦。”

楚楚：毕竟出手把这个烦人精打倒，回忆起来也有一丝愉悦……

楚楚瞥见他的脸色，立马改口道：“绝对真心愧疚，我为自己可耻的行为感到后悔和后怕！”

张嘉年这才满意，正色道：“我会跟董事长沟通，努力跟南家协商，尝试私了此事。当然，这一切的前提是南彦东的身体没有任何问题，可以顺利康复。”

楚楚难得乖乖点头，老实地应声。

张嘉年补充道：“但您也必须做好心理准备，如果南彦东的恢复情况不佳，或者醒来后不愿私了，您一方面要尽量服软，另一方面要做好最坏的打算。”

虽然张嘉年会竭尽全力地救楚总，但南家也不是好惹的。说实话，他并没有百分百的信心。

楚楚像是个被教育的小朋友，低头答道：“好的，我明白。”

张嘉年看她露出做错事的表情，终于长舒一口气：“我去给董事长打电话。”

楚楚的视线不安地飘移，她小心翼翼地问道：“那他不会骂你吧？”

张嘉年露出“原来你也知道”的表情，波澜不惊地道：“又不是第一次。”

张嘉年：他也不是第一次给董事长送去坏消息，只是这回的太坏了而已。

楚彦印接到张嘉年的电话时，竟然无力骂人或大发雷霆，差点气到昏厥。

楚彦印揉着发疼的太阳穴，只觉得自己又老了十岁：“我以后是要去给她送牢饭吗？”

她一个女孩子家家，哪来的胆子掷扳手？

张嘉年还算平静，努力劝慰道：“目前我们仍在医院，现在只能等南总醒来后，让楚总率先道歉，尽量将大事化小。医生说情况并不严重，人应该很快就能苏醒，只是需要留院观察一段时间。”

楚彦印：“好好好，嘉年，那边就交给你了，我想想怎么跟南董说……”

楚彦印万分崩溃：多大的人了，竟然还做出这种事，这不是坑爹吗！

张嘉年打完电话，跟闯祸二人组在医院静静等待受害者清醒。医生的诊断没有错，南彦东只是由于脑震荡而短暂昏迷，很快就醒了过来。

南彦东躺在床上，缓缓睁开眼睛。他看清病床边的人后，不禁面露茫然：“嘉年，你怎么在这里？”

楚楚眼看着对方头顶上的光环又发生变化，变成“温柔男配角”光环。

楚楚：这究竟是什么人，怎么还有三副面孔？

张嘉年同样由于对方的称呼发愣，思绪一下子被扯回校园时光。他犹记上次跟南彦东见面时，对方不屑一顾的态度和鄙夷的话语，怎么现在变化如此之大？难道楚总掷出的是开过光的扳手？

张嘉年没有忘记正事，硬着头皮道：“南总，这回实在对不起。楚总是一时失手，没有故意为难您的意思，这是个误会。”

南彦东一愣，随即和善地笑笑：“我是你学长，你跟我那么客气做什么？既然是误会，那就翻篇吧。”

张嘉年面露讶异，没想到南彦东如此好说话，整个人的气质像是回到学生年代。

楚楚眉头一皱，面露古怪，忍不住想上前检查：“你是不是磕坏头了？”

楚楚没走几步，便被张嘉年拦住。张嘉年生怕她再对南彦东动手，小声提醒道：“楚总，您刚刚可说过，对自己的行为感到后悔和后怕。”

楚楚只得停下脚步，狐疑地盯着刚清醒过来的南某。

南彦东不解地摸摸头，同时倒吸一口凉气。他碰到伤口，有些茫然：“我好像真磕到头了。”

南彦东发现自己的脑袋上鼓起个大包，稍微一摸就火烧般地疼。

张嘉年询问道：“南总，您现在还觉得不舒服吗？”

张嘉年见南彦东如此奇怪，心中忧虑颇深，万一他真被楚总砸出问题，估计南家不会善罢甘休。

“还好，就是有点晕。”南彦东老实地回答，语气温和，“你居然还叫我南总？”

楚楚直接挑眉：“不然呢？”

楚楚：难道叫他南霸天？

张嘉年用眼神向楚楚示意，禁止她刺激患者的情绪。

南彦东看楚楚一眼，随即笑了笑："嘉年可以像过去一样叫我Alan。"

楚楚如遭雷劈，觉得难以置信："你说你叫什么？"

张嘉年好脾气地解释："楚总，Alan是南总的英文名。"

楚楚陷入蒙蒙的状态，赶紧把夏笑笑推到他面前，问道："那你认识她吗？"

夏笑笑满目茫然，然而还是乖乖地站定，接受南彦东的打量。南彦东脸上浮现出歉意的神色，迟疑道："这位是……"

楚楚心想：这是你的太阳女神，你居然都不记得了？

楚楚恍然大悟，终于明白她听到南风集团时为何那么熟悉了，原来南风集团是男配角家的产业！

《巨星的惹火娇妻》中的男配角名叫Alan，是留学归来的钢琴天才，是温柔型的人物。Alan暗恋夏笑笑，一直默默为她付出，却不敢告诉她自己的心意。他似乎患有某种心理疾病，将夏笑笑当寄托，私下称呼她为"太阳女神"。

楚楚看小说时，对这些内容都一扫而过。全篇男配角的名字都是Alan，谁会记得他本名叫南彦东？毕竟南彦东听上去好土，跟楚彦印同一个风格，不符合早期言情小说中的海归人设。

张嘉年见南彦东不认识夏笑笑，心中更加疑惑："您不认识她，为什么要跟她约谈？"

"你们聊了什么？"张嘉年这才发现自己遗漏了许多细节，光想着给楚总洗脱罪名，却没太关注南彦东和夏笑笑见面的事。

夏笑笑不想说穿监控录像的事情，不由得避重就轻，支支吾吾道："南总说我原来很喜欢听他弹琴，但我们以前其实没见过……"

张嘉年："……"

楚楚："啧啧，还挺会泡小姑娘呢。"

南彦东惊讶地瞪大眼，不敢置信道："真的吗？"

夏笑笑肯定地点点头，振振有词地复述："我转身要走，您叫我等等，然后您说'你以前很喜欢听我弹钢琴'。我说对钢琴没有兴趣，您就发怒了。您正在跟我争辩时，楚总就抵达停车场，然后您就被扳手轻轻地碰了一下……"

夏笑笑觉得自己的描述没什么问题，不过是没说扳手原本被楚总握着而已。

张嘉年转头，看向南彦东，确定道："是这样吗？"

南彦东毫无印象，茫然无措地呆坐在病床上，似乎正在回想。

夏笑笑被他盯得有点心虚，虽然没有说出南总对楚总的诋毁和监控录像，但应该不算过分加工吧？

“我记不起来了……”南彦东思考片刻后答道，望向夏笑笑，郑重其事地道，“不过你不该说对钢琴没兴趣，这会成为你人生的遗憾，我确实有可能因此发怒。”

张嘉年：等等，这是重点吗？重点不是南彦东自己被扳手砸头，而是夏笑笑对钢琴不感兴趣？

南彦东语重心长地规劝：“我觉得你有必要听一听钢琴的声音，这绝对会改变你现在错误的观点。”

夏笑笑手足无措：“可我不懂音乐……”

南彦东真诚地注视着她：“音乐不需要懂，你凭感觉体会就好。”

南彦东居然拉住夏笑笑，向她推荐钢琴曲，简直像是可怕的传销组织，源源不断地进行洗脑。他从巴赫讲到舒伯特，恨不得将著名音乐家历数一遍。

楚楚听着两人的音乐科普，不由得昏昏欲睡。她忍不住打了个哈欠，询问张嘉年：“这里还有我的事吗？”

张嘉年：“看起来是没有了。”

张嘉年内心万分困惑，稍微总结一下剧情，难道这是一起因课外音乐辅导而引发的流血事件？

课外辅导老师南总强拉小孩夏笑笑报钢琴班，被蛮不讲理的暴力家长楚总打破头，醒来后仍顽强不屈地要求夏笑笑报班学钢琴。果然，再苦不能苦孩子，再穷不能穷教育！

除此之外，他想不出南彦东和夏笑笑见面约谈的理由。毕竟夏笑笑在公司还是无名小卒，既没有背负商业机密，本身又无出众之处，唯一的标签就是“楚总的脑残粉”，再没其他的亮点。

两人简直八竿子打不着，不在地下停车场聊音乐，还能聊什么？

张嘉年只能在心中用如此离奇的理由说服自己，反正南彦东看上去不打算追究楚总的责任。

楚楚成功从病房脱身，将夏笑笑留下吸引南彦东的视线。毕竟，男配角也没法对女主角做什么，最多逼着女主角学钢琴。张嘉年跟着楚楚出门，垂下眼，忍不住开口：“您到底还瞒着我什么事？”

这其中肯定还有没说出口的秘密，他光看夏笑笑遮遮掩掩的态度就知道。

楚楚撞上他的视线，不由得陷入沉默。片刻后，她眨眨眼，犹豫道：“嗯……你问的是哪一件？”

张嘉年：这意思是隐瞒的事情还挺多？

张嘉年露出满分的营业笑容："您可以逐一向我坦白，我一定会好、好、记、住、的。"

张嘉年往常一丝不苟的领带此时有些歪斜，额角碎发凌乱。他似乎是匆忙赶来的，没顾上这些细节。他为此事忙了一整天，简直犹如救火队员，一直跟在后面收拾烂摊子。

张嘉年不知道自己上辈子欠了她什么，这辈子要如此卖命。

楚楚想了想，干脆唱起改编版的《当你》，回答他的问题："当你的眼睛眯着笑，当你质问我当你闹，我想对你说，却害怕都说错……"

张嘉年冷静地吐槽："如果您想交流音乐，可以进病房跟他们一起探讨。"

楚楚想起屋内二人，歌声戛然而止。

张嘉年成功制止她逃避话题的行为，严肃地道："请您正面回答问题，我还有什么不知道的？"

楚楚小心地打量他的神色，弱弱地唱道："好喜欢你，知不知道？"

张嘉年："……"

楚楚："需要我再唱一遍吗？"

张嘉年："谢谢您，不用了。"

张嘉年在楚总的插科打诨中，成功迷失自己最初的方向，完全忘了自己的疑问。

南彦东对脑震荡前的记忆不太清晰，大度地表示自己跟楚楚是不打不相识，便将此事翻篇。当事人不追究，南家自然也无话可说，毕竟没人了解真实的情况，加上有旧仇在前，南彦东曾经放过楚楚的鸽子，南董不敢过分责怪。

南董无奈地拍了拍楚彦印，语重心长地道："楚董，我明白都是孩子们闹着玩，彦东上次也挺不像话……不过这回后，咱们两家都好好的，行吧？"

楚楚把自己儿子的脑袋打破，以后应该不会再记恨相亲会被放鸽子的事情了吧？

南董坚信事情的祸端是放鸽子事件，不过这报复手段也太过硬核了！

"当然当然，您哪里的话，我们两家一直都好好的！"楚彦印虚伪地应和道，心里同样默默松口气，起码不用去牢房里给楚楚送饭了。

目前来看，事情似乎是皆大欢喜，楚楚不用坐牢，南彦东复原，楚南两家和解。唯一的美中不足的大概是夏笑笑被迫报了钢琴班。

楚彦印送走南家人，转过头就训斥楚楚："你哪里来的胆子，居然敢打南家的人？你知不知道南风集团的影响力？”

虽然楚彦印也觉得南彦东放鸽子的行为相当不妥，但作为父亲还是要先骂自己的孩子，她怎么能随便打人！

楚楚迟疑道：“齐盛是比不过南风吗？”

楚楚本以为齐盛最厉害，难道南风更胜一筹？

楚彦印立刻不快，不容女儿质疑自家的实力，驳斥道：“那也不是，它比不过齐盛……”

楚楚诚心求教：“那我为什么没有胆子？”

楚彦印语塞片刻，感觉逻辑被带偏，强调道：“不对，我们两家合作很多，你不该打合作伙伴！”

楚楚：“你的意思是我以后要对着合作伙伴的清单，看着点打？”

楚彦印：好像还是哪里不对……

楚彦印觉得自己说不清了，终于抓住重点，果断道：“我的意思是你以后不许打人了！有什么事情不能讲道理？”

楚楚：“我平时讲道理，你不也总是气得想打人？”

楚彦印：你什么时候讲过道理，全都是歪理！

楚彦印对楚楚眼不见心不烦，看事情解决，立刻上车走人。楚彦印坐在车内，对着车窗外的张嘉年语重心长地叮嘱：“嘉年，你最近好好盯着她，千万别再让她惹出大祸……”

“我管不了她，反正只要别违法，其他都好说。”楚彦印沉重地给出最低标准。楚楚别做出伤天害理的事情，他们就还能出面解决。

张嘉年心想楚董的要求难度好高，但还是应声道：“好的，您路上小心。”

虽然张嘉年不知该如何盯着楚总，但只能满口答应，不敢再刺激董事长脆弱的神经。

楚彦印一走，张嘉年便意识到有必要对楚总进行思想教育。楚楚无事一身轻，哼着小调，悠闲地跟着张嘉年上车。

因为事发突然，张嘉年是自己开车过来。车门一关，他透过后视镜，看着后座的楚总，努力心平气和地道：“我理解在您的世界里，法律法规可能跟我们有所不同，但入乡随俗，您在这里还是要遵守我们的规则。”

“故意伤人显然不对，您说对吧？”他渐渐掌握跟楚总交流的方式，用温和的语气进行交涉。

“好吧……”楚楚自知理亏，又无法解释奇怪的声音，不甘心地道，“因为对方是你的学长？”

楚楚有种敏锐的嗅觉，总觉得两人间有些前尘往事。

“当然不是，这跟对方的身份无关。”张嘉年矢口否认，继续循循善诱，“我希望您以后做出过激行为前，能够先通知我一声。如果您真的遇到必须动手的事情，也该让我们底下人先上，总不能亲自冲锋陷阵。”

楚楚嘀咕道：“那要是情况危急，赶不上呢？”

张嘉年平静地道：“只要您有心告诉我，那就一定赶得上。”

楚楚挑眉：“年轻人，话别说得那么满，你还能随叫随到不成？”

他难道是全天无休、风雨无阻的外卖小哥？她怎么就不相信呢？

张嘉年透过后视镜看她一眼，波澜不惊地道：“您可以试试。”

张嘉年觉得目前的工作重点是打消楚总的危险思想，先让她建立起遇到困难要找人的习惯，千万别再亲自上阵打人。她如今是在违法边缘疯狂试探，实在让人胆战心惊。

“哦……”楚楚似有所悟，没再多言，视线瞟向车窗外。

张嘉年见状，本以为跟楚总顺利完成沟通，但很快就发现两人的想法好像有偏差。

李泰河的新电视剧《游离者》宣布开机，他一时风头无两，营销号争相宣传报道。另一边，辰星影视快垮台的传闻则甚嚣尘上。

自从李泰河解约后，辰星影视就没再出品过一部电视剧，最近公司内部又频频出现高层变动，自然会引人深思。当红“一哥”出走，领导层交接，不少人觉得辰星是大厦将倾。

因为电视剧《胭脂骨》在筹备期相当低调，完全没有公开官宣的资料，便显得李泰河和新视界的合作红红火火。楚楚对网上的风风雨雨还不知情，正投入到演员选角的工作中，跟夏笑笑和演员统筹一起圈定主要演员。

男女主演肯定得是成熟演员，但配角可以夹带私货地放些公司的新人，从练习生中选拔。

辰星影视内，陈一帆坐在夏笑笑对面，底气不足地说道：“笑笑姐，我可以不拍戏吗？”

夏笑笑闻言相当惊讶：“为什么？这是个很好的机会。”

陈一帆因在《最梦声》中的精彩表现吸粉无数，现在又是上升期，正需要作品积累。

夏笑笑看过《胭脂骨》的剧本，特意跟楚楚商量，为陈一帆预留下讨喜的男配角色，想要帮助他更上一层楼。这对新人来说是梦寐以求的机会，陈一帆明明没理由拒绝。

夏笑笑微微蹙眉：“你是对酬劳不太满意，还是有其他公司接触？”

陈一帆当初欠下楚总百万巨款，最近的收入大部分还债了，实际拿到手的不多。他的活动和商演不少，陆陆续续竟真要还完这笔钱了。夏笑笑以为他是心里有想法，才会拒绝出演《胭脂骨》。

陈一帆赶忙摆手，解释道：“不是的，只是我觉得一旦演戏，就很难再回到舞台了……”

陈一帆当然知道演戏来钱快，但他喜欢的是在舞台上唱跳，两者的成就感对他来说是不一样的。

夏笑笑没料到陈一帆会有这样的想法，试图劝说他：“但国内现在的音乐环境不好……”

如今明星要是不演戏光搞音乐，实在很难养活自己。毕竟唱片市场惨淡，陈一帆简直是选择了高难度的发展模式，一头钻进死胡同。

陈一帆挠挠头，开解道：“我相信努力肯定会有回报，音乐是很有趣的，笑笑姐最近不也在学琴吗？”

夏笑笑没法解释自己学琴的原因，见陈一帆如此坚定，无奈地道：“这件事你要跟楚总沟通一下，我没法直接决定。”

陈一帆现在也是公司的上升期艺人，突然说不愿意演戏，这不是件小事情。

他心知自己的决定在外人听来有些离谱，没有了往日舞台上的桀骜不驯，老实地点头：“我明白……”

夏笑笑爽快地道：“那你现在跟我去办公室吧，楚总应该还没走。”

电视剧《胭脂骨》筹备期的工作量不少，楚楚经常在辰星影视忙到凌晨。

陈一帆大吃一惊：“现在吗？”

夏笑笑看他大惊小怪的样子，不由得笑了笑：“是啊，怎么了？楚总又不吓人。”

陈一帆：可能只有你觉得不吓人，上次见楚总一面，我可就欠下百万巨款。

他弱弱地问道：“跟楚总面谈的时间，应该不需要我付钱吧？”

陈一帆陷入思考，要跟楚总聊半个小时，那估计不想演戏也得演了，毕竟光做新人歌手，很难还得起三千万。

夏笑笑感受到陈一帆对楚总的误解，哭笑不得：“不用你付，这回算在我账上。”

陈一帆闻言松了口气，同时向夏笑笑投去钦佩的眼神。

夏笑笑带着陈一帆敲响楚楚办公室的门。

夏笑笑进屋时，正好看到楚楚将手机放下。她害怕打扰到老板的正事，略显迟疑道：“您在忙吗？”

“没有，刚订了个外卖。”楚楚随手将手机放到一边。

夏笑笑看了眼时间，如今已至深夜，不由得面露疑惑：“您这么晚才叫外卖？订的是哪家呢？”

“假笑男孩家。”楚楚信口胡言。

夏笑笑茫然地眨眨眼，努力回忆一圈辰星影视周围的外卖，着实不记得有这家。

楚楚没有多解释外卖的事情，反倒看向进屋的两人，询问道：“你们有什么事？”

陈一帆见楚总的视线扫过来，一时手足无措。夏笑笑赶忙替他解释：“楚总，一帆在未来的个人规划上，有些小小的想法想跟您交流。”

“可以啊。”楚楚大方地道。她对陈一帆印象深刻，毕竟他曾经是“百万练习生”。

陈一帆鼓起勇气，向楚总阐述了自己的想法。他一边说，一边小心地打量着老板的脸色。楚总在聆听的过程中只是点头应声，既没有说好，也没有说不好，倒让陈一帆更加没把握。

楚楚的神色过于风轻云淡，外人实在没法从中读取到任何信息。

陈一帆说完，见楚总没有出声，弱弱地问道：“您觉得呢？”

陈一帆希冀地注视着楚总，期盼自己的规划可以得到老板支持。

楚楚沉吟片刻，终于开口：“抱歉……”

陈一帆闻言，心猛地下坠，顿时有种不好的预感。

楚楚：“我有点太饿了，现在脑袋不转。你可以稍等片刻我们再聊吗？”

她实在饿到发蒙，听陈一帆说话就像和尚念经，抓不到事情的重点。

陈一帆：怪不得楚总的脸上读不出任何信息，原来根本就没有信息！

陈一帆赶忙道：“当然可以，您先用餐……”

夏笑笑积极地毛遂自荐，提议道：“我给您去附近买饭吧，外卖可能没那么快。”

楚楚摆摆手，婉拒道：“不用，这家不一样。”

半小时后，夏笑笑看着身穿休闲服推门进屋的张总助，不由得心生疑惑，好奇道：“总助，您怎么来了？”

按照现在的时间，银达投资那边应该已经下班了，张总助居然在下班时间出现在辰星影视，实在让人奇怪。

夏笑笑看到没穿西服的张总助更觉新奇，要知道总助平时对仪态、衣着的要求极高。如果秘书长王青在职场中是“学霸”标准，那总助张嘉年就是“学神”水平，他从未出现任何瑕疵疏忽，简直犹如机器人般精准。

“机器人”张嘉年现在穿着黑色卫衣，丝毫没有平日儒雅精英的样子，倒有点像青涩的大学生。头发有些凌乱，他像是被谁匆匆赶出门似的，手上拎着打包好的餐盒，看上去非常居家。

张嘉年瞟她一眼，淡淡地道：“送餐。”

夏笑笑：“啥？”

张嘉年径直走向办公桌，将餐盒放到楚总面前，尽量心平气和地道：“请您用餐。”

楚楚欢快地揭开盖子，闻到水煮鱼的鲜香。她看到透明如凝脂的鱼肉浸泡在汤汁中，下面还藏着鲜嫩青翠的豆芽菜，不禁露出满意的神色，赞叹道：“太及时了，比我想的还快！”

陈一帆在一旁暗中观察，总觉得楚总的表情像是在拍外卖软件的广告，突然出现的张总助也可以被评为“最帅外卖员”或“最高学历外卖小哥”。

张嘉年被老板夸奖，脸上却未浮现出喜色，无奈地重申：“楚总，我说的随叫随到，是指您可以在危急时刻打电话。”

张嘉年特意强调“危急时刻”，想要引起某人重视。她现在是什么时候都打电话，显然跟原意不符。他刚接到电话时，简直万分疑惑，老板大半夜让他带水煮鱼过来，这叫什么事？

他就算是狗腿子，也是有尊严的狗腿子……立刻马不停蹄地赶来。

楚楚振振有词：“我都快要饿死了，情况还不够危急？民以食为天，这就是天塌地陷啊。”

张嘉年：这逻辑听上去似乎也没问题。

他在内心安慰自己，只要楚总不打人，这些小事就无所谓了。

楚楚望着美味的水煮鱼和热气腾腾的白米饭，注意力完全被食物吸引，真心实意地说道：“替我谢谢阿姨！”

张雅芳做的水煮鱼实在是一绝，让楚楚念念不忘。她当时只是让张嘉年带饭过来，本以为就是外卖，没想到还有意外之喜。楚楚看到家用餐盒，便明白这肯定是家常菜，不是外面的订餐，估计是张雅芳女士的手笔。

毕竟如此地道的水煮鱼，外面的店铺很难做出来。

“嗯……”张嘉年愣了一下，随即道，“好的。”

他想了想，决定让这个美妙的误会延续下去，没有说穿是自己做的。张雅芳女士的作息相当规律，他出门时，她早就睡着了，怎么可能起来烧鱼？如果他敢现在叫她起床做饭，估计可以直接被拍在菜板上。

张嘉年颇有先见之明，觉得让楚总知道自己会烧鱼，估计不是好事，而是新一轮受压迫的开始，索性明智地选择缄默。

屋内弥漫的水煮鱼香气实在诱人，除了送餐员张嘉年外，夏笑笑和陈一帆都眼神飘移，控制不住地盯着楚总进餐。他们本来完全不饿，现在却被这味道勾引得跃跃欲试，眼睛发亮。

最可怕的是楚总吃得津津有味，他们却只能站在旁边做看客，根本就是深夜受刑！

楚楚终于察觉两人的视线，有些不好意思地道：“是太香了吗？”

夏笑笑和陈一帆老实地点头，用明亮的眼睛望着她，似乎希望她说点什么。

楚楚客套道：“大家都别客气……”

正当两人以为楚总要邀请他们尝尝时，便听到她豪爽地道：“你们可以多闻两口香气。”

夏笑笑、陈一帆：“……”

张嘉年：果然今天也是极度护食的楚总，小气得令人发指。

夏笑笑和陈一帆饱受摧残，眼看着楚总用餐结束，终于可以谈正事。张嘉年默默地收拾好餐盒，坐在角落浏览手机上的信息，像往常一样做背景板。

陈一帆环顾屋内其他三人，只觉得自己身上的压力更大了。他本来就没什么勇气跟楚总商议此事，现在公司三巨头齐聚办公室，更让陈一帆不知如何开口。

“楚总，我是这样想的……”

陈一帆硬着头皮张嘴，再次复述完自己的想法，等待楚总的最终审判。楚楚面色严肃，似有所悟地点点头。她紧绷的神情使陈一帆屏气凝神起来，心脏紧张地乱跳。

楚楚强撑眼皮，最终却还是败下阵来，用饱含遗憾的语气道：“对不起……我吃饱了有点困，还是听不太进去……”

陈一帆觉得今天跟楚总约谈就是个错误，深夜的老板只想着吃饭、消食，还用水煮鱼迷乱他们的心神，简直丧心病狂！

楚楚对自己的状态相当惭愧，但忙碌一天又刚吃完饭，着实没法马上集中精力。她努力捕捉陈一帆的讯息，却一次次失败，果然消夜害人不浅。

一旁沉默的张嘉年见楚总昏昏欲睡，干脆帮她解围："但你现在没法保证音乐之路能走得顺畅吧？或许你尝试演戏后，会有所改观呢？"

陈一帆现在只想专注在舞台表演上，是因为他从未演过戏。张嘉年觉得以陈一帆的年纪，贸然做出决定还为时尚早，他都没尝试过，就彻底放弃演戏，实在太过可惜。

陈一帆摇摇头，坚定地道："不会的，我想要唱歌。"

张嘉年望着他执拗的眼神，强忍着没有将内心的吐槽说出，生怕伤到孩子脆弱的心。

张嘉年：可是楚总连你说的话都听不进去，怎么能听得进你的歌声呢？

陈一帆想要全心投入到音乐事业中，当然勇气可嘉，但双方的立场不同，看问题的角度自然不一样。张嘉年心知在陈一帆的年纪，总有些年轻气盛的理想，哪怕撞得头破血流，也要闯一闯，但从公司的角度看，艺人能带来的投资回报率更为重要。

毕竟辰星影视也要靠盈利活下去，不能光为大家实现梦想。

张嘉年想了想，开口问道："如果真让你投身音乐事业，你想怎么规划自己的未来？"

陈一帆愣了一下："我会好好训练，争取给出更好的舞台……"

张嘉年冷静地道："假如你根本没有机会登上舞台呢？据我所知，国内现在适合你的音乐节目很少，你的演唱水平不及专业歌手，唯一的亮点就是唱跳兼备，但现在专为练习生打造的舞台可以说基本没有。"

国外的练习生系统更成熟，也有完善的产业链。目前，国内除了挪用"练习生"的称呼外，其他配套产业链都没有跟上。

陈一帆讷讷地道："我会在音乐上多努力，早日成为专业歌手的……"

张嘉年摇了摇头，残酷地说道："当你跟人谈判时，光说努力是没用的。对方想知道的是你会用何种方式努力，什么时候达成目标。"

"目前你的水平如何？用什么训练方式提升竞争力？怎么保证自己的曝光率？每个阶段的目标进度怎么样？能不能用音乐维持生活？"张嘉年犹如精准的机器人，不断地抛出问题。

陈一帆在这一连串的追问下手足无措，不安地看向夏笑笑，投去求助的目光。

"如果你现在还没想好，我不建议你过早地放弃演戏。"张嘉年看他的脸上露出摇摆不定的神色，不紧不慢地总结道。

夏笑笑听着两人的对话，脸上露出不赞同的表情，小声道："总助……"

张嘉年看向夏笑笑，以为她要帮陈一帆说话，不料她却放轻声音，认真地提醒道："楚总睡着了，我们出去聊吧。"

张嘉年："……"

张嘉年侧过头一看，果然见到大老板靠在椅背上小憩。她斜靠着椅背，头偏向一边，发出均匀的呼吸声，似乎睡得正香，对其他人的交谈浑然不觉。

张嘉年：你把我从家里揪出来，然后在线表演睡觉？

张嘉年虽然内心腹诽，但还是尽职尽责地检查空调温度，随手扯过办公室的备用毛毯，小心翼翼地盖在楚楚身上。他看向陈一帆，轻声道："我们出去说。"

陈一帆没想到自己的面谈之旅如此坎坷，最终还要更换谈话对象。别看张总助盖毛毯时蹑手蹑脚的，对着自己开炮时却有理有据。

三人挪步到办公室外，夏笑笑完全插不上嘴，眼睁睁地看着张总助教育小孩。

只见张嘉年慢条斯理地道："我理解你的音乐梦想，但更关键的是我想看到你为此付出的努力和已有的成绩。假如你只是暂时觉得对这方面擅长，想以此逃避其他困难，盲目地选择做歌手，我是不建议的。"

陈一帆弱弱地道："可梦想不就是这样，总要奋不顾身地投入……"

"有的人生来就可以追逐梦想，但有的人需要先有追逐梦想的资格。"张嘉年面无表情，残忍地指出，"很可惜，你现在还是后者。"

不是每只鸟天生都有可以搏击长空的翅膀，起码现在的陈一帆仍羽翼未丰。

陈一帆还在年少轻狂的年纪，有点不服气，试图辩驳："我已经取得了一些成绩，也吸引了不少粉丝……"

"如果没有节目的曝光，你能保证拥有如今的成绩吗？如果当初登上《最梦声》的是其他练习生，你坚信自己比他们强？"张嘉年心平气和地说道，"其实你应该知道，还有很多人在羡慕你。"

陈一帆哑口无言，顿时没了底气。当初要不是楚总钦点，他或许还在练习室里默默无闻，张总助所言并非假话。

"或许你觉得我在为公司说话，用机会和道德捆绑你的梦想，但很多人并不是生来自由的。"张嘉年垂下眼，似乎回忆起往事，意味深长地道，"命运馈赠的礼物都是明码标价的，你曾经获得过什么，就必然要为此付出代价。"

陈一帆既然比别人先一步得到资源，当然也要因此做出让步。在张嘉年看来，百万欠款更像是一纸玩笑，不过是楚总的调侃之言。外人甚至愿意倒贴百万获得辰星影视的包装和营销，但机会和资源怎么可能用钱量化？

陈一帆欠下的是人情债，而人情和机会是最难偿还的，张嘉年早有体会。

陈一帆没料到张总助会如此坦诚，话里话外还透露出一种莫名的共鸣感。他似懂非懂，望着对方的眼睛，冥冥中捕捉到什么，终于迟疑地开口："那您现在拥有追逐梦想的资格了吗？"

张嘉年的目光犹如深潭，沉默片刻，坦然道："没有。"

他欠下的债比陈一帆更多。

陈一帆的嘴唇动了动，他却不知道该说什么。

张嘉年镇定地道："当然，这只是我个人的看法，你可以等明天再跟楚总商量一下。不过我希望你面谈时，心中已经有确切的答案，不要像今晚一样，什么都答不上来。"

陈一帆："好的。"

陈一帆觉得张总助的脸上恨不得直白地写着"自己心里有点数，别浪费老板时间"。

夏笑笑目睹全程，见陈一帆稍微松口，不由得面露欣慰。她试探道："总助，那我去叫醒楚总，然后叫车？"

现在时间已晚，公司暂时没有其他工作，倒不如送楚总回去休息。

"你们先走吧，现在已经很晚了。"张嘉年看了眼时间，解释道，"我是开车来的，等楚总醒了，我把她送回去。"

"好的。"夏笑笑得到答案，立刻颇为信服地满口答应，像是在职场上向"学神"取经的"学渣"。

陈一帆心生疑惑：如果楚总一直没醒，那怎么办呢？

夏笑笑和陈一帆先行离开，张嘉年悄悄走进办公室，便看到某人已经缩进毛毯里酣眠。她安静下来，脸上没有平日说话时懒洋洋的神色，看上去乖巧多了。

张嘉年心知楚总最近睡眠过少，没有马上打扰，索性让她先休息一会儿。《胭脂骨》筹备期间，她上午在银达投资办公，中午或下午到辰星影视处理事务，两边都没有放下，经常工作到深夜。

如果要讨论剧情，众人工作到凌晨三四点也是家常便饭，这就是做项目时的状态。

张嘉年百无聊赖地坐在一边，默默盯着她的睡颜，等待楚总睡醒的时候。

他看到旁边的手机屏幕突然亮起，便发现Alan又发来几条信息。

张嘉年想要吐槽：这些大老板都不爱睡觉，夜夜修仙吗？

张嘉年随手解锁屏幕，便看到对方的前几条信息。

Alan："上回跟你说的事情，你考虑得怎么样？"

Alan："这是我们在校时共同的理想，我真诚地希望你能加盟。"

这两条信息是张嘉年送外卖前收到的，他并没有回复。南彦东有些沉不住气，又发了几条。

Alan："我知道你感恩于楚叔叔的帮助，但你多年来对齐盛的付出，已经足以报答这份恩情了，他不会怪你的。如果你觉得不合适，我愿意出面跟楚叔叔沟通，相信他也会理解的。"

张嘉年那时正在跟陈一帆谈话，并未注意到手机。南彦东大概觉得张嘉年在逃避问题，索性打开天窗说亮话。

Alan："嘉年，我觉得你有必要弄明白，你感恩的对象是楚叔叔，而不是她。其实，有可能你自己也混淆了，如果你想报恩，或许更应该待在齐盛，而不是银达。"

Alan："假如你改变主意，或者有任何想法想要沟通，可以随时联系我。"

张嘉年望着信息陷入沉思，他其实比谁都清楚自己的处境。

毕竟他们都是天生的幸运儿，而自己却不太一样。

"我睡了多久？"楚楚揉着眼睛，没想到自己会睡得这么沉，坐直身问道。

张嘉年猛地听到她的声音，不知为何有些心惊肉跳。他做贼心虚地掩住手机，正色道："您睡了不到一小时。"

楚楚无言地注视着他，张嘉年强作镇定，提议道："我现在送您回去？"

"你是不是瞒着我什么？"楚楚睡醒后思路格外清晰，似乎在他波澜不惊的脸上找出了一丝蹊跷，狐疑地眯起眼。

张嘉年心想，果然古今中外的君主都多疑且敏锐，而且第六感简直准到出奇。

他佯装不懂，温和地道："您说什么？"

楚楚从椅子上站起身，随手将毛毯搭在一边，露出满分假笑："我可以看看你的手机吗？"

张嘉年无力地挣扎："我可以拒绝您吗？"

楚楚挑眉，无声地注视着他。

强大的求生欲促使张嘉年递上手机，他恭敬地道："请您过目。"

张嘉年递完手机，便想成为不起眼的背景板，不敢感受接下来的狂风暴雨。

楚楚一目十行地看完，随即嗤笑道："呵，医院的Wi-Fi（无线网络）就是好，信息一次都要发五六条。"

张嘉年：心疼地抱住小小的自己。

楚楚是被奇怪的声音吵醒的。她睡得正香，耳边却突然响起任务提示音。

请通过任务加强"霸道总裁"光环，光环消失将被主世界抹杀。

任务：打击拥有"温柔男配角"光环的人物一次。

楚楚茫然地醒来，便见到张嘉年坐在不远处，除此之外再无旁人。南彦东又不在办公室，她环顾一圈，立马就猜到事件的源头。

张嘉年嗅到风雨欲来的气息，本着"坦白从宽，抗拒从严"的精神，直接上交手机，期盼能够被判个死缓，大不了以后通过劳动改造减刑，总比直接死刑好。

楚楚看完南彦东的信息，客气地询问："我可以用你的手机发条信息吗？"

张嘉年硬着头皮道："您高兴就好。"

张嘉年：现在活下来最重要，南总对不住了。

张嘉年本以为楚总会怒斥南彦东，或者直接将对方拉黑，没想到她居然摁下语音键，发送了一条语音。楚楚没有大发雷霆，对着手机麦克风，语气颇为轻松："他睡了。"

张嘉年：为什么突然感觉自己的清誉和名声不保？

张嘉年小心翼翼地问道："您不觉得自己的话不太合适吗？"

楚楚毫无愧疚地眨眨眼："我撒谎了，对不起！"

张嘉年：很好，不愧是楚氏划重点大法，每次都成功跳开考点。

另一边，南彦东发现手机上居然收到了一条三秒的语音，疑惑地点开，便听到那头传来清晰而冷静的女声："他睡了。"

南彦东："嗯？"

南彦东：为什么是她的声音？他们怎么大晚上在一起？

南彦东觉得痛心疾首，不敢置信地盯着手机屏幕，竟没有勇气再发消息。

张嘉年居然因为金钱而堕落，彻底走上一条不归路！

恭喜你完成任务，“霸道总裁”光环已加强。

楚楚听到奇怪的声音，明白打击南彦东的任务已经完成了。她礼貌地将手机递给张嘉年，乖巧地道：“还给你，谢谢。”

张嘉年只想无力地扶额，但还是下意识地道：“不客气。”

他暗中打量楚总的神色，生怕对方还有什么后招，毕竟以她小心眼的程度，这种事跟通敌叛国同等性质。楚总连楚董都忍不了，怎么可能忍得了南总？

张嘉年本以为楚总会马上发作，没想到她却好奇地问：“你的理想是什么？”

楚楚读完消息，才知道张嘉年和南彦东曾经还有共同的理想。

张嘉年愣了一下，一时竟不知如何作答，迟疑片刻，最终沉声道：“其实过了那个年纪，就没什么理想了。”

他走出象牙塔时，就把那些热血沸腾的想法抛到脑后，开始坦然接受自己的平凡和不足。

楚楚有点讶异，开口道：“怎么会？这跟年纪有什么关系？”

张嘉年反问道：“那您的理想是什么？挣一百亿？将银达打造成跨国公司？”

楚楚摇摇头：“那是楚总的理想，不是我的理想。”

张嘉年心生疑惑，刚想说她不就是楚总，却突然想起某人曾自称异界修士。

张嘉年试探道：“您想修炼出大乘期修为？”

楚楚瞟他一眼，淡淡地道：“我的理想可比这更有挑战性。”

张嘉年：“嗯？”

楚楚大义凛然地道：“我想做条连身都不用翻的‘咸鱼’。”

张嘉年：这理想果然颇有志气、极具挑战，令人甘拜下风！

张嘉年想起她原来还闹着要环游世界，要不是跟董事长有百亿约定，估计现在她都绕地球一圈了。

楚楚没有大发脾气，而是插科打诨，倒让张嘉年松了口气。楚楚似乎有读心术，抬头看他一眼，笑道：“你是不是在奇怪，我怎么没发脾气？”

张嘉年的心顿时提了起来，佯装镇定，温和地否认：“当然没有，您的脾气一直很好。”

“张总助因为个人能力出众，被其他公司的老板挖人，又不是什么值得生气的事。”楚楚听到他违背良心的说辞，颇感有趣地调侃。

张嘉年被她的话弄得心情忽上忽下的，拼命在脑海中搜索自救的方法。他立刻表忠心道：“相比新视界，我当然对您和银达更有信心。”

楚楚点点头：“毕竟你还要在银达向老楚报恩？”

张嘉年觉得自己陷入绝境，前后都是死路。

楚楚不顾他纠结的神色，低头在纸上写着什么，之后将纸条递给他，风轻云淡地道：“送给你。”

“这是什么？”张嘉年疑惑地看着纸上的数字，没有明白楚总的意思。

“银行卡密码，其他资产我要回去清点一下后再给你。”楚楚眨眨眼，轻飘飘地丢下重磅炸弹，吓得张嘉年惊讶地抬头。楚楚却没觉得自己的发言有多离奇，反而从包中摸出几张银行卡，将卡片递给张嘉年。

张嘉年看到这一幕，简直感到窒息，完全没明白老板的套路。

“我不明白您的意思……”张嘉年彻底蒙了，看着楚总认真的神情，往日高速运转的大脑直接死机。

楚楚的眼睛在灯光下熠熠生辉、盈满笑意，她用往常开玩笑的口气道：“我没有什么理想，也不用你报恩，不过是个有点钱的纨绔子弟而已，索性就把现有最值钱的东西给你。”

她看完南彦东的信息，才发觉自己对张嘉年的许多事情一无所知。他本来是能够远飞的雄鹰，却被现实捆住翅膀，在笼子中自欺欺人、日渐消沉。她既然可以给夏笑笑机会，同样也可以给张嘉年机会。

如今她就帮他松绑，让他不用再还任何人的恩情，可以随心所欲。

“您知道自己在做什么吗？”张嘉年手足无措地站在原地，大脑内一片空白。他没料到她会如此大胆，将自己所有的财产拱手相让。

楚楚点点头，思索片刻后轻松道：“我不知道上天安排我来此的意义，不过你是第一个发现我的人，我们应该算朋友了。”

说到底，她对书中的世界没什么认同感，更像在玩一场盛大而逼真的游戏。

张嘉年是她在这个世界为数不多的朋友，她跟好朋友分享游戏币也没什么问题。

楚楚扪心自问，她在现实世界中的能力或许远不及张嘉年。她唯一比他强的地方，大概就是在书中多了光环而已。这是小说世界最残酷的法则，不管你有多强，面对书中的主要人物都要让步。

他不逊色于任何人，但因为顶着“路人甲”光环，便注定没有姓名。

楚楚也是人，同样有私心，索性伸手扶一把自己的朋友。

“你原来曾说我们不是同一个世界的人，命运确实是不公的，但我既然来了，就送你一个公平。”

张嘉年没想到她还记着自己的随口之言，一时内心五味杂陈。他受不了她用这样轻松的语调说出这样的话，听上去更扎心，给人双重暴击。

楚楚比他自然得多，反倒笑着规劝道：“别去给南彦东打工啦，你又不比他差。其实你可以什么都不用考虑，去做你想做的任何事情。”

楚楚真心觉得，如果张嘉年拥有他们的出身，肯定能做得更好。

张嘉年如遭雷击，心情颇为复杂：“您是第一个对我说这种话的人。”

他完全没料到，有生之年居然会听到有人对他说这句话。

从来没人告诉他可以自由地做任何事。小时候，众人鼓励他要努力读书、孝顺母亲；长大后，众人规劝他要懂得感恩、报答楚董。他既然接受了别人的帮助，跨过原本的阶层，就要为此而付出，哪怕倾尽全力。

他不能像他们那样活得太轻松，早已接受自己是个普通人。

张嘉年的心脏狂跳不止，多年的心结最后融化于她闲散轻松的话语中，又化为一丝落寞和苦涩。

他垂下眼，眼眸宛如一汪深潭，小声问：“您不再需要我了吗？”

楚楚微微一愣，没想到他会说出这种话。

“需要。”楚楚想到繁杂的事务，有些心虚地挠挠脸，又补充道，“但我不愿你是因为别的因素强迫自己留下来的。”

“虽然我想跟你一起实现我的理想，但那不一定是你的理想。”楚楚坦然道。

张嘉年陷入沉默。

楚楚看到他表情如此紧绷，哭笑不得：“不要露出这副表情，暴富还不开心吗？”

楚楚刚穿越进书中拿到巨款时可是欣喜若狂，张嘉年却如此淡定严肃，难道是她太庸俗了？

张嘉年的眸子中有微光闪烁。他将手中的纸条叠好还给楚楚，轻轻地说道：“您的理想就是我的理想。”

既然他现在不再有理想了，倒不如留下来实现她的理想。

楚楚没想到他会退还纸条，犹豫道：“一起做‘咸鱼’？”

张嘉年：“……”

楚楚见他不言，又补充道："你要是觉得不够励志，可以做翻身的那条。"

张嘉年："……"

张嘉年：骗子，快把我的感动还给我。

任何深沉的情绪在楚总面前都无法过夜，张嘉年满腹的感动瞬间烟消云散。他将视线移向别处，想要掩盖自己内心小小的悸动，提议道："时间不早了，我送您回去吧。"

楚楚看他恢复了平时的冷静神色，不由得凑上前观察，跃跃欲试道："你是不是眼圈红了？"

如果她没看错，他的眼中隐约有闪闪波光，只是转瞬即逝。

张嘉年别开脸，回避她的视线，搪塞道："没有，您熬夜太累，有点眼花。"

"不可能……"楚楚见他低着头躲来躲去，极度抗拒她的靠近，不满道，"我可是你老板，看看怎么了？"

张嘉年提出抗议："现在是下班时间。"

潜台词是，下班时间不能摆老板谱儿，他们之间是平等的。

楚楚义正词严："现在企业上下班有区别吗？"

张嘉年：刚刚还说要归还自由，现在又故态复萌，我信了你的邪！

辰星影视内，熬夜加班的众人突然看到办公室内蹿出两个人影，旋风般朝着电梯冲去。其中一人边追边喊："躲，你接着躲，别让我追上！"

低头做事的员工听到声音，不满地抱怨："谁啊？熬夜加班还精力旺盛，不怕让老板看见吗？"

楚总最近常来辰星影视办公，其他人自然小心谨慎，每日如履薄冰，生怕触到老板的霉头。

旁边人弱弱地道："我怎么觉得跑过去的就是楚总和张总助……"

员工："……"

因为两人你追我赶的速度太快，众人竟不知道是不是幻觉，毕竟晚上灯光昏暗，加班又常让人神志不清。

楚楚最终还是没看到张嘉年失态的样子，居然跑输了！

张嘉年穿着休闲鞋，她穿着带跟的鞋子，最后因装备劣势而败北。

楚楚坐上车时，张嘉年已经恢复到正常的状态，脸上瞧不出任何端倪。

楚楚颇为不满："啧。"

张嘉年逃过一劫，心平气和地道："楚总，请您系好安全带。"

楚楚还在对赛跑败北耿耿于怀，嘀咕道：“不想系。”

她本来就不习惯系安全带，而且车程也不太远。

张嘉年语重心长地道：“您这是在违反交通法。”

楚楚瞥了他一眼，试探道：“我给你交罚款，先充五百元？”

张嘉年语塞片刻，循循善诱：“您居然知法犯法。”

楚楚信口开河：“我的双臂举不起来，请你尊重残疾人。”

张嘉年：不就是系个安全带吗，怎么给自己加这么多戏？

张嘉年面露无奈，探身去扯楚楚身边的安全带。她下意识地后退，警惕地道：“你做什么？”

张嘉年拉过安全带，从她身前绕过，妥帖地将其扣好，然后露出职业式的微笑，道：“关爱残疾人。”

另一边，陈一帆回家后思考许久，想到跟张总助的夜谈，心里产生了一丝动摇，觉得自己确实太过莽撞天真。他根本答不上张总助的问题，又有什么脸再找楚总面谈？虽然他想成为唱跳歌手，但目前却找不到一条保险的路。

陈一帆重新审视和质问自己：究竟是真想做音乐，还是仅仅不想演戏跟李泰河做比较？

这段时间，陈一帆虽然人气快速上升并吸引了大量粉丝，但网上同样少不了酸言酸语，更有不少人将他和李泰河放在一起比较。阴谋论者还不断抛出“潜规则”的谣言，认为陈一帆和李泰河一样，靠女人起家，以色侍人。

李泰河的粉丝更不会放过他，在各大平台上骂他。

陈一帆年轻气盛，自然受不了无礼的谩骂和捕风捉影的诬蔑。他觉得自己要是真的演戏，这种态势只会愈演愈烈，外人还会对比自己和李泰河的演技，自然下意识地抗拒。

张总助的话让他有所警醒，他骤然大火，竟忘记练习室里还有羡慕自己的人。他现在获得的一切，不过源自楚总当初的戏言，只能代表公司的资源好，却证明不了他的实力。他最近的心态是有点飘了，他需要及时调整，更好地提升自己。

陈一帆想通后，整个人的心态也放平了，主动找到夏笑笑，诚恳地道：“笑笑姐，谢谢你帮我争取到角色，我会好好演的。”

夏笑笑顿时放下心来：“我相信你，一定能演好霖涧！”

霖涧就是《胭脂骨》中陈一帆饰演的角色，是个讨喜的男二号。

随着《胭脂骨》筹备工作的不断推动，电视剧的演员阵容也终于敲定。尹延是选定的电视剧男主角，饰演尘烟一角。他是当红的流量小生，演技不错、戏路挺广，剑眉星目、面如冠玉，人气完全不亚于李泰河。

今日，剧组主创们在包间内聚餐见面，不光有导演、编剧，还有重要的演员，尹延自然也会出面。楚楚还不太了解书中的演员明星，对尹延的认识仅建立于文字和影像资料。虽然尹延来试戏时，两人简单地打过招呼，但并没有太多沟通，更多是由导演彭麒出面。

没过多久，夏笑笑便带着陈一帆到了。夏笑笑是资历尚浅的项目负责人，陈一帆是公司主推的新人，此次聚会他们俩就是来刷脸的。楚楚要先把两人推荐介绍给其他主创，才好安排他们的后续工作。

陈一帆看到楚总，下意识地有点气弱，唯恐再欠下百万巨款。夏笑笑的神色则自然得多，她好奇地感慨："楚总，您来得好早。"

楚楚淡淡地道："因为要带你们上分，我总得早做准备。"

夏笑笑眨眨眼，感觉楚总这几天网瘾变大了，张口闭口都是游戏术语。

导演彭麒进屋时，发现楚楚在场，颇为不好意思："楚总，路上堵车了，实在抱歉，让您等半天……"

"没有，我早到而已。"楚楚轻松地笑笑，"今天是我攒局，总不能让彭导等。"

屋里有外人，楚楚一键切换到职业模式，言简意赅："彭导，我给你介绍一下，这是陈一帆，在剧中扮演霖涧。"

陈一帆赶忙道："彭导好。"

楚楚满意地点头，又介绍夏笑笑："这是夏笑笑，基本上剧组的执行工作后续都由她负责。她资历尚浅，还要跟彭导多学习，麻烦您在组里多照顾。"

彭导热情地道："您客气啦，好说好说……"

陈一帆品味一番楚总的介绍措辞，深感公司重女轻男，谁是"亲闺女"高下立判。楚总介绍他时用了十二个字，介绍笑笑姐时用了四十五个字。

陈一帆倒没有怨言，还觉得挺合理，毕竟楚总分分钟百万上下，夏笑笑显然是人民币玩家，氪金水平远超自己，介绍词长是理所当然的。

其他人陆续赶到，尹延压轴出场，身后还跟着经纪人。他一进房间，其他人的眼睛都亮了。尹延礼貌地跟周围人打招呼："抱歉，稍微晚了一点……"

尹延今日的穿着风格走雅痞路线，虽然跟角色尘烟的风格不太一样，不过也让人眼前一亮。

"来来来，尹延往里面坐！"众人早给重要人物留出上座，楚总、主演和导演肯定不能当边缘角色。

彭导本来和楚楚坐在一起，见尹延过来，干脆地让位："你坐我这里……"

"别，我可不敢得罪导演，不然进组就遭殃啦。"尹延幽默风趣地婉拒，直接坐到楚楚旁边，无心地挨到她的腿。他入座的动作流畅自然，周围人没发现异状，只有楚楚察觉他在有意无意地贴近自己。

楚楚突然两边都被堵住，略感不适地动了动身子，避开尹延似有若无的触碰。她现在右边是彭导，左边是尹延，一时没有退路。座次基本是按照众人的地位排的，夏笑笑和陈一帆自然不能坐在楚楚身边，也没法解救她。

楚楚莫名地觉得尹延离自己太近，以至于能看到对方面部刀劈斧凿的细微痕迹，便不动声色地拉开距离。平心而论，尹延整得挺成功的，帅得出奇，基本上看不出瑕疵，只是仍难逃过楚楚的火眼金睛。

尹延似乎毫无察觉，反而主动搭话。他用盛满光亮的眸子专注地看向她，感慨道："楚总，好久不见……"

楚楚心中暗想，尹延估计是用了小直径美瞳，不然眼睛达不到如此效果。

楚楚望着杯中的绿茶，面对胡乱放电的尹延，觉得分外应景。她头一次切身体会到自己真的有钱发达了。她在娱乐圈工作多年，终于有明星上门碰瓷了？

楚楚提醒道："上周刚见过。"

尹延一愣，随即打趣："那我这是一日不见如隔三秋？"

尹延被楚总怼了一句，倒没有生气，还露出相当有感染力的笑容，一时刷新了屋内不少人对他的好感值。

楚楚望着他的笑脸，平静地指出："你卡粉了。"

尹延："……"

尹延纵横多年，收割了不少女孩的芳心，万万没想到，还会遇到这种情况。

卡粉是由于粉底不佳或皮肤干燥，导致擦完粉底的面部出现浮粉、裂痕的情况，尴尬程度不亚于"头发没洗遭人看穿"和"裤裆的拉链没弄好被人发现"。

尹延估计路上有些仓促，粉底擦得不够服帖，凑近看宛如戴着面具。

陈一帆眼见楚总暴击尹延，下意识地摸了摸自己的脸，这才放下心来。虽然艺人化妆是工作需求，但被人当面拆穿，杀伤力实在过强。

尹延的笑意凝结在脸上，不过他反应挺快，索性丢掉偶像包袱，哈哈笑道："是吗？路上有点急，我没太注意。"

尹延：别生气，她是楚彦印的女儿。

彭导出面解围："很重视我们啊，出来还捯饬自己一番。"

"最近工作太多，状态不好，所以想显得精神点。"尹延道行不浅，很快就化解了自己的窘迫处境，无奈地笑道，"不过也被楚总的火眼金睛看穿了。"

既然他本人浑不在意，在座其他人自然也只会将此事当作趣闻。

尹延一边说，一边偷偷打量楚总的神色，发现对方正风轻云淡地喝茶，连个眼神都没看过来。就事论事，虽然她性格乖戾，又有丑闻，但长相和家世确实没话说。尹延本来是遍地撒网式地撩妹，没想到在楚总这里却碰了钉子，反而生起好胜心。

不过由于众人还在用餐，气氛较为正式，尹延一时也不敢再做出什么举动，生怕让她又说出些扎心的话。

高档包间的空间很大，甚至还能唱歌。饭后，大家移坐到沙发上，正好借此机会破冰，互相增进感情。

陈一帆作为新人，自然得率先热场，献上颇有力量感的舞蹈，引起阵阵叫好。夏笑笑则在跟各位大佬交流，毕竟进组后都要打交道。

灯光昏暗下来，众人三三两两地聚在一起玩闹交谈。楚楚跟导演彭麒交流完，就躲在角落里发信息，处理公司的事务。光界娱乐的新游戏《缥缈山居》就要上线，跟银达也有些关联。

尹延发现楚总窝在暗处，正表情严肃地盯着手机屏幕，似乎眉头紧皱。他觉得这是个好时机，便悄悄挪过去。

楚楚放下手机后，尹延这才不紧不慢地发问："楚总遇到了什么烦心事？不如说给我听听？"

楚楚见他又凑上来，不由得好奇道："告诉你，你可以解决吗？"

尹延笑笑："我们是朋友，说不定呢？"

尹延偷偷地拉近两人的距离，见楚总的脸上没露出反感的神色，心中不免得意。温水煮青蛙，她只要不排斥，一切都好说。

楚楚坦言道："我要挣一百亿，正愁从哪里找钱。我听你经纪人说，你最近也想搞投资，不然投给银达试试？"

尹延：请你维持一下人设，投资老板管演员要钱，这像话吗？

尹延硬着头皮道："公司的回报率怎么样呢？"

楚楚将他刚才的原话奉还，腼腆地道："既然我们是朋友，说不定呢？"

尹延岔开话题："您哪能缺钱？真会开玩笑。楚总想唱什么歌？我帮您点。"

楚楚摇摇头："我不会唱歌。"

尹延没有强求，提议道："那楚总帮我点一首？我有选择恐惧症，实在挑不出来。"

楚楚点点头，走到点歌台旁边。

楚总点的歌，必然跟她平时的歌单和兴趣爱好有关。尹延对自己的曲库储存量很有信心，下定决心要一展歌喉。他握着话筒，还虚伪地谦虚两句："您可别给我点太难的。"

楚楚："没有，挺简单上口的。"

尹延听她说简单，以为是流行歌曲，便放下心来。他转头看清屏幕，正打算大展才华，才发现她点了一首《蓝精灵之歌》。

"在那山的那边海的那边，有一群蓝精灵，他们活泼又聪明……"

众人茫然而震惊地盯着手握话筒的尹延。

嘴唇颤了颤，尹延最终还是没唱出口，艰难地选择切歌。

尹延不傻，这回确信楚总是有意跟自己过不去。

楚楚其实知道尹延的心态，估计对方就是喜欢猎艳。他本人事业还行，又不太缺钱，没必要上赶着让人"潜规则"他，应该是爱找乐子。她也反思自己，谁让她在网上发表了无数次"潜规则包养论"呢，这才会让尹延误以为双方是一路人。

尹延屡次受挫，一时不敢上前，变得老实起来，转而跟彭导交流。

剧组的首次聚会就这样顺利地落下帷幕，尹延也搞不明白楚总究竟是假清高，还是态度向来如此犀利。他顾及形象，也不敢表现得太过火，决定之后再继续观察。

另一边，光界娱乐则遇到些麻烦，楚楚参加完剧组会餐，便马不停蹄地回到公司，向张嘉年了解详细情况。她询问道："梁禅那边怎么说？"

"相似度确实非常高，甚至很多元素都撞上了。"张嘉年早就了解完情况，耐心地答道，"现在光界娱乐内部在商量对策，考虑要不要按时上线……"

《缥缈山居》是光界娱乐重点打造的游戏，当初在融资时还特意给楚楚播放了宣传视频，并让她试玩。如今，市面上却横空出现了一款名叫《凉山州》的游戏，跟《缥缈山居》高度相似。

如果单纯是在细节上相似还不可怕，但从策划内容到原画风格都极度相似，甚至《凉山州》还比《缥缈山居》抢先一步上线，便让人感到微妙了。这代表一切不是巧合，有人很早就知道《缥缈山居》的内容，并在暗中研发《凉山州》。

游戏公司间的抄袭和竞争其实跟楚楚关系不大，问题是她曾经答应过梁禅，要用第一条微博帮他宣传新游戏。现在《缥缈山居》遭遇这种情况，她如果贸然推荐，情况似乎会更复杂。

《缥缈山居》作为光界娱乐的重点项目，要是盈利不佳，甚至会影响到整个公司的状况。银达既然参投光界娱乐，自然不能看着投资打水漂儿。

楚楚内心有点矛盾，觉得现在发广告起不了太大作用，还有可能带火竞争者的产品，但口头协议在前，背信弃义同样不可取。光界娱乐刚出事，她就弃船而逃，未免太不仗义。

张嘉年想了想，建议道："您当初只说要帮光界推广新游戏，但不一定非要推《缥缈山居》吧？"

"《赢战》是我们参投研发的游戏，按道理推它更合理，相信梁禅也不会拒绝。"

张嘉年给出这样的建议，主要是为了缓解楚楚想要放弃发广告的愧疚感。实际上，他觉得梁禅最近没胆子联系楚总，毕竟《缥缈山居》闹出大乱子，作为股东的银达完全有资格问责。如果影响太过恶劣，双方甚至可以解除合作，在商界类似的案例比比皆是。

楚楚听完这话，不免诧异："《赢战》研发出来了吗？它现在可以上线？"

"最近正在进行内测……"张嘉年汇报道，"似乎刚刚拿下游戏版号。"

楚楚闻言瞪大眼，怒不可遏道："岂有此理！"

张嘉年面露不解，不知她的怒气从何而来。

楚楚愤怒道："我都投钱了，内测居然不带我？"

楚楚：投资游戏公司还没游戏玩，天理何在！

张嘉年心想她的关注点真独特，哭笑不得道："您现在有时间玩吗？"

楚总最近忙于工作，每天扑在《胭脂骨》上，哪还有空玩游戏？

楚楚瞟他一眼，小心翼翼地说道："如果你的工作时间再长一点，我就有空了。"

按照楚氏定律，张嘉年的工作时间和楚楚的娱乐时间成正比，他的工作时间增加，她的娱乐时间也会增加。

张嘉年：她倒是打得一手好算盘，居然通过压榨员工来获取休闲时间！

光界娱乐考虑到公司营利，最终还是下定决心上线《缥缈山居》。但游戏宣传片刚放出，便遭遇不少玩家的风言风语，质疑其跟《凉山州》高度相似。

AERD：“这跟隔壁太像了吧？想做copy cat（网络用语，指抄袭者）？”

小石子：“看《凉山州》下载量不错就想抄袭？连原画都像，真是绝了！”

藤蔓蛇：“《缥缈山居》比《凉山州》早好吗？官博预热一年多了，谁抄谁还不一定呢。”

小苗：“预热能看出什么？我只知道《凉山州》比《缥缈山居》早上线，游戏模式总是《凉山州》先公布的吧？”

舞蹈小精灵：“爱果网络做《凉山州》，光界娱乐做《缥缈山居》，这是要正面对决？”

《缥缈山居》作为公司近期的重点项目，首日上线后口碑反响一般，下载量也逊于《凉山州》，远不及梁禅的预期。这次失利相当打击游戏团队的热情，如果《缥缈山居》后续的下载量依然不好，可能会影响到光界娱乐接下来的融资和发展。

光界娱乐内，梁禅接到楚总要来的消息，顿时忧心忡忡，以为对方是来兴师问罪的。

他现在根本不敢提微博打广告的事情，网上由于两个游戏高度相似掐得天昏地暗。最麻烦的是，光界娱乐目前是有嘴说不清，《缥缈山居》研发在前，《凉山州》上线在前，两家各有道理。

银达是光界娱乐的股东，现在光界发生如此大的战略失误，拳头产品深陷抄袭门，楚总完全可以找梁禅及相关人员的麻烦。

梁禅：别说打广告了，现在就怕公司收益不好，楚总直接打人。

毕竟楚总当初公开威胁过，《赢战》赔本就砍人。要是光界娱乐整个公司亏损，她得把人砍成好几段吧！

梁禅站在门口，见面色不善的楚总带着张总助抵达，越发觉得心惊肉跳。他鼓起勇气，僵笑着问候道：“楚总最近休息得如何？”

楚楚没有理他的问题，反而仰起下巴，脸上隐有怒气，开门见山道：“事情我都听说了……”

梁禅低下头，准备拿出早先备好的说辞来应付楚总的问责。

他已经拟好开头，大致内容是：楚总，实在对不起，我们也在调查两款游戏相似的原因。虽然《缥缈山居》现在的收益没有达到预期目标，但还有极大的上升空间，团队也会继续全力以赴，请您放心。

梁禅要先稳住投资人，才能保证公司大后方不倒。只要楚总不撤资，一切就有希望！

楚楚表情严肃，不满地道："你是不是看不起我投的钱？"

梁禅赶忙道："当然没有，楚总，我们也在调查……"

楚楚："那为什么《赢战》内测，我却没有账号？"

梁禅：跟《赢战》有什么关系？说的不是"抄袭门"吗？

楚楚见他不答，狐疑道："你看得起钱，看不起我？"

梁禅吓得差点跪下，果断丢卒保车，义正词严地道："绝对没有，秦东太不像话了，居然忘记这事，我马上给您安排账号！"

梁禅心想，只要楚总别撤资，《赢战》的内测账号管够啊。

办公室内，突然被点名的秦东猛地打了个喷嚏，推了推鼻梁上的黑框眼镜，又继续调试着游戏数据。旁边的主策划昵称叫胖子，关怀道："老大，你咋啦？别是流感吧？"

《赢战》自从拿到投资，团队顿时壮大起来，秦东找回不少《赢战》曾经的主创人员，还扩招了许多新人。因为秦东牵头研发《赢战》手游，理所当然地坐稳位置，被其他人称作"老大"。

秦东揉了揉自己的卷毛，奇怪道："总觉得有人在说我。"

胖子看他没事，又问道："Miss.C的形象是确定了吗？不让美术再画好点？我老感觉她不够好看，实在太可惜……"

Miss.C的原型是楚总，但秦东从未告诉旁人此事，只是在设计时提出许多建议，用游戏角色生动地展现楚总真人的残暴不仁。

秦东回想起被楚总支配的恐惧，孱弱的身躯打了个寒战，坚持道："女魔头都是这样的。"

胖子总觉得秦东苍白深沉的脸上透露出许多信息，还没细究，便听有人喊道："老大，梁总正往这边走，银达的楚总也来了！梁总让我们赶紧准备内测号！"

"他说楚总要参与内测！"报信人匆匆跑来，告知秦东噩耗。

胖子见秦东啪叽一声瘫坐在椅子上，像是突然遭遇阳光的僵尸，连忙慌张道："老大，你怎么了？"

"楚总来了……"秦东面无血色，觉得自己大难临头，《赢战》内测有必要惊动楚总吗？

楚楚和张嘉年来过《赢战》办公区几次，如今熟门熟路，但她乍一看猛增的人员，也不由得感慨：“现在人丁兴旺啊。”

《赢战》原来的办公区简直一片荒芜，看不到人烟，如今团队初具规模。虽然团队暂时没法超越《缥缈山居》，但看上去也挺像模像样的。

众人本来正在办公，回头看到庞大的领导队伍和为首的楚总，顿时有人发出兴奋的议论声，还偷偷拿出手机拍摄。游戏公司的员工本就年轻，不少人看过《我是毒舌王》。

几个年轻的小姑娘像是看到了珍稀动物，远远地观察着楚楚，鼓起勇气道：“楚总好！”

“你好啊！”楚楚听到有人叫自己，自然地回头应声。

“啊——”女孩们发出尖叫，像是头一次见到活的大熊猫。

主程序员秦东想要吐槽：你们是来追星的粉丝吗？别人粉偶像，你粉大老板？

秦东挪步到梁禅身后，小声说道：“游戏还不成熟，现在让楚总试玩不好吧？”

“没关系，楚总今日专程为此过来，不会在意小瑕疵的！”梁禅宽慰道。只要楚总现在别想起抄袭门和撤资，怎么样都好。

秦东面对信念坚定的高管们，垂死挣扎：“但《赢战》是五人游戏的模式，一个人不太好内测……”

“这不有五人吗？”楚楚环顾一圈，点名道，“我、张嘉年、梁禅、你……再随便找一个就好。”

楚楚觉得满场都是人，想组两支队伍都没问题，绝对撑得起来。不远处的小姑娘们甚至开始踊跃举手。

秦东惊掉下巴：“这合适吗？”

这阵容也太豪华，堪称“土豪老板队”！

梁禅率先响应楚总的号召，果断道：“合适的！秦东，你先放放手里的工作，让楚总感受下大家最近在游戏上的心血……胖子，你来凑个数！”

主策划胖子见领导（梁总）发话，哪里有胆不答应，立马赶来陪领导的领导（楚总）。

旁边的小姑娘们失望地放下手，但还是紧紧追踪着楚总的一举一动。有人举着手机，壮起胆子道：“楚总看看我……”

楚楚疑惑地扭头，正好撞上对方的镜头，立马又引起一阵骚动。

梁禅出言制止道：“别拍了，不像话……”

小姑娘遭老板训斥，这才放下手机，居然还对楚总伸手比心：“爱您哦。”

梁禅、张嘉年：“……”

张嘉年是第一次看到夏笑笑以外的楚总粉丝，对跃跃欲试的小姑娘们颇感惊讶，老板难道有吸引女粉丝的体质吗？

《我是毒舌王》当初是由夏笑笑跟进的行程，张总助又没有微博，哪里知道楚总有一群狂热粉丝。银达和辰星都是楚总直接管理的公司，没人敢得罪老板，规矩相当严格。大家即使私下看过节目，但秉承着不想丢饭碗的原则，都在楚总面前守口如瓶。

光界娱乐则不一样，游戏公司的员工本就年轻活跃，楚总又不是直接领导，难得来一次，大家立马像打了鸡血。

张嘉年看到秦东安排众人进行内测，连忙推辞：“再找个人吧，我就不试了……”

张嘉年待会儿还想跟梁禅谈谈《缥缈山居》，楚总是真的来玩游戏的，他则有正事在身。

楚楚斜他一眼，语重心长地教育：“无组织无纪律！”

楚楚的话立刻引发粉丝们的阵阵笑声，众人兴致勃勃地盯着她。

楚楚听到笑声，想起张嘉年没见过如此阵仗，害怕他感到不适，干脆回头教育人群，认真地道：“可以笑我，但不能笑他，请精准发笑。”

楚楚心想：脱口秀粉丝群体还是比较厉害的，万一把张嘉年吓病，导致公司事务堆积就不好了。

现场“楚粉”们忙不迭地点头，乖乖应声：“好的，好的，一定精准发笑！”

她们答应完，又不免私下嘀咕：“好甜啊！”

“锁了！锁了！”

张嘉年：不是很懂你们这些网友和粉丝，一天到晚在说什么？！

其他员工为五人分发完设备，便安排领导们落座，然后兴致勃勃地旁观这支神奇的内测队伍。楚总出手果然不同凡响，想要进行内测，陪玩的队友中也没有普通人。

小队阵容绝对强势，投资人、两个高管、主程序员、主策划的组合基本等于王者战队。

五人玩游戏的画面还会被投放在大屏幕上，现场所有人都可以看到。

有人唯恐天下不乱，朝秦东喊道：“老大，你要是带着老板们输了，是不是年终奖就没啦？”

秦东望着瞧热闹的众人心如死灰，觉得楚总见到Miss.C后，估计不仅年终奖没了，他的命也没了。

张嘉年毕业多年，居然在楚总的带领下，找回了年少时在网吧冲浪的感觉，只是当初的队友是同学，现在的却是同事。他看了看楚总，又看了眼其他为生活低头的队友们，最后还是被赶鸭子上架地推上场。

张嘉年：游戏公司高管沦为游戏代练，究竟是人性的扭曲，还是道德的沦丧？

秦东为楚总介绍游戏规则："《赢战》有五种职业，分别是战士、游侠、建筑师、炸弹人、厨师，玩家需要在规定时间内达成生存目标并对地图进行探索。我们这局先选择最短的25分钟模式，让您尝试一下……您想玩什么职业？"

因为五人要先在初始页面选择职业，才能进入游戏。众人考虑到老板的体验度，自然得让她先选。

"这职业有什么讲究？"楚楚茫然地看着游戏画面，"哪个比较适合我？"

秦东刚要解释，便听底下的小姑娘们朝楚总喊道："游侠，选游侠！"

楚楚疑惑道："为什么？"

她听话地随手点了一下游侠，便看到手持弓箭的游戏人物在彩光中旋转而出。

女游侠有着金色长发，猛地拉开弓箭，帅气地射出一箭，说出人物台词："用金钱和利箭获得你的心。"

众人听游侠说完台词，纷纷忍俊不禁，这句话莫名地跟楚总的形象极度匹配！

楚楚颇感有趣，又试了试游侠的技能"无限金币"。画面中的游侠猛地跳起，投掷出无数金币，然后漂亮地落地，开口道："除了财富和你，我一无所有。"

楚楚满意地点头："可以，很好。"

众人："哈哈哈哈哈哈！"

张嘉年严重怀疑游戏团队内部暗藏楚总的粉丝，否则怎么能完成如此精准地拍马屁？

张嘉年：可以这样，但没必要。

张嘉年一边在内心痛斥工作人员溜须拍马的行为，一边心口不一地选择跟游侠搭档的建筑师，准备做楚总的辅助。游侠和建筑师是《赢战》中的黄金搭档，民间俗称“捡垃圾组合”。

楚楚选完职业，探头过来偷看张嘉年的屏幕：“你选的是什么？”

张嘉年露出自己的游戏人物，答道：“建筑师。”

“你知道这些职业吗？”楚楚看他熟练地检查技能，面露诧异。

梁禅闻言感到好笑，内敛而得意地说道：“楚总，《赢战》当初可是不少人的青春啊……”

楚楚不是书中世界的人，当然没经历过这款游戏席卷全国的时代。那时基本上人人都有《赢战》账号，没玩过才奇怪。

楚楚眨眨眼，好奇道：“那你是差点把无数人的青春毁了？”

《赢战》当年如此辉煌，还能被梁禅弄到停止运营？

梁禅遭遇会心一击，心想人果然不能飘，否则就会遭遇现世报。

众人看梁总吃瘪，一时哄笑起来。张嘉年出面解围：“端游版本的经济系统不太一样，也没有时间限制。现在手游优化过后，这些问题都解决了。”

楚楚感觉张嘉年不像新人玩家，问道：“你很了解？”

秦东中肯地道：“张总在辅助您，求生欲很强了。”

秦东算是看穿这些高管了，陪老板打游戏时还不忘营业。张嘉年选建筑师，梁禅选厨师，这是打算围着楚总转了？秦东最终选择了战士，胖子则选择了炸弹人。

楚楚作为新手，不太明白游戏术语，看向张嘉年：“这是什么意思？”

张嘉年被秦东拆穿，原本镇定的脸上流露一丝赧意，动了动嘴唇，一时不好解释。虽然那只是戏言，但他总感觉怪怪的。

旁边，随时听令的忠实“楚粉”们立刻为楚总解答：“游侠的包裹很小，捡不起太多道具，需要有其他职业的玩家配合捡道具，张总助就是来配合您的。”

楚楚似有所悟地点头，表示吸收了新知识。

游戏开始后，画面上的金发游侠便蹦蹦跳跳地探索起来，身后还跟着两大护法，一个是黑发的斯文建筑师，一个是棕发的胖子厨师。建筑师给游侠放了个护盾，游侠轻松击倒小怪。道具撒落在地，游侠身后的建筑师和厨师立刻尽职尽责地上前收拾。

楚楚果断操作游侠朝厨师射箭，简单粗暴地道：“你不要跟着我。”

梁禅弱弱地道：“厨师是辅助……”

楚楚冷漠地道：“你不许捡。”

她辛辛苦苦打出来的道具，为什么要给梁禅捡？

梁禅解释道：“楚总，其实游戏中建筑师要去造房子的。”

潜台词是，张嘉年才应该离开，自己跟着没毛病。

张嘉年面露犹豫：“那我回出生点好了……”

楚楚蛮横地看向梁禅：“我不管，你去替他造。”

梁禅满脸疑惑：厨师没有造房子的技能啊！我拿菜刀和锅给你造吗？

秦东看自家领导惨遭楚总嫌弃，赶忙递台阶道：“我们三人结队探索吧，25分钟没房子也无所谓。”

厨师只得含恨离开游侠和建筑师，跑到战士和炸弹人旁边。

其他人强忍爆笑，私下偷偷嘀咕：“原来做辅助也是要看脸的。”

画面上，女游侠和建筑师站在一起分外登对，胖厨师硬要同框，确实颇有“人家郎才女貌天生一对，哪轮到一个妖怪来反对”的意味。

五人很快便将地图开拓出大半，因为张嘉年不建房子，鞠躬尽瘁地拍楚总马屁，小队便只能走游击队战术，终于碰到boss（游戏反派）。Miss.C从地底钻出，身边环绕着扑扇翅膀的蝙蝠，娇声道：“用心付出就是用钱付出。”

秦东颇感心虚，唯恐楚总看出端倪，建议道：“楚总，三分钟后boss会有大招，我们没建房子可能打不过……”

楚楚没见过Miss.C的大招，不懂秦东的顾虑，开口道：“还好吧，我看用技能打她挺疼的？”

秦东眼见游侠往上冲，建筑师还配合地往她身上丢护盾，无奈地道：“但技能是有冷却期的，您又不能无限连击……”

游侠的技能名叫“无限金币”，是看概率出现连击的技能，简而言之就是考验玩家的幸运值。

无限金币：幸运的金币，一体两面，出现花字面后有50%概率给予敌人重击，并瞬间刷新技能冷却时间，出现文字面则给予敌人普通攻击。

团队使用游侠内测时，最高的连击纪录是七次，这基本就是封顶数据。Miss.C的血量扛过七次重击没问题，估计他们还没消灭boss，就被boss的大招团灭了。

秦东看楚总不管不顾地向前冲，只得在内心叹气，反正也是陪老板娱乐，输赢无所谓。他万万没想到，自己惨遭打脸，惊讶地望着画面上的数据。

屏幕上的数字不断跳动，出现绚丽的“7 Combo（连击七次）”！

楚总身体力行地告诉众人，她在现实和游戏中都有无限金币。

“哇，连击第八次了！”其他人兴奋地叫道，紧盯着屏幕上不断投出金币的游侠，金币居然每回都是花字面。

Miss.C像是被彻底激怒，咆哮着向女游侠发起攻击，看都不看冲上来吸引仇恨的战士。无数蝙蝠扑向游侠，眼看女游侠就要被蝙蝠群吞噬，建筑师的护盾却帮她挡住这一击。

女游侠逃出生天，轻松地弹跳落地，手中不停歇地投出金币，竟有要把boss连击致死的架势！

吃瓜群众激动地计数："第十五次！"

"第十六次！"

"要赢了，赢了！"

Miss.C终于轰然倒地，化作满地金光闪闪的道具。楚总的游侠居然将boss连击到死，打出高达十八次的连击纪录。

秦东不敢置信地站起身，错愕地道："你们不会有谁改概率了吧？"

主程序员秦东完全没法相信，要是游侠能把boss连击至死，游戏的平衡度就有问题了。楚总这得是"欧皇"吧？没充钱还能如此强。

楚楚波澜不惊地道："年轻人不要太激动，我投胎时都能拿到无限金币，更何况游戏。"

秦东无言以对。

楚楚正色道："游戏很好玩，但我能不能提个建议？"

秦东本来还深陷震惊之中，一听到专业相关，立马认真起来："您说。"

楚楚："能不能设定单一拾取？我不喜欢谁都能捡我的道具。"

画面上，正在兴奋捡垃圾的厨师和炸弹人闻言突然僵住，只有建筑师还在不断地拾取。

秦东面对难题，艰难地解释："其实只有同队才能捡，别的队伍是捡不到的。"

楚楚："那怎么把你们三个开除队籍？"

秦东："……"

众人看热闹不嫌事大："哈哈哈哈哈哈哈哈哈！"

秦东：干脆给您搞个两人模式算了，还能把联机打成单机！

楚楚初玩一把感觉不错，又尝试了其他模式，觉得《赢战》手游相当有潜力。游戏按照时间分类有25分钟、45分钟和90分钟三种，按照模式分类有探索和竞技两种，能满足各类玩家的需求。玩家等级跟他们在每局游戏中的发挥和水平有关，低等级玩家同样有机会逆袭。

光界娱乐公司内，楚总沉迷游戏不可自拔。另一边，公司的吃瓜群众已经在网上直播，绘声绘色地描述现场情况。

熬夜小熊猫：“楚总来公司视察，还要参与内测！我简直兴奋到原地爆炸，必须让她选游侠！”

熬夜小熊猫：“游戏陪玩小队里有两老总和主程、主策！楚总太牛了。”

熬夜小熊猫：“游侠十八连！楚总超神绝世！”

红鲤鱼：“原博主是做啥游戏的？《赢战》里游侠的‘无限金币’怎么可能十八连？端游版最高数据是七次吧，这太假了。”

长颈鹿好辛苦：“楼上姐妹你有毒，光界的主要工作就是陪老板打游戏？那我也可以应聘啊！”

Feel：“你快转告楚总，我的游戏ID（账号）是18321，玩炸弹人贼厉害。我愿意分享她的游戏金币，为她减轻压力。”

呀呀丫：“楼上，这是手游版，还没上线呢，报端游ID无用。”

乌云多：“编得太假了，大神（网络用语，指某方面的佼佼者）玩家VIR当年才打出七连，不过这也是过去的事了。《赢战》要是不改经济系统，游戏寿命估计会很长，现在都成回忆了，好想重温端游。”

红顶：“哪里假？说到底是概率问题，十八连的概率低不等于不存在，全看是欧皇还是非酋。当年好多人游侠只能三连，嚷着要改无限技能，但有一堆大佬平均水平不就是六七连？”

小票哥：“等等，我是一梦回到十年前的贴吧了吗？还真情实感地讨论上游侠技能？这游戏不都停止运营了？”

欢乐小白兔：“快出来营业@楚总全球粉丝应援会。”

楚总全球粉丝应援会：“她是商业奇才，更是游侠王者，文能妙语连珠脱口秀，武能神仙操作十八连，守护全世界最好的楚总（五毛一条，括号内删除）。”

“熬夜小熊猫”本来是自嗨地发了几条生活博，没想到转发量却越来越高。光界娱乐内的其他吃瓜群众见状，纷纷下场，添油加醋地进行文字直播，进一步加大了这条微博的热度。

Slay012：“小熊猫，你的工位在哪里？楚总还不许梁总捡她的道具，我真情实感地笑了，今天太欢乐。”

玄学改命：“以上都不是重点好吗！我真的羡慕楚总身边的小哥，谁能告诉我怎么做到跟老板同进同出吗？现在调岗来得及吗？”

泰迪熊：“是上回的烧烤摊小哥吗？求大佬们发图！”

平安是福：“上回的烧烤摊小哥是副总，各位想陪楚总打游戏，怎么也得混到高管级别。奉劝大家别发图和视频，玩归玩、闹归闹，别拿律师函开玩笑。”

小白：“简单地翻译一下，你的学历和简历不过硬，连陪楚总开黑的资格都没有。”

热搜话题“楚总 无限金币”在众人的添砖加瓦中缓慢上升着排名，虽然大家没胆子发图片和视频，生怕被老板起诉，却可以用文字直播。随着现场人员不断加入聊天，不少人也畅所欲言起来，毕竟法不责众，公司老板们也不知道微博账号下都是谁。

评论区内分为两大阵营，《赢战》怀旧技术派和楚总无脑吃瓜派。前者细致地讨论着游戏数据，想要重玩端游，重温青春回忆；后者深度八卦楚总的事迹。

其间，偶尔有些不和谐的声音，但很快就被人怼回去。

28392：“光界真能转移话题，《缥缈山居》的抄袭事件没解决，现在又想推新游戏买热搜？”

霹雳闪电：“你算哪块小饼干？那两档游戏都上不了热搜，就别来这里蹭热度了吧？”

鳞片：“感谢关注，但请不要捆绑我们顶级流量哦，《赢战》才是楚总参投的项目，无关游戏就别碰瓷啦，谢谢！”

光界娱乐内，楚楚和张嘉年内测完游戏，终于跟梁禅等人在会议室正式会面。

张嘉年在谈判桌前坐稳，一改陪玩时沉默寡言的形象，开门见山地说道：“梁总，最近《缥缈山居》的新闻，楚总和我都有所耳闻，游戏上线后的赢利不达预期。如果继续下去，按照当初签订的对赌协议，光界娱乐的净利润目标恐怕很难完成。”

对赌协议的出现是基于对投资者的保护，许多公司融资时吹得天花乱坠，但谁也不知道实际情况。光界娱乐获得融资时，跟银达投资签订过对赌协议，如果没有完成净利润目标，便要做出相应的弥补和赔偿，例如交出部分股权。

因为当初新视界贸然介入并抬价，楚楚和张嘉年在敲定协议时，还给予光界娱乐部分优惠。但以现在的状况来看，梁禅和光界娱乐可能连最基本的对赌目标都达不到。

梁禅擦了擦额角的汗，心道该来的总会来的。他解释道：“现在《缥缈山居》刚刚上线，还在起步期，公司也在加强推广，游戏还具备广阔的市场空间。”

张嘉年提醒道："如果按照当前的舆论风向，《缥缈山居》很难超越《凉山州》，您下一步打算如何攻占游戏市场？"

梁禅一时无言，其实可以说些冠冕堂皇的大话，但面对楚总和张嘉年，又感到问心有愧。《缥缈山居》的营收可能很难冲上去了，梁禅心里非常清楚。

楚楚跟张嘉年配合着打出组合拳，她适时地给对方递台阶，温声道："梁总，我们也不是专程跑来逼问你，毕竟你才是压力最大的人。既然问题出现了，大家现在就一起想办法，努力解决困难。"

"当初您愿意相信我们和银达，现在我们同样愿意相信您和光界。"她面露真切，极有感染力地说道。张嘉年先唱了白脸，楚楚自然扮起红脸。

现在的关键问题是，两款游戏到底是谁抄谁。楚楚和张嘉年又没有跟过《缥缈山居》的研发全流程，同样不清楚。

梁禅苦笑道："楚总，不瞒您说，我真不知道游戏相似的原因。光界的员工离职前也签有保密协议，不可能泄露项目内容，我们最近查了许久也没头绪。"

张嘉年很诧异："您是说，这是个巧合？"

梁禅无奈地道："我知道您可能不相信，但确实是这样。"

楚楚再次确认道："您能保证《缥缈山居》没有任何借鉴成分吗？"

"我保证。"梁禅掷地有声地道，起码的行业操守他还是有的。

楚楚若有所思，没有说话。

梁禅开口道："楚总、张总助，如果第一年对赌失败，我会按照协议进行赔偿的，但请你们务必相信我。《缥缈山居》确实没有抄袭任何游戏，完全是我们团队的心血。"

楚楚平静地道："对赌不一定会失败。"

梁禅面露疑惑，老实地坦白："楚总，其实很多游戏上线后，基本就能预测出后期走向……"

《缥缈山居》开局没红，还深陷抄袭门，再想获得很高的收益，实在有些困难。

楚楚心平气和地道："《缥缈山居》确实不太能承担对赌压力，但要是现在上线《赢战》，说不定可以。"

《赢战》已经进入内测阶段，又拿到了游戏版号，要不是怕分走《缥缈山居》的热度，实际过段时间就能上线。光界娱乐将《赢战》的上线时间往后排，很大原因是目前的宣传资源都堆到《缥缈山居》上了。

光界娱乐的对赌以年为单位，三年间需要完成的净利润目标逐年递增。

《赢战》要是按过去的时间上线，回报率很难体现在第一年的对赌上。

梁禅颇为犹豫，这确实是个办法，但他心中也没底气。

毕竟《赢战》的团队规模远不及《缥缈山居》。实话实说，楚总要是没有参投《赢战》，这游戏已经成功地销声匿迹，退出历史舞台了。

梁禅相当迟疑："楚总，《赢战》现在上线，其他宣传推广很难跟上，不如再等等……"

楚楚直言道："如果继续等下去，《赢战》也被抄了呢？"

梁禅有些苦恼，不得不说，楚总的话有道理。众人没查明游戏抄袭门的真相，这便是个隐形炸弹。

"但现在上线是不是来不及宣传？《缥缈山居》预热了很久……"梁禅挣扎道。他觉得就算楚总发微博强行推荐，覆盖面也不够广，毕竟她的粉丝量也有限。

"宣传方面你不用担心，我会想办法的。"楚楚思考一番，给出承诺。

梁禅看她信誓旦旦，最终还是答应下来，一是为了完成对赌协议，二是《赢战》的主要资方是银达。楚总说要提前上线，他也没有太多理由拒绝。

梁禅送走银达一行人，还有些担忧《赢战》的宣传。他刚回办公室，便有人匆匆赶来汇报："梁总，你看看《赢战》官博吧，后台消息快炸了！"

精灵游侠："《赢战》是什么时候停止运营的？我今天还想玩呢。"

黑暗者："好失望，不能重开端游版吗？我看官方消息，手游版出来还要好久！"

白块："童年回忆，现在居然没了。要不是看到今天的热搜，我都没有发现。"

梁禅看着微博上热火朝天的讨论，一时间满头雾水，没想到《赢战》内测竟然引起如此大的反响。无数老玩家还到《赢战》的官博下强烈要求重开端游版本，让大家重温一下以前的感觉，纷纷写出情真意切的怀旧之言，催人泪下。

梁禅：游戏停止运营前，你们怎么不来重温呢？现在来马后炮！

《赢战》当时无声无息地停止运营，除了个别忠实粉丝分外惋惜外，没有掀起任何风浪。梁禅总算明白，楚总自带惊人的流量，简直是热搜榜的贵族玩家，国民度甚至远超许多明星。

楚总稍微有点风吹草动，可以抵得上营销团队数日的成果。

《缥缈山居》上线前，光界娱乐花费了极高的营销费，展开铺天盖地的宣传，想跟《凉山州》抗衡。两款游戏打得最火热的时候，讨论度都不及楚总来公司内测一次《赢战》。

梁禅心里后悔，早知道当初直接把营销费打给楚总，或许《缥缈山居》的宣传效果还能更好些。不过他也知道这是异想天开，只敢在心里过瘾，毕竟有抄袭门事件在前，不可能让楚总蹚浑水。

梁禅想了想，干脆找到秦东，告知他手游版提前上线的消息。梁禅琢磨片刻，提议道："等手游版上线后，如果时间允许，将重制后的端游版重开吧。"

秦东当初想要将重制的端游上线，但被梁禅否决了，毕竟端游版拖累公司好多年。

"啊？"秦东直发蒙，"可您当时说……"

"不在这时候敲定，我怕自己又改主意了。"梁禅叹口气。赢利和情怀实在难以平衡，他心中其实也很矛盾。既然现在对赌压力很大，他还不如放手一搏。

另一边，楚楚回到银达投资，开始寻找推广《赢战》的办法。

楚楚目前有712万名粉丝。她没有发过微博，还保持着这个数据实属不易。李泰河拥有3128万名粉丝，尹延拥有3793万名粉丝。陈一帆凭借最近的迅速发展，粉丝数也暴增至648万。

楚楚不是没想过让辰星的艺人做宣传，但有影响力的艺人掰着指头就那几个，也没什么惊喜。

她随手翻了翻，突然发现"齐盛集团"都有1205万名粉丝。她深感光消耗自己的资源没意义，既然遇到困难，一定要发动广大人民群众的力量。

楚楚扫了扫齐盛集团旗下的品牌，心中有了主意。

光界娱乐和《赢战》团队的效率倒是很高，筹备过后马上官宣了《赢战》手游版的公测消息，并发布上线时间。因为有"楚总无限金币"的热搜在前，《赢战》手游版的官博很快有了些关注度，起码比《缥缈山居》造势初期的起点高。

但光是这样，距离《赢战》的全面推广还远远不够。

没过多久，大家就发现沉默许久的楚总终于发出了第一条微博。她直接转发了《赢战》的公测微博，并简单粗暴地配文。

楚楚："帮我转@齐盛集团。"

齐盛集团的官博风格向来正统、官方，能积攒下如此庞大的粉丝量，主要跟长期发布活动推广信息、定期抽奖有关。负责运营官博的小编骤然看到消息，吓了一跳。

小编：楚董不允许让官博跟着“太子”瞎闹，但现在“太子”点名了，怎么办？

新媒体部的众人收到消息，立刻加开临时会议，激烈地探讨该如何应对此次危机，在夹缝中求生存。

“不然帮她转了吧，也不是多大的事……”

“但上次转发《我是毒舌王》的消息就被骂了！小李差点被开！”

“那不能一直晾着楚总吧？这才是真的不想混了。”

“怎么回复啊？如果不转还回复，岂不是很挑衅？”

大家抓耳挠腮，最终勉强想出主意，找到柔和的回复模板。

齐盛集团：“亲亲，这边建议您换个官博@哦，帮您@银达投资。”

原本严肃正经的齐盛集团官博，此时只能弱弱地发声，委婉地拒绝楚总的请求，希望她能放过自己。

银达投资：“你们这样的企业文化可不行@齐盛集团。”

小樱桃：“我要笑死了，感受到了齐盛官博的脆弱、无助。”

魅梨：“大胆刁民，你是想造反吗？居然敢违抗‘太子’！”

图小鸡：“是不是不想活了？等‘太子’登基，第一个就灭你！@齐盛集团。”

书签：“看看‘太子派’@银达投资怎么做的，快真情实感地夸游戏，然后马上转发！@齐盛集团。”

楚家不肖子孙：“是不是看不起我们‘太子’？快说你有什么狼子野心，坦白从宽！”

新媒体部的众人本来是不敢忽视楚总，现在怎么加在他们身上的罪行反而越来越重？居然还跳出无数热心网友，要帮楚总把他们“挫骨扬灰”？

齐盛集团：“什么？”

网友们义愤填膺地帮助楚总声讨齐盛集团的官博，全都当上“太子”的拥趸。这股有毒的调侃之风瞬间弥漫全网，只要是跟楚总有关的人物和团体，网友们统统都不放过。

Lata：“不要以为没点你的名，就能当无事发生过。‘太子’没想起你，是因为你太弱@辰星影视。”

飘呀飘呀：“天天叫着让楚总上节目，还不过来拍马屁？@我是毒舌王。”

神奇宝贝：“有的人号称舞台王者，私底下却秒转老板的微博，还配上情真意切、辞藻华丽的感言，堪称职场马屁精中的典范@陈一帆。”

飞飞：“笑影的韩东已经转发并秀出了《赢战》当年的战绩，来来来，让我们看看哪个小机灵鬼能在本期《我是马屁王》中脱颖而出！”

另一边，楚楚万万没想到，自己居然被齐盛的官博拒绝了。她感到很没有面子，觉得有必要让人评评理。

齐盛大厦内，楚彦印正站在报告厅内准备开动员大会。他鹰目犀利，虽已过花甲之年，但依然雄心勃勃。楚彦印正要上台，身边人却突然恭敬地说道：“董事长，您有来电……”

楚彦印不悦，道：“待会儿再说。”

“是楚总打来的……”

“她能有什么正事？”楚彦印本要迈步，闻言又停了下来，随意地伸手，漫不经心地道，“那就拿来吧。”

一旁人看着楚董口是心非的样子，赶忙双手奉上手机。他们还记得楚总拉黑董事长的号码时，楚董怒不可遏的样子。现在楚总主动打电话过来，他又死鸭子嘴硬。

楚彦印看着屏幕上的来电显示，心中有些得意，又有一丝隐隐的恐惧。他思索一番，觉得如果她闹出大事，应该是张嘉年打电话来，顿时又放下心来。

楚彦印接通电话，一边微微翘起嘴角，一边阴阳怪气地说道：“怎么突然想起给我打电话？”

楚楚嬉皮笑脸，道：“爸，这不是许久未见，想要问候一下……”

“现在不拉黑我啦？”楚彦印果断兴师问罪，冷哼一声，“你缺钱花了？终于把家底败光？”

“哪里的话，我继承了您的聪明才智，在经商上绝对天赋异禀、无师自通。”楚楚毫不客气地吹嘘着，接着义正词严地说道，“爸，现在有人在网上挑拨咱们父女的感情，要把我们搞得家事不宁啊！”

楚彦印直白地道：“家里早就被你搞得不宁了，还需要别人？”

“胡说，我们明明是新时代的五好家庭。”楚楚掷地有声。

楚彦印心想，这可真是见鬼的五好家庭，她和林明珠的脸上就差写着势不两立了。

楚彦印觉得她的花言巧语漏洞百出，戳穿道：“你跟你林阿姨也很好？”

楚楚想了半天，才回忆起脑海中快要消失的后妈林明珠，认真地道：“当然啊，我没拿扳手敲过她的头吧？”

楚彦印：你要这么说，我就没法跟你犟了。

楚楚循循善诱："爸，我觉得不能让流言蜚语甚嚣尘上，必须破除咱们父女不和的谣言……其实也不是很难，偶尔让齐盛官博配合我就行。"

楚彦印立刻道："我不懂微博这种年轻人的东西。"

一旁的人听到这话，立刻偷偷抬眼打量楚董。周围人心道，不知道是谁上次看到官博转发《我是毒舌王》的消息，差点被气得半死，现在要装成不懂微博的老年人?

楚楚宽慰道："没关系，您稍微表态，自然有人帮董事长做事。"

她又不傻，还能被楚彦印的话忽悠?楚彦印只要随口提一句，肯定有无数人冲上前，把事情做得妥妥当当的。

楚彦印摆出谈判的态度，淡淡地道："既然你让我表态，你也该表态一下吧？"

"那必须。"楚楚一口答应，"我愿意用一首《世上只有爸爸好》表明我的态度，在公司内循环播放，作为我司的企业文化。"

楚彦印的眉毛瞬间立起来，断然否决："不行！"

楚彦印：这实在太丢脸了，成何体统!

楚楚顺水推舟，果断道："既然您不愿意，那就算了吧。这是您自己说的，不让我表态哦。"

楚彦印被气得心口疼：为什么要想不开接电话？！

"哼，你少给我装蒜！这周末就给我回老宅，跟其他人聚一聚。你林阿姨邀请了一些人来做客，平时嘉年总说你忙，这回可不能再推了！"

楚楚没想到还有这茬儿，弱弱地道："爸，其实张嘉年说得没错，我挺忙的……"

"少来这套，你还能忙得过我？"楚彦印可不会让她蒙混过关，板起脸来，"既然你说是五好家庭，好歹在众人面前装个样子。你也大了，跟你林阿姨各退一步，别再闹了！"

楚楚当年对林明珠恶言相向，两人间的仇恨延续数年，闹得尽人皆知。楚彦印不求两人重归于好，只要能风轻云淡地翻过这页，别再纠结于恩怨就好了。

楚楚无奈地叹气，大为不解："你早知道会闹成这样，还非得给我找后妈？"

她觉得有钱老男人的脑回路真奇怪，小声嘀咕："六十多岁的人了，还以为自己是小伙子呢……"

楚彦印挺明白事理的，怎么就控制不住下半身呢？他一把年纪了，娶了林明珠不也当摆设？

楚彦印火冒三丈，雷霆大怒："胡说八道！你一个小丫头片子，能懂什么？"

楚楚一边打电话，一边耸耸肩，不屑地道："好吧，我不懂你们成年人间的事。"

楚彦印努力平息怒火，语重心长地解释："等你到了我的位置就会明白，很多事不是你想的那样简单……"

楚彦印只需要有人能把楚家夫人的位置填上，至于是林明珠，还是李明珠，对他来说都无所谓。如果那个位置上没人，他反而会有更多麻烦。

楚楚肯定地点头："嗯，等我六十多岁娶个年轻的'小白脸'后，这个疑惑一定迎刃而解！"

楚彦印感到一丝麻木，沉声岔开话题："聚会的具体时间，你跟你林阿姨沟通一下。只要你过去，我不会食言的。"

楚楚想了想，上次相亲后，楚彦印痛快地给了五亿。微博只是件不值一提的小事，想来他会信守承诺的。

"塑料"父女成功敲定协议，本着平等互利的精神达成合作。

楚彦印挂断电话，旁边人看他脸上没有怒色，立刻提醒道："楚董，您现在上台吗？"

楚彦印看了眼会场的大屏幕，恢复往日的镇定精明，嘱咐道："你在我的PPT里加一页，把她的那什么游戏随便放上去。"

楚彦印总不能直接让下属们转发微博，如此直白露骨，实在有失董事长尊贵的身份。上位者不用将话讲得太明白，下面人自然能意会，否则都不用混了。

秘书果断将《赢战》的游戏资料作为配图，加在新媒体营销资源整合的段落里。齐盛的动员大会结束，众人纷纷回去禀告楚董的新动向，翻来覆去地研究董事长的PPT，领会高层的意图。

当天晚上，婉拒了楚总的齐盛官博再次现身，恢复官方正统的样子，发送最新微博。

齐盛集团："重温童年经典，激战荒野时刻，预约参与《赢战》公测，找回你的独属回忆。"

云云峡："虽然官博还是一本正经的，但我知道，你已经丧失纯洁的灵魂，默默站到'太子'那边了。"

玫瑰：“‘太子派’起义啦，快朝着大本营冲。一扫天下，四方来拜！”

得力小甘菊：“腾跃房产、清雅、晖方药业都转了，齐盛这是被一锅端了？”

网友们惊讶地发现，不但齐盛官博转发了楚总的微博，齐盛集团旗下的企业和产品微博，也如雨后春笋般冒出，化为毫无感情的广告机器人，为《赢战》打广告。上至百万粉丝的官博，下至数千粉丝的小博，覆盖范围之广，令人咋舌。

甜食天使：“哈哈哈‘太子’宫变成功啦！战事由于齐盛官博的回复引起，史称‘亲亲之乱’！”

小媚：“这广告盛世，如你所愿@楚楚。”

喜气洋洋：“齐盛集团：曾经，有一条微博摆在我面前，我错过了；现在，我和我的小弟们就要为此付出代价，全都得转！”

希娜：“大家不要用言语指责官博，它以前转《我是毒舌王》被删了，才敢顶撞‘太子’。我们不要骂官博，要温和一些，该直接打它。”

齐盛集团：“把委屈藏在小包包里。”

奶油饼：“你以后管@银达投资叫‘爸爸’，也许能苟活下来，兄弟我只能帮你这么多了。”

第七章　总裁的豪门赴约

线上，网友们正因为官博们纷纷“下场”而调侃、狂欢；线下，楚楚打算拉人下水，共同奔赴周末的鸿门宴。

银达投资内，张嘉年听完楚总的要求，立马推辞道：“楚总，我周末还有些事务需要在公司处理，就不陪您参加聚会了……”

张嘉年可并不想在豪门伦理剧中拥有姓名。

张嘉年说完转身欲走，又想施展逃跑大法。楚楚一步上前，身手迅捷地堵住他的去路。她挑眉道：“别老骗公司加班费了，你给我句准话，去不去？”

张嘉年立刻摇头，坚定地道：“不去。”

楚楚靠着办公室的门，失望地叹气：“好吧……”

张嘉年没想到楚总今日如此好说话，心里松了口气，但很快就发现她的阴谋。他小声提醒道：“楚总，您稍微让一让，我想要出去。”

楚总严丝合缝地挡住门，看上去不打算挪窝。

“你等等，先别说话。”楚楚伸手制止，正色道，“这个位置灵气正盛，不要打扰我修炼。”

张嘉年眼看着楚总在门口耍起无赖，好脾气地道：“您尝试侧身，让我过去呢？”

楚楚乖乖侧身，直接将腰贴在门把上：“这样？”

张嘉年迟疑地重申：“楚总，我想出去。”

“那你想着嘛，我又没办法阻止你思考。”楚楚理直气壮地说道。

潜台词是，你想想就好，出去是不可能的。

张嘉年被她的逻辑打败，哭笑不得："您难道还能堵一天？"

楚楚风轻云淡地道："谁知道呢，修仙之人堵一年也是有可能的。"

张嘉年心想自己是造了什么孽，今天就不该跨进这道门。楚楚见他不为所动，晓之以理，动之以情，开始打感情牌："我们还是不是朋友？这点小忙都不肯帮？"

"是谁曾经陪你一起吃烧烤？是谁曾经陪你一起打游戏？"楚楚痛心疾首地望着对方，只差声泪俱下，仿佛在质问负心汉。

张嘉年沉默片刻，试图纠正："我总觉得，谁陪谁的顺序好像反了……"

张嘉年：等等，当时想要吃烧烤、打游戏的不都是她吗？

张嘉年觉得楚总挺会偷换概念的，当初明明是他牺牲私人时间，怎么转眼就变成她在付出了？

"我和你有必要分得那么清吗？"楚楚心痛地捂住胸口，语气中难掩悲痛之情，"我们跨次元的友谊就这样被你击碎了，你的良心不会痛吗？"

张嘉年："……"

"我孤苦伶仃，飘落此地，你作为我唯一的挚友，关键时刻却要弃我于不顾。"说罢她侧开视线，佯装掩泪，陷入独角戏，"豪门水深，我初来乍到，要是遭人欺凌，连个搭把手的人都没有。"

张嘉年无力吐槽："您不霸凌别人就算好了。"

"去嘛——"楚楚看他不上当，软硬兼施道，"去嘛——你仔细想想，在盛大的聚会上，我举着扳手却不知道谁能敲、谁不能敲。难道你不该在现场为我答疑解惑？"

张嘉年：好像谁都不能敲吧。

他见她眼睛亮得像狡黠的猫，满怀期盼地盯着自己，不由得有些心软，但又心有顾虑，颇为犹豫。

楚楚见张嘉年挪开视线，只露出侧脸的线条，他微微皱眉，垂着眼，表情似乎有所松动。她立刻乘胜追击，温声道："张总助，请您跟我一起去，好不好？"

张嘉年听她难得温声温语，忍不住瞟她一眼。他终于败下阵来，轻轻地叹气，无可奈何地道："好吧，但请您不要带扳手。"

他可不想节外生枝，又替她把人往医院送。

楚楚看他答应，当即绽放笑容，痛快地应道："好！"

张嘉年在心中宽慰自己，她高兴就好，最多就是难熬的半天。

周末，楚楚和张嘉年乘车奔赴遥远的老宅，再次来到富丽堂皇的楚家豪宅。楚楚刚下车，便看到盛装打扮的林明珠在门口等待。林明珠身着精致合身的旗袍，抱着名为“可怜”的泰迪犬，娇声道：“楚楚，你可终于回来了，我还以为你不想见我，所以不愿意回家里。”

楚楚颔首道：“人贵有自知之明，你比大部分人要强。”

她认为林明珠明白这个道理，倒不是一无是处。

林明珠刚想要还嘴，张嘉年闻到火药味，预感到女人间的战争将要爆发，恰到好处地出声提醒：“林夫人请慎言。”

林明珠看了眼张嘉年，似乎顾忌他会给楚彦印打小报告，这才止住话头。她还有些不解气，阴阳怪气地道：“楚楚，怎么小聚也带着嘉年啊？”

楚楚振振有词：“我忙啊，带着他可以处理公司事务，不像你每天闲在家里。”

林明珠：这父女俩说话像是一个模子里刻出来的。

楚楚其实对于所谓的聚会也没概念，在她看来就是换个地方玩手机而已，便忽略了“几家”这个重要信息。实际上，楚彦印口中的聚会规模完全不小，也不是简单地聚聚，排面相当大。

楚楚走进屋里，看着言笑晏晏的人群和焕然一新的摆设，惊讶不已。铺着洁白桌布的餐桌上放着琳琅满目的下午茶餐点，贵妇太太们在靠窗的小桌上打桥牌，身着华服的年轻男女则在角落里攀谈、玩耍。

楚楚悄悄凑近张嘉年，问道：“这么多人？”

张嘉年心平气和地解释：“这类聚会一般由林夫人出面，邀请跟楚董关系亲密的合作者及其家眷来交流做客，维护各家的感情。”

楚楚若有所思地总结：“上流人商业互吹的社交场所？资本家们奢靡腐朽的聚会？”

张嘉年：“您要这么说也行。”

楚楚的出现犹如在油锅中滴水，立刻引发爆炸效果，极度引人注目。

“楚楚来啦，好久不见，这么大啦！”

“哎呀，现在得叫楚总啦。想见楚楚可不容易哦，像她爸一样忙……”

“现在还没结婚吧？别光忙工作，也要交朋友的，让阿姨们给你介绍！”

突然冒出的贵妇阿姨们将楚楚团团围住，虽然大家的物质条件极好，但八卦聒噪程度跟普通大妈没什么区别，尤其关注楚楚“交朋友”的问题。楚楚被无数人脸晃得眼花缭乱，根本不知道谁是谁，毕竟她们都没有角色光环。

楚楚分外庆幸把张嘉年拖过来了，起码他能告诉她这都是谁，尽管大部分介绍完也没用，完全记不住。楚楚作为此类聚会的稀客，一时有当红炸子鸡的感觉。

林明珠见楚楚如此受欢迎，不免心有不悦。她摸了摸怀里的泰迪犬，掩嘴笑起来："哪敢随便给楚楚介绍，她眼光高着呢。"

楚楚好奇道："你摸完狗狗再掩嘴，会闻到狗味儿吗？"

林明珠的心情顿时不太明朗。

楚楚是真心求教，觉得这跟挠完头闻闻和偷偷闻袜子的行为，有种异曲同工之妙。

张嘉年觉得楚总简直是话题终结者，两人借机成功从贵妇中脱身。楚楚终于从人群中钻出，长舒一口气道："我们在角落里打一天游戏，然后到点走人，可行吗？"

楚楚有点后悔，早知道要见这么多人，当时就不该答应的。她本以为最多只有一桌人，大家随便吃顿饭就结束了。楚楚算是明白楚彦印为何不来了，这种虚伪的场合应付下来也是体力活。

张嘉年残忍地点明："很遗憾地告诉您，估计不太可能，因为旁人会主动搭话。"

这种场合是专门用来搭建关系的，别管楚总在外人眼里有多么荒诞，她的家世背景摆在这里，足够吸引一大堆狂蜂浪蝶。

他话音刚落，便听不远处有人犹豫地出声："嘉年……"

楚楚回头看清来人，立马瞟了张嘉年一眼，调侃道："确实会主动搭话，不过搭话对象却不是我。"

楚楚心想，果然丢下扳手不是明智之举。

对面正是衣冠楚楚的南彦东，看上去伤势痊愈，身边还站着一位妙龄女子，南彦东心情复杂地看着两人。他身旁的女子也好奇地看过来，打量着楚楚和张嘉年。

南彦东跟张嘉年重逢，见他依然跟在楚楚身侧，确信往日好友彻底堕落，心里很不是滋味。脸上染上落寞之色，他欲言又止道："我能跟你单独聊聊吗？"

南彦东觉得有必要劝张嘉年迷途知返，张嘉年明明才能不输旁人，何必以色侍人？

他身边的黄奈菲则偷偷观察着众人的表情，想要摸清他们的关系。现场的人非富即贵，黄奈菲此次前来，便是要抓紧时机建立人脉关系。楚楚和南彦东估计是此次聚会中居于权力顶端的人物，是人人都想抱的大腿。

张嘉年心知楚总当初的操作会让人误会，但也不想多加解释。他跟南彦东的交情随着校园时代的结束而远去，二人现在也没什么来往，张嘉年便平静地道：“南总，我跟着楚总过来，恐怕不太合适。”

黄奈菲见张嘉年不给面子，索性出来打圆场，八面玲珑地道：“大家有缘相聚，话不要说得那么绝，不如一起聊聊？”

黄奈菲笑着看向楚楚：“我相信楚总也不会拒绝。”

张嘉年不太苟同，不过还是看向楚楚，等待她的意见。

楚楚果断道：“不，我拒绝。”

黄奈菲：你怎么不按剧本念台词呢?

黄奈菲没有气馁，反而摆出和事佬的姿态，从中斡旋道：“楚总，我知道您跟彦东哥有些误会，今天不如就化干戈为玉帛，权当交朋友。”

张嘉年微微皱眉，老觉得这话一出，本来楚南两家没有误会，也弄得像有事情一样。黄奈菲说完这话，要真把两家人攒在一起聊天，似乎就成了化解仇恨的功臣。

楚楚挑眉：“交朋友？”

黄奈菲点头：“对。”

楚楚想起贵妇阿姨们口中“交朋友”的含义，上下扫视黄奈菲一眼，又摇摇头道：“不好意思，我只交男朋友，不交女朋友。”

黄奈菲脸上的笑意凝结，干笑道：“哈哈哈，楚总真幽默。”

楚楚其实大致明白黄奈菲的心态，她想要借助聚会的场合搭建人脉关系，是个八面玲珑、左右逢源的人物，这类人在圈子里很多。不过楚楚现在只想赶紧撤退，又不是有求于人，便没心思跟对方纠缠。

张嘉年婉拒南彦东，黄奈菲又在楚楚这里碰了钉子，一时气氛略显尴尬。

不远处，年轻人们聚在桌边打牌，有人偷听到四人的对话，干脆替黄奈菲打抱不平，大声道：“奈菲姐，别人不愿接受你的好意就算了，过来跟我们玩吧！”

楚楚顺势看过去，说话人的年纪不大，挑染了一缕黄毛，满脸的桀骜不驯。“小黄毛”注意到楚楚的视线，颇为不善地反瞪回去，是个心高气傲的毛头小子。

黄奈菲瞟了一眼楚楚，温声道：“楚总，不如一起过去看看？”

周围人听到石田出言不逊，悄声规劝道：“石田，没必要，这事又跟你没关系……”

大家看到黄奈菲在楚总那儿自讨没趣，也不会出面戳破，或者给楚总难堪。有钱人都有脑子，同一阶层还分三六九等呢，何必上赶着惹人不快？

石田仰了仰下巴："怎么跟我没关系？奈菲姐的事就是我的事！"

石田钦慕黄奈菲也不是一天两天，眼见黄奈菲在楚楚那儿受挫，自然看不下去。其他人见状摇摇头，觉得他幼稚得要命，成年人还搞学生年代"冲冠一怒为红颜"的事，尤其敌对对象还是楚楚，实在有些不自量力。

众人本以为楚总会大发雷霆，没想到她脸色平淡，好像完全没把石田的话当回事，反倒随着其他人走到桌边旁观。

楚楚看着桌上的卡牌，没有见过这种游戏，便好奇地看着几人打牌。

张嘉年察觉到她探究的眼神，主动解释起规则："这是UNO（一种纸牌游戏），卡牌的类型分为三种。"

"小黄毛"等人玩的是名为UNO的牌类游戏，最先将手中所有牌打出的玩家获胜。当玩家手中仅剩一张牌时，就要喊出"UNO"，游戏以此命名。UNO牌里有三类，分别是普通牌、功能牌和万能牌。

黄奈菲笑着提议道："楚总不如试试？"

楚楚见对方还在招惹自己，意味深长地道："你再继续跟我搭话，会让'小黄毛'很丢脸的。"

楚楚又不傻，当然看出"小黄毛"跳出来怼人的原因，小屁孩难过美人关。别人为黄奈菲出头，黄奈菲却还在抱楚楚的大腿，这对"小黄毛"无异于讽刺。

石田眨了眨眼，摸了摸自己的头发，才反应过来她口中的"小黄毛"是自己！

石田：什么"小黄毛"，这是高贵的私人定制款发型！

黄奈菲一愣，偷偷看了眼南彦东，赶忙尴尬地推辞："您说笑了，我和石田仅仅是朋友……"

石田闻言有些失落，又忍不住继续挑衅楚楚："楚总光看不玩，不太合适吧？"

"我不会。"楚楚可不受"小黄毛"的激将法，扭头看向张嘉年，问道："你要不要玩？"

张嘉年既然可以讲解规则，以前应该玩过。

石田嗤笑一声，轻蔑地说道："他可玩不起，我们是有彩头的！"

他举起小巧的车钥匙，嘲讽地上下打量张嘉年一番，问道："你玩得起吗？"

石田可记得事情的起因经过，要不是张嘉年拒绝南彦东，黄奈菲怎么会在楚楚那里吃瘪？这些年轻气盛的富家子弟向来目中无人，觉得张嘉年就是个打工的。

南彦东算是难得的青年才俊，明白知人善任的道理，石田却直接把不屑写在脸上。

张嘉年上学时碰到过这种人，早已习以为常，懒得搭理跳梁小丑一般的石田。

楚楚却有点不悦，微微挑眉，出声问道："彩头是什么？"

"我的是迈凯伦P1，要是别的彩头，怎么也得差不多吧。"石田得意地说道，斜了张嘉年一眼，"有些人还没资格跟我们同桌。"

楚楚完全不懂车，索性向张嘉年虚心求教："很值钱吗？"

张嘉年没法直接报价，委婉地说道："您车库里有一辆，从前年起就不开了。"

石田：这是突然炫富？

女配角原身酷爱豪车，换车跟换衣服一样轻松，车库里停着不少千万级超跑，很多是楚彦印送的生日礼物。楚楚因为对车一窍不通，穿越进书中后就再没管理过，现在出行都靠司机，坐的车也非常低调。

楚楚想起家中装满车钥匙的小木盒，记起自己的包中好像也有车钥匙。她低头翻了翻，果然找出一把，随手丢在桌上。

旁边人打眼一瞥，便回头议论起来："帕加尼！"

"她好像有辆全球限量款……"有人嘀咕道。

楚楚不懂车标，诚心求教："这个够格吗？"

"够了，够了！"桌边的人立刻给楚楚让位，招呼道，"您坐！"

石田面露诧异："你不是不玩吗？"

"对啊，我不玩。"楚楚拉着张嘉年，将他摁在空出的座位上道，"他替我玩。"

张嘉年的脸上浮现惊讶之色，他立刻试图起身，想要婉拒："这不太合适……"

楚楚安抚地拍拍张嘉年的肩膀，凑到他的耳边悄声道："玩呗，赢了就当我们的烧烤基金，输了就举报聚众赌博，把他们一锅端。"

楚楚心想，反正前身的豪车摆在库里就是摆设，又不能变现算入百亿约定，现在废物利用也挺好。

张嘉年：果然最毒女人心，输了居然去举报？

张嘉年内心突然涌起使命感，绝对不能输，不光是帕加尼的问题，真让“小黄毛”等人由于聚众赌博遭拘留，肯定会平白增加自己的工作量。楚家邀请众人做客，再举报人家赌博，这叫什么事？楚董要是知道，估计得被气死。

南彦东看到两人交谈亲昵，面容染上一丝愁色。楚楚抛出豪车，维护张嘉年，难道还不够说明问题的严重性？他为张嘉年的选择感到痛心疾首，这简直是从此走上不归路。

石田没料到楚楚会给张嘉年撑场面，冷哼一声，在桌前重新洗牌："你可别后悔，到时候输了车又赖账！"

楚楚的帕加尼是全球限量款，不仅在价格上比迈凯伦P1高得多，更在于其稀有度，很多人有钱都不一定能买到。

楚楚信誓旦旦地道："那不会，我的车库里有的是车，够你们打一天牌。"

石田："……"

有人小声道："楚总，您真不玩吗？我把位置让给您？"

他们本来是四人局，现在张嘉年坐在桌前等于一对三。其他人害怕楚总觉得不公，提出让位变成二对二。

"不玩。"楚楚摆摆手拒绝，"我看着就好。"

众人皆以为楚楚对张嘉年的水平相当放心，只有张嘉年心里清楚，她是生怕事情不够热闹，恨不得马上跑出去举报赌博。

四人发牌结束，石田便对另外两人使了个眼色，毫不客气地围攻张嘉年。

张嘉年坐在桌前，手中握着牌，心态反而平和下来，心无旁骛地投入游戏中。他们玩的是计分制结算，只要有一人胜出，其余玩家就要开始结算未打出卡牌的点数，点数越多，输得越多。

另外两名玩家顾忌楚总的情绪，不敢马上进攻张嘉年。石田对张嘉年的敌意却赤裸裸地摆在台面上，首轮就用功能牌"Draw Two（抽两张牌）"，让张嘉年罚摸两张。

张嘉年面对石田的攻势，手下也不留情，很快就使用"Reverse（逆转出牌方向）"牌翻转出牌顺序，下轮杀伐果断地打出两张"Draw Two"，让石田罚摸四张。

石田顿时气急败坏，不计输赢地进攻张嘉年。张嘉年却正好相反，专注地望着手中的卡牌，修长的手指娴熟地不断出牌，同时用功能牌对石田予以还击，全程风轻云淡。

另外两人刚开始还不好加入战斗，但很快就只能使出全力。众人逐渐发现，外表平和的张嘉年在游戏上步步为营、运筹帷幄，游刃有余地以一对三，没多久就要把牌打完。

张嘉年手中仅剩一张牌，开口道："UNO。"旁人对他的牌技钦佩不已，就连黄奈菲都投去惊讶的目光。

她本来完全没把张嘉年放在眼里，不料他还有这样的本事。黄奈菲微不可察地摇头，张嘉年的能力和相貌都不错，只可惜出身太差。

楚楚旁观战局，居然还煽风点火："学习和工作比人家差就算了，连游戏都比不过？"

楚楚心想，这是她见过最差的一届纨绔子弟，在聚众赌博上都比不过正经人。

石田额角冒汗，朝另外两人喊道："给他加牌啊，他就剩一张了！"

"没有功能牌……"其他两人为难地道。

三人没有手段能拦，张嘉年毫无悬念地获得胜利，成为胜出的第一人。

张嘉年的神色波澜不惊，他并没有常人获胜时的狂喜，只是自然地将牌推回桌面中央。楚楚反倒比他兴奋多了，佩服地鼓掌："可以，游戏十分钟，净赚一辆车。"

她暗道张总助真是全面发展的优等生，不但有进演艺圈的潜力，还有去赌场混的能力。早知道她还让他管理什么银达，直接把他丢进海外赌场混两个月算了，说不定一百亿就稳了！

张嘉年赢了，本来没什么成就感，如今却被她的喜悦感染，语气中有种不自知的柔和，笑道："这么高兴？"

楚楚本来脸上挂着笑意，想了想又长叹一声："唉，既然你赢了，那就不能举报了。"

张嘉年：怎么听上去，你还挺遗憾的？

"再来！"石田好胜心上来，不服气地道，"你刚刚不过是运气好！"

张嘉年还未答话，楚楚便率先道："愿赌服输，先放新彩头，再开下一局。"

石田气急败坏地丢出银行卡："我用现金跟你们玩！"

有人想要制止，劝道："石田，就是娱乐一下，何必呢？"

石田冷笑道："就算是娱乐，也不能让他赢了就跑！"

楚楚看向张嘉年，询问他的意见："你还想跟'小黄毛'玩吗？"

张嘉年看了看石田，淡淡地道："那就给他个赢回去的机会。"

石田看着张嘉年镇定自若的神色，更是怒火冲天，恨不得立刻击败他。四人重回桌前，再次开始游戏。张嘉年嘴上说着会给石田机会，但在游戏中却完全不是这样，几乎展开一面倒的血虐，连赢三把。

众人本来抱着惊险刺激的情绪观战，到后面就是麻木地听着张嘉年平静的声音。

“UNO。”

“UNO。”

“UNO。”

“石田，别玩了！再玩裤子都输光了！”周围相熟的人纷纷拦住输红眼了的石田，想让他别再冲上去送人头了。石田现在已经赔了两辆车和几千万现金，居然还敢不管不顾地要求再来。

另一边，楚楚坐收渔翁之利，正是春风得意的时候，感慨道：“这已经不算烧烤基金了，完全可以开烤串城了。”

虽然这种罪恶的外快不能计入百亿约定，但金钱给她带来的快乐是实打实的。

“等把车卖掉，我们一人一半。”楚楚望着大功臣张嘉年，郑重地许诺。

张嘉年看她脸上露出志得意满的表情，不禁觉得好笑，哭笑不得地道：“都给你。”

“那不行，快乐一定要分享！”楚楚振振有词，绝不能亏待有功之臣。

石田听到他们开始商量卖车之事，差点气到吐血。大脑在焦躁和愤怒中一片混沌，他像个输红了眼的赌徒，手足无措地看着牌局。桌上的手机屏幕亮起，石田看到发信人一愣，随即道：“你们都别走，我马上就回来！”

众人见他往外走，还放下豪言，误以为他要出去借钱，连忙出言规劝。

“石田，别玩了，跟楚总道个歉吧……”

“住嘴！”石田正在气头上，什么都听不进去。

楚楚眨眨眼，见石田暴跳如雷地离开，干脆取出手中的钥匙，开始现场吆喝兜售：“有人想买车吗？迈凯伦P1低价促销，可现场提货，童叟无欺。”

众人没想到楚总如此有效率，现在就要卖车。有人小声问道：“价格有多低？几折？”

“你疯啦，那是石田的车，他还不得跟你急……”

“问问嘛，问问又不犯法！”

楚楚相当爽快：“你要诚心买，我给你打五折！”

其他人本来还有所顾虑，听到价格顿时心动不已，这可是直接节省几百万。两辆车没多久就变现成楚楚账户中的真金白银，还让她收获了两份人情。

果然在钱面前，所有人都是“塑料”友情。

无人的角落里，石田看到黄奈菲，心情颇为复杂。他想到自己在她面前输得一败涂地，一时有些抬不起头来：“奈菲姐，你找我做什么……”

黄奈菲看他犹如落败的小狗，善意地提醒道：“石田，你针对错人了。”

石田误以为她为张嘉年说话，当即不满道：“他不过就是受楚家资助的走狗，有什么了不起！”

“国际象棋中决定胜负的棋子是国王，但张嘉年不过是皇后……”黄奈菲循循善诱，柔声道，“你想要获胜，应该抓住的是国王。”

石田不该一味针对牌技超群的张嘉年，而应该转头击垮他背后的楚楚。

石田若有所思，回到屋里后，立马找上正主。

“我要跟你比！”石田气势汹汹地回到桌边，朝楚楚道，“我们最后玩一次！”

“跟我比？”楚楚冷冷道，“你现在还有什么彩头能摆上桌吗？”

“我拿时延餐饮的股份跟你比。”石田早有准备，掷地有声地道，“你要是不相信，现在就签合同！”

“你疯啦！你爸会打死你的！”旁人听他口出狂言，不由得惊叫出声。

石田冷哼道：“输了才会打死我，赢了不就没话说？”

楚楚一头雾水，小声问道：“他说的时延股份是什么？”

张嘉年耐心地解答：“时延餐饮是一家上市公司，石田的父亲是集团董事长。时延集团下有许多知名餐饮品牌，您经常光临的泉竹轩就是其中之一。”

石田已经成年，手中持有时延的部分股份倒不奇怪。时延作为餐饮界龙头企业，股份自然也价值连城。

石田又展开激将法：“既然我拿时延的股份来比，楚总不也该加码，拿出自己的股份？”

楚楚摇摇头，断然拒绝：“我不跟你比。”

石田嘲讽道：“你作为公司老板，居然还没你下属的胆子大？”

楚楚坦然地道：“由于你今天的表现，我对时延的发展不抱期望，所以要股份也没用。”

石田：“……”

时延餐饮继承人石田的智商远低于常人，集团以后岂不是会在破产的边缘反复试探？

然而，奇怪的声音却突然出现，似乎在怂恿楚楚往上冲。

请通过任务加强“霸道总裁”光环，光环消失将被主世界抹杀。

任务：掠夺石田手中的股份，大闹聚会。

楚楚觉得奇怪的声音对自己有误解，她明明讲文明、懂礼貌，怎么会做出掠夺股份、大闹聚会的事情来？她是有道德底线的人！

石田见楚楚不上钩，更坚信她水平不佳，不由得恶言相向，妄图激怒她：“你不会那么屃吧？”

楚楚坐在椅子上，悠闲地说道：“人活着不就得屃一点吗？”

石田一愣，听她的语气，她似乎还挺骄傲的？

张嘉年看石田越发过分，率先出面解释：“楚总名下并无齐盛的股份，恐怕要让石先生失望了。”

楚彦印当时只是给楚楚巨款创业，并没有将齐盛的股份转到她名下。楚楚在银达投资中的股权占比是100%，公司体量跟时延餐饮不同，也不适合拿上桌当彩头。

“你们在聊什么呢？还提到股份了？”

年轻人间的吵闹同样吸引了贵妇们的注意，她们在笑声中走来，好奇地打量着石田和楚楚的对峙。林明珠抱着泰迪犬，跟其他太太们站在一起，听周围人讲述刚才发生的事情。她得知来龙去脉，不由得目光一闪。

牌桌边的人越来越多，反倒让石田将腰杆挺得更直，他大方地道：“没关系，你最近不是投了游戏公司？用光界娱乐的股份也可以！”

楚楚垂下眼，看着石田胸有成竹的样子，若有所思：“你对我司的业务还挺了解？”

石田似乎早有准备，连她有什么股份都知道。

“石田，你居然敢拿公司的股份玩？”石夫人本来抱着看热闹的心态过来，没想到主人公是自家儿子，顿时怒不可遏，“你想被你爸扒层皮吗？”

石田见母亲当众发飙，一时有些没面子，又想起黄奈菲的嘱咐，硬着头皮叫道：“妈，你就别管啦！”

“哎呀，都是孩子间的玩闹，没什么大不了的。”林明珠娇笑一声，竟然也怂恿起来，“楚楚，你赢了人家那么多东西，现在跑也不合适啊！”

林明珠听闻楚楚牌技不好，做彩头的股份又跟齐盛无关，自然上赶着撺掇楚楚丢脸，生怕事情闹得不够大。

楚楚闻言，饶有兴趣地道：“听小妈的意思，是建议我跟他玩一局？”

林明珠头一次听楚楚如此称呼自己，内心像是不小心吞下苍蝇一般，却只得在众人面前佯装母慈女孝，笑道："我当然是盼着你赢啦。"

楚楚没想到，所有人都在各有目的地推动她跟石田打牌。奇怪的声音是为了维护"霸道总裁"光环，林明珠是想让自己出丑，石田的动机似乎也不纯。

张嘉年小声询问道："不如我现在给董事长打电话……"

他觉得将股份摆上桌太过离谱，生怕楚总一生气，为了在众人面前强撑面子，非要跟石田硬碰硬。

"没上桌就叫爹，更会被他们嘲笑。"楚楚心里清楚，现场人太多，她如果一味回绝，反倒骑虎难下。

石田一拍脑袋，居然想出个两败俱伤的主意，让张嘉年也很无奈。他犹豫起来，最终悄声提议道："不然您上桌吧，我私下给您些……提示。"

张嘉年实在没办法，总不能看着她惨败，目前只有出老千一条路。

楚楚诧异转头，不可思议地感慨："没想到你是这样的张总助。"

楚楚觉得他正直严谨、光风霁月，果然人不可貌相，他还能有这种主意？

张嘉年有点窘迫："您要是觉得不合适，那就算了……"

"合适，怎么会不合适？"楚楚严肃地道，"这就是当年地下情报工作者的大义之风，这是一种信念的传承！"

张嘉年："……"

"你们嘀咕什么呢？到底有没有胆子玩？"石田仰起下巴，得意地道，"你要是非要认㞞，现在给我道个歉，这事就算过去了！"

石田的话挑衅意味十足，其他人听了脸色微变，偷偷打量楚楚的神色。她倒是云淡风轻，道："既然小妈想让我玩，我总得尽尽孝，博她老人家开心。"

林明珠："……"

林明珠敏感的神经碰到"老人家"三个字，恨不得当场爹毛，跟楚楚吵起来。其他人却打趣道："明珠啊，你看看，还是你说话管用，楚楚果然是个好闺女！"

"呵呵，她有心了……"林明珠干笑起来，努力让自己不失风度。

楚楚竟然还满脸孺慕之情，饱含深情地望着她，继续补刀："我最喜欢早上喝小妈炖的汤了，要是我赢了，小妈能不能给我送一周汤？"

"哈哈，这还不容易吗？你要是赢了，估计明珠要炖一个月的汤！"周围人立马起哄，"让她给你送公司去！"

林明珠听到楚楚的要求，只想大骂"炖××"，又觉得好像在变相辱骂自己。老宅和银达间的车程要两小时，公司九点上班，楚楚还要早上喝汤，这是打算让林明珠几点起床下厨?

林明珠发现楚楚变得越发可恶，她以前只会撒泼大闹，现在还能笑里藏刀硌硬人?

林明珠望着楚楚虚伪的嘴脸，僵笑道：“我还不知道你喜欢喝我炖的汤。”

她根本不回家吃饭，什么时候喝过汤啊!

楚楚眨眨眼，大言不惭道：“喜欢啊，我打牌的动力，可全靠小妈的承诺支撑。”

众人纷纷哄笑起来：“好好好，我们给你做证!”

楚楚在众人的簇拥下，半推半就地坐在桌边。张嘉年待在她身后，先简单地为其介绍每张牌的作用，开口道：“这是Wild Draw Four（下家摸4张牌），又称王牌，可以让下家罚摸四张……”

楚楚了然地点点头，刚刚旁观了几局，大致明白了游戏规则，只是还没上过手。

石田看她满目茫然的初学者状态，更是放下心来，大度地道：“放心，只要你的点数比我高，就算你赢!”

张嘉年刚才杀得其余三人抬不起头，每轮都是首胜者，所以根本不用进入点数计算环节。楚楚显然没有这种能耐，石田便放言两人将会用点数对决。

四人开始摸牌，石田和楚楚还是上下家的关系，战火简直一触即发。

黄奈菲看张嘉年坐在楚楚身后，不禁温声道：“张先生最好站远些，不然被人误会作弊就不好了。”

张嘉年目光微闪，同样露出礼貌的笑容，毫不客气地道：“既然黄小姐是太平洋警察，不如早日回到自己的岗位上，别在这里看牌了。”

黄奈菲一惊，不料张嘉年如此毒舌，明明石田刚才对他出言鄙薄，他都没有反应。

“别招惹他。”南彦东则见怪不怪，出言规劝道。张嘉年在学校里可比现在锋芒毕露，那时他是没有刀鞘的利刃，现在却成了认主的宝刀，只在关键时刻出击。

黄奈菲听南彦东帮其说话，更是心感不服。她不动声色地站在张嘉年旁边，打算紧盯楚楚和张嘉年间的小动作，防止他们作弊。

张嘉年安静地站在楚楚身后，似乎并无动作。黄奈菲随便瞟了一眼楚楚的牌面，顿时大吃一惊，骤然明白张嘉年镇定的原因。

楚楚居然摸了一把好牌，这还玩什么，傻瓜都能赢！

如果是一局定胜负，石田已经输了！

“对啦，我们是三局两胜吗？”黄奈菲佯装不知，出言问道，“刚才好像没说？”

楚楚淡然道：“随便。”

石田随口道：“那就三局两胜，别说我欺负她！”

楚楚头一回上手，打法跟张嘉年“保守反击”的方法不同，走的是莽撞进攻路线。因为规则表明可以同时出多张“Draw Two”，楚楚上来就打出三张，挑眉向石田示意：“喏，摸吧。”

石田暗道她运气真好，憋屈地摸了六张牌，下定决心要一雪前耻。

万万没想到，楚楚手中功能牌无数，作弊都不敢如此夸张！

石田还没机会翻转出牌顺序，便被楚楚喂得肚饱腰圆，不断遭遇+2、+4、+6的暴击。

楚楚没打几轮，便仅剩一张牌，抬头道：“UNO。”

石田极为不爽，挑衅道：“你不过是运气好，再来！”

楚楚摸了摸耳朵，轻轻地笑了笑：“总觉得刚才有人说过类似的话。”

石田在输掉现金和豪车前，好像也对张嘉年说过同样的话。

石田：“……”

石田不信邪，楚楚的打法毫无技巧可言，明显是初学者水平，她肯定只是第一局手气旺！

张嘉年本来还担心楚总受挫，却没想到自己英雄无用武之地。她似乎在游戏上运气奇好无比，前有无限金币十八连，现在又频频摸到好牌。

黄奈菲看着楚楚第二把开局便摸到四张王牌，只觉得天旋地转，眼前一黑！

游戏过半，石田也发觉不对，不由得瞪大眼，出言质疑：“你出老千！”

“唉，话可不能乱说，大家都看着呢……”楚楚当即不满，被人围得严严实实，哪有机会出老千？张嘉年甚至都不能多说话，多少双眼睛盯着呢。

她不由得冷笑：“我都没说你们三个串通一气，你还敢诬蔑我？”

石田暴怒道：“那你怎么会有这么多功能牌，这不科学！”

楚楚面露不屑：“我家养锦鲤的不行吗？你要是不信，回家转我的微博试试？”

石田：“……”

鱼塘塘主：我要让所有人知道，这个鱼塘被你承包了。你的维护让女主角大为感动，获得5%锦鲤运加成。

楚楚上次就发现自己拥有的“鱼塘塘主”称号，似乎会对游戏运气有加成。这些锦鲤运在日常生活中毫无作用，不会让她平地捡钱，只能在打游戏时生效。明明夏笑笑跟游戏没关系，楚楚也不明白称号的应用机制是什么。

楚楚再次打出王牌，发起“+4”攻势，彻底激怒石田。

石田大声道：“我要检举王牌！”

楚楚好奇地转头，询问张嘉年：“什么意思？”

张嘉年解释道：“他怀疑你出牌违规，要求你将牌面展示给他。如果是合法出牌，他就要多摸两张，共计六张牌。”

“哦，你看吧。”楚楚坦然地露出牌面。她手握的好牌，差点没晃瞎石田的眼。

石田毫无意外地再次惨败，不由得气急败坏：“我要重新算牌，这怎么可能？”

全场的好牌几乎都在楚楚的手里，其他三人居然难见一张功能牌，这也太离谱了！

“本来就懒得跟你玩，现在又要反悔？”楚楚耸耸肩，看不惯对方输不起的样子，火上浇油道。

“你说什么？”石田气红了眼，猛地扑上前，想要拉扯楚楚。

张嘉年适时地迈步上前，面露寒意，拦住愤怒的石田，皱眉道：“石先生，您有点过激了！”

石田本想推开张嘉年，没想到对方岿然不动，自己倒在反作用力下踉跄几步。楚楚从张嘉年的身后探出头来，仰起下巴：“输不起就要动手？”

楚楚心道，她的扳手可不是面团捏的！

双方一时剑拔弩张、矛盾激化。周围人小声道：“好了好了，大家各退一步……”

“输不起就走，别在我家的地盘上要横，谁稀罕你的股份！”楚楚嗤笑道。那些人推她上场时嚣张得很，现在却让双方各退一步？

石田像是被人踩中了尾巴，生气地挥舞着拳头，像是被嘲讽和怒火冲昏头。

“够了！”门口，楚彦印严厉的声音传来。

望着一团乱的场面，楚彦印不悦地道：“你们在闹什么？”

他提早结束事务，本来想要回来查岗，看楚楚是否信守诺言，进门却见到乱糟糟的状况。石田和楚楚远远望去恨不得要打架，楚彦印甚至发现楚楚要拿红酒瓶当打架的武器！

楚董的出现瞬间稳定住混乱的局面，他走到桌边，质问双方："事情的起因是什么？"

楚楚神色泰然，大言不惭地答："起因是我想喝林阿姨炖的汤。"

林明珠：原来还能这样？你怎么不从盘古开天地说起？

她实在没想到，本来只是"吃瓜"，却因为楚楚的一句话，瞬间沦落成瓜。楚彦印心生狐疑，不快地望向林明珠，斥责道："她想喝汤，你就给她熬，在这里瞎闹什么？"

楚彦印不明白，难道楚楚和石田是因为一碗汤而翻脸要打架？

林明珠抱着泰迪犬，面对楚彦印的责怪，在心中对恶人先告状的楚楚怒骂不已，面上却僵笑着辩解："我觉得是孩子们在闹着玩，可能跟汤的关系不大……"

南彦东出面做和事佬，解释道："楚叔叔，您别生气，他们是玩牌打赌，炖汤只是彩头。"

"是啊是啊，楚楚就是想讨明珠开心，跟石田玩一局而已。"其他人附和。

林明珠：你们是拿了她的钱吧？能不能别再提汤了！

林明珠简直哑巴吃黄连，有口难言，觉得其他人都是楚楚的水军，不然怎么都在扯些细枝末节？

她看向楚彦印，试图辩解："亲爱的……"

"待会儿再跟你算账！"楚彦印不耐烦地道，看着互不服气的楚楚和石田，只感觉头疼欲裂，干脆询问明理之人："嘉年，你跟我解释一下，到底怎么回事？"

张嘉年神色镇定，娓娓道来："董事长，石先生邀请楚总打牌，楚总刚开始婉拒，让我代她上桌。前三局中，石先生输掉些彩头，便有些不快，又强求楚总上桌。楚总推辞不过，侥幸赢了两局，没想到石先生发怒了。双方言语有些过火，确实不是什么大事。"

楚彦印眉头微蹙，又看向石田，问道："是这样吗？"

石田在威严的楚彦印面前不敢造次，动了动嘴唇，没有出言否认，但总觉得张嘉年的阐述哪里不对。虽然他的逻辑是通顺的，但他好像省略了很多细节，明明楚楚的言辞也很过分。

黄奈菲状似无心地笑道："听起来不像大事，只是彩头有点大。"

"彩头是什么？"楚彦印问道。

“石田说要拿时延餐饮的股份做彩头，让楚楚也拿出自己的股份……”周围人弱弱地道。

楚彦印闻言，差点当场心肌梗死，觉得自己的太阳穴猛跳，完全不知道该如何处理此事。如果楚楚真的拿走时延餐饮的股份，两家的交情就彻底破碎了，拼都拼不起来。

楚彦印后悔不已，觉得自己百密一疏，就不该让她来。她能一扳手击垮南家，当然也能打牌对抗石家。

楚彦印看到楚楚理直气壮的表情，更是气不打一处来，率先发怒道：“我让你来是跟大家聚聚，你却搅出这些事来！”

如果是往日的楚楚，现在必然要出言跟楚董顶撞，非跟他掰扯半天不可。此时，楚楚却难得示弱，在众人面前泫然欲泣，委屈地道：“我都说了不玩的。”

楚彦印看她可怜的样子一蒙，顿时满目茫然，本以为她会当场奓毛，没料到是这种反应。

楚楚佯装失落，继续控诉：“别人家的小朋友都有自家的股份，只有我没有，当时我就说不玩了……”

石田有时延餐饮的股份，她却没有齐盛的股份，实在太伤自尊了。

楚彦印：“……”

楚彦印：这是暗戳戳地责怪起我了？

张嘉年看楚楚眼圈泛红，竟然有些疑惑，不知她是演技逼真，还是真情流露。虽然她的言辞有些气人，但她自始至终确实不是挑事者。楚彦印直接指责楚楚，确实有失公允。

张嘉年提议：“董事长，我觉得也该听听楚总的解释。”

楚楚立刻顺杆爬，怅然道：“他怎么会听我的话？每回都是直接骂我……”

众人同情地望着楚楚，同时向楚彦印投去不赞同的眼神，有人劝道：“楚董，家教甚严没错，但也别把孩子逼得太紧了。”

楚彦印：“……”

楚彦印觉得楚楚已经深谙舆论营销之道，现在都能靠外界言论，给自己的父亲施压了。

楚彦印摆摆手，头疼道：“股份的事情一笔勾销，实在是胡闹！”

楚楚在心里嘁了一声，早料到股份的事不可能有效，所以当初才懒得下场。楚彦印如此重视人脉、面子，怎么可能容许她做此等大逆不道之事？她当时就明白，打牌赢了也不一定拿得到股份。

石夫人出面调停，公正地说道：“楚董，我知道您怎么想的。我们愿赌服输，既然石田敢把股份摆上桌，我家肯定也不会赖账。”

“大家都是朋友，又是证人，石家和时延都丢不起这个脸。”石夫人环顾一圈，掷地有声地道，“我想老石也不会出尔反尔。”

石田惊叫道：“妈，你怎么能这样，我会被爸打死的！”

“哼，现在你知道怕了？”石夫人冷笑道，“要是能让你长个教训，这股份输了也值！”

楚彦印为难地道：“哪里的话，您这是让我以后没脸再见石董……”

石夫人的性格倒是爽利，大气地道：“楚董，今天我们要是赖账，我才是没脸再见各位了。”

“楚楚，你过来。”石夫人朝楚楚招招手，露出和煦的笑容。

楚楚看对方如此热情，一时无所适从，不过还是走了过去。石夫人拉着她到桌边，又把石田叫过来。石夫人看向旁边，出声道：“谁来拟合同？现在就办手续吧。”

楚楚竟有种春节时被长辈塞红包的感觉，连忙道：“阿姨，使不得……”

她嘴上这么说，心里想的是：谢谢阿姨，请多塞点。

石田吓得失魂落魄，语气中都夹杂着哭腔：“妈，你是认真的吗？我错了，你饶过我这回好不好？”

石夫人对他的哀求置若罔闻，冷声道：“有所失，才能有所悟。”

楚楚和石田在石夫人的见证下，顺利完成股份交接。

恭喜你完成任务，“霸道总裁”光环已加强。

众人看过热闹，陆续告辞。楚彦印送石家一行人出门，看着端庄的石夫人和怨愤的石田，无奈地道：“真没想到会出这种事，您和时延以后有要帮忙的地方，尽管跟我说……”

楚楚可以不管不顾地收下股份，楚彦印却不能做出这种事。既然石夫人出面给了股份，楚彦印作为家长，当然也要进行善后，在其他方面弥补时延。

石夫人笑道：“楚董实在不用客气，本来就是孩子们间的玩闹。楚楚和石田年龄相差也不大，就当不打不相识，交个朋友好了……”

如果二人只是交朋友，需要上升到送股份的地步吗？

楚彦印从石夫人的话中读出其他的意味，便客套地笑了笑。

石夫人见他不言，又婉言道：“您也别让楚楚老忙工作，搞得她连碗汤都喝不上。您要是忙，就让她来我家坐坐，我可是欢迎得很。”

“她性子闹，实在怕打扰……”

“楚楚哪里闹，我看还行啊。”石夫人掩嘴笑道，“听说她爱去泉竹轩，那还不如来我家里呢。”

“呵呵，您客气了。”楚彦印皮笑肉不笑地道，万万没想到，不孝女还能被人相中。

石夫人的算盘打得不错，股份落入楚楚的口袋，两家要是联姻，一来一去股份又回来了，还能成就一桩好姻缘。

楚彦印可不敢贸然答应这种事情，万一她提着扳手把石家抄了，那才真是回天无力。

屋内，楚楚见其他人都离开了，立刻懈怠地瘫在椅子上，抖了抖手中的纸质协议。

张嘉年坐在旁边，用沉静的眼眸望向她，小声问道：“您刚才是真的哭了？”

楚楚低头检查协议，随口道：“当然不是，我怎么可能会哭？”

张嘉年无言，早该料到楚总心如磐石，估计一直在演戏。

楚楚反应过来，抬头笑道：“你以为我真的会哭？”

张嘉年瞟她一眼，淡淡地道：“我被您蒙骗又不是一两回了。”

张嘉年时常被她耍得团团转，已经习以为常了。

“话不要说得那么难听啊。”楚楚凑上来，笑嘻嘻地说道，“张总助要是实在想看，我也可以勉强挤出几滴，好歹当年上过表演课。”

张嘉年：这是鳄鱼的眼泪吧。

他捕捉到新信息，不由得问道：“您以前还上过表演课？是在影视院校吗？”

楚楚发觉自己得意忘形，竟一时失言。她将纸质协议递给张嘉年，岔开话题：“你帮我收着吧。”

张嘉年将协议收好后，直直地望向她，质问道：“您没有别的想说吗？”

真真假假、假假真真，她的话简直没一句靠谱的，这回难得露出马脚。

楚楚在他清澈的目光下无所遁形，迟疑片刻，眨眨眼道：“张总助真好看？”

张嘉年：“……”

他顿时有种火烧似的赧意，在她的胡言乱语中乱了阵脚。

楚楚看他别扭地侧开脸，发觉此招有效，立刻欠欠地凑过去，重复道：“张总助真好看。”

张嘉年这回直接背过身，选择对着墙壁自闭，连看都不看她。

楚楚越发得意，语气更为真挚：“张总助真好看！”

“够了。”他不自然地闷声道，尽力压抑过快的心跳，想要掩饰微微发红的耳根。

“不够。”楚楚摇了摇头，振振有词道，“真理就该被当成标语刷在墙上！”

张嘉年：“……”

楚彦印送走众人，回到老宅屋中，紧急召开家庭内部会议，围绕聚会上的赌博乱象，展开激烈的批判与自我反省。参会人员有楚彦印、楚楚、张嘉年和林明珠。

楚楚懒洋洋地拨弄着餐盘中的水果，眼见楚彦印开始训斥另外两人。

“她胡闹就算了，你们也跟着她闹？”楚彦印气不打一处来，“为什么当时不拦着她？”

张嘉年无言以对，立刻发动自己的“路人甲”技能，甘当沉默的背景板。林明珠为难地笑笑：“当时气氛上来了，我们只当孩子们在闹着玩……”

“她是个孩子，难道你也是吗？”楚彦印听林明珠辩解，当即勃然大怒，“她要喝汤就直接熬，怎么还撺掇她上赌桌？让她把家底败光，你就高兴了？”

林明珠：怎么又扯回炖汤了？！这个话题什么时候能结束？

张嘉年觉得林明珠是脱离职场太久了，老板发火骂人时闭嘴听就好了，她怎么还辩解起来了？下属一找借口，领导便怒气更甚，这场批评大会就会无限延长，没有结束的时候。

果不其然，楚彦印斥责一通后，让三人回去思过，同时要求林明珠按约定给楚楚送一周的炖汤。谁让事情的起因是汤呢？

楚彦印发完火，便回屋休整。林明珠看他离开，面对楚楚和张嘉年，瞬间变了脸色，冷笑道：“哼，现在你满意啦？居然祸水东引，我真是低估你了。”

楚楚看着对方的两副面孔，拿起手机，轻松地晃了晃：“我刚开录音了，不然我们上去，让老楚听听你刻薄的语气？”

林明珠大惊失色，咬牙道：“你居然还录音！”

“领导开会当然要录音，怪不得你爬得不够快呢？”楚楚风轻云淡地走上前，看林明珠惊慌失措的样子，干脆伸手拍了拍她的脸蛋，警告道，“小妈，你以后对我客气点儿，我们彼此都别找事，好吗？”

林明珠的脸被楚楚微凉的手指拂过，身体下意识地一抖，却仍嘴硬道：“别以为你能得意多久……啊！”

张嘉年听到林明珠的尖叫声，还以为楚楚忍不住动手了。他刚要上前制止，却发现楚总只是把林夫人的脸拉成鬼脸状，然后揉来揉去。他见状松了口气，又感觉有点好笑。

楚楚捏着林明珠的脸蛋，往两边一扯，感慨道：“啧啧，你怎么就改不了这个坏习惯，老爱说恶毒女配角的台词？”

楚楚实在是恨铁不成钢，怎么有人上赶着当恶毒女配角？平淡地活着不好吗？

林明珠气得奓毛，又挣扎不开，含糊不清地恼怒道：“你说什么……”

“以前看你长得漂亮，一两回就懒得跟你计较了，但别蹬鼻子上脸。”楚楚笑了笑，轻飘飘地道，“你就算把我赶出老宅，又能怎么样？”

女配角原身不堪忍受林明珠，果断搬出去自己住，但不代表楚楚对林明珠没办法。

“我离开这个家，照样开公司、拿股份，你守着大房子，也没见你发财？”楚楚毫不客气地蹂躏完林明珠的脸蛋，随即轻松地拍拍手，“人贵有自知之明，你争不过我的。不是你能力不行，是老楚根本不信你。”

这是个极简单的道理，任你能力出众、才华过人，只要不受领导重视，就很难有用武之地。其他人还能跳槽高升，林明珠却挑了条很难跳槽换岗的路。

楚楚以前没把林明珠放在眼里，但林明珠这回帮着外人起哄，想让自己出丑，可就有些过分了。

林明珠终于被她放开，气愤地摸了摸自己被揉红的脸，颤声道：“你、你胡言乱语什么……”

“我在聚会上给你难堪，为什么没人帮你说话？”楚楚嗤笑道，“说到底，你什么都不是，没有楚家的标签，就无人问津。”

楚楚虽然是个纨绔富二代，在外界名声极差，但只要还握着实权，别人就不会多招惹。林明珠就算表现得端庄优雅、秀外慧中，但没有属于自己的产业，便永远只能赢得表面的尊重，没法带给旁人实际的价值。

林明珠脸色发白：“这话你敢当着你爸的面说吗？让他听听你的语气！”

“敢啊，为什么不敢？”楚楚懒洋洋地耸肩，“更过分的话，我都对他说过，现在不照样活得好好的？”

“一朝天子一朝臣，小妈该对我好点，起码别在外人面前不给我面子。”楚楚露出满分的微笑，温柔地道，“否则这回是铁锅炖汤，下回就是铁锅炖自己了。”

林明珠看着她的魔鬼笑容，只恨楚彦印怎么现在不下楼，看清她的真面目！

林明珠见张嘉年侧身假装木头人，更是怒不可遏：“张嘉年，你就眼看着她欺侮人，居然连句话都不说？”

张嘉年本着“非礼勿视，非礼勿听”的态度，低头恭敬地道：“林夫人，我实在不好过问楚董和楚总的家事。”

张嘉年觉得，一是他不好插手这种事，二是楚总确实没有过分之举。她不过是嘴上说两句，加上动手揉脸，实际上没什么恶意。

周围的用人们早就走开，不敢在此地多留，跑到别处避风头。

楚楚看林明珠面露惊恐，配合地露出邪恶的神色，威胁道：“你叫啊，你叫破喉咙也不会有人来救你的。”

张嘉年：“……”

张嘉年：好吧，这句勉强有恶意？

恭喜你完成隐藏任务，“霸道总裁”光环已加强。

隐藏任务：恐吓拥有“恶毒女配角”光环的人物一次。

楚楚教育完林明珠，带着张嘉年转身欲走。林明珠刚松一口气，却见她折了回来，淡淡地道：“对啦，还有件事情……”

“你以后别擦那么多粉，上年纪了还是以保养为主。”楚楚嫌弃地搓搓手，抱怨道，“蹭了我一手。”

林明珠：“……”

楚楚带着张嘉年扬长而去，其他人则赶紧拦住想打人的林明珠，劝道：“夫人，使不得、使不得，忍一时风平浪静……”

第八章　总裁的花边新闻

《赢战》在齐盛集团全员的广告轰炸下，终于迎来首日公测。《赢战》的首日新增用户量远超《缥缈山居》，虽然游戏的势头很好，但秦东等人却不敢松懈。游戏团队推出各类开服活动，还对端游版老玩家进行召回，向曾经的大神玩家们发送邮件。

《赢战》团队商议后，想要推出一次全服活动冲击新增用户数量，便联系上楚总，拜托她配合。

“我可以上线，但我没法跟那么多玩家互动吧？”楚楚听完秦东的主意一愣，不免提出疑问。

《赢战》希望楚总可以在全服活动当天上线，吸引更多玩家参加活动，并跟他们在线上完成互动。

秦东挠挠自己的卷毛，解释道：“我们会给您准备一个特殊账号，职业是游侠，您的血量会是普通玩家的十倍，同时拥有两倍攻击力。除此之外，您的各项玩法跟其他玩家一样，不过会有专门前来讨伐您的玩家小队，用这种方式完成互动……”

楚总上回使用游侠，完成无限金币十八连，导致团队后续直接修改职业技能，限定游侠的最高连击数为十次。秦东等人这回索性让楚总以一斩百，设定全服玩家讨伐她，专门设计出特殊账号。

楚楚面无表情地道：“说了那么多虚的，你就是让我当世界boss呗。”

楚楚信了他的邪，什么十倍血量、两倍攻击，仔细一想，这不就是

boss吗？

秦东被她戳破，干笑道：“您要是这么理解，也不是不可以……”

楚楚看了看他们的活动策划，感觉还算有趣，又问道：“那你怎么向玩家证明是我在玩，而不是其他人代打？”

秦东推了推眼镜，解释道：“我们已经联系奇炫TV，为您在活动日当天开设专属的直播平台……”

游戏团队早有准备，在各个方面筹备得极为全面。

“你们把我卖得挺彻底啊！”楚楚不怒反笑，“梁禅知道这事吗？”

“梁总知道，所以今天不敢来见您了。”秦东立马出卖了老板，苦兮兮地道，“楚总，您稍微配合一下，《赢战》的首月新增数据就能比较好看了，不然广告都白打了。”

游戏团队如此绞尽脑汁，还不是千方百计想留下新玩家。楚楚着实不好拒绝，毕竟是自己投了钱的项目。

银达投资内，张嘉年像往常一样开完例会，看到手机上的邮件提醒，不由得微微一愣。张嘉年回到办公室，坐在电脑前思索片刻，终于登录了自己的私人邮箱，点开了最新邮件。

亲爱的超神玩家VIR：

经年不见，甚是想念。

全新手游版《赢战》，重燃巅峰时刻，诚邀您激战荒野，续写不败传奇。

我们为您保留曾经的经典ID名“VIR”，以表尊敬。

您可在手游版“角色创建”页面，输入以下代码，绑定限定版ID。

《赢战》手游

《赢战》手游的邮件像是一封来自过去的信，在张嘉年平静无波的生活中溅起小小的涟漪。他没想到，多年后再次直面年少时热血沸腾的理想，心中反而平静下来，像是在旁观另一个人的故事。

VIR对现在的他来说，太陌生了。

张嘉年打开《赢战》手游，将ID代码绑定。他面对角色创建页面时，一时没有头绪，最终选择默默地退出。他已经逐渐跟那些遥远的梦告别，展开全新的生活，心中没有遗憾，更多的是感慨。

不知何时起，他产生了新的理想，围绕她而生。

张嘉年看着画面上的“VIR”，思索片刻，关掉了游戏。

既然那是过去的回忆，他倒不如就此珍藏。

另一边，楚楚虽然知道《赢战》团队针对活动做了很多有趣的策划，但万万没想到，自己居然还被悬赏。

活动页面赫然写着首杀楚总可领取赏金9999元，最高输出者可领取8888元，最高承受伤害者可领取7777元，最高治愈量者可领取6666元。

如果说游戏活动刚开始还只是吸引玩家，现在公布了真金白银的击杀奖励，无数吃瓜群众便立刻下载游戏，火速赶往战场。

火焰妖娆：“《赢战》手游的宣传力度好可怕，当年端游要有这实力，早就火遍全球搞职业赛了。”

迎春花：“全能VIR，神仙‘鬼昼焰’，鞭炮侠‘达令’，毒料理‘法法’，我的时代不会过去，我的时代终将过去，《赢战》最终还是活下来啦。”

云云：“评论区别说了，本老粉濒临爆哭，早年的大神们还会回来吗？永恒虚像VIR！”

线上，网友们正真情实感地怀念曾经在《赢战》呼风唤雨的大神玩家；线下，超神王者张嘉年却深藏功与名，正敲门给楚总送奶茶。楚总最近被奶茶深深吸引，经常以夏笑笑或王青的名义订外卖，用这种奇妙而美味的液体愉悦自己。

楚楚不敢用张嘉年的名字，原因很简单，他对奶茶抱有天然的敌视，一旦他发现，少不了一顿唠叨。

张嘉年听到她在屋内应声，推门进屋后，忍不住规劝：“楚总，我建议您还是不要多喝这种饮料，里面有过量的咖啡因和反式脂肪酸……”

张嘉年像往常一样刚开口教育，便看到楚楚正以奇怪的姿势趴在地上，她窝在办公桌下，不知道在干什么。

“您在做什么？”他看着姿势不雅的老板，艰难地开口。

楚楚自然地站起身，拍了拍衣服，解释道：“直播有声音没画面，我看看怎么回事。”

张嘉年闻言，松了口气：“如果是技术问题，您让我们来处理就好了。”

张嘉年心道，进屋看地上趴着个人，还误以为是命案现场，吓了一跳。

奇炫TV的直播页面，网友们则对着黑漆漆的画面怒刷弹幕。

“为什么画面是黑屏啊？难道我卡了？人呢？”

“楚总：只有聪明的网友才能看得到我。”

“刚才的‘反式脂肪酸论’好熟悉，我还以为我妈进屋骂我了。”

“楚总几点上线？”

“小哥哥的声音真好听。”

“楚总在家直播？怎么还有别人？”

张嘉年帮助楚楚搭建完设备，眼见直播平台上出现画面，便小心地退到一边。楚楚看他避到角落里，不由得心生疑惑：“你跑那么远做什么？”

张嘉年不太想出镜，把奶茶放到桌上，便转移话题打算溜走：“您先忙，有事叫我就好。”

“正好，现在就有事。”楚楚顺理成章地接过话茬儿，茫然地求教，“这游戏怎么玩来着？”

张嘉年：这是新手boss在线学习？

张嘉年没有办法，好脾气地进行教学，逐步指导道：“您先进入角色创建页面，因为是特殊账号，按照秦东当时说的步骤登录。全服活动是90分钟竞技模式，您选择好后就可以开启，其他游戏内容和内测时差不多。”

楚楚根据他的引导，按部就班地登入游戏，看着闪退的画面，又问道：“这是什么意思？”

张嘉年看了眼屏幕，解释道：“在线玩家太多，您被挤掉线了。”

楚楚：“……”

“哈哈哈游戏团队出来挨打！你家boss被挤掉线了！”

“楚总的脸上写满‘原来本次活动我不是主角’的疑惑。”

《赢战》游戏内，众多玩家满怀期待地等待楚总上线，却迟迟不见boss降临，只能像无头苍蝇般满场跑。Boss进入场地时，才会开始90分钟倒计时，此时玩家们都没法在游戏页面内升级，只能唠闲嗑。

齐盛集团：“欢迎大家支持‘太子’的产业，为百亿目标添砖加瓦。”

风风火火：“年少不知ID贵，早知道我起名银达投资。”

银达投资：“哥不在江湖，江湖却有哥的传说。”

陈一帆老婆：“顶着公司ID打楚总，不会被扣奖金吗？”

打嗝：“早知道我叫VIR，可以过把大神瘾！”

小天宇：“早期超神们的ID全不能注册，据说有专属召回代码，我试过了。”

众人正热火朝天地闲聊，终于看到游戏画面上出现鲜红的文字提示。

系统：“特殊玩家‘楚总’已上线，全服活动正式开始！”

系统：“本次活动共计九十分钟，击杀奖励可在活动页面查询。”

楚楚好不容易挤上游戏，还没站稳，便看到呼啦啦的玩家朝她拥来。游戏中，女游侠拔腿就跑，或许是十倍血量的缘故，体形要比其他人物大一圈，游戏ID是鲜红的颜色，在画面中格外醒目。

楚楚神情紧绷地盯着屏幕，恨不得将手机举过头顶，仿佛以这样的姿势，能让她在游戏中跑得更快一点。

张嘉年看着她的操作，努力克制自己的游戏本能，却仍忍不住提醒：“其实您现在的战力，比他们都强……”

游戏刚开局，玩家们普遍没有打怪升级，怎么可能打倒十倍血量的楚总？

楚楚在他的提示下恍然大悟，尝试施放技能，果然横扫一片，立刻对玩家们展开一面倒的屠戮。

女游侠不但血量超群，而且是双倍攻击力，伤害颇为惊人，简直吊打其他玩家。女游侠看到ID名为“齐盛集团”的炸弹人，直接将他一箭穿心，完成暴击。

齐盛集团：“啥？”

小方：“哈哈哈哈哈！ID误人，天生拉boss的仇恨值！”

子夏：“楚总未免血量太厚，游戏团队不能这么拍老板马屁吧？”

女游侠不但在玩家群里放大招，还挑衅地跳来跳去，满地图自由地穿梭，看上去嘚瑟得要命。

谁能挡我：“是可忍孰不可忍，楚总快把欠我的9999元结一下！”

张嘉年本想早早离开，但看到《赢战》的游戏画面，视线又莫名其妙地被吸引住，变得迈不开腿。他望着楚楚的操作，小声说：“您如果再不发育，后期就打不动了。”

张嘉年：“大招放早了，刚才是空炮。”

张嘉年：“往上冲会被战士黏住的。”

他目不转睛地盯梢，实在让楚楚压力山大。

楚楚坦言道：“张老师，您让我有种在做家庭作业的压力。”

张嘉年这才住嘴，压抑自己想纠正她走位的冲动。

“画外音小哥真的很严格！”

“这是一对一在线直播指导如何打游戏？”

“放肆，我楚太子想怎么玩就怎么玩，哪容他人质疑？！”

“小哥由于强大的求生欲，现在选择沉默。”

张嘉年的预测果然没错，玩家们缓慢发育起来，对楚楚的伤害越来越高，加上他们还有庞大的辅助队伍，楚楚竟逐渐抵挡不住。毕竟她只有一个人，玩家们车轮战地往上涌，换谁都扛不住。

楚楚刚开始凭借超厚的血量和高攻击力占上风，但随着时间的推进，她光浪不发育，很快就被蜂拥而至的玩家磨得只剩三层血皮，又开始抱头鼠窜。

楚楚感到不妙，当即现场求助，叫道："张老师，张老师！"

张嘉年听到她的称呼，无奈地出声："您有什么吩咐？"

楚楚眨眨眼，乖巧地道："捞一下我吧？"

她瞬间忘却自己刚刚还抱怨张嘉年的指点，在生死面前毫无原则地向大佬低头。

张嘉年在她的眼神攻击下毫无办法，轻轻叹了口气，最终任劳任怨地接过她的手机，代为进行操作。

直播平台内，网友们只看到男人骨节修长的手接过楚总手机。楚总便悠然地靠在椅子上，兴高采烈地开始吸奶茶，懒洋洋地哼起小调，似乎置身事外。

"银达员工还得帮老板上分？"

"世界boss在线直播上班偷懒，推卸工作？！"

"居然公然找代练，举报了！"

张嘉年接过手机，凭借当年打端游时积攒下的超强意识和走位，瞬间为女游侠加持飞升效果。

游戏内，到处乱蹦的女游侠像是顿悟，起手就是三连跳加大招，直接对追击的玩家们展开七连击。炸弹人们远程投放着高伤害弹药，她却灵敏地左右挪步闪开，反手一箭暴击为首的玩家"达令"。

达令："……"

呼啦圈："我们鞭炮侠上线啦啊啊啊，尽管冒头就被秒杀。"

章鱼小丸子："楚总开挂啦？走位骚得一比，打法堪比VIR。"

橡皮擦："达令的炮都能躲开，她已经超神了吧？"

小朵："你的楚总直播喝奶茶五分钟了，现在是代练。"

因为炸弹人的伤害值奇高，女游侠卡着走位，连续蹦跳两下，又两箭磨死目前的最高输出者"达令"，再次送对方回出生点。

达令："我被楚总针对了呜呜。"

无涯："达令回想起那些年被VIR支配的恐惧。"

法法："你过来，我保护你。"

太阳能："哦哦哦又有大神冒头！法法的语气好宠溺！"

"法法"的职业是厨师，刚刚跑到"达令"身边，想要给对方加持护盾并加血，便遭女游侠boss一箭爆头。女游侠下手毫不留情，直接一击打死“达令”和“法法”！

达令：“……”

小脚丫：“楚总笑着说‘你看我这箭适不适合射穿情侣狗？’”

莲花悠远：“楚总之箭，专射远古超神，认准专属ID准没错。”

另一边，楚楚正专心致志地吸着珍珠，为广大网友直播暴风吸食两杯奶茶。

“请您动动自己的小手，不要让人帮写作业。”

“这两杯奶茶我请了，楚总快上线，把欠我的9999元结一下！”

“画外音小哥是什么水平，吊打超神跟玩儿一样？达令和法法都拼不过。”

“楚总特殊账号血厚，换我随手也这水平好吗！”

“有的人不懂游戏就闭嘴吧，三连跳放大，有几个游侠能会？”

张嘉年代为操作二十分钟，游戏中的玩家们瞬间水深火热，纷纷忍不住跑到直播平台，叫嚷着让楚楚亲自上阵。

门外突然响起敲门声，王青满含歉意地探头进来，小心翼翼地说道：“楚总，不好意思，打扰一下，光界的梁总打电话过来，想麻烦您亲自玩游戏，您看？”

“秘书小姐姐做得好！快把画外音小哥带出去！”

“抄作业被人发现了吧，哈哈哈哈哈。”

楚楚不满地道：“啧，管得好严啊。”

张嘉年暴打完众玩家，将手机递还给她，心平气和地道：“您先自己操作一会儿，其实如果没有辅助，照这样下去也撑不了多久。”

张嘉年说的是实话，他虽然可以打死伤害最高的输出玩家，但剩下的玩家们还是像蚁群一样磋磨着女游侠的血量。玩家队伍里有无数建筑师和厨师做辅助，女游侠单枪匹马作战，肯定耗不起。

楚楚长叹一声，重新操作起女游侠，无奈地嘀咕：“那怎么办？现在才四十多分钟，感觉马上死，好没有面子……”

全服活动是90分钟，楚楚觉得自己怎么也得撑到快结束再躺尸？

“等等！公然找代练抄作业就很有面子吗？”

“楚总给全服玩家一人发一万，我们愿意成全您的面子。”

“电子竞技，菜是原罪，楚总认了吧。”

“如果只是想再撑一会儿，应该还可以。”张嘉年想了想，干脆拿出自己的手机，登录上游戏，确认道，“您特殊账号的玩法跟普通玩家一样？”

楚楚点点头：“秦东说就是血量和攻击力数据调整了，然后没有角色创建过程。”

“我辅助您吧，估计还能撑撑。”张嘉年提议道，随手创建一个建筑师，然后选择进入全服活动。建筑师一落地，便刷起经验值，顺便往世界boss的方向赶。

珍珠：“前线急报！我在出生点看到VIR本尊了！”

洛阳纸贵：“我好像也看到了，但是个建筑师。”

VIR粉丝：“你们眼花吧？大神只玩游侠。”

漂染怪：“真的是VIR，远古超神们齐聚一堂，只为首杀楚总？简直是诛神之战！”

张嘉年一边操纵建筑师，一边指导楚楚发送组队申请。因为全服活动是大乱斗打boss，玩家们可以自由组队，同队玩家才能进行捡装备、互相加血等操作。女游侠扫荡过的地方，都留下遍地道具，只可惜普通玩家捡不了，楚楚自己的包裹又不大，倒便宜了张嘉年。

建筑师和女游侠顺利组队，顺手捡走满地装备，挑挑拣拣一番，选了两件自己穿上。因为每局游戏的最高等级是二十级，女游侠的大招随手放倒一片玩家，便让建筑师等级暴增。建筑师给女游侠丢了个护盾，便开始建房子，帮助她回血。

建筑师的技能叫“海市蜃楼”，通过搭建小房子为队友提供各种帮助，有的能增强攻击力，有的帮助持续回血。其他玩家只有打碎小房子，才能阻止建筑师发挥辅助效果。

张嘉年上线后，给楚楚疯狂丢护盾又加血，瞬间减轻她的压力，让她得以喘息。

楚楚随手将乱七八糟的小队申请全都拒绝，看到游戏画面里的交流区，不由得心生疑惑：“好多人在刷你的游戏ID？为什么？”

张嘉年见怪不怪，随口道：“可能是我跟您组队，让他们感到惊奇，都有些羡慕。”

“哦。”楚楚又不知道《赢战》过去的故事，似有所悟地点点头，好像被说服。其他人估计没想到世界boss还能组队，感到愤慨也正常，她完全没料到大家愤怒的真实原因。

女游侠在建筑师的护盾帮助下，瞬间猖狂起来，开始骚扰周围的玩家，相当欠揍地蹦来蹦去。

楚楚颇感有趣，开口道："我好像变强了。"

张嘉年笑笑，温声道："嗯，您本来就强。"

"VIR？我信了你的邪，你可真是坏得很！"

"天啊！画外音小哥是VIR？把摄像头给我摇上去，曝光他！"

"'欺君媚上'这个词简直是为你量身打造。"

"我现在究竟是该羡慕楚总还是VIR？"

"昔日超神沦为代练，楚总身体力行诠释有钱就能为所欲为！"

游戏中，熟知"VIR"名号的玩家们如遭晴天霹雳，眼见女游侠身边的建筑师居然顶着远古超神的名字，简直一头雾水。

人生很难："大神你站错队了，别离boss那么近。"

达令："VIR，你把我的软甲脱下来！为什么你能捡玩家装备？"

吱吱："真是VIR？大神这是被招安，跟楚总组队啦？"

银达投资："哭哭，楚总拒绝了我的组队申请，好伤心，一定是我的ID没他靓。"

黑竹："《赢战》手游：我给你召回代码，是让你来讨好boss的吗？"

直播平台上，网友们目睹昔日大神对老板的职业吹捧，更是一阵痛心疾首。

楚楚看着画面中的女游侠三连跳失败，遗憾地道："我好像不太擅长这类游戏。"

她上回在内测时的神勇表现，不过是靠锦鲤运加成，实际上走位和操作确实不堪入目。

张嘉年鼓励道："没有，您打得很好，这才第二回。"

楚楚一共就玩过两次，一次是内测，还有就是今天。

楚楚无奈地道："但我感觉你刚才的三连跳就很好。"

张嘉年不想打击她的自信，宽慰道："我以前偶尔会玩，才会比您熟练。"

"穷困潦倒楚太子，偶尔玩玩VIR。"

"我想知道，你昧着良心狂吹老板的操作会加工资吗？"

"看看银达的企业文化，看看VIR的辅助精神！"

"VIR卧薪尝胆帮楚总，最后银达参投复活《赢战》，这是什么凄美剧情？"

游戏中，玩家们望着楚楚和张嘉年群情激愤，全都疯狂往上冲，开始海浪般的自杀式袭击。女游侠和建筑师面对庞大的敌群，终于在满屏技能中败北，被人磨光血量。

楚楚顺利完成自己的目标，在可怕的玩家大潮中坚持82分钟。

系统：“特殊玩家‘楚总’已被击杀，感谢全服玩家的不懈奋斗！”

系统：“本次活动共计82分钟，击杀奖励可在活动页面查询。”

楚总：“扣钱。”

系统：“特殊玩家‘楚总’已被击杀，感谢楚总的辛勤付出！”

系统：“本次活动共计82分钟，击杀奖励可在活动页面查询。”

不肖子孙：“我看你是太飘了，真以为楚总拿不动刀了？”

小乌龟：“心疼法法，VIR转行了，荣登最高治愈，喜提6666元。”

西华小饼干：“VIR快去看《水浒传》，名著会告诉你接受招安的下场！”

《赢战》游戏团队万万没想到，本来想用楚总吸引玩家，却顺藤摸瓜牵出个远古超神，热议度远超想象。吃瓜群众重启尘封的童年回忆，开始为新玩家们科普过去的故事。

《深扒VIR：昔日超神游侠转行记，真香！》

《当年诱骗你打职业的大神，后来自己考上常春藤》

《银达员工入门手册：〈赢战〉超神走位及常见辅助话术》

张嘉年在直播中完全没露面，却凭借昔日的辉煌荣光和丧心病狂的态度，一跃成为众多网友的调侃对象。当然，吃瓜群众大都不知他真名，仅仅知道ID名“VIR”。

《赢战》官博瞄准风头，立刻宣布即将推出重制版端游，让万千玩家重温经典。既然远古超神们纷纷出现，现在正是光界娱乐打情怀牌的最好时刻。

噼里啪啦：“游戏团队及光界或成幕后最大赢家！”

细细：“楚总，擦亮眼！VIR是为了游戏才帮您的，他不是真心的，我才是！”

潇潇SaSa：“《赢战》靠蹭楚总热度实红，下载量已杀入前三。”

晚晚：“我有个大胆的想法，VIR卧底在楚总身边，能向老板建议搞职业赛吗？”

神仙鬼不死：“天哪！你真是个小机灵鬼！”

楚楚关闭直播时，按照工作人员的远程提示，发送最新微博，为本次活动画上圆满句号。

楚楚：“感谢大家的倾情参与，很高兴与你们在暗雾荒野相遇。@《赢战》手游。”

看破就说破：“这句话肯定是官方写的，楚总敷衍营业的感觉透过屏幕扑面而来。”

玩得贼六：“嗯，您打得真好，有兴趣搞职业吗？”

霜冻果：“嗯，电竞职业赛要不要了解一下？”

Lock：“嗯，您本来就强，快去打职业赛让自己变得更强！”

全军出击：“你们别学VIR哄骗楚总！万一她真的对自己迷之自信了怎么办？”

我是课代表：“今天的知识点是VIR的话术，模板句为‘嗯，您本来就强’‘没有，您打得很好’和‘偶尔玩玩才比您熟练’。你们学到了吗？”

线上，网友们热议；线下，号称“偶尔玩玩”的张嘉年已经退出游戏，恢复一本正经的职业模式，向楚楚汇报起最近的工作：“这里有两份投资案，您过目一下。”

楚楚拿过文件，仔细翻看起来。银达投资现在主要参投两个领域，一是人工智能及大数据，二是文娱业。前者由张嘉年主要负责，后者则是楚楚较为擅长的部分。

楚楚看过其中一份投资案，问道：“菠萝视频也是《胭脂骨》的网络播出平台吧？”

“是的，您当初询问过的练习生选秀节目，他们内部好像也有筹备计划。”张嘉年补充道。楚楚曾经透露出想要参投视频网站的意向，银达投资才会去接触这方面的项目。

楚楚看到数字不禁摇头，无奈地道：“太贵了，三亿美元投不起。”

未来，视频网站会不断崛起，跟电视台分庭抗礼，完全抓住年轻受众群体。楚楚这才兴起参投视频网站的念头，但显然大家都不傻，稍有潜力的项目融资金额也非常高。

菠萝视频作为书中市场占有率前三的视频网站，B轮融资就要三亿美元及以上规模，银达投资不可能负担得起。就算银达跟多家机构一起跟投，压力也非常大。

张嘉年见她有些沮丧，提议道：“其实只要不是前三大视频网站，小站的融资金额不会那么高，您可以再了解一下？”

楚楚长叹一声：“小站以后很难存活。”

小站没有资源和财力购买影视版权，吸引不到新用户，会员和广告收入会更差，长此以往陷入恶性循环。

她思索片刻，突然灵光一闪，又问道：“那现在有什么短视频平台吗？”

银达目前没实力涉足大型视频网站，但想在短视频平台上分杯羹，应该还来得及。

“您是说直播？”张嘉年想了想，答道，“奇炫TV是目前发展较快的直播平台，跟我们也有所接触。”

“不是直播，就是短视频。”楚楚努力回忆短视频的兴起，解释道，“每条视频十几秒到几分钟，国外现在应该有类似的平台？”

张嘉年看着她回想的状态，清亮的眼眸一闪，突然语出惊人：“您是未来人吗？”

他觉得投资也要讲基本法则，楚楚不可能每回都瞎猫碰上死耗子，索性直接诈她一句。如果她不是来自未来，怎么会了解得如此清楚？

楚楚反应极快，连半分犹豫都没有，眨眨眼道：“不，我是你的心上人。”

张嘉年：很好，她的套路永远令人防不胜防。

《赢战》逐步踏入正轨，楚楚便将精力投入到电视剧项目里。

辰星影视内，《胭脂骨》筹备得很顺利，迈入演员剧本围读阶段。尹延、梅沁和陈一帆等演员齐聚会议室，在导演的指导下研读剧本。

夏笑笑坐在会议室门口一侧，眼见楚总推门进来，连忙起身迎接：“楚总，您来了……”

“嘘——”楚楚看屋内众人正在认真工作，小声问道，“一切顺利吗？”

夏笑笑老实地汇报：“目前进度不错，大家都很认真。”

“美术和造型那边怎么样？”楚楚问道。

“我给您看一下设计图，定妆照拍摄时间没有变。”夏笑笑赶忙掏出笔记本电脑，向楚楚展示。

众人在休息的时候，发现楚总不声不响地进屋，竟然没惊动到他们。

“楚总，您来啦。”彭导笑着招呼，“快往里坐。”

“彭导辛苦了，没事，我在这边就行。”楚楚客气道，知道大家都在做正事，也不想摆太多虚架子。

彭导看到楚总的第一反应是打招呼，尹延看到楚总的第一反应则是摸脸。上次卡粉的经历，让他至今难以忘怀。

尹延在确定自己的粉底服帖后，立马绽开笑容，盛情邀请道：“楚总来我这边坐吧，里面还有空位。”

楚楚一看是他，赶忙摆摆手，婉言道：“不用不用，你们忙吧。”

楚楚心道，要是往那边坐后，又被碰瓷潜规则怎么办？

陈一帆见状，干脆默默地站起来，将自己的位置让给楚总，退到旁边去。

楚楚没料到陈一帆还是个行动派，不好再拒绝小朋友，索性接受对方的好意，在桌边坐了下来。

尹延见楚总婉拒自己，却立马接受陈一帆的让位。他一时心情复杂，语气微酸："小陈很有眼力见儿啊？"

楚楚："见笑见笑，企业文化。"

尹延："……"

女主演梅沁想起最近的热搜，反被逗笑了，打趣道："那我能参与吗？"

楚楚抱拳道："当然可以。"

楚总如此没有架子，屋内瞬间充斥着快乐的空气，大家在空闲时间愉悦地交流起来。

尹延发觉楚总跟谁都能和颜悦色地相处，唯独针对自己，心中更是不服。他不屈不挠，再次试图跟楚总拉近距离。

尹延主动上前搭话，露出微笑："您有兴趣参加《月秋》的首映吗？我手中有两张首映票，朴导的这部电影真的不错。如果您有空，不如去看看？"

电影《月秋》入围国内外多项知名奖项，是朴导沉寂多年的又一力作，由于全国上映时间一直未定，首映和点映票便被炒得沸沸扬扬，可以说有市无价。

楚楚听说过《月秋》，立刻推辞道："这不好吧，票我就不要了……"

尹延的双眼望着她放电："楚总不用客气……"

楚楚坦白道："没有客气，《月秋》的首映院线属于齐盛产业，我真不用票。"

尹延：不要以为你们家里开影院，就可以随意逃票。

尹延第一次遇到有人将逃票说得如此清新脱俗，一时竟无言以对，最后露出尴尬而不失礼貌的笑容，朝夏笑笑道："你们楚总真幽默啊？"

尹延的本意是让夏笑笑帮忙接两句，稍微缓和一下气氛，不料对方却错误地领会，居然当真了。夏笑笑作为楚楚的粉丝，认为尹延在真情实感地夸奖楚总，立马附和起来。

夏笑笑满脸认真，郑重其事地点点头，表示赞同："嗯，楚总一直都很幽默风趣。"

尹延：你们怕是被什么奇怪的企业文化洗过脑吧？

尹延也摸不透自己的心理，在楚总身上越挫越勇，格外倔强。尹延自认为形象还可以，态度也不差，在外界拥有无数女粉丝，按道理具备艺人的魅力。但为什么每次面对楚总，他都能感到对方话里话外的嫌弃和婉拒？

如果她对每个人都这样就算了，但她只针对自己，让尹延大为不解。尹延回想跟楚总有过绯闻的李泰河和陈一帆，也没看出这两人哪里强啊！

楚楚的脑回路跟尹延不同，她觉得自己把“拒绝”两个大字写在脸上，有头脑的人都应该知道怎么做。但她很快就发现，尹延显然不属于“有头脑的人”行列。

尹延不依不饶，继续热情地发问：“楚总平时有什么爱好？您喜欢旅游吗？”

楚楚敷衍应声：“还行吧……”

尹延立马顺杆爬：“哦，那您喜欢哪个国家？一般爱去哪里？”

尹延心道，海外旅行是培养好感的不二法门，可以先摸清对方兴趣点，再找机会出招，自然事半功倍。

楚楚坦然道：“我喜欢中国，一般爱去大安门。”

尹延发觉楚总有种特殊的能力，她有一万种方法让人没法接话，直接把天聊死。

楚楚不是傻瓜，面对尹延死咬不放的热络，一时也有些无奈。尹延的演技和人气没话说，她为了点不好说的苗头骤然换人，是对剧组工作的不负责任，只会影响《胭脂骨》的进度。

按常理，普通人踢到两回铁板，便会知难而退，但尹延似乎特别轴。

楚楚懒得再遮掩，不想跟他虚与委蛇。她见其他人各自聊天，没注意到这边的情况，干脆开诚布公地对他道：“有的话我不好说透，但现在还算工作中……”

你能不能别老想着发展职场潜规则？

尹延同样是个人精，立刻将大事化小，没等她说完，便若无其事地笑道：“您误会了，我就是觉得跟您特别投缘，才会想要多聊几句，有什么问题吗？”

尹延可不会让楚总直接撕破脸，满分的微笑看上去极具欺骗性，似乎他真是个光明磊落的好人。毕竟是科班出身的演员，到底还是有些看家本事。

尹延见楚总不语，感觉自己死缠烂打的策略有效，逐渐摸到精髓，又问道：“楚总待会儿怎么走？我送您一程？”

楚楚继续婉拒：“不用，我有司机来接。”

尹延半开玩笑道：“那我什么时候有幸做您的司机？”

楚楚瞟他一眼，上下打量一番，诚恳地道："你学历估计不够。"

尹延面露不解："什么？"

楚楚心平气和地道："我司机一般是常春藤院校毕业的。"

尹延：让"常春藤"毕业生开车，可把你厉害坏了。

尹延听她胡说八道，皮笑肉不笑："您歧视本科可不行。"

夏笑笑听着两人暗流涌动的对话，懵懂地眨眨眼，居然还认真地应和："尹老师，是真的，我也没资格给楚总开车。"

楚总的司机分为两类：一种是武力值满点，兼职保镖打手；一种是智力值满点，兼职处理政务。夏笑笑在这两方面都不够出众，现在还在成为楚总司机的道路上努力前进。

尹延看着夏笑笑天真的神情，一时感到相当无语。他开玩笑做司机是想营造撩人的氛围，听夏笑笑的语气竟是以做司机为荣？

尹延心中涌现一丝隐隐的同情，这究竟是什么传销组织，把底下的员工洗脑成这样？那位常春藤司机心里难道没想法？

辰星影视的地下停车场，张嘉年坐在车内，像往常一样等待楚总下楼，却突然感到右眼皮微微跳动。他不是迷信的人，本以为缓缓就好，却正巧在后视镜中看到大步过来的楚总。她步履匆匆、健步如飞，仿佛身后有恶鬼猛兽在追逐。

楚楚回头看了看，发觉尹延没跟过来，没有直接坐上副驾驶的位置，反倒绕到张嘉年那边。楚楚打开他那侧的车门，说道："我们玩个游戏吧。"

她满脸坦然地开口，漂亮的眼睛里却微微闪着光，像是狡猾而柔软的猫。

"您要玩什么？"张嘉年满目茫然，不知她又有什么幺蛾子，耐心地提醒，"晚上还有会议。"

张嘉年万分不解，以前她都是上车就走，向来不耽误时间，怎么这回还有新流程？

楚楚露出人畜无害的真挚笑容："没关系，非常快！我们石头剪刀布，谁要是输了，谁就去处理后面的尾巴。"

张嘉年没听懂，楚楚却已经出声道："石头剪刀——布！"

张嘉年面露不解，但还是下意识地出拳，在楚楚的"布"前一败涂地。楚楚凭借锦鲤运一击即中，立刻探身进车，帮他解开安全带，兴高采烈地催促："你输了，快去快去，节约时间！"

楚楚现在的态度活像《神奇宝贝》里的小智，恨不得大喊一声"皮卡丘，就决定是你了"，然后直接将张嘉年当精灵球丢出去。

张嘉年眼见她凑上来，闻到对方发丝间浅浅的香氛，自然不好意思再坐在车内。他无可奈何地任由她将自己拉下车，哭笑不得地道：“您需要我做什么？”

张嘉年看她坐上车，霸占自己刚才的位置，却至今没明白事情的原委。

“你让他走就行。”楚楚代替张嘉年，坐上司机的位置，想了想，补充道，“要是能让他以后别跟着我，那更好。”

张嘉年不禁疑惑：“谁跟着您？”

“马上就来了……”楚楚将车门一关，这才长舒一口气。她觉得自己跟尹延有理也说不清，张嘉年最有逻辑，说不定能解决此事。

不远处的尹延则震惊不已，趁无人注意时尾随楚总下楼，却正好撞破对方的奸情。楚总先是打开驾驶座的门，跟车内的男子有说有笑地调情一番，又探头伸手跟对方拥吻（实际上在解安全带）。

两人在地下停车场言笑晏晏、举止亲昵。如果尹延手里有单反相机，马上就可以拍照，发给八卦周刊将他们曝光。

尹延早猜到楚总身上有些风流韵事，毕竟无风不起浪，这些家境显赫的富家子弟个个儿都很能玩，谁也别嫌弃谁。他现在比较好奇的是，车内的男子究竟是谁，是不是圈内人。

尹延看着车内的男子下车，他的背影挺拔如松，安静地屹立着，似乎在等待什么。尹延马上反应过来，估计楚总早就发现他跟着，只是毫不在意而已。他索性直接走上前，将对方打量一遍，彻底满足自己的好奇心。

尹延不了解金融和银达，只跟辰星影视内的高管接触过，自然从未见过张嘉年。对方身着西装，面容清俊、眼似深墨，神情平和地立在车边，气质斯文儒雅，却又不像毫无城府之辈。他显然不是毛头小子，接受过世间种种磨难和淬炼，胸中自有积淀，有种远超常人的沉稳气场，让人不敢造次。

尹延看张嘉年不像圈内人，心中有些嘀咕，难道自己撞破了楚总的地下恋情？但没听说她在跟哪个富家公子交往啊！还是她现在换了口味，准备包养圈外人？

张嘉年发现尹延在观察自己，没有立即出声，顿悟自己右眼跳的原因，这是又被老板摆了一道，莫名其妙地卷入风流债？她怎么老跟男艺人发生关联？

张嘉年当然认识尹延，对方好歹是有三千万粉丝的男明星，又是《胭脂骨》的男主角，只是不知道跟楚总有什么纠葛。

张嘉年向来心思敏捷，听闻过影视圈内一些令人不齿的事情，大致推测出事情经过。他决定先礼后兵，镇定地道：“尹先生，你尾随女士下楼，恐怕有些不太绅士。”

不管尹延和楚楚有何恩怨，他偷偷跟到停车场，确实越界了。如果不是楚楚心大，而尹延是个明星，这种事放到其他人身上，简直是变态行为。

尹延看张嘉年认出自己，又听他说话如此古板，觉得既好笑又奇怪，总觉得对方在故意装纯。他目睹两人交往过密，大家都是一丘之貉，对方怎么好意思假装正人君子？尹延认定张嘉年是楚总的圈外情人，只是身份摆不上台面。

张嘉年并不清楚尹延对自己的偏见和误解，更不知道他丰富的内心戏。

尹延佯装不闻，轻松地嘲讽：“我挺好奇的，你是她什么人？”

张嘉年原本满脸正色，闻言却突然想起前不久遭遇类似问题，结果被楚总占便宜的事情。

他思索片刻，最终趁她听不见，暗戳戳地反击：“监护人。”

尹延：我看你长得也不像楚彦印，怎么还想做人家的爸爸？

尹延仿佛听到天大的笑话，但张嘉年却有种令人信服的气质，让他犹豫起来。他一时竟看不透对方的来头，对自己最初的判断产生怀疑。按道理，楚总是独生子女，也没听说过有兄长啊。

张总助可不会考虑尹延的想法，他的工作方式向来高效有质量，为老板迎头解决一切难题，直言道：“楚总晚上还有行程，请尹先生不要再跟了。”

尹延总觉得这话极为耳熟，跟助理替他赶私生饭时的语气如出一辙。他听到张嘉年称她为“楚总”，又打消刚才的念头，确定对方没什么威胁性。

四下无人，尹延索性不再遮掩本性，挑衅地笑笑：“假如我偏要跟呢？”

张嘉年淡淡地道：“我们没法干涉您的个人爱好，但如果牵扯到楚总的安危，无论是诉讼，还是报警，银达都会奉陪到底。”

“男欢女爱的事情，有必要如此严肃？”尹延懒洋洋地道，“大家都是成年人，想要多聊几句，警察也管不了吧？”

张嘉年闻言微微一愣，有点不悦，低声确认道：“所以尹先生是楚总的追求者？”

尹延大大方方地道：“是啊，不行吗？”

张嘉年沉默地凝视对方，瞬间就明白对方在撒谎。他懒得细究尹延说谎的原因，但不得不说，这位大明星说话的方式让人不舒服，有种没摔过跤的猖狂。

张嘉年礼貌地笑了笑，看上去神色和缓，措辞却锋芒毕露：“恕我直言，尹先生的身份还不够格。”

尹延皱眉道：“你什么意思……”

“不论人品、能力、性格、家世，你都差得太远了。”张嘉年平静地阐述，完全没把尹延放在眼里。他把身上有限的柔软都给了最特别的人，面对陌生人便只剩冷漠和锋利。张嘉年对着南彦东都毫不留情，更何况区区一个尹延？

说到底，尹延和李泰河不过是同等量级的人物，只要辰星影视有心拉资源，很容易就能捧出下一个。张嘉年由此轻而易举地得出结论，尹延不适合她。

张嘉年看了看尹延，又风轻云淡地补充：“哦，还有相貌。”

尹延大火后，还从未当面收到如此刻薄的评价，不由得脸色铁青，反击道：“甲之砒霜，乙之蜜糖，感情的事情可不好说。”

尹延心道，他又不是楚彦印，怎么还摆出挑女婿的态度？

“或者其实你有私心，才故意说这些话？”尹延恍然大悟，冷笑道，“我最瞧不上你这种人，够虚伪。”

张嘉年眼神微闪，嗤笑一声：“对你这种人来说，喜欢和爱是不是轻易就能说出口，不用背负任何重量？”

明明是想抄近路的偷猎者，却用喜欢与钦慕作为借口，掩盖自己随意放荡又令人作呕的内心。张嘉年不想过问尹延混乱的私生活，但对方不该把主意打到楚总身上，这简直是种玷污。

“她不是你可以撒网的对象，如果尹先生执迷不悟，这回是我跟你聊，下回或许就是楚董亲自出面了。”张嘉年冷静从容地说道，语气不急不缓。

他目露寒光，敲打道：“楚总会顾及剧组工作的进度，但楚董却不在乎一个电视剧项目。尹先生现在正处于事业上升期，最好不要惹火上身。”

尹延脸色一变，被这话直击要害。他跟辰星影视撕破脸，最多以后没合作，但要是跟齐盛为敌，就会损失很多代言，甚至影响到院线资源。他本以为张嘉年是楚总的人，现在听起来却是楚彦印的人？

楚彦印由于李泰河的事，目前最恨娱乐圈“小鲜肉”，要是得知此事，估计能分分钟撕碎尹延。

张嘉年见对方被震慑，知道尹延心中自有衡量，便不再多言，起身离开。尹延望着他的背影，脸色阴沉，道：“你用楚彦印和齐盛压我，很得意吧？”

“你说我不配，你又配吗？”尹延嘲讽道，“你以为待在她身边，就能有资格？”

尹延的直觉可没错过，张嘉年要是对楚总没想法，自己就立刻从辰星影视的高层跳下去。张嘉年现在以势压人，早晚也会陷入同样的困境，尤其他还是楚彦印的人。他如今手中的武器，必然会反刺他一刀。

楚彦印相信张嘉年，不过是还未感到威胁，更没发觉张嘉年的心思。楚彦印可以捧起对方，也能让对方跌落。

张嘉年闻言，停下脚步回头道：“付出和结果是两回事，不过你可能并不懂这个道理。”

他比谁都清楚两人间的差距，所以将心火埋藏于寒冰之下，无须任何人提醒。既然真的珍视，他便不该灼伤对方，只要助她所愿就好。

“我确实没有资格。”张嘉年垂下眼，轻声道，“不过当她需要时，我会帮她找到有资格的人。”

如果真的有那一天，他会亲手挑选出合适的对象，但那人绝不能像尹延一样劣迹斑斑。

尹延目睹张嘉年离开，不敢置信地喃喃：“疯了，还真是父爱如山……”

尹延简直没法相信，在这个年代，居然还有张嘉年这样另类的存在。

张嘉年走到车边时，已经恢复平日正常的态度。他发现车内的楚总正在查导航，轻轻地敲了敲车窗，温和地提议道：“您换一下位置，我来吧。”

楚楚坐在驾驶位上，豪言壮语道：“你上车，今天我来开。”

张嘉年想起曾在小区门口剐蹭的豪车，不由得心生犹豫，但看她兴致勃勃，又不忍拒绝，最后只能硬着头皮上车。

楚楚握着方向盘，开始将车开出地下停车场。

张嘉年想了想，还是跟她汇报道：“尹先生说正在追求您。”

楚楚简单粗暴地道：“他放屁。”

张嘉年：真是清新自然、毫不造作的态度。

马路上，两人坐在车内，后面的车辆频频超车，扬长而去。

张嘉年感受着维持在二十迈的车速，忍不住小声提醒：“楚总，晚上的会议是七点。”

楚楚沉着地道：“嗯，我知道。”

张嘉年看着逐渐陌生的马路，无奈地道：“您好像开错路了。”

楚楚淡然道：“不可能，那一定是路建错了。”

张嘉年心道，马路肯定不想背这个锅。

汽车最终在泉竹轩门口停下，张嘉年跟着楚楚进入包间，终于感到一丝古怪，疑惑道：“您是想先用餐？”

“晚上不开会，我跟王青说了。”楚楚在桌边落座，眨眨眼，真挚地道，“今天是你的生日，祝你生日快乐。”

她的眼睛在灯光下闪闪发亮，脸上绽放出发自内心的笑容。

张嘉年面露错愕，没想到向来粗枝大叶的她竟然会记得此事，一时陷入无言的境地。

楚楚看穿他的手足无措，调侃道："张总助该不会自己都忙忘了吧。"

张嘉年的嘴唇动了动，他心中有些难言的滋味，最后解释道："因为家里过阴历生日，确实忘了……"

实际上，张嘉年从小对生日就不太在意。

张雅芳女士习惯记他的阴历生日，有时是一句简单的祝贺，有时是稍有仪式感地煮一碗长寿面，并不会有过多的安排。他的母亲是健忘、随性的人，他早就对此习以为常了。校园时期，出于某些原因，他也从未过过生日。

他不禁自嘲，似乎每回都是最不会做这类事的人，做出意料之外的安排。她看上去好像什么都不在乎，却又把所有事都记住，等到关键时刻，才会状似不经意地将宝藏捧出。

他总觉得这样不好，自己似乎很快就会溃不成军。

"那你可以过两回生日呢。"楚楚了然地点点头，低头浏览菜品，并未发觉他隐匿的情绪。她翻完菜单，便开始找服务员点菜。

张嘉年听她点菜，微微皱眉道："您不吃辣的吗？"

楚楚无辣不欢，饮食习惯跟张雅芳一模一样，这回却一道辣菜都没点。

"你不是喜欢清淡的？"楚楚笑道，"今天张总助是寿星，我来服务张总助。"

银达的人跟老板用餐，从来是迎合楚总的口味，在桌上为老板提供服务。楚楚投桃报李，觉得总该在他生日时意思一下，以表感谢。

张嘉年无言以对，沉默良久，终于忍不住问道："您对谁都这么好？"

楚楚闻言挑眉，毫不客气地道："我有那么闲吗？"

天地良心，目前她可没记住其他人的生日，连老楚的都不知道。

张嘉年深吸一口气，眼底犹如深不见底的潭水，坦言道："您总是这样做，很容易让人产生误会。"

楚楚面露不解："谁会产生误会？"

张嘉年："我会产生误会。"

楚楚："什么误会？"

张嘉年轻轻地咽了咽，注视着她，无奈地开口道："误以为自己很重要。"

楚楚不懂他的逻辑，直白地道："可你就是很重要啊。"

这一刻，他无法克制自己剧烈的心跳。

张嘉年努力压抑胸腔中的怦然心动，听她说完，如同尝到童年期盼许久的水果糖，味道既有点酸又有点甜。他先一步侧开视线，抿了抿想要翘起的唇角，佯装正经地替她说道："因为您还需要我工作？"

他陪伴在她身边的时间越长，对她的性格便摸得越清楚，相当理解她的思维方式。楚总一旦说些好话，后面肯定要出个大招，让对方的心情起起落落的。虽然他猜到她可能还会有后话，却仍忍不住雀跃。

"我哪有那么剥削人？"楚楚不满地嘀咕，"大不了给你放两天假！"

楚楚心想，她在张嘉年心中的形象究竟有多恶劣，居然让他在生日当天都没放松警惕。虽然她想要完成百亿目标，但还没完全成为压迫百姓的资本家吧？今天是开心的日子，她还是懂分寸的，知道该说什么话。

楚楚看他别扭地侧头，似乎想要克制笑意。她啧啧道："你要笑就直接笑，别把自己憋坏了。"

别以为她没看到他在偷乐，张嘉年居然还假装严肃，暗戳戳地控诉平日的工作时长。楚楚决定这回勉为其难地不追究，谁让他今天是寿星？

楚楚看他憋笑，眯起眼，戏谑道："张总助该不会平时假笑太多，不会真笑了吧？"

张嘉年撞上她挑衅的小眼神，终于忍俊不禁，彻底露出笑容。他真笑时双眼内盈满光，眼眸中仿佛只倒映着她的影子，神情专注而温柔，让她微微一愣。

张嘉年原本紧绷的心弦，终于在她的调侃中放松下来。他轻轻地摇了摇头，嘴角含笑，破罐破摔道："就算您是在哄我，我也认了。"

不管她的话是有心，还是无心，他都没出息地感到高兴。

他没法按捺自己内心的喜悦，仿佛黑暗中投射下一束光，只是见到她都能感受到轻松与自由。他的生活刻板而循规蹈矩，她却成为其中出乎意料的唯一亮色。

张嘉年知道自己该去思索现实的问题，应该做出理性而克制的抉择，但此时此刻却没法控制自己，因为光是看到她都能感到快乐，想要绽放笑意。

既然今天是他的生日，那他能不能轻松一天？

他可以什么都不用想，自由地去表达所有情绪，放出那团冰封的心火。

楚楚挑眉，抗议道："我又不是谁都哄，你居然还敢挑？"

楚楚：我看你不是太膨胀，就是太飘了。

张嘉年望着她，像是在包容跳脚的熊孩子，温和地应声："嗯，我知道。”

楚楚见他答应得如此爽快，不知为何有些不好意思，向来厉害的嘴上功夫竟也派不上用场。她总觉得张嘉年今天有点怪，虽然他的气场柔和了不少，却反而给她带来莫名的压迫感。他的态度毫无恶意，却让她感觉胸口有点闷，实在憋得慌。

张嘉年见她不言，索性打趣道："您给我准备的礼物呢？"

张嘉年记得，她曾经承诺在他生日时将真名告诉他。

"哪有你这样直接讨要的，好歹先走完流程。"楚楚指责道，将视线飘向一边，不敢在他真挚的神情上多停留。

张嘉年好奇道："什么流程？"

楚楚伸出手指，给他一项一项地解释："吃饭、吃蛋糕，然后才能收礼物。"

张嘉年看她振振有词的样子，笑道："嗯，我见识短浅，全靠您安排了。"

楚楚总觉得包间内的空气有些过热，不禁吐槽道："其实你平时假笑也挺好……"

张嘉年不解："为什么？"

楚楚坦白道："你现在真笑，我快要窒息了。"

张嘉年一愣，随即笑出声来，只得伸手遮掩自己嘴角的笑意，轻声道："抱歉，我尽力克制，让您喘口气。"

楚楚看他笑到直不起腰，总觉得对方在取笑自己。她翻了个白眼，气急败坏地道："笑笑笑，笑死你算了……"

她看在他今天过生日的分上，姑且不跟他计较！

两人在插科打诨中吃过晚餐，楚楚这才把早先备好的蛋糕取出来。张嘉年从她脸上瞧出一丝狡黠，等他看清蛋糕上的花纹，这才哭笑不得。精美的蛋糕上写着两行字，上面是"Happy Birthday（生日快乐）"，下面却是"假笑男孩"。

楚楚点燃蜡烛，看着晃动的小火苗，调侃道："祝假笑男孩生日快乐！"

张嘉年看她脸上洋溢着得意的神色，被她的情绪所感染，心里软得一塌糊涂。他刚想吹灭蜡烛，却被她伸手拦住。

楚楚道："你还没许愿。"

微暗的灯光下，张嘉年望着明亮的火焰，只觉得暖黄的光晕柔化她的脸庞。他总觉得这一天过于圆满，一时竟什么都想不到，干脆道："我不知道许什么愿望，不如您帮我想一个？”

楚楚没料到还能代为许愿，不由得吐槽道：“都说心诚则灵，你的心未免太不诚了。”

生日愿望都能让别人代想，张嘉年简直是当代佛系青年的典范。

“您心诚不就可以了？”张嘉年的逻辑颇为清晰，语气轻缓，“如果愿望没能实现，一定是您现在心不诚。”

楚楚心道：这锅甩得妙啊。

她不怒反笑：“我发现你过生日，整个人都变猖狂了！”

“就这一天而已。”张嘉年笑笑，提醒道，“蜡烛要灭了。”

楚楚当然没有真的动怒，坦然地替张嘉年许愿，慢悠悠地道：“那就祝‘假笑男孩’天天有真笑，都像今天这样。”

她说完便笑着看向张嘉年，等待他将蜡烛吹灭。

张嘉年垂眸，望着蛋糕上的烛火，觉得像是卖火柴小女孩的手中最后的火焰。

如果他能永远像现在这样，一直待在她身边的话，或许这愿望真的可以实现。

张嘉年弯腰，吹灭了蜡烛。

但他又害怕这只是黄粱一梦，现在所拥有的一切，转眼便成空。

楚楚看他吹灭蜡烛，配合地鼓鼓掌。她终于取出信封，递向张嘉年，开口道：“你的礼物。”

张嘉年接过薄薄的信封，缓缓地启封，看到里面的内容一愣，黑色的磁卡静静地躺在信封内。他轻轻叹息一声，好笑道：“真像您的风格。”

他居然有种意料之中的感觉，毕竟楚总向来简单粗暴。

“有什么问题吗？”楚楚眨眨眼，理直气壮地道，“嘘寒问暖不如打笔巨款。”

黑卡申请是邀请制的，对存款金额也有要求，张嘉年不知道她什么时候弄到手的。他在信封中找到信纸，猜想这是他等待的答案，便将纸张取出，将信封内的黑卡还给她。

张嘉年心平气和地道：“我拿走这个就好。”

他就想知道她的真名，其他的东西倒是无所谓了。

楚楚不解：“为什么？”

张嘉年语重心长地教育：“这不合适，您的资产也是楚董的一片心意，不应该转送。”

张嘉年跟随楚彦印工作过，大致能推测出楚楚所拥有的财富，很多是楚董赠予的。张嘉年当然不能接受，良心上就过不去。

楚楚大为不满，反驳道："这不是他的钱，是我赚的。"

楚楚送礼前有仔细思考过，同样觉得借花献佛不合适，就没有动用女配角原身的存款。她上回想用原身的钱帮张嘉年圆梦，却遭到对方婉拒，猜到他有这方面的考虑，此次便颇费工夫地重新筹出钱来。

张嘉年面露诧异，愕然地望着她："您哪里来的钱？"

楚楚被他盯得有点心虚，勉为其难道："好吧，其中也有你努力的部分。"

虽然张嘉年那天先上桌，但资金的大头还是她赢的那局，四舍五入就是她挣的，完全没问题。

"这是公司的分红？可我看您没动过钱？"张嘉年非常疑惑，感到不对劲。如果她想调动银达的资金，按道理他会知道的，毕竟财务部由他主管。

楚楚摇摇头，坦白道："我把玩牌那天赢的股份卖了，你别说，时延还挺值钱的。"

时延是国内最大的餐饮集团，旗下有无数的知名品牌，石田当时输掉了1%的股份，可谓价值连城。

张嘉年突然感到窒息，小声问道："您跟楚董商量过此事吗？"

楚楚振振有词："这是我的东西，为什么要跟他商量？"

张嘉年在生日当天，体会到乐极生悲的感觉，没想到她言辞上没放大招，却用行为憋了个大的。他预感到即将来临的暴风雨，艰难地解释道："您减持股份的行为，就是传递出消极信号，表示您对时延的未来不抱希望……"

张嘉年万万没想到，楚楚的手如此快，股份还没焐热，转头就将其卖了。上市公司的股份除了代表真金白银，还被赋予了多层含义，比如楚彦印就不可能抛售齐盛的股份，这会导致公司股价大跌，甚至拖累整个股票市场，遭千夫所指。

楚楚拿到时延集团1%的股份本就惹外界遐想，现在到手就转卖，无疑是在市场中投下一颗惊天巨雷。张嘉年麻木地想，估计很多人已经在猜测这是楚楚的意思，还是楚彦印的意思了，猜测楚董是不是不看好时延了。

楚楚并不明白其中的利害关系，泰然地点头："我确实不看好，没什么问题。"

石田看上去就是个笨蛋，她不看好他的家族企业，没毛病。

在她看来，股份既然是她的，便可以自由地卖出或送人，不用多想别的后果。她没玩过股票，就是想直接变现，才不会考虑那会不会在楚彦印和石家人的心中留下心理阴影。

张嘉年心想，最近时延的股价估计会小跌，同时出现无数楚、石两家决裂的新闻。他只能期盼楚董晚点看到新闻，别马上发火。

张嘉年深吸一口气，不知是要安抚她，还是在宽慰自己，苦笑道："嗯，您开心就好。"

张嘉年：反正楚董都受过好几次打击了，也不差这一回。

张嘉年麻痹完自己，不敢再想此事，正想打开信纸，却遭楚楚阻拦。她讨价还价道："不收卡就不能看。"

张嘉年对她强买强卖的行为哭笑不得，最后只能收下黑卡。他决定先代她保管，等合适的时候再还给她。张嘉年觉得不能让楚总持有太多财产。她都敢抛售时延的股份，鬼知道她自己拿着这笔钱，又会去做什么。

张嘉年终于打开信纸，上面除了卡号信息，就是她的名字。

"原来您也姓楚？"张嘉年颇感意外，念了念她的名字，只觉得朗朗上口。

楚楚面色古怪，迟疑道："可以不念全名吗？好像军训点名……"

她太久没听到自己的真名，竟有种陌生的抽离感，突然醒悟，原来她已经穿越进书中那么久了。

她不知道还会不会回去，或许这个名字也失去了存在的意义。

张嘉年颇感有趣，问道："既然是同一姓氏，难道有什么渊源？"

"没有渊源。"楚楚回答得斩钉截铁。她和小说中的人物怎么可能有渊源，都不在同一个次元。

她想了想，补充道："不过我昵称是楚楚，这可能是唯一的联系？"

以前，相熟的同事们不会喊她全名，通常以此来称呼她。

张嘉年似有所悟地点点头，又低声念了念她的真名，将其记在心中。

楚楚听他念自己真名，不知为何有点奓毛，不满地道："你好肉麻啊。"

张嘉年：异界修士的心犹如海底针，她说翻脸就翻脸。

两人度过愉快的晚餐时间，便各自回去早早休息。张嘉年只希望楚董晚点发现股份的事，不要立刻给自己打电话，好歹让他安生一天。

张嘉年回家后，看着那张写有她名字的纸片，忍不住又念了一次。他将信纸上的内容记好，把它放到妥善的地方珍藏。

隔天，时延集团的股价果然大跌，下跌程度甚至远超张嘉年的想象，但这一切跟楚楚的抛售行为没有关系。一夜之间，没人再有闲心揣摩楚楚卖出股份的原因，更有甚者庆幸她卖得早。所有人的注意力都聚焦在时延最近的“致癌油”丑闻上。

相关记者在时延旗下的连锁快餐店卧底多月，曝光了内部饮食安全方面的严重问题。快餐店为节约成本，使用某种富有争议性的食用油，这条消息瞬间将时延餐饮推上风口浪尖！

时延集团虽然拥有多个餐饮品牌，但其中赢利的主力军却是快餐和火锅，全都是用油的重灾区。这种食用油是否符合国家食品卫生标准，一时间众说纷纭，没有定论。

虽然最终结果没有出来，但新闻已经在标题上启用“致癌油”的噱头，成功击垮时延的股价，让其一绿到底。楚楚竟然成功在合适的时间将股票抛售，躲过一劫！

第九章　总裁的“爸爸”理论

齐盛大厦内，张嘉年顺着记忆中的路乘坐电梯，抵达高层的董事长办公室。

办公室里，楚彦印见张嘉年进屋，长叹一声，揉了揉眉间，沉声道：“嘉年，你替我分析一下，她到底是误打误撞，还是大智若愚？”

楚彦印近日相当崩溃，本来由于楚楚莽撞抛售的行为气到炸裂，不料没多久事情便发生反转。原本发展极快的时延丑闻缠身，楚楚却摇身一变投资鬼才！

楚彦印是真看不懂自己的女儿，心情颇为复杂。她有时候好像什么都不明白，有时候又好像什么都明白，简直是个谜团。

“你看到网上的新闻稿了吗？恨不得把她吹上天了！”楚彦印头疼欲裂，抱怨道，“石董还跑来问我是不是有内部消息，怪我没跟他通气。”

楚楚卖完股份，时延就爆出丑闻。她要是没听到风声，鬼才会相信。

“嘉年，你老实跟我说，她从哪里知道这事的？”楚彦印目露怀疑之色，出声询问道。他坚信楚楚有消息渠道，否则不可能操作得如此精准。

张嘉年无可奈何，道：“楚董，其实楚总似乎并不了解新闻内幕。”

楚彦印不敢相信：“你的意思是她随手一卖，便超越你的专业所学，还有我几十年的从商经验？”

“虽然您可能不相信……”张嘉年犹豫道，“但似乎就是这样。”

张嘉年：楚学投资，从不讲基本法则。

楚彦印："……"

楚彦印无比心累，怒道："她怎么就想不开要卖，这让我怎么跟石董解释？"

楚彦印想破脑袋，也不明白楚楚的脑回路。楚彦印当初就不想拿股份，石夫人硬要塞，塞就收着吧，楚楚居然还卖了。如果她没卖，亏损是情有可原的，不会引人怀疑，时延和齐盛相安无事。偏偏她在最佳时间点卖出，想不惹人注目都难！

楚彦印现在面对石董，简直一千张嘴都说不清，别人只会觉得他虚伪，什么事都不跟自己说。楚彦印是好面子的人，相比金钱上的损失，更受不了失去朋友、人脉。

张嘉年老实地做起背景板，不敢说出黑卡的事情。楚董要是知道楚总卖股份，是为了给自己送生日礼物，估计可以把自己叉出去打死。

楚彦印想起罪魁祸首，冷哼道："她听到新闻时什么反应？"

张嘉年打量一下楚彦印的神色，小心道："楚总有些担心……"

楚彦印立刻不满道："她能担心什么？现在知道怕啦？"

张嘉年坦白道："楚总担心自己身体不适，因为前一天刚在泉竹轩用过餐。"

楚楚看到新闻时相当惊恐，害怕自己会拉肚子。

楚彦印一想到没心没肺的女儿就来气，硬着头皮吩咐："你让她亲自登门去跟石夫人解释卖股份的事！当初股份是石夫人给的，好歹跟人家说一声……"

张嘉年心道，楚董这是又给他派难题。这对父女每次不直接对话，非要让自己传话。

张嘉年临危受命，万分无奈，回到银达投资时，正好碰到步履匆匆的王青。王青见到他，赶忙道："总助，我正好要找您，《财经聚焦》的人想要采访楚总……"

张嘉年疑惑道："他们是不是找错人了，不该去联系齐盛？"

《财经聚焦》经常采访商界名人分享成功经验和从商感想，风格商务而正式，楚彦印就是常客。楚楚的风格显然跟其不符，尤其是她天生自带流量，看上去不像个正经商人。

王青摇摇头："他们不是来找董事长的，就是想采访楚总，好像跟楚总减持时延股份的事有关。"

张嘉年："……"

虽然张嘉年觉得《财经聚焦》栏目有点想不开，但还是跟楚楚提及了此事。毕竟楚楚上如此有影响力的栏目，总比天天上娱乐新闻好。

楚楚听到《财经聚焦》要来采访，一脸茫然："我要跟他们说什么？"

她还没接触过正经采访，不懂商界大佬们是如何回答问题的。

"节目组会提前备好采访提纲。"张嘉年想了想，建议道，"不然您看看往期栏目，楚董曾经被采访过很多次。"

楚楚似有所悟，搜了搜《财经聚焦》，随手点开有关楚彦印的那期。她拖动进度条，恰巧听到楚彦印对自己的评价。

屏幕上，楚彦印面对主持人，摇了摇头："我女儿没什么经商才能，很幼稚，完全没长大……"

张嘉年冷不丁听到这句，也是一愣，偷偷打量楚总的神色，尴尬地解释："楚总，董事长应该是开玩笑的。"

张嘉年：楚董居然在节目上损过楚总，他怎么完全不知道?

楚楚本来只是随便看看，一时来了兴趣，认真地找了找，发现了更多楚彦印的罪证。

"我给她投钱，从来没奢望会回本，就是想让年轻人锻炼一下。"

"她很倔，而且经常倔得让你生气。"

"现在的年轻人缺乏我们当初的团结精神，没法吃苦耐劳，个人意识很强，我女儿就是其中的典型。"

…………

楚楚："呵。"

张嘉年绝望地扶额："不然您别看了？"

张嘉年觉得自己捅出娄子，随口的提议竟瞬间击垮"塑料"父女情。楚楚本来对《财经聚焦》兴趣不大，回顾完楚彦印的采访，顿时跃跃欲试，恨不得马上接受采访。

《财经聚焦》的效率很高，单期录制需要的时间也不长。栏目组成员得知楚总同意采访后，立刻赶往普新大厦，决定在银达总裁办内完成拍摄。节目形式很简单，主持人对嘉宾进行问答采访，后期会穿插些资料片。

大家跟楚总打完招呼，沟通完部分细节，便进入正式采访环节。

因为栏目的风格相对严肃，楚楚今日穿的是休闲西装，衣着干练简洁。栏目组略微放下心来，感觉楚总也没外界说的那么夸张，做事还是挺着调的。

栏目的女主持人温婉知性，专注地望着楚总，柔声道："大家都知道，近半年银达发展得很快，外界对公司的估值也达到新高度，相比成立之初，已经翻了两三倍。我很好奇，您在挑选投资项目时，主要考虑的是什么呢？”

楚楚落落大方地答道：“实际上，我主要考虑的是团队，合适的项目遇上合适的团队，让擅长的人去做擅长的事，基本上就成功了一半。我是个有很多缺陷的人，但团队可以弥补我的缺陷，这就是银达快速发展的原因。”

女主持人见楚总如此随和，顿时安心不少，好奇道：“您最近有没有听说时延事件？如今许多网友认为，您是得知了内部消息，才能操作得如此精准，是这样吗？”

“这确实是个误会，其实是我不了解餐饮业，不敢多接触，才会这么做的。”楚楚苦笑道，“因为这件事，我被楚董臭骂一顿，最近还要登门向石董致歉。”

张嘉年站在一边旁听，暗戳戳地想：明明去见楚董的是我，她这是在梦中挨的骂？

女主持人闻言，颇感兴趣地道：“所以您的父亲是严父型？”

“如果非要说是严父，其实也不恰当。”楚楚思索片刻，解释道，“我父亲的性格跟很多实业企业家很像，当然我没有说各位前辈不好的意思，只是他们的特征非常明显。”

“您可以举些例子吗？”女主持人笑着追问。

“如果你去翻老总们的朋友圈，喜欢转发这类文章的，比如《给年轻人的忠告：千万别在吃苦的年纪选择安逸》，基本上就是我爸没跑了。”楚楚慢条斯理地道，“中老年老总们中，最爱发励志类鸡汤的，通常是做实业的。”

栏目组众人闻言，皆忍俊不禁，其中采访过楚董的人笑得尤甚。这对父女要公开在栏目上叫板吗？

女主持人笑出声，打趣道：“楚董以前评价您个人意识很强，您知道这件事吗？”

“知道，还说我幼稚、没长大、没有经商才能、不能吃苦耐劳、缺乏团结精神……总之，我该被钉在历史的耻辱柱上，遭受大众的批判。”楚楚简直把楚彦印的采访内容倒背如流。

“您对这些评价有什么看法呢？”女主持人强忍笑意。

“我觉得幼稚不是件坏事，成熟也没什么值得骄傲的，这其实是观念的不同。”楚楚心平气和地道，“我爸喜欢喝鸡汤，我喜欢吃鸡肉，就是口味差异而已。但你没办法否认，再怎么鼓吹鸡汤的价值，还是鸡肉的营养价值更高。”

女主持人调侃道："我可以将您的话理解为，您对楚董有所不满吗？"

"不，我很感谢他。"楚楚笑着摇头，"因为我知道他很羡慕我的幼稚。人会幼稚代表还年轻，而未来的市场只有倾听年轻人的声音，才能赚到钱，所以我欣然接受他的评价，并以此为荣。"

女主持人见她说话幽默，不禁问道："那楚董身上有没有哪些特质，是让您感到羡慕的？"

"当然有。"楚楚坦然道，"我羡慕他有如此懂事出色的女儿。"

"……"

如果不是还在录制，现在栏目组的人就要拍桌狂笑起来了，为楚总的"恬不知耻"拍案叫绝。女主持人憋笑良久，强撑着让采访继续："这样听下来，您其实不喜欢苦难式教育？"

楚楚点点头："是的，苦难和教育两个词，我都不喜欢。生活本来就够苦了，还要被人教育，谁听到这两个词都脑仁儿疼。"

女主持人提醒道："您不怕这话会遭人诟病，坐实楚董对您的评价吗？"

女主持人觉得楚总相当大胆，这是在跟楚彦印的观念硬碰硬啊。

"时代在改变，我父亲的观念是老一辈人的常见想法，要吃苦耐劳、勤劳勇敢、用自己的双手创造财富，我很尊重老人们的精神。"楚楚诚恳地道，"但有时候我也会反思，是不是一定要先苦后甜，能不能直接开心地工作？"

"他们的年代不苦不行，但社会在发展，有的想法会发生改变。"楚楚振振有词，"当我父亲住着两亩地的豪宅、坐私人飞机出国时，再教育年轻人要吃苦耐劳，我觉得他是有点虚伪的。"

女主持人倒吸一口凉气，随即问道："您觉得吃苦耐劳是不好的品质？"

楚楚摇了摇头，解释道："我不反对这种品质，但我不会让身边有能力的人吃苦耐劳，他们既然付出了，就理应拿到满意的回报。只有付出和收获不成正比，那才叫吃苦耐劳。"

女主持人若有所思："其实您的话对很多企业来说是极大的挑战，是对人力成本的考验。"

"我对自己的定位很准确，我就是齐盛的病毒，时不时刺激它一下，增加它的免疫力。这其实是为它好。"楚楚厚颜无耻地道，"就算没有我，也会有其他的挑战和考验，肥水不流外人田嘛。"

女主持人被楚总的逻辑惊服，哭笑不得地道："您这么说不怕楚董生气？"

“老楚要是生气，证明我说中了要害。”楚楚侃侃而谈，“为什么他现在疯狂地想要转型？因为齐盛的发展速度逐年减缓，而减速或持平在如今的时代约等于死亡。这证明他的老观念玩不动了，需要新观念，走向轻资产运营，这恰巧是银达的主攻方向。”

女主持人采访过不少商界大佬，但通过今天的访谈，却越发看不明白楚总。楚总有时候会孩子气地跟楚董抬杠，有时候又突然出口成章讲道理，委实让人琢磨不透。

《财经聚焦》既需要干货分享，又需要幽默表达。楚总的表现居然远超想象，金句频出，比楚彦印说得还好。

采访过半，女主持人差点被楚总说服，由衷地感慨：“很多人觉得您没有楚董成功，但通过跟您的交谈，我感觉并不是这样的。”

“社会对成功的定义太片面，似乎只有出人头地才叫成功。这种成功实际上是做给别人看的，真正的成功是其他人都想成为你，大家都觉得你很快乐。”楚楚神色镇定，大方地建议，“你们可以搞个投票，看他们是想成为我，还是我父亲。”

“我保证，大部分人想成为我。”楚楚掷地有声地道。

女主持人：“您觉得自己比楚董快乐？”

楚楚：“是，毕竟他最大的烦恼是我，而我没有烦恼。”

女主持人：“……”

楚楚：“我比他年轻，长得比他好看。”

女主持人：那你很棒哦！

女主持人对楚总无孔不入的自夸甘拜下风，最后强行挽尊，想要拯救一下楚总的形象，再次抛出问题：“很多年轻企业家会想超越自己的父辈，您没有这种想法吗？”

楚楚淡淡地道：“没有，就算我比他强，我也不能当他的爸爸。”

女主持人闻言，终于忍不住吐槽：“假如您能当楚董的父亲，您就会有超越的想法？”

楚楚点头：“是啊，这样就按实力做爸爸。江山代有‘爸爸’出，各领风骚数十年。”

楚楚觉得挺公平的，她和楚彦印根据战力轮流做“爸爸”。这样有了激励机制，瞬间让她想要上进，动力十足。

张嘉年表情麻木地听着楚总的豪言壮语，已经脑补出楚彦印大骂孽子的模样。

栏目组在憋笑中完成录制，开始收拾器材，跟楚总等人道别。张嘉年想了想，还是悄悄地提醒工作人员："某些较为犀利的内容，还是剪掉吧。"

工作人员诚心求教："您说的犀利内容是指哪些？"

张嘉年艰难地道："可能会刺激到楚董情绪的……"

工作人员一脸茫然，道："您的意思是这期不播出？这执行难度有点高啊。"

天地良心，工作人员无心抬杠，但楚总义正词严和插科打诨穿插，根本剪辑不开啊？

张嘉年头疼地扶额，破罐破摔道："算了。"

张嘉年：现在假装自己没旁观录制，不知道还来不来得及。

《财经聚焦》是周播栏目，加上节目形式简单，剪辑速度极快。栏目组居然真的采纳了楚楚的意见，在播出前发起网络投票，让万千网友投票选择做楚楚或做楚彦印。

仙人掌："成年人当然选楚总。做楚董还要工作，做楚总有老爸啊！"

猫："'财经'搞这种投票，难道是想告诉大家，成功不能靠复制大佬的经验，还是做梦比较快？"

弹簧圈："肯定选楚总，VIR给我做代练，上分不是梦。"

紫苏："选楚总，我不在乎钱，我在乎脸。"

绿野无言："你堕落了，你居然也开始蹭楚总的热度@《财经聚焦》栏目。"

投票的截止时间正逢《财经聚焦》新一期的播出，投票结果和采访内容同时放出。楚楚的预料果然没错，高达94%的网友选择成为楚楚，仅有6%的人想做楚彦印。

节目播出后，楚楚在《财经聚焦》上的惊爆发言引来热议，她在节目中对楚彦印的分析与批判，堪称"新时代坑爹典范"。

雁栖："我听懂了，楚总说她是齐盛的搅屎棍，至于齐盛是啥，我不敢说。"

华然纸上："快去叫'爸爸'@齐盛集团。"

_金箔_："楚总真是谜一般的女子。我的表情犹如主持人，听得一愣一愣，全程跟不上。"

璐璐："当代哲学教母楚总最新警世名言：江山代有'爸爸'出，各领风骚数十年。"

小波澜："《世纪'爸爸'之争：楚总vs楚董》。"

这不科学：“栏目还在采访中穿插楚董对楚总的评价？所以本期是楚总回击？”

网友们调侃着楚总在《财经聚焦》上的表现，纷纷看热闹不怕事大。当然，楚楚的言论也引起部分观众的不适，尤其是经营理念与楚楚不同的企业家，给了她负面评价。

沣西：“不懂这种人能上《财经聚焦》的原因，她不愿吃苦耐劳，还把自己搞成网红，跟她爸比差太多了。”

黑狸不说话：“可我觉得她挺懂经营的。抛开段子，她说的都没错。”

披锋盖甲：“说得挺好听，可我没看到银达的成绩。”

房檐下：“‘黄毛丫头’都能评价老企业家了？真够没礼貌的。”

螺纹：“笑影文化了解一下，未计入本季度财报的《赢战》了解一下。我想知道银达半年的投资回报率要多高，才能算得上您口中的好成绩。”

马克笔：“屁股决定脑袋，有的老总被她戳破‘吃苦耐劳论’，开始气急败坏了。”

小红果：“楚总比楚董客观，她评价齐盛没大毛病，但楚董评价她时，带有强烈个人情绪和主观色彩。”

草莓酱：“我觉得够有礼貌的。突然明白楚总不混财经圈的原因，大家是按照圣人标准来要求她？”

夜色浓浓：“作为躺枪的中老年实业家，我客观地评价一下，小姑娘除了脸皮厚外，分析的都没毛病。有些老头子玻璃心，听不了实话。”

天外人：“大家不要骂楚总了，快留着让楚董自己骂。我要看父女对决！”

此时，旋涡中心的楚彦印对此一无所知。他刚刚出差回来，在倒时差的过程中错过了《财经聚焦》的首播，并不知道网上的风雨。

楚家老宅内，楚彦印如往常一样下楼吃早饭，林明珠跟其他太太们聚会，正好不在家。楚彦印独自用餐，觉得家中过分安静，吩咐道：“把电视打开吧，我看会儿新闻。”

他时常会听早间新闻，或者看看《财经聚焦》的重播。

用人们脸上露出犹豫的神色，只得将提前关闭的电视打开，放到新闻频道。

众人期盼楚董别换台，估计是怕什么来什么。下一秒，楚彦印就开始切换频道，成功看到重播。

屏幕上，他的女儿正大放厥词，号称要按实力做“爸爸”。

突然被要求竞争上岗的亲爸楚彦印直发蒙。

楚彦印听完这话的第一反应，自然是勃然大怒。他气得脑袋疼，立刻摸出手机，想给张嘉年打电话，询问事情的来龙去脉。楚彦印握起手机，又觉得不能师出无名，冷静下来后，干脆完整地看完本期节目，想要搜集其他“罪证”。

楚彦印怒气冲冲地点开节目，心情却随着进度条的推进逐渐平复。

屏幕上的楚楚落落大方、举止端庄，说话幽默而不失逻辑，跟往常浑不吝的样子相距甚远。她阐述自己观点时，眼中仿佛透着光，能轻易地让对方信服。

这是楚彦印完全没见过的样子。

毕竟在楚董眼中，他的女儿嘴欠、爱闯祸、爱打群架。她要不是家境富裕，估计就是社会败类，提着扳手便能走上不法道路。

楚彦印的心情颇为复杂，他陷入怀疑之中，她究竟是真傻，还是装傻？

她是不是故意跟自己作对，才总做出不靠谱的事情，实际上对齐盛的发展胸有成竹？

楚彦印的心刚刚柔软下来，重播画面中的楚楚又祭出名言，瞬间打散他的多愁善感。

“是啊，这样就按实力做爸爸。江山代有‘爸爸’出，各领风骚数十年。”

楚彦印：不行，不管我替她找什么理由，还是好生气！

楚彦印重新听到这话，仍然被气得血压升高。他想了想，又觉得自己在斗嘴水平上逊色于孽子，决定采取其他方式曲线救国。

银达投资内，张嘉年接完电话，无奈地向楚楚汇报：“楚总，您被《财经聚焦》封杀了，今后可能都没法再上类似的节目了。”

楚董察觉自己斗嘴比不过楚楚，干脆直接让她闭嘴，不允许财经类媒体再采访楚楚，妄图降低她在财经圈的热度。

张嘉年头疼道：“不如您去跟楚董服个软？”

“不要。”楚楚断然拒绝，寸步不让，“那我就让娱乐圈封杀他，谁怕谁！”

张嘉年：“……”

张嘉年：可楚董在娱乐圈本来也没热度，为数不多的讨论度估计缘于你！

张嘉年委婉地规劝：“您跟楚董闹僵了，以后怎么跟齐盛的合作伙伴联系……”

楚楚信誓旦旦："正好不联系，老楚的朋友太多，我打人时都要左思右想。"

张嘉年吐槽道："即便楚董没有朋友，您打人时也要左思……不对，您就不该打人。"

"放心吧，他没法让我闭嘴太久。"楚楚倒是心大，出言宽慰道，"等银达赚到钱，有的是人上门采访，我一天接十个。"

她本来不在乎此类露脸机会，但既然能气到老楚，何乐而不为？媒体看到银达发展起来，自然会找上门，到时候老楚怎么可能管得过来？

张嘉年深感这对父女的矛盾难以调解，握手言和之路道阻且长。

楚楚的想法简单粗暴，齐盛和银达的发展方向不同，银达现在主攻的文娱业，齐盛很难插手。银达只要逐渐积累起成功项目，便自然会有话语权，无人能挡。

《赢战》仿佛知晓了楚楚的宏图大志，在极短的时间内迅猛成长，疯狂地为楚楚的远大目标添砖加瓦。游戏一夜之间风靡全国，不但召回无数怀旧的老玩家，还拉入许多新血液，以破圈的姿态广泛传播着。

《赢战》的起飞点就是那场全服boss战，此后，游戏的日活跃用户量节节攀升，最终成了下载量第一位。如果按照当前的发展趋势，《赢战》很可能成为年度爆款游戏，持续创造出可怕的营收额。

光界CEO梁禅最近可谓志得意满，脸上喜气洋洋的。他不但凭借《赢战》完成对赌协议，而且看到了公司上市的希望。人逢喜事精神爽，他的眼睛都笑弯了。

当然，梁禅没有忘记背后的大功臣楚总，见银达一行人远远走来，热情地迎上前，跟众人寒暄起来。梁禅提议道："楚总，我们还是去《赢战》那边？"

楚楚点点头，她来过多次，已经认得路。

银达不但投资了光界娱乐，还专门参投了《赢战》，为其提供了不菲的研发费用。楚楚因此非常关注《赢战》的发展，每回都会去游戏团队的办公区转转。随着游戏的火热，她再次来到办公区，发现环境变得更加明亮，队伍也更庞大了。

周围的墙壁焕然一新，上面贴满了人物海报和概念场景图。工位上的员工们似乎都心情不错，看到楚总等人过来，顿时出现炸锅的效果。

主策划胖子胆子较大，笑嘻嘻地搭话："各位老板们，游戏现在大火，能不能稍微意思一下啊？"

胖子的本意是让老板们组织聚餐，让大家放松一下，不料楚总的回复更为硬核。

楚楚点头道："好啊，下班时每人领完红包再走。"

胖子赶忙劝阻："您别破费、别破费，吃顿饭就行。"

梁禅事先可没说过要发钱，胖子随口一提却逼得楚总发红包，顿时想找补几句。

楚楚平静地道："我的时间比钱宝贵，你们想吃啥自己买吧。"

她要是参与聚餐，晚上的时间就废了，还不如发钱让游戏团队自己嗨。

胖子大喊道："谢谢老板！"

众人见楚总如此大方，居然直接发钱，顿时尖叫起来，爱惨了她毫不造作的奖励方式。

"我好快乐，为什么楚总不能坐梁总的位置……梁总好抠的！"

"当年高考失利，无缘银达，现在就只能给小气老板搬砖……"

游戏团队私下对楚、梁两位老总捧一踩一，同时还将火力转移到楚总身后的人上。

旁边的人看到跟着楚总的张嘉年，不由得窃窃私语："是他吗？快看手，快看手！"

"肯定是，我上次到会议室送水，听张总助声音很像。"有人振振有词道，"跟直播里VIR的声音一样！"

"上回内测张总助也用的建筑师，我问过银达的人，目前有资格跟着楚总的男高管，就只有他一个……"

全服boss战上，VIR下场不但惊呆众网友，同样炸翻了游戏团队。网友们跑到官博下评论、抗议，说超神代打有失公允，官方活动设计得不公平。这些话让光界员工们极为委屈。

众策划及程序员：天地良心，这个环节不是我们设计的！

游戏团队看到VIR跟楚总组队后，内心更为震惊。有些吃瓜群众不了解VIR的光辉历史，但对熟知《赢战》的研发人员来说，VIR就是曾经端游版《赢战》的巅峰缩影。

秦东看到老总们到来，握着海报徘徊良久，终于还是硬着头皮上前，主动跟张嘉年搭话道："能麻烦您给我签个名吗？"

秦东低着头，众人只能看到他的一头卷毛和眼镜框，瞅不到他紧张的小表情。

张嘉年见对方递来海报和笔，不由得微微一愣，迟疑地指了指自己，问道："是跟我说话吗？"

秦东连连点头，忙不迭地道："我当初钻研您的操作很久。"

早期，端游版《赢战》并不像现在这样完美，游戏有很多bug，画面也不精美。许多漏洞是在大神玩家的探索中发现并修复的，而VIR更是其中的佼佼者。虽然秦东是游戏的研发者，但并不妨碍他对于顶尖玩家的钦佩。

张嘉年看到海报上的男游侠，突然直面过往，一时面露犹豫，没有说话。

梁禅看张嘉年踌躇，误以为他害怕楚总不悦。梁禅比较了解张总助的性格，对方是中庸内敛派，不爱在领导面前出风头。

张总助曾经的职业是游侠，楚总现在也爱玩游侠。他已经在内测和全服boss战时刻意回避，用建筑师配合楚总，显然是不想抢老板的风头。秦东现在拿着男游侠的海报过来，像是在用张嘉年的技术打楚总的脸，讽刺楚总玩游侠的技术烂。

张总助现在签名，很容易就会让楚总生气。

梁禅是个人精，自以为摸透了张嘉年的心思，主动递台阶，询问真正能做决定的人："楚总，能让张总助给秦东签个名吗？"

楚楚断然道："不行。"

秦东目露失望，没料到楚总态度如此坚决。梁禅其实知道不该再劝，但看到秦东的表情，又有些于心不忍，冒死解释道："楚总，秦东是VIR的铁杆粉丝……"

"那又怎样？"楚楚双手抱胸，居高临下道，"他都没给我签过名，凭什么先给你签？"

秦东：这是什么逻辑？他怎么不明白？

梁禅灵光乍现，心领神会，当即取过秦东手中的海报，附和道："对对对，真是没眼力见儿，这份先给楚总，你自己再去拿一张来……"

秦东越发茫然，他是VIR的粉丝，所以要签名海报，楚总又不懂《赢战》，这是瞎凑什么热闹？

秦东见梁禅将海报抢走，递给张嘉年。秦东试图发言："我……"

"你什么你，再去拿一张！"梁禅一边训斥，一边朝他使眼色，"下一张就轮到你了！"

梁禅：年轻人真是不懂事，先把老板哄好，才能让自己过好！

秦东直发蒙，挠挠头，重新拿来一张海报。

楚楚对梁禅抢海报的行为相当满意，朝张嘉年道："你签吧。"

张嘉年握着笔，哭笑不得："可您要我的签名做什么？"

张嘉年同样极度疑惑，秦东是VIR的粉丝，要签名还能理解，但她明明不懂游戏，要签名做什么？

她又不是没见过自己的签名，银达的审批文件上全都是。

“你别管我要做什么。”楚楚仰起下巴，理直气壮地道，“反正他有，我就得有。”

张嘉年：怎么听上去跟幼儿园里寻衅滋事、抢人东西的熊孩子一样？

楚楚盯着张嘉年签名，态度相当严格，叮嘱道：“除了真名，还要有游戏名，必须跟给他签的一样。”

张嘉年好脾气地签完名，将海报递给她验收，无奈地笑道：“您看看呢？”

楚楚满意地检查起来，打量起海报上英俊的金发男游侠。梁禅看秦东拿着第二张海报过来，立马开始揣摩楚楚的心思，溜须拍马道：“张总打游戏还是厉害啊……”

楚楚扬了扬眉，开口道：“那是。”

梁禅看楚总的态度，总觉得张嘉年的技术仿佛长在她身上，她比本人更得意。

梁禅小声道：“您再让张总给秦东签一张？”

楚楚随口道：“签吧。”

她想了想，突然又道：“既然是铁杆粉丝，是不是会有珍藏资料？”

秦东刚拿到签名海报，闻言脸色发白，立即死死地挡住自己的工位抽屉。

楚楚看到他的举动，立刻对抽屉来了兴趣。她不由得走上前，好奇道：“我能看看你抽屉里的资料吗？”

秦东推了推眼镜框，义正词严地拒绝：“楚总，这都是些老旧的数据档案，读起来很枯燥的。”

“没关系，我也应该了解下《赢战》的过往。”楚楚从善如流地说道，回头看了看梁禅，用眼神向他示意。

梁禅立即跳出来：“既然是资料，打开给楚总看看嘛，又不会抢你的东西。”

秦东：我信了你们的邪。

秦东不情不愿地打开抽屉，楚楚上前观摩。抽屉里摆放着一些发黄的纸质资料和海报，还有硬盘，东西并不多。秦东看她眼神专注，不由得有些心虚，生怕她下一步就要抢。

张嘉年瞟到她的眼神，猜到她想做什么。张嘉年担忧楚楚会惹秦东不满，主动解围道："您要是实在好奇VIR，不如我把账号给您？这些资料应该是研发用的。"

张嘉年现在已经不玩《赢战》了，账号送她也无妨，反正往事如烟，他不过是留个念想。

楚楚闻言，有些怅然地道："所以我不能拷贝？"

秦东听了张嘉年的建议，瞬间心如刀割，他坚决不允许楚总玷污偶像的超神账号！

秦东立马丢卒保车，艰难地开口："可以拷贝，只是您要等等……"

梁禅左右逢源道："那皆大欢喜，您稍微坐一会儿，等秦东拷贝完就送过来。"

楚楚点了点头，今天过来一是要看《赢战》的情况，二是想推进《胭脂骨》项目的游戏开发。楚楚临走前，顺利拿到拷贝完内容的新硬盘，不过仍旧有点不满意。

楚楚拿好硬盘，想起抽屉中发黄的海报，问道："我记得还有海报？"

秦东本以为自己逃过一劫，没想到楚总记性这么好。他瞪大眼，干脆直接发问："VIR就在您身边，您要什么海报？"

张嘉年："……"

梁禅唯恐楚总生气，赶忙解释道："小孩儿不懂事……"

"哼，好吧。"楚楚闻言，笑容中露出一丝自得，大度地道，"那算了。"

秦东见楚总不再追究，似乎心情还很愉快，一脸茫然。

秦东给楚楚在硬盘中拷贝的是端游版的部分资料，其中还有许多超神玩家当年的神操作影像，内容相当庞杂。硬盘中的资料量极大，是秦东多年来用心搜集、整理出来的。

梁禅送走银达一行人，张嘉年看她颇为满意地拿着硬盘，不由得好笑道："端游版的画面不如手游版，您可能很难看得下去。"

《赢战》端游版的画面远不如现在的精美，很多设计落后于现在的审美。秦东是游戏迷，自然不看重这些，楚楚却不一定会感兴趣。

楚楚坦言道："我又不都看，就挑有你的看。"

她哪有时间看那么多枯燥数据，挑重点内容看就好。

张嘉年听她这么说，一时微赧："您看这些做什么？"

他都不太记得当年的细节，还真不知道硬盘中会有什么资料。

楚楚挑眉道："大家都知道VIR，我总不能落伍吧。"

不管是光界娱乐内部，还是网上的吃瓜群众，都热烈讨论着以VIR为首的远古超神们。楚楚深感不能落于人后，决定恶补《赢战》端游版的知识。

张嘉年一愣，沉默片刻，解释道："其实时间会美化很多东西，他们心目中的VIR或许并没有那么好。"

众人大肆鼓吹远古超神VIR，有可能只是带着时光的滤镜，更何况他已经不是VIR。

楚楚没体会到他话中的深意，懒洋洋地摆摆手，转身上车随口道："我不知道VIR好不好，反正张总助挺好的。"

张嘉年的心微微一跳，他没想到她会如此简单直接地站队。他犹豫片刻，终于忍不住评价道："您要是想哄谁开心，肯定很容易。"

她平时只是不在乎旁人的想法而已，要是真想讨谁欢心，估计轻而易举。毕竟他只是待在她身边都能感到轻松快乐，生不起半分沮丧或失落的情绪。

"我为什么要哄别人？"楚楚心生疑惑，嘀咕道，"太闲了。"

张嘉年看她宛如小孩的反应笑了笑，没再多言。

楚楚回家打开硬盘，看到其中海量的资料，简直一头雾水。她简单粗暴地搜索"VIR"，疯狂浏览资料，大致明白VIR在众多玩家中的殿堂级地位。楚楚忍不住计算起来，《赢战》端游版上线时，张嘉年似乎在高考，或者刚刚上大学？

画面上，男游侠的打法激烈突进、锋芒毕露，谁也没想到未来他会做建筑师。

《赢战》手游版为公司贡献了不错的盈利，预计本季度的收入可达十五亿元，成为绝对的爆款。根据银达的投资占比，楚楚和银达仅凭《赢战》，就至少可以在本季度拿到不低于七亿元的进账，投资回报率高到惊人。

一时之间，无数媒体恨不得踏破银达投资和光界娱乐的门槛，纷纷想要采访楚楚和梁禅，探索国民级游戏的诞生之旅。

这些媒体中居然还有《财经聚焦》，栏目组看热闹不嫌事大，专程跟楚彦印联系，委婉地表示想要对楚总解禁。不是他们故意跟楚董过不去，只是现在所有媒体都想采访银达，法不责众。

《赢战》的优秀表现同样给了部分人一记响亮的耳光，尤其是《财经聚焦》播出后在网上骂楚楚的"键盘侠"。他们原来最爱嘲讽楚楚的决策及银达的业绩，到处宣扬"纨绔论""银达垮台论"，最近也不敢跑出来唱衰，灰溜溜地避风头。

虽然《赢战》的营收成绩很好，游戏团队却没有放松下来。毕竟端游版曾经也经历过辉煌，但最后随着玩家的流失，终于繁荣不复。秦东等人经历过起起落落，面对手游版的崛起，心态反倒平和很多，继续认真地策划后续活动。

《赢战》想要维持现在的良好发展态势，需要源源不断地推出新活动，用内容的更新吸引和留住玩家。很多游戏没有好的后续内容，便会犹如昙花一现，转瞬即逝。

《赢战》手游版决定在下次的更新中开放冰山的新地图，重启端游版的经典内容。冰山模式在端游版曾大受欢迎，但考虑到游戏进度，手游版并没有在上线时就放出冰山地图。

《赢战》官博将更新冰山模式的消息一公布，立刻就让众多玩家大为期待。

与此同时，爱果网络却推出一档名为《创时代》的新游戏。

三角："《赢战》的冰山地图什么时候上啊？我等得花儿都谢了。"

澜婆婆："等不及就去玩《创时代》吧，玩法完全一样，地图都开到沙漠了。"

西西西瓜："玩抄袭游戏还大张旗鼓？《创时代》的水军原地爆炸！那游戏照抄《赢战》好吗？"

大宏："游戏不是都互相抄吗？光界出《缥缈山居》，爱果就出《创时代》，谁嘲笑谁都不合适吧？"

小小罗："其实更喜欢《赢战》，但游戏进度太慢……今天想玩沙漠图就下了《创时代》，《赢战》不能快点开图吗？"

大鹏展翅："当初端游版开图更慢，手游版才上线多久，你们要几张图才满意？"

礼仙："《创时代》充钱就能变强，有任何游戏体验吗？真的糟蹋了很多玩法。"

D923："我没时间细玩，还不许我充钱吗？无语。"

爱果网络新推出的游戏《创时代》，玩法跟《赢战》高度相似，显然是想要抢夺当前的游戏市场。因为《赢战》曾有端游版，《创时代》便抢先放出很多还未在《赢战》手游版中出现的地图，疯狂地争夺潜在的玩家。

很多怀旧的老玩家想要玩后期的地图，却没法在《赢战》手游版里玩到，便先行下载《创时代》体验。同时，《创时代》的充值效果更好，许多道具和玩法可以直接依靠玩家充钱解锁，并不会像《赢战》一样有其他要求。

秦东尝试完《创时代》的冰山地图，顿时脸色煞白，失魂落魄地道："真的一模一样……"

胖子安慰道：“老大，没事，咱们的活动设计得比他们用心。”

虽然话是这么说，但发生这样的事情，还是让游戏团队沮丧而失望，仿佛吃下了一只苍蝇般恶心。

“梁总那边怎么说？”其他人问道。

光界娱乐和爱果网络再次出现抄袭事件，绝对不是偶然。

《创时代》的恶意竞争很可能影响到《赢战》的后续收入，然而游戏业内的抄袭事件从来都不好处理。由于抄袭难以鉴定，很多公司只能忍气吞声，就算勉强起诉，也会耗时耗力，被官司折磨得筋疲力尽。

“梁总没说……楚总今天过来，他们正在会议室。”

会议室内，梁禅正跟楚楚、张嘉年商量对策，探讨是否要跟爱果网络打官司。

梁禅是息事宁人派，楚楚则是誓要还击派，双方各执一词。

因为《凉山州》与《缥缈山居》之争在前，现在又加上《创时代》与《赢战》，事情陡然变得更为复杂。如果光界娱乐想要打官司，爱果网络必然会提起《凉山州》的事，然而此事由于光界那边证据不足，至今没有定论。

光界娱乐就算在《赢战》的案子上胜诉，获得的赔偿也不会太高，甚至没法叫停用高超的手段抄袭的《创时代》项目。此类游戏官司耗费的时间都极长，公司花费大量人力物力，最终可能只拿到几十万元的赔偿，得不偿失。

“如果你觉得代价太高，打官司的费用可以由我来承担。”楚楚看梁禅摇摆不定，果断地提议。

梁禅犹豫道：“楚总，很可能我们耗费大量的时间精力，最后的回报却很小……”

“这跟回报无关，就算只有一元钱的赔偿，我们同样要起诉。”楚楚掷地有声，反问道，“如果你不起诉，以后团队就没法带了，你怎么见秦东？”

队伍里的人憋着一肚子火，领导者能坐稳位置才怪。

楚楚认真地道：“这是态度问题，还想让光界和《赢战》活下去，就必须要起诉。”

梁禅看楚楚态度如此坚决，最终被她说服，同意起诉的事情。

他虽然答应下来，但还是不免迟疑，问道：“那是由光界的法务出面，还是……”

张嘉年镇定地道：“如果光界的法务部人手不足，我们这边的法务人员也可以帮忙。”

银达投资和辰星影视出于某些历史原因，在法务部上的投入极高，培养出许多优质人才，水平远超同类公司的法务部。

辰星影视内，法务小杨被人通知前往光界娱乐，不由得直发蒙："可我下午还要审合同……"

"审什么合同，出去打官司。"领导恨铁不成钢地道，"楚总亲自发话，你等着打持久战吧！"

小杨闻言，顿时惊慌不已："楚总又有什么要求？"

楚总对辰星影视和银达投资的法务部来说，无异于让人闻风丧胆的女魔头。两家公司因此建立了长期合作的法务联盟，专门处理各类棘手官司，满足老板各种异想天开的想法。

楚总上一个差点团灭法务部的官司是"向李泰河索赔一个亿"，那完全是一场旷日持久的拉锯战。

小杨作为此次战事的亲历者，至今不明白当初他们是如何坚持下来的，似乎众人都是靠优渥的薪酬苦苦支撑。虽然大家都觉得官司不可能赢，但由于不愿放弃高薪资，便抱着能多待一天是一天的念头消磨时间，愣是把李泰河拖垮了。

法务联盟经此一战，声名显赫！

虽然官司的结果很美好，但小杨并不想再经历类似的事情，对心脏实在是强烈的刺激。这类官司一般由张总助主管，而他恰巧是高效执行派，是要求其他人无条件完成楚总的任务的魔鬼上司，给人极大的精神压力。

小杨抵达光界娱乐的会议室后，果然看到不少银达的熟面孔，大部分是经历过"李泰河之战"的人。大家被召集在这里，皆有些惶恐，不知楚总又会提出什么过分的要求。

没过多久，楚总和张总助依次进屋，甚至光界娱乐CEO梁总也出现了。

楚楚望着屋内的众人，开门见山道："最近爱果网络的《创时代》对光界的《赢战》构成严重抄袭，今天请大家来这里，就是想麻烦各位出谋划策……"

屋内众人闻言顿时松了口气，起码楚总这回是占理的，不像上次找李泰河索赔天价违约金那样离谱。

小杨小心翼翼地发言："楚总，您预期的索赔金额是……"

小杨生怕楚总张口又要索赔一亿，那无异于再次尝试团灭他们。

如果回顾游戏的发展史，抄袭与维权一直都相伴而行。国外也有无数维权案件，但很多庭外和解或不了了之了，极难等到真正的法律处罚，赔偿金额大多不高。

楚楚平静地道："金额无所谓，关键是要让他们长教训。"

众人皆一脸茫然，小杨挠了挠脸，疑惑道："对不起，我不太明白您的意思……"

"即使只赔偿一元也没关系，但我不接受庭外和解。"楚楚坦然道，"这将是一场漫长的战役，或许会持续十年，甚至几十年，直到胜诉为止。"

被召集而来的法务们皆震惊不已，就连梁禅听到这话都大吃一惊。楚总原来只说要起诉，可没说要打到胜诉。很多抄袭案因消耗不起海量的时间和精力，最后选择庭外和解，不会坚持维权十几年。

有人讷讷地道："您可能会为此花费庞大的资金……"

楚楚淡然道："我看上去像差钱的人吗？"

"不像。"

众人：我们太天真了，居然怀疑你的经济基础。

"除了必要的开销外，银达未来凭借《赢战》获得的全部收入都会投入到维权中，如果游戏消失……"楚楚垂下眼，补充道，"剩下的维权费用由我个人承担，直至胜诉为止。"

众人万万没想到，楚总如此坚持，这场官司是奔着跨世纪去打的！

梁禅扪心自问，作为光界CEO，都不敢做出如此正直而莽撞的举动。楚总颇有种用正义的铁拳击倒一切邪恶势力的气势！

楚总掷地有声的发言，瞬间点燃了台下人的热情。既然对赔偿金额没有硬性要求，又有雄厚的资金力量，那他们大可以放手一搏。

"没问题，坚持在我退休前胜诉……实在不行，我让我家小孩学法。"

"那时间太长了，撑死三五年，必须取得胜利！"

"索赔金额肯定得高，不然大家白忙活了，太没成就感。"

屋内人被楚楚的雄心感染，不由得调侃打趣起来，兴致勃勃地准备大干一场，向爱果网络法务部发起挑战。法务联盟再次成功集结，很快便搜集证据，起诉爱果网络旗下的《凉山州》《创时代》两款游戏侵权。

这个消息不亚于一枚重磅炸弹，炸翻游戏市场，甚至波及其他行业。

一时之间，上门采访的记者全都询问起抄袭案的事情。记者礼貌地询问楚楚道："众所周知，目前国内游戏维权举步维艰。您觉得《赢战》的潜在收益是否值得你花漫长的时间及高昂的价格去维权？"

楚楚答道："我觉得这不是收益问题，而是公益的问题。"

记者疑惑道："您的意思是……"

楚楚心平气和地道："我想教很多人一个生活常识。"

记者试探道："加强游戏版权意识？"

"不。"楚楚摇摇头，"这个常识是，不要随便踢铁板，会把腿踢折的。"

记者："……"

记者：听上去还挺残暴的！

如果说刚开始还有人误以为楚总在闹着玩，但看到她要专门成立公益基金会，运营管理维权官司的经费时，众人才骤然明白她是认真的！

银达投资宣布，本季度会将凭《赢战》盈利的七亿元全部投入到"真理冰川公益基金会"，作为未来漫长的游戏维权费用。如果某天《赢战》胜诉，剩余资金会投入到公益方向，帮助各界创作者维护自己的版权，打击抄袭侵权等行为。

真理冰川是《赢战》游戏中的场景，玩家在万里冰封中不断探索，濒临绝境时才能发现冰山下隐藏的火焰，并且找到珍贵的烫金之碑。烫金之碑可以瞬间使人物满血，并保持无敌状态300秒，同时刻有一行碑文："正义与热血永不会被寒冰熄灭。"

《赢战》游戏团队得知楚总的决定时，甚至有人感动到落泪。

秦东从未料到，他心目中狂砍预算的女魔头，有一天居然会无偿拿出钱，开始漫长的维权之旅，这是光界CEO梁禅想都不敢想的事情。在所有人都瞻前顾后、垂头丧气的时候，她却摆出一往无前的气势，完全不计得失地投入。

秦东揉了揉泛红的眼圈，对众人开口道："好了，都回去工作……法务现在可比我们努力多了！"

"不就是照抄端游版的地图吗？有本事做出比我们更好的新图。"秦东暗下决心，一定要为手游版设计出远超端游版的新地图。《创时代》不过是照抄《赢战》端游，但他坚信团队未来可以超越自己的前作。

网络上，网友们同样被惊爆性的消息炸开锅。光界娱乐发出律师函，起诉爱果网络旗下游戏《凉山州》和《创时代》。楚总还专门发微博，向所有人介绍新成立的"真理冰川公益基金会"。

楚楚："正义与热血永不会被寒冰熄灭，高薪聘请有志之士加入，共同为真理维权@真理冰川公益基金会。"

篮板球："让我看看谁的腿会被楚总撞成粉碎性骨折。"

牛奶巧克力："看到真理冰川爆哭，您该不会是代表守护与牺牲的黑骑士吧？今天起我是楚总的真粉，不再是调侃开玩笑的那种@楚楚。”

维生素C：“我数了好几遍，才发现是七亿元，楚总这是一言不合氪金七亿？”

藤蔓花：“真是感慨，没想到这条游戏维权之路，最终被曾遭全网群嘲的她开启，本游戏工作者实名想跳槽到光界。”

飞扬的感觉：“你爸喊你出来应战，你敢应吗？@爱果网络@《创时代》手游。”

苹果树下咕：“楚总今天两米八！帅到炸裂！”

窗明几净：“‘太子’如此有志向地投身公益，某些人不该通知楚董多打点零花钱吗？@齐盛集团。”

昱昱：“有钱又热血，你是头一个，同为创作者，转了。”

话题“真理冰川公益基金会”在众多网友的添砖加瓦下，顺利登上热搜榜，宣告光界娱乐与爱果网络的维权大战正式开始！

网友们见楚总如此强势，居然直接开干，立马开始抵制《创时代》。过去还有人怀疑《缥缈山居》抄袭《凉山州》，但这回光界娱乐却将两起游戏一同起诉，搬出研发证据，只求问心无愧。

爱果网络本以为光界娱乐最多是小打小闹，毕竟上回《缥缈山居》的事出了后，他们屁都没放一个，不料这次楚总直接充值七亿，瞬间击垮了爱果网络法务部的信心。

哪个公司都能像银达和辰星那样闲得没事干，倾尽全力打官司？很多法务部只用审审合同、搞搞资料，谁会真像战斗民族般天天搞事？

光界法务联盟显然身经百战，首轮交手就要把爱果网络斩于马下。毕竟法务联盟内大咖云集、资金雄厚，弱不禁风的爱果法务部完全没法抵抗。

爱果网络法务部：谁能跟可怕的氪金玩家对抗？

法务联盟的操作之高明，远超常人想象。他们不但以侵犯著作权为由，起诉《凉山州》和《创时代》，还疯狂地揪住爱果网络的小辫子，用虚假宣传、不正当竞争等多项理由，向爱果网络发起挑战。

因为涉嫌抄袭的理由很难举证，耗费时间过长，法务联盟便从其他方面入手，跟爱果网络直接对峙。爱果网络但凡有些举动，立马便会被法务联盟起诉。

商标侵权，告你。

虚假宣传，告你。

不正当竞争，告你。

违反竞业限制，告你。

法务联盟：告你一时爽，一直告你一直爽。

爱果网络在法务联盟的连番骚扰下几近崩溃，谁能忍受天天被人盯着告？公司都快没法正常地进行其他工作了！

光界娱乐倒是悠闲，梁禅背靠楚总这棵大树，游戏团队专心研发，不用担心外界的纷纷扰扰。爱果网络却不一样，本身就是小本经营，根本无力抵挡法务联盟的攻势。

法务联盟可是曾经打败李泰河的组织，就连请了优秀律师的流量小生都在他们的纠缠下不堪其扰、赔钱了事，更何况实力并不出众的爱果网络法务部？

网络上，众多网友同样群情激愤，看到爱果网络的遭遇，恨不得拍手称快。

另一边，爱果网络的幕后老板却愁到脱发。

新视界公司内，满脸焦灼的黄奈菲站在办公室门口，扬眉对秘书道：“我要见彦东哥。”

秘书面无表情，官方地说道：“对不起，黄小姐，南总说过不想见您。”

“我有正事找他，现在是火烧眉毛的时候！”黄奈菲向来沉着，此时神色却染上一丝焦躁。这几日，她一直烦心于光界法务的骚扰，南彦东则当起甩手掌柜，完全坐视不理。

黄奈菲和南家有一些联系，虽然称呼南彦东为“哥”，但实际上两人并没血缘关系。爱果网络是南彦东玩票性创建的公司，他自从住院后，便不再打理，南家就安排黄奈菲进去锻炼。

黄奈菲是怀着雄心壮志进入公司的，发誓要凭借自己的能力，让南家上下对她刮目相看。

爱果网络的发展势头也确实不错，《凉山州》拥有稳定的营收，多家投资公司有参投的意向。《创时代》虽然深陷抄袭丑闻，但收入是实打实的，让公司更上一层楼。

黄奈菲唯一的失误，就是没想到会在光界这块铁板上踢断腿。楚总相当硬核，大手一挥就丢出去七亿打官司，完全是想将爱果网络整垮。

虽然著作权侵权很难判决，但商标侵权、不正当竞争等却非常容易判定，加上法务联盟的战斗力极强，索要天价赔款，让人吃不消。爱果网络要是败诉，估计会赔上巨款，直接宣告破产。

法务联盟向来是不管对方出不出得起，先漫天要价再说，打法稳健。

爱果网络是不可能跟其抗衡的，唯一的办法就是求助于新视界和南家。

“让她进来吧。”黄奈菲在办公室门口纠缠许久，终于听到屋内传来南彦东的声音。

黄奈菲进屋时，正好看到南彦东在研究琴谱。她总觉得南彦东的变化极大，他出院后就像换了个人似的，变得两耳不闻窗外事，又重新开始搞音乐。

南彦东原本上心的爱果网络及《凉山州》直接搁浅，丢给黄奈菲管理，将重金签下的李泰河也抛到脑后，无事时就爱弹琴。黄奈菲并不知道南彦东住院的原因，南家对此事秘而不宣，但她发现，南董对出院后的南彦东莫名地有种补偿的心态。

黄奈菲哪里知道，南董是悔恨自己贸然答应相亲的举动，让儿子惨遭一扳手，这才会下意识地想弥补南彦东。

黄奈菲见南彦东悠闲地看琴谱，想到自己近日的烦躁，一时气火攻心，面上却委屈地道：“彦东哥，你为什么这样对我？”

南彦东抬头看她一眼，难得严肃地道：“我早就跟你说过，不要动《赢战》。”

“可你当初不也想挖《赢战》团队？而且光界还抄袭过《凉山州》，我最多是以牙还牙……”黄奈菲振振有词，据理力争道。

“《凉山州》和《缥缈山居》只是个巧合，对方不也列出证据了？”南彦东开口道，“但《创时代》抄袭《赢战》却是板上钉钉的事，谁都能看出来。”

南彦东同样不明白《凉山州》和《缥缈山居》高度相似的原因，他确实随口说过游戏想法，灵感来源是什么却早已忘记。自从他出院后，部分记忆就模糊了。两款游戏的策划几乎是同时进行的，外人很难判定谁在抄袭。

现在黄奈菲做出的《创时代》，却是立刻将爱果网络置于不义之地。毕竟《赢战》端游版十年前就有了，谁抄谁一目了然，爱果网络根本洗不脱抄袭的罪名。

黄奈菲辩解道：“市场竞争都是残酷的，这是国内游戏界的正常现象……”

南彦东语气和缓，措辞却不客气：“这话你去跟光界的法务说吧。”

南彦东当年也是《赢战》的玩家，虽然后来投身音乐，但并不妨碍他对情怀游戏护短。

黄奈菲气不打一处来，但还是强忍怒火，好声好气地道：“彦东哥，爱果好歹是你创立的，现在只要新视界肯帮我介绍好的律师团队，还有回旋的余地……"

南彦东摇摇头："最好的团队都在银达，你肯定没戏了。"

他没有撒谎，银达的主要目标是文娱业，加上大老板又是爱惹事的人，法务的后备力量自然强大。

桌面上，南彦东的手机闹钟突然响起，他看了眼时间，自然地起身："抱歉，我接下来还有事，先走一步。"

黄奈菲看南彦东如此无欲无求，完全没有为爱果网络出头的意思，恨不得咬碎一口银牙。她面色郁郁，询问秘书："他是要去做什么？"

秘书礼貌地道："南总要去教人弹琴。"

黄奈菲心中郁结，强自镇定地道："又是那个女的？"

秘书没有说话，但黄奈菲已经从他的沉默中读懂答案。

黄奈菲内心骤然生起怨恨，不满上天的不公。这些天之骄子可以轻而易举地获得她渴望的一切，再肆意挥霍着天赐的礼物，而她却要苦苦挣扎奋斗，才能勉强摸到梦想的边缘，并且稍不留神便会遭人摧毁。

楚楚可以一掷千金，南彦东可以不问世事，只要家族没有倒下，他们就有充足的资本任性。

她明明不比他们差，凭什么被踩在脚下？

黄奈菲突然不愿再做小伏低，讨好毫无志气的南彦东，他根本不配接管南风集团。她要击垮南家人，真正地主导自己的命运，再对"齐盛太子"发起反击。

君子报仇，十年不晚，日子还长呢。

新视界没有出面援助爱果网络，致使爱果网络直接溃败，被法务联盟打败。爱果网络败诉，被判赔偿光界娱乐两千万元，遭遇重创。

虽然赔偿款相较《创时代》的收入算低的，但爱果网络为了在光界娱乐前发布游戏新地图，投入的研发成本更高，资金链出现问题，一时难以经营下去。外界投资公司担忧舆论及楚总的报复，不敢融资助力爱果网络，直接将黄奈菲逼到绝路。

同时，随着游戏玩家对《创时代》的抵制，爱果网络想要拖延运营时间，努力创造更多营收的念头也受到打击。《赢战》手游版新推出的岁月流金地图一扫团队的颓丧之气，靠雅致的画风和新玩法吸引了无数玩家。

《赢战》手游官博专门发布微博，宣传新地图，并暗讽《创时代》。

《赢战》手游："经典会被模仿，但从未被超越，开启最美的岁月流金。"

岁月流金地图是端游版中没有的内容，秦东等人在脑海中构思多年。新图发布立马引发玩家的疯狂追捧，游戏日活量创新高。

爱果网络在内外双层夹击下苦苦支撑，终于力竭倒下，宣告破产。

楚楚信守诺言，让真理冰川公益基金会接受各界创作者的求助，帮助他们维权。当然，如果以后银达的相关版权再次遭受侵权，法务联盟还会依靠公益基金会的资金再次出现，把对方告到倾家荡产。

真理冰川公益基金会让楚楚获得美誉，然而楚彦印却为此要找她面谈。

张嘉年对“塑料”父女的争斗习以为常，只想做一个毫无感情的传声筒，麻木地说道：“楚总，楚董约您晚上回老宅用餐。”

楚楚一边低头看手机，一边拒绝道：“不行呢，我答应晚上陪雅芳阿姨吃饭。”

张嘉年顿时如梦初醒，面露震惊，艰难地问道：“您要跟谁吃饭？”

楚楚抬头，看着他略显惊惶的神色，无辜地道：“张雅芳女士？”

楚楚不明白他如此惊讶的缘由，神色倒是相当坦然。

张嘉年头疼欲裂，有种世界末日来临的感觉。他再次问道：“为什么你们要一起吃饭？”

他的顶头上司要跟他的亲妈约饭，而他居然对此一无所知？

楚楚眨眨眼，反问道：“吃饭还需要理由吗？”

张嘉年感觉跟她说不通道理，干脆出门给自己的亲妈打电话，询问前因后果。电话接通后，张雅芳女士的开场词倒是简单粗暴：“干啥子？”

张嘉年本来满腔疑惑，听到她的口气又瞬间退缩下来，小心翼翼地问道：“你晚上要跟楚、楚楚吃饭？”

张嘉年差点脱口而出“楚总”，又想起张雅芳不明真相，强行转换称呼。

“对！”张雅芳不知在忙什么，回答言简意赅。周围的声音却相当嘈杂，传来噼里啪啦的声音。

“你们为什么要一起吃饭？”张嘉年问完，眉毛微蹙，“你又在打麻将？”

“跟你有啥子关系！”张雅芳说完，立马叫道，“和了！交钱！”

张嘉年：“我晚上回家吃饭。”

张雅芳：“你回来干啥子？你加班嘛！”

张嘉年：“……”

张嘉年恨不得摇醒张雅芳女士，在内心暴风吐槽：快醒醒！你把我老板约去吃饭，我还有哪门子的班可加！

张雅芳女士忙于麻将大业，显然无心理会内心凌乱的张嘉年，毫不客气地挂断电话。张嘉年发现电话被挂，最后只能无奈地询问楚楚约饭的地点，要求陪同前往。

楚楚想了想，真情实感地提议："不如我们交换父母，你去陪老楚吃饭？"

她觉得将楚彦印晾在一边不合适，倒不如派张嘉年代她出席，正好两全其美。

张嘉年瞬间看破她的念头，面无表情地吐槽："您是想上演真人版《变形计》？"

他简直可以马上撰写出本期节目的简介：城市主人公楚总向来跋扈乖戾、无法无天，对父亲的无奈视而不见，对母亲的哭诉听而不闻，当叛逆的富家千金来到平凡而朴素的张家，又会在泥泞中碰撞出怎样的火花？

楚楚闻言，眨了眨眼睛，厚颜无耻地道："如果你想留宿老宅，我们互换生活也可以，大不了我暂住你房间。"

张嘉年："谢谢您，不用了。"

楚楚："啧，小气。"

张嘉年心道自己如果待在老宅，就会被当作"太子伴读"，被楚董揪着谈话。他想了想，开口道："下班后我送您过去。"

楚楚扬眉："那老楚怎么办？"

张嘉年面露迟疑，最后硬着头皮给楚彦印的秘书打电话，佯装镇定地道："楚总临时加开会议，可能今晚来不及回老宅，劳烦您在楚董结束会议后转告。"

楚楚见张嘉年挂断电话，打趣道："原来张总助也会撒谎。"

张嘉年：撒谎的原因是什么，你心里没点数吗？

张嘉年正内心腹诽，又见楚楚开始收拾东西，一副准备离开的样子，当即疑惑道："您要去哪儿？还没有下班。"

楚楚义正词严："我给自己批个事假还不行？"

她作为公司老总，难道还不能请假？

张嘉年："……"

张嘉年生平第一次达成翘班成就，居然是在自己老板的带领下。楚楚从公司离开，并没有马上赴约，而是让张嘉年将车开到燕晗居，自己先上楼换了身衣服。

楚楚换装完毕，重新上车时身着休闲装、头戴鸭舌帽，看上去就是个朴素的邻家小姑娘，仿佛还没出校园。她皮肤白皙、眼神清澈，竟让人略感稚气。

张嘉年从未见过她如此打扮，一时心情微妙，忍不住道："您还特意伪装？"

他觉得楚总为了混淆张雅芳视听，不被对方看穿真实身份，简直煞费苦心。

"什么意思？"楚楚不懂他的心思，茫然道，"喝茶本来就不用穿正装啊。"

当汽车停在茶馆门口时，张嘉年终于理解楚总换装的原因，张雅芳居然先约自己的老板喝茶。

午后的阳光懒洋洋地洒在波光粼粼的水面上，临水是一排露天的茶座，不少悠闲的大爷大妈聚集在此，喝茶、吃瓜子、唠家常。张雅芳的家乡惯有喝茶的习俗，她就算离开故土，也没抹除家乡的痕迹，喜欢到这类原汁原味的茶馆晒太阳。

张嘉年陡然进来，便恨不得成为全场最靓的崽，衣冠楚楚的他在如此懒散随意的环境中显得格格不入。张总助喝茶的次数很少，且基本都在工作时的高端场所，还没来过如此有烟火气的地方。

楚楚看他略显局促，忍不住调侃："你该不会是流落民间的贵公子吧？看上去还没我接地气。"

张嘉年抿了抿唇，倒也不恼，应道："可能确实没您的适应力强。"

张雅芳早就占好位置，远远地朝楚楚招手。她看到尾随其后的张嘉年，面露不悦："你怎么也跟来了？"

张嘉年被亲妈如此嫌弃，辩解道："我跟你说过的……"

他在电话里早就提过，自己晚上也要过来。张雅芳女士是权当耳旁风了吗？

张雅芳不满地道："带着你很麻烦。"

张嘉年再次确信张雅芳女士是自己的亲妈，后妈断然不会如此残忍。

张雅芳面对楚楚，态度却和缓不少，乐呵呵地道："晚上吃火锅！"

楚楚被张雅芳的口音传染，赞道："巴适得很（好得很）！"

张嘉年脱下稍显隆重的西装外套，仅穿衬衫便不会显眼，默默地坐在角落里，看着两人热火朝天地聊天。他在来此之前，唯恐楚总和张雅芳会冷场或有碰撞，现在才发现自己才是三人故事中不配有名字的配角。

楚楚懒洋洋地窝在茶座里，悠闲地喝茶、嗑瓜子，听张雅芳讲述身为广场舞领舞的故事。上至养生谣言，下至凉拌菜日常，她们聊天话题的琐碎程度超出张嘉年的想象，感觉提前迈进了中老年生活。

当然，张雅芳女士是真老年人，楚楚则是假老年人。

张嘉年趁着张雅芳跟旁边老友叙旧，这才找到跟楚楚搭话的空闲。他回头一看，发现她已经舒适地眯上眼，恨不得在微暖的阳光下小憩。

张嘉年无力地道："您背着楚董在这里偷懒好吗？"

他本以为楚总和张雅芳见面是有大事，没想到她们只是喝茶闲聊，为此楚总居然将楚董抛在脑后。

楚楚闻言垂下眼，轻声道："我又没什么朋友，难得出来一趟。"

张嘉年微微一愣，见她神色平静，眼神却稍显落寞，这才想起她并不是这里的人。对她来说，世界上没有熟知的亲朋好友，平日又被工作包裹，的确过于枯燥。

张嘉年看她低头，有点自责，说道："我并不是责怪您……"

楚楚失落地控诉："我知道，你们都只关心我飞得高不高，却不关心我飞得累不累。"

张嘉年："我没有那个意思……"

楚楚却没有住嘴，反而变本加厉。她佯装掩泪，委屈地道："我飘零此地，本来就没什么朋友……你虽是我挚友，却向来只谈工作。难得阿姨跟我志同道合，我本以为可以偷得浮生半日闲，却还遭你指责。"

张嘉年："对不起，是我的锅，您玩吧。"

她都把话说到这份儿上，他还是趁早闭嘴为好。

张雅芳跟旁边人唠完嗑，回来对张嘉年道："结账吧，换地方。"

张嘉年万万没想到，他跟过来的结果就是结账，只得无可奈何地起身离开。

张嘉年刚被支走，张雅芳便怂恿楚楚道："我们自个儿耍，不带他！"

楚楚有些犹豫："不好吧？"

张雅芳振振有词："带他还要点鸳鸯锅！"

楚楚立马坐起身，痛快地问道："现在走？"

张嘉年结完账，看着空无一人的茶座，内心感到一丝崩溃。

他勉强打起精神，询问服务员："您好，请问刚才坐在这里的两人呢？"

"走了。"

张嘉年早该猜到，他永远看不破楚总的套路，同时永远翻不出张雅芳女士的五指山。

晚饭，张雅芳果然带着楚楚去了附近有名的火锅店，热气腾腾的九宫格上桌，便是扑鼻的香气。碍眼的人消失，她们顿时感到畅快得多，愉快地涮起毛肚。

楚楚本来因抛弃张嘉年还有点愧疚，但面对火辣辣的美食，又挥去心中的歉意，疑惑道：“张总助怎么不能吃辣？”

按道理，张嘉年是张雅芳的儿子，口味应该与她一脉相承，却喜食清淡的食物，对辛辣之物的兴趣不大。

张雅芳盯着火锅，头也不抬，道：“跟他爹一样，吃不得辣！”

楚楚头一回听闻张嘉年父亲的消息，不免好奇道：“叔叔是什么样的人？”

说起来，她还从未见过张嘉年的父亲，更没听他提起过。

张嘉年既然随母姓，背后肯定有故事。楚楚平时没机会询问，此时倒是一个不错的机会，可以顺着张雅芳的话问出来。

“别提那个龟儿子！”张雅芳夹完菜，怒火冲天地道，“让老娘见着敲破他脑壳儿！”

楚楚的好奇心更盛，她主动给张雅芳布菜，就连口音都发生变化，追问道：“他犯啥子事情喽？”

楚楚和张雅芳都是毫不造作的爽快性格，加上楚楚有意探寻消息，两人相谈甚欢。原来，张嘉年的父亲跟其他人合伙做生意，赔得血本无归，留下巨额债务后便自己逃跑了，多年来不见踪影。

直到许多债主追上门，开始骚扰母子二人的生活，张雅芳才发觉张父跑路了。张雅芳是暴脾气，言辞又相当泼辣，没被债主们吓破胆，但小张嘉年的童年生活显然不太美好，每日过得胆战心惊的。

楚楚一愣，没想到张嘉年的身世如此凄惨，关切道：“债务很多吗？”

张雅芳说起往事，颇有些历经风浪的淡定，摆摆手道：“还好吧，也就几千万。”

楚楚心想，张嘉年童年时的千万债务绝对是巨款，毕竟那时一线城市的平均房价都没破万。她算是明白张嘉年拥有高薪却身居“老破小”的原因，估计跟还债有关系。

张雅芳的语气十分随意，但描绘的故事却并不轻松。丈夫抛妻弃子，留下一屁股债务，不知所终。母子二人生活在最贫困的城中村，由于债主的骚扰被房东驱逐。亲朋好友闻风而逃，不敢出头支援。这是一段暗无天光的日子。

“要不是楚先生帮忙，我早抱着娃儿跳楼……”张雅芳喃喃道，又反应过来，“你也姓楚？看来我跟楚家人投缘啊！”

楚楚疑惑道："楚先生？楚彦印？"

张雅芳点点头："是撒。"

楚楚没想到老楚还在回忆中拥有戏份儿，颇感意外，推测道："他借钱给你们了？"

楚楚想起南彦东的微信内容，说张嘉年要向老楚报恩，莫非是借过钱？

张雅芳摇摇头："他就是债主。"

楚彦印就是被张父骗钱最多的冤大头。

楚彦印生平基本没做过赔本买卖，却在张父的身上栽了个大跟头。两人本是好友，互相信赖便合伙做生意。张父却在经营不善后立刻跑路，将楚彦印气得够呛。

楚彦印怒火冲天地上门要账，才发现曾经的好友欠下无数外债，只留下孤苦伶仃的妻儿。他看着被红油漆泼脏的破旧铁门，跟小男孩警惕而可怜的眼神，想到自己锦衣玉食的女儿，两相对比下竟于心不忍。

虎毒尚不食子，如果换作他，死也不会丢下自己的孩子。

"反正他都欠我那么多了，也不差这一点儿。"

"生意归生意，但我好歹是个人。"

这是楚彦印当时的原话，成为父亲的人看不得孩子受苦，干脆替母子俩垫上其他外债。他掏钱打发走别的人，顺利荣升为张家唯一的债主，不但没有强求母子俩立即还钱，甚至还帮助张嘉年重回校园。

"商人一诺千金，这钱我等你长大来还。"楚彦印向年幼的小男孩伸出手指。躲在母亲身后的小男孩犹豫片刻，终于郑重地伸出手，跟楚彦印拉钩约定。

长大后的小男孩同样是守诺之人，毕业后便进入齐盛集团，凭借出色的能力扶摇直上，甚至成为"太子伴读"。

楚楚没料到往事中的楚彦印形象如此高大，不免对自己的便宜父亲有所改观，这简直是以德报怨的典范。她试探道："所以张总助工作后才还清债务？"

小男孩长大成人后靠自己的努力和打拼完成童年承诺，也算美好的童话结局。

张雅芳说道："没有啷个长时间，他上大学时老家拆迁，我卖了十几套房还的钱，剩下的买了现在这套。"

楚楚闻言甘拜下风，当即江湖式抱拳："佩服佩服，女中豪杰！"

楚楚：果然世上最贵的字便是画圈的"拆"字。

沉重的话题随火锅而去，两人吃饱喝足回家，开门便看到沉默地坐在客厅的张嘉年正用谴责的眼神注视着她们。

张雅芳对抛下他的事毫无愧疚，反而率先问道：“你真不加班？”

张嘉年紧盯着若无其事的楚楚，意有所指：“我老板今天放假。”

他的顶头上司跟自己亲妈跑出去玩了一天，他哪里有班可加？

张雅芳：“不然你去隔壁宾馆凑合住一夜？”

张嘉年：“……”

张雅芳：“我以为你今天不回来……”

张嘉年如果通宵加班，一般会在公司的休息室内小憩，不会回家。张雅芳早就说好让楚楚留宿，谁想到张嘉年杀了回来，顿时很不方便。两个女人在家自由自在，他留下反倒有点怪。

楚楚赶忙道：“没事，我去隔壁宾馆……”

张雅芳伸手制止，看向张嘉年，提议道：“不如你给老板打个电话，主动要求加班？”

张嘉年：他那时或许应该答应楚总交换父母的建议。

张嘉年最终还是没有被赶出家门，原因是两人需要他做牌搭子。

深夜，张家。

张雅芳女士打完牌昏昏欲睡，收拾完便回屋休息。张嘉年任劳任怨地给客房的床铺上柔软整洁的床单。他看向楚楚，进行讲解：“如果您晚上要喝水，饮水机旁的柜子里有干净杯子，洗漱用品是新开的，衣柜里有备用被子。”

“当然，您现在想回燕晗居也来得及，车就停在楼下，马上就能结束《变形计》。”张嘉年冷静地补充，回头却看到楚楚扑在床上，毫无形象地展露“大”字形睡姿。

楚楚将脸埋进拥有阳光味道的枕头里，闷声道：“我选择《变形计》。”

张嘉年：“您明天早起要去做什么？很重要吗？”

张雅芳让楚楚留宿的原因很简单，她们周六居然还有计划，而且似乎要早起。

“很重要。”楚楚义正词严，“去看阿姨跳广场舞。”

张雅芳是中老年广场舞的核心人员，楚楚要去为她加油。

张嘉年：我常因为不够傻而感到无法融入你们。

楚楚看他露出无语的神情，漫不经心地道：“阿姨聊了点以前的事。”

张嘉年一愣，不知道张雅芳说到什么程度，毕竟在他的记忆中，以前的事情没有半分美好。他轻轻地垂下眼，应声道："嗯。"

他想了想，又觉得如此答复过于简单，加上一句："看来您跟她确实相处得很好。"

张嘉年算是感受到楚总的社交能力了，她要是想跟谁搞好关系，没有拿不下的人。

楚楚懒洋洋地赖在床上，一边闭目养神一边开口道："我周日回老宅接受上级教育，你替我跟老楚约一下吧。"

张嘉年略感诧异，没想到她竟如此懂事。他本以为她会赖掉此事，现在居然主动提议见楚董，完全是质的进步。他哭笑不得："您今天都听到了什么？思想觉悟提升得那么快！"

依照楚楚过去的行为，她简直可以出书，名为《逃避董事长面谈的一百种方法》。张嘉年每次接到通知她回老宅的任务，都直接视为不可能完成的任务，选择自动放弃。

张雅芳到底给她灌输了什么思想，教育成果如此显著？！他觉得自己有必要取经。

楚楚闻言坐起身，看着灯光下他柔和的神色，想起张雅芳描绘的故事，一时无言。

她听到有个小男孩在放学路上被债主围堵，对方竟以此威胁他的母亲尽快还钱。

她听到有个小男孩由于家境贫寒主动弃学，撕碎了自己所有的荣誉奖状。

她听到有个小男孩重回校园努力读书，打算用一生偿还跟他无关的债务。

这都是她没有参与的故事，甚至在原书中毫无记载。

如果没有楚彦印的不忍，或许张嘉年在原小说中连路人甲都做不了，开局即退场。

楚楚的心情有点复杂，但还是佯装轻松地答道："没什么。"

她无法改变的光阴，现在说什么都是徒劳的。

张嘉年从她的语气中读出些浅浅的情绪。他思索片刻，宽慰道："其实很多事早就过去了，您当个故事听听，消磨时间便好，不必放在心上。"

张嘉年猜测张雅芳交了底，倒没有被揭开伤疤的感觉，只是不想将这些沉重的过往再压在她的心上。他过去曾经怨过恨过，唾弃世人口中的父爱，现在过了偏激的年纪，再回想已觉风轻云淡。

楚楚不料他心胸如此宽广，迟疑道："你不怪他吗？"

"不怪。"张嘉年笑了笑，"人生都会有点遗憾，只要能放下，就是迈过去了。”

楚楚沉默片刻，认真地许诺：“我来弥补你的遗憾。”

既然她改变不了过去，好歹可以更新未来。

张嘉年听到她郑重的语气，心底突然温暖而柔软下来。

他无可奈何地笑了，温和地反问：“您怎么弥补？”

楚楚：“我可以做你爸爸，弥补你缺失的父爱。”

张嘉年真不知道她有什么样的执念，才会产生如此汹涌的父爱，想要做所有人的爸爸。她怎么会有如此多古灵精怪的想法，变着法儿地占人便宜。

张嘉年艰难地道：“嗯，谢谢您，不用了。”

“阿姨说你小时候有不少遗憾。”楚楚没看出他微妙的神色，喋喋不休道，“我可以带你去游乐园、电影院，每天给你系红领巾，帮你糊风筝，陪你去果园采摘，接送你上下学……上下班。”

张嘉年闻言，脑中理性的弦处于断裂的边缘，勉强维持着温和的语气：“楚总，我今年二十九岁，不是九岁。”

楚楚满脸真诚，厚颜无耻地补刀：“在爸爸眼里，你永远都是孩子。”

张嘉年伸手提醒：“您脸上沾到脏东西。”

楚楚诧异地摸摸脸，疑惑道：“哪里？”

张嘉年见她毫无防备，鬼使神差地伸手，一把捏住她脸上的酒窝。她眉飞色舞、大放厥词的时候，小小的酒窝就会若隐若现，里面仿佛灌满了主人的得意。

张嘉年露出无懈可击的笑容，声音低沉，反问道：“您要做谁的爸爸？”

张嘉年：孩子嘴欠老不好，多半是惯的，捏捏就好了。

“你这是以下犯上，目无尊长！”楚楚瞪大眼，惨遭捏脸，顿感极没面子，试图反抗却未果。

张嘉年捏她的力度并不大，只是看着她胡说八道的样子就来气，便忍不住伸出魔爪，教育道：“忠言逆耳利于行，您今天不但翘班，还一声不吭地偷跑，真是不像话……”

张嘉年在喝茶时想着她难得放松，本不想出言扫兴，没料到她相当猖狂。

张雅芳带着楚楚逃跑，什么消息都没留，直接丢下张嘉年。张嘉年给楚楚打了无数个电话，她没心没肺当不知道就算了，现在美滋滋地跑回来后，居然还信誓旦旦地说要当他爸爸？

楚楚挣扎不开，像是被人制住的猫，面上却仍佯装镇定。

她严肃地拍拍他的手，强作威严：“别闹，这回看在是你，我不跟你计较……”

这要是换个人敢捏她的脸，她非打爆对方的头不可！

张嘉年捏着她的脸，打趣道：“您要怎么计较？修士要用雷劈我？”

楚楚威胁：“你再不松手，我就去跟阿姨结拜，管她叫姐！”

张嘉年：“……”

张嘉年：还真是占便宜没够，一天到晚想做自己的长辈。

张嘉年看她满脸不服，这才稍感解气，松开了她的酒窝。他的心情平复下来，语气和缓，恢复职业笑容：“明天我会跟楚董联系，约好周日的事情，您早点休息吧。”

楚楚一边揉脸，一边扬眉道：“我觉得最近太惯着你了，你有点膨胀。”

张嘉年竟然还敢捏她的脸，绝对是膨胀到上天，跟太阳肩并肩。

张嘉年：“……”

张嘉年：全世界最膨胀的人居然指责他，世上真是没天理。

张嘉年跟楚楚完成幼稚园级别的过招，再帮她将其他生活用品打点妥当，便温声道：“晚安。”

“晚安。”楚楚闷声道，揉了揉脸，似乎还对他刚才的突然袭击耿耿于怀。

张嘉年看着好笑，离开前轻轻地将门带上。楚楚目送他离开，用镜子照了照，发现自己的脸上没有任何印子，但不知为何温暖的触感仍停留在脸颊上，一时挥散不去，让人心浮气躁。

楚楚气急败坏地仰倒在床上，心想刚才应该把他的脸捏红，以解心头之恨！她翻了个身，忽略心头怪异的感觉，将自己埋进柔软舒适的被子里，闻着干净而清新的味道，陷入踏实的梦乡。

楚楚在张家度过了半个愉快的周末，不但实地观摩了中老年广场舞现状，还连吃带拿地蹭走张雅芳储存的藤椒油和腊肠。张雅芳相当大方：“想吃再来拿，我让老家人继续寄。”

楚楚和张嘉年站在门口，跟张雅芳告别。她接过礼物，坦然道：“谢谢雅芳姐。”

张嘉年亲耳听闻自家老板对亲妈的称呼，一时一头雾水，没想到她在这里等着自己。楚总居然称呼他的母亲为姐，辈分直接往上跳。

大门关上，张嘉年站在门口，忍不住提醒：“您的称呼似乎有些问题。”

楚楚：“别那么小气嘛，你也可以管老楚叫哥，我不介意。”

张嘉年：你不介意，但董事长会介意。

周日，楚楚果然信守诺言，跟张嘉年一同前往郊区老宅。老宅内，林明珠原本正抱着狗晒太阳，看到楚楚进屋，立刻扭头佯装不见，只恨自己没躲进房间。

林明珠在心底嘀咕，希望楚楚没看到自己。估计是怕什么来什么，楚楚主动打招呼道："嘿，小妈，好久不见！"

林明珠这才转头，露出虚伪的假笑，掩嘴道："楚楚和嘉年来啦。"

楚楚点点头，突然想起聚会的赌注，问道："小妈怎么没来给我送汤？"

林明珠当初可答应要送汤一周的，现在过去那么长时间，楚楚却连她的人影都没看到。楚楚本来忘记此事，但今天见到林明珠，顿时又想起来了。

林明珠干笑着嘲讽："我怎么不知道你那么喜欢喝汤？"

楚楚笑了笑，悠然道："我不喜欢喝汤，但我喜欢（整）你啊。"

林明珠被楚楚的话硌硬得半死，一时说不出话来。

"她要喝就给她熬，现在时间还早。"楚彦印不知何时站在楼梯旁，突然出声道。他头发花白，在家中没有穿正装，衣着虽居家不少，但脸上威严不改，眼角似乎又添皱纹。

楚彦印环顾众人，没有先找楚楚，反而开口道："嘉年，你上来一趟。"

"好的。"张嘉年稍感诧异，但还是不卑不亢地应声，率先上楼。

楚楚没有立刻被找谈话，索性大大咧咧地坐在沙发上，随手切换电视频道。林明珠见她如此淡定，阴阳怪气地道："你爸如此看重张嘉年，你居然还坐得住？"

楚楚以前对张嘉年抱敌视态度，赶走的总助不少，但最大的眼中钉就是张嘉年。张嘉年那时颇有一种"别人家的孩子"的感觉，是楚彦印教育原书女配角时的参照物。睚眦必报的女配角自然不服，只是暂时抓不住张嘉年的过失，所以师出无名。

林明珠在这几回的接触中却发现，两人的关系日益变好，简直是同进同出。她不免感到狐疑，干脆出言挑拨，试探楚楚的态度。

楚楚懒洋洋地道："我有什么坐不住的，他都一把年纪的老年人，我在他那儿争什么关注度。"

楚彦印平时跟张嘉年见面不多，又曾经帮助过张家，确实称得上是张嘉年的恩人。她以前还有点不满，但现在得知过去的故事，便不会小心眼地计较一次单独谈话。

林明珠愣了一下，总觉得对方找错重点。她回神，轻轻地冷哼一声，嗤笑道："我可听说你爸想把张嘉年调回齐盛，你现在都没接手齐盛的事务吧？他算是先你一步，要进入核心圈了。"

楚楚闻言褪去脸上的懒散，沉默片刻，静静地抬起头看向林明珠，问道："真的？"

林明珠陡然撞上她深不见底的眼神，一时有些心虚，硬着头皮道："当然是真的，我亲耳听到你爸打电话……"

"那可不行。"楚楚抿了抿唇，淡淡地道，"我要闹的。"

林明珠挑眉，冷嘲热讽道："你能怎么闹？"

林明珠心想，楚楚这么长时间都没赶走张嘉年，肯定闹不起来。

楚楚的脑回路却跟林明珠不一样，她心中略有不爽，老楚居然还打算挖人，这事实在忍不了。既然老楚将张嘉年派到银达，就别想再调回齐盛，到她手里的人和物，绝对有进无出。

楚楚抬头，瞧见林明珠幸灾乐祸的神色，突然道："小妈，你说我绑架你威胁老楚，让他不许抢人，会有效果吗？"

林明珠本来还在暗爽，闻言立刻退后一步，警惕地盯着楚楚。

楚楚人畜无害地笑笑，语气柔和："小妈这是做什么？"

林明珠想起上回被她骤然揉脸，弱弱地警告道："我告诉你，你要敢动手，我就叫了……"

"'可怜'，到姐姐这里来。"楚楚像是没看到林明珠的慌张，弯下腰，朝一旁的泰迪犬招招手。泰迪犬略显犹豫，但还是乖乖地跳进楚楚的怀里，讨好地蹭了蹭她。

楚楚揉了揉毛茸茸的泰迪犬，称赞道："真乖。"

泰迪犬"可怜"兴高采烈地摇尾巴，它还是第一次跟楚楚亲密接触。

楚楚脸上的笑容温和，但在林明珠眼中绝对是魔鬼的笑。林明珠厉声道："我警告你，别对它下手……"

楚楚伸手将泰迪犬抱在怀里，漫不经心地道："小妈嫁到楚家，求的是什么呢？"

林明珠："你什么意思？"

"其实老楚能给你的，我同样能给。"楚楚风轻云淡地开口，"强强联合总比两败俱伤好，你应该看过新闻，我不是小气的人。"

楚楚为反抄袭就抛出七亿巨款，确实算得上大手笔。

"小妈只要偶尔像今天这样，给我点关键信息就好。"楚楚轻飘飘地道。

林明珠一时难以相信，眼神闪烁："你在开玩笑吗？不怕你爸知道后生气？”

楚楚抚摸着泰迪犬的小卷毛，义正词严地道：“怎么会？我只是个关心父亲的普通女儿，真诚期盼小妈能将父亲生活的点滴及时传达给我，好让我尽一份孝心。与此同时，我感激小妈对家庭的付出，略微给予物质奖励，没什么大问题吧？我爸就算知道，肯定也会十分欣慰。”

她第一回听到有人将窃听说得如此清新脱俗、感天动地！

林明珠有些心动，却仍嘴硬道：“我为什么要帮你？我们每回见面可都不算愉快！”

楚楚平静地道：“小妈可以跟我过不去，但没必要跟钱过不去。”

沙发上，“可怜”茫然地看着两人对话，随即愉快地汪了一声，欢快地摇起尾巴。

楼上，楚彦印对于一楼的策反还一无所知，让张嘉年将书房的门关上。两人坐定，楚彦印便开门见山道：“嘉年，你准备一下，最近就回齐盛。”

张嘉年来时毫无准备，向来镇定，此时听到消息却也如遭雷劈。他刚要说出婉拒之词，察觉楚彦印稍显虚弱的神色，又突然领悟某种隐含的讯息。

他迟疑片刻，忍不住问道：“您的病情……胡医生怎么说？”

楚彦印淡淡地道：“还不是老样子？！一时半会儿死不了。”

张嘉年诚心规劝：“胡医生既然建议您卧床静养，不如休整一段时间，不要太过劳心劳神。”

楚彦印简直是全天高速运转的超人，每周有数不清的行程，有时一天甚至要转多班飞机，工作节奏极快。胡医生虽然多次表明长此以往会搞垮身体，但楚彦印却一意孤行，并不听劝。

“我要是卧床休息，公司里肯定闹翻天。”楚彦印冷哼一声，补充道，“她又出手阔绰，随手就拿七亿往外砸，我能踏实看病吗？”

楚彦印现在最忌讳传出卧床休养的新闻，他的形象和身体情况跟齐盛息息相关。如果董事长患病，齐盛旗下的股票及债券都会受到影响。齐盛目前正是转型的重要时刻，绝不能发生任何意外。

张嘉年一时无言，想帮楚楚说两句话，但又怕刺激到楚董情绪。

张嘉年为难道：“可您一直拖着也不是办法……”

“撑过这两年就行。”楚彦印心中早有主意，又说起自己的计划，“我深思熟虑一番，既然她不愿嫁人，干脆成立家族信托基金，保证她别饿死就好。”

“我最近已经跟李律师约谈过，这次让你回齐盛也有这方面考虑，到时候我们三人再商议一下。”楚彦印沉声道。

随着岁月流逝，即使是楚彦印这样的大人物，也不可避免地要面临退休。常言道树大招风，楚彦印背负首富之名，想要顺利离开却不容易，必须提早筹划。家族信托是帮助高净值人群实现财富传承的方式，目的是打破“富不过三代”的魔咒。

如果楚彦印将自己的全部资产交给家族信托，在他百年之后，楚楚可以按月从家族信托中获取生活费，额度不会过高，但肯定饿不死。除此之外，楚彦印还有双重保障，准备培养张嘉年走向职业经理人的道路，帮助管理家族企业。

家族企业经理人跟普通高管不同，作为家族的局外人，必须真正理解和忠诚于家族文化，跟家族成员和睦相处。他的经营思维不是谋得暴利，而是让企业长青，可以代代传承，更像隐藏的守业人。

“您没考虑过让楚总接管齐盛吗？”张嘉年闻言，轻声提议。

“哼，让她把齐盛搞垮吗？！”楚彦印立刻气不打一处来，抱怨道，“你看看她最近做的事，一天天就知道乱来……”

张嘉年态度和缓地开解：“楚董，如果您忽略楚总的某些冲动之举，会发现她的决策背后都有道理可循。”

张嘉年觉得自己有必要为楚总洗白，虽然她的态度很不正经，但事情做得都挺正经。

楚彦印断然道：“不行，我忽略不了！你看看她在节目上说的话，还要当我爸爸？谁给她的胆！”

张嘉年：“……”

张嘉年作为同吃过“爸爸论”亏的人，一时确实没有立场再劝。

“话又说回来，她盘得动银达，不代表能给齐盛掌舵。”楚彦印发完牢骚，便冷静下来，“公司里那些老家伙，哪个是好惹的？”

齐盛集团发展到顶端，不可避免地要开始走下坡路。楚彦印虽然有心转型，但想要让如此庞大的商业巨船改变航向，并不是件容易的事情。楚彦印偶尔都有心无力，更何况阅历尚浅的楚楚？

张嘉年陷入沉默，他在齐盛内部工作过，自然明白这个道理。现在楚彦印力压群雄、说一不二，但只要他尝试退休，内部几股势力便会各立山头、互相撕扯。

张嘉年想了想，道：“您为什么不直接跟楚总沟通这些？我想她会理解您的。”

“我想多活两天，没必要给自己找刺激。”楚彦印没好气地道。

张嘉年垂下眼，直言相谏：“楚董，不如您等她完成三年之约再做定夺，或许那时您会改变主意。”

“到时候可就晚了……”楚彦印鹰目微闪，注视着他，“嘉年，你现在不想回齐盛？”

楚彦印又不傻，张嘉年如此婉言相劝，显然回齐盛的意愿不强。

张嘉年被看破心思，同样不慌不忙，坦然道：“是的，我觉得您应该给楚总一个机会，她并不是您想的那样。”

楚彦印如果想成立家族信托，不可避免要处理手中的部分股权及资产，在齐盛的控制力很有可能会大幅下降。

张嘉年很清楚，按照楚彦印的规划，齐盛未来难有更高的层次，但倘若让离经叛道的她试一试，或许会有不一样的可能性。张嘉年对她抱有一种迷之信任，似乎她总能让不可能变成可能。

“好吧，我会再考虑一下。”楚彦印没有强求，微微皱眉，意有所指，“这还不到半年，你怎么就像被她洗脑了？”

楚彦印看着张嘉年笃定的态度，一时也拿不定主意。张嘉年向来客观有礼，或许她最近真的有所改变？

两人在书房中相谈甚久，直到林明珠上楼通知用饭。

餐厅内，四人在餐桌前坐好。楚楚扫了眼菜色，便感觉清淡至极，倒是极符合张嘉年的口味。她昨天刚吃完张雅芳做的川菜，此时便没有抱怨，吃了点清炒时蔬后，开门见山道：“你要调他回齐盛？”

张嘉年和楚彦印都有些讶异，没想到楚楚消息如此灵通。

林明珠不料新晋同盟如此简单粗暴，颇为担忧地偷偷打量了楚彦印一眼，又赶紧低下头，唯恐暴露自己是消息源。

张嘉年已经婉拒此事，还未来得及开口，楚彦印便率先道：“是又怎么样？”

楚楚淡淡地道：“不行，我不答应。”

楚彦印冷笑一声，赌气道：“当初是我让他去银达的，现在调他回齐盛，还用管你答不答应？”

楚楚理直气壮：“你见过长辈发完压岁钱往回拿的吗？你看哪个小辈会答应？”

张嘉年：难道我是过年时的压岁钱？

楚彦印对楚楚的无耻感到震惊，回想起新仇旧恨，立刻轻蔑地道："银达规模这么小，我让嘉年走到更大的平台，有什么问题？"

楚楚嗤笑道："别吹了，齐盛架子再大，内部也是党同伐异的老旧作风，少祸害人家青年才俊！"

张嘉年：老板公然打击自家的产业怎么办？在线等，急。

楚彦印闻言，立马吹胡子瞪眼："等你做到齐盛的市值，再来我面前大放厥词！"

"市值算什么，还不是说蒸发就蒸发？"楚楚懒洋洋地挑衅，"有本事我们比员工平均收入和产值，看谁在大放厥词！"

张嘉年眼看着父女相争进入白热化，小声道："楚董、楚总，我们先用餐吧。"

他觉得有必要阻止楚董和楚总的斗嘴，避免楚董的病情加重。按照楚总的嘴欠程度，楚董就算是小病都能被她气成大病。然而，他的规劝显然没用，父女间的比拼愈演愈烈。

"随便丢出去七亿的败家子，你也好意思跟我比？"楚彦印火冒三丈，拍案而起。

"千金散尽还复来，投身公益我骄傲！"楚楚勾勾嘴角，反唇相讥，"这不过是本季度的收入，游戏后面不还在挣钱吗？"

"小规模的公司当然不用劳心费神，你是没管过大集团，才会在这里得意地跳脚！"楚彦印恼羞成怒，丝毫不让。

"真以为齐盛离开你不转？别把自己想得太重要。"楚楚仰起下巴，傲慢道，"楚董还是先反思一下自己，为什么会让大集团增速连年递减，再来教育我吧！"

楚彦印看她欠揍的样子怒火攻心，愤愤地祭出名言："黄口小儿，一派胡言，你行你上啊！"

楚楚当即起身，像是就等他这句话，大声道："我可以！"

楚彦印："……"

张嘉年同样直发蒙，忍不住拉了拉楚楚的袖子，弱弱地提醒："不，您不可以……"

张嘉年：我是想让她试着掌舵，但不是现在啊！

张嘉年内心是崩溃的，如今的心情就像家长本来只想培养孩子参加校运动会，孩子却突然甩手叫着要去报名奥运。

楚楚不顾张嘉年阻拦，抱胸看向楚彦印，挑眉道："我当然可以，就是不知道楚董可不可以。”

楚彦印一时心情复杂，开口道：“你真以为齐盛好管？”

“自然好管。”楚楚看他露出颇不赞同的神色，大大咧咧道，“好管和管好是两回事，左右都是管，我就算管不好，难道还管不坏？”

楚彦印对她的歪理无言以对，报以嘲讽：“你还真以为自己是改变时局的英雄，能在齐盛大展拳脚？”

“时势造英雄，并非英雄造时势。”楚楚风轻云淡地反击，“你怎么连唯物史观都没学好？”

楚彦印：“……”

楚彦印被楚楚气得心口疼，勃然大怒道：“好好好，我就让你接管齐盛三个月，看看你能做成什么样！”

张嘉年赶忙阻拦：“楚董，这不太合适，楚总只是开玩笑……”

“不，让她管！”楚彦印看向楚楚，掷地有声地道，“但这三个月齐盛要是产生亏损，我就算卖了银达，也要让你来赔，你敢吗？”

“有什么不敢？”楚楚气定神闲地反问，“我要是让齐盛盈利，三个月后你是不是也该打钱给我？”

“好，一言为定！”

江月年年 著

青岛出版社
QINGDAO PUBLISHING HOUSE

第十章　总裁的监国之计

楚彦印跟楚楚争吵一番后，只感觉气得脑仁儿疼。他深深地吸了一口气，勉强平复心情后，坐回桌前淡淡地道："最近我会交接手头的工作，等我处理结束，就让你管理齐盛三个月。"

"好。"楚楚见状同样入座，镇定地说道，"你哪有很多需要交接的，不过三个月而已。"

楚楚在接受《财经聚焦》采访时，是了解过楚彦印的行程的。他并不用管理齐盛集团的所有事务，手底下自有CFO（首席财务官）、COO（首席运营官）等人物为其分忧，每个人各有分工。楚彦印常见的行程是出访各国各地签订合同，同时面见各类重要人物，促进双方战略合作。

实际上，三个月的时间并不长，楚楚就算真想把齐盛搞垮，时间都不够用。她觉得楚彦印实在是大惊小怪，还要专门做交接。

楚彦印气得直瞪眼，没好气地道："好，那我就等着看你的好成绩！"

张嘉年总觉得楚董顺利地被楚总拉下了神坛，变得像个暴躁的小朋友。楚总最擅长将别人套进自己的逻辑，然后用她丰富的经验打败对方。父女俩的赌气之举如果传出去，估计会让齐盛集团的股价经历一波大跌，谁能想到两位老板如此随便？

齐盛：然而我又做错了什么呢，要被怼来怼去？

楚楚和张嘉年用完餐，在老宅小坐片刻，便打道回府。两人乘坐的是大宅用车，因为有司机开车，张嘉年便像过去一样坐在副驾驶，楚楚则在后座摆弄着手机。

张嘉年刚上车便忍不住规劝："楚总，您现在接管齐盛，实在有些操之过急……"

齐盛集团俨然是个庞然大物，她在短时间内根本无法撼动其根基。齐盛和银达是不一样的，银达是发展迅猛的轻资产公司，楚楚对其掌控力是100%，但齐盛内部的人脉关系却错综复杂，很难推动改革。

"没关系，老楚跟你有同样的顾虑，他已经推掉了未来三个月的很多工作。"楚楚低头看着手机上的消息，随口说道。他们刚刚离开，老宅内的楚彦印便迫不及待地交接、搁置手头的工作。

张嘉年心想，楚董果然没有太离谱。他内心松了口气，语气缓和下来："如果是这种情况，您在齐盛度过三个月也很快。"

他觉得楚总老实地在齐盛坐三个月，稍微感受一下大集团的氛围，应该出不了什么差错。既然楚董已经推掉未来的重要工作，想必楚总也没机会做出重大决策。楚董借此机会安心养病，楚总努力试岗实习，算是一举两得。

楚楚可不知道张嘉年的心理活动，仍在用手机给人型窃听器发送消息，突然疑惑地发问："齐盛电影现在是谁在管？奇迹影业又是什么？"

林明珠传信过来，楚彦印正在联络齐盛电影CEO，同时提及奇迹影业。

"齐盛电影目前是姚兴在管，奇迹影业是集团两年前收购的海外电影制作公司，一直处于亏损状态。"张嘉年耐心地解答。他说完又感到不对劲，狐疑地扭头问道："您在给谁发消息？"

他心里清楚，楚楚向来只关心自己的事业，不太会特意提起齐盛的产业。

楚楚泰然自若："没谁。"

张嘉年抿抿嘴唇，刚想要追问，便听她慢条斯理地问道："老楚是不是病了？"

张嘉年闻言一惊，下意识地看了眼旁边的司机，又觉得此举太过刻意，斟酌着措辞答道："是的，不过不是大病，楚董只要谨遵医嘱，多加休息就好。"

他想了想，尽量平静地问道："您从哪里知道的？"

按道理，楚彦印的病情只有少数人知情。张嘉年实在不清楚，楚楚是看楚彦印今日面色憔悴，所以随口发问，还是发现了什么蛛丝马迹？

楚楚没有正面回答他的问题，反而打趣道："男人是不是都觉得自己很聪明？"

商业巨擘楚彦印是这样，镇定从容的张嘉年也是这样。

张嘉年有些发蒙，一时不知该如何作答。他不由得面露赧色，总觉得她的问题有点……暧昧？

楚楚补充道：“你撒谎时的眨眼频率跟平常不一样。”

张嘉年要是一直背对着楚楚，她还看不到对方的微表情，但他偏偏转头问话，她便一览无遗。张嘉年撒谎时全程维持着冷静笃定的态度，跟平时唯一的不同，就是眨眼的频率。

张嘉年其实心里又惊又怕，唯恐被她看穿更多，但面上还是保持着温和的态度，尽量轻松地说道：“您对心理学还有研究？”

“我对心理学没什么研究，就是对你有研究。”楚楚懒洋洋地说道。

“……”

张嘉年闻言顿时心脏狂跳，面对她既像调侃又像调戏的话，有一瞬间竟产生了跳车的冲动。他总觉得对着她的盲狙，自己撑不了几个回合，便要辜负楚董的期望，被她诈出话来。

好在楚楚只是笑了笑，并没有多加询问，只半开玩笑道：“偶尔瞒我一次可以，但如果次数太多，我可是要闹的。”

张嘉年应该是善意的隐瞒，她自然不会过多责怪。

张嘉年一愣，不知她了解多少，但她没再追究，便不会将自己逼入进退两难的境地。他沉默片刻，语气诚恳地保证：“以后不会了。”

楚楚知道，张嘉年和楚彦印私下肯定有很多沟通，而且不想让她知道。原小说中，女配角家族破产的原因是以春秋笔法一笔带过，读者们只知道女配角的父亲倒下，企业产生巨额负债，女配角瞬间成为人人喊打的过街老鼠。

至于楚彦印如何倒下，齐盛如何破产，细节过程描述很少。

女配角人生轨迹的起伏在书中很明确：经营辰星失败——回到银达再次筹划——经营银达失败——回到齐盛再次筹划——齐盛垮台——破相毁容。

虽然书中齐盛的倒下有很多外因，类似于男主角及男配角从中作梗等，但更多是因为内部的腐朽，健康的商业帝国不会如此不堪一击。目前距离书中所说的齐盛垮台还有两三年，楚彦印现在就想调回张嘉年，证明问题已经出现。

楚楚不可能等齐盛垮掉再行动，索性现在就踹开门看看，庞大的集团在做什么。

几日后，银达投资内，楚楚坐在办公桌前，终于等来楚彦印的通知。她看着繁多的条款，不禁皱眉道：“他可真够老奸巨猾的。”

张嘉年委婉地道：“楚董也是怕您太辛苦……”

楚楚立马扬眉，不满地道：“接管齐盛和接管齐盛部分产业显然是两码事吧？他的文字游戏玩得真好。”

楚彦印现场的愤怒冲动一过，立马又变得老谋深算、步步为营。他将未来三个月的重要工作搁置，只留下齐盛电影的部分让楚楚接管，同时列出了苛刻的条件。

条款的每条规定都在限制楚楚的行为，类似重大决策导致亏损需要进行经济补偿、不能贸然变卖资产等，唯恐她再干出抛售时延股份的事情来。

齐盛电影每年能为集团贡献三分之一的收入，算得上是支柱，但比起整个齐盛还是相距甚远。最可气的是，楚彦印特意将奇迹影业的事务排上日程，显然是打算让楚楚处理此事。

楚楚看完奇迹影业的财报，脱口而出的第一句话就是：“这是个什么破玩意儿？！”

她还没见过这么烂的账，毕竟目前她经手过的公司，不管是银达、辰星，还是笑影、光界，都处于盈利状态。光界娱乐靠《赢战》获得的净利润更是赶超不少上市公司，上升势头迅猛。

奇迹影业前年净利润负十二亿元，去年净利润负二十二亿元。它在被齐盛收购前就已经连续亏损两年，根本不用等楚楚搞垮，自己就连赔四年。

楚楚感觉受骗了，楚彦印这是变相没收她的零花钱，让她为此买单？

张嘉年好脾气地开解：“楚总，一般会同意收购的企业本身就经营不善，将其扭亏为盈也是常见的投资方式。”

奇迹影业虽然是海内外颇具知名度的电影制作公司，过往打造出了不少经典IP，但在海外经济形势颓败的冲击下，经营状况一直不好。健康的企业是不可能同意收购的，害怕被人拖住脚步，例如蒸蒸日上的光界娱乐。

楚楚眼皮直跳，问道：“齐盛收购它花了多少钱？”

张嘉年：“二十三亿。”

楚楚感到不可思议：“它去年就差点赔掉收购价？”

张嘉年小心地补充：“收购价是二十三亿美金，去年亏损是二十二亿人民币。”

楚楚心算一番，瘫在椅子上，喃喃道：“这破公司值一个百亿目标？”

张嘉年客观地补充：“按照当前汇率，准确地来说，是值一个半。”

楚楚愤愤道：“他为什么不给我打一百五十亿，我也可以每年亏损二十一亿！”

张嘉年：“……”

楚楚竟有种生不逢时之感，她要是在现实中遇到这种人傻钱多的冤大头，估计早就成立公司套现跑路，坐拥亿万家产！

她不求二十三亿美金，她要二十三亿人民币就行！

楚楚感觉自己被老楚摆了一道，只有三个月的时间，甚至连完整的电影项目都做不完，更别提想扭亏为盈。奇迹影业作为海外制作公司，自然承接中外合作项目较多，制作及发行的时间周期更长。

她想要从中赚钱，只能用点其他手段。

楚楚在心里估量一番，辰星影视主攻电视剧，笑影文化专做脱口秀，剩下可用的似乎只有光界娱乐。

齐盛电影内，姚兴觉得自己是流年不利。

奇迹影业自收购以来，制作的项目皆反响平平、不达预期，让他焦头烂额。楚董此时却突然宣布，最近由楚总代为管理齐盛电影及奇迹影业相关事务，楚董本人暂时不再过问。

得知消息时，姚兴的内心是崩溃的，本来事情就多得要命，还要管楚总，换谁都扛不住。当然，他不会把这些话说出口，等到“太子”驾到，不管心里怎么想，该做出的面子都不能少。

“楚总，这些就是齐盛电影最近的项目，《月秋》的票房不错，接下来还有几部大片要上映。”

公司内，姚兴跟随在侧，向楚楚和张嘉年介绍着项目情况。姚兴今年六十一岁，跟楚彦印的年纪差不多，是个标准的商务男，没有楚董的严肃，但看上去精明有礼。

姚兴是齐盛集团的老臣，虽然对楚董派楚总过来锻炼的决策颇有微词，但在态度上没有任何失礼。他不但亲自出面迎接，还专门准备了水果甜品，让人送进提前布置好的办公室内。

楚楚确实在他的工作上挑不出错来，先不提齐盛出品的电影质量，起码营收很正常。她开门见山道：“我想了解一下奇迹影业的情况，现在的负责人是谁？”

姚兴面露难色：“前任CEO刚刚离职，目前还没有新人选。”

奇迹影业近两年电影票房惨败，公司一直不见起色，高层领导自然变动频繁。原本的国外制作团队在协议到期后都陆续离开了，更是让境况雪上加霜。姚兴最近跟楚董商议是否要及时止损，卖出奇迹影业，但现在肯定达不到二十三亿美金的高价，卖出便是坐实血赔。

当初提出并购奇迹影业的高管已经离职，姚兴面对烂摊子也很心烦。

“如果您对奇迹影业感兴趣，过几天我可以陪同您前往海外总部，进行实地了解。”姚兴官方地说道，实际上本该是楚董带领齐盛一行人跟奇迹影业做个了结，但楚总突然来此学习，计划便都要推后，谈判也变成实地考察。

楚楚眨眨眼，答应道：“好的。”

“那您先忙，我暂时就不打扰了。”姚兴带领楚楚等人参观完，便率先离开。

办公室门一关，屋内只剩楚楚和张嘉年两人。她看着桌上的甜点水果，不禁摸了摸下巴，感慨道：“我总觉得他是把我当小孩哄。”

姚兴举止周全，全程彬彬有礼，但好像以为楚楚是来闹着玩，什么工作都不汇报，零食倒是送来一堆。桌上铺满甜香四溢的点心、新颖小巧的玩具，看上去姚兴不仅当她是小孩，而且是三四岁的低龄小孩，否则不会拿出这些。

如果她是想要大干一番的空降兵，此时估计会隐隐觉得被侮辱。

张嘉年其实有同感，姚兴显然没把楚总当领导，只是将她当作楚董的女儿，完全是哄着玩的态度。他害怕楚楚生气，语气柔和地宽慰：“姚总只是不够了解您，等您实际上手工作，他肯定会有改观……”

张嘉年话说到一半，便看到刚才假模假式的楚总已经一溜烟跑到桌前，兴致勃勃地吃起零食和点心，摆弄起玩具，似乎沉浸其中。楚楚吞下一块布丁，听见他说话，茫然地扭头：“什么？”

张嘉年：“……”

张嘉年咽下后半段的安慰，突然觉得姚兴对她的认识也挺客观。

张嘉年：估计她就是三岁，不可能再多。

奇迹影业的总部位于A国，楚楚、张嘉年和姚兴需要乘坐飞机前往。机舱内，姚兴虽然已经做了心理准备，但真的目睹“太子”及其“伴读”打游戏，心情是微妙的。

楚楚和张嘉年人手一个游戏机，似乎正组队一起玩。两人小声交流着，好像没感觉有何不对，毕竟是私人飞机，干扰不到其他人。

姚兴忍不住摇摇头，想当年张嘉年也是极有潜力的种子选手，现在算是被“太子”带上了歪路。老年人心中唏嘘，忽略旁边开黑的两人，闭上眼小憩。

“您还要接着玩吗？”张嘉年看楚楚仍盯着屏幕，规劝道，“不如稍微休息一会儿？”

楚楚突然兴起，买下无数游戏卡，开始研究起来。她并不会将每个游戏都打通关，只是稍微了解其画面和玩法，便丢到一边，换下一张卡。张嘉年发现，她买的游戏全是奇迹影业的IP合作，类似于《炸裂超人》《森林雨客》等。

这些电影曾经创下了辉煌的票房，一手造就了奇迹影业如今的地位，但公司不断推出系列电影炒冷饭，显然不是长久之计。

楚楚闻言，这才感觉眼睛干涩，忍不住伸手揉了揉，却立刻感到大事不妙。她忘记自己今日上了妆，眼睛越揉越疼，一时泪水盈眶，竟睁不开眼来。

张嘉年看她半弯下腰，难受地伸手捂眼，立马关切道："怎么了？"

"眼睛进东西了……"楚楚尝试眨眼却失败，控制不住地想要再揉，却被张嘉年拦住。

"别揉。"他引领楚楚坐直身子，耐心地道，"让我看看。"

楚楚的右眼疼得睁不开，不知眼睛是掉入了睫毛，还是灰尘，泪水止不住地往外涌。楚楚只能老实地当起"独眼龙"，乖乖地任由张嘉年查看。

张嘉年取出纸巾，动作轻柔地将她的生理泪水拭去。他用温暖的指腹摁住她右眼的上下眼皮，提议道："您试着睁眼，我稍微吹一下。"

楚楚右眼的眼睑颤颤巍巍，半天睁不开，似乎还在排斥着眼中的异物。

张嘉年语气和缓，劝道："您先看向一边，放松一点。"

楚楚努力克制自己想要闭眼的冲动，嘀咕道："我往哪边看……"

张嘉年："都行。"

楚楚听话地垂眼，用左眼随意地左右看看，不经意间瞟到张嘉年衬衫领口露出的光洁脖颈及微动的喉结。他眼神专注，正仰头对着她的眼睛轻轻吹气，似乎心无旁骛，没发觉她乱瞄的视线。

楚楚突然有些别扭，下意识地将头偏向一边，看上去想要闪躲。

张嘉年摁住她的脸，眉间微蹙，轻声道："您忍一下，马上就好。"

楚楚语气发闷："忍不了。"

面对这种画面，她没有当场红脸就算好的，居然还要她忍一下？

张嘉年误以为她疼得厉害，动作越发小心，但仍不容置疑地摁着她没松手，像是执着地要给她弄好。他认真而仔细，完全目不斜视，全神贯注地想要帮她睁开眼睛。

楚楚神情紧绷，觉得他的气息拂在脸上痒酥酥的，直叫人身体发麻发软，透着男性荷尔蒙的味道。她一时不知往哪儿看，又鬼迷心窍地斜眼瞟他，正好看到他玉色的耳垂和微微仰起的下巴。她不由得紧抿嘴唇，有种做贼心虚的感觉。

楚楚觉得张嘉年的"路人甲"光环有毒，明明平时毫不起眼，凑近看却能达成颜值暴击的效果。

她居然对温和有礼、体贴能干、善良耐心的小朋友产生些许邪念，简直是千古罪人，当得起千夫所指！

“好了。”张嘉年用纸巾擦了擦楚楚的脸，见她顺利地睁开了右眼，只是眼圈泛红，脸庞也染上桃花的颜色。他又凑近检查一番，问道：“还疼吗？”

看他眼神清澈、满怀关心，她感到惭愧，麻木地答道：“不疼了。”

她不是人，居然垂涎张总助的美貌！

张嘉年并不了解楚楚复杂的心理活动，只当她还没缓过神，所以僵坐着。

因为是私人飞机，相邻的座位紧挨着，楚楚入座时还觉得没什么，毕竟两人天天同进同出，并没有感觉到任何异常。但她刚才心猿意马，现在顿时陷入深深的自我唾弃，总觉得她被他的气场包裹着，一时无所适从。

楚楚礼貌地道：“你可以坐到那边吗？”

旁边的座位是空着的，只是跟他们现在的位置隔着一条过道。

“可以。”张嘉年并未察觉她的异样，询问道，“您要休息一会儿？”

张嘉年以为她想占两个座位休息，对她高深莫测的语气没有多想。

楚楚摇摇头，看他毫无防备的模样，紧绷着脸，开口道：“我怕你坐在这边，我会对你做什么。”

谁让他看上去像块新鲜的蛋糕，或者柔软的猫，让人不是想咬一口，就是想抱着蹂躏。

楚楚觉得自己要提高自制力，最好的办法就是隔离源头，不要被吸引。

张嘉年：“嗯？”

听到楚楚没头没脑的话，张嘉年一时不太明白，不懂她突然变脸的缘由。不过，他还是乖乖地坐到旁边，像往常一样关心道：“您需要毛毯吗？”

楚楚闻言更感羞愧，僵硬地摇了摇头，客气道：“不用了。”

她要做只兔子，不能乱吃窝边草，更不能当禽兽。

因为私人飞机内的机舱有一定空间，姚兴坐在远处闭目养神，并没听到两人的对话。一行人经历漫长的飞行，终于抵达目的地。众人在酒店休整片刻，第二天便前往奇迹影业。

虽然人才流失严重，但是奇迹影业的场地和硬件设备没有任何问题。引导人带领楚楚等人参观完摄影棚等地，又专门介绍目前的电影项目，便陪同他们在公司内转了转。

路上，楚楚全程发言很少，似乎确实只是认真观看，姚兴和张嘉年倒时不时会跟引导人用英语沟通，谈及公司现状。姚兴发现楚楚一直无言，主动询问道：“楚总，您还有什么想了解的？”

虽然姚兴并不觉得楚楚能说出什么干货，但还是本着礼貌的态度开口问了。

楚楚闻言，坦然道：“我很喜欢《炸裂超人》和《森林雨客》，能带我去看看这两部电影的资料吗？”

《炸裂超人》和《森林雨客》都上映十几年了，属于奇迹影业的老作品，后面还陆续推出了系列佳品。《炸裂超人》具有科幻色彩，画面风格是冷金属色；《森林雨客》则拥有奇幻元素，以清新自然的风格取胜。

奇迹影业向来擅长创作此类想象力丰富的作品，并借此运营起固定的粉丝群。当然，因为公司发展不好，这两年频繁拍续作炒冷饭圈钱，也让观众们的耐心值下降。

姚兴感觉楚楚根本不是来了解公司，而是以粉丝的新奇心态跑过来观摩老作品，实在有点幼稚。他心中有想法，但面上却不显，平静地道：“好的，我们现在就去看看。”

会议室内，工作人员将过往的珍贵资料取出，把原画和分镜图铺在桌上，让楚楚过目。她满意地环视一圈，点名其中几部作品，又补充道：“还有其他作品吗？最好是人物造型独特，版权在公司手里，并且有些受众基础的。”

姚兴看着楚总选妃式的架势，好像想将所有作品一网打尽。他隐隐感到有点不安，当即问道：“您这是要做什么？”

楚总完全不关心目前筹备中的项目，却跟老作品较上了劲，着实让人摸不着头脑。

楚楚听他问起，大大咧咧地说道：“对啦，差点忘记跟姚叔说，我想要这些作品的版权授权，麻烦您回去签字盖章。毕竟奇迹影业现在没CEO，只能由您代行流程。”

楚彦印就给了她三个月时间，任谁都不可能让亏损四年的公司瞬间起死回生。楚楚的想法简单粗暴，老楚想让自己做冤大头买单，她就率先搜刮一波奇迹影业的资源！

奇迹影业最有价值的就是IP软实力，等她把授权都握在手里，还愁未来赚不到钱？

姚兴面露震惊：“嗯？”

楚楚诚恳地道：“当然，我也不会白拿授权，该给的钱会付的。”

张嘉年闻言立刻适时地取出昨晚拟好的合同，递到姚兴面前：“辛苦姚总过目。”

姚兴看完合同上的条款和价格，只想感叹世上怎会有如此厚颜无耻之徒，她这跟明抢有什么差别？！

“我不会答应的。”姚兴立刻郑重地拒绝，“楚董让您来齐盛电影学习锻炼，现在是本末倒置……”

姚兴敢打包票，楚彦印要是知道她如此强盗，绝不会让害虫进入白菜园！

张嘉年神色镇定，不卑不亢地道：“姚总，楚总最近代行董事长的职责，实际上您没有权力否决。”

姚兴：“……”

姚兴：居然还用官威压人，实在欺人太甚！

姚兴唯恐影响不好，干脆挥退屋内的闲杂人等，只剩下他们三个。姚兴望向楚楚，拿出长辈的口吻，语重心长地道：“楚总，我相信董事长想看到的，是您在奇迹影业未来经营上出谋划策，而不是……”而不是掠夺公司资源，尽管公司是你家的。

姚兴恰到好处地止住话头，没把下半句话说出来。

楚楚挑眉，毫不客气地道：“你们把公司搞得那么烂，还有脸让我三个月力挽狂澜？”

众人费力两年都没让奇迹影业扭亏为盈，换她就只给三个月？

姚兴心中惭愧，知道楚董当时是有意为难，故意把烂摊子丢给楚总。他面露难色，规劝道：“办法总比困难多嘛……您可以看看筹备中的项目，大家一起想办法？”

“都是些中不中、洋不洋的东西，能有什么可看的？”楚楚面无表情，毒舌地评价道，“故事薄弱，思想贫瘠，受众不准，元素杂糅，既无东方诗意，也无西方浪漫，除了各个项目都耗费巨资外，剩下的一无是处。”

她刚才又不是没听引导人介绍，问题是新项目确实不行，打眼一看就知道是搞资本的人瞎弄影视，折腾些故弄玄虚的国际化风格，反而四不像。

奇迹影业是海外制作团队，却要讨好中国市场，又不领悟其中精髓，自然越做越差。

姚兴的脸色被楚楚的话怼得青一阵白一阵，但他察觉楚总并非完全不懂行，便谦逊地求教道：“那您有何高见？”

楚楚刚想张嘴回答，想了想又停顿一下，懒洋洋地答道：“反正我就是个空降兵，只干三个月，不用操心太多吧？”

姚兴被她吊足了胃口，循循善诱道：“奇迹影业被董事长寄予厚望，您要是解决了这个难题，他一定也深感欣慰。”

楚楚："哦，那我更不能让他开心。"

姚兴：你们父女俩有仇？！

张嘉年出来调和，将合同往姚兴面前推了推，温和地暗示："姚总，有时候就是双方各退一步的事情。"

姚兴没想到两人会打配合，面露犹豫，想要展开拖延战术："楚总，奇迹影业要是经营不善，您拿那些版权授权也没用啊……"

楚楚才不信他的鬼话，淡淡地道："就算公司破产倒闭，IP授权都是有效的。"

姚兴看她不好蒙骗，不由得心生好奇："可您要走授权，难道就能赚钱？"

奇迹影业又不是没做过IP授权，公司现在不还是半死不活？

楚楚狡猾地道："姚叔先给我两三个，试试不就知道了？"

姚兴："……"

姚兴：我要是授权给你，失败也没地方说理啊！

楚楚看他犹豫不决，提议道："我要是真失败，剩下三个月就不过问齐盛电影的事。大家相安无事、互不打扰，平稳地度过这段时间，怎么样？"

姚兴有些心动，如果这样就能送走这尊佛，未尝不是件好事。

"好，我可以为您授权。"姚兴补充道，"但如果您决策失误，我会酌情向楚董汇报。"

"没问题。"楚楚爽快地答应，又说道，"不过我要是成功，接下来三个月要麻烦姚叔，多听听我们小朋友的意见。"

姚兴点了点头："如果您成功，那就证明您的经营思路没有问题，我自然不会多言。"

双方协商成功，楚楚此行顺利地拿走《炸裂超人》和《森林雨客》的授权，成果还算让她满意。

姚兴本以为她是想做IP合作游戏，但仔细琢磨一番，又觉得三个月的时间不够，估计策划都做不完。电影和游戏筹备都要一年及以上的时间，再怎么赶工，也不可能只用三个月。

楚楚现在时间紧、任务急，要在最短的时间内赚钱。她自然等不到做项目，但光界娱乐现成便有爆款游戏《赢战》，正好为她提供变现渠道。

楚楚没时间搞游戏，但她可以卖游戏皮肤！

《赢战》目前的人物皮肤还延续端游老版，并没有推出新花样，实际上稍显简陋。

没过多久，《赢战》官博便对游侠的新装扮进行预热，推出《森林雨客》版皮肤。光界娱乐号称跟奇迹影业取得合作，会陆续推出经典电影造型，作为各大职业的皮肤，首期职业便是游侠。

红红："我的天，好美，为什么游侠皮肤那么好，就因为大老板玩游侠？"

988："其实不懂你们痴迷皮肤的原因，明明没啥用。"

樱桃："我想以后主练游侠了，换皮肤后颜值秒杀建筑师，我只看脸。"

御河："感觉卖不出太多，这游戏的皮肤就是纯装扮，不会影响到战力。"

一串葫芦："天真，游戏的氪金方式那么少，大把有钱人上赶着买，以前的粗糙皮肤都有玩家买账，更何况升级版。"

雨滴声声："《森林雨客》？这是逼我下载游戏集邮？我都没玩过手游。"

随着《赢战》用户的不断壮大，它已经不再是平平无奇的小游戏，名声越来越大，跨入国民级别，甚至有走向海外的打算。网友们对《森林雨客》皮肤的官宣众说纷纭，有人欣赏，有人唱衰，最终结果还要看上架后的销量。

楚楚的心态很放松，毕竟她是薅老楚的羊毛，拿授权几乎没花钱。

楚楚：老楚的东西太多，帮他分担义不容辞。

尽管不少人叫嚣着皮肤没用，但《森林雨客》皮肤上架首日，销量金额却完美诠释"真香定律"，达到两亿。

姚兴听闻消息后，震惊于游戏行业的暴利，同时对楚总的无耻有了进一步的认识。原因无他，光界娱乐卖皮肤的钱直接大半落入楚楚的口袋，跟齐盛电影基本没半毛钱关系！

《森林雨客》皮肤首日销量就如此出彩，后续还会产生源源不断的收益，然而姚兴只能看着干瞪眼。

姚兴感觉吃了闷亏，本以为楚总会给奇迹影业创造营收，没想到她直接把钱赚走，而且挑不出任何毛病。《赢战》是光界娱乐旗下的游戏，奇迹影业最多算提供人物造型授权，自然分不到什么钱。

安静的房间内，楚彦印躺在床上，手拿一本摊开的书，头一次感觉空落落的。他向来四处奔波，第一回卸下重担、无所事事，还真有些不习惯。他看了眼日期，发现自己离开公司并未太久，却度日如年。

楚彦印心想：姚兴怎么也不汇报一下？

姚兴仿佛听到了楚董的内心呼唤，下一秒便联系上董事长，两人进行通话。

楚彦印有种意料之中的感觉，语气竟有些自得："哼，她又做错了什么事？"

"楚董，楚总并没有犯错，只是细节上有点问题……"姚兴面露难色，简单地阐述完楚楚做的事，又赶忙补充一句，"当然，楚总深得您真传，眼光毒辣！"

楚彦印得知她薅羊毛的过程，同样感到震惊，恼道："她赚完钱就跑，没再说点什么？"

姚兴其实小心地提醒过楚总，暗示她稍微分成，略表绵薄孝心。然而，钱落入楚楚的口袋，怎么可能再掏出来？

姚兴委婉地道："楚总说她是空降兵，不会干涉公司的核心管理。如果奇迹影业有心改行做游戏，她可以介绍优质团队。"

潜台词就是，谁要是眼红游戏皮肤的收入，可以自己上手做爆款游戏。

楚彦印："……"

楚彦印怒道："你押着她处理公司事务！赚了钱就想跑，哪有那么容易？"

楚彦印万万没想到，楚楚还能如此丰厚自己的小金库。三个月一过，奇迹影业就算真的亏损，她私下赚的钱也比赔的多，未免太过鸡贼了！

楚彦印坚决不允许这样的事情发生，必须充分让她在自己的岗位上发光发热。

齐盛电影内，楚楚最近明显感受到姚兴对自己的重视。姚兴的态度无可挑剔，他全程礼貌周全，却总是把她往办公室里赶，还将无数重要文件堆在桌上，让她一一过目。

以前那些花里胡哨的甜食被厚厚的资料取代。楚楚一离开办公室，准备活动片刻，姚兴便上前嘘寒问暖，询问工作进度。

面对桌上堆积的海量事务，楚楚头一回感到头疼，嘀咕道："我还是希望他把我当小孩，可以让我玩三个月……"

她本来想混日子，怎么突然就混成了主力？

张嘉年正对着电脑敲字，远程处理银达投资的事情。他听到她抱怨的语气，不免感到好笑："这不是您擅长的事情吗？毕竟我学的是金融，姚总学的是工程力学，都没有您专业。"

桌上堆积的全是电影方案，皆是齐盛电影正在接触的院线项目。在影视内容判断上，楚楚显然眼光好得多。毕竟姚兴原本是技术型人才，以前主要负责全国影院布局和硬件更新等，逐步转型管理岗。

楚楚眯起眼，不满道："我也不专业！"

张嘉年隐隐猜到她曾是影视业内人，但还是好奇地问道："那您本科学的是什么？"

楚楚理直气壮地撒谎："哲学，不行吗？"

张嘉年："……"

楚楚只要处理完桌上现有的事务，姚兴又会紧跟着送来新的。循环往复下来，她便学精了，光明正大地开始摸鱼，颇有掐着点上下班的意思。

楚楚在办公室内左遛遛、右转转，最后百无聊赖地盯着张嘉年看，观察他的"路人甲"光环。在难熬的工时中，她展开科学的思考，为什么主世界要给张嘉年分配"路人甲"光环？而且她没在其他人头上见过同样的光环……

张嘉年原本正在全神贯注地工作，似乎察觉到她的视线，疑惑地转头："您看什么？"

楚楚："瞅你咋地。"

张嘉年："……"

楚楚兴致勃勃地凑上前，怂恿道："稍微休息一下，我们闲聊片刻嘛。"

张嘉年对她偷懒还拉人下水的行为哭笑不得，好脾气地道："您想聊什么？"

楚楚振振有词："我们聊些跟专业研究相关的话题，你配合我积累点资料。"

张嘉年没想到她如此正经，试探地问道："比如呢？"

楚楚掏出纸笔，似乎还想正规地记录下来。她眨眨眼，义正词严地提问："你知道自己长得好看吗？"

撞上她亮晶晶的眸子，张嘉年的脸上显现出一丝赧意，他问："这种问题是要研究什么？"

"我在研究人类心理学，这是问题范本。"楚楚坦然道，"你还没回答我。"

张嘉年对她的措辞将信将疑，闷声答道："不知道。"

楚楚挑眉，在纸上随意地勾勾画画："现在你知道了。"

张嘉年："……"

楚楚继续道："你的好看曾经影响过你的正常生活吗？"

张嘉年感觉自己羞耻的底线遭到挑战，硬着头皮道：“楚总，我们换个话题聊？”

楚楚点点头，立马更换问题：“你知道自己很有魅力吗？”

张嘉年：“您还有其他能谈的吗？”

楚楚：“谈恋爱？”

张嘉年的大脑仿佛瞬间炸开，在她半开玩笑的语气中心跳加速。他没法隐藏自己燥热的情绪，只能紧抿着唇克制，一时又有些气恼。她每次都玩世不恭地瞎调侃，从来不看对象，随意地撩拨春水，然后抽身离去。

失控的感觉很糟糕，这让他觉得自己很没出息。

他心底竟难得地生出一丝怨怼，是不是因为她总爱跟人开玩笑，才会引来明凡、尹延之辈？

他明知道自己没有资格，此时却还是忍不住有点生气。

张嘉年垂下眼帘，淡淡地道：“我不建议您以后对其他人进行同样的提问。”

楚楚头一次见他冷脸，不免稍感意外：“为什么？”

张嘉年向来态度温和，对她更是百般迁就，第一回用如此严厉的语气说话。

张嘉年抿抿唇：“您的行为某种意义上会令人产生误会。”

楚楚：“什么误会？”

张嘉年一时难以启齿，但最终他还是严肃地开口：“误会您在进行职场性骚扰。”

楚楚顿时沉默下来。

张嘉年看她面无表情，心中同样不太好受。他知道她只是开玩笑，自己也本该习惯，但现在适时地拉开一点距离，或许对两人都好。

她是无心的调侃，他却是有心人。他不是精密的机器，没法永远保持理智。

办公室内突然安静下来，气氛陷入僵局。

楚楚神色平静地坐在滚轮椅上，双腿一荡，便轻松地滑到张嘉年身边。张嘉年察觉她靠近，只是无言地盯着电脑屏幕，连半分目光都没分给她，好像并不打算让步。

楚楚见状，直接伸出手，毫不客气地摸了一把他的大腿，信誓旦旦地反驳：“这才叫职场性骚扰。”

张嘉年没料到她大胆的举动，察觉到腿上过电般的触感，脸上立刻染上绯色，回头看她。他眼神微闪，喉结轻轻颤动，眼中颇有点恼羞成怒的意味。

楚楚挑衅地仰起下巴，不服气道："我都没做什么，你就往我头上瞎扣罪名。我要真骚扰你，你难道还打算把我送去坐牢？"

张嘉年被她的无赖逻辑气笑了，反问道："您这是理不直气也壮？"

楚楚跃跃欲试地伸出小手，频频扒拉他的胳膊，欠欠地说道："我就骚扰你，怎么了？"

楚楚化身复读机，晃着脑袋道："张总助真好看，张总助真好看，张总助真好看。我就骚扰你，怎么了？有本事你告我呀。"

她脸上恨不得写着得意扬扬、飞扬跋扈，让人看着就想打。

张嘉年遭遇熊孩子无端挑衅，头一次发觉耐心与包容，原来能在她的没心没肺前告罄。

张嘉年心中油然而生伸张正义、替天行道的念头，直接转过身来，精准地捏住她的脸，问道："您要骚扰谁？"

面对他的袭击，楚楚猝不及防下受制于人，赶忙拍他的手，叫道："说话归说话，别动手啊！"

张嘉年露出无懈可击的笑容："我不是送上门让您骚扰？"

楚楚满脸正色，警告道："快松手，不然我叫人了！"

张嘉年心平气和地道："让大家看到您被捏脸的样子吗？"

楚楚威胁道："你再不放手，我就咬你了！"

张嘉年本来没将她奶猫式的挣扎放在眼里，但当他感觉到手背上的温热气息和柔软触感，瞬间惊慌地松开手指，浑身僵硬地立在原地。

楚楚只是偏头假装张口，不料张嘉年反倒吓破胆般松了手。她看他紧绷着脸，不由得面露犹豫："我可没真咬，你别碰瓷啊。"

张嘉年最终在熊孩子面前败北，选择去茶水间冷静片刻。他不敢看她，一言不发地开门而出，连头都不回。

楚楚茫然地盯着他匆匆离开的背影，不知自己又惹到了张总助的哪根弦。

楚楚：可能是每个月总有那么几天吧。

午餐期间，姚兴像往常一样通知楚总用餐。他进屋后发现只有楚总在，没看到张嘉年，不免疑惑："嘉年不在吗？"

楚总和张嘉年几乎形影不离，难得见他不在办公室。

"他马上回来。"楚楚满脸坦然，丝毫没有身为罪魁祸首的愧疚。

"那等等他吧。"姚兴了然地点头，并不知道张总助刚才承受了什么。

楚楚最近在齐盛电影办公，午餐时姚兴大多会陪同。两人等着张嘉年的时间里，索性聊起了工作。

姚兴带着楚彦印的嘱托而来，试探地问道：“楚总，您上次对奇迹影业未来的发展，好像有些看法？”

楚楚装傻充愣道：“有吗？我记不太清了。”

姚兴眉毛一挑，心想，这人才在国外把奇迹影业贬得一无是处，转头就开始装失忆？

姚兴耐心地提示：“您不是说奇迹筹备中的项目都不好？”

楚楚满脸正气，振振有词：“你可别瞎说啊，奇迹影业在伟大领袖楚董的带领下，怎么可能不好？你的思想现在很危险！”

姚兴：“……”

姚兴：这顶大帽子扣下来是想把他压垮啊！

他对楚董和张嘉年的敬佩之情油然而生，他们平时究竟是怎么坚持下来的？

楚楚当然猜得到姚兴的主意，他肯定是奉命来督促她干活，索性跟老头子打起了太极。楚楚现在觉得齐盛集团内部水太深，贸然插手说不定会被老楚带翻船，尤其是影视制作部分，时间跨度太长，实在不好控制。

她只有三个月时间，就算现在给出好主意，到时候她走人，实际操作中一旦出现问题，也会直接拖垮好项目。多少高投资的大项目中途资金链断裂，成品最后无缘跟观众见面，赔得血本无归。

楚楚为避免老楚甩锅，索性不蹚浑水，直接靠光界娱乐充盈小金库，真金白银才是最实在的。

姚兴当然知道她心里的想法，循循善诱地规劝：“楚总，我说句掏心窝子的话，齐盛以后同样是由您接手，您如今先一步介入奇迹影业，不就能省好多工夫？”

楚楚眨眨眼，直言道：“按照老楚的劳模架势，我接手时，奇迹说不定已经被卖了，不用现在费工夫。”

老楚显然是闲不下来的人，到退休的年纪了还要继续发光发热，哪那么容易走？

姚兴觉得楚总的心态相当神奇，看她的表情简直是盼着奇迹影业破产，好借此打脸楚董。

他没有办法，只得祭出撒手锏：“楚董说，如果您真的想管理奇迹影业，可以先接任CEO职务，到时就算您回到银达工作，依然可以直接介入奇迹的项目。”

楚楚颇感无语，吐槽道：“我又不是没影视公司，再说奇迹都快垮了，他还把我往CEO的位置上推？”

姚兴语重心长地道：“瘦死的骆驼比马大，奇迹影业的效益再差，规模还是远超辰星影视，您也不吃亏。”

“实际上，奇迹影业完全可以作为您前往海外的跳板，我相信您的布局绝不止步于国内。”姚兴继续游说，“虽然它目前看起来很糟，但只要走入正轨，绝对能成为刺向海外市场的利刃。”

楚楚陷入沉思。她自然知道这些道理，奇迹影业最值钱的是过往资源，尤其是在海外。楚彦印当时肯定不是头脑发热地收购，他看到了奇迹影业背后的价值，才会抛出高价。问题是风险实在太高，谁也没法保证能将连亏四年的公司引向上坡路。

楚楚沉默片刻，问道：“如果我接手的话，你们不会干预决策？”

姚兴点点头：“当然不会，我们充分尊重您的意见。如果产生任何收益，同样归您。”

楚楚一听钱归自己，立马痛快地道：“好，我答应。”

姚兴看她点头，松了口气，问道：“既然如此，您下一步有什么规划？”

姚兴劝说楚总成功，只等她大展手脚，好好在奇迹影业大干一场。

楚楚：“我现在是奇迹CEO，拿授权是不是可以不花钱？”

姚兴：“……”

姚兴顿感不妙，她该不会想一辈子靠卖游戏皮肤营收吧？

姚兴跟楚楚协商完，立刻走出办公室，准备向楚董汇报情况，正好跟回来的张嘉年擦肩而过。张嘉年进屋后得知了来龙去脉，万万没想到自己只是去了趟茶水间，回来后楚总便光荣地出任了奇迹影业的CEO。

屋内只剩两人，张嘉年不由得心情微妙，忍不住道：“您是在十分钟内随手捡了个公司吗？”

张嘉年觉得她的手可真快，他就离开了十分钟都能发生大事。

见他归来，楚楚停下转动的椅子，好奇道：“你干什么去了？”

她刚才不过是佯装要咬他，他便像被鬼追逐般落荒而逃，恨不得夺门而出，让她摸不着头脑。

张嘉年不好说自己是调整情绪，在茶水间进行表情管理，答道：“洗手。”

楚楚闻言不满：“我又不脏，你为什么要洗手？！”

张嘉年没想到自己仓皇给出的理由，还能被她抓住把柄。他无奈地解释：

“您误会了，我没有那个意思……”

楚楚：“那你证明一下。”

张嘉年：“我怎么证明？”

楚楚：“你用手碰我一下，证明洗手跟我无关。”

张嘉年：“……”

张嘉年对她幼稚的言行哭笑不得，只得伸手轻轻地点了点她的额头，开口道：“这样行了吧？”

楚楚挑眉，扬扬得意地道：“你这算骚扰我了啊，一人一次，现在两清。”

张嘉年：“……”

张嘉年想起刚才的新仇旧恨，不免有些气闷，干脆又戳了一下她的额头，以解心头之恨。楚楚立刻捂住额头，叫道：“不许骚扰我，现在你欠我一次！”

张嘉年不语，看她还要记账的架势，用手指再戳一下。

“两次。”

他继续戳。

“三次。”

张嘉年闻言直接进行连击，用食指一连串地戳完，随即脸上浮现出一丝笑意，故意道：“您要是数得过来，那就记吧。”

他戳她额头的力度不大，但速度极快，她能数得清才怪。

楚楚被他连戳好几下，确实记不清次数，不过她也不是省油的灯，镇定地道：“既然计数不容易，我先给你估个数字，四舍五入记一亿次。”

张嘉年对她的强盗逻辑甘拜下风：好一个四舍五入，入得未免太多。

姚兴跟楚彦印汇报完，楚楚便走马上任。

她接手奇迹影业的第一件事，并不是拿到其他作品的授权，而是停掉部分项目。奇迹影业是一家电影制作公司，单个项目投资规模巨大，大都是上亿美金。除了合资项目，其中不够优秀的独资电影都被暂时搁置，有的剧本还能继续打磨，有的估计不会再见天日。

这是相当大胆的举动，自然也在公司内引来不少非议。毕竟有的项目前期已经产生投入，现在贸然停下，团队心中也会不痛快，觉得竹篮打水枉费工。

姚兴得知楚总的决策后，同样后脑勺冒汗，小心翼翼地问道：“一定要停吗？”

“如果项目不过关，及时止损是最好的办法。”楚楚果决地道，“事实上，前两年奇迹的电影票房惨败，有些项目就该拿掉。”

楚楚心里清楚，改革必然会引发老团队的不满，前路可谓困难重重。她决定停掉别人的项目，当事人心里肯定会不好受，但目前连年亏损的奇迹影业想要起来，势必要面对断舍离。

楚楚想要推着奇迹影业往上走，只能靠光界娱乐“王者带青铜”，走游戏改编电影这条路。她很早以前就有过将游戏改编为电影的念头，但目前国内的制作公司显然没有过类似的项目经验。虽然奇迹影业过往电影作品的故事稀烂，但特效画面是实打实的精美，更有同类经典作在前，便成为最好的选择。

当然，还有一个理由就是光界娱乐现在很有钱，既然早晚都要花游戏改编电影的钱，楚楚自然本着肥水不流外人田的态度，促成两家公司合作。

奇迹影业将制作《赢战》电影的消息刚刚放出，立马在网上引发热议。奇迹公司中有多个制作团队，由于《赢战》的IP品质不错，众人自然想靠竞争获得项目主管权。

楚楚如今暂停奇迹影业内部分不合时宜的项目，再等待公司过去的电影作品回款，给奇迹影业争取到一段休养生息的日子。

另一边，电视剧《胭脂骨》正紧锣密鼓地进行后期，同时开始跑发行。

楚楚刚开始还能紧盯电视剧制作流程，但随着她的时间被不断压缩，加上光界娱乐抄袭门事件的打扰，精力便没法持续地放在《胭脂骨》上。好在楚楚前期给夏笑笑打的基础不错，又经常远程指点夏笑笑几句，《胭脂骨》倒得以顺利杀青。

夏笑笑在漫长的摄制过程中成长了很多，从剧组回到公司后，脸上也增添了几分自信，不再像过去唯唯诺诺的样子。虽然说话仍是低声细语，但她显然有主意得多，逐渐转型为干练果决的小领导，变得有总裁办姐姐们的风范。

夏笑笑刚到剧组时，其实并不是很适应。她毕竟年纪轻，承受过的压力也小，偶尔遭人顶撞或指责，心中很不好受。夏笑笑开始还强撑着，不想让楚总失望，但随着熬大夜导致身体疲乏，某次深夜便没忍住向楚总发送消息。

夏笑笑看着消息发出，立刻便感到后悔，兴起撤回的念头。因为她在银达投资内接受的教育，是不能随意叨扰老板，有正事才可以。

她在剧组里简单幼稚的小情绪和小压力，实在不值得让楚总费心。

夏笑笑马上就要点到撤回，没想到楚总却秒回，吓了一大跳。楚总非但没有责怪她，反而出言安慰，还指点她应对工作的办法，让夏笑笑大为感动。

可以说，脑残粉夏笑笑要不是有偶像的“鸡汤”，根本撑不到回公司，在剧组就崩溃了。

后期机房内，楚楚和其他人看完《胭脂骨》的全片，真心实意地说道：“真的非常好，这段时间辛苦大家。”

楚楚很满意《胭脂骨》的质量，剧组开机后便只能远程接收消息，没太多时间全程盯后期。夏笑笑资历尚浅，便能基本独立地完成这些工作，简直前途不可限量。

楚楚看向夏笑笑，称赞道：“你做得很棒。”

夏笑笑听到夸奖，看楚总笑靥如花，不禁血液上涌，脸庞通红。夏笑笑鼓起勇气，弱弱地问道：“楚总，我能抱抱您吗？”

她在剧组时就想感谢楚总，无奈一直没有机会，直到今天终于见到了老板。

夏笑笑是个不善言辞的小女孩，只能用这种简单的举动表达自己的感激。

虽然楚总身后张总助的眼神冷得如冰，但夏笑笑还是硬着头皮走上前，笨拙地伸出手。

“可以啊。”楚楚大方地伸手，坦然地上前抱抱她，“最近辛苦你了。”

夏笑笑得偿所愿，脸上浮现志得意满的神情。虽然她觉得自己下一秒就要被张总助打死，但也算血赚不赔。

楚楚的想法很简单，她并没觉得两人的举动有点怪异。女生间友好地抱抱，是一种表达喜悦的方式。《胭脂骨》的成品不错，这是个值得纪念和庆贺的时刻，夏笑笑出于激动如此传递感情，也是顺理成章。

然而，在外人看来，这似乎是件挺微妙的事情，总让人觉得哪里不对。

心思善良者会感觉楚总平易近人、礼贤下士，心思叵测者则觉得夏笑笑挺能拍马屁的，上赶着在老板面前刷脸。

夏笑笑其实知道自己的行为稍显出头，差点被张总助冷冽的视线所杀死。她抱完楚总心满意足，这才战战兢兢地应声：“哪里哪里，您才辛苦，总助也辛苦了。”

楚楚听她说起张嘉年，回头便发现自己身后的张总助面无表情。他冷眼瞧着这一幕，发出轻轻的气音，好像对夏笑笑找补的话浑不在意，又或是隐含不屑。

张嘉年看楚楚转头注视着自己，淡淡地道：“您有什么吩咐？”

楚楚迟疑道：“张总助辛苦了。”

张嘉年不卑不亢地道：“哪里，您才辛苦。”

张嘉年的职业表情跟往常一样标准，似乎没有任何异样，相当客气有礼。

楚楚觉得他的态度挑不出毛病，就是有点阴阳怪气，索性试探地朝他张开双臂："抱抱？"

张嘉年眉头一跳，差点表情管理失败，在众目睽睽之下，面对她的怀抱略感尴尬，一时僵在原地。

楚楚看他久久未动，当即不满地挑眉："不给我面子，是吧？"

她本来还有点自责，如果按照工作量和水平排序，应该先张后夏，不料张嘉年似乎并不愿意，连动都不动一下。

楚楚看他不伸手，不想当众给张嘉年难堪，干脆主动走上前。她以亲和的领导态度虚虚地环住他，鼓励地拍了拍他的背，调侃道："张总助辛苦了，继续加油。"

张嘉年长得太高，楚楚主动伸手，两人的领导人会面式的拥抱便有点不伦不类。楚楚闻到了他身上干净温暖的味道，放下双臂后，便好奇道："你身上喷了什么？"

张嘉年的大脑快要难以运转，艰难地答道："什么都没喷。"

楚楚挠挠头："好香。"

楚楚好像在张家闻到过同样的香味，这让她想起柔软舒适的棉被，仿佛盖上便能进入甜美的梦乡。

张嘉年闻言彻底死机，直接陷入"404 Not Found（未找到）"的状态，整个人魂不守舍。

夏笑笑本以为观片会结束，自己会遭遇张总助的严厉教育。毕竟她当时刚跟楚总行程时，张嘉年就会在行程前耳提面命，行程后总结问题，恨不得进行周密复盘。

张总助的眼里揉不得沙子，夏笑笑拥抱老板显然是大罪。

令她意外的是，张总助今日却似乎忘记了此事。他被楚总拥抱后就变成移动的木头人，只是默默地跟在楚总身后，其他事概不过问，让夏笑笑逃过一劫。

《胭脂骨》和《游离者》是同档期电视剧，两者不但开机和杀青时间相近，就连争夺的电视台都差不多。因为一线大台的数量一只手就数得过来，两部剧为了获得更高的售出价格，势必要面临厮杀。

《胭脂骨》是辰星影视最近的大戏，《游离者》则是李泰河出走辰星后的首部作品。双方完全是天生对家，各大营销号立马开始出通稿，吸引了不少看热闹观众的目光。

楚楚和李泰河当初撕得天翻地覆，甚至成为热搜常客，实在令人难忘。

因为楚、李两家的新仇旧恨，《胭脂骨》的男主角尹延光荣淡出大众视线。楚楚在网上风头无限，明明不是主演，却碾压一众演员的影响力，搞得像是扛收视的主演似的。

红鱼、蓝川、黄果、绿霞是书中最有影响力的四大电视台，《胭脂骨》和《游离者》的战场主要便集中在这四家。在书中世界，电视剧仍可以实行一剧四星政策，这两部剧作为近期为数不多的大戏，竞争日趋白热化。

辰星影视和新视界影视的发行部都非常努力，《胭脂骨》最终拿下红鱼和蓝川，《游离者》则拿下黄果和绿霞，《胭脂骨》略胜一筹。虽然两部剧的上星卫视数目一样，但红鱼和蓝川显然影响力更大，辰星取得小捷。

这是值得高兴的事情，夏笑笑也很振奋。毕竟是她第一部跟完全程的作品，自然希望能获得好成绩。

楚楚其实早有预料，《胭脂骨》是古装戏，吸引力会比较强。她看夏笑笑如此兴奋，不免感到好笑："新视界影视可是南彦东的公司，你不是还跟着他学琴？"

楚楚想起此事就觉得奇妙，原书男二号每周倒贴钱给女主角做家教，这是什么真挚感情？

夏笑笑进组期间，南彦东居然还飞往影视城督促她练习，把剧组众人吓了一跳。敌军头目突然空降，努力提高全民的音乐水平，换谁都会觉得莫名其妙。

在南彦东的悉心教导下，夏笑笑的钢琴水平确实突飞猛进，起码比五线谱盲楚楚好。

"一码归一码，南总只是擅长音乐……"夏笑笑弱弱地道。

楚楚看她和南彦东相熟，忍不住八卦道："你跟李泰河没联系了？"

小说原名叫《巨星的惹火娇妻》，难道现在是要改名《男配的钢琴娇妻》？

"当然没有！"夏笑笑立刻坚决地答道，"您要相信我！"

夏笑笑恨不得拍着胸脯发誓，自己绝无双担或爬墙的可能性。现在网上的风浪这么大，夏笑笑自然要舍弃跟李泰河的一切交情，坚定地站队楚总。

夏笑笑：玩归玩，闹归闹，别拿粉丝属性开玩笑。

楚楚被她骤然升高的音量一震，安抚道："好好好，我相信你！"

楚楚不知自己触到了夏笑笑的哪根弦，让小白兔瞬间亢奋起来。

因为各台的排播消息会四下传播，《游离者》的发行情况不如《胭脂骨》的新闻很快便传了出去。李泰河及其粉丝由于前期宣传太嚣张，自然而然遭遇一波群嘲，被质疑瞎吹牛皮。《胭脂骨》上星的双台吊打《游离者》，都没如此张扬。

虽然楚楚很久没关注过李泰河，但以前的事总会将他们捆绑。即使双方没有比较的意思，公众也会将其推上台对决。

如果没有任何意外，《胭脂骨》和《游离者》的对决本该在此画上句号，岂料辰星影视突闻噩耗。蓝川电视台临时反悔，没有要《胭脂骨》，而是选择《游离者》。

《游离者》借此瞬间一剧三星，《胭脂骨》却只剩红鱼台。

李泰河的粉丝原本垂头丧气的，现在立马气势汹汹地杀回战场，誓将《胭脂骨》踩到土里。

辰星影视内，楚楚听闻消息，立刻跟发行部举行会议，商议《胭脂骨》的后续情况。

“楚总，南风是蓝川台今年最大的广告主，蓝川估计是有这方面的考虑，才会临时换掉我们的剧。”发行总监解释道，“同事们跟台里的领导又接触了一下，台里的意思是如果《胭脂骨》的价格能再降降，还有继续谈的可能性。”

南风集团每年给予蓝川台不菲的广告收入，新视界影视又是南风“太子”南彦东的公司，蓝川台不看僧面看佛面，总归要给些面子。

发行总监说了下蓝川台的新报价，夏笑笑不由得脸色发白：“价格这么低？”

蓝川台给《胭脂骨》的单集报价直接砍掉一半，跟原来相距甚远。

“价格不可能降。”楚楚听完新价格便一口否决，“我们是古装戏，成本就不一样。”

《胭脂骨》是古装剧，《游离者》是都市剧，两者的制作成本没法相提并论。

发行总监为难地道：“楚总，但我们失去蓝川台，便变成一剧一星……”

楚楚冷静地道：“台里只说有继续谈的可能性，没说一定能谈成，到时候价格传出去，红鱼台怎么想？”

最糟糕的情况是，蓝川台没保住，红鱼台被传染也叫着要降价。

“你们跟红鱼聊一下独播剧吧。”楚楚想了想，提议道。她觉得现在时间紧迫，实在没工夫跟蓝川台多纠缠。

“即使是独播剧，红鱼台也不可能出到两倍价格……”

多家电视台一起播同一部剧的原因很简单，它们联手买剧可以省钱。现在《胭脂骨》变成独播剧，但红鱼台可没法把原本蓝川台的钱也出了。

“菠萝视频呢？”楚楚灵光乍现，问道，“视频网站那边怎么说？”

菠萝视频是目前较大的视频网站，现在也在四处收剧，但购买海外版权居多，对国产剧的开价不高。现在大部分国产剧靠电视台回款，从视频网站手里拿到的钱较少。因为视频网站的会员总量还不多，收入渠道较为单一，发行部自然没放在首选。

“菠萝视频倒是可以收，但价格可能不会太高。”发行总监面露犹豫，虽说蚊子再小也是肉，但这也有点太小了，看上去风险有点高。

楚楚当然明白发行部的顾虑，但她看过《胭脂骨》，觉得这是能打动观众的作品。

辰星影视很快就跟菠萝视频取得联系，敲定《胭脂骨》网络播出权的细节。此次洽谈由楚楚亲自出面，由于网站能给出的价格不高，她便提出网络点击分账模式，不按照单集价格直接出售，而按照总点击量分钱。

楚总的决策一出，辰星影视内部简直炸了锅，要知道目前走这种模式的剧，全都是不入流的小成本网剧。在如今的时间段，分账网剧跟低级几乎直接画等号。

银达投资办公室内，张嘉年敲敲门进屋，像往常一样汇报完工作，临走前随口问道：“我听辰星那边说，您为《胭脂骨》选择点击分账模式？”

辰星影视发行部对此项决定的争议很大，大家私下讨论得越来越凶，自然不乏有心人联系张总助，希望他能出面规劝楚总。

楚楚本来正低头看文件，闻言撇了撇嘴，小声道：“你也是来劝我的？”

她最近前往辰星影视，常有想要死谏的忠臣之辈冒出。他们据理力争，罗列此类分账模式的弊端，恳求楚总改变主意。

张嘉年一愣，迟疑片刻，语气和缓地宽慰：“如果您有信心，好好跟他们沟通，大家都会理解您的。”

楚楚闻言抬起头，直视着他的眼睛，坦然道：“假如我并没有百分百的把握呢？”

她确实知道点击分账模式有成功的例子，但并不能确定《胭脂骨》一定能爆。电视剧的播出有时候是门玄学，很多优质电视剧评价不错，但最后收视和点击稀烂，这种情况不是没发生过。

尽人事，听天命。

她只能做出最大的努力，剩下就看老天肯不肯给点运气。

如果楚楚面对其他人，是断然不会说出这种话的，这只会动摇军心。但她看到张嘉年，一时竟不想虚与委蛇，索性交了底。

张嘉年问道："您是在担忧电视剧成绩吗？"

楚楚喃喃道："稍微有点……"

她又不是神，当然会担心，害怕剧组努力的成果没能取得该有的回报。

张嘉年看她难得正经，没有忍住，竟扑哧一声笑出来。

楚楚："你这是在嘲笑我？！"

楚楚觉得张嘉年太没义气，不安慰她就算了，笑出声可还行？

张嘉年眼中盈满笑意，赶忙解释道："不是的，我只是第一次觉得您像个人……"

楚楚面无表情地道："光嘲笑都不够，居然还当面说我不是人？"

楚楚差点要跳起来盘他，难道自己平时不像人吗？他对自己有什么误解？

张嘉年看她逼近奓毛边缘，无奈地笑道："您以前给人的感觉是游离于我们之外，就像胆大妄为的游戏玩家，让人没真实感。"

他没有说假话，她靠"楚学投资"频频拔得头筹，每次的手段都激进而精准，确实让人难以相信。他甚至都怀疑，她对周遭的一切根本不上心，所以才会有如此肆无忌惮的举动。

张嘉年："您有时候好像什么都不在乎，什么都不当真，完全不怕任何后果，连人类最基本的恐惧都没有。"

"我很意外，您会像我们一样有担忧或迟疑，心里倒是好受多了。"张嘉年笑着解释道。她的投资手段有时实在打击他及底下人的自尊，感觉多年工作经验皆白瞎，都比不上她的信口胡说。

楚楚闻言无言以对，内心却掀起了惊涛骇浪，没想到张嘉年的随口之言，居然隐隐戳破一半真相。

她当然什么都不怕，连跳楼都敢，说到底这是小说的世界，不是她的世界。

楚楚一时有种难以名状的复杂情绪，问道："那如果我失败了呢？"

"一部电视剧收益不佳，并不会瞬间击垮辰星，更何况《胭脂骨》还有游戏和衍生品收入，您不用太过忧虑。"张嘉年心平气和地安慰，"生意场上有输有赢很正常，就连楚董都没法保证所向披靡。"

楚楚平静地道："我说的失败不是指电视剧。"

张嘉年面露茫然。

“假如银达垮台、齐盛破产，我不再是你的上司，是这种意义上的失败呢？”她慢悠悠地道。

“您怎么会有这种想法？”张嘉年有些讶然，随即沉声道。

楚楚轻松地笑笑，漫不经心地道：“我就随便瞎假设，万一我哪天去要饭呢？”

张嘉年总觉得她的话中隐含某种深意，沉默片刻，说道：“不会有这种情况发生的。”

他不会允许这种事出现。

楚楚调侃道：“世事无常，说不定某天我就饿死街头了。”

原书中，齐盛集团在开端那么厉害，最后还不是墙倒众人推。女配角不但家道中落，还遭遇车祸毁容，以悲剧落幕。

张嘉年不太喜欢这种话，难得地显现出一丝不悦，认真地道：“我不会让你饿死的。”

楚楚看他面露不悦，赶忙活跃气氛，出言打趣道：“你怎么这么严肃，就是开个玩笑。”

“您就算不再任职，我们还是朋友，不是吗？”张嘉年淡淡地道。

楚楚没想到张嘉年如此当真，仍然在意自己的话。她不免笑着胡说八道：“朋友怎么了？树倒猢狲散，难道我破产后，你还能养我不成？”

“可以啊。”

她没想到张嘉年会毫不迟疑地应声，顿时僵在原地。她撞上他清澈真挚的眼神，有些心虚地移开视线，一时不知该如何作答。

楚楚感觉她是自己挖了个坑，然后一头摔进去，爬也爬不出来。张总助平时忽略她的一切胡话，向来是沉默以对，谁知道这回居然应答了。

他诚恳地道：“虽然没法保证您现在的生活品质，但天天吃水煮鱼还是没问题的。

“您可以白天去喝茶，夜里吃烧烤，偶尔去看广场舞，想做什么都行。

“即使您失去现有的一切，生活同样可以继续下去。”

张嘉年不知道她突如其来的隐忧源自什么，但他认为就算齐盛破产了，也不代表事情就糟到谷底。

楚楚低下头，有点不服气地嘀咕：“你说得好听，哪有那么容易，到时候肯定背债了……”

“那就一起慢慢还？”张嘉年笑容清浅，“我想在还债方面，我可比您有经验得多。”

楚楚面对他包容的态度，难得哑然。她就算向来没心没肺，此时听到这番话，也不是毫无感触。张嘉年不是说大话的人，一直以来措辞都谨慎而周密。他是在认真地许诺。

她突然有点扛不住，不敢再多想，干笑道："张总助真有义气。"

张嘉年只是笑笑，没再谈起破产的话题。两人又聊了几句其他的事情，张嘉年这才离开。

他走后，楚楚静静地靠在椅子上，独自沉思许久。

《胭脂骨》的发行模式最后还是按照楚楚的意思敲定。电视剧定档后，便全面进入宣传阶段，剧组人员会召开发布会，分享创作趣闻，回答媒体的问题。楚楚之前忙于其他事务，一直没有参与。

今日她是头一次登场，立马吸引了全场的目光。虽然她不算标准意义上的剧组主创，但绝对是各大营销号的热议对象，风头甚至超过了主演。

台上，楚楚站在彭导身侧，静静倾听主持人的发言，等到媒体提问环节，场面瞬间热闹起来。

"我想问一下楚总，您对最近同样定档的《游离者》有什么评价？"有记者突然发问，还算留有余地，没上来就报李泰河的大名拉仇恨。

即使是这样，后台工作人员听清问题，仍喊道："赶紧派人去沟通，有的问题别瞎问……"

许多媒体会留些面子，不会刻意抛出尖锐的问题，谁想到今日第一个就是莽撞派。

楚楚握着话筒，平和地笑笑："其实我可以拿'只能提与《胭脂骨》相关的问题'这种官方的说辞来回你，但好像挺没意思的。"

记者看她没当场暴怒，同样笑了："那我能再得寸进尺，顺便问您对《游离者》男主演的评价吗？"

"可以啊。"楚楚镇定地眨眨眼，"《游离者》哪里都好，就是男主演不好。"

台下记者哄堂大笑，感受到楚总熟悉的硬核态度，怼起李泰河来毫不客气。

"你们想要的标准答案，我已经说了。"楚楚看众人发笑，悠然地调侃道，"我回去就等着看各位记者朋友的通稿，瞧瞧今天会被你们写成什么样。"

记者好奇道："您看网上的通稿都不生气吗？"

很多人对乱七八糟的通稿深恶痛绝，更是将提尖锐的问题的记者视作眼中钉，少见楚总这种如此有自嘲风度的公众人物。

“不生气，大家都是混口饭吃。”楚楚笑笑，“我随便乱说两句，各位回去便不愁写不出大新闻，只是举手之劳，何乐而不为？”

“不过踩我可以，就别踩剧啦。”楚楚江湖式抱拳，豪气道，“各位老师记得在通稿末尾写上《胭脂骨》最厉害，小弟在此谢过！”

众人见楚总如此豁达，倒不好再刻意刁难，接下来的问题瞬间友好而客气许多，场内气氛也融洽起来。

“楚总，我想请问您，最近有没有特别想要实现的目标？”

楚楚思索片刻，真心实意地说道：“最近……我好想破产。”

众人听见楚总发自内心地感慨，一时满脸疑惑，不光是台下的记者，就连台上的主创们都向她投去惊讶的目光。

“楚总，今天的新闻已经挺大，其实您不用那么努力……”提问的记者挠挠头，为难地规劝，“可以，但没必要。”

旁边的记者立马应和：“悠着点，悠着点，您攒着下回说。”

记者们都感到不好意思，楚总有必要如此拼命？她简直呕心沥血地帮众人制造大新闻，连想破产的话都往外说！

主持人露出干巴巴的笑容，缓和气氛：“哈哈哈，楚总很幽默……”

楚楚眨眨眼，诚恳地道：“我没开玩笑。”

她最近是真想破产，这个愿望甚至超越百亿目标。

彭导闻言哭笑不得，还没见过谁家电视剧的资方老板盼着破产，不由得调侃道：“楚总，您考虑过我们的感受吗？在新剧的宣发会上许愿破产？”

尹延今日没有参加这场发布会，全场最有发言权的便是彭导和梅沁。陈一帆自然不敢当众打趣老板，但作为辰星艺人，心情最为复杂。

陈一帆：突然感到自己和公司岌岌可危？

“您要是觉得钱太多，可以捐给我。”梅沁笑着附和，“我帮您扛起重担，我可以的。”

主持人不禁提议：“我有个办法，能让楚总体验一下梦想中的生活，其实您参加《变形计》就行。”

在场众人都笑起来，气氛颇为活跃。主持人又引导着大家说些收视长虹、爆款巨制的官话，宣发会便顺利落幕。记者朋友们果然信守诺言，不但憋出个大新闻，还都在末尾写上“《胭脂骨》最厉害”，相当讲义气。

不出意外，楚楚的“破产”言论引发热议，知乎上甚至还出现了针对此事的问题。

提问：“如何才能帮助楚楚破产？需要做哪些准备？”

PETE：“谢邀，对不起，我不敢回答，楚董 is watching you（正看着你）。”

黑球：“不可能破产，你以为富人只是有钱，其实人家富的是思维。”

匿名用户：“披马甲来答，实际上很困难，除非银达内部产生重大决策失误，同时《赢战》直接失败，否则按照目前的水平，光是减缓增速都难。钱真的能生钱，楚总要么是遭人卷款被骗，要么是疯狂扩张资金链断裂，不然就算在家躺着不干活都不会破产。当然，银达完蛋还能有齐盛兜着，可能性更低。”

牛皮纸：“齐盛破产的可能性都要高于银达，毕竟老企业不良资产较多。”

爱信：“不愧是我乎，平民百姓帮富二代操心如何破产？匿名提问者该不会是齐盛竞争对手吧，空手套答案？”

匿名用户：“南董，我知道是您想搞老楚，您给我打钱，我立马出谋划策，无偿回答可不行。”

另一边，张嘉年正在银达内办公，突然接到楚彦印的电话。他颇感意外，问候道：“楚董，您最近休养得如何？”

“嘉年，银达没发生什么异常吧？”楚彦印头痛欲裂。他在安逸的生活中听闻使人心慌的消息，竟然有种莫名的怀念感，恨不得立刻出山，拨乱反正。

“没有异常。”张嘉年不知楚董何出此言，补充道，“如果您不放心，稍后我将财报发送至您邮箱。”

楚彦印虽然是休息状态，但还在处理一些齐盛的事务，只是数量大幅下降而已。

楚彦印狐疑道：“真的没有？那她有没有跟你说过奇怪的话？”

张嘉年：“……”

张嘉年：她每天奇怪的话太多，实在不知道您问的是哪一句？

张嘉年没看到新闻，自然一头雾水，疑惑道：“您是听到什么消息了吗？”

楚彦印简单直白地道：“她有没有跟你说过破产之类的话！”

张嘉年一愣，坦白道：“楚总前几天确实说起，如果破产怎么办……”但她应该是开玩笑的？

他还没来得及说完，便被楚彦印打断了。

“你最近好好查查，她私底下闯了什么祸？！”楚彦印验证自己的猜想，当即勃然大怒道，“她是不是背着你参与了什么事，不然怎么会喊着要破产？”

楚彦印严重怀疑楚楚在外惹出了大事，还瞒着自己和张嘉年，以达到不可告人的目的。他派遣张嘉年查案，便是要避免他们没有准备，到时候收拾不了烂摊子。

张嘉年微微皱眉，面带忧虑，不确定地道：“您是说，楚总亲口表示，她快要破产了？”

楚彦印横眉：“她自己在外面说的，最近想要破产。你听听这叫什么话！”

张嘉年：“……”

张嘉年莫名地有点心虚，总觉得自己已经破案了。如果她的原话是“想要”，而不是“快要”的话，他觉得自己明白了她的脑回路，毕竟某人的梦想是做一条“咸鱼”。

张嘉年不好告诉楚董，自己似乎不小心将楚总诱导到不学无术的道路，只得艰难地道：“楚总应该是开玩笑的。”

楚彦印气闷：“你见过哪个正经企业家，能将破产挂在嘴边？”

张嘉年强忍内心的吐槽：可她是不正经的企业家，所以其实问题应该不大！

张嘉年好不容易应付完暴躁的楚董，打算找楚楚好好谈谈，不料她已经将破产的目标传遍大江南北，成为新一轮的被全民调侃的话题。

《胭脂骨》前期便蹭上这波热度，楚楚甚至不用发微博，便有无数观众自发观看，满足自己的猎奇心。

最开始的引流目的达到，大部分观众居然真的看入迷了，坚持追下去。同时，《游离者》虽然垄断了三家电视台，但剧情稍显枯燥，促使更多没有选择余地的观众拥入红鱼台，反倒让收视率集中起来。

《胭脂骨》收视很快便破2%，力压《游离者》，更让主演李泰河及其粉丝颜面无光。毕竟他们以前踩得有多厉害，现在打脸就有多疼。

《胭脂骨》走上正轨时，楚楚也接到了新任务，要去帮养病的楚彦印开会。

“年度财经大会？”楚楚听张嘉年说完，不由得一头雾水，好奇道，“那是什么？”

张嘉年耐心地解释：“楚董每年都会参加各类财经、经济会议，跟业内人士交流未来的发展动向。楚董最近不在公司内，就需要您代为参加。”

“我给您下载了往届的会议录像，您可以通过观看感受一下氛围。发言稿已经发送至邮箱，您根据需要进行修改就好。”张嘉年想起《财经聚焦》的事，特意亲自筛选过滤录像，不敢让她自己上网查。

因为楚楚还没正式参加过这类会议，他便提前准备妥帖，就连发言稿都率先拟好，让她不至于空手上场。

年度财经大会是企业家的盛会，一帮有影响力的大咖聚集在一起，分享、交流未来的商业发展动向。以前，楚楚荒唐的名声在外，再加上此类会议楚彦印都会出现，便无人邀请楚楚，毕竟楚家人来一个就好。

楚彦印是全国企业家协会的理事，最近低调静养，楚楚才得到了参会的机会。楚楚并不是代表银达参会，而是代表齐盛集团，所以才会有特定的发言环节。一般来说，新兴的年轻企业家不能上台，只能坐在台下。

楚楚不愿辜负张总助的一片心意，认真地看起了视频。画面中的地点是豪华酒店的超大会议室，房间内搭着大屏幕和台子，下面是密密麻麻的小椅子。椅子上坐满了西装革履的商业人士，皆面无表情地倾听着台上的大咖发言。

没过多久，楚彦印的脸就出现在画面上，他身着西装站在台上，正低头念稿：“接下来我们会推动齐盛走向O2O（online to offline，由线上到线下），更好地发挥优势……”

楚楚看了一半，便忍不住点击暂停键，吐槽道：“这看上去怎么像小学生国旗下讲话？”

只不过小学生的稿件是好好学习，企业家的稿件是漫天吹牛皮。

张嘉年内心暗道：不得不说，形式和意义还真差不多。

楚楚好奇道：“他们吹的这些牛，现在都实现了吗？”

她越看旧录像越感兴趣，索性打开搜索引擎，寻找答案。这些都是往年的视频，距离现在已有段时间，想来有的想法应该得到印证了。

张嘉年无奈地道：“您不能较真儿……这只是企业的规划蓝图，随时会进行调整变动。”

张嘉年觉得她切入点奇怪，重点难道不是感受氛围，怎么还关注起其他企业家是真厉害还是假厉害了？

楚楚算是看透了老楚，不屑道：“商人一诺千金，敢情他的话是假黄金？”

张嘉年：“……”

虽然楚楚对年度财经大会颇多腹诽，但还是细心地检查自己的发言稿。张嘉年的稿件写得较为理智客观，对齐盛集团目前的发展优劣分析得比较透彻。楚楚觉得照着读没问题，决定念稿混完全场。

今年的年度财经大会同样是在五星酒店的会场举行，自助餐厅还会提供午餐和茶歇，为众多商业人士提供社交场所。会场门口布置着签到台，身着西装的男男女女佩戴着证件，按顺序入场。

楚楚顶替楚彦印的位置，算是重要人物。她身着一身正装，跟张嘉年从另一侧进场，正好碰到满脸福气的南董。南董宛如一尊弥勒佛，看到楚楚颇感意外，便主动打招呼。

楚楚还记得南董，毕竟两人见过两次面，一次是相亲会，一次是南彦东的病房。

南董满脸和气，似乎已经忘记过去的事情，亲切地寒暄起来："楚董今年真不来啦？"

南董和楚彦印都是全国企业家协会理事，几乎每年都会参会，而且座位都挨着的。

楚楚点点头，南董更为好奇："楚董怎么了？最近好多场会议都没见到他。"

楚彦印完全是低调神隐的状态，有谣言传他重病卧床，但看楚楚的脸色又不像。如果楚彦印真的病了，势必会影响到齐盛的股价。南董也不明白楚彦印是身体不好，还是想锻炼楚楚一番，没人透过口风。

"楚董过去在会上的豪言壮语都没实现，深感惭愧，这回便没脸出场了。"楚楚坦然地答道，"他就是怕被小辈嘲笑，不是什么大事！"

南董："……"

南董莫名地有种难以言道的心虚，不由得陷入沉思，犹豫地摸了摸下巴。

他以前在大会上吹的牛，是不是都实现啦？

张嘉年没想到楚总趁楚董不在，肆意抹黑其形象。他赶忙婉言解围："楚总是开玩笑的，楚董最近在海外考察项目，一时没法赶回来。"

"原来如此。"南董立马笑道，"楚楚还挺幽默的。"

楚楚还想再说点什么，撞上张总助的警告视线，这才略感无趣地住嘴，决定今日假装正经人。

南董的脾气倒是很好，耐心远超楚彦印。他将楚楚当作小辈，便跟她简单地讲了讲会议流程。

一般来说，进行分享的大咖会坐在台上的位置，南董和楚楚都在其中。本次发言者共四人，楚楚排在第二位上场。分享过程中，台下参会者可以进行提问，双方会有交流过程。

楚楚观看过往期的会议录像，对流程不算太陌生。她稍感讶异的地方是台上只有四个座位，不由得扭头看向张嘉年，问道："那你坐在哪里？"

张嘉年今日同样身着正装，显得文质彬彬，语气和缓："我坐在第一排，离您并不远。"

这是常规操作，南董的秘书或副总同样不能上台，需要坐在台下。楚楚今日也不是仅带张嘉年一人，随行人员基本被安排在前排座位，例如王青等。

楚楚颇感诧异，立刻满面忧虑，小声道："那我要是不小心睡着了，谁来叫我？"

楚楚不是在开玩笑，之前看录像时便哈欠连天，昏昏欲睡。这些大企业家的谈话都极长，而且是领导式发言风格，简直是治疗失眠的灵丹妙药。

张嘉年眉毛一跳，表情微僵："您不能坚持一下？"

楚楚艰难地道："我尽力。"

张嘉年深感不安，正想提议让王青去准备咖啡，便听到不远处中气十足的男人嗓音。

"这就是小楚总吧？"迎面走来的男人是国字脸，戴一副金丝眼镜，然而浑身却没半点书卷气，倒像个穿西装的土匪。

南董看清来人，脸上弥勒佛般的笑意微敛，但还是礼貌地道："胡董，好久不见。"

"南董不给引见一下？"胡达庆大方地笑笑，"谁不知道你和老楚哥儿俩好？"

南董笑了笑，没有接对方的茬儿，反而看向楚楚，提醒道："这是都庆集团的胡董，胡达庆。"

楚楚由于要参加年度财经大会，同样恶补过其他大咖的简略资料，胡达庆也是上台分享的老总之一。都庆集团跟齐盛有些相像，早年靠房地产发家致富，两家集团曾经掐得天翻地覆。虽然近些年两家都各自转型，但不代表私下没有暗流涌动。

胡达庆和楚彦印的性格有些相像，不但雷厉风行、说一不二，偶尔甚至刚愎自用。楚彦印是好面子的人，向来不爱跟人争论，朋友人脉遍天下，胡达庆却是难得的例外。他们一直处不成朋友，即使有些时间关系缓和，没过多久又会紧绷起来。

楚楚不明白对方找过来的缘由，在南董的介绍下客套道："您好，我是楚楚。"

“久仰大名，虎父无犬女。”胡达庆声音浑厚，笑着伸出手来。

楚楚看他主动伸手，只得跟对方握手。胡达庆的手掌坚硬而粗糙，楚楚本以为他握一下就松手了，没想到他一直不松。胡达庆手上用力不小，脸上却不露分毫，笑道：“一会儿就等着小楚总的高见啦！”

楚楚闻言，同样绽放完美的营业笑容：“哪里，我跟几位老前辈多学习才对。”

胡达庆看她在自己的示威下毫无反应，不由得在心底轻嗤一声，一时也没兴趣再跟小丫头片子计较，便松开了手。小姑娘显然跟楚彦印差得太远，如今重话都不敢说一句，没什么杀伤力。

胡达庆给楚楚暗中定论，突然见她找出早先备好的湿纸巾。楚楚面无表情地抽出一张，开始认真地擦拭起手掌，仿佛刚刚摸过病毒源。

胡达庆：“……”

张嘉年见状忍俊不禁，还贴心地接过用后的湿纸巾，帮她丢掉。

胡达庆的脸色顿时很不好看，他提醒道：“小楚总这样恐怕不好吧？”

楚楚真诚地道：“胡董，实在对不起，我稍微有点洁癖。”

胡达庆：“你觉得我手脏？”

楚楚满含歉意，难得温和地道：“当然没有，您的手肯定很干净。”

“那你是什么意思？”

“我是精神洁癖，不靠物理形式传播。”楚楚说话心平气和，有条有理，“即使您的手很干净，我握完手也会想擦擦。”

楚总名言曰：手上的灰尘不重要，心上的灰尘很重要。

胡达庆：“……”

“好得很！楚董真是教出一个好女儿！”胡达庆愤而离去，被楚楚气得够呛，直接将她拉入黑名单。

南董见状摇摇头，规劝道：“你何必跟胡达庆置气，他向来小心眼，你爸都不爱惹他。”

楚彦印早年还会跟胡达庆怼上几句，近些年涵养渐涨，转型精明智慧的楚董人设，便不喜欢跟有些老土的胡达庆打交道。各类新闻又老爱把楚彦印和胡达庆做比较，楚董为了甩脱这层关系，更是尽量少跟对方接触。

虽然南董也不欣赏胡达庆，但还是语重心长地道：“多个朋友总比多个敌人好。”

楚楚眨眨眼：“老楚的朋友太多，我帮他为生活创造新鲜感。”

南董：“……”

南董仔细思考一番，觉得楚彦印的朋友确实多得吓人，这样想胡达庆还是稀有品种，应该被保护？

南董跟楚楚寒暄完，便去跟自己的秘书及助理沟通。张嘉年见四下无人，小声提醒道："胡达庆肯定还会针对您的。"

"因为我用湿纸巾擦手？"楚楚挑眉，"他那么小气吗？"

"原因也不全是这个，胡董和楚董早年有些积怨，一直没有化解。"张嘉年缓缓道，"最近都庆还联合帝奇、筑岩展开合作，推出文娱三大家计划，被外界看作是向齐盛发起挑战……"

齐盛集团很早便开始布局文娱及院线，拥有数量繁多的资源，甚至隐有垄断之势。现在都庆、帝奇、筑岩三家集结在一起自然是对齐盛发起围剿，想要撕出一条裂缝来。

"商界还搞小团体孤立？"楚楚听完前因后果，简单粗暴地总结出敌军的行为，淡淡地吐槽，"现在的初中女生都不弄这些，它们的老总们是不是还爱结伴上厕所？"

张嘉年一时没反应过来："什么？"

楚楚叹气："唉，你不懂小女生的乐趣。"

张嘉年："……"

张嘉年：对不起，我并不想懂。

张嘉年的预测果然没错，胡达庆对楚楚的仇恨值简直写在脸上，完全不加掩饰。年度财经大会的首位发言者是帝奇的副总，算是代替董事长出席，属于四位发言者中权力最低的人物。

副总发表漫长讲话时，胡达庆一言不发，只是默默倾听。然而，楚楚刚刚上场，还没有讲两句，便被胡达庆频频打断。

因为现场有交流环节，胡达庆的行为还真不算违规。他握着话筒，直接发问道："我刚听到小楚总说院线的全面布局，齐盛会往里面投入更多的资金，你觉得垄断行为对市场会好吗？"

张嘉年见胡达庆来者不善，不由得微微皱眉。他干脆看向身边的王青，低声确认道："楚总戴耳麦了吗？"

王青赶忙道："她戴了，上台前我检查过。"

张嘉年松了一口气，心中思索，楚楚要是被逼问得答不上来了，好歹还能有场外支援。

楚楚身着正装，站在发言台上，笑了笑，不紧不慢地道："国内的市场非常庞大，我想胡董的垄断论有些言重了。如果您觉得齐盛违背《反垄断法》，大可以联系相关部门让其判决。”

胡达庆笑里藏刀，意有所指：“楚董和小楚总聪明绝顶，熟知《反垄断法》，我们哪里告得过？”

胡达庆在众人面前有所收敛，但措辞仍带着一丝火药味儿。台下的人都不是傻瓜，见两家突然针锋相对，原本的困倦一扫而空，瞬间打起精神看热闹。

“没关系，不是还有您替天行道，搞了个文娱三大家计划，为大伙儿打抱不平。”楚楚颇有风度，被他暗讽一句也不气馁，半开玩笑道。

台下众人发出小小的笑声，胡达庆见状不怒反笑，反问道：“总有人认为我们的文娱三大家计划是针对齐盛，莫非小楚总也是这样觉得？”

众人听到胡达庆的问题，不由得将视线投向发言台后的楚楚，皆屏气凝神地等待答案。这个问题有点微妙，楚总如果点头肯定，就显得齐盛小家子气，不许三家联合对抗；如果摇头否认，就显得过于虚伪，毕竟谁都能看出三家联盟的对手。

楚楚云淡风轻地笑笑，礼貌地道：“当然不是。”

台下众人看她回答周全，虽然在意料之中，但仍难免失望，却又听到她慢悠悠地补上后面的话。

“大家都知道都庆、帝奇、筑岩最近联合做文娱三大家计划，我们直接取其首字，简称‘斗地主’组合，比较容易记住。”楚楚侃侃而谈，语气轻松而幽默，“我脑子笨，只能取巧。”

众人先是一愣，随即便发出哄笑。

“都”“帝”“筑”还真谐音“斗地主”，也不知她是怎么想的。

胡达庆的脸色却是青白交加，原本高端有格调的名字，瞬间土味十足！

楚楚望着台下众人，颇有深意地道：“我们应该都玩过斗地主，这个游戏很有趣。因为就算斗倒了地主，剩下的人也并不会富，最多再开一局。”

“因此斗地主组合当然不是针对齐盛。”楚楚露出笑意，“因为就算没有齐盛，还会有其他的集团或企业出现，地主是斗不完的，一个齐盛倒下去……”

台下有人接茬儿：“还有千千万万个齐盛站起来！”

楚楚面露严肃：“不。”

众人：“什么？”

楚楚义正词严地纠正：“还有千千万万个银达站起来。”

众人：果真是清新脱俗、毫不造作地夹带私货！

大家皆对楚总的臭不要脸甘拜下风，发出善意的笑声。胡达庆却看不惯楚楚哗众取宠的样子，冷笑道：“小楚总在台上这么说，不怕楚董生气？”

楚楚耸耸肩，轻松地笑笑：“我觉得胡董跟老楚关系不好的谣言，今天就可以正式破除。我只是提了句银达，南董都在台上静静坐着，胡董却第一个跳出来为齐盛打抱不平。这绝对是真爱，一般人没法比。”

台下又是一阵笑声，这回连南董都被逗笑了，他宛如好脾气的弥勒佛，配合地摆摆手：“比不了，比不了。”

胡达庆被楚楚的反讽硌硬得半天没说出话来，深感她的嘴欠程度远超楚彦印。他以前还能在跟楚彦印的口舌之争中占上风，但现在碰到如此无耻小辈，简直是遇到刺猬，无从下手。

胡达庆心里恼火，本想继续对楚楚的发言挑刺，却被她接下来的一番话彻底堵住嘴。

“如果胡董没有其他问题，那我就接着往下讲。我理解您年纪渐长，所以记忆力稍微下降，没法将问题都堆在最后，只能采用随时发问的形式……”

楚楚刚刚平均每说三五句话，便会遭胡达庆打断一次。她善意地提议道：“您要是实在感到吃力，我可以直接把稿件给您，方便您更好地提出疑惑，免得胡董十秒后就忘记前一句。”

胡达庆：岂有此理!

两人如此不给对方面子，众人自然窥探到玄机。胡达庆不好跟楚楚继续较劲，面色僵硬地强充风度，阴阳怪气地道：“谢谢小楚总，不过不必了。”

楚楚满意地看着胡达庆黑脸静坐，顺利地完成后半段的发言，胡达庆再没提过问题。

楚楚完成自己的“国旗下演讲”后回到座位上，接棒的人是南董。她刚开始还努力正襟危坐，但很快便有点昏昏欲睡，觉得身下的沙发过于柔软，恨不得陷进去。楚楚勉强坐直，却被会场的灯光照得眼花，一时有些打不起精神。

南董的发言时间很长，他说出的艰涩术语过多，底下人也恹恹起来。大家都穿着正装，僵硬而麻木地坐在椅子上，屋内的空气一时有些封闭窒息。有人偷偷地打起哈欠，只有楚楚因为坐在台上太引人注目，连小动作都不敢有。

这类会议的发言大都是走过场，真正有价值的是互动交流和社交环节，是建立人脉的重要时刻。

台下，张嘉年看她似乎上下眼皮打架、眼神飘移，不由得颇为忧虑。此时，南董正好发言结束，在众人的掌声中下场，紧接着轮到胡达庆上场。

张嘉年抓住时机，小声提醒道：“楚总，楚总？”

楚总佩戴着耳机，可以跟台下的张嘉年等人取得联系、进行沟通。

张嘉年：她要是真在会议上睡着了，那就太尴尬了。

楚楚戴着无线耳麦，当听到张总助清晰而低沉的声音，宛如瞬间服下沁凉的冰水，顿时精神一振，强撑着继续坐直。

楚楚将会场的手持话筒放得远些，避免自己的声音传出去。她不由得微微低头，悄声道："你声音还挺好听，再说两句。"

真别说，张总助在耳机里的声线有暴击效果，让她立刻清醒起来。

张嘉年："……"

张嘉年以前跟随楚彦印出席会议不知道多少次，还是头一次遇到领导有这种特殊要求。

张嘉年：日常遭遇上司无意识的职场性骚扰。

胡达庆是今日会议上半场发言的最后一人，等他说完便能进行午餐。楚楚在张嘉年的远程提醒下，一扫刚才的困倦，有一搭没一搭地听着。

胡达庆每说几句，便会暗中踩一踩齐盛，不是说些垄断论，便是隐喻不公平竞争。他显然对楚楚怀恨在心，话说得南董都直皱眉。楚楚却全程面不改色，仿佛一切都是过眼云烟，连提问环节都不参与。

南董看在眼里，觉得楚楚没有楚彦印说的那么叛逆易怒，反而相当沉得住气。南董在心里摇摇头，又觉得胡达庆太小家子气，一直跟小姑娘硬杠过不去。

胡达庆见楚楚消极应战，有种一拳打进棉花里的感觉，更是憋着满肚子的火气，连回答提问时都稍显暴躁。别人的问题稍不合他心意，都要遭遇一顿暴怼。

"胡董，您不觉得现在三家布局文娱影视，时机已经过晚？而且在影视制作方面，您过去也并没有太多的经验，您打算如何打破现在的僵局？"

胡达庆看提问者相貌年轻又面生，突然驴唇不对马嘴地问道："你是哪位？"

提问的年轻男子相貌平平，看上去年纪显小，有种偷穿大人西装的感觉。他微微一愣，随即平静地答道："我是微夜科技的刘贤。"

胡达庆和在场众人思索一圈，没听说过微夜科技，也不知道刘贤是谁，四舍五入等于查无此人。

"你年纪不大吧？"胡达庆随口道。

刘贤一时不知如何作答，最终只得干巴巴地道："不算太大。"

"这就对了，我作为上年纪的人，给你提一句建议。既然你是做科技，不了解的事情尽量还是少评价。"胡达庆皮笑肉不笑，颇有深意地说道，"我觉得年轻人还是要多积累，少说多做，才不至于贻笑大方。做科技就好好做，别什么都半吊子地懂一点。同理，不要总觉得看过什么热搜新闻，看过些节目电视剧，自己就算懂文娱产业了。”

楚楚闻言抬眼，这话可不是在斥责刘贤，而是拐着弯骂她呢！热搜新闻、节目和电视剧可以说全是在针对她。

“先说是不是，再问为什么，你怎么知道我不懂文娱业？”胡达庆毫不客气地反问。

刘贤闻言抿抿唇，被这番话说得脸通红，想要解释：“胡董，您有所不知，虽然我们公司叫微夜科技，但做的其实是娱乐……”

“哦，那你做出什么了？”胡达庆伸手制止对方的科普，简单直接地问道。

刘贤在众人目光的注视下，不由得额头冒汗，气弱道：“现在产品还在开发中。”

胡达庆轻嗤一声，神态间的不屑已经展露无遗。这种场合常有小公司的人，没两年此类公司便大浪淘沙地换了一批，他看过太多，自然没把刘贤放在眼里。

在场的人都是精英，上台分享者是超大集团的领导人，台下的倾听者也是各大公司的权力人物，刘贤还真摆不上台面。

刘贤被胡达庆的话搞得下不来台，有些尴尬地立在原地，不知该坐还是该站。胡达庆根本没回答刘贤的问题，刘贤现在坐下也是灰头土脸。

楚楚见状，干脆拿起话筒，开门见山道：“胡董说的话，我可不爱听，年轻人怎么了？还得遭您一通教育？”

胡达庆看久不应战的楚楚突然发声，不禁冷笑道：“我只是作为前辈，对后面的创业者略做指点，小楚总反倒气急败坏起来？”

楚楚露出浅笑，坦荡荡地道：“胡董连一视同仁都做不到，实在欠缺前辈的气度，恐怕没资格指点人。”

楚楚就是看不惯胡达庆趾高气扬的态度，他还特意询问刘贤是谁，不就是想确定对方是什么路数？成功的上位者对未成功者指指点点，即使这是社会残酷的常态，仍然让她感到不爽。

楚楚并不认识刘贤，但这人今日确实是遭无妄之灾，成为胡达庆指桑骂槐的道具。她本想混过这场会议，没想到胡达庆跟条疯狗一样，难怪老楚以前对他也万分心烦。

胡达庆冷嘲热讽道：“看来小楚总拥有一视同仁的品质？我好歹跟楚董同

辈，你的措辞恐怕不太合适吧？”

“有什么不合适？”

楚楚微微仰起下巴，颇有逻辑地道：“您是看不起没成功的年轻人，我是谁都看不起，不比您一视同仁得多？”

胡达庆：“……”

楚楚刚开始还顾忌偶像包袱，但被胡达庆再三挑衅，终于摆出不服就干的真面目。

台下的人没想到她如此直接地戳破真相，皆忍不住发出笑声，又顾忌胡达庆的脸色，强行克制住表情。刘贤站在台下，没想到楚总会出面解围，但这似乎更激化了她跟胡董的矛盾。

胡达庆看楚楚撕破脸的架势，脸色很不好看，嘲道：“小楚总未免太过年少轻狂，我看你刚才全程沉默，还当小楚总颇有气度，没想到这就露出了真面目。”

胡达庆发言时拉踩齐盛，楚楚可毫无反应，他现在只不过讽刺刘贤两句，她倒像奓了毛？

楚楚浑不吝地笑笑：“胡董未免太把自己当回事，我刚才是懒得耽误大家吃饭，不过现在看来，为年轻人伸张正义倒比吃饭重要。”

她原本眼巴巴地等着午餐，不想会议被拖长，所以连跟胡达庆纠缠的心情都没有，对方却不依不饶、指桑骂槐，还拖其他人下水。

胡达庆见她牙尖嘴利，当即反驳道：“小楚总觉得我哪里说错了？莫非你听说过微夜科技？”

楚楚实话实说道：“没有。”

全场几乎无人知道微夜科技，楚楚也不例外。刘贤有些惭愧，不由得微微低头，颇有拖后腿的感觉。

“我凭借几十年的从商经验，给一家毫无名气的小公司提些建议，恐怕不为过吧？”胡达庆面露不屑，轻嗤道，“还是小楚总听说过他，觉得我没资格提点他两句？”

胡达庆不信楚楚见过刘贤，没想到她这回却道：“您还真没资格提点人家。”

胡达庆看了眼台下的刘贤，将信将疑地问道：“你认识他？他能有什么成绩？”

楚楚面色笃定，郑重地点了点头。

其他人都非常疑惑，频频回头看刘贤，不知他跟楚总如何相识、有何渊源。刘贤同样满脸茫然，他今日第一次跟楚总共处同一屋檐下，以前绝对没任何关系。

楚楚一本正经地道："刘贤，汉武帝刘彻之孙，被封为安定侯，这还不算有成绩？胡董果然历史书读得少，办公室里的书架都是摆设吧？"

胡达庆："……"

胡达庆：现代人刘贤和古代人刘贤还能一概而论？难道我改名胡适就能搞新文化运动吗？！

胡达庆被楚楚的歪理气得不轻，不屑道："小楚总浑身的本事恐怕只长在嘴上。"

"既然你上赶着为他打抱不平，不如我们打个赌？"胡达庆眼珠一转，提议道，"就赌三年后这个小伙子还有没有资格参加财经大会。"

胡达庆看过太多此类小人物，说不定刘贤明年便销声匿迹，不知所终。

楚楚一听打赌便来了兴趣，不由得挺直身子，期盼地问道："赌注是什么？"

胡达庆昂首道："如果他三年后还能出席，我给小楚总当面道歉；如果他三年后没资格出席，小楚总欠我一个道歉。"

楚楚闻言，当即懒洋洋地躺回沙发，瞬间失去了兴趣，道："对不起，胡董，我不赌。"

"毕竟您知道，我跟老楚都是上百亿对赌……"楚楚迟疑道，"您这怎么跟闹着玩儿一样？"

胡达庆："……"

楚楚心道，胡董未免太小气，打赌怎么也得上亿吧？他居然还没石田打牌阔气！

楚楚看胡达庆脸色一黑，笑道："我倒有另一个更好的赌约，我们来赌您的'斗地主'组合一年后会不会散伙。如果一年后三家联合还在，我当面跟您致歉，并附上赌注一亿元；如果一年后散伙了，您给我一亿元赌注……"

"同时，希望您能向这名年轻人道歉。"楚楚伸手示意刘贤，开口道，"毕竟这证明他今日的提问没有任何问题，您确实没有做文娱的经验。"

台下众人感受到紧绷的气氛，皆不敢随意吭声。刘贤没想到楚总还会想起自己，一时颇有些受宠若惊。

实际上，大家都知道一亿元的赌注并不重要，大佬们看重的是面子，所以胡董才会提议道歉的形式。钱财是小，面子是大。

胡达庆冷笑道："好，不过小楚总刚才说得也对，打赌要真像闹着玩，反倒没意思。”

“既然要赌文娱三大家计划，不如直接赌十亿，怎么样？”胡达庆咄咄逼人道，“小楚总不会玩不起吧？”

楚楚淡淡地道：“胡董上赶着送钱，我作为小辈也不好推却。”

“那就说定了！”胡达庆看她牙尖嘴利，颇为轻蔑，嘲道，“一年的时间可很快。”

胡达庆已经觉得胜券在握，就算文娱三大家做不出成绩，坚持一年也很容易，楚楚是必输无疑！

楚楚看向南董，说道：“麻烦南董和在座的诸位做见证人。”

南董有些犹豫，小声规劝：“你不跟楚董商量一下？一年时间确实很短。”

南董的想法跟胡达庆一样，就算文娱三大家没成绩，都庆集团那么大，他拖一年也没问题，楚楚的胜算实在不大。

“南叔叔，你放心吧。”楚楚宽慰道，“我做事从不跟老楚商量，他已经习惯了。”

南董突然觉得自己热爱弹琴的儿子真是乖巧省心，果然是有比较才知道自家的好！

今日的上半场会议便以两人的赌约作结，众人看过一场大戏，终于迎来了午餐的时间。因为胡、楚之间剑拔弩张的气氛，自助餐厅内也分为几大派别，搞得还挺像帮派乱斗。

楚楚毕竟还是年青一辈，威望不及胡达庆，上前搭讪的人并不多，甚至不如南董。不远处，众星拱月的胡达庆看到楚楚身边人丁稀少，不由得轻嗤一声，心中颇为得意，转头继续跟周围人对话。

胡董身边围着一大群人，跟楚楚附近形成鲜明对比。

张嘉年害怕楚楚心里不舒服，安慰道：“您是头一次参加会议，大家对您还不太熟悉，才会出现这样的状况，等您连续参会几年，自然就不一样了。”

张嘉年知道楚楚是在会上将胡达庆怼得太过，别人害怕惹胡董不快，才不敢跟楚楚攀谈太多。毕竟胡董和楚董是同等量级人物，楚总还是差一辈，没那么老辣。

楚楚正专心致志地挑选自助餐甜品，漫不经心地道：“我跟他们有什么可熟悉的，我跟你熟悉就行。”

她巴不得没人搭话，上午累了一整场会议，现在可算有时间休息了。

张嘉年听到她小孩般的话，心中无奈，善意地规劝：“如果银达发展得越来越好，您不可避免会接触更多这类场合，总是要习惯的。”

楚彦印都必须跟旁人应酬，楚楚只是还没到那个时候而已。会议的午餐自然不是真的只吃饭，更是建立人脉的绝佳时机。

“假如你有价值，别人自然会过来。假如你没价值，主动熟悉也没用。”楚楚懒洋洋地道，“其实跟我是否习惯无关。”

张嘉年对她的各种道理见怪不怪，说道：“您好像从来不会为外界改变？”

楚楚仿佛被一层极为稳固的气场或结界覆盖，任外人或外物刀劈斧凿，都不会留下丝毫痕迹。别说让她去习惯什么，她不让外物习惯她都算好。

楚楚闻言，抬眼望他，突然认真地道：“张总助想让我去跟其他人社交吗？”

张嘉年看她如此郑重，犹豫几秒，最终心软道：“如果您实在不想，也不用勉强。”

虽然这是商界社交场合的常态，但何必非逼着我行我素的她去习惯？

张嘉年觉得真要她弯下腰去攀谈，反倒不像她了。他毫无原则地想，如果以后实在有这种需要，他多出些力也没问题。

楚楚脸上浮现一丝满意，大方地夹起一块淡色的抹茶糕点，放入他的盘子里，说道：“奖励你的。”

张嘉年望着盘中格格不入的小蛋糕哭笑不得，便又听到她不紧不慢地开口：“我会为重要的人改变。”她仰了仰下巴，颇为得意地道，“但重要的人都不会逼着我改变。”

她说完，便端着盘子往窗边的座位走，步伐颇为欢快。

张嘉年听到她的歪理邪说，一时心软得没脾气。她好像无时无刻不在离经叛道，但又在关键时刻说些触动人心的话。

楚楚和张嘉年坐在靠窗的桌边用餐，王青等人并不在这间自助餐厅，而在旁边的屋子。

刘贤望着窗边的楚总，内心踌躇不已，不知该不该上前。虽然楚总今日帮他解围，但谁都知道这实际是胡楚之争，并不代表楚总真对他刘贤有所高看。尽管刘贤心怀感激，但又怕自己贸然上前，像是胡乱攀关系，反而惹人生厌。

毕竟楚总刚才婉拒过去搭话的几人，并没表现出太多想攀谈的意味。

刘贤内心斗争半天，本着死也要死得明白的态度，鼓起勇气道：“您好，楚总，张总助。”

张嘉年认出了刘贤，并未感到意外，点头礼貌地说道：“您好，刘总。”

刘贤有些慌乱，赶忙道：“不敢当，不敢当……”

他不过是初创公司的小老板，还真当不起张嘉年的称呼。

楚楚则随意得多，认出了刘贤，调侃道：“你好，安定侯！”

刘贤听到熟悉的称呼，不知为何放松不少，露出腼腆的笑意，诚恳地道：“刚才谢谢您解围。”

“不客气，你本来也是遭了无妄之灾。”楚楚很清楚，胡达庆跟刘贤没过节儿，就是想为难她而已。

因为刚才在会上的缘分，楚楚倒没有像婉拒其他陌生人一样，出言让刘贤离开。刘贤只是想向楚总致谢，现在跟两人同处一桌，顿时局促起来，竟半天憋不出一句话。

楚楚正聚精会神地品尝蛋糕，对其他正餐不屑一顾，甚至忽略了对面两人的存在。

张嘉年对她的用餐习惯习以为常，担心刘贤不适，客套地询问道：“刘总是在做科技公司？”

刘贤赶忙道：“虽然名字叫微夜科技，但其实我们在做一款创意社交软件，可能跟您心目中的科技公司不太一样……不过产品还没上线，公司刚刚起步，规模也很小。”

“张总助称呼我刘贤就好，不用加总。”刘贤不好意思地道。

张嘉年有些好奇：“即时通讯类的社交软件？”

现在通讯社交软件早被几大互联网公司瓜分，刘贤的起步确实有点晚。

刘贤解释道：“也不是，我们想用视频的形式打造固定用户的社交社区，吸引志同道合的用户进来，然后进行个性化推送……”

楚楚本来正在吃蛋糕，越听越感到不对，忽然道：“你是做短视频平台的？”

刘贤愣了一下，有点茫然，说道：“嗯，您也不能这么理解，我们的产品是用视频形式沟通的社交软件……”

楚楚笃定道：“那你就是做短视频平台的。”

刘贤努力尝试挣扎：“我们是做社交软件的……”

楚楚：“不，你不是。”

刘贤：“……”

张嘉年听到短视频平台，顿时明白了楚楚的意思，善解人意地解释道：“刘总，您不要见怪，楚总等您太久了，一时有些激动。”

刘贤满脸疑惑，完全不知两人在打什么哑谜，只听楚总痛心疾首地质问：

“你这段时间躲到哪里去了？让我们一通好找！”

刘贤弱弱地道：“我、我没躲过啊……”

楚楚当时投资不起菠萝视频，让张嘉年去找短视频平台，却迟迟得不到消息。张嘉年对互联网公司已经算了解，但真没找到所谓的短视频软件，毕竟现在普通的视频网站都没发育起来。

张嘉年倒是看过不少直播平台，然而楚楚说两者不是一个东西。

两人差点拿出备选方案，自己搞个小互联网公司研究，然而等真正研究出成品，不知道要到什么时候。谁能想到刘贤和微夜科技如此隐蔽，居然号称自己在做社交软件！

见鬼的社交软件！

刘贤据理力争：“楚总，我们真的是社交软件，视频是一种传播媒介……”

“好，你说社交就社交！”楚楚不再跟他争辩，敷衍地应下，直接抛出最感兴趣的话题，简单粗暴道，“投资你们公司要多少钱？”

刘贤突然被天降馅饼砸蒙了，一时没缓过神来，讷讷地道：“您怎么突然就要投？您可能没明白我们公司的产品……”

“我明白，我真的明白。”楚楚道，“你就报价吧，我钱多不行吗？”

刘贤：“……”

刘贤小心翼翼地伸出手掌，犹豫道：“这样呢？”

楚楚看着他的手势，不由得摸了摸下巴，陷入思考：“五亿吗……”

她现在还真有五亿的资金，相比短视频未来的红火前景，似乎也不亏。

刘贤闻言大惊失色，疯狂摆手：“不不不，不是！”

张嘉年显然有经验得多，知道五亿太过离谱，镇定地道：“既然您的意向金额是五千万，我们会在实际评判公司及产品情况后，再跟您确定条款细节……”

刘贤慌张地道：“不是的，我是说五百万，不用那么多。”

楚楚、张嘉年：“……”

刘贤总觉得自己从两人的目光中读出了什么，有种全场自己最菜的错觉？

楚楚觉得自己可能是太飘了，毕竟她刚穿越进书中时最先接触的笑影文化，投资都是千万级别。她仔细回想之前的经历，那时候的五百万……也只够剧组拍两集电视剧。

毕竟她穿越进书中前，电视剧项目几乎都要大几千万，否则就会被打为小成本网剧。

张嘉年就更不用提，在齐盛集团时摸的都是上亿的盘子，要是IPO项目会更厉害。

总而言之，两人都感觉刘贤挺朴实的。

刘贤看他们突然沉默，提议道："不如我带您去公司看看，我们再谈？"

几人混完下午的会议，便马不停蹄地赶往微夜科技。

微夜科技租了一层写字楼，不过位置较为偏远，内部硬件设施也一般，并没有光界娱乐光鲜，甚至没有笑影文化有风格。楚楚突然理解张嘉年找不到它的原因，她就算从门口路过，也想不到这是一家互联网科技公司。

楚楚的到来让微夜的员工们惊惶不定，纷纷手足无措地站起来，跟一行人打招呼。

楚楚望着此景，终于忍不住发问："你今天为什么能参会？"

年度财经大会也不是谁都邀请，肯定对参会者有所筛选。虽然她知道微夜科技是初创公司，但这也太初创了！

刘贤不好意思地道："我大学同学是南风的高管，知道我正在创业，就给了张入场函。"

楚楚本以为自己挺能混的，凭借楚彦印的身份入场，没想到刘贤比她还能混！

楚楚："挺好，挺好，以后我们就是混子同盟。"

刘贤作为新晋同盟，一时还跟不上楚总的思路，似懂非懂。

张嘉年解围道："刘总带我们看看产品？"

"当然可以，里面请。"

刘贤为楚总等人展现名为"微眼"的产品，软件的logo是相机和眼睛的变形合体。虽然刘贤再三强调微眼是一款社交软件，但在楚楚看来它就是自己期盼已久的短视频软件，连页面都高度重合，跟现实中的一模一样。

楚楚摆弄片刻，觉得功能相当齐全，便问道："你们打算什么时候上线？"

刘贤解释道："您现在可能觉得软件功能很流畅，但更有难度的实际是算法推送，针对特定用户的个性化定制……"

楚楚听着各种术语，直接看向张嘉年："这问题可以解决吗？"

张嘉年毫不犹豫地道："可以，我现在就联系人员。"

张嘉年立刻跟齐盛集团旗下的几大互联网公司联络，想要借调部分优秀人员。世界上没什么难题是解决不了的，如果真的有，那一定是钱没到位。微眼已经是品相不错的半成品，个别技术难题着实不是问题。

楚楚财大气粗，可以直接调人，再不济就招人。微夜科技在此卡壳许久，跟人力和财力脱不了干系。

楚楚面无表情地盯向刘贤："还有其他难题吗？我们一起解决。"

刘贤："没、没有了。"

很快，微夜科技就跟银达投资签订了合同，楚楚没好意思只给五百万元，最终双方重新商议股份和金额，达到千万级别。

刘贤望着白纸黑字还颇不敢相信，总觉得楚总的投资风格像是路边买煎饼？

刘贤：有钱果然可以为所欲为？

另一边，《胭脂骨》的收益全线爆发、势不可当，电视剧联动的游戏、广播剧、文创产品等纷纷面世，凭借大红的名声在各个领域完成收割。楚楚对电视剧的网播点击分账成绩相当满意，却没想到收益更高的是同名手游。

光界娱乐现在俨然是银达投资的第一摇钱树，想要参投的基金快要踏破门槛，唯恐赶不上这架起飞的马车。楚楚和梁禅商议后，没有做出立即融资上市的决定，而是决定暂缓一波，等待公司的游戏打磨得更成熟。

如果光界现在贸然融资，楚楚和梁禅手中的股份势必要遭稀释。现在正是《赢战》攻坚海外的关键时期，再有股东反倒束手束脚。梁禅没有异议，一是楚总对拳头产品《赢战》的话语权很大，二是《胭脂骨》手游让他看到联动游戏的暴利，三是大家有坚定的革命友情做基石。

辰星影视内，夏笑笑拿着资料，犹豫地开口："楚总，文娱三大家跟我们接触，想要收入一些IP，我们要继续跟他们聊吗？"

胡达庆的文娱三大家最近气势汹汹地冲入影视圈，开始疯狂地立项建组，挖走各大公司不少人才，正是意气风发的时候。辰星影视前任CEO竟然也被招入麾下，他当初还曾经挤对过负责《胭脂骨》的夏笑笑。

"斗地主组合吗？"楚楚回神，痛快地道，"聊啊，为什么不聊？"

夏笑笑支支吾吾："可您不是跟胡董起过冲突……"

夏笑笑觉得自己有必要跟楚总同仇敌忾，怎么能将IP卖给敌人？

楚楚连忙道："别啊，我等了那么久，好不容易找到接盘侠！"

楚楚想割这波韭菜很久了，总算是盼来大户，还不得把他们吃到绝户？！

第十一章　总裁的隐婚对象

楚楚当初囤积了很多小说IP，由于下手的时间较早，采购的数量又庞大，打包价并不算贵。辰星影视的评估部门光是将买入的IP分类及评估，便耗费颇多人力，如今才有较为完善的体系。

虽然许多大IP声名远播，但说实话并不好改编。楚楚将它们握在手里，就是想等到合适的时机高价抛出，从中赚取差价。

夏笑笑有些蒙，犹豫道："那我现在就跟他们联系？"

既然文娱三大家前来问价，楚总又不介意卖给对方，正好顺水推舟。

楚楚摇摇头，又道："不行。"

楚楚看夏笑笑茫然地眨眼，宛如一只呆兔子，恨铁不成钢地教育道："你要卖东西，是不是该先吆喝，才能卖出高价？"

"吆喝？"夏笑笑闻言更蒙，一头雾水地站在原地。

楚楚语重心长，循循善诱道："我们卖东西是讲究方法的，你的宣传语亮不亮很重要。有时候脍炙人口的宣传语，甚至能比卖出去的货更有名。"

夏笑笑似懂非懂，但感觉楚总说得挺有道理，虚心求教道："您能举个例子吗？"

"比如说你有没有听过这样一段千回百转、荡气回肠的宣传语……"楚楚立刻祭出传遍大江南北的神秘录音，绘声绘色地模仿道，"浙江温州，浙江温州，江南皮革厂倒闭了，王八蛋老板黄鹤，吃喝嫖赌，欠下了三亿，带着他的小姨子跑了！我们没有办法，拿着钱包抵工资！原价都是一百多、两百多、三百多的钱包，现在全部只卖二十块，统统只要二十块！”

夏笑笑的脑海中顿时浮现楚总携张总助卷款潜逃的场景，她努力晃晃脑袋，将奇怪的画面清除出去，遏制自己的胡思乱想。

夏笑笑弱弱地道：“这、这样不好吧……您又没有跑路？”

夏笑笑暗道楚总心够大，还有人诅咒自己跑路的？

“我这是打比方，我们分析一下这段词，你就会发现它写得很好。”楚楚耐心地解释道，“不但反复强调‘浙江温州’等重要信息，而且用‘原价三百多，统统二十块’将商品的实际价格及降价原因都写出来，这才会让顾客感到信服！”

“你现在直接联系他们报价，对方既不会相信你的价格，也不会信任商品的质量。”

夏笑笑感觉楚总的讲解宛如高中语文老师分析阅读题，听上去好像讲了很多，又像是什么也没说。她摸了摸头，有些踌躇：“可我们要学皮革厂吗？”

楚楚镇定地道：“形式当然不能如此接地气，但道理都是通的。”

她思索片刻，摸了摸下巴，看向夏笑笑，问道：“你大学写过论文吧？”

“写过。”夏笑笑老实地道。

“好，我现在给你列提纲，你回去照着写。”楚楚随手扯过桌上的白纸，哗啦啦写下十几行重点，递给夏笑笑，“这该够你写一阵子。”

夏笑笑好奇地接过白纸，认真地理解半天，总觉得纸上每个词汇的含义她都懂，然而连接在一起却完全不明白。

另一边，文娱三大家计划正如火如荼，胡达庆大肆招兵买马，决定兵分两路攻入文娱业，一方面跟齐盛电影及其院线抗衡，另一方面跟辰星影视展开竞争。齐盛电影和辰星影视是楚氏家族在影视业内的支柱企业，更是文娱三大家的主要围剿目标。

在齐盛电影方面，胡达庆主要是争夺影院市场和票房收入，还算有理可循。然而，他面对搞内容创作的辰星影视还真有点无从下手，毕竟艺术创作实在不好说。

胡达庆也不傻，不懂这方面的内容，干脆广纳贤才，疯狂扩充队伍，研究影视市场的前沿发展方向。

“胡董，未来IP影视化绝对是内容新蓝海，最近大火的《胭脂骨》便是典型范例，辰星因此赚得盆满钵盈。小说IP自带读者粉丝群体，肯定能为电视剧助力……”

“IP影改新蓝海？”胡达庆闻言产生了兴趣，他还是头一次听说这概念，提议道，“你详细讲一讲。”

会议上，众人为在胡达庆面前刷脸，自然将小说IP吹得神乎其神。大家都刚来新团队，想要展现自己的专业度，争取打造爆款上位，必然会对标目前最热的大剧《胭脂骨》。

“如果我们想要采购此类IP，预算大概是多少？”胡达庆问道。

会上的员工们闻言皆面露难色，有人小声坦言：“胡董，我们采购可能还有点麻烦，属于有市无价……”

胡董面露不解。

其他人说道：“辰星影视曾经囤积大量IP，并且跟多家版权渠道关系紧密，我们在这方面优势不大。”

他们上回找到辰星影视，想要问价却碰壁，显然楚总对文娱三大家还耿耿于怀。

“不过是钱的问题，假如价格到位，我相信没有哪家公司会拒绝生意。”胡达庆神色笃定，从容地说道，“如果辰星不愿卖，那就再去问渠道，大不了加价。”

资本家胡达庆先生坚信有钱能使鬼推磨，虽然辰星影视布局更早，但没人会跟高价过不去。

假如辰星想要将IP一股脑地卖给文娱三大家，胡达庆还会有所犹豫，觉得其中有古怪；但辰星现在藏着掖着，不让都庆等集团参与进来，代表未来必然有利可图。楚楚想垄断市场，胡达庆肯定要插手。

银达投资内，被认为想垄断IP市场的楚楚正指导夏笑笑改文章。

“你这样不行，句子都不通顺。你上周才写了两篇稿，量也不够。”楚楚站在桌边，一边盯着夏笑笑打字，一边皱眉道。

夏笑笑颇为惭愧地低头，讷讷地道：“对不起，楚总，我再改改……”

张嘉年进屋时恰好听到楚楚的话，见两人聚精会神地盯着屏幕，传出噼里啪啦的打字声，一时面露疑惑，询问道：“楚总，您找我有事？”

楚楚抬头看他进来，立刻道：“对对对，我有件事情想拜托你做！”

“您说？”

楚楚诚恳地道：“你能不能想想办法，对外说我快破产了。”

张嘉年：“……”

张嘉年不知道她对破产究竟有何执念，艰难地道：“您想破产，可能不太容易，毕竟银达和齐盛的经营状况都很稳定。”

张总助工作多年，第一次对老板的要求束手无策，没有办法执行。他没见过哪个总经理助理，需要帮老板破产的！

楚楚无奈地挠挠头，又道：“那你对外宣称公司资金周转不灵？总之营造一种我很缺钱的氛围，可以吗？”

张嘉年满腹狐疑：“您到底想做什么？”

楚楚刚要解释，无意间瞟到夏笑笑修改的内容，立马被分散了注意力，说道：“不行不行，你的专业术语不够多，上回那篇《IP内容新蓝海助力影改剧发展》不是写得挺好？这篇水平下降太多……”

夏笑笑快被“论文”折磨到崩溃，小声道：“楚总，可我真的编不出来了……”

夏笑笑感觉写论文比做项目难一百倍，楚总那天写给她的纸上全是“IP影视内容新蓝海”“网文言情IP塑造的新大众形象”“IP产业链推动影视原动力”等内容，就差给IP影改剧趋势著书立说。

因为现在书中的IP概念还不够红火，所以楚楚做的第一件事，就是先把它炒火。

她指导夏笑笑在各大影视号上发表专业文章，包装IP影改剧概念，又用电视剧《胭脂骨》作为分析案例。夏笑笑全程跟过项目，自然了解得全面，再加上楚楚对未来影视市场的敏锐嗅觉，文章言之有物，颇受业内人认可，几乎传遍圈内。

天时地利人和，IP在楚楚的推波助澜下毫无疑问地爆火，成为影视圈内的热门概念。

两人所写文章的明显特点，就是将“IP经济”吹得天花乱坠，全文充斥着“再不赶上这波大潮，你分分钟错过数百亿”的焦虑氛围，让腐朽的资本家们看完恨不得立刻投钱买IP。

张嘉年得知来龙去脉，望着作为幕后黑手的两人，吐槽道：“您这不算学术造假吗？”

楚楚振振有词地反驳：“怎么能说是造假？我是跟大家分享发财致富的方法！”

她颇为理直气壮，毕竟未来IP经济是大趋势不假，只是没法保证每个都红而已。师傅领进门，修行在个人，如何筛选评估IP就要看买家自己的本事了。

张嘉年：“……”

张嘉年突然庆幸楚楚还算有一技之长，在影视行业颇有建树，否则她真可能靠行骗走上不法道路。他总觉得靠营销概念卖东西的思路，跟微商有种说不出的相似度？

张嘉年瞬间理解她想放出破产消息的缘由，如果没有合理的原因，没法解释辰星为什么要在IP大潮中逆行，出售手中的资源。

张嘉年思考片刻，主动开口道："我其实有别的办法，您可以不用传破产。"

张嘉年将自己的主意一说，楚楚感慨道："你的方法好像让我们成为微商总代？还分一级代理、二级代理？"

张嘉年心道：你的营销思路跟微商传销差别也不大，都是靠文章刷遍朋友圈。

都庆集团内，胡达庆等人正在商议IP采购的事。

"胡董，辰星最近在出售手中的IP资源，将其中一些授权给其他公司。"

胡达庆颇为诧异，怀疑道："现在IP行情很好，他们为什么要卖？"

胡达庆虽然自己跟影视圈接触不多，但他的朋友圈中但凡涉及此行业的人士，都在热烈讨论着IP的前景。大佬们总是商业嗅觉格外敏感，从中看到不小的潜力。

"IP授权是有期限的，辰星实在开发不了那么多项目，便将部分转售或授权给别的公司，您觉得我们有必要跟这些公司接触吗？"

文娱三大家肯定没法直接从辰星手中采购，但他们再从底下的公司手里买走，辰星也挑不出毛病。唯一的弊端，大概就是价格会略高一些。

"小公司就是小公司，拿着资源也做不完。"胡达庆忍不住嘲讽了一句，觉得楚楚这回决策失误，提前将她的财路拱手让出，答道，"买吧，价格不是问题。"

IP本身就是新概念，资本疯狂下场的后果便是给影视行业带来泡沫。

胡达庆当然知道，通过这种手段购买的IP价格会略高，但他跟楚楚的经营思维有本质区别。楚楚有着老板和制作者的双重身份，然而胡达庆作为影视门外汉，最终求的是争夺市场、扩大营收，让文娱三大家上市变现。

他本身就没有好好做内容的打算，是奔着赚钱去的。IP影改可以缩短制作周期，挣快钱再合适不过，尤其文娱三大家起步晚，正是缺内容的时候。

楚楚深谙胡达庆的资本家思路，才会特意设套，让他买单。如果没有文娱三大家的下场，现有的影视公司和资金很难消化掉如此庞大的IP数量，这就是张嘉年当初竭力反对疯狂采购的原因。现在胡达庆上赶着高位接盘，便正好帮助辰星的IP去库存。

胡达庆事务繁忙，不可能仅盯着文娱三大家，做完采购IP的决策，下面的人自然会照做。

接下来的一段时间，楚楚真切感受到文娱三大家的有钱任性。她本来还是试探性地放出IP，然而发现对方本着“宁肯错杀三千，不能放过一个”的原则，什么都买！

楚楚成功借此收回当初投入在IP里的资金，手中还剩下一大批没有出售的优质IP，四舍五入等于白捡一批资源。

因为辰星布局IP的时间很早，手中有不少赫赫有名的内容。文娱三大家简直是紧盯着辰星，将其放出的IP统统买下，还官宣启动好几部大IP电视剧，一时间风头无两。

很多老牌影视公司都不敢同时启动如此多项目，文娱三大家立即吸引了业内的目光。

“他们怎么那么有钱？”楚楚瘫在转椅上，虽然她猜到胡达庆会上套，但对方居然来者不拒，未免太过容易。

张嘉年整理完资料，耐心地解释：“都庆、帝奇、筑岩旗下都有不少上市公司，文娱三大家为进军影视业，对外宣称联合投资五十亿港元，确实不是一笔小数目。”

楚彦印当初给楚楚创业的首期规模是十亿人民币，后来相亲再给五亿，满打满算才十五亿。双方开局的起点就不一样，难怪楚楚会觉得对方财大气粗。

楚楚捂住胸口，竟有种吃柠檬的感觉，忍不住长吁短叹：“大集团果然不一样，感觉钱都不像钱。”

胡达庆不愧是跟楚彦印同量级的人物，资产多到让人眼红。楚楚觉得自己的百亿目标，在各位大佬面前实在不算什么。毕竟她的百亿目标是人民币，大佬们的百亿目标都是美金。

张嘉年看她趴在桌上叹气，不由得好笑道：“如果光界或辰星上市，您同样可以支配如此多资金。”

张嘉年没有说假话，目前光界娱乐已经一跃成为国内前三的游戏公司，只是迟迟没有IPO意向。

如果光界娱乐上市，楚楚仅凭借它便能瞬间身家暴涨，立刻完成百亿目标。即使短期内没有上市意向，它三年内为银达贡献的净利润也能达到百亿，只要楚楚别乱花钱，完成当初的百亿赌约没问题。

楚楚暂时不愿上市，是想等光界的游戏更多一些，同时是顾及决策话语权的问题。

“我今天下午要早走一会儿，如果您有什么事情，可以先安排给王青。”张嘉年将资料弄完，又汇报完近期的工作，突然开口道。

楚楚本来正低头在文件上签字，闻言立马抬头。她忽然想起张嘉年前几天提过一次要早退，不由得好奇道：“你要去做什么？”

张嘉年向来兢兢业业、坚守岗位，属于有家不回派，连周末都习惯性加班。楚楚偶尔都会想偷懒翘班，张总助却是轻伤不下火线，永远奋斗在一线。

张嘉年解释道：“晚上高中同学要聚会……”

张嘉年其实并没有参加聚会的强烈意愿，但这回班中众人难得聚齐，曾经敬重的老师也会到场，他不好扫兴。

楚楚听到聚会当即兴奋，用期盼的眼神注视着他，双眼宛如两颗亮晶晶的宝石。

张嘉年眉毛一挑，隐隐猜到她的意图，提醒道：“您晚上要记得处理奇迹影业积攒的业务，姚总上回说起过。”

楚楚不满地撇嘴，像是被辅导老师摁着写作业的学生，摆摆手赶人：“走吧，走吧！”

张嘉年果然提前下班，他前脚刚走，楚楚后脚便提起包，离开办公室。秘书长王青瞟到楚总的身影，开口道：“楚总，您有什么吩咐？”

“张总助是坐公司的车离开吗？”楚楚随口问道。公司内为高管常备专车和司机，不过张嘉年经常加班至深夜，不想半夜劳烦司机，便不常用。

“是的。”王青答道。

“你把地址告诉我一下。”楚楚看了眼时间，又道，“今天让大家提早下班吧，最近加班太辛苦了。”

王青正在问司机地址，不料抬头便听见楚总大赦天下。她虽然觉得不太合适，但还是挡不住早下班的诱惑，毕竟张总助难得不在。王青连忙应道：“好的，谢谢楚总。”

总裁办内的秘书们得知好消息，高兴得恨不得上天，要不是钱多，谁愿意天天加班？她们心知楚总也是趁张总助不在，好不容易偷闲，便都守口如瓶，没告诉张总助此事。

张嘉年坐在车上，望着窗外的风景，还不知道自己的行踪已被人出卖。他许久没见过高中同学，究其原因是上学时的经历都一般，回忆不算特别美好。他在国内时被债务所累，确实在学生阶段留下了不小的困扰，惹来不少闲言碎语。

虽然以张嘉年现在的阅历来看，那都是一些同学间的小打小闹，但有的事情宛如碎末浮渣，就算沉淀在水底，却并不代表消失。

同学聚会是在一家餐厅的大包间内，房间内摆着两张大桌，有一半人已经到场。众人见张嘉年进屋，他仪表堂堂、温文尔雅，岁月竟没将他雕琢坏半分，不由得都有些恍神。

大家都是而立之年，境遇却大不相同。有的人早就结婚生子，嘴边挂着自己家孩子；有的人混得风生水起，当上了企业的小老板；有的人平凡度日，找了份稳定的工作；还有的人生活落魄，可能都不会出席今日的聚会。

“张总来了，这绝对是大老板！赶紧往里请！”周围人顿时起哄。

谁也没想到当年背负重债的少年如今出任名企高管，张嘉年的经历在普通人中足够励志。他现在每天跟商界大佬们见面，人脉资源更是不一般，自然受到老同学们的热烈欢迎。

张嘉年谦逊地打过招呼，问道：“陈老师来了吗？”

张嘉年今天过来的主要目的，就是想要跟恩师见面。陈老师当年对他帮助很多，他至今感激在心。不过陈老师常年带高三班，张嘉年又时常加班，两个大忙人还真难有契机碰面。

“陈老师一会儿才到，她让我们先聊着！”

虽然是全班的聚会，但大家进屋后便自发地聚拢在一起，形成不同的阵营。班中创业的小老板看张嘉年独自坐着，立刻朝他招手，笑道：“张总助，一起来聊聊吗？”

小老板身边环绕的人大都事业有成，个个儿意气风发，属于“成功人士派”，向张嘉年发起组队邀请，想要共刷“同学聚会”副本。

张嘉年礼貌地婉拒：“不用了，我坐在这边就好。”

小老板碰了个软钉子，笑意不免变浅，仰起下巴笑笑，说道：“你跟她们有什么聊的？人家说的都是托儿所带孩子的事！”

张嘉年仿佛没听出对方的嘲意，平静地道：“我最近正好对育儿挺感兴趣。”

小老板神色一僵，顿时有些没面子。旁边的女同学们闻言立刻帮腔，泼辣地道：“聊孩子怎么了？有本事你别生啊，生出来你们男人也不养！还敢看不起我们啦？”

“来来来，嘉年你过来，你家孩子多大啦，上幼儿园没……”已婚女同学们兴致勃勃地询问起来，看上去要拉张嘉年进入“已婚母亲派”。

“你什么时候结婚生子的？怎么也不告诉我们？”有人疑惑道。

张嘉年不好解释，想了想楚总的思维方式，模棱两可道："还不算太大，刚上幼儿园吧。"

"那正是特别皮的时候，不管就要无法无天！我告诉你，我女儿有时候做的事情，我连想都想不到，完全不按套路出牌……"

张嘉年莫名其妙地被拉入她们的对话，居然还觉得挺有共鸣感？

他不经意间一瞥，正好看到包间外熟悉的身影一闪而过，像极不按套路出牌的熊孩子。他立即起身，抱歉道："不好意思，我失陪一下。"

不知张嘉年他们在哪个包间，楚楚正在服务员的引导下，寻找他的身影。

张嘉年匆匆离去，留下其他人面面相觑。

张嘉年一走，小老板立刻褪下刚才的虚伪面具，冷嘲热讽道："真以为他有心情听你们聊这些？人家攀上了高枝，跟咱们能一样吗？"

"你就不能少说两句？非要我提当年那点糟烂事是吧！"女同学大怒，"忌妒人家就直说，当初在学校里传闲话，你不也没考过张嘉年？现在明面上赶着巴结，私底下变脸可够快！"

小老板遭人戳破，不禁恼羞成怒："谁巴结他啦？！他不过是给别人打工，真把自己当根葱？你见过哪个老板把员工当回事？"

"现在真厉害的人早就跳槽出来单干了，谁还做下属！"小老板越说越起劲，最后颇为傲气地挺起腰，似乎自己就是成功创业的标杆。

"好啦，你们都少说两句，好好的聚会吵什么吵……"其他人做起和事佬打圆场。

另一边，张嘉年很快便找到尾随自己而来的楚楚，出声道："楚总，您怎么在这里？"

楚楚听到熟悉的声音，顿时身形一僵。她缓缓回头，发现张嘉年不知何时居然反追踪，正面无表情地注视着自己。楚楚展现出精湛的演技，状似意外地道："哦，好巧，你在这里聚餐？"

张嘉年点点头，又皱眉问道："您的工作做完了吗？"

楚楚大义凛然："我正在做。"

张嘉年狐疑道："离开公司做？"

楚楚侃侃而谈："最近餐饮业好像不错，我来考察一下。这家餐厅不错，估计挺适合投资。"

张嘉年吐槽道："这是时延旗下餐厅，就是您当初卖掉1%股份的集团。"

张嘉年心道她瞎编也不打腹稿，资料都不查一查。

楚楚的谎言被一秒戳穿，试图垂死挣扎，理直气壮地道："那我可以再把股份买回来啊！”

张嘉年：“……”

张嘉年觉得她是生怕事情不够大，要是时延集团得知此事，估计石董会由于言语过激而退出群聊。

“您接下来打算做什么？”张嘉年看她兴致勃勃地观察四周，主动询问道。

楚楚立刻顺杆爬，直白地道：“我还没有吃饭。”

张嘉年早猜到她的小算盘，露出职业笑容，温和地道：“您想去哪家餐厅？我现在就帮您订位。”

楚楚看他如此铁面无私，当即展现出精湛演技。她佯装失落，忧伤地说道：“好吧，你去跟朋友聚餐吧，我自己吃就好，反正我没有朋友，只有工作，你让我独自待在无人的角落就行……”

张嘉年见她卖惨，忍不住纠正：“不是朋友，只是同学。”

“好吧，你去跟同学聚餐吧，我自己吃就好，反正……”楚楚不动声色地改掉称呼，似乎又要重复一遍自己的表演。

张嘉年面无表情地打断她的苦情戏，麻木地说道：“既然如此凑巧，我有荣幸邀请楚总跟我们一起用餐吗？”

楚楚听到满意的答案，瞬间绽放笑容，催促道：“你有荣幸，快走吧。”

张嘉年：“……”

张嘉年：你怕不是学过川剧变脸？

张嘉年其实不太想带着小尾巴回去，主要原因是他跟高中同学关系一般。楚楚贸然露面，实在过于高调。但他现在也没法把她丢在这里，如果这么做，她很可能惹出更多的事来。

包间内，小老板觉得自己是流年不利，或者跟张嘉年犯冲。他前一刻还放出豪言，说打工者不可能受老板待见，下一刻张嘉年就带着楚总进屋，吓傻一众老同学。

如果换个企业家，大家都不一定能认出来，但来的人是当红炸子鸡楚总，她可是曾以一人之力扛起娱乐版新闻，瞬间引燃全场。

张嘉年艰难而客套地介绍：“这位是楚总……”

他本来还想强行捏造些说辞，但半天没憋出正当理由，好在其他人浑不在意，已经兴奋地凑上前，更有甚者拿出手机拍摄，像是看到大熊猫。

楚楚倒比张嘉年落落大方得多，礼貌地道：“大家好，打扰了。”

“欢迎欢迎，热烈欢迎！”其他人当然不会将她往外赶，一时气氛相当热闹。

小老板没想到张嘉年为吹牛不择手段，居然直接开大招，不由得酸溜溜地道：“嘉年的面子可真大，跟我们这帮老同学聚会，还能请得动楚总出席。”

楚楚笑了笑：“哪里哪里，我就是来给嘉年做代驾的，顺道来蹭饭而已。”

张嘉年、小老板：“……”

张嘉年头一回听她如此称呼自己，不知为何有些脸热，莫名有点尴尬和赧意。她平时都跟着王青等人的叫法，说的都是“张总助”，一般只有楚董才会直呼他为“嘉年”。

小老板心道，张嘉年的脸未免太大，他能让老板代驾开车？这得是什么身份！楚总还亲自发话帮腔，显然张嘉年的位置不低。

楚楚作为来蹭饭的，上桌后自然坐在张嘉年旁边，她身边的另一个位置便非常抢手。小老板作为“成功人士派”中的佼佼者，顺利斩获黄金宝座。

小老板觉得自己抓住了千载难逢的时机，今日有机会搭上大鳄人脉。他立马跟楚楚搭话，露出满分的笑脸：“楚总最近在忙什么？我看现在共享经济挺火热，您听说没有？”

张嘉年微微皱眉，秒懂对方想攀关系的小心思，这也是他不想带楚楚过来的原因之一。楚楚只要坐上桌，难免要跟人虚与委蛇两句。

楚楚听到小老板的问话，简单直白地道：“没有。”

小老板闻言马上显摆起知识：“共享经济挺有意思，前景很红火，就是……”

小老板滔滔不绝地说起来，楚楚眨了眨眼，好奇道：“既然共享经济那么好，你打算投几个亿？”

小老板：“……”

桌上其他人听到这话，皆发出爆笑，跟着打趣道：“大老板，怎么样？你打算投几个亿？”

同学们都知道小老板在创业，虽然生意还算可以，但距离投资几亿差得太远。小老板的脸色一时青白交加，要换别人说这话，他早就翻脸了，然而楚总不一样。

他尴尬地道：“楚总真会开玩笑，我是小本生意，哪能投得起？”

“我还要向您多取经，请教一下投资有道的秘籍。”小老板油滑地拍起马屁，“您投资眼光那么好，有空也教教我如何成功挑项目？”

楚楚淡然道：“其实成功很简单，你去聘一个像嘉年这样的高管，接下来的事就省心了。”

小老板：“……”

楚楚：“哦，你是小本生意，是不是聘不起？那就没办法啦。”

张嘉年莫名被点名，没想到她会说这话，一边略感不好意思，一边又暗自好笑。桌上众人看着小老板吃瘪的样子，却是毫不客气地放声大笑，怂恿道：“别㞞啊，正好嘉年也在，你当着楚总的面就聘，成功近在咫尺！”

小老板由于事业小成，平时为人嚣张，今天踢到铁板，便给了其他人落井下石的机会。他一时磨不开面儿，只得叫道：“行啦，喝酒，喝酒！”

小老板不敢招惹楚楚，但把新仇旧恨都记在了张嘉年头上。他举起白酒瓶，喊道：“嘉年，你喝红的可不行！老板都来给你代驾，你要不喝白的，不是真男人吧？”

张嘉年看对方满脸挑衅，知道小老板是气急败坏地找事。他不太想喝酒的原因是楚总还在，因为无法得知她接下来的举动，所以需要随时保持清醒。他也懒得跟小人争辩，索性无言地将空杯子递过去。

小老板故意斟了一杯满满的酒，看上去快要溢出来了。楚楚见状，直接伸手在半空截住张嘉年的酒杯，说道：“这杯就给我吧。”

小老板没想到她如此庇护张嘉年，挑眉道：“楚总，这不合适吧……”

楚楚浅笑道：“有什么不合适，我是真男人，不行吗？”

众人闻言，立马起哄道：“当然行！楚总都发话了，你不也得满上？不能光给别人倒这么多吧！”

小老板推辞不过，一时骑虎难下，只能给自己也满上一整杯，同时提醒道：“楚总，我的酒量可好着哪，您现在把酒杯给嘉年还来得及。”

张嘉年不禁皱眉，想要拿过楚楚手中的白酒杯，却被她轻巧地躲过。他凑到楚楚的耳边，颇为无奈地悄声道：“不要闹，你喝果汁吧。”

楚楚跟他咬耳朵，小声道：“乖‘儿子’，‘爸爸’的事你少管，你喝果汁吧。”

张嘉年：“……”

“陈老师好久不见，您来啦！”

张嘉年正欲再劝，陈老师恰好从门外走进屋来，众人立马站起来跟老师寒暄。陈老师打眼便瞧到得意门生张嘉年，亲切地道：“难得嘉年也在，不容易啊。”

张嘉年只得先过去跟老师交流，临走前看向楚楚，严肃地补充道：“你先等一下，不许喝酒。”

楚楚撇撇嘴，完全没把他的话当回事。

男同学们还在起哄看楚总和小老板对战，桌上的女同学们却隐隐瞧出一丝端倪。她们不由得心生狐疑，凭借着强大的第六感和丰富的想象力私下交流起来："张嘉年刚才说他结婚生子，小孩上幼儿园啦？"

"真的假的，他结婚怎么都不叫人？大家都没随份子吧？"

"万一他的结婚对象没法公开，属于秘不可宣的隐婚呢？"

"他难道跟明星结婚，不然为啥不能公开？"

有人暗中指了指对面正和小老板喝酒的楚楚，露出意味深长的表情。谁家老总还替下属挡酒，这能是一般的交情吗？

"不是吧，不可能……但好像有点道理，他今年也二十九岁了！"旁边人又惊又疑，却越想越觉得合理，尤其是张嘉年刚才管教楚总的样子，哪里是普通员工敢做的事情。

女同学们觉得摸到了真相，心情颇为复杂。她们竟不知道该羡慕谁，一边是模范精英张嘉年，一边是霸道总裁楚总，两个优质资源怎么就这样内部消化了？

张嘉年万万没想到，他只是跟陈老师闲聊片刻，楚楚不但自己狂喝数杯白酒，还将小老板灌翻在地。小老板满脸通红地趴在桌上，只感到胃里如火烧，不住地摆手："不行，不行，这么喝会出人命的……"

楚楚冷静地握着白酒杯，眼神清醒而冰冷，淡淡地道："这可不行，你要不喝白的，不是真男人吧？"

小老板咬紧牙关，强撑着直起身却失败了，终于扑通一声跌下桌。

张嘉年："……"

"你喝了几杯？空腹喝酒不好。"张嘉年紧皱眉头，伸手摇了摇桌上的白酒瓶，发现瓶中空空如也，早就不剩一滴酒液。他随便一瞥，便看到其他东倒西歪的酒瓶。

楚楚乖巧地放下杯子，无辜地道："真没多少，是他太差。"

她自从穿越进书中后便脱离酒桌应酬，偶尔重返一次战场感觉还好，完全没有醉意，看来威风不减当年。

两人正说着话，喝醉的小老板突然跳起身来，踉踉跄跄地扶住桌子，大叫道："张嘉年，你得意什么！你不过是个身负巨债的穷光蛋，真以为自己走大运啦？嗝！"

屋内人本高高兴兴地聊着天，听到醉鬼的大吼皆是一愣，一时面面相觑。

张嘉年还没来得及有反应，楚楚却是脸色一冷。

“嘉年，他醉啦，你别理他！”周围人劝道，“你别往心里去！”

“你们少假惺惺，当年不都躲着他，现在来装好人啦？我告诉你，我不怕你！捡垃圾的脏鬼，你就是个臭要饭的，别以为现在穿上西装，就能假装翻身……啊！”

小老板正骂骂咧咧絮叨不停，突然感到脸上一阵凉意，被冰水刺得闭上眼，当即惊叫出声。

楚楚泼完冰水，握着空玻璃杯，平静地道：“现在清醒了？”

楚楚慢条斯理地将玻璃杯放回桌上，随手挑了只空酒瓶。她眼神微凉，意有所指道：“连路人甲都不是的杂碎，还在这里大喊大叫？”

众人见她面色冰冷，皆不敢吭声，一时又惊又怕。毕竟她全程幽默没架子，完全没有暴戾易怒的一面，简直要让旁人忘记她纨绔富二代的身份。

小老板遭冰水泼脸，跌坐在地上，酒顿时醒了一半。他还没缓过神来，便见楚总脸色阴沉地走过来，手中还握着酒瓶，明显来者不善。

楚楚穿越进书中以来头一次如此暴躁，恨不得打破对方的头。旁人无数次对她恶言相向，她都能一笑置之，却容不得别人说他半分不好。

“这世界的主角都不敢说这话，你真是成功激怒了我。”

不过是书中连名字都不配拥有的人物，居然还敢指着张嘉年的鼻子叫骂！对方现在都能如此嚣张，过去又该猖狂成什么样？

她的小朋友全世界第一好，要是有人敢反驳，那就是对方眼瞎加智障。

楚楚话音刚落，便听到久违的奇怪声音，时间重回上一秒。

主世界读档成功。

正在根据主世界数据，重新进行光环判定，请稍等……

请通过任务加强“霸道总裁”光环，光环消失将被主世界抹杀。

警告：请严格遵守主世界规则，任何关键信息的透露都会引发bug。

奇怪的声音突然再次出现，同时用强烈的痛感警告违反规则的楚楚，不许她说出任何关键信息。

楚楚感到熟悉的痛感，不由得闷哼一声。她看着墙壁上鲜红的文字警告，冷笑道：“他对你无足轻重，对我却至关重要。”

既然这破烂的主世界选择无动于衷，只会守着主角，她就自己处理这件事。

上天没法为他讨回不公，那就由她来出手。

即使他是这世界的路人甲，她也要让他活成主角。

楚楚望着瘫倒在地的小老板，毫不留情地挥起酒瓶。众人眼见着她要给予对方一记暴击，千钧一发之际，快步上前的张嘉年一把握住她的手腕。

张嘉年及时伸出手阻止，将她固执的手指一根根掰开，取出差点成为凶器的酒瓶，终于避免了一场惨祸的发生。

“好了，我们回家吧。”张嘉年微微叹息，拉着她远离地上的人。

他的手掌温暖干燥，像是可以抚平一切暴躁和怒气。

她瞬间安静下来，任由他拉着走，只是脚步有点犹豫，似乎颇为恋战，还想教训对方。

张嘉年收拾好东西，跟众人道别，牵着闹事的熊孩子往外走。

张嘉年：今天也在吃牢饭的边缘跃跃欲试。

张嘉年牵着楚楚，跟其他人打过招呼，决定先行离开。

屋内众人见状也不敢拦，陈老师面露难色，安慰道：“嘉年，你别放在心上，他也是喝多了……”

张嘉年温和地笑笑：“我知道，没关系的，陈老师。”

是的，没关系的，因为他从小到大听过太多类似的话，已经对此类言语攻击和怨恨习以为常。

他根本不在意这种人，所以更不在乎对方的话。

张嘉年很早就清楚，冲突的结果就是周围人劝你息事宁人，更有甚者会逼你化干戈于玉帛。这就是成年人的生活方式，大家都维护着表面的善意，没有什么报复，更没有什么打脸，平淡地度过每一天，不存在任何波澜壮阔。

他早已熟练掌握这套法则，却没想到她会替自己打抱不平。

张嘉年在感到意外的同时，又觉得有一丝好笑，于是发自内心地笑了。

夜幕降临，两人走在餐厅外的林间小径，迎面就是微凉的小风。微黄的路灯下，楚楚被他像牵小孩一样拉着，瞟见他的笑意，忍不住道：“你笑什么？”

张嘉年平和地道：“我就是觉得您有点傻。”

楚楚：“……”

张嘉年调侃道：“您就算打破他的头，也改变不了他的想法，还给自己惹一身麻烦，到头来有什么用？”

楚楚淡淡地道：“我打破他的头，愉悦我的身心，还需要有什么用？”

张嘉年：“……”

楚楚：“我现在还想打破你的头，可以吗？”

这个人居然说她傻，简直是可忍孰不可忍！

张嘉年对她的威胁一笑置之，完全没放在心上。他牵着她慢悠悠地往外走，轻声道："谢谢您。"

楚楚闻言微愣，浅浅地哼了一声，没再说什么。

"不过下回别这么做了，或者您不用直接上场。"张嘉年打趣道，"总要给我亲自动手的机会？"

楚楚狐疑道："你还会打人吗？"

张嘉年平日文质彬彬、温文尔雅，哪里有半分会跟人打架的迹象？

张嘉年："人生贵在勇于尝试。"

楚楚沉默片刻，垂下眼帘，突然道："下回不会了。"

张嘉年没料到她今天如此听话，颇感诧异地扭头看她。

楚楚想了想，反思道："毕竟是你同学，今天我确实有些冲动。"

她不该在包间内就翻脸，应该等小老板落单的时候套麻袋打，刚才实在是意气用事。她在包间动手肯定会被人拦住，要是在私下埋伏，别人就不会想到她和张嘉年的头上。

楚楚：这回的计划不够周密，需要复盘反省，以后再接再厉。

张嘉年哪知道她心中的弯弯绕绕，误以为她心生愧疚，安抚道："其实也不是很重要的同学……"

他话说一半，又觉得逻辑不对，补充道："不过不管是谁，您都不该随便动手。"

同学聚会就此骤然终止，楚楚喝了不少白酒，虽然脸颊发烫，头脑却格外清醒。她乖乖地被张嘉年牵着，说话的语调也软绵绵的，如果不是刚才还试图打人，看上去比往日听话得多。

张嘉年提议道："我送您回燕晗居？"

"那么早？"楚楚看了眼时间，在桌上没正经吃东西，现在有些饥肠辘辘。

张嘉年盯着她半晌，见她面染红霞、眼神清亮，无奈地道："您喝醉了，应该回去休息。"

她现在语调微醺，走路不紧不慢，只是自己还没意识到醉意，或者是酒品很好。

楚楚坦言："我没醉，只是上脸，没有上头。"

楚楚觉得自己的思维比平时还要敏捷，浑身还透着股兴奋劲儿，似乎神清气爽。

张嘉年故意问道：“178加347等于多少？”

楚楚：“我管它等于多少。”

张嘉年：“……”

楚楚尝试松开他的手，说道：“你先回家吧，我吃点东西就回去。”

张嘉年皮笑肉不笑，反问道：“您千方百计跟过来，现在让我自己回去？”

他快要被她的举动气笑了，尤其是看她煞有介事地点点头，仿佛这想法没任何问题。

张嘉年看她左顾右盼地不愿回家，好脾气地道：“您想吃什么？”

楚楚眨眨眼：“水煮鱼。”

两人最终还是回到了燕晗居，只是先去了一趟超市，购买鱼片。

楚楚窝在沙发里，双手捧着蜂蜜水，小口地抿着。她抬眼一瞧，便看到不远处张嘉年在忙进忙出，将刚从超市买回的食材进行处理。

张嘉年打开冰箱，只看到“肥宅快乐水”和新鲜水果，估计鲜果还是家政定时采购，包装袋都没有撕。空间极大的冰箱内空荡荡的，没有任何常用的食材。楚楚并不常在家里用餐，一日三餐都在公司解决，家中的厨房自然成为摆设。

或者说，这个家就是摆设，只是她落脚的地方。

不管装潢得如何豪华开阔，屋里都显得相当寂寥。落地窗外是繁华城市的点点灯光，然而房间里只有沙发旁的一盏暖灯。她安静地蹲坐在沙发上，喝着蜂蜜水，正在默默发呆。

“您可以看看电视？”张嘉年主动上前将客厅的大灯打开，建议道，“还要等一会儿。”

“没什么可看的。”话虽这么说，楚楚还是老实地打开电视。

张嘉年听到电视的声音，不知为何松了口气，刚才极度静谧的状态，总让他有一种她会随时消失的感觉。

这间房子很大，但她活动的区域显然很小，只在固定的范围内留下生活痕迹。楚家大宅好歹有用人，然而燕晗居却宛如无人之境，有种能把人吞噬的压抑感，甚至还没公司有生活气息。

他过去都止步门前，并没有真正进屋观察过，等他看清她每天的生活环境，这才油然而生一种强烈的认知，她不属于这里。

她不是这个世界的人，只把这里当成夜里睡觉的地方。

这层认识突然让他有些酸楚和低落，虽然她每天嘻嘻哈哈的，但其实至今都没彻底融入，徘徊在所有人之外。她对他的关注，是不是也仅缘于他识破了她的特殊性？

因为别人都不知道“她”的存在，她只能跟他如此自如地交流，甚至对他产生了依赖。

没错，张嘉年早就感受到她时不时出现的小情绪，默默地容忍，甚至变相地放纵她的依赖。即使他知道前路犹如飞蛾扑火，却没办法拒绝自己的私心。人无完人，他或许没有自己想象的那么高尚。

“吃饭吧。”

张嘉年将水煮鱼摆上桌，还炒了一碟爽脆的青菜，配上新鲜出锅的白米饭，让人食指大动。楚楚听到声音，兴致勃勃地小跑过来，坐上桌，不由得惊叹道：“你真会做水煮鱼？”

她刚才还以为张嘉年是吹牛，不料他深得张雅芳真传，起码卖相上达到完美复刻的水平。她夹起一块鱼片尝尝，露出满足的表情，味道也一模一样！

张嘉年看她胃口很好，不由得眼神微暖，同样安静地开始用餐。他见她仍脸色微红，询问道：“您酒醒了吗？”

楚楚正跟水煮鱼作战，闻言扬眉道：“我真没醉，那点酒不算什么。”

她以前要想应酬，再放倒三个小老板没问题，毕竟这算是社会人的常备技能。

“你以前怎么没说过会做鱼？”楚楚吃到一半，后知后觉地反应过来，挑眉道，“藏拙？”

张嘉年被戳破也不心慌：“您过去也没有问过。”

饭到半饱，张嘉年看她心情极佳，犹豫地开口：“您有没有想过多交些朋友？”

楚楚一愣，停下举筷的动作，神情平静地问道：“为什么？”

张嘉年镇定地道：“除了工作外，人总要有些生活。”

楚楚调侃道：“那你把你的周六日留给我？”

张嘉年沉默片刻，说道：“我是说除我以外的朋友。”

楚楚当即不满：“你嫌我烦？”

“没有，您总待在固定的圈子也不好……”张嘉年连忙否认，给出解释。他总觉得，她拥有更多的朋友，或许会试着融入这个世界，不会给人随时会离开的失落感。

“不是谁都配做我朋友的。”楚楚漫不经心地道，又恢复手上夹菜的动作。

她抬起头，从他的脸上读出某种隐匿的情绪，猜测道："你该不会觉得我孤苦伶仃，在陌生环境里毫不适应，只有你知道我的名字，所以我才会对你另眼相看吧？"

楚楚思来想去，只能如此推导出他"交朋友"言论的源头。

张嘉年没有说话，却用无声表示肯定。

楚楚感到一阵荒谬，嘲笑道："你的因果逻辑就是错的。"

她才没有张嘉年想的那么脆弱，就算她是书中世界唯一的异类，也从未感到孤独。她的情感向来浅薄而随意，她从不在乎旁人的目光，更不在意有没有朋友。

"正确的逻辑呢？"

"因为是另眼相看的人，所以才会告知名字。"楚楚轻飘飘地道，"我早就跟你说过吧，我没有那么闲。"

她没有闲心将时间花在不重要的人身上，尽管他总以为她在开玩笑。

张嘉年脑海中的一切思绪被她的话炸得稀碎。他努力寻找一百种理由，为她的话开脱，却仍然控制不住自己剧烈的心跳，就连耳根都泛红了。

他在心里告诫自己，她是开玩笑的，这并不代表什么，然而强制冷静的心理建设却毫无作用。他完全没法控制自己的遐想，长久的克制终于土崩瓦解。

楚楚见他良久无言、面露赧意，善解人意地道："你可以现在找借口，认为我喝醉了。"

张嘉年看她双眼澄澈透亮，连自欺欺人都做不到，艰难地道："您知道自己在说什么吗？"

"我不知道。"楚楚的语气慢悠悠的，她转瞬便露出狡黠的笑意，挑衅道，"张总助那么聪明，你应该知道？"

张嘉年："……"

张嘉年在她的追击下一度忘了呼吸。最终，他捂着乱跳的小心脏，硬着头皮逃了。因为燕晗居有严格的门禁，所以张总助出不去，只能逃进房里。

"你给我开门！"楚楚拧了拧被反锁的客房，敲着房门，冷笑道，"这是我家，你还锁门？"

她还从未见过如此猖狂之人，他居然把他自己锁在她家的客房里！

门内，张嘉年发闷的声音传来："晚安，您也早点休息。"

楚楚："好歹陪我洗完碗？丢我独自收拾残局，是人吗？！"

张嘉年："您需要锻炼独立的动手能力，不能光吃不干活。"

楚楚愤愤地收拾完碗筷，心道张嘉年明天也得出来，到时候再算账。没想到他第二天起得极早，居然偷偷跑掉了！

楚楚醒来时，便看到家政人员正在做卫生，对方解释道："楚总，打扰了，张总助联系我今日上门。"

张嘉年打电话给家政，然后在其帮助下逃离了燕晗居。他实在不知道如何面对楚楚，干脆暂行缓兵之计，选择独自静静。

楚楚心情欠佳，本打算前往银达投资兴师问罪，不料桌上的手机却突然振动起来，来电人是楚彦印。她接起电话，没好气地道："喂，怎么了？"

"你给我马上来大宅！解释一下，到底是怎么回事？！"熟悉的楚彦印的暴怒之声从手机里传出，楚楚将听筒移远一点，等他咆哮完才拿回来。

她毫不留情地甩锅："有事你找张嘉年，我不去大宅。"

楚楚才不会上赶着挨骂，更别说大宅离燕晗居那么远。楚彦印时不时就要劈头盖脸骂她一顿，这谁扛得住？

"你还敢跟我提嘉年？你俩昨晚在哪儿，在干什么？！"楚彦印气得头痛欲裂，早上的时候突然收到新闻照片，差点没背过气去。

有人爆料楚楚隐婚，还透露出另一半的照片。照片上，两人手拉手轧马路，尽管五官模糊不清，但楚彦印立马认出了当事人。楚彦印当即摁下此事，但内心仍极为惊骇，立刻给楚楚打来电话。

楚楚茫然地道："什么也没干啊。"

他们就在同学聚会上吃饭，然后回家吃饭，接着就各自休息，确实没闹事！

楚彦印："听你的语气还挺遗憾？你知不知道自己在做什么？！不要把你的陋习带进公司，随便对周围人下手！"

楚楚大致听懂了一半，问道："你觉得我在泡张嘉年？"

楚彦印："不然呢？！"

她以前跟李泰河闹得满城皆知，这回更狠，直接对张嘉年下手了。

楚楚不知老楚从何产生的臆想，干脆懒洋洋地道："哦，我还没泡到呢，你生什么气？"

楚彦印气得发抖："你、你还知不知道羞耻，居然半分反省都没有？！"

楚楚故意道："爸，该反省的是你，你要派个歪瓜裂枣到我身边，不就没这事？

"要怪就怪你挑人的眼光，谁让你要用这种方式考验人性？"

楚彦印："……"

楚彦印正欲大骂，便听见电话那头嘀嘀的声音，楚楚把电话挂了。

楚楚觉得老楚是想象力过于丰富，莫名地感到不爽，明明什么事情都没做，就被对方臭骂一顿，直接激起了她的叛逆情绪。她要不做点什么，似乎都对不起这场思想教育！

另一边，楚彦印气得太阳穴直跳，决定出山捉拿楚楚，决不允许她祸乱朝纲！她以前跟公司里的小明星瞎闹，他勉强可以睁只眼闭只眼，但玩到公司里算怎么回事？

兔子不吃窝边草，玩归玩，工作归工作。楚彦印觉得孽女的做法太不讲究，她贸然对张嘉年下手，只会闹得两人以后没法共事。楚彦印不能眼看着培养多年的张嘉年直接被毁掉，让孽女掀翻他布好了的棋局。

楚楚听到自己的手机铃声响个不停，最终不耐烦地将老楚拉黑。她坐车抵达普新大厦，刚想前往银达投资找张嘉年算账，却被早已埋伏好的人员拦住。

楚董的秘书身着西装，客气地说道："楚总，楚董想要跟您见一面，请上车吧。"

楚彦印打不通电话，立刻派人来抓楚楚，打算跟她面谈。

楚楚睨了一眼旁边敞开的车门，不满地道："我要是不上车呢？"

楚董的秘书礼貌地道："那么很抱歉，我们今天不能让您进去。"

楚楚看着面前的秘书和黑衣保镖，沉默片刻，直接转身回到自己车上，说道："不进去也行，我又不是只有这一处地方。"

"师傅，去辰星。"楚楚将车门一关，便对司机报了新地址。她不信楚彦印的人能在这里守一天，那估计是太闲了。

楚董的秘书万万没想到，楚总连挣扎都没有，扭头就要走。他面露难色，连忙道："等等，您不再试试吗？就这么走了？其实您见楚董不用太长时间……"

"世上无难事，只要肯放弃。"楚楚坦然道，"不试了，回见。"

车窗缓缓摇上，秘书又不能动手将楚总从车里拽出来，眼看着她的车子扬长而去，不知该如何跟楚董交差。

楚楚抵达辰星影视，这回果然没人再拦。她顺利地进入办公室，夏笑笑便敲门汇报工作进展。

夏笑笑如今是辰星史上最年轻的总监，凭借强大的"女主角"光环和坚韧亲和的性格，在公司中杀出一条血路，当然这背后也少不了楚楚的扶持。虽然公司暗地里少不了人眼红议论，说夏笑笑是老板的马屁精，但夏笑笑非但没有被流言蜚语打倒，还有一种反以为荣的自豪感。

夏笑笑：我凭本事说的真心话，怎么能算拍马屁？

两人正聊着，办公室的门却被人敲响。有人小心翼翼地探头进来，握着手机汇报道："楚总，楚董让您过去一趟。"

楚楚没想到老楚阴魂不散，居然还深入辰星内部，一秒拒绝："不去。"

传信的人手足无措地握着手机，听了听电话那头的嘱咐，小声道："楚总，实在抱歉，能麻烦您接一下电话吗？"

楚楚望着传信人恳求的眼神，心知对方也不好做，最终不耐烦地接过手机，同时机智地挪远听筒，说道："喂？"

"你给我马上过来！别想拖延时间！"果不其然，楚彦印暴跳如雷的声音从听筒中传出，他依靠强大的音量，成功让没有免提的手机达到免提效果。

夏笑笑等人立刻像鹌鹑一样低头，假装什么都听不见，无意卷入大小楚的争斗。夏笑笑心生犹豫，要不要现在联系张总助来救火？

"我才不去，我忙着呢。"

楚楚说完，又想故技重施挂电话，听筒却紧接着传出楚彦印勃然大怒的话。

"你今天要是不过来给一个解释，信不信我马上停掉银达的资金？！"

楚彦印的威胁之言一出，立刻引发全场静默的效果。夏笑笑眼见楚总眼神一黯，更是大气不敢出。

另一头，楚彦印半晌没听到对面的回复，本以为拿住了楚楚，心里正扬扬得意，却听对面突然传来感慨。

"我尊敬的父亲楚彦印先生，这都什么年代了，能不能不要说如此老土的威胁？"

他难道以为这是豪门狗血剧？父母跳出来甩五百万打脸女主角，或者冻结男主角的全部资金，迫使两人进入穷困潦倒的生活？

楚楚静默片刻，竟被老楚毫无理智的话逗笑了，调侃道："你现在停掉资金，公司照样在印钞，更别提你没资格停，这又不是偶像剧。"

楚彦印把钱投进银达，居然还盘算着捞回去？他又不是国家机器，这也不是霸道总裁类型的小说，想要让某家公司消失，总得先问问相关机构同不同意！

楚楚不屑地道："你要是实在生气，麻烦加把劲，别吹什么停资金，直接把我搞破产。我想啃老很多年，你又不是不知道。"

楚彦印："……"

楚楚："你给句准话，今天能不能让我破产？如果可以的话，我现在直接下班，不耽误时间了。”

她没觉得被删号清空游戏币，算是很严重的威胁，大不了每天躺着吃水煮鱼！

楚楚没收到老楚的回复，反倒听到对面的嘀嘀声，楚彦印居然气急败坏地主动挂掉了电话。她从容不迫地递还手机，看向夏笑笑，问道：“我们刚才说到哪儿了？”

屋内两人在目睹楚总的叛逆举动后，对她瞬间切回工作模式的速度佩服不已。

恭喜你完成隐藏任务，“霸道总裁”光环已加强。

隐藏任务：公开击败“财神”光环人物一次。

恭喜你激活新称号“经济命脉”。

经济命脉：掌握世界经济命脉的豪门冷少，从不畏惧任何威胁。你的霸气让女主角大为佩服，获得5%金钱收益加成。

传信人一溜烟地离开，屋里只剩下楚楚和夏笑笑。夏笑笑关切道：“您和董事长怎么了？”

楚楚抱怨道：“不知道他犯什么病，今早突然质问我是不是乱搞男女关系。”

夏笑笑想起网上的小道消息，说道：“楚董是不是看到您隐婚的谣言，便信以为真了？”

昨晚，“楚总隐婚”的话题一秒蹿上热搜榜，又被一秒撤下，而且是纯粹的小道新闻，连配图都没有。辰星影视的人时常盯着老板的热搜，见热搜被撤，干脆都没出手删帖，原因是网友都不信，谣言实在太假。

小怀：“是的，楚总跟我隐婚多年，谢谢大家的祝福。”

忘我之尹：“你们营销号现在太敷衍，啥前因后果都没有，直接就甩一句话？这是年底冲业绩，随手发假消息？”

Daddy：“楚总是否极泰来，被黑多年终于无料可黑？”

众人并不知道，消息本来有配图，却被楚彦印果断扣下，瞬间让大新闻变成小浪花。

楚楚似有所悟，答道：“可能吧，老年人就爱迷信网络谣言、养生鸡汤。”

她觉得按照老楚的朋友圈风格，他误信谣言很正常。

楚家大宅内，楚彦印面对棘手的楚楚无计可施，最终硬着头皮联系张嘉年。他心知现在不宜刺激张嘉年，无奈身边真没人能揣摩楚楚的心思，只能又找上老搭档。

“楚董，您找我？”

张嘉年敲门进屋，他的状态同样不好，昨夜辗转反侧无法入眠，脑海中全是熊孩子的酒后胡言。他今日早上不敢再问，逃一般地离开燕晗居，甚至产生了请假的念头，却被楚董叫了过来。

张嘉年失魂落魄的样子更让楚彦印确信心中的猜想。楚彦印一时更为愧疚，随意地问道：“嘉年，你最近在银达的工作怎么样？”

张嘉年今天反应有些迟钝，并未体会到楚董话家常的态度，如往常般说道：“公司最近的运转状况正常，本季度营收达到……”

“咳咳，我没有问公司财务情况，你觉得银达的工作氛围怎么样？”楚彦印意有所指道，“有没有什么不正之风？”

楚彦印现在摸不准张嘉年的态度，知道楚楚荒唐至极，只是不确定她把人祸害到哪一步了。张嘉年自幼是擅长隐忍之人，常将自己的情绪强压内心，不会向外界泄露分毫。这回要不是有照片，楚彦印估计至今不知道此事。

他细想一番，又觉得颇有道理，楚楚原本处处针对张嘉年，某天却骤然转性，显然其中有不可告人的秘密。张嘉年很可能已遭受骚扰许久，却碍于情面无法说破，只能忍辱负重，在银达工作。

张嘉年听到楚董的问题，稍有些迷惑，迟疑道：“好像……没有。”

楚彦印漫不经心地道：“你今年也二十九岁了，没考虑过成家立业的事情吗？”

张嘉年心中微跳，莫名心虚，但仍不卑不亢地道：“这种事情还是看缘分。”

楚彦印注视张嘉年许久，直把对方盯得后背发毛。他沉默良久，终于和蔼地道：“这倒是，全都看缘分。”

楚彦印灵光乍现，突然觉得张嘉年跟楚家很有缘。

他当年帮助过那么多人，怎么就张嘉年能坚持奋斗真正进入齐盛？

他当初派过去那么多总助，怎么就张嘉年能坚守自己的岗位留在银达？

冥冥之中，缘分妙不可言！

楚彦印最初得知消息时当场大怒，原因在于他觉得楚楚是一时兴起、随便玩玩，会毁掉他努力培养的种子选手，但假如两人能长久走下去，好像也可以！

楚彦印对楚楚看人的眼光嗤之以鼻，从李泰河事件上，便能看出自己的女儿毫无识人能力，是迷恋华丽皮囊的草包。不过要是这回她将对张嘉年的三分钟热度维持住，未来似乎稳了！

楚董完全没想过张嘉年会贪图家产、借机上位，一是他坚信自己的识人能力，张嘉年如果要谋财，早就可以离开；二是楚楚着实臭名远扬，除了有钱外，完全一无是处。

现在唯一的难题，就是如何让张嘉年眼瞎。

楚董想通其中关节，决定不能此时戳破此事，还欠缺一些时机。

楚彦印思索片刻，往日严厉的鹰目也化为弯月，和善地说道："这种事急不得，你现在近而立之年，还是要拼事业，多在公司坐坐。"

尽管张嘉年琢磨不透楚董翻书般的变脸速度是为哪般，但还是老实地应声："好的。"

楚彦印看张嘉年答应，露出满意的神色。他作为超大集团领导，绝不会亏待努力贡献的好员工。每个奋斗的下属都该获得应有的报酬，比如收到公司激励股权和结婚对象。

第十二章　总裁的恋爱实习

楚彦印曾经想过为楚楚安排门当户对的婚事，但事情的结果就是南彦东被打破头。他试着迂回一些，让楚楚多见见同龄人，然后事情就变成石田输掉时延的股份，楚、石两家几乎决裂。

楚彦印现在想明白了，这辈子楚家是不可能进行政治或商业联姻了，将楚楚嫁入其他大家族，约等于害了对方。

现在楚彦印不求她大富大贵，就求平安是福。

楚彦印思及此，语气越发和煦，跟张嘉年亲切地相谈半小时，这才依依不舍地道别。张嘉年在楚董如沐春风的态度下，一时心中有些别扭和愧疚，想到自己的私心和隐瞒，更是陷入矛盾之中。

尽管楚董偶尔脾气暴躁，但他对张嘉年长久以来的帮助却没有作假，更别提在工作经验上毫无保留地传授，可以说是亦师亦父的角色。原书女配角对张嘉年最初的敌意，也跟楚董对他的另眼相看有关，大小楚交心的次数甚至远低于楚董和张嘉年交流的次数，这当然会惹女配角不满。

楚彦印害怕自己意图过于明显，产生反效果，便决定先对楚楚的行为睁只眼闭只眼。

张嘉年没想到楚董只是跟他闲谈片刻，除了态度格外友善外，还真没什么要紧事。沙发边的林明珠目送张嘉年离开，他前脚刚走，林明珠便立刻掏出手机，鬼鬼祟祟地汇报信息。

辰星影视内，楚楚的手机屏幕突然亮起。她抬眼看了一下，便随手放到一边。她坐在办公室里查找资料，开始在搜索引擎里输入“如何跟下属搞好关系”“如何跟下属修复关系”等，期盼能找到有用的答案。

张嘉年最近犹如避风头的鸵鸟，完全不敢跟她打照面。楚楚不由得心生愧疚，尽管还没懂自己错在哪里，但还是考虑进行弥补，修复跟小朋友的关系。

网页果然弹出相关问题，下方仅有一条回答，相当简单粗暴。

问答小达人：你是上司，你怕什么?

楚楚当即失望，打算关掉网页，刚想点击红叉，却突然瞟到一旁的同类问题。

提问：如何追求下属?

提问：如何优雅地追求新晋下属?

楚楚摸了摸下巴，感觉此类问题也有借鉴作用，便随手点开看一看。果不其然，这些问题下面的回答瞬间丰富起来，有十几条。

博学才子：“在工作上多关心她，让她感受到你的工作能力，私下嘘寒问暖，让她有安全感，自然水到渠成。”

橡皮筋：“用钱。”

无聊超人：“不要在公开场合对她特殊对待，会让她有社会压力，毕竟人言可畏。”

小费：“给予对方工作经验和指导，她会感谢你的，再私下多约约。”

楚楚看完后有点沮丧，她已经把黑卡送给张嘉年了，但显然用钱是没效果的。然而，她在金融方面的工作能力不及张总助，他又对影视行业兴趣不大，这怎么进行工作指导?私下相约更困难，张总助完全不休周六日。

夏笑笑进屋时，便看到楚总对着电脑唉声叹气。她立即热心地想为老板排忧解难，询问道：“楚总，我能帮您做点什么吗?”

楚楚回神，望着夏笑笑头顶的“女主角”光环，觉得对方应该还算有主意，便虚心地请教：“假如你跟朋友产生了矛盾，一般怎么和解?”

夏笑笑微微一愣，未料到楚总会提出如此接地气的问题，迟疑道：“送些自制小点心?写贺卡跟她道歉?”

夏笑笑眼见楚总露出微妙的表情，语气稍显无奈：“好像不太适合您?您是由于什么跟对方起矛盾呢?”

“其实不算起矛盾，就是突然开始躲我……”楚楚犹豫道，“主要我也不知道他躲我的原因。”

夏笑笑看着楚总烦恼的样子，脱口而出道：“是对您很重要的人?”

楚楚点头：“是我在这个世界最重要的朋友。”

夏笑笑看着楚总颇为认真地回答，恍然大悟：“难道是异性朋友？”

楚楚：“是啊？怎么了？”

夏笑笑像是摸到真相，紧张得满脸通红：“您、您是不是喜欢他？！”

楚总都不知道实际原因，便想跟对方缓和关系，对方的重要程度不言而喻！

楚楚不耐烦地睨了她一眼，仿佛夏笑笑在说废话，坦言道：“当然啊，毕竟是最重要的朋友。”

夏笑笑：“……”

夏笑笑：怎么总觉得哪根弦没搭上呢？

夏笑笑耐下性子，磕磕巴巴地问道：“您是超越性别的喜欢，还是带有性别的喜欢呢？”

楚楚疑惑道：“这两者有差别？”

“字面上有差别。”夏笑笑脸红如苹果，声若蚊蝇道，“您是带有性的喜欢吗？”

楚楚闻言惊愕不已，望着面前的人，讶异道：“没想到你还会……”

夏笑笑顿感羞愧，慌张地摆手：“您、您不要误会，我也是从小说漫画中吸取的知识！”

夏笑笑如同惊慌失措的小白兔，只差恐慌地跳来跳去，好自证清白。

楚楚义正词严地道：“我如此光明磊落、正直坦荡之人，行事向来落落大方……”

夏笑笑惭愧地低下了头。

楚楚大声道：“当然会有这种龌龊的心思！”

夏笑笑：“……”

楚楚也想对张总助保持纯纯的友谊，问题是张总助的长相不允许啊！

带有性的喜欢约等于曾经被对方长相打动过。

她上次坐飞机被贴脸时就意识到这点，没想到如今被夏笑笑当场戳破，立马陷入深深地自我厌弃中：“唉，我真不是人……”

夏笑笑见楚总失魂落魄，善解人意地安慰道：“这是人之常情，您不用感到失落，说不定是件好事呢？”

楚楚摆摆手，叹气道：“你不懂，我当初答应要做他‘爸爸’的。现在是扯上人伦问题……”

她居然感情变质，简直愧为人父。

夏笑笑：“嗯？”

夏笑笑：这究竟是何等复杂曲折的故事？

楚楚窥破自己龌龊的私心，心情非但没有放松，反而越发地沉重而忧伤。

夏笑笑看楚总支着脑袋陷入深思，鼓励道："既然如此，您为什么不好好地跟对方谈一谈呢？"

"怎么谈？"楚楚淡淡地道，"说想睡他？"

夏笑笑的脸庞瞬间爆红，她赶忙制止道："当、当然不是！我刚才只是跟您打个比方，请不要光想着这件事，可以先培养好感情基础，再慢慢交往！"

楚楚面对未知的知识盲区，一头雾水地道："怎么培养感情基础？"

楚楚从没谈过恋爱，还真不明白如今的年轻人如何谈感情，立刻向狗头军师夏笑笑请教。两个毫无实战经验的人热烈地讨论起来。

夏笑笑也没谈过恋爱，只能凭借想象力，试探地说道："您可以包下整个游乐园，邀请他去玩？夜里在楼顶放烟花？一起看午夜场电影？"

楚楚吐槽道："你果真是言情小说女主角。"

这些桥段套路完全出自原书《巨星的惹火娇妻》，根本是夏笑笑和李泰河当初的经历。

楚楚回忆着小说的原剧情，补充道："我是不是还可以邀请他去米其林餐厅看夜景？在海外五星酒店的总统套房看日出？包场最昂贵的水下隧道看表演？"

夏笑笑："是、是的。"

楚楚长叹一声，调侃道："就差带他去美特斯邦威买衣服。"

"如果您想这么做也可以！"夏笑笑似懂非懂，夸赞道，"您的点子不是挺多的？肯定没问题！"

楚楚颓废地瘫在桌子上，嘀咕道："感觉好累，不然算了吧。"

她光是想想复杂的剧情和场景设置便感到身心俱疲，不然自我删除这段记忆，假装无事发生？

夏笑笑振振有词："不行，您不能逃避，否则一定会后悔的！快打起精神来！"

楚楚："起精神来是谁？"

夏笑笑："……"

银达投资内，张嘉年眉头一皱，感到事情并不简单。因为楚楚的酒后胡言，他有意识地跟她拉开距离，避免自己再被她的随心之语动摇。她的无心之举常让他溃不成军，令他痛恨自己薄弱的自制力。

张嘉年刻意躲避楚楚的行为，自然没有逃过对方的法眼，这让他心里也不是滋味。人想要强行压抑自己的本能，忽略最关注的人，实在是考验毅力的事情。

即使两人已躲猫猫一周，张嘉年仍然无时无刻不在收到来自她的消息。今天是“楚总跟陈一帆面谈一小时”，明天是“楚总对第一名的练习生齐澜很满意”，后天是“楚总旁观练习生群体训练”，总之，完全是“莺莺燕燕”的一周。

张嘉年有些心烦意乱，连带对练习生们的印象极差，在心中做出定论。

张嘉年：这种消费粉丝经济的节目和昙花一现的练习生是不会长久的。

然而，崭新的一周开始，事情却发生了转机。楚楚居然准点抵达公司，还难得全副武装，从衣着到妆容都极度得体。她顺道经过张嘉年的办公室，主动笑着问候道：“早上好。”

“早上好。”张嘉年心中一跳，迟疑片刻后，终于应声。他本来害怕楚楚再说些什么，没想到她只是简单地问好，便前往自己的办公室，并没有往日接连的小动作。

楚楚回到自己的办公室，在转椅上愉快地转了一圈，满意地点点头。

楚楚：“日常嘘寒问暖”，我做到了！

楚楚今日早起，刚坐下没多久，便忍不住打了个哈欠，想要趴在桌上。办公室门外却响起了敲门声，张嘉年推门进来，如常汇报道：“楚总，您有空出席上午的例会吗？”

楚楚在他开门的瞬间挺直身子，双手交握、正襟危坐，立刻摆出谈判的架势，郑重而深沉地道：“我有空。”

张嘉年眼看着她从萎靡的小虾米瞬间变脸成职场精英，心情颇为微妙：“好的。”

张嘉年总觉得哪里透着一股古怪，要知道楚总平时最厌烦无趣的例会，更不喜欢准点上班。他很多时候要三催四请，她才会慢悠悠地过来，开始处理每日的事务。她的工作状态跟影视公司辰星较相合，她并不太习惯银达的节奏。

楚楚看他转身离开，办公室的门一关，立马松懈地瘫回椅子里，对照条款给自己打钩。

楚楚：展现自己的工作能力，做到了。

楚楚思考片刻，想起自己给过张嘉年黑卡，果断又勾掉一条。

楚楚：花钱，做到了。

她看着整理出的条目颇为满足，任务进度显然推动很快，高效地完成了好几项。

银达投资会议室内。

“笑影文化已经预备进行下一轮融资，正在跟几家基金接触，现在就看本轮的融资金额……”

例会上，楚楚听着众人的汇报，赞同地连连点头。

大家看到难得出席的楚总似乎心情不错，也松了一口气。近期的例会都是由张总助主持，员工们都快忘记被楚总在会上支配的恐惧。虽然他们不知道楚总今日突然参会的原因，但好在老板没有不满意的地方。

张嘉年看她全程聚精会神，一时颇感意外，主动问道：“楚总还有想要叮嘱的吗？”

楚楚面对张嘉年，又转换回深沉稳重的总裁脸，赞许道：“张总助刚才说得很好，我没有想补充的内容。”

张嘉年：“……”

张嘉年：她是不是私下惹了大祸，否则今天怎么会如此奇怪？

楚楚：称赞对方的工作能力，达成！

下午，楚楚和张嘉年要前往齐盛电影，跟姚兴等高管商量接下来的规划。楚董的三月休假还没结束，楚楚起码要监督齐盛电影正常运转至老楚回来。

车停在公司门口，张嘉年像往常一样要上前开门，却被楚楚拦住。楚楚抢先一步，主动拉开车门，露出满分的笑容：“我自己来就好。”

楚楚：降低距离感，达成！

楚楚牢记知识要点，降低两人间的距离感至关重要，总让张嘉年帮忙开车门，只会加剧他的上下属意识。

张嘉年看着她从容不迫地开门上车，全程礼贤下士、亲和礼貌，不由得眼神一黯，不知为何心里有点不舒服。他的眼睛内如同酝酿着风暴的深渊，最后他强压情绪，沉默地坐上副驾驶的位置。

楚楚今天在后座极度端庄安静，既没有哼小调，也不开玩笑，简直乖得出奇。

然而张嘉年更感到窒息般的压抑，总有一种突然失去什么的感觉。

她变得大方客气、彬彬有礼，像是个完美的老板，却不再需要他。她不会再耍赖使小性子，不会再吐露怪诞有趣的言论，不会再软磨硬泡让他答应无足轻重的小事，不会再说动摇人心、暧昧不清的话。

他们顺利保持适度的距离，她用对待其他人的方式对待他，甚至更礼貌周全，完全封闭自己的本性。

张嘉年感到一阵阵失落，现在才发觉自己远没想象中大度和宽容。曾经拥有的特权突然被没收，巨大的落差感足以将任何人击溃。

她最近遇到什么事了？她是不是有别的小朋友了？

张嘉年想起缺失的上周，情绪更加低落。

齐盛电影的会议室内，众人齐聚一堂，商议如何应对文娱三大家的竞争。胡达庆指挥文娱三大家兵分两路，对辰星影视和齐盛电影发起挑战，前者是在内容制作上对抗，后者则是抢夺在线票务市场。

“他们的票补很厉害，按照现在的趋势，市场占有率会继续走高……”姚兴无奈地说道。

随着线上购票的兴起，在线票务服务成为齐盛电影重要的营收渠道。齐盛票务本身起步较早，文娱三大家为了追赶齐盛的进度，推广自己的在线票务系统，用低价吸引观众，大打价格战。

由于文娱三大家财大气粗，不少小型票务平台不断被挤压消失，逐步进入两家相争的时代。姚兴同样忧心忡忡，如果是良性竞争还好，但就怕对方搞恶性竞争，双方都伤敌一千自损八百。

楚楚问道：“他们最近还在搞低价票？”

姚兴点头道：“是的，我们也做出了票补方案，但很难抑制对方的增长。”

楚楚若有所思，直白地道：“我们跟对方竞争搞价格战没用，他们最多是试水玩票，搅黄还能跑，我们却得长期做这行。”

文娱三大家垮就算了，但齐盛电影深耕多年，总不能随随便便就被拖垮。胡达庆显然是“人民币玩家”，一路只知道氪金变强，完全不计得失地投入，只为抢夺市场。

众人讨论良久，一时没有合适的应对方法。楚楚揉了揉发胀的太阳穴，说道：“我会再想想这件事的，先不要马上跟对方拼价格。”

散会后，张嘉年见楚楚面露乏色，主动关心道：“您是不是累了？不如晚上将辰星的会议推掉？”

楚楚听到他的关切之词，一扫疲乏的神色，立马将架子端起来，郑重而深沉地道：“没事，工作重要。”

楚楚警惕地想：绝不能给他留下玩忽职守、懒散颓废的印象。

张嘉年陷入无言，面对自律而完美的老板，总有种被阻挡在外的感觉。

两人正收拾东西离开，楚楚放在桌上的手机屏幕突然亮起。张嘉年不经意地一扫，却看到意料之外的发信人——齐澜。

齐澜，辰星影视的练习生，月度考核第一名，最近有赶超陈一帆的势头。

他们什么时候交换了联系方式？她坚持去辰星仅仅是为了开会吗？

张嘉年突然如堕冰窟、难以呼吸，只觉得心尖似被针扎破，涌上满满的酸胀感。他向来沉稳镇定，头一回尝到忌妒的滋味。

他僵立在原地，眼看楚楚旁若无人地拿起手机，自然地回复消息。他总感觉她的嘴角挂着笑意，又好似只是眼花。

张嘉年有些崩溃，再也摆不出平日温和有礼的态度。

“您今天对我格外冷淡呢。”他的眼眸里像是翻动着乌云，氤氲着难以言表的情绪。

楚楚：不可能！今天明明在认真地攻略！

楚楚认为自己的计划万无一失，绝不承认攻略失败，索性展露完美的笑容，硬着头皮问道：“你怎么会有这种感觉？”

她如此频繁地献殷勤，哪里有半分冷淡？

张嘉年看到楚总的职业笑容更觉刺眼，她过去从来不在自己面前假笑。他尝到从舌尖蔓延的苦涩，沉声问道：“您是因为上周的事情生气？”

他上周躲着不见她，她向来睚眦必报，所以用这种方式表达不满？

张嘉年垂下眼帘，语气有些低落：“对不起，上周是我没控制好情绪，以后不会了。”

所以请你不要再这样了。

他原想通过躲避来冷却情绪，反而引来更糟糕的效果。他发觉自己完全不能接受客气疏离的楚总，仅仅是一天都难以忍受。

楚楚的笑容越发僵硬，她迟疑道：“你觉得我在生气？”

她实在不理解张嘉年的脑回路，不知道他是从哪里推导出的结论。

张嘉年没有回答，但用沉默表达肯定的态度。

楚楚瞬间有种对牛弹琴的感觉，强撑一整天的努力居然付诸东流！

她立即褪下刚才的僵笑，只觉得身心俱疲，没好气地道：“哦，那你准备怎么补偿我？”

她费心攻略一天，最终进度为0%，没有比这更伤人的事情。

张嘉年看楚总恢复一半正常，心下松了口气。他抿抿唇，试探地问道：“您需要什么补偿？”

楚楚看他的榆木脑袋不开窍，在心底翻了个白眼，故意刁难道：“亲亲、抱抱、举高高，你看咱们的交情选一个吧。”

张嘉年：“……”

张嘉年站在空荡荡的会议室内，一时不敢确定，面露犹豫：“在、在这里？”

虽然会议室内没有别人，但这好歹是在公司，那样着实过于大胆。尽管她的举止言行向来离奇，可能跟常人的思路不一样，但传出去也有损她的名声，实在不太好。

楚楚理直气壮地道：“道歉完都不主动表示友好，你真是完全不在乎我们的友谊。”

张嘉年一时骑虎难下、左右为难，最终硬着头皮上前，伸出绅士手虚虚地抱了抱她，紧张得手心都冒汗。楚楚顺势伸手紧抱他一下，像是强行撸猫的犯罪嫌疑人。她成功揩油后，不要脸地道：“好的，这回就原谅你。”

楚楚：肢体接触，达成！

楚楚觉得自己有点卑劣，但空手而归实在非她作风，谁让他太好骗。

张嘉年觉得自己有点卑劣，但遭遇冷落实在难以忍受，而且她很好哄。

两人在各有所想中达成和解，终于结束了躲猫猫的日子。

楚楚强行端了一天的架子，如今松懈下来，一时有点飘。她恢复平常浑不吝的状态，直白地道：“我怎么做算不冷淡呢？”

她察觉两人的逻辑不太相通，决定直接向攻略对象讨要攻略技巧，想要弯道超车。

张嘉年顿时语塞，半天没回答上来。他总不能说，她搞“职场性骚扰”时看上去不算冷淡？

张嘉年：“您像平常一样就好。”

楚楚：“你亲亲我，我就像平常一样。”

张嘉年：“……”

张嘉年：很好，看来是完全恢复正常了，胡话一套又一套。

楚楚见张嘉年面无表情、毫无反应，顿时颇感气馁。她心道自己的初始好感值有多低，才能让对方如此淡定而麻木？

楚楚哪知道自己像是《狼来了》故事里的小孩，前期将话说得太绝，直接让张总助产生了“免疫力”。他难以分清她的玩笑话和真心话，索性都打为玩笑话，从而避免产生不必要的误会。

张嘉年见楚楚变回往日的小孩脾气，心情轻松不少。他收到手机的提示，点开才看到她发送过来不知名的音乐文件。

楚楚乘胜追击，得寸进尺道："你下载后设为铃声。"

"这是什么？"张嘉年一边询问，一边听话地点击下载。

楚楚点开音乐，传出《流仙》对唱版的旋律。她和张嘉年曾经共同为《胭脂骨》录制过小短片，就是主题曲《流仙》的双人对唱。她晃了晃手机，振振有词道："上回录制的《流仙》，我让齐澜制作铃声版，他刚刚发过来的。"

张嘉年瞬间明悟，怪不得她和齐澜有联系，居然还有这种事。情绪明快起来，他稀里糊涂地设置完铃声，才后知后觉道："您的铃声也是这个？"

楚楚绽放绚烂的笑容："是啊，见证我们友情的信物，有什么问题吗？"

张嘉年："没。"

楚楚：用同款铃声，达成！

楚楚完全没觉得"以友谊之名，行苟且之事"有任何问题，接连成功两次，越发得心应手起来。两人重归于好，却变得比过去更加密不可分，主要表现在楚楚总是跟进跟出，寸步不离张总助。

银达办公室内，张嘉年面对电脑抬头，看向坐在一侧的楚楚，为难地道："其实您可以去忙，我暂时不会离开。"

她都不待在自己屋里，反而坐在他的办公室里处理事务，似乎走向了另一个极端。

楚楚眨眨眼，颇有逻辑地道："可我们上周都很少见面，不应该补上吗？"

张嘉年难以反驳，默默地做完一项工作，起身往屋外走。楚楚见状，立刻放下手中的资料，站起来要跟。

张嘉年停下脚步，冷静地提醒："您不能去男厕。"

"哦……"楚楚这才坐回去，无趣地啧了一声。

张嘉年总觉得放在古代，自己如此影响"太子"办公，可以直接被拖出去砍头。

停车场的车内，夏笑笑被楚楚强行拉上后座，只得弱弱地蜷缩成一团，无奈地道："楚总，我真的不知道，我也没追过人……"

夏笑笑现在才明白，秘书姐姐们为什么聪明地从不接触老板的私生活，公私搅和在一起，实在令人绝望。楚总自从上回被她戳穿心意，便钦定她为恋爱狗头军师，逼着她出谋划策。

天地良心，夏笑笑同样一直单身，如何能帮助楚总？

楚楚冷脸道："你上回不是说得头头是道，年轻人怎么能逃避问题？这可是你跟我说的，逃避会后悔。”

夏笑笑像只畏缩的小白兔，面露苦色：“不如您找一个比我更聪明的人问问？我确实也没经验。”

楚楚眉毛一挑，问道：“你觉得谁聪明？给我推荐几个。”

夏笑笑试探道：“张总助？”

楚楚：“……”

夏笑笑纵观公司上下所有员工，张总助应该是当之无愧的最聪明者。

楚楚大为气恼，怒道：“我要你有何用！”

夏笑笑：委屈！

楚楚：“难道我就没有什么闪光时刻？”

夏笑笑苦思冥想许久，老实地答道：“我觉得楚总平时就很闪光，有种将地球踩在脚下的气势！”

夏笑笑不知道该如何形容，反正老板就是霸气侧漏、不怒自威。

楚楚毫不客气地吐槽：“我谢谢你哦，不过谁都能把地球踩在脚下，除非地心引力消失。”

楚楚：垃圾主世界毁我青春，该攻略的对象好感度刷不高，在女主角那儿倒是高！

夏笑笑鼓励道：“您向对方展现出这一面，说不定能打动他呢？”

楚楚：“你以为谁都是言情小说女主角？喜欢霸道总裁囚禁式的爱？”

楚楚懒散地托着下巴，思索片刻，回过神来，突然觉得夏笑笑的话有点道理。这是书中世界，很多事情不讲逻辑，她拥有“霸道总裁”光环，或许霸道总裁的那一面真的有用！

楚楚回想自己拿到的古怪称号，由于目前赚钱太快，“经济命脉”称号的感觉并不强烈，“邪魅狂狷”称号本身就没什么用，“鱼塘塘主”称号对打游戏有一点加成。以此类推，“霸道总裁”称号对她的“追妻”路来说，应该是有点效果的？

她不免有些纠结，一边内心蠢蠢欲动，一边感觉像是作弊。小朋友跟书中的其他人物不一样，他是独一无二的，她怎么能走这种歪门邪道刷好感？！

楚楚正义地想着，随即打开手机查找符合“霸道总裁”光环的行为。

总裁娇妻初次尝欢？恶魔首席放开我？逃嫁新娘有虐有肉？

楚楚望着页面上纷杂的内容，觉得自己是脑子进水了，居然会产生如此离奇的想法。

银达办公室内，虽然已经是下班时间，但张嘉年仍在低头处理庞杂的工作。他听到敲门声，抬头看到楚楚进来，疑惑道：“您有什么吩咐？”

楚楚颇感紧张地咽了咽口水，反手悄悄地扭上门锁。她看张嘉年眉目清俊、神色柔和，仪表堂堂地坐在桌前，自己更觉惭愧，硬着头皮干咳两声：“咯咯……”

张嘉年关切道：“您嗓子不舒服？是不是感冒了？”

张嘉年看她踌躇地在屋里转来转去，干脆取出抽屉内的备用药，起身递给她：“您要是难受先吃药，或者我现在联系胡医生，您早点回去休息？”

窗外已经天黑，她要是身体不适，应该赶紧让胡医生上门看看，然后早些入眠。

楚楚赶忙伸手制止他，坐在椅子上，拍了拍旁边的位置，说道：“不用，我跟你聊点正经事。”

张嘉年闻言有些困惑，不过还是乖乖地走过去，坐到她身边：“您说吧。”

尽管楚楚曾对夏笑笑做出过离奇行为，但当初是被奇怪的声音逼的。她如今面对张嘉年清澈的眼眸，实在说不出口。楚楚纠结良久，还是忍不住想试试称号。

楚楚迟疑道：“我能现在存个档吗？”

张嘉年满目茫然，但还是好脾气地道：“您要怎么存档？”

楚楚：“如果我一会儿说错话，我就读取现在的时间点。你假装无事发生过，我们什么也没聊。”

张嘉年心道她的存档方式未免太随便，勉强答道：“我尽量！”

张嘉年：我又不是金鱼，难道还只有七秒的记忆？

楚楚得到他的保证松了口气，注视着对方的眼睛，用极为认真的语气，孤注一掷地郑重开口：“做我的女人吧。”

“……”

楚楚说完后，便紧张地观察着张嘉年的表情，不愿错过一丝一毫。她心知自己的举动过于智障，但抱着“宁肯错杀八百，不能放过一个”的想法，还是硬着头皮说出口。梦想还是要有的，万一见鬼了呢？

办公室的空气快要凝滞，两人一度无言。

楚楚最终沮丧地倒回椅子里，长叹一声：“我是不是该重新读档？”

果然，人不能有侥幸心理，这绝对是她近来最大的污点！

张嘉年沉默良久，看到她隐约抓狂的神色，最后忍不住诚恳地发问：“您是专程来……逗我笑？”

张嘉年：对不起，虽然她刚才的表情很严肃，但实在有一点好笑。

楚楚饶是平常过于厚脸皮，现在都感到一丝尴尬，麻木地道：“我选择读档，请你清除刚才那段。”

张嘉年看她紧绷着脸假装一本正经的样子，眼里流露出一丝笑意，坦白道：“稍微有点困难，毕竟您的发言实在挺厉害。”

楚楚双手交握瘫在椅子上，自暴自弃地道：“别说了，我死了。”

她现在恨不得钻进地缝里安息。

张嘉年比她心态平和，摆出科学的态度，客观地讨论起来：“我想知道您原本打算如何实现。”

张嘉年想不明白她怎么会有如此离奇的言论，真心实意地发表疑惑，难道他哪里透露出女扮男装的迹象了？

楚楚面无表情地道：“你触及了我的知识盲区。”

“您总不能改变人的生理结构。”

“这当然不用。”楚楚哀求道，“求你忘了吧，说好的读档呢？”

她总不能告诉对方，她有个光环叫“霸道总裁”，一时犯傻想试试，最后“翻车”了吧？

“所以只是言语概念上的形容，并不用做出生理上的变化？”张嘉年捧着下巴思索片刻，沉吟道，“您可以不用读档。”

楚楚：“嗯？”

张嘉年摆出职场的专业态度，有条有理地道：“既然是您的要求，虽然实际执行难度很高，但我愿意尝试一下，尽量克服困难。”

楚楚：“嗯？”

她听到如此郑重的语气，差点以为自己让他去搞重大的IPO项目。

张嘉年：“我没有相关经验，所以前一个月暂定为实习期。等实习期结束时，您可以完成考评打分，再判断我适不适合这项工作。”

楚楚：“什么工作？”

张嘉年：“做您的‘女人’。”

楚楚：“嗯？”

楚楚完全不敢相信，这算攻略成功？还是光环发挥作用了？！

她的内心万分惊骇，她一直以为自己的小朋友是书中世界唯一的正常人，原来他也难以逃离可怕光环的毒害，主世界光环果真如此厉害？

张嘉年可不知道楚楚的小心思，他的想法很简单，楚楚现在对他的影响力过大，已经严重动摇他的正常心理状态。张嘉年过去可以强压着情绪，但最近明显感到力不从心，索性由着她，顺水推舟。

他是人，是人就有缺陷，必须正视自己的私心与瑕疵。常言道，堵不如疏，他或许找到了适当地表达自己的契机。

张嘉年善解人意道：“您觉得实习期有问题吗？”

楚楚：“没有，张总助向来按规章做事。”

张嘉年平和地道：“既然如此，现在我就算正式实习，开始履行自己的工作职责。”

“希望您能体谅我的工作，在我的实习期内洁身自好，尽量跟异性保持适当的距离，避免产生不必要的误会，毕竟作为您的‘女人’，我还是抱有适当的自尊心。”

楚楚吐槽道：“你的工作态度还挺认真？”

“以后除了工作，我还会监督您的生活，包括作息、饮食、生活习惯等多方面，请您严格控制碳酸、油炸、辛辣等食品的摄入量，养成多喝水的好习惯，同时保持早睡早起的作息，定期进行锻炼。”张嘉年温和地道，“您最近半年完全没进行过体育运动，今后我会在周末督促您完成。”

楚楚：“等等，你的工作职责好像不是这些吧？”

反正她是没见过哪本小说里“霸道总裁的女人”的具体工作内容是这些。

张嘉年：“您觉得哪里有问题？”

楚楚：“我总觉得你是想做我爹。”

她听到这些内容，感到自己跟被严格管理的小学生没任何差别。

张嘉年莫名有点心虚，像是被戳破心思，面上仍义正词严地道：“您的感觉错了。”

两人莫名其妙地达成实习协议，都默契地没有向其他人透露张总助的新工作。

周末，燕晗居内私人健身会馆正被人包场。

楚楚行骗多年，终于发现自己撞上史诗级诈骗犯张嘉年。她敢打包票，现在的局面跟她想象的完全不一样。

“楚总，您不能光仰卧，不起坐。”张嘉年看她瘫在器材上，宛如一条“咸鱼”，铁面无私地说道。

楚楚平躺在器材上，迟迟没有起身，望着窗外的白云，悠悠道：“你看这个云它又白又软，就像这个天又透又蓝……”

张嘉年："您一共才做了十个。"

楚楚："我过去一年都没做十个，今天做了一年的量，你还有什么不满意？！"

张嘉年吐槽道："修士的身体素质不该很好吗？"

楚楚颇富逻辑，振振有词："修士都是御剑飞仙，你看过谁小跑着修炼？没了剑，大家都这么弱！"

张嘉年："……"

楚楚觉得自己严重受骗，就算没吃过猪肉，也见过猪跑，哪家的攻略对象会盯着人锻炼？哪个霸道总裁家的小娇妻泡在健身房？她怀疑自己根本没有攻略成功，还遭遇变相管制，原本的休息时间也被管理。

张总助过去只在工作方面督促她上进，现在还在生活方面进行监督，覆盖面更广。

张嘉年看了眼时间，提醒道："您已经休息很长时间了，现在应该做下一组。胡医生说您现在处于亚健康状态，需要坚持进行适当的锻炼。"

胡医生那边的医务人员体检时，发现楚总近期体质下降，显然跟不良的生活习惯和缺乏锻炼有关。张嘉年得知情况，当然不能任由老板荒废运动，立刻将此事安排上行程。

张嘉年理解中"做她的女人"跟攻略没有一毛钱关系，不管是哪个正常人都不会把这种话当作告白。毕竟她以前还喊着要做他的爸爸，此类言论不要太多。他当时顺着她的胡话往下说，一是想借机督促她改善生活状态，二是想平复自己的心态。

在缺失的一周中，他感到自己的心态极差，不但疑神疑鬼，而且焦虑不安。她消失的时间，他完全没法集中注意力，简直是草木皆兵般地胡思乱想。只有两人重新和好，他的状态才安稳下来。

张嘉年如今在工作外定期督促她，便是为了避免因两人长时间无交流，导致他出现失衡的情况。

楚楚躺在器材上，宛如死鱼般一动不动，突然道："你在实习期间还对我用敬称？老用'您'，不用'你'，是想把我放在心上？"

上"你"下"心"，可不就是"您"？

张嘉年微微一愣，待反应过来后抿了抿唇，硬撑着不露出赧意，艰难地改口："您、你转移话题也没用，训练量还没有完成……"

楚楚吐槽道："我真觉得自己遭遇了仙人跳，做我的女人和做我的私教能一样？你的实习工作绝对是诈骗级别，名字超级有噱头，跟实际内容完全是两码事。”

楚楚耿耿于怀，这状况绝对跟想象不符！

张嘉年平和地道：“请您……请你先起来运动，再想其他的事。”

楚楚在张嘉年的逼迫下，不情不愿地又做了一组仰卧起坐，便说什么也不肯动，只想躺着做“咸鱼”。张嘉年无奈地轻轻叹气，朝她伸出手，温和地提议：“我拉着你，好歹再做一组？”

楚楚看到他修长干净的手指，视线再往上便是肌肉线条流畅的胳膊，这才鬼迷心窍地伸手握住他的手，借着对方的力气又做了几个。

张嘉年感觉她的手又软又小，都不敢使劲，硬撑着没露出异样的神色，视线飘向一边。

张总助虽然常年坐办公室，但定期锻炼从来没少。他穿着适合运动的休闲装，身材并不显文弱，明显平常管理严格。张嘉年的手掌有力而温暖，拉起她时毫不费力……饶是如此，楚楚也只多做了半组，便颓废地倒回原地。

“行啦，你使美色也没用了！”楚楚自暴自弃地瘫着，叫道，“我今天就是死，也不再多做一个！”

张嘉年：“……”

张嘉年：让她好好锻炼，简直比让她赚100亿还难。

“好吧，那你先休息一会儿。”张嘉年心知冰冻三尺非一日之寒，想要让楚楚马上变成体育健将也不现实，只能先让她养成锻炼的习惯。上班族如果不坚持运动，很容易便会出现职业病，尤其是常年熬夜的人群。

他才不会承认近距离接触她容易让自己失态，逃避般地走上跑步机，仿佛想靠跑步甩脱刚才的心猿意马。

张嘉年的精英式生活态度和楚董一脉相承，两人工作再忙都会坚持锻炼派。即使睡眠时间很少，他们都要每天坚持跑步，周末还要定期进行专项训练，以此保持饱满的精神状态。

张嘉年没有再陪楚楚摸鱼，进度骤然加快不少，熟门熟路地完成常规训练，回来时发现她还躺在器材上装“咸鱼”，跟他离开时一模一样。他刚刚运动完，身上覆着一层薄薄的细汗，伸手想拉她起来，说道：“去洗澡吧。”

楚楚被他拉着却岿然不动，仿佛一条被死死黏在菜板上的鱼，拽都拽不起来。

她本来躺着闭目养神，闻言便睁眼，面色古怪地道：“你要洗就自己去，不用跟我汇报，我不去。”

楚楚现在浑身都疼，别说洗澡了，连动都不想动。

张嘉年皱眉："你也要洗。"

健身房都有淋浴的地方，以便运动者在大汗淋漓后清洗，不至于浑身是汗狼狈地离开。

楚楚啧啧道："难道你是小学生，必须让我陪着洗？"

她心道，又不是小学生，还要互相陪着去厕所！

张嘉年："……"

楚楚："你哭着求我，我就考虑考虑。"

张嘉年看她扬扬得意的表情，忍不住捏她的脸蛋，教育道："还能不能好好说话？"

她锻炼时装死得彻底，现在嘴巴倒是说个不停。

楚楚被他掐着脸，含糊不清地嘀咕："骗子、诈骗犯，仙人跳……"

楚楚：我要去"3·15"晚会告他！

张嘉年见她仍不服气，还在不满地碎碎念，又伸手捏了她的另一边脸，沉声道："洗不洗？"

楚楚大为气恼："不洗！有本事你给我洗，反正我不动！"

听到如此露骨的话，张嘉年瞬间涨红了脸，气得半天没说出话来："你、你……"

楚楚哼了一声，安然地闭上眼，打算继续装死。

张嘉年从脖颈到耳根都在发红，颇有点恼羞成怒的意味，说道："那你晚上自己煮鱼。"

楚楚瞬间翻身而起，恭敬地道："张总助，请问浴室在哪边？"

她现在还能有一口气，全靠晚上的水煮鱼撑着。

楚楚最终被万分羞恼的张总助强押着去洗澡，当然是分别到男女浴室各洗各的。两人锻炼完，结伴从健身房出来。楚楚只感觉自己飘飘欲仙，恨不得立刻飞升，浑身都使不上劲。

回家时，家政已经提前按要求将冰箱塞满。张嘉年打开冰箱，便看到各类新鲜食材色彩鲜艳。他默默地拿出需要的食材，开始完成料理的准备阶段。

楚楚好奇地探头查看，总觉得冰箱里少了点东西，疑惑道："我的快乐呢？"

"什么快乐？"

"快乐肥宅水。"

"健身后不能喝碳酸饮料，长期饮用此类饮料也不好。"张嘉年慢条斯理地补充，"包括你在公司点奶茶，私下都是以王青的名义订的吧？"

楚楚莫名心虚，硬着头皮道："你又不是我爹，不能管控我的零食自由权！"

张嘉年露出职业笑容，立刻换上敬称："您需要我跟楚董打声招呼，再来管控您吗？"

楚楚：怒气值+1+1+1……

楚楚的心情在饭桌上稍微变好，张嘉年今天没再用现成的鱼片，而是将整条鱼料理。

宛如凝脂的鱼片被滚烫的油一泼便微微翘起，各类配料在高温的刺激下散发出诱人的香气，挑逗着味蕾和神经。清亮的汤汁下还藏匿着爽口的青菜，在鱼片下半遮半掩。

楚楚见状食指大动，兴高采烈地配着饱满可口的白米饭享用水煮鱼，对其他菜品视而不见。张嘉年默默地将一盘菜推到她面前，像是在进行暗示，然而楚楚佯装看不懂。

张嘉年将素炒三丝又推过去一点，提醒道："不能光吃鱼。"

楚楚盯着眼前的素炒三丝，莴笋丝、土豆丝、胡萝卜丝被炒在一起，可以说是色香味俱全，但她还是本能地排斥胡萝卜，振振有词道："水煮鱼下面也有蔬菜。"

张嘉年："单靠那点蔬菜，摄入量并不够。"

楚楚："我好像突然理解阿姨烦你的原因，她今天干什么去了？"

张雅芳可是无辣不欢的主，张嘉年敢教育她吃青菜，还不得被摁在菜板上？

"社区组织退休老人们郊外采摘。"张嘉年回答完，淡淡地道，"转移完话题也要吃菜。"

楚楚撇撇嘴，敷衍了事地挑了几根莴笋丝和土豆丝吃。张嘉年看不下去，干脆夹了一筷子饱含胡萝卜丝的素三丝，放入她的碗里，镇定地道："胡萝卜是最具营养价值的蔬菜之一。"

楚楚气不过，愤愤地吃下胡萝卜丝，虽然味道甜甜的很美味，然而身体还是感到排斥。

不管味道有多好，反正是胡萝卜就不行！这是熊孩子最讨厌的食材，没有之一！

楚楚：怒气值+10+10+10……

饭后，两人简单地收拾清洗完碗筷，楚楚终于得以松口气。她今天被张嘉年押着"认真生活"了一天，如今身心俱疲，偷偷窝到电视前，靠着软垫打游戏。

楚楚从来不看电视，闲置的超大液晶显示屏便变成她的游戏机屏幕。有钱的好处就是游戏卡可以堆成小山，能收齐全套各版本。张嘉年偶尔会陪她联机，但现在看到蹲坐在地上、脸快贴上屏幕的楚楚，不禁皱眉道："往后坐一点。"

楚楚全神贯注地盯着屏幕，敷衍地应道："哦。"

张嘉年看她嘴上应声，实际上却毫无动作，又道："坐到沙发上玩，不然对眼睛不好。"

楚楚依然没动，认真地打着游戏："嗯。"

张嘉年看她沉迷游戏，对外界的声音置若罔闻，索性上前拍了拍她的肩膀。蹲坐在软垫上的楚楚毫无反应，他伸手摁住手柄，直接保存游戏进度，再次重复道："往后坐。"

楚楚："……"

屏幕上，画面弹跳出存档页面，显示记录当前进度。

楚楚：怒气值+100+100+100……

楚楚默默地站起身，正当张嘉年以为她要乖乖地坐回沙发上，自己却被对方猝不及防地摁进软垫里。他为保存游戏进度，是半蹲在楚楚旁边的，对她的动作毫无准备，顺着惯性便栽倒了。

厚厚的软垫顺利地接住张嘉年，倒是完全没让他摔疼。楚楚面无表情地将他摁住，果断地翻身骑上，阴森森地说道："我忍你一天了，现在饭可算吃完了……"

要不是怕他罢工不煮鱼，她可没法忍到现在！

楚楚：是可忍孰不可忍，"咸鱼"的日子过成活鱼，简直是对"咸鱼"最大的侮辱！

张嘉年看她骑坐上来，一时震惊不已，又不敢把她直接推翻在地，语气难得露出一丝恼意："你下去！"

她虽然平时嘴上混账话不断，但还从未有过如此大胆的举动。

"你闭嘴。"楚楚毫不留情地捏住他的脖子，感受到手中温热的皮肤和跳动的脉搏，冷笑道，"今天把我管成智障小学生，你还敢继续膨胀？"

张嘉年望着骑在自己身上的"小学生"，暗道不知道是谁太膨胀！

他一边挣扎着试图起身，一边争辩道："这是我的工作职责……"

"既然你行使完职责，现在也该履行义务。"

张嘉年正感到茫然，心道自己有什么义务，便被她大力地摁回软垫，同时感觉到嘴唇上明显的痛意和血腥气，夹杂而来的是一股带着柠檬香气的味道……她刚才饭后吃了柠檬糖，舌尖上还有酸甜的余味。

当他反应过来，诧异地发现对方在做什么时，浑身的血液快要烧干了，大脑像是瞬间炸开，胸腔内的心脏都要抑制不住地跳出。她的舌尖很软，像是鲁莽的幼猫，笨拙而讨好地舔舐着他的伤口处。

这是一个浅浅的吻，却让他如同泄气的皮球，连挣扎的力气都逐渐丧失，只能僵直地一动不动，任由她将自己嘴边的血渍舔去。

楚楚骑在他的身上，眼看着他的嘴边又浮现一抹鲜红，显然是嘴唇被咬破了。她尴尬地挠挠头，满怀歉意道："对不起，我冲得有点猛。"

她只是想亲他一下，没想到不小心用牙磕破了，舔了舔好像也没用，完全不止血。

张嘉年的思绪极度凌乱，像是处于死机边缘，他冷着脸擦去嘴角的血丝，声音低沉而沙哑："不许再开这种玩笑。"

她的举动已经突破底线，超过"朋友"的范围，根本不允许他有自欺的空间。他觉得有必要进行警示，不能完全放纵她莽撞的行为，致使两人都堕入深渊。

楚楚沉默片刻，看他神色阴郁，完全没察觉到危险，反而凑上前响亮地亲了他的脸庞一下。

张嘉年："……"

楚楚理直气壮地挑衅："凭什么？你有义务被我这样那样……"

楚楚还没说完，下一刻便被翻身的张嘉年压住。

他浑身宛如火焰，差点把她灼伤。她只感觉他的气息将自己彻底包裹，温热而暧昧的吐息恨不得钻进她的耳朵，引来一阵阵战栗。她的周围全是男性荷尔蒙的醉人味道，他的声音很轻，满含着情欲，悄声问道："有义务怎么样？"

语气跟平常完全不一样，他像是深渊里诱人的魔鬼。

楚楚察觉到对方身体的异样，瞬间尿了，只差就地躺平求饶，连连叫道："大侠，我错了，有事好商量！"

她现在才发现锻炼的重要性，别看张嘉年平时好脾气地任打任闹，关键时刻摁住她时完全不费劲，她连逃跑的机会都没有！

楚楚见他丝毫不动，赶忙好言相劝道："张总助，快注意人设和您的偶像包袱！不能随便黑化，您是有涵养的人！"

她听到对方轻轻地嗤笑，还有紧接而来的威胁："还敢闹吗？"

楚楚最受不了这等挑衅了，虽然此时身处险境，但心中还是有些不服，便想逞口舌之快，嘀咕道：“凭什么不能闹，你不是我的女、男朋友吗？虽然你还在实习期……”

楚楚最终还是在张嘉年的死亡凝视下改口，不敢说起“我的女人论”。她心道，君子报仇，十年不晚，现在自己忍辱负重，早晚有一天东山再起！

张嘉年闻言却是震惊不已，内心卷起惊涛骇浪，久久僵立在原地。

楚楚像是想起什么，强调道：“对，你还在实习期，小心我给你打差评！”

张嘉年：“……”

张嘉年真想敲破她的脑袋，看看其中的构造，事情到底是怎么阴差阳错发展到这一步的？！

他想警告她别性骚扰，结果她说自己是合法的！

楚楚看他满面寒霜地起身，一言不发地走向卫生间，全程大气都不敢出。她失去桎梏，复盘刚才的战局，意识到体质还真挺重要。她以后要想打得过张嘉年，估计得痛下决心好好锻炼。

楚楚作为“咸鱼”界王者，认为这不亚于让她当场暴毙，更别说张总助自制力惊人，估计比她训练得更刻苦。她摸了摸下巴，如果自身能力不行，那还是得靠外物？

楚楚打开手机，打算看看手铐、电击棒等物品能不能网购。

卫生间内，张嘉年用冷水洗了把脸，才让全身的燥气平复。他冷静下来，察觉两人的想法和沟通出现了偏差，一时不知该喜该悲。他由于对楚楚的调侃及调戏产生了麻痹性，竟搞出如此大的乌龙，简直无法收场。

但、她、也、喜、欢、我。

看着镜中的自己抑制不住地翘起的嘴角，张嘉年顿时脸色一沉，又用冷水洗了洗脸，再次用物理方式降温。他晃了晃脑袋，想要恢复平时敏捷的思维速度，反而把头甩得更晕。

这是不行的。

他想起楚彦印的规划，内心极度苦涩，他肯定不行。

他是来报恩，不是来报仇的。

张嘉年从卫生间出来，正撞上握着手机的楚楚。他缓过神来，脸色有些不自然，不敢跟她的视线接触。

楚楚反而比他更不自然，试探性地问道：“这么快？”

张嘉年微微一愣，等明白过来，简直在黑化的边缘，语气略显阴郁地解释：“我、只、是、洗、脸。”

楚楚：“哦。”

张嘉年：“……”

他刚才做的心理建设瞬间被她气到土崩瓦解，简直想把小学生吊起来打。他在一本正经思考地未来的时候，她怎么总能从离奇的角度破坏气氛？！

楚楚看他脸色不佳，暂时不敢再招惹平日温文尔雅的张总助。她发现兔子急了也咬人，为避免被对方咬死，干脆老实地窝在沙发上看手机。

张嘉年看她浑然不知的样子，内心越发矛盾而煎熬。他现在说破真相的话，是不是就再也没有机会？

如果他跟楚楚说清，这只是一场误会，便算是彻底划清界限，或许以后连留在银达的机会都没有。齐盛和银达距离过远，两人都工作繁忙，更不可能再有交汇点。相遇后也只剩尴尬，他们没法像过去那般自如地交往。

假使她大度地将他留在银达，当一切都没有发生，继续共事……他自己的心里也过不去。

他没法欺骗自己的感觉。

他拥有着卑劣的私心，但想到未来的困难坎坷，又觉得不该让她深陷进去，长痛不如短痛。

他决定现在跟她说清，然后自己主动提出辞职，果断地离开齐盛及银达。

张嘉年的理智和高尚占据了上风，他下定决心后，望着茫然无知的楚楚，又不知从何开口。她正低头看手机，他索性从轻松和缓的话题切入，问道：“您在看什么？”

屏幕上的画面似乎相当绚丽，还夹杂着激烈的音乐。

楚楚跷着脚，懒洋洋地道：“我在看练习生的表演舞台……”

陈一帆等人最近参加了一档名为《偶像之光》的节目，如今正放出最新表演舞台。他们还真被捯饬得人模狗样，在舞台上光彩四射。

张嘉年安静片刻，瞬间将刚才复杂沉重的内心戏抛在脑后。他当下黑脸，语气颇凉，阴阳怪气地道：“我就坐在这里，您还要看他们？”

他心里的酸汁毒液翻滚，顿时被忌妒蒙蔽心智，他决定做个卑鄙小人，将高尚一词彻底删除。

楚楚：“……”

楚楚感受到他吓人的气场，立马将手机丢到一旁，不敢再刺激这棵日产两斤柠檬的柠檬树。

楚楚严重怀疑张嘉年目前处于每个月都会有的那几天，否则情绪怎么会如此不稳定？他平时向来好脾气，即使满腹腹诽都会露出营业式的笑容！如果不是“大姨父”的话，实在没法解释他现在的异常。

她思及小朋友过去对自己的照顾，本着包容和体贴的态度，决定近两天投桃报李，暂时不跟他计较。

楚楚在心中赞叹自己：我真是优秀的“男朋友”和“父亲”，堪称业内楷模。

她丢掉手机，陷入无所事事的焦虑中，茫然地道：“那我们干点什么？”

张嘉年看她如此果断地抛开手机，濒临黑化的气场瞬间得以平复。他闻言眼神微闪，又想起自己的实习工作，迟疑道：“您想干点什么？”

天色已晚，孤男寡女，两人刚才还差点擦枪走火。

楚楚果决地道：“我们打游戏吧。”

张嘉年：“好。”

于是，两人愉快地联机打通一张游戏卡，度过了健康而轻松的周六。

周日，楚楚本计划跟着张嘉年去看看张雅芳女士，不料却突然收到楚彦印的召唤。张嘉年得知消息时同样万分诧异，要知道楚董过去约楚楚见面，必然会提前跟他打招呼，这回却是异常地分开通知两人。

尽管由于楚楚不回讯息的行为，楚彦印最终还是让张嘉年又提醒她一次，但流程上感觉有点不一样。

张嘉年内心有些矛盾，在遭遇昨日的暴击后，说实话还没做好马上见楚董的准备。他干脆征求楚楚的意见，询问道：“您想去吗？”

“去呗，不然他又要叨叨。”楚楚低头玩着手机，懒洋洋地道，“老楚早上跑完五公里，还能想着约见面，如此精力旺盛也少见。”

张嘉年本还在纠结，却被她的话转移了注意力，疑惑道：“您怎么知道楚董早上在跑步？”

楚彦印最近谨遵医嘱在静养，如果他能跑五公里，证明已经恢复得差不多。张嘉年了解楚彦印的生活习惯，但觉得楚楚显然没有这个心，她恐怕连楚董爱吃的菜都不知道。

楚楚退出跟林明珠的聊天页面，淡淡地道：“我是他的贴心小棉袄啊。”

张嘉年：“……”

张嘉年：这句话简直可以入围本年度十大谎言。

第十三章　总裁的交换人生

楚家大宅内，楚彦印确实感到神清气爽。他最近休息得不错，甚至在家里有些闲得发慌，正是想重回岗位大展拳脚的时候。楚董想起不孝女的未来，干脆一拍脑门邀请楚楚和张嘉年小聚，打算用家庭氛围熏陶、培养两人的感情。

当然，楚彦印不会承认，自己还有让楚楚提前停止监国的意思。

奇迹影业本季度的亏损没有扩大，不合时宜的庞大项目被终止后，公司得以减负。同时，《赢战》游戏在海外的不断拓展，促使《赢战》电影版的招商引资变得容易。制片人高岚清已经跟多家资金和影视公司洽谈合作，签订筹备阶段的合同，让本季度有所进账。

长期以来的大麻烦被解决，楚彦印一时真没借口让楚楚走。

饭桌上，楚楚、张嘉年、楚彦印和林明珠齐聚一堂，四人各怀心事地用餐。张嘉年和林明珠心底都有想隐瞒的事情，全程几乎零发言，桌上竟只有楚楚和楚彦印的交谈声。

楚彦印身着家居服，却不减威严的气场。他慢悠悠地喝着汤，状似无心地寒暄："你最近把公司管得怎么样？对齐盛电影的业务熟悉吗？"

楚楚吃了枚弹性十足的虾仁，直白地道："你昨天不是刚跟姚兴通过电话，知道公司最近的情况，还用我现在复述？"

姚兴私底下会向楚彦印打小报告，不过楚楚都是睁只眼闭只眼。

楚彦印闻言瞪大眼，脱口而出道："你怎么知道？"

奇迹影业最近没问题，楚彦印当然要从齐盛电影入手，尝试劝退楚楚，为此便提前询问姚兴近况。他能理解楚楚知道两人私下有交流，但总不能精确到哪天吧？

林明珠吓得浑身冒冷汗，快将头低到碗里了。她暗自懊恼，心想楚楚怎么完全不考虑地下组织工作的艰难，上来就要自爆！

楚楚抬眼望向对面，不知是在看楚彦印还是林明珠，问道："你想知道原因？"

林明珠气得咬牙，以为楚楚要直接揭穿自己，撕毁联盟协议，不禁暗暗握紧拳头，指甲都陷进了肉里。

楚彦印鹰目一眯："说吧，你从哪里知道的？"

楚楚坦然道："我最近一心向道，修得些奇门异术，其中便有千里眼、顺风耳，借此窥得父亲的生活消息。如果父亲对此感兴趣，只要赞助我些许修道经费，我便将此传授与您，父女亲情价十亿元，买不了吃亏，买不了上当……"

张嘉年、林明珠："……"

楚彦印大怒："一派胡言！你这是诈骗！"

楚楚闻言睁大眼，佩服地拍拍手，诧异道："居然被你看穿了，不愧是楚董！"

楚彦印见她把自己当猴耍，气得半天没说出话来，脸色涨红，颤颤巍巍地指着楚楚道："你、你……"

张嘉年看楚彦印神色不对，考虑到楚董的身体状况，出言规劝道："楚总，楚董最近还在休养……"

楚楚眨眨眼，刚露出稍显愧疚的表情，突然又眉头紧皱，痛苦地捂住自己的胸口，倒在桌上发出微弱的呻吟声。

其他几人被这一变故吓了一跳，惊得原本愤怒不已的楚彦印都站起身。张嘉年看她脸色发白、额头是汗，心里咯噔一下，赶忙上前查看，惊慌道："您没事吧？！"

楚楚的额头抵着桌面，她控制不住地痉挛抽搐，仿佛在极力隐忍疼痛。

张嘉年慌得要直接抱起她去沙发，楚彦印同样错愕不已，叫道："快让医生过来！"

"这到底怎么回事？！胡医生最近不是刚检查完？"

楚彦印瞬间丧失镇定，就连林明珠的脸上都显露慌色。

张嘉年刚碰到楚楚的肩膀，便见她猛地坐直身子，一扫刚才的虚弱无力。她大大咧咧地又夹了一筷子虾仁，风轻云淡地道："我演技逼真吧。"

楚楚平静地道："老年人不要用身体状况吓我，否则年轻人给你表演当场猝死。"

楚彦印在商界纵横多年，是个"老油条"，现在被亲生女儿怼几句就要气到晕厥，这绝对算对老年人的史诗级碰瓷。

众人："……"

楚彦印勃然大怒，想要冲上前吊打熊孩子，吼道："嘉年，你别拦着我！我今天就要打死这个不孝女！"

"楚董，您还在休养，不宜情绪波动过大……"张嘉年苦口婆心地劝道，感慨楚楚真是皮得没边，什么祸都敢闯。

楚楚作为罪魁祸首，不但没有半分忐忑，反而优哉地调侃道："不过真没想到，老楚你还挺关心我的啊，刚才的惊慌不似作假。"

楚彦印努力平息怒火，口不择言道："我以后要再关心你，我就直接去死！"

楚楚理直气壮地道："如果按照这个逻辑，自我出生以来，你就死得挺彻底。"

张嘉年深吸一口气，打算现在就给胡医生打电话，通知他前来抢救楚董。

"胡说八道！"楚彦印太阳穴直跳，暴怒道，"你从小到大，我缺过你吃，还是短过你穿？你创业是谁投的钱？你还有脸说这话？！"

"唉，如果你觉得给钱就是父爱，那倒也无所谓……"楚楚嘀咕道。她懒得跟楚彦印争辩，生而不养是一回事，生而不会养又是另一回事。说到底，她又不是原书女配角，没必要上赶着解决父女问题。

楚楚冷静道："齐盛电影那边我没法马上还你，好歹等到三月之约结束。现在文娱三大家的攻势很猛，单纯靠烧钱票补没作用。"

楚彦印看她猛然正经起来，还戳破了自己的心思，不由得微微一愣，错愕道："你……"

"你们商界大佬的思路，我不懂。"楚楚耸耸肩，"不过在文娱业上，你最好还是听我一句劝，不要外行指导内行。"

楚彦印的气势弱下来不少，但他还是冷哼道："你算什么内行？"

"你从来都没打算了解我，自然永远觉得我是外行。"楚楚慢条斯理地道，又露出略带嘲讽的笑容，"今天约我不就是想说这事？本来电话就能说清楚，倒是浪费楚董宝贵的时间了。"

楚楚突然觉得有点没意思，她从楚彦印这里从来只能获得负面评价。对方将她看成是彻头彻尾的浪荡子，难怪原书女配角也不爱回家。

楚彦印注视着她，眼神复杂而深不可测。他动了动嘴唇，想要进行解释，最后却只吐出一句："既然你对公司有主意，我等着看最后的结果。"

张嘉年露出为难的神色，不明白这对父女为什么会走到这一步。

这场家宴不欢而散。

两人临走前，楚彦印看向楚楚，终于忍不住问道："那你觉得父爱是什么样的？"

楚楚一直以来过于荒唐，楚彦印承认有时不会考虑到她细腻的情绪，只将她当成胡闹的小孩。即使旁人在楚彦印的面前夸赞她的能力，他都会怀疑对方在暗讽自己，谁让楚楚纨绔的形象深入人心？

钱当然没法解决所有问题，他或许真的失职，却毫无弥补之计，只能口是心非地说出引发更大矛盾的话。

楚楚没想到古板的老楚会自责反思，停下脚步，意外地看向他："你真想知道？"

"对。"楚彦印答道。

楚楚："我们交换身份一周，我来做爸爸，告诉你真正的父爱。"

楚彦印："……"

楚彦印：孽障！

车辆缓缓启动，驶离楚家大宅。

张嘉年暗道自己手快，直接把楚楚塞进汽车后座，避免她遭遇楚董的一阵毒打。他坐在副驾驶的位置上，自觉该帮楚董说两句话，语重心长地道："其实楚董还是很关心您的。"

楚楚吐槽道："这话从我们刚认识起，你就每天都在说。"

如果不是车上还有司机，她都想大倒苦水，明明做出那么多成绩，老楚还习惯性装瞎，更是妄图在关键时刻剥夺权力，这是什么爹！

张嘉年沉默片刻，说道："楚董一直记得您喜欢吃虾仁，所以每次都会吩咐厨房准备，以前还总跟我说起此事。"

楚楚和原书女配角很巧合地都喜欢吃虾仁，这事只有张嘉年知道。

楚楚本人还是头一次听说此事，抿了抿唇，语气放软不少："他怎么跟你说的？"

莫非老楚对原书女配角很关心？但他为什么至今没发现自己和原主的差别？

张嘉年温声道："您两三岁时只爱吃虾仁，楚董一直记到现在。"

楚楚面露古怪：“两三岁？那我现在爱吃什么，他知道吗？”

张嘉年没想到她会这么问，竟然无言以对。

楚楚当即冷笑：“这都过去二十几年了！我要是个墙头草‘追星狗’，偶像都能换一打！”

这叫什么见鬼的关心，说不定原书女配角早就不爱吃虾仁了。

张嘉年：“……”

张嘉年深感无奈，心知楚楚并不是完全忽略楚董的感受，只是表达的方式有误。用她自己的话来讲，她没有那么闲，不会在无关紧要的人身上花费时间。然而，楚董同样是不善言辞之人，才会屡屡被楚楚的言语激怒，致使父女互怼至今。

熊孩子和大领导的脑回路完全不同，导致他们一直没法正常沟通。

下车后，张嘉年见四下无人，才迟疑地向楚楚发问：“您过去的父亲是什么样的人呢？”

张嘉年没法再劝的另一个原因，就是他知道她不是真正的楚楚，确实没理由非逼她跟楚董搞好关系。但他觉得找到参照物的话，或许可以从中发现解决问题的办法。

楚楚随口道：“我不知道。”

张嘉年一愣，面露诧异。

楚楚瞟他一眼，大大咧咧地道：“没跟你说过吗？我父母早亡，所以都没印象。”

张嘉年一时不知该说什么，愧疚道：“对不起，我不知道你……”

“没关系，这也不是什么大事。”楚楚看他露出复杂而怜惜的眼神，当即吐槽道，“别用这种奇怪的眼神，我还有其他亲人，父母双亡又不代表很惨……”

她甚至现在觉得这样也好，因为没有家人，所以就不用担心原本的生活。她可以无拘无束、自由自在，即使消失到书里，也不会影响到其他人。

如果有父母，便自然产生血亲的约束，很难真正分清两者的干系，要是碰到不合格的监护人，似乎麻烦会更多。

张嘉年好奇道：“那你小时候跟谁一起生活？”

“我奶奶。”楚楚露出怀念的神色，好像回忆起童年的快乐生活，又慢悠悠地道，“她现在也走了。”

楚楚没说出来的是，其实她奶奶的性格跟张雅芳有些像，都是风风火火的性子和熟悉的乡音。奶奶从来不会被困在过去的苦痛中，会以坦然而轻松的态度迈过一个个坎，虽然文化水平不高，但有自己的处世智慧。

楚楚见张嘉年的脸上再次浮现心疼的表情，立马补充道："这叫喜丧，请别瞎脑补。"

楚楚的性格有一半都来源于奶奶，包括她对死亡的认知与理解。只要每天努力开心地活着，就没必要恐惧死亡。奶奶在世时，从来不避讳谈及后事，甚至连"喜丧"的概念都是她告诉楚楚的，她是个豁达的老人。

张嘉年看她语气轻松，确实没有半分伤感，心里也软下来，问道："你们感情很好？"

楚楚点点头："是啊，我三岁时她有次不小心摔下楼梯，吓得我哇哇大哭。她问我哭什么，我说怕她没了，没人能给我做饭。"

张嘉年听着前面还是温馨故事，殊不知她瞬间转换路子，颇感无语地说道："后来呢？"

楚楚："后来她说我们互换身份一周，她做孙女，我做奶奶，让我给她做饭，体会什么叫作奶奶的爱。"

张嘉年：很好，果然是家学渊源、一脉相承。

张嘉年："您会感到自己对奶奶说的话很残忍吗？"

楚楚："还好吧。她也常说不听话就把我丢大雪地里冻死，要是没我就不会被耽误打麻将之类的，但总归是一家人。"

张嘉年："……"

张嘉年突然发觉，虽然他没找到缓和大小楚关系的方法，却莫名地懂得楚楚和张雅芳聊得来的原因。这话怕不是出自张雅芳之口的原句吧？

张嘉年感觉推动父女和解之事任重而道远，想让两人处于同频道就很难。他思索片刻，问道："您是对楚董有点不满吗？"

"谈不上不满。"楚楚想了想，又答道，"但我以后大概不会要小孩，我没我奶奶强，估计不是合格的监护人。"

张嘉年若有所思，突然读懂了父女俩的症结与矛盾，一时陷入沉默。对楚楚来说，如果她没能力和时间好好养育子女，便不会尝试为人父母。

楚楚见张嘉年不语，误解了对方的默然，挠挠头，迟疑道："不过你要是实在喜欢小孩，我现在开始学习如何做好父母？"

张嘉年一愣，反应过来后耳根泛红，恼羞成怒道："您想太多了！"

楚楚啧啧道："领导总要深谋远虑，你记得提前透个底，别让我毫无准备地上岗。"

张嘉年：为什么这话听得像是我能生孩子一样？！

楚楚既然知道，楚彦印想要加快拿回齐盛电影的步伐，就不敢再耽误，周一就向姚兴等高管公布自己的计划。

会议室内，楚楚坐在会议桌边，让张嘉年配合播放PPT，阐述道：“我打算通过账号互通绑定的方式，将各个平台的用户打通，刺激齐盛电影在线票务的增长……

“目前齐盛旗下的App（手机软件）数量繁多，却没有统一的账号，导致用户的注册烦琐、操作麻烦。齐盛电影票务目前单靠票补，很难再扩大用户量，但将其他平台的已有账户导入，便能使怕麻烦的用户有意识地使用齐盛票务……”

“光界系游戏和微夜科技的微眼那边由我负责，但齐盛集团内的其他互联网App，则需要由姚总沟通，必要时还要请楚董出面。”楚楚有条有理地汇报完，抬眼望向姚兴，补充道，“各平台的账户互通，不但能增加在线票务，甚至可以影响集团未来的联动发展，比烧钱票补强得多。”

楚楚这段时间查阅了不少资料，也咨询了张嘉年集团内的情况，才写出这份提案。实际上，她觉得等微眼再发展一段时间，实施起来会更有力。楚楚没有否决微夜CEO刘贤对于“社交软件”的坚持，便是看中了其未来庞大的用户群。

如果她手上握有一款国民级社交软件，拥有丰富的用户量，账户互通后便可以在任何领域产生奇效。这就像是腾讯或阿里，可以使用两家的账号登录任何平台。可惜微眼还没发展到那步，她和老楚的三月之约就要结束，只能硬着头皮先靠光界。

姚兴听完心动不已，然而又面露难色，说道：“楚总，您的想法很好，但实际账户互通起来有很多困难……”

虽然大家同是齐盛产业，但凭什么帮忙账户互通？齐盛内部各有小团体，只是现在碍于楚彦印的强势，没有显露出水面。姚兴还真没如此大的面子说动各怀鬼胎的小头目们，就算是楚彦印处理此事都会有点棘手。

楚楚并未露出失望的神色，反而漫不经心地道：“没关系，我理解，大集团都忙着内斗。”

毕竟是实业起家的老牌大集团，内部架构非常复杂，很多改革没法立刻实施，估计都要考虑自身利益搞政治斗争。

“那就先从光界系游戏和微眼入手，单靠这两家的用户量也足够，可以再做些跨平台合作。”楚楚淡淡地道，“文娱三大家联合投入的资金有限，一旦花钱超过上限，三家很快就会瓦解。”

她早就想到齐盛系App有可能没法配合，便也没抱太大希望，提前跟梁禅和刘贤联系好了。光界和微夜都是银达占股较高的企业，关系自然非常紧密，加上老总们的年纪都不算大，合作沟通也容易。

姚兴没想到楚总如此大方，要知道风靡全国的《赢战》受无数玩家追捧，用户活跃度很高，现在合作对齐盛票务有利无害。

散会后，张嘉年还有其他财报上的事务，便先行离开。楚楚和姚兴结伴坐电梯下楼，姚兴难得跟楚总有单独聊天的机会，忍不住道：“我其实很意外，您会愿意让三家账户互通。”

齐盛系App没法加入，现在就是光靠光界和微眼带齐盛票务上分，对楚总并没太大作用。

楚楚古怪地看他一眼，说道：“我的三个月任期就要结束，总不能拿出份不及格的成绩单。”

这事得怪胡达庆，要不是他非在此时跑出来烧钱竞争，楚楚不会被逼到这地步。她也是倒霉，在任期间碰上最大对手，齐盛电影本来从不用烧钱，偏偏她赶上了。互联网烧钱竞争是常态，然而她和老楚有约在先，必须得在三个月期间盈利，否则不但赌约失败，估计还会被老楚嘲笑死。

老楚当初喊“你行你上”，她要打赌失败证明自己不行，岂不是啪啪打脸。

姚兴犹豫地吐露真心话：“我还以为您只想……赚钱。”

而且她是给自己的私库赚钱，毕竟她剥削奇迹影业的往事历历在目？

楚楚倒没生气，诚实地道：“我是想赚钱，不过还是面子更重要。”常言道，不蒸馒头争口气。

姚兴：“什么？”

他不知道大小楚私下的对峙，并不太理解此话。

电梯终于抵达一楼，楚楚率先迈出电梯门，回头跟姚兴道别：“姚总不用送，我下月起就不再过来了，张嘉年会将本季度财报的剩余事务扫尾。”

姚兴闻言，怔怔地道：“好的，您路上小心。”

楚楚懒洋洋地摆摆手，算跟他告别，便大步往外走去，奔赴下一家公司。姚兴看她的举止谈吐，其实并不像印象中的大家闺秀，但又偶尔会给人信服的感觉，有点像年轻时的楚董。

“她真的什么都没要？”楚彦印听姚兴汇报完，神色莫测地道，“该不会有后手吧？”

楚楚将光界和微眼的账户库拱手相让却没提条件，绝对算破天荒的举动。

“楚董，其实我觉得小楚总并不是您想的那样，现在齐盛票务面对都庆胡董那边的竞争，她是知道轻重缓急的。”姚兴的声音从电话中传来，还是出言帮楚总说两句好话，认为她有一致对外的精神。

“好，我知道了。”楚彦印沉默片刻，沉声道，“你先去做集团内老帮菜的思想工作，能说动几家就说动几家，要是不够配合，我再出面。”

齐盛集团内同样有互联网公司，只是持股的主要资方都是元老级别，他们的思维方式并不太互联网。楚楚都能呼朋唤友撑场面，楚董要是叫不动人，岂不是很没面子！

“好的。”姚兴了然地应道。他今日在会上没敢将话说绝，便是要等楚董的决策。

楚彦印挂断电话，在屋里徘徊了一圈。他下个月起便要回归集团工作，停止休养的日子。然而，那天家宴过后，孽女的影子就像没有散去，越来越多的人替她说话，似乎她真的改变了。

楚彦印剩余的休息时间不太多，独自思考许久，最终还是给张嘉年拨通电话，对方几乎是秒接。

“楚董，您有什么吩咐？”

“你把电话给她，我有话跟她说。”

张嘉年转头看向楚楚办公室的方向，强压内心的诧异，回复道：“好的，您稍等。”

他直接前往总裁办，将手机递给疑惑的楚楚。她有点茫然，最终还是接过电话，问道：“有事吗？”

她明明还没搞完齐盛电影本季度财报，难道姚兴告小状了？

楚彦印冷哼道：“你不是要互换父女身份？我只有下周有空，你最好抓紧时间。”

既然她信誓旦旦地说真正的父爱，他就看看她能搞什么鬼！

楚楚：“嗯？”

她该不是一语成谶，担心为人父母毫无准备地上岗，便真的实现了？

楚楚没想到古板老旧的楚彦印居然会答应，毕竟她上次说起时差点被打，一时内心震惊不已。不过她很快便平复了心情，镇定地道：“好的，乖女儿。”

既然是互换父女身份，她是爸爸，楚彦印是女儿，没毛病。

楚彦印顿时语塞，强调道：“下周才开始，你别得寸进尺！”

楚楚："我不是先让你熟悉下身份，以免到时候感到别扭。"

楚彦印心道，她做起爸爸来，怎么都不感觉别扭？！

楚彦印嗤笑道："好，我倒要看看，你能做得有多合格……"

楚楚："爸爸不会让你失望的。"

楚彦印："……"

双方又聊了几句，楚楚才挂断电话，沉思片刻，抬眼看向张嘉年，真诚地说道："对不起，但你突然当妈了。"

张嘉年："嗯？"

楚楚："我知道这件事很难，但我们要马上突击学习，争取下周作为合格父母上岗。"

张嘉年万分不解，仅仅是一通电话的工夫，他怎么就好像跟不上时代的脚步了？

"我要立刻了解老楚的……不对，我女儿的生日、口味、爱好、学习经历及好友状况，让他度过愉快而充实的一周。"楚楚接到任务，瞬间燃起满腔斗志，又问道，"对了，我卡里还有多少钱？他有没有很烧钱的爱好？"

楚楚道听途说过一些育儿指南，据说养儿育女是极度花钱的项目，小孩从小到大不知道要报多少特长班、补习班，每逢大考还有择校费等其他支出。虽然楚彦印的学习生涯已过，但他必然还有爱好，很可能是开销很高的类型。

张嘉年的思绪有些凌乱，不懂她为何称楚董为女儿。他抓住问题的重点，缓缓答道："楚董的生日是十月二十三日，口味偏清淡，爱好是下象棋，学习经历……比较曲折，您是要做什么？"

楚彦印早年在农村生活，后来靠参加成人高考进入大学，毕业后又被分配工作，最后鼓起勇气下海创业，将齐盛从小做到大。他的学历摆在今天，肯定是不够看的，毕竟银达都是人均常春藤，但他是那个时代杀出来的勇夫。

楚楚怀着初为人父的喜悦，考虑的事情也杂七杂八的。她突然道："对了，你跟雅芳阿姨打声招呼，下周跟我一起搬进大宅。"

张嘉年震惊不已，当即推辞道："这不好吧……"

张嘉年面露难色，在燕晗居的客房过夜，已经处于目前的心理接受底线，怎么还突然入住楚家大宅？他以前都极少留在大宅，更别提现在的状态，这是唯恐生活不够刺激？

楚楚不满道："你怎么当'妈'的，只有一周时间，都不愿陪在孩子身边！"

张嘉年："……"

张嘉年："我们不如尊重一下楚董的意见？"

楚楚："好，那你打电话跟他说，我们下周入住的事情。"

张嘉年握着手机，原本抱着楚董直接拒绝的侥幸心理，没想到对方却一口答应。楚彦印甚至对张嘉年陪同入住大宅的举动，表达了高度赞赏，并表明他很快就会回集团工作，两人正好聊聊公司的事务。

话已至此，张嘉年都没有逃避的理由，谁让董事长声称有正经事要聊？

楚楚和张嘉年要在大宅留宿一周的消息，让楚彦印相当满意。虽然他对楚楚口头占便宜的事耿耿于怀，但他最近看新闻都能哼小调，显然心情不错。林明珠得知情况却极度为难，要知道她很久没跟楚楚处于同一屋檐下。

尽管楚楚和林明珠暂时有着同盟协议，但眼看父女俩的相处模式产生转变，林明珠也产生了一丝焦虑。首要的问题就是，房间该如何安排布置。

原身女配角离家时将屋里的东西砸得粉碎，声称绝不再回大宅。林明珠就算想特意收拾一下，都挑不出楚楚的物件，然而冷冰冰的客房配置显然又不合理，估计会遭楚彦印埋怨。

说曹操，曹操到，林明珠还在苦恼，楚彦印便背着手来检查工作。

"房间安排得怎么样？"楚彦印上楼打量，见用人们正在铺床，吩咐道，"嘉年也要留宿，把他安排在隔壁吧。"

林明珠诧异道："我本来想安排嘉年去你隔壁……"

楚彦印没好气地道："去我隔壁做什么，我俩有什么好聊的？"好不容易有的大好时光，当然是孩子的事情更重要。

林明珠暗自腹诽：明明你俩每次聊得最多！

楚彦印想起什么，又道："对了，她不是爱喝你炖的汤？你准备一下。"

林明珠听到熟悉的"炖汤"言论，崩溃得只想掀桌，然而她面上还是婉言干笑道："好的，放心吧。"

林明珠：这后妈做得也够辛苦的，每天战战兢兢、如履薄冰。

如果楚楚不回大宅，林明珠便可以坦荡荡地遛狗和喝下午茶，但如今楚楚要回来住一周，林明珠起码得把表面功夫做好，才不至于被楚彦印问责。

父女互换身份的日子很快便来临。楚楚和张嘉年乘车抵达楚家大宅，她看到门口前来迎接的楚彦印和林明珠，询问道："是不是我踏进这个门，就算正式开始？"

楚彦印点点头，沉声道："对。"

四人一同走进屋内，楚楚刚刚跨进门，便骤然转换身份。她作为"父亲”，负责地问道：“你最近的学习和工作怎么样？”

楚彦印头一回遭遇如此直白的问候，饶是阅人无数，平时被无数人围着恭维，此时也有点招架不住，敷衍道：“还好吧。”

楚楚正色道：“我听说你朋友的南风集团本季度营收创新高，你的成绩呢？”

齐盛集团本季度的增速继续减缓，这话简直是往楚彦印的心上戳刀子。他刚想大骂孽女，又想起互换身份的事情，强压怒火地解释：“这季度南风刚完成回款，所以才会有这个成绩……”

潜台词是，南董是靠歪门邪道考那么高，不属于真实水平，不配做“别人家的小孩”！

楚楚语重心长地道：“不要总找借口，你该从自己身上找问题，努力提高而不是光解释。多看看别人的优点，别老一味诋毁。”

楚彦印瞬间黑脸，眉头直跳。

楚楚微微叹息，教育道：“工作是为你自己的未来打基础，又不是为别人。如果你在首富榜上的名次滑落，出去也很没面子，不是吗？所以不要总想着在年会上唱歌，多做做正经事，别让名次下降。”

楚彦印：“……”

张嘉年见楚董处于发飙边缘，完全不敢出声。林明珠更是选择性耳聋，假装自己是室内花瓶。

楚楚看向楚彦印，发现他眉毛直立、鹰目微眯，似乎怒火正盛，无奈地道：“生气啦？你要实在想搞文艺，不然出道去做歌手，关键是决定好自己的目标及梦想，然后努力坚持下去。”

楚彦印：好一个满怀鼓励、支持追梦的父亲！

楚彦印还是不语，楚楚只得放软语气，最终哄劝道：“好啦好啦，南董的营收好也没用，他都大腹便便了，你还老当益壮，他比不过你！”

楚彦印闻言，这才稍微收敛冷脸，哼道：“废话，他跑两步都要喘。”

同年龄段的企业家里，楚彦印坚信自己是其中体育成绩最好，并且歌声最美妙的。他觉得楚楚太过分，居然在伤口上撒盐，明明这回成绩就不好，还要拿外人举例斥责他一通。她完全是胳膊肘往外拐，说出这种话，都不考虑老年人的心理健康吗？

“这是给你的。”楚楚进屋后，主动将手提袋递给楚彦印，“一点小东西。”

暴躁的楚董从考试成绩不佳的打击中，终于找回一点尊严和颜面，勉为其难地接受了楚楚的让步与和解。他一边接过包装简洁的礼物，一边怀疑道："不会是你们爱搞的什么整蛊吧？"

楚彦印虽然是老年人，但也深知年轻人的无聊，尤其送礼人是楚楚，实在不能放松警惕。

"我哪有那么无聊？谁家爸爸给孩子送整蛊礼物？"

手提袋很小，张嘉年全程都没注意到，竟不知楚楚是何时准备的。楚彦印将包裹的薄膜纸拆开，看到其中米黄色的方块，不由得微微愣神。

林明珠好奇地上前打量，原本猜想是手表或者袖扣等小巧物件，看清后却诧异道："这是什么？"

"是糖。"楚彦印沉默片刻，拿起其中破碎的一块，颇感怀念地问道，"你从哪里弄来的？现在估计挺少见。"

楚楚带来的是一种名为"叮叮糖"的麦芽糖，过去有人走街串巷地贩卖，用铁片制成的糖斩轻轻敲击糖块，将其击碎成小块时，糖便会发出"叮——叮——"的声音。这不像是年轻人了解的东西，毕竟大城市里没什么人贩卖。

楚彦印很久没接触到这类廉价的糖，既不是新鲜昂贵的食材所做，也没有过于复杂的制作工艺。他满头黑发时，还曾蹬着车卖过叮叮糖，如今他已经头发花白，必须承认光阴走得太快。

楚彦印尝了一块，感慨道："我以前还卖过这种糖。"

楚楚淡淡地道："我知道。"

如果不是楚彦印曾在采访中怀念过这种糖，她才懒得去找。

楚彦印闻言，扭头看到她平静的神色，一时百感交集，有种受宠若惊的感觉。他现在才发觉楚楚是认真的，她是做好准备来应对接下来的一周，下定决心要完成诺言。

他现在回想起来，虽然她嘴欠得离谱，但似乎每次都在全力以赴地完成约定。

不管是百亿目标，还是三月之约，再到现在的父女互换。她像是要证明什么，用开玩笑的态度，做严肃正经的事情。

楚彦印一连吃了几块糖，想要平定自己内心的波澜起伏。楚楚见状，果断地上前，合上包裹糖果的薄膜纸，严肃地道："吃吃吃，就知道吃，成绩这样还天天吃！"

楚彦印："……"

虽然楚楚教育埋怨的态度，让新晋"闺女"楚彦印极为不爽，但他看在叮叮糖的分儿上，还勉强可以忍受。四人很快便上桌吃饭，难得地度过了安逸而温馨的片刻，头一回没在饭桌上发生任何争执。

楚彦印见对面的楚楚乖乖地低头用餐，一时颇为感慨。他以前甚至认为这种时光是奢望，似乎从她有自己的独立思考开始，父女俩便争吵不断。两人永远是话不投机半句多，可以从无数细枝末节上爆发矛盾，终于在林明珠之事上达到顶点。

楚楚正认真用餐，手机屏幕却突然亮起，她看了一眼，对身边的张嘉年道："我们一会儿对下微眼的事。"

尽管现在是宝贵的父女互换时间，但楚楚也不能不务正业，该干的事情都得做。她和张嘉年由于要回大宅，在路上还会耽误时间，有些工作自然得挪到晚上。

张嘉年闻言，先抬眼看了下楚彦印的神色，这才答道："好的。"

张嘉年可没忘记楚董说有正事要谈，突然跟两位老板处于同一屋檐下，顿时感到分身乏术。

楚彦印不满道："怎么，工作的事情还不能在我面前谈？"

楚彦印看着她藏藏掖掖的态度就不爽，好像特意防着他一样。他明明也很有经验阅历，分析问题不比他们差！

楚楚瞟他一眼，淡然道："大人说话小孩别插嘴，吃完饭就写作业去。"

楚彦印："……"

楚彦印咬牙道："我跟嘉年饭后有正事要谈。"

楚楚说道："先来后到懂不懂？"

楚彦印振振有词："事情要分轻重缓急。"

楚楚望向楚彦印，严肃地道："反正就是你的事永远比较重？你要搞清楚，现在我才是一家之主！"

楚彦印语塞片刻，总觉得这话莫名熟悉，随即辩驳道："你不能搞寡头政治！"

楚楚冷笑道："你当爹的时候，天天搞寡头政治，这叫风水轮流转。"

楚彦印极度不服，最后两人饭后对决，争夺张总助的议事权。林明珠抱着"可怜"作为记分员，坐在象棋盘旁宣布："那比赛正式开始，我们采取三局两胜的形式来决定最终胜者。"

楚彦印鹰目一眯，语气颇为挑衅："你要跟我比下棋，恐怕得输惨了。"

他还没在象棋上输过，下棋水平可以称得上"杀遍齐盛高管，拳打各大集团"。

楚楚幽幽地道："别人下棋让着你，可把你膨胀坏了。"

她猜到高管们的“老油条”套路，谁敢真的赢老板？楚彦印纯粹是自我感觉良好，不知天高地厚。

两人各自执棋，展开权力争夺战。

张嘉年旁观一局，看了眼时间，内心不禁吐槽：两位老板的正事估计都不急，否则怎么有闲心下棋？

父女俩还在热火朝天地用棋定胜负，张嘉年觉得三局时间还早，索性先上楼洗漱。客房内，用人们早就铺好干净柔软的床单被褥，独立卫浴内也已放置好洗漱用具。晚风从小阳台内吹入，让人感觉惬意而轻柔。

张嘉年锁好门，将窗帘随手拉上，便换上浴袍去沐浴洗漱。蒸汽朦胧中，他褪去刚才饭桌上的拘束和不适。现在他待在楚家大宅，总有种做贼心虚的感觉。毕竟他还没想好如何跟楚董解释，自己跟直系上司的“不正当关系”。

张嘉年沐浴完，一边擦拭湿淋淋的黑发，一边离开浴室，进屋便看到直系上司正趴在床上玩手机。她听到声音，还回头看他一眼，评价道：“啧，你洗完澡裹得够严实的。”

张总助肯定有严重的偶像包袱，洗完澡还全身着装无一丝不妥，除头发潮湿外，几乎看不出异样。他穿着浴袍，头发还在滴水，震惊地站在原地。

张嘉年看着不速之客，下意识地左右看看，脱口而出道：“你怎么在这里？”

楚楚理直气壮地反问：“这是我家，我怎么不能在这里？”

张嘉年：“……”

张嘉年看楚楚大大咧咧地躺在床上，一时无暇顾及她鸠占鹊巢的行为。他伸手试了试纹丝不动的房门握柄，提出质疑：“我明明锁门了？”

楚楚指了指窗帘缝隙后的小阳台，自然道：“我从阳台穿过来的，本来是要吹吹风，没想到是相通的。”

张嘉年心道，住在这里实在太没安全感，受到来自父女俩的双重威胁。

“楚董呢？”张嘉年想起两人的对战，忍不住问道。

“他被我的棋艺打击了，现在正坐在楼下复盘。”楚楚扬起下巴，得意地吹嘘起来，“我作为‘父亲’，当然要好好教他做人。”

张嘉年暗自吐槽：你一看就不是什么正经“父亲”。

屋里突然多了一个人，张嘉年颇感局促与不适，客气地提议道：“您能先回自己房间吗？我一会儿过去找您。”

楚楚无辜地道：“为什么？”

张嘉年有些气恼，一字一顿地道：“我要换衣服。”

楚楚用手捂住眼睛，诚恳地道：“我又不看你，这不就行了。”

张嘉年信她才有鬼，她都从阳台穿过来了，要是不做点什么，岂不是白费力。他露出职业笑容，再次询问道：“您愿意移步隔壁，稍等片刻吗？”

楚楚耍无赖道：“你亲亲我，我就去隔壁。”

张嘉年听到她的无耻谰言，沉默片刻，随即应声道：“好。”

楚楚闻言，见他走过来，兴高采烈地半探起身。她一边等他弯腰，一边居高临下道：“好吧，既然如此，我就勉为其难地考虑一下……”

张嘉年温和地笑道：“您不用考虑了，待在这边也可以。”

楚楚：“嗯？”

楚楚正感疑惑，下一秒就眼前一黑，迎头被柔软的被子蒙住。张嘉年面无表情地卷起被褥，动作像是裹春卷，直接把楚楚包得严严实实，让她像是被封印的蚕蛹。

楚楚被锁在被子里，一边挣扎，一边不满地叫道：“你死定了！”

张嘉年凭借高超的烹饪料理技能，完成大型“春卷”制作，为自己争取到时间。

楚楚终于从被褥中挣脱，一时蓬头垢面。她看着已光速换好衣服的张嘉年，感觉自己身为一家之主的尊严遭到了挑衅。张嘉年拿起桌上的资料，正准备取出笔记本电脑，说道：“好了，这是微眼的资料……”

楚楚猛地跳下床铺，扯起被子的一角，凉飕飕地道：“挑衅完就想走？”

她要是不让他尝尝被裹春卷的滋味，他怕是要造反！

张嘉年瞟到她的眼神，瞬间明白对方想做什么。他起身就想跑，却还是被扑上来的楚楚摁倒，资料撒落一地，两人又陷入熟悉的挣扎扭打。楚楚故技重施，骑在他的身上，想扯被子将其蒙头，却被张嘉年挡住抬起的手臂。

“你现在还是实习期，小心我给你打差评！”楚楚威胁道。

张嘉年其实能挣脱出来，但怕不小心将她弄伤，只得束手束脚地倒地防御，尽量往一边躲。

楚楚眼看着就要成功，房门却突然传来钥匙开锁的声音。楚彦印闯进门来，看着眼前的场景，勃然大怒道：“住手！你在干什么！”

楚彦印路过时听到奇怪的响动，又捕捉到“死定”“挑衅”“实习”“微眼”等关键词，接着就传来碰撞扭打声，他顿时大惊失色，想要进屋却发现门被反锁，更感大事不妙。

楚彦印是想培养两人的感情，提供打情骂俏的机会，绝不是打架互殴的机会。

他看着屋里的场面痛心疾首，原本整理好的资料飞得满地都是，楚楚以仗势欺人的态度想要殴打张嘉年，然而张嘉年却畏于对方的身份，只能狼狈地闪躲，甚至没法保全自己。

楚彦印一时怒火攻心，原以为两人有些小小的私情，现在才发现大错特错。当初的照片本就模糊不清，或许他根本就是误会了，反而因此忽略张嘉年的痛苦隐忍，说不定这都不是张嘉年第一次挨打。

谁让楚楚是暴力常客，以前砸破南彦东的头还不够，现在又要对青年才俊继续下手！

楚楚和张嘉年还未分出胜负，正义使者楚彦印便突然闯入，三人一时陷入沉默。

楚彦印最先缓过神来，怒气冲冲地上前，猛地将楚楚拉起，再次厉声道："你这是在干什么？！"

楚楚被他扯住，疑惑道："你想做什么？"

楚彦印脸上的盛怒感染到众人，张嘉年立马起身，想要解释道："楚董，是我的问题，请别怪……"

"住嘴！"楚彦印怒道，"你是不是本想瞒我很久？！"

他要不是亲眼看见了，估计张嘉年永远不会说出被打的事！

张嘉年的话被怒吼骤然打断，他面色发白，脸上露出为难的神色。他本想找机会以平和的方式跟楚董沟通，没想到事情会在最糟的情况下被戳破。如果按照张嘉年的规划，他会希望等自己稍有能力和成绩后，再向楚董提出请求。

张嘉年不敢现在对楚楚的感情回应过多，同样是出于这种考虑。目前的他还太无力与弱小，甚至没有跟楚董相谈的筹码，不足以对两人的未来负责。

楚楚绝对是全场处于状况外的人，看向楚彦印，晃了晃被扯住的手臂，问道："你又瞎吼什么？"

楚彦印咬牙斥责道："我专程调过去的高管，就让你这么摁着打？！"

楚楚从未动手打过张嘉年，此时平白遭受质问，不由得一头雾水。

饶是楚楚向来才思敏捷，此时都没跟上楚彦印的节奏，诧异地道："跟你有什么关系？"

楚彦印气急败坏地指着她，颤声道："你、你……"

张嘉年眼看父女俩好不容易和缓的关系又要僵化，深感不能无动于衷，站出来认真地道："楚董，我能跟您单独聊聊吗？"

楚彦印还想再教训楚楚一顿，但对上张嘉年清泉般的眼眸，又不好一口回绝。他最后带着张嘉年前往书房，同时甩下狠话："你等着，我待会儿再说你！”

楚楚嘀咕道：“兔崽子，反了你……”

楚楚：还没见过谁家孩子敢这么跟爹说话的！

楼梯旁，林明珠握着楚彦印的手机，急匆匆地上楼来。她正好错过这场闹剧，左右为难地看了看，只发现站在客房门口的楚楚。林明珠有些犹豫，不知该不该跟对方搭话，颇有顾虑地拿着手机。

“你傻站在那里做什么？”楚楚大大方方地问道。

林明珠比了个“嘘”的手势，小声道：“你能不能别这么高调！”

林明珠觉得自己的同盟太过张扬，这是生怕别人不知道她俩有联系？

楚楚当即挑眉：“我俩又没有私下偷情，我哪里高调了？”

林明珠说不过她，扭头问道：“你爸呢？”

楚楚义正词严地纠正：“是我闺女。”

林明珠语塞片刻，不跟她纠缠此问题：“他在哪儿？”

“书房谈事。”楚楚听林明珠握着的手机响个不停，猜到她的来意，问道，“谁打给他的？”

林明珠有些犹豫，最后还是诚实地道：“姚兴。”

“哦，那我可以接。”楚楚听到熟人的名字，顺理成章地接过手机，“我跟他说一声，待会儿再打过来。”

林明珠想了想，最终没有拒绝，毕竟她现在也不能闯入书房，让楚彦印接电话。楚楚接通电话，自然地道：“喂，姚总？”

“楚总？”姚兴听见楚楚的声音一愣，心中正有些疑惑，便得知楚彦印正在谈事，得待会儿再打。

姚兴思索片刻，开口道：“其实跟您说也没关系，还是票务账户互通的事情。我私下跟齐盛那边的几家互联网公司负责人联系，但他们的意愿都不强，就是想跟楚董汇报下此事……”

楚楚奇怪道：“你不是会上就说没戏，居然还私下联系了？”

姚兴坦言道：“楚董得知您的主意特意让我去联系的。”

楚楚默然，没想到老楚并不是时刻添乱，还在背后暗中推动事情发展。她疑惑道：“董事长的话还有人敢不听？”

楚楚觉得齐盛集团怕不是管理太过松散，哪家公司敢跟老板的意思反着来？

“这回是由我出面联系，并不是楚董亲自下令……”姚兴为难地解释道，“而且董事长决策要考虑各个方面，这几家公司都是由集团元老管理，即使是楚董也有顾忌……如果事情没成，也请您别责怪楚董。”

楚楚心下了然，齐盛集团内有一波跟随楚彦印打天下的人，如今他们各自成家立业，自然开始为自己谋利，将集团内部弄得盘根错节。楚彦印若将元老们彻底逐出，只会让人心寒，然而旧制已经在阻碍庞大集团的发展。

楚彦印当初安排楚楚外出创业，而没有让她从集团做起，也是有这方面的考虑。齐盛集团的水太深，她一不小心就容易着了道，被老狐狸们的车轮战打垮。

“听上去他在集团里混得还挺惨？”楚楚悠然道，别看有的人在家人模狗样、吼三喝四，出去却夹着尾巴做人，还得权衡各方势力。

姚兴有些茫然，觉得楚董好像没那么惨，但考虑到家庭关系的和谐，还是出言帮楚彦印说话：“所以希望您能理解楚董，他有时也身不由己。”

楚楚大度地道：“好说，你把这几家公司的名字告诉我。”她倒要看看，是哪些老家伙在欺负她的“闺女”。

姚兴犹豫道：“这不好吧。”

楚楚：“那我一会儿让张嘉年查，估计效果也一样。”

姚兴一时无言，这些互联网公司又不是没对外公布，但楚总有心要查确实没人拦得住。他老实地说出名字，简单地介绍下各家情况，同时补充道：“您还是跟楚董商量一下……”

“好的，没问题。”楚楚答得痛快，然而姚兴却越发心虚，不知道她有没有把这话当回事儿。

楚楚挂断电话，旁听的林明珠显然有同样的顾虑，谨慎地问道：“你要干什么？”

“孩子们吵闹打架，家长自然要出面解决问题。”楚楚开始搜索那几家公司，查看它们的资料，“我帮老楚营造良好的学习与工作环境，应该没什么问题？”

林明珠惊叫道：“你疯啦？贸然跟他们硬碰硬，会影响到齐盛股价的！”

楚楚瞟她一眼，突然问道：“小妈，你娘家的家底丰厚吗？”

林明珠狐疑道：“你问这个干什么？”

楚楚淡淡地道：“我看齐盛破产后，能不能让你家帮衬下，咱们好歹是一家人啊。”

林明珠斩钉截铁地道：“不丰厚！”

楚楚：“啧，无情。”

林明珠断然拒绝后，又试探地问道：“齐盛怎么会破产？你开玩笑吧？”

楚楚正埋头看手机，敷衍道：“嗯，我开玩笑的。”

林明珠看她漫不经心的样子，反而越发紧张：“你是不是听到了什么消息？不能吧！虽然现在集团增收减速，但你那边不是做得还挺好？瘦死的骆驼比马大。”

楚楚懒洋洋地道：“银达和齐盛的体量不同，部分不能决定整体，银达好又不代表齐盛好。”

原书中庞大的齐盛集团会分崩离析，显然是内外因共同作用。现实中同等级别的集团倒闭，会在生活中掀起一场巨浪。虽然小说通过渲染将齐盛的失败归咎于恶毒女配角，但这明显是不符合实际规律的，在商界毫无建树的小人物还能影响到集团的兴衰？

林明珠脸上有些惶惶，喋喋不休道：“那要是真破产怎么办？你们不能想点办法？”

楚楚：“破产就破产呗，这是正常的市场规律，盛极必衰是肯定的事。”

林明珠惊道：“这怎么行！那我们怎么办？！”

楚楚不耐烦地道：“你可以改嫁，不然让老楚卖叮叮糖养你，破产还能饿死不成。”

林明珠：我怎么觉得你还挺盼着破产？

书房中，张嘉年纠结再三，终于决定开诚布公地跟楚董谈一谈。他觉得借由误会继续隐瞒下去，实在不是正人君子所为。

楚彦印显然还没有消气，质问道：“她是不是经常这么做？你为什么不跟我说？！”

张嘉年在外衣着一丝不苟，谈吐得体大方，背地里却被人毫无面子地摁在地上打，让楚彦印深感自责。他甚至开始怀疑，当初将张嘉年调去银达，是不是错误的决定。

“楚董，您误会楚总了，有件事一直没告诉您……”张嘉年踌躇片刻，终于艰难地坦露真言，“我们最近刚在一起……”

楚彦印震惊了！

张嘉年看到对方的神色，硬着头皮道：“我知道您现在有很多顾虑，自己也没法马上拿出实际成绩，向您证明什么。如果您没法接受，请不要斥责楚总，她最近是真心想跟您修好，很用心地在准备。”

张嘉年不忍看到父女关系又由于误会破裂，楚董总是在毫无了解的情况下将楚楚臭骂一顿，不断激化出更深的矛盾。他不能因为自己的一己之私，让楚彦印对楚楚的印象变差。

楚彦印回想刚才的场面，瞬间惊愕不已：“你……”

楚彦印：你该不会是受虐狂吧？

“不管您接下来如何安排我的去留，我都悉听尊便，但我恳请您在这周里好好地跟楚总交流，她其实远比您想的要优秀。”张嘉年发自肺腑地说道，她只是不善于表达，但做的事都是有心的。

楚彦印勉强在重磅消息中回神，不咸不淡地道：“我看她确实挺优秀的。”

楚彦印：被摁着打的人扭头还夸她优秀，这洗脑能力真是一流！

楚彦印见张嘉年态度如此端正诚恳，转瞬猜中对方心中所想，不免产生恻隐之心。然而，楚董也没法直接自爆，公开支持两人的恋情，索性端起架子，干咳两声道：“如果我反对，你接下来准备怎么做？”

张嘉年平静地道：“请您给我点时间证明，我可以对她的未来负责。”

楚彦印提醒道：“你就算脱离齐盛，想要单打独斗也不容易。”

张嘉年为齐盛苦心奉献多年，就算出去单干，一时也很难跟齐盛集团划清界限。他的人脉及关系都属于齐盛系，完全白手起家不知道要花费多少年。

“你把她叫进来，我跟她单独谈谈。”楚彦印不想在张嘉年的面前露馅，装模作样地道。

张嘉年面露犹豫，规劝道：“那您尽量跟楚总……和气交流。”

父女俩每次见面必吵架，张嘉年实在忧心单独面谈的和平程度。

楚彦印冷哼道：“我知道，不跟她一般见识！”

楚楚满脑子想着如何跟齐盛的老家伙们干架，莫名其妙地被叫入书房。她回头见张嘉年退出屋子并将房门带上，不禁疑惑道：“你要说什么？”

楚彦印严肃地道：“你对未来有什么打算？”

楚楚诚实地道：“没什么打算。”

楚彦印恼道：“那你打算什么时候结婚生子？！”

楚楚满脸疑惑：“我为什么要结婚生子？”

楚彦印勃然大怒：“岂有此理，难道你是玩玩而已？！”

“我玩什么了？”楚楚满头雾水，见楚彦印又开始大吼大叫，随即摆摆手道，“‘爸爸’还有正事要忙，现在没空跟你聊。”

楚楚觉得今日在家庭教育上花费的时间够多，不但询问了楚彦印的学习、工作情况，还给他买糖，又陪着下棋，绝对是称职的好父亲。她本想晚上跟张总助谈谈工作或恋爱，还被老楚骤然打断，这一天别提多充实。

“你早点睡吧，我也休息了。”楚楚打了个哈欠，抹了抹眼角的泪，“我明天还要早起回城。”

楚家大宅距离市区太远，她和张嘉年上班的通勤时间骤然增长。楚彦印看她一溜烟地跑掉，立刻迈步想追，竟没来得及抓住她。楚彦印看着她光速跑回屋里，郁郁地晃了晃门把，发现房门被反锁了。

“你等着，我们明天再好好聊聊这个问题！”楚彦印心想，她明天也得出门，到时候堵住正好，却没料到第二天两人很早便出了门。

楚楚和张嘉年为了躲避早高峰，只能赶早入城。车内，张嘉年听到楚楚在后座接二连三地打哈欠，忍不住问道：“您和楚董昨晚聊得……还好吗？”

张嘉年不知两人相谈的结果，昨夜辗转反侧，休息得并不好。楚楚困倦地揉了揉眼睛，说道：“我忘了，好像没聊什么有价值的。”

张嘉年心生疑惑，难道楚董什么都没提起，这又是什么意思？

他正满腹疑问，突然又听楚楚说道：“我们先别去银达，去一趟别处。”

司机和张嘉年皆有些诧异，张嘉年不禁问道：“您想去哪里？”

“联美信息科技有限公司。”楚楚直接报上姚兴口中的公司大名，打算上门踢馆。

联美外卖主营在线外卖、新零售、即时配送等业务，是由联美信息科技有限公司创立的生活平台。它和齐盛票务一起搞账户互通相当合适，可以给用户提供极大的便利。

风和日丽的上午，联美CEO吕书像往常一眼踩着点抵达公司，跟公司员工们开完早会，便一头扎进自己的办公室。吕书看了眼日程，发现今日没有要紧事，便偷偷支起iPad（平板电脑），开始播放《哆啦A梦》。

吕书能够担任联美CEO，主要靠关系，他的叔叔是齐盛高管，在集团内深耕多年。吕书是闲散性子，毕业后被家人们推入集团，又无功无过地熬了几年资历，顺利地成为公司的小头目。

虽然他偶尔对互联网公司的快节奏感到疲惫，但又不知道自己脱离家人能做什么。齐盛带给吕书的社会地位不低，他便顺其自然地混了下去。

咚咚——

吕书听见敲门声，手疾眼快地将iPad扣下，转回桌前，应道：“请进。”

“吕总，楚总突然来了。”秘书进来汇报。

吕书不免疑惑：“哪个楚总？”

秘书：“银达投资的楚总。”

吕书的脸上露出诧异的神色，他强压满腹的疑惑，一边披上西装，一边嘀咕道："没听说她要来啊……"

这类重要领导来访都会提前告知，虽然楚总的主营业务目前跟联美没一毛钱关系，但吕书能混到现在不背锅，靠的就是过硬的关系和眼力见儿，自然不可能真把她当普通领导。

吕书赶到门口时，果然看到了楚总的身影，而且她只带着一个人，完全不像其他领导带着大部队。吕书虽然心中奇怪，但脸上堆笑，赶忙主动伸手问候："楚总，久仰大名，快里面请！路上顺利吗？"

"吕总好，托您的福，挺顺利的。"楚楚自如地跟他握手，同样露出假惺惺的职业笑容。

两人和煦地交谈片刻，仿佛今日的见面是有约在先，都拿出满分的热情与敷衍。张嘉年跟在楚楚身后，默默地按要求拍了几张照。他不知楚楚突然过来的原因，只能在心底期盼别出什么乱子。

楚楚寒暄过后，装模作样地跟着吕书参观公司一圈，等进入办公室，便卸下客套的假面具，笑着道："今天过来主要是想聊聊账号互通的事，姚兴应该跟您说过吧？"

吕书听到这话，顿时心下了然，柔和地婉拒道："是，姚总前两天提起过，只是联美目前忙于应用更新，实在没人力投入这方面……"

"技术部分可以由我们主要出力，吕总只要派人配合就好。"楚楚说道，"账户互通实际上对齐盛票务和联美类应用的推动效果最好，您应该是明白的。"

吕书当然知道，参与账户互通是受益派，但碍于叔叔在集团的关系，联美不能贸然站队。吕书敷衍地笑道："现在的联美确实不行，希望您能理解。"

楚楚想了想，终于好奇道："嗯……我有个冒昧的问题，实在想要请教。"

吕书："您说。"

楚楚："背后有叔叔管着，你会感觉烦吗？"

张嘉年没料到她会直接戳破吕书背后的关系，深吸一口气，发现对面的吕书更是如坐针毡。

吕书的神色僵硬片刻，又恢复了正常，诚实地答道："偶尔会烦。"

"那您背后有楚董管着，会感觉烦吗？"吕书看她没再藏着掖着，索性反唇相讥。大家将话都说明白倒也挺好，不用彼此花费力气在虚伪上。

张嘉年闻言，微微皱眉，淡淡地提醒道："吕总，请注意您的措辞。"

吕书颇有些不服，吐槽道："难道只许她问我，不能我问她？"

张嘉年冷静地答道：“是的。”

吕书：“……”

楚楚坦然道：“我当然不会感觉烦，因为老楚管不住我。”

吕书干脆躺平任嘲，说道：“很抱歉，我的叔叔管得住我，所以也请您别再为难我。”

吕书都把话说到这份儿上了，是打定主意要装死，不跟齐盛票务搞账户互通。

楚楚心生遗憾，真诚地再次询问道：“你不再考虑一下吗？俗话说，宁可得罪君子，不可得罪小人。我可以提前告诉你，老楚和你叔叔都是君子，但我绝对是百分百的小人。”

吕书面对疯狂自嘲的楚总，小心翼翼地问道：“如果得罪您，会有什么后果？”

楚楚摸了摸下巴，迟疑道：“商界欺凌？”

吕书：你以为你是胖虎吗？还要强迫大家听你的话？！

吕书义正词严地说道：“抱歉，楚总，我向来不吃威胁这套。”

满身傲骨的吕书将楚楚和张嘉年送走，又悠然地坐回办公室，继续观看《哆啦A梦》，完美地遵循叔叔所说“不站队”的教诲。

门外，楚楚向张嘉年伸出手，张嘉年便乖乖地将手机递给她。他见她低头检查成果，不禁好奇道：“您刚才为什么让我拍照？”

楚楚还没进屋前，便吩咐张嘉年抽空拍几张照片，着重展现她和联美CEO吕书的友好会谈。她觉得照片拍得不错，得意地答道：“行骗。”

张嘉年：“嗯？”

楚楚：“你朋友圈内的齐盛高管是不是很多？现在就编辑一条微信，高度赞扬账户互通的益处及前景，然后将把这些图片挂上去。”

张嘉年：“但联美明明拒绝账户互通……”

楚楚：“我们也没说图文相关呀。”

张嘉年：果真是行骗无误！

张嘉年没有办法，只得在她的逼迫下编辑微信。他用自己平日理智客观的语气，将账户互通吹得天上有地下无，还附带九张图片，最后硬着头皮发上去。

虽然文字里完全没提到联美，只是描绘账户互通的优点，但配合图片食用，显然就是联美同意账户互通的意思！

图片中，楚楚和吕书假惺惺地相谈甚欢，在别人眼里就是达成合作，前景有利！

张嘉年的消息刚刚发出，便收到楚彦印的秒赞。

张嘉年无奈地道："我觉得楚董可能误会了，他以为您单枪匹马说服了联美……"

张嘉年都不知道回到大宅后，该如何跟楚彦印解释。楚董肯定是大喜过望，以为楚总靠一人之力解决了难题，在"老油条"们中杀出重围，却没料到眼见不一定为实，这不是事实真相。

楚楚振振有词："虽然现在还没说服，但说不定下班回家时就成了。"

楚彦印为张嘉年秒赞，瞬间带来一大波高管的踊跃点赞留言。齐盛系互联网公司都不愿成为配合账户互通的出头鸟，但现在有人冒头站队，僵局便被打破！

姚兴："齐盛系App的账户互通必然带来光明前景。"

陈祥涛："楚总的眼光大胆敏锐，值得敬佩。"

罗禾遂："联美入局，共同发力。"

办公室内，吕书正在办公，却突然接到叔叔的电话，被劈头盖脸地一顿臭骂。

"你现在翅膀硬了，连我的话都不听？！我跟你说什么来着？不要站队，不要配合，先婉言推辞！你现在上赶着答应账户互通，让其他几家怎么想我们？！我真是要被你气死了！"

大家都咬着牙没答应，想要争取共同利益。现在联美突然蹦出来挺"太子"，简直像班级里拍老师马屁的小孩，很容易便会遭旁人看不起。这种事说不清谁对谁错，只是一旦有人打破众人维护的陈规，便会立刻成为众矢之的。

几家互联网公司都婉拒姚兴，是想等待楚董出面，让大老板让利安抚众人。大家都是无利不起早，既然配合集团做事，便自然而然想联合起来拿好处，得到楚董的许诺。

现在联美跳出来破局，顿时让剩下几家处境尴尬，有种落后分子的既视感。那感觉就像是联美都答应互通，你们几家凭什么提条件？

吕书面对叔叔的斥责，大感冤枉道："我没答应账户互通啊。"

"你还敢狡辩！我都看到照片了，你这周末回家跟我解释！"

吕书一头雾水，挂断电话后查看截图，才发现楚总玩了套图文无关的小把戏。她竟然靠文字游戏让其他人误以为联美答应了账户互通，从而引发了蝴蝶效应。

在吕书观看《哆啦A梦》期间，楚楚依靠时间差和信息错位，顺利在一天内拿下两家齐盛系互联网公司。这两家公司以为联美同意，便想着不做后进生，签约答应账户互通。

现在统一战线被瓦解，联美大喊没参与账户互通也没用，更别提楚董还亲自点赞过图文，如今再解释岂不是啪啪打脸？吕书是吃了个哑巴亏，还突然背起出头鸟的大锅！

吕书满肚子苦水无处可倒：好你个胖虎，怎么还有小夫的心机？

楚楚在影视圈浸润多年，别的技能不敢说十拿九稳，但吹牛和说大话绝对是专业水准。

圈内的人要是有一分本事，说出口便吹成三分，但凡跟名人打过照面，四舍五入就变成了明星挚友。此类套路的关键就是表达含糊其词、遮遮掩掩，以此渲染自己的不凡之处，必要时还要让听众自己猜测，更能展现自身的人脉广、排面大。

虽然楚楚偶尔对这种行为不齿，但没法否认招数确实管用，而且只要有人上当，后面的路就全打通了。

楚楚和张嘉年靠着几张照片，在一天内顺利定下两家公司，同时未来还会有源源不断的新公司想要参与账户互通。这种事情就像滚雪球，最开始的那一下很难，但后期便会越滚越快、越滚越容易。

张嘉年将文件在桌上整理好，无奈地道："您回去后怎么跟楚董解释联美的事？"

张嘉年都能想象到饭桌上的话题，楚彦印绝对会拉着她问东问西。

楚楚坦然道："我等会儿要是接到电话，今天就回大宅；要是没接到电话，今天就去你家看阿姨。"

她虽然心中挺有把握，但狡兔三窟，还是要有多种准备，避免以后被老楚问责。

张嘉年问道："什么电话？"

下一刻，有人便出现解答张总助的疑惑。秘书长王青敲了敲门，不好意思地探头进来，说道："楚总，联美的吕总给您打来电话。"

楚楚感慨道："看来今天得回大宅陪闺女。"

张嘉年："……"

吕书搞清来龙去脉后极度崩溃，跟叔叔商议一番，只能将错就错。然而，吕书想再次跟楚总取得联系却不容易，他没有楚总的私人号码，只能通过官方渠道，将电话打到银达总裁办。

楚楚悠然地接通电话："喂？"

“楚总，您这么做不好吧？”吕书听到对方的声音，立刻兴师问罪。

“吕总，好人做好事，小人做不好的事，这不是挺正常？”楚楚懒洋洋地道，“我都提前打过招呼，您该有准备的。”

吕书：我哪想到小人如此诚实，自称是小人，居然还真是！

吕书硬着头皮问道：“您到底想做什么？”

楚楚镇定地道：“很简单，联美现在同意账号互通，双方构建友好的合作关系。”

吕书忍不住吐槽：“这关系哪里友好？”完全就是强买强卖。

楚楚：“友好的老大和小弟关系。”

吕书：“……”

她话里话外的语气，就差直白地说“不做小弟就等着小团体欺凌吧”。

吕书没有办法，最终答应签署不平等条约，两人在下班前完成协议。楚楚颇为满意，说道：“吕总也别装可怜，本来就是皆大欢喜的好事，非被你们搞得一波三折。”

账号互通对联美来说并不吃亏，他们不过是由于拉帮结派、党同伐异而故意僵持，以期待获得更多的私利。

吕书的情绪平定下来，他虽然还有点不服，但又钦佩她的离奇手段，干脆坦露真言：“您光靠这种方法，即使短期内有成效，但不是长久之计。”

吕书此次是有所疏忽，没料到“太子”的无耻程度，才会意外中招。如果集团内的元老们对她有所警惕，必然不会再犯同样的错误。

“你可能误会了，我跟老楚不太一样，并不需要长久之计。老楚想做鱼群的统领，但我只想做一条清道夫。”

吕书正在思考楚总的比喻，便听她语气轻松地说出下一句话。

“虽然清道夫会净化水质，但它偶尔也会吞噬其他鱼卵，让原生鱼类灭绝殆尽。”

如果有一天，她确实没能力改变齐盛衰败的走向，那就干脆由她来推倒腐朽的帝国。

楚家大宅内，楚彦印对于楚楚处理事情的效率非常赞赏，特意将晚饭准备得隆重些。张嘉年不忍说破事情真相，用沉默来成全美妙的误会。众人等饭期间，张嘉年干脆选择上楼核对今天的工作完成情况。

屋内，张嘉年刚刚脱下西装外套，便听到小阳台的响动，不由得面带疑惑地走过去。

张嘉年拉开通向小阳台的门，瞟到脚边的小小沙包，顿时明白异响的来源。他望向下方花园里的楚楚，说道：“请您不要用东西砸窗。”

花园里植被茂盛，嫩绿的叶子被微光映得发黄发亮，阳光赐予植物别样的生命力。院子里的满树繁花落了，化作满地粉白的花瓣。楚楚穿着休闲装，站在树下朝他招手，喊道：“朱丽叶，要不要下来跟我玩？”

她简直像童年里邻家的小孩，满怀期待地在楼下呼朋唤友。

张嘉年：我是没见过如此幼稚的罗密欧，估计莎士比亚的棺材板要摁不住了。

然而，晚风拂在脸上轻柔又和缓，他的心境也变得平和，他说道：“你等一下。”

张嘉年换掉正装，身着休闲服下楼，手里还提着落在小阳台上的沙包，在花园里跟楚楚会合。“可怜”看到他手中的沙包，兴奋地汪了一声，这显然是它心爱的玩具。

张嘉年随手将小沙包丢给楚楚，泰迪犬的视线紧追着沙包，欢快地蹦向她。楚楚接住沙包，抡起胳膊绕了两圈，拼尽全力向远方丢去。泰迪犬见状，立刻撒丫子朝她掷出的方向奔去，毛茸茸的身影越来越小。

泰迪犬远去后，张嘉年看着还留在她手中的沙包，吐槽道：“您这样逗狗很恶劣。”

楚楚：“我要从小锻炼它，不然它走入社会也会受骗。”

张嘉年：“……”

楚楚成功跟小朋友会合，立刻过河拆桥地将泰迪犬支开。两人穿梭在花园内，顺着铺满落花的小径慢悠悠地走，享受黄昏的美好时光。

张嘉年眼看她开始手欠地揪叶子，突然道：“我昨天跟楚董谈了谈。”

“谈什么？”

“我们的事情。”张嘉年沉静地答道，眼中却有微光在闪。

楚楚闻言停下脚步，恍然大悟，嘀咕道：“怪不得……”

她就奇怪老楚昨日的“玩玩而已”论来自何处，原来还有前情提要。她得知此事，第一反应是发问：“那我今天从小阳台过去，老楚还会突然推门进来吗？”

楚楚对于昨天的失败耿耿于怀，明明胜利在望却天降老楚。

张嘉年本想跟她认真谈谈，却瞬间被岔开话题，警惕地问道：“您为什么不能走正门？”

楚楚理直气壮地道：“因为刺激啊。”

张嘉年：“……”

他脸庞升温，恼羞成怒道：“有什么刺激的！”

楚楚：“你猜。”

张嘉年：“……”

张嘉年强行整理思绪，忽略她的发言，重新回归正题，说道：“如果接下来有任何变动，请您不要跟楚董置气，也不要怪他。”

张嘉年并不确定楚彦印接下来对自己的安排，准备提前打好预防针，避免真正事发时当场点爆楚楚。事情发展到这一步，他心里清楚自己不好再做职业经理人，于情于理都不合适。两人目前的关系，按常理甚至都不该在同一家公司共事。

“变动？”楚楚抬头望他，诧异道，“因为我们的事吗？”

张嘉年没有正面回答，语气和缓：“正常的工作岗位按周期也会变动。”

楚楚淡淡地道：“他要是调你，我不会怪他，我会直接打他。”

张嘉年听到她简单粗暴的回答，心平气和地解释：“其实根据公司的规章制度，按道理我们也不该共事……”

楚楚挑眉道：“你跟我讲道理？我们公司的规章制度不是由我制定？明天上班我就去检查有没有这条，有的话立刻着手删掉。”

张嘉年只是想打预防针，却遭遇她一连串反问，莫名其妙被卷入辩论。他为难道：“但遵循常理……”

楚楚振振有词：“我有在办公室对你做过什么吗？还是你觉得我们会在公司发生什么，所以没法接受共事？不要说什么遵循常理，成功人士都不走寻常路！”

张嘉年：好一个伶牙俐齿、独断专行的大老板！

他面对楚楚有理说不清，干脆抿了抿唇，破罐破摔地承认：“嗯，我觉得会发生什么。”

楚楚微微一愣，疑惑道：“什么？”

张嘉年深吸一口气，直视她的眼睛，一字一顿地道：“我觉得我们会在公司发生什么，所以没法接受共事。”

说实话，她对他的影响力过强，轻易便能让他心神不宁，进而影响他的工作效率。如今他已经极度克制，迟迟不敢跨过雷池一步，但仍然压不住偶尔悸动的心以及想要亲近的心情。

没人能看着喜欢的人每天在眼前晃，还全天候地保持无动于衷，这是极具诱惑力的事情。她的一言一行都能影响他，让他的心情跟随着波澜起伏。

楚楚看着张嘉年，一时陷入无言。

他的眼神认真而郑重，眼中像是只装着她，浸满温润的柔情。

楚楚迟疑片刻，终于开口道：“那你更不能走。”

她不知想到何处，视线心虚地飘到一边，小声道：“既然要追求刺激，那就贯彻到底。”

张嘉年好半天没说出话来。

他差点被楚楚的车速颠晕，他说的“发生什么”是指感情影响工作，她倒好，直接一脚油门奔向“追求刺激”。

楚楚见他用高深莫测的眼神注视自己，开口道：“你这是什么眼神？难道现在大庭广众就要追求刺激？这不好吧？”

张嘉年：“……”

楚楚眨眨眼，颇为无奈地走上前：“真拿你没办法，如果你执意如此……”

张嘉年吐槽道：“我们一定要聊这个吗？”

他话音未落，便被楚楚扯住领子，不由自主地低下头，嘴唇碰到柔软的触感。楚楚拽住张嘉年的衣领，先小兽进食般舔了舔他的唇，随即深入地品尝起来。她的吻轻巧而稚嫩，却瞬间点燃他浑身的血液。

张嘉年的双臂本来僵硬地悬空，最后还是缓缓地环住她，放任自己沉沦在黄昏的美梦中。他从没想到自己会如此不堪一击，可以被一个浅尝辄止的吻轻易击碎。

晚风中，两人真切地感受到彼此的温度。

直到“可怜”咬住她的裤脚。

“汪！”“可怜”见两人终于放开，激动地朝楚楚叫了一声，期盼地盯着她手中的沙包。

楚楚望着刚刚咬过自己裤脚的“可怜”，面无表情地道：“小老弟，你怎么回事？”

懵懂无知的“可怜”还在欢快地摇尾巴，叫道：“汪！”

楚楚淡淡地道：“我过完这周一定要搬出去，这屋里的人和狗都是如此没眼力见儿。”

张嘉年看她颇为无语的表情，竟忍不住笑了。

两人在园子里又转了转，这才回屋用餐。

桌上遍布佳肴，都是当季的新鲜食材及时蔬烹制而成。然而，楚楚环视一圈，嘀咕道：“我想吃点有味道的……”

这满桌子的美食虽好，但口味都偏清淡，不符合她无辣不欢的食性。

楚彦印怒道："这味道还不够？嘉年喜欢吃清淡的，你不知道？"

楚彦印误以为她对张嘉年的口味一无所知，更印证了心中的猜想，立马跳出来打抱不平。他以良心发誓，自己是替天行道，并不是由于他和张嘉年的口味相似，才故意出言抗议。

楚楚对于老楚的说辞万分疑惑，强调道："我才是一家之主吧？"

她心道，这叫什么交换父女身份？她还不如跟张嘉年互换家庭，看上去能活得更好。

吃到半饱，楚彦印开口问道："我听说你今天跟联美谈判成功了？"

张嘉年听到预料中的话题，下意识地瞟她一眼。楚楚坦然道："是啊。"

楚彦印沉声道："你接下来打算怎么做？"

楚楚镇定地道："打败胡董，拿走十亿。"

胡达庆当初放豪言说文娱三大家必然能坚持一年，并且跟楚楚定下十亿赌约，她至今可没忘记。如今，楚楚接二连三地完成联合，是时候杀杀对方的威风。

楚彦印语重心长地道："你年轻气盛，还是要得饶人处且饶人……"

楚楚："你能不能别装得像个小大人一样说话？我才是你爸爸。"

楚彦印："你正经一点，这是做人的道理，我吃过的盐可比你走过的路还多……"

楚楚夹了一筷子青菜，回道："这菜到嘴里都快淡出个鸟来，我看你也没吃过多少盐。"

楚彦印盛怒，拍桌道："粗俗！鄙陋！"

楚楚无辜地道："你居然说《水浒传》里的句子粗俗，你是不是看不起四大名著？！"

书柜里堆满名著的楚彦印："……"

楚彦印不信邪，面上强作镇定，私下却偷偷用手机搜索这句话，居然发现真是《水浒传》里的句子，出自鲁智深。

虽然桌上的菜肴丰富，但楚楚全程吃得并不多。张嘉年察觉她的异常，不禁若有所思。

饭后，张嘉年借用大宅内的厨房和备好的食材，简单地爆炒了一盘辣子鸡。他端着辣菜和米饭上楼，正准备去敲楚楚的门，却正好跟路过的楚彦印碰上。

两人一时都有些尴尬，张嘉年撞上严肃的楚董有点无措，楚彦印可在饭桌上声称张嘉年喜食清淡，他现在扭头就私下给楚楚开小灶，还被对方撞破，总有种打脸楚董的感觉。

而且楚彦印还没对两人的事表态，张嘉年就在楚家肆意地投喂小楚，显然也是在挑战老楚的威严。

张嘉年干巴巴地解释："她晚上吃得比较少……"

楚彦印瞟他一眼，最后选择睁只眼闭只眼，但仍小声埋怨："你老这么惯着，她更不像话。"

张嘉年本以为楚董还会说点什么，没料到对方像没看见似的，直接侧身离开，并没有出言阻拦。

张嘉年跟随楚彦印多年，头一回有点摸不准楚董的态度。他老觉得楚董没有想象中的暴跳如雷，得知两人的情况后比他预料的冷静太多，还有点恨铁不成钢？

楚楚开门时看到端着饭菜的张嘉年，差点热泪盈眶，委屈道："这个家也就你还在乎我，我真是'娃'不疼、'娃'的女朋友不爱的最惨'父亲'……"

楚家大宅的饮食当然是迎合楚彦印的口味，加上他最近还在休养，楚楚也不好过多抱怨。她刚才一度想点外卖，无奈楚家大宅距离市区太远，配送时间极长，她可能会饿死在等待途中。此时，张嘉年的加餐简直是及时雨，拯救了一条生命！

"快吃吧。"张嘉年看她嘴贫至此，感觉对方也不算太饿。

楚楚高高兴兴地吃起辣子鸡，一改刚才饭桌上萎靡的状态。她的口味偏重，需要辣菜下饭，否则就难有胃口。

张嘉年坦白道："我刚才上楼时看到楚董……他什么也没说。"

楚楚兴致勃勃地吃饭，敷衍地点点头，应声道："嗯，然后呢？"

张嘉年垂下眼帘："我只是觉得有点奇怪。"

楚彦印昨天和今天波澜不惊的态度，实在让张嘉年越发糊涂。

楚楚直白地道："他奇怪又不是一两天的事，你才知道？"

张嘉年："……"

张嘉年感觉跟她是鸡同鸭讲，此人的注意力已经完全投入到食物里。他干脆吞下自己隐隐的感觉，没有说出口，总觉得楚董像是乐见其成。

齐盛电影内，负责在线票务的技术人员正在完成更新前最后的工作，马上就要推出账号互通的新功能。楚楚干净利索地一扫齐盛系App，通过坑蒙拐骗的手段顺利拔得头筹，夺得各平台的互通许可。

因为联美是其中最大的势力之一，吕书的折戟直接导致剩下的队伍溃不成军，只能纷纷响应号召。姚兴眼看着账号互通就要试行，心中按捺不住激动之情，但也难免心生顾虑，劝道："楚总，虽然您是好心，但日后您进入集团，恐怕会有点麻烦。"

楚楚得罪老家伙们的既得利益，打破他们私下的小联盟，难免被人怀恨在心。

楚楚反问道："我为什么要进入集团？"

姚兴面露诧异，脱口而出："可您早晚都会渐渐介入齐盛……"

在姚兴看来，楚董安排楚总管理齐盛电影只是第一步，她虽然性子偶尔荒唐，但有不少新想法，未来肯定会接手齐盛集团。如果她真是不通经营，还会有职业经理人的存在，但现在她手下的银达风生水起，她将来必然不会只拘泥于小天地。

楚楚摇摇头："我不要给老楚打工，说出去多没面子。"

正在给楚董打工的姚兴满脸疑惑，迟疑道："其实还好吧？"

楚楚看他一眼："那你觉得自己现在有面子吗？"

姚兴：这话让我怎么回答？分分钟在失业边缘疯狂试探！

姚兴没有正面回答问题，反而岔开话题，循循善诱道："您为什么不想进入集团？这样说不定可以获得更多收益。"

姚兴看穿楚总的财迷本质，打算用较为柔和的手段来引导，没想到对方并不买账。

"钱要赚多少才算完？"楚楚叹气道，"我好不容易快完成百亿目标，又要接新担子？"

张嘉年最近才汇报完银达的进账，按照目前的发展态势，她完成百亿目标指日可待。

姚兴心平气和地道："很多人或许还在羡慕您。"

楚楚："有什么羡慕的？羡慕我可以跟一群拉帮结派的老年人吵架？"

姚兴："……"

姚兴："那您不进入集团，打算去做什么？继续经营银达？"

姚兴看她志不在此，觉得楚总或许有其他远大志向，便提出新疑问。

楚楚坦言道："我先赚100亿，然后等齐盛破产后，我就在家做'咸鱼'。"

姚兴本来是替楚彦印过来探口风，但感觉这话实在没法转达，可能会加重董事长的病情。

齐盛票务终于跟各平台的账号互通成功，在线票务又联动搞出不少新活动，推动用户们绑定自己的多个账号。虽然刚开始的效果并不明显，但随着通用账户的方便快捷，越来越多的人习惯在齐盛上订票。

文娱三大家看着对家的举动，顿时有些坐不住了。胡达庆有意推动三大家完成账户互通，却让另外两家彻底炸锅，三家差点撕破脸。

都庆集团是文娱三大家的领头军，属于主要出资方，帝奇和筑岩说白了就是拿钱帮人撑场面。现在账户互通触及核心利益，帝奇和筑岩立马表现出强烈反抗，比齐盛内部的抗议还强烈得多。

胡达庆没有办法，只得继续加大票补的投入，跟齐盛电影比拼烧钱力度。如果文娱三大家在影视上投资回报率较高，或许还有一争之力。

胡达庆正在为烧钱票补烦恼时，刚解决票补难题的楚楚同样在烦恼。

楚楚和林明珠坐在长沙发上，楚楚握着遥控器，左右看了看分坐在两侧沙发的男士们，问道："你们这是什么表情？"

张嘉年沉默不言，然而他无声地注视着她，紧盯着她手中的遥控器。楚彦印则更加暴躁，直接道："不许看！一帮男人在台上涂脂抹粉、唱歌跳舞，有什么好看的！"

楚彦印平生最烦此类"小白脸"艺人，尤其楚楚前科过多，绝对要在源头上杜绝。

楚楚解释道："可这是《偶像之光》的决赛，节目里有我公司的艺人，按道理我都该去现场……"

"你有必要亲力亲为吗？"楚彦印气不打一处来，转念又心生一计，"不如我们举手表决，看大家想不想看。"

楚楚投票"看"，楚彦印投票"不看"，张嘉年弃权，平票显然也不能视为"看"。

楚彦印大喜，扬眉吐气地朝楚楚讨要遥控板："拿来吧。"

楚楚啧了一声，刚想要递出，却听见身边惯常隐身的林明珠突然出声。

林明珠一边掩嘴，一边弱弱地出声，细若蚊吟道："喀……我想看……"

楚彦印："嗯？"

林明珠此言一出，不仅是楚彦印瞪大眼，就连张嘉年都露出了诧异的神色。林明珠被众人盯着，颇有点不好意思，遮掩地解释起来："闲着也是闲着……"

楚楚绝对是最为愉悦的，虽然不知道林小妈临阵倒戈的原因，但目前的状况无疑极顺她心意。楚楚握着遥控板，哼着小调切入频道，将在线视频投到显示屏上。

因为《偶像之光》是网综，决赛又是直播，所以刚投放时还有点卡顿，但很快便稳定下来。楚家大宅内的屏幕比燕晗居的还大，简直有种家庭影院看电影的感觉，他们可以清晰地看到练习生们的一举一动。

自从屏幕上开始播放节目，两名男士便脸色阴郁，全程抱臂沉默不言，看上去像是复制粘贴出的父子俩。

楚楚以前看过此类节目，倒没有太多新鲜感，现在观看也是本着视察工作的态度。然而，林明珠却是双眼放光、莫名兴奋，紧紧地注视着屏幕。

李泰河的主持词结束，便是练习生们的群舞。激昂热烈的音乐伴随大幅度的舞蹈动作，台上的男孩们都青春靓丽、帅气逼人，毫不客气地释放自己的魅力。前排的练习生赫然是陈一帆和齐澜，士别三日当刮目相看，他们在封闭的训练下成长极快，也是出道的热门人选。

楚彦印阴阳怪气地道："眼珠子都要嵌进屏幕里了。"

楚楚疑惑道："我没有！"

楚彦印勃然大怒："我没说你！"

林明珠突然激动地捂脸，看到屏幕上一闪而过的练习生，哼哼唧唧起来："呜呜呜齐澜，妈妈在这里……"

楚楚、张嘉年和楚彦印："……"

楚楚万万没想到，林明珠居然是真情实感地在追节目？难道小妈在楚家努力敛财，最后都将钱拿去给明星打榜、投票了？！

两名男士显然也是震惊不已，尤其是楚彦印，总觉得头上莫名发绿，半天没说出话来。

林明珠一边看着节目，一边忍不住拉了拉楚楚的衣服，道："你们是不是私下都有出道位的消息？究竟是哪些人？"

楚楚迟疑道："我没太关注这些事……"

辰星影视的练习生中肯定会有几个出道位，《偶像之光》也会提前跟各大公司商议合同细节，但这些琐事都是下面的人在管，同时会根据练习生们的人气和票数做出些许调整。

楚楚又没掏钱给自家练习生买票，再加上决赛直播期间投票通道才会最终关闭，自然不清楚具体的出道名次。

林明珠不满道："你不是老板？怎么都不关心自家艺人？"

吸血鬼老板楚楚坦然道："我只要剥削他们就好，为什么要关心？我又不是没给工资。"

林明珠：好没人情味儿的企业文化！多么赤裸裸的资本家嘴脸！

林明珠想到偶像被如此残忍冷酷的老板压榨，顿时心生怜意，掏出手机继续给齐澜花钱投票。

练习生们跳完主题曲，又献上极度诱惑性感的热舞，让男士们脸色发黑。帅气的"小鲜肉"们拉起上衣，露出紧致的腹肌，配合着顶胯的动作和魅惑的眼神，终于彻底点爆楚彦印。

楚彦印吼道："世风日下，不堪入目，不许再看，给我关了！"

楚楚看他大惊小怪的样子，嘀咕道："不至于吧……"

林明珠点头附和："是啊，是啊。"

张嘉年本来默然不语，听见楚楚出言反驳，冷冷地瞟她一眼，干脆悄然离席，起身往楼上走。楚楚虽然觉得自己没错，但不知为何心理压力骤然加大，莫名有些心虚。

张嘉年安静地离开，并没有惊动其他人。楚彦印的视线还在遥控器上，他伸手想要抢夺，说道："快关了！"

林明珠一反往常的娇柔温婉，竟振振有词地解释："不是每首歌都是这种风格，也有积极向上的……"

如果是平常生活里的琐事，林明珠绝对不会跟楚彦印争辩，毕竟她是有道德且有职业素养的豪门造作金丝雀名媛，肯定不会跟人肉饭票过不去。但此事涉及崽崽，林小妈便没法坐视不理，要为练习生们申冤！

楚楚见张嘉年上楼时，便有点坐不住了，此时更听不进两人的争辩，干脆将遥控器丢到林明珠的手里，说道："你们看吧。"

楚楚丢下沙发上还在争执的两人，浑然忘却自己是看节目的提议者。她引发家庭矛盾后便"功成身退"，偷偷地离开。楚楚顺着楼梯抵达客房门口，伸手握了握张嘉年的房门把手，发现纹丝不动——他居然锁门！

楚楚顿时意识到问题的严重性，进入自己的房间，打算从小阳台穿进去。小阳台的门并没有关，她心里松了口气，熟门熟路地穿过小阳台，钻进隔壁房间。

张嘉年进屋后，本来想靠工作平定一下混乱的情绪，然而坐在电脑前却越想越不爽，完全没法进入处理公务的状态。

好气哦，好气哦，好气哦，重要的事情想三遍。

张嘉年强迫自己盯着电脑上的财报，但脑海中仍不断浮现她刚才看练习生腹肌的画面，完全压不住心中海浪般翻滚的负面情绪。即使他现在是实习期，她也不能这么做！

他郁结良久，又开始陷入自我怀疑，是不是由于他过于克制，频频拒绝她的亲近，才导致事情发展成这样？

张嘉年小心翼翼地维护着两人的感情，原想等解决完未来的所有难题，再循序渐进。但现在的事实现状却是，她还可以通过各种方式看别人！

他正烦闷不安地坐在桌前，抬眼便看到始作俑者又从小阳台钻进来，脸上还挂着讨好的笑意。

她露出尴尬而不失礼貌的微笑，就差脸上写着“虽然不知道你为什么生气，但我还是先道歉吧，真拿你没办法”的欠揍表情，一时无声胜有声。

张嘉年看她主动找上门，原本波动的复杂心情瞬间平息大半，但还是抿了抿唇，口是心非：“您怎么来了？不是闹着要看节目吗？”

楚楚总不好说自己是凭借强大的求生欲，特意上楼过来看看。她的思维再粗线条，此时都感觉有点不对劲，张总助已经从“假笑男孩”荣升“冷笑男孩”，成功晋级到新段位。

楚楚摆摆手，义正词严：“没有，没什么好看的……”

张嘉年酸溜溜地道：“腹肌不好看吗？”

楚楚在他高压视线的扫射下，其实大脑有些混乱，语气吞吞吐吐，说道：“还好吧……”

她话音刚落，屋内的气氛好像变得更加僵硬而冰冷，让她察觉自己给出的是典型的错误答案。如果这是女性向的恋爱类游戏，她怕是可以打出无数个悲惨的结局。

张嘉年沉默片刻，眸色一深，突然道：“我也有。”

楚楚：“嗯？”

张嘉年看她满脸茫然，补充道：“我在锻炼。”

“哦，你是说腹肌……”楚楚恍然大悟，紧接着断然道，“我不信。”

张嘉年：“……”

楚楚摆出科学的态度，认真地展开探讨：“眼见为实，耳听为虚，虽然你嘴上说有，但它实际存不存在，其实还是两说呢，对吧？”

实践检验是理论真理性的最高尺度，“哲学家”楚楚只差蹦出一连串专业术语，跟张嘉年深刻探讨腹肌存在与否的话题。

张嘉年望着她，顿时猜出了对方的小心思，配合地问道：“那怎么样您才会相信？”

果不其然，楚楚厚颜无耻地说道："你把衣服撩起来，我检查一下。"

张嘉年淡淡地道："好。"

楚楚：突然兴奋！

说实话，她还从来没见过张总助的肉体，此人向来衣着整齐，在健身房内穿短袖也只露出胳膊，其余部分被裹得严严实实。

她上回偷偷摸进屋，他沐浴完竟然都没松懈，令人严重怀疑他一直在遵守晋江的规章制度，坚决不露出脖子以下的部位。

张嘉年今天穿的是黑色衬衣，他镇定地拉高衣摆，缓慢的动作简直让楚楚误以为是慢镜头。他由于长年累月地保持端庄得体的衣着风格，没有晒过太多阳光，肤色犹如上好的暖玉，在深色衬衣下更加显白。

虽然他平常文质彬彬，但衣料下隐藏的肌肉线条却半分没有作假，紧致结实的漂亮腹肌映入眼帘，恰到好处而不失力量感。

楚楚被眼前的美景所惊艳，一度快要晕厥。她哪想到张总助如此容易中激将法，居然真的信守诺言！

张嘉年经历了激烈的思想斗争，抱着破罐破摔的心态，终于走上"以色侍人"的路线。他本来还有点不自在，但看她同样晕晕乎乎，顿时愉悦不少。

鬼迷心窍的楚楚鬼使神差地走上前，鬼鬼祟祟地伸手，以迅雷不及掩耳之势摸了一把漂亮的腹肌。她入手的感觉像是碰到暖玉，然而手下的肌肉又透着成熟男性的韧性。

张嘉年瞬间由于她的动作浑身僵硬，眼神幽幽地望着她。

楚楚咽了咽口水，故作镇定地道："我就想验证一下，万一这是幻术呢？"

张嘉年："……"

张嘉年被楚楚莽撞的举动吓了一跳，又听到她满分的理由，面无表情地吐槽："这能是幻术吗？"

楚楚无辜地眨眨眼："我刚才摸了一下不太确定，你让我再试试看？"

张嘉年："……"

她眼眸纯粹、神情认真，要不是说出的话极度无耻，看上去一派光风霁月。

"不行。"张嘉年干脆地放下衣摆，开始整理着装，有点别扭地说道。他在一时冲动过后，又恢复往常克己复礼的态度，重拾廉耻心。

"追求真理怎么能半途而废！"楚楚大义凛然道。她见张嘉年不再上当，又露出可怜兮兮的神情："张总助，拜托您，做事总该有始有终吧？"

楚楚难得放软音调，采取怀柔战术，即使知道她是在演戏，杀伤力也略强。张嘉年闻言微赧，努力尝试板起脸，低声道："你好好说话……"

楚楚非但没有收敛，反而越发猖狂，拉长声调道："张总助——"

张嘉年一时表情复杂，内心纠结再三，终于像贞洁烈夫般拉起衣摆，同时视线飘向一边，无声地做出让步。

楚楚毫不客气地上前摸了摸，用指腹摩挲着流畅的肌肉线条，然后用手心感受他温暖的身体。这一下摸的时间相当长，她的手仿佛被黏住，直到对方出声提醒。

张嘉年哪受得了被她如此磋磨，眼神发沉，恼羞成怒道："差不多行了。"

"哦……"楚楚这才意犹未尽地收回手，露出乖巧的表情，但眼中得偿所愿的狡黠却无法隐藏，像是偷腥成功的猫。

张嘉年意味深长地看了她一眼，随即一言不发地起身。他步履匆匆，大步走入卫生间，直接将门关上，发出利落的响声！

"啧啧，火气真大……"楚楚嘀咕一句，而后大摇大摆地占领了张嘉年的座位，窝在椅子上看他的电脑。

笔记本电脑的屏幕亮起，示意使用者输入密码，楚楚百无聊赖之下，尝试进行破解。

她先将张嘉年的生日、手机号等信息试了一遍，发现毫无效果。楚楚想了想，跑到隔壁取过身份证，又把原身女配角的生日输入进去。她没告诉过张嘉年自己的生日，所以试试原主的，发现仍是密码错误。楚楚不信邪，接连尝试了张雅芳、楚彦印等人的信息，密码仍然错误。

楚楚努努嘴，最后随手输入一串字符，摁下回车键，居然得以成功进入！屏幕上还是财报的数据图，显然张嘉年刚才没来得及关掉。

她有点诧异，怔怔地望着财报出神，没想到密码竟是自己的真名。

楚楚有些恍然，这个世界过于真实，以至于她偶尔都会遗忘大家皆是书中人。

客厅内，楚彦印和林明珠的遥控器之争早已结束。楚董终于勉为其难地看进去，但仍少不了恶言相向，望着屏幕上梨花带雨的练习生，冷哼道："男子汉大丈夫，哭哭啼啼算怎么回事！"

林明珠充耳不闻，只要楚彦印没吐槽齐澜，一切都好说。她正热切期盼着前三名出道位的公布。整场决赛的时间极长，每名出道练习生都要发表感言，一拖就是几小时。

楚楚和张嘉年下楼时，节目正好同时公布前两名的练习生。

“获得第二名的是辰星影视练习生——陈一帆！”

镜头瞬间切到陈一帆和齐澜，陈一帆虽败犹荣、脸色释然，齐澜则颇不敢置信地捂嘴，望向昔日的战友。

齐澜和陈一帆的票数一直紧咬着，尽管陈一帆的初期粉丝群更大，但齐澜在节目播出期间的上升速度同样惊人。既然陈一帆现在是第二，齐澜便是第一。结果的公布伴随而来的便是一家欢喜一家愁。

林明珠无疑是最激动的，简直当场热泪盈眶，让楚楚对齐澜的粉丝群体有深刻的认识。果然，林明珠这类粉丝具备强大的战斗力，为偶像花钱的能力超强。

屏幕中，两名风华正茂的少年最后相视一笑，在欢呼声和漫天彩条中相拥，互相拍了拍对方。他们都露出发自内心的笑容，在短暂的得失后，像是将名次抛之脑后，仍是练习室内的纯粹友谊。

实时弹幕顿时刷屏，全都是“脐橙是真的”，引得无数追星女孩落泪。

陈一帆站在华丽的舞台上，握着话筒率先发表感言。他还没开口，台下的粉丝们便发出哀号，夹杂着女孩歇斯底里的号泣。陈一帆安抚地伸手示意，展露轻松的笑容：“大家不要难过……”

陈一帆经过节目的淬炼，像是一夜之间变得成熟，褪去年轻气盛的毛毛躁躁。他的脸上露出了真心实意的微笑，并没有屈居第二的愤懑，他悠然道：“楚总很早以前就提醒过我，参加节目会面临许多非议，但我既然坚持来到这里，重要的就是享受舞台，不是吗？”

“是——”台下的粉丝们看着成长的少年，含泪发出尖叫。

“我其实很羡慕楚总，虽然她今天没在现场，但我必须感谢她……”

看电视的楚彦印、张嘉年和林明珠同时望向楚楚，楚楚也是一愣，没想到陈一帆居然公开感谢自己。

“因为职业的关系，我们作为艺人有时候没法自由地表达自己，但老板却是个敢于表达的人，虽然她偶尔嘴巴很坏，但也给予我们勇敢表达自我的机会，这是很多艺人想都不敢想的事……”

楚楚闻言，瞬间抓住了重点，当即脸色一黑：“谁嘴巴坏？”

楚楚：他完了。

她直接忽略其余溢美之词，深感陈一帆太飘了，居然敢当众污蔑她！

楚彦印幸灾乐祸道：“这年头还不让员工说实话？”

楚楚愤愤道：“当然不让，齐盛高管没说过你唱歌难听吧？这年头谁说实话？！”

楚彦印眉头紧皱，驳斥道：“胡说八道，我唱歌好听得很！”

“……”

张嘉年和林明珠看着半斤八两的父女俩，生怕他们会约到外面，对决出歌唱界的死亡天神。

因为两人还处于父女互换阶段，楚楚作为优质“父亲”，当然要对“闺女”的身体状况负责到底。她登上私人飞机，陪伴楚彦印前往国外检查。楚彦印休养良久，这回复查完，基本可以回归正常的工作。

同行的人员还有张嘉年，林明珠和“可怜”则留在大宅看家。

楚楚不免疑惑：“你到底是什么病？我以前怎么不知道？”

原书并没有描述楚彦印的具体病情或死因，只是以新闻告知读者，女配角的父亲猝然离世，齐盛集团破产，恶毒女配角再翻不起风浪。

楚彦印争辩道：“你什么时候关心过我？当然不知道！现在我病都好了，你还问什么？！”

楚楚自知理亏，但看老楚平时中气十足，哪里有半分病人的样子？

楚彦印看她半天没说话，内心颇感得意，立刻乘胜追击：“你看看你，怎么当爹的？！”

楚楚嘀咕道：“以后关心你，行了吧……”

楚彦印这才脸色好转，脸上露出一丝难掩的喜色，眼神一暖。

张嘉年看着难得气弱的楚楚忍俊不禁，竟对父女俩的打打闹闹习以为常。大小楚同居一屋檐下，虽然没完全化解隔阂，但关系却有所缓和。

不过，他严重怀疑楚楚属于日久生情型，她可能并不是对楚董多特别，毕竟近来她面对林明珠和“可怜”的脸色都挺好，尤其爱跟“可怜”玩沙包。

如果世界上存在“本周楚楚对大宅NPC好感度提升榜”，排名应该是这样：“可怜”>林明珠>楚彦印。

当然，玲珑心肠的张总助不会戳破真相，而是选择默默地守护楚董内心最后的净土。

楚彦印有专属的休养定制方案，定期会去国外的医疗机构。虽然楚楚对他出国看病的行为略有不解，但想想有钱人都有点怪癖，便乖乖地做起乡巴佬，路上什么都没多说。

楚董看病的地方相当高端，大楼外的庭院安静秀丽，楼道内能看到金发碧眼的外国人穿梭。楚楚跟随两人往僻静的内部走去，张嘉年似乎来过这里，熟门熟路地在前面引路。

接待他们的医生同样是金发，检查的过程枯燥而乏味。医生及护士们用各类高端设备在楚彦印身上比画，紧接着就是漫长的等待期。楚楚坐在一边好奇地打量，原谅她没见过如此大的阵仗，不知道的人还以为老楚患了绝症。

复查结束，张嘉年看了看休息室内的大小楚，温和地道："我先去办手续，你们稍等片刻。"

"好的。"楚楚伸了个懒腰，"弄完就能回去了？"

"对，晚上可以休息一下。"张嘉年点头。

楚彦印看她百无聊赖的样子，教训道："看看你的懒样子！这才出门多久！"

楚楚吐槽道："谢谢，这不是简单的出门，这是出国……"虽然他们昨天旅途后进行了休整，但异国他乡的感觉实在不一样。

楚彦印不服："怎么就你借口多！"

休息室内，张嘉年已经出门办手续，楚楚闻言偷偷翻了个白眼，无心跟找碴儿的老楚争辩。她靠在椅子上，享受窗外投射进来的阳光，只觉得身上暖洋洋的，恨不得幸福地眯起眼。

楚彦印见楚楚闲散的样子，干脆挥退屋里其他的助理和医护人员，找准机会想跟她谈一谈。他在心中打了一番腹稿，挺直腰杆，撑起董事长的架子，沉声道："我听嘉年说，银达今年业绩不错，你接下来有什么打算？"

楚彦印本想问"你完成百亿目标后有什么打算"，但想想赌注是自己要交出全副身家，顿时感到不能现在提醒楚楚此事，能拖一时是一时。

银达本年度业绩的主要贡献者便是辰星影视和光界娱乐，前者在影视作品、综艺制作、艺人经纪、IP等方面都有亮眼表现，后者更是一跃成为国内前三的游戏公司，不断推出有影响力的游戏。

如果按照《赢战》的红火态势，楚楚三年间仅靠游戏的净利润便能达成百亿目标，更别说未来公司上市后的股份变现。假如银达系控股公司接连上市，她很可能自己便能冲上首富榜。

随着公司的发展，楚楚及银达都渐渐脱离楚彦印的控制。这跟她抓住互联网大潮中的机遇脱不开关系，但蜕变的速度未免也太快。

在几个月前，楚彦印还觉得她是小打小闹，但近期了解过银达的财报，忽然感觉到一丝不妙。原本聒噪的小鸟像是一夜之间成长为雄鹰，羽翼不断丰满，装疯卖傻地隐藏自己的实力，只是在默默等待展翅高飞的时机。

楚彦印总有种奇怪的预感，楚楚似乎在筹谋彻底脱离齐盛，这才会派姚兴去探她的口风，想要得知她对齐盛集团的看法。然而，姚兴传回来的讯息模棱两可，楚彦印今日便决定亲自出马。

“没什么打算。”楚楚瞟他一眼，警惕地道，“你问这个做什么？”

楚彦印看她如此防备自己，干咳两声：“你没忘记当初的赌约吧……”

楚楚当然记得百亿目标，眨眨眼，询问道：“怎么？你要跪地认输、哭着耍赖吗？”

她最近同样有在看财报，无论是靠业务盈利，还是靠公司上市，三年内一百亿应该没太大压力。

楚彦印被踩中痛脚，恼羞成怒：“一派胡言！我怎么会耍赖！”

楚楚露出安抚的神色，柔声道：“你不要害怕，就算你一无所有，爸爸也会抚养你长大的。”

楚彦印：“……”

楚彦印发现委婉的语气没效果，索性不再绕弯子，开门见山道：“你有兴趣进入齐盛吗？”

他最近一直在思索此事，张嘉年私下力荐楚楚，姚兴等人的口风也发生转变，或许可以让她真正到集团里来？如果她有这份志气，他坚信时机还不算晚，只要她踏实谦虚一点，未来的路还长。

楚楚干脆利落：“没兴趣。”

楚彦印其实还在纠结，但他听到如此直白的拒绝，又莫名地不爽：“为什么？你知不知道，不是每个人都能有这样的机会！”

楚楚无可奈何道：“齐盛以后会倒闭，我现在费什么劲？”她说的是大实话，这是书中的剧情，而且她现在同样发现齐盛问题很多。

楚彦印闻言，简直怒火攻心，道：“你说什么——”

楚楚以为“便宜闺女”大受打击，思考到小孩子的心理承受能力，宽慰道：“没事，我现在手里有些钱，以后也能让你过得挺好，你别太难过……”

楚楚经过这周的生活，心中产生了新规划，认为自己稍微努点力，把楚家大宅盘下来。即使以后齐盛集团破产倒闭，一家人还有能当“咸鱼”的地方，简简单单地生活也挺好。

楚彦印脾气暴躁、刚愎自用，林明珠没有专长、履历太薄，他们再就业的可能性不大。“可怜”估计都比他们厉害，毕竟它是高赛级犬，实在不行还能打比赛。在这样的情况下，楚楚只能扛起家庭的重担，总不能让老楚和小妈没饭吃。

楚彦印听到她的话，非但没感到安慰，反而火气更盛。他随手扯过桌上陈列的杂志，卷成纸质武器，朝楚楚挥去，叫道：“胡说！我让你再胡说！”

楚楚的胳膊被他不轻不重地打了一下，她面对老楚的纸剑狂舞，立马跳起躲闪，语重心长地道：“唉，我明白你的感受，但你有时候得接受挫折和失败……”

老楚摔的这一跤是很疼，但他好歹成功过，没必要输不起。

楚彦印握着纸筒，掷地有声地道：“你今天给我句痛快的准话！你到底想不想进齐盛？”

楚楚被他在屋里追着撵了一圈，算是见识到老楚的厉害，他果然是年轻时干过农活的人，姿势相当专业。她苦口婆心道：“楚董，我们的企业文化不合，再说齐盛真的会倒闭……”

楚楚当然想过改革齐盛，但哪有那么容易，这比创立新公司还难！

鲁迅有言：凡中国人说一句话，做一件事，倘与传来的积习有若干抵触，须一个斤斗便告成功，才有立足的处所；而且被恭维得烙铁一般热。否则免不了标新立异的罪名，不许说话；或者竟成了大逆不道，为天地所不容。

楚楚本来就特立独行，真要掺和进齐盛的事情，还不被老家伙们的唾沫星子淹死？她觉得自己创业，再等待齐盛倒闭，然后完成一波收购，更加美滋滋。

“你闭嘴！”

楚楚看楚彦印又要追过来打，一溜烟地逃出休息室，用门阻挡后面气势汹汹的追兵。她左右看看，没看到张嘉年及其他人，便去院子里溜达一圈。

楚楚没走太远，掐着时间，推测老楚应该消气了，才慢悠悠地往回走。走廊里不知为何静悄悄的，连医护人员都不见踪影，有种诡异的静谧。

休息室门口，楚楚小心翼翼地探头看看，却发现屋里空无一人，椅子上放着被老楚卷皱的杂志。她正感奇怪，回头打算出去找人，迎面却闪过人影，紧接着她便眼前一黑。

楚楚失去知觉前，内心后悔不迭：早知道该去锻炼，果然武力才是王道！

另一边，张嘉年正跟医生沟通检查结果，原本留在楚彦印身边的助理却匆匆赶来，焦灼地道：“张总，您有看到楚董和楚总吗？”

张嘉年看对方慌慌张张，心里顿时一咯噔，问道：“怎么了？”

“楚董本来让我们先出去，他跟楚总单独聊聊，但现在两个人都不见了！”那人上气不接下气，道，“我们在外面找了一圈，楚董也不回消息。”

楚彦印在公共场合身边都会跟随保镖，但在此处长期接受检查，享受独立的休息室及隐私服务，大家便放松了警惕，竟被人钻了空子。

张嘉年得知消息浑身发寒，立马尝试联系楚楚，却毫无音讯，显然她跟楚彦印是一同消失的。

大小老板在机构内走丢的消息，简直让同行的人炸开了锅。张嘉年等人立刻发动所有人力及警力，寻找两人的下落！

楚楚晃了晃昏昏沉沉的脑袋，缓缓地苏醒，却发现自己的眼睛被黑布蒙住，眼前一片漆黑。她感觉自己好像窝在汽车的后座，有人伸手摸走她口袋里的手机。楚楚赶忙道："等等！手机可是现代人的灵魂，你不能拿走……"

现代人类要是失去手机，跟一具干尸有什么区别？绑架归绑架，手机不能丢！

绑匪对她的抗议充耳不闻，后座另一头却传来熟悉的惊呼："你怎么也在？！"

楚楚听到楚彦印的声音一愣，尝试往他那边挪动，却发现自己被绑得彻底，像是难以翻身的"咸鱼"。

楚彦印经历过太多大风大浪，向来处变不惊。如果是他独自被绑，必然不会如此惊慌，但此时听到楚楚的声音，却有些撑不住。楚彦印深吸一口气，难得好声好气地道："你别怕，爸爸不会让你有事的……"

他的嗓音温柔而平和，卸下平常的凶声恶气、口是心非，不管他往日对她有多少抱怨与责骂，在危急时刻却坦露普通父亲最简单的守护与承诺。

楚楚其实并不害怕，但她是头一次听到有人对自己说这种话。她原想蹦出一句"我才是你爸爸"，最后也默默地咽回去，只能闷声道："嗯。"

楚彦印误以为她被吓坏了，心中更感到心疼与担忧，一时愧疚不已。

楚楚坐在车上，感觉乘坐的车越发颠簸，像是轧过不平的道路。她沉默片刻，终于憋不住跟老楚搭话，吐槽道："让你瞎嘚瑟，非要到国外看病，还是国内好吧？"

楚彦印慈父的心还没柔软多久，瞬间被她一句话打回原形。

他没好气地道："你这是责怪我？"

楚楚朗声道："不怪你，你没错！你就是非要出国看病，出门不带保镖，没事遣退其他人而已……你没错！"

楚彦印："要不是你气我，会有这种事吗？！"

楚楚："要不是你在外得罪人，会有这种事吗？！"

楚彦印反驳道："你怎么知道是因为我被绑？你行事嚣张，估计仇家更多！"

楚楚："我的业务可还没开展到国外，你讲不讲理？"

副驾驶上的人似乎忍无可忍，猛烈地拍打一下车顶，警告后座的两人闭嘴。

绑匪们：就不该蒙他们的眼，应该封他们的嘴！

楚楚嘀咕道："这绑匪也够不专业的，把我们都绑了，谁来付赎金……"

商界新贵楚总觉得专业绑匪应该绑老楚让她掏钱，或者绑她让老楚掏钱。现在他们把两人都绑了，难道是等着林明珠和张嘉年掏钱？

楚彦印已被楚楚打散了慈父情，又恢复了往日的冷嘲热讽，祭出名句："你专业就你上啊，想办法让我们脱困！"

楚楚坦然道："行啊，跟他们好好沟通呗……"

楚彦印冷笑："你能怎么沟通？你觉得绑匪会听你的话？"

楚楚努力坐直，镇定地朝着绑匪的方向问道："Excuse me， do you speak Chinese（不好意思，你会说中文吗）？"

楚彦印："……"

楚彦印陷入沉思，头一次开始怀疑，楚楚的常春藤学历该不会真是花钱买的吧？她想要跟绑匪沟通就够天真，居然还妄图要求对方使用中文！

楚彦印：你以为自己是S.H.E，全世界都在讲《中国话》？

万万没想到，坐在前面的绑匪竟然回话了，字正腔圆地回道："有事儿？"

楚彦印愣住了。

楚楚同样一愣，不过是由于对方的口音。她被蒙着眼，看不到说话人的长相，好奇道："哥们儿，你怎么京腔啊，自己人？"

"不，我在中国留学过。"他说起较长的句子，便能听出少许的别扭感，没那么顺畅。

楚楚赞许道："挺地道的啊！"

楚彦印："……"

楚彦印：现在的绑匪竟然如此国际化！Unbelievable（难以置信）！

中文小哥听到楚楚的称赞，竟难掩几分自得，客气道："哪里哪里。"

楚楚凭借声音辨别位置，发现车上有两名绑匪，中文小哥是司机，而副驾驶上坐着的人除了敲击过车顶外，自始至终还没说过话。

楚楚不清楚对方的队伍有多强大，有没有其他车辆跟随左右，干脆主动攀谈起来："你们是哪里人？做这行多久了？"

中文小哥爱炫耀，估计太久没说中文，还显摆起来："我们是老外，老外！"这词汇显然是他留学期间学会的。

楚楚调侃道："谢谢，我俩现在才是老外，你们不是。"她和楚彦印离开故土，是货真价实的老外，还惨遭外国友人绑架。

副驾驶上的小哥像是受不了中文小哥的多嘴多舌，语气相当急促，叽里咕噜地说了一串话，听上去并不是英语。

楚楚推测咕噜哥可能不喜欢中文哥跟人质攀谈的行为，因为他们接下来产生了争执，中文哥又切成叽里咕噜语跟副驾驶的人辩论，似乎很不服气。

楚楚听不懂他们在说什么，劝和道："别吵，别吵！大家都是好兄弟，和谐最重要！"

楚彦印要不是被蒙住眼睛，真想白她一眼，她到底站哪边？

中文哥有点委屈，抱怨道："他说不该跟你们搭话。"

楚楚："嗨，瞎聊呗，为什么搞得那么严肃？"

楚楚："你们刚才说的哪国语言？我以前没听过。"

中文哥突然沉默，好像在犹豫，又或者刚遭到咕噜哥的威胁，不知该不该回答。

楚彦印突然插话，平静地道："意大利语，他们是专业的。"

他们敢强行绑走楚彦印，绝不会是等闲之辈，背后涉及巨大的利益集体。老楚刚开始还没感觉，但听到副驾驶的人说的是意大利语，顿时明白对方的来头不小。

楚楚试探道："mafia（黑手党）？"

楚彦印："对。"

楚楚钦佩地出声："cool（酷）——"这可是影视作品中长盛不衰的题材，电影《教父》是划时代的经典。

楚彦印、中文哥："……"

中文哥感慨道："你胆子还挺大，我第一次见到被绑后如此镇定的人。"

楚楚："当然，因为我有超能力。"

中文哥疑惑道："难道你是蜘蛛侠？你有什么超能力？"

他觉得楚楚手无缚鸡之力，看上去比楚彦印还好绑，实在不像有超能力的人。不过华夏人似乎都身怀绝技，而且平时不爱显山露水，中文哥一时难掩期待，误以为楚楚要秀一段华夏功夫。

楚楚解释道："拥有很多钞票的能力，简称钞能力。"

中文哥："……"

"你们直接报价吧，放我们回去要多少钱？记得把银行账户或交易方式留一下，要没其他事情需要讨论，旁边找个地铁站把我们放下就行。"楚楚语气随意，颇有种坐出租车的自在感。

楚彦印面露愕然，头一次听到如此直白而离谱的人质要求。他不禁无语，腹诽道：你以为这是叫专车或顺风车，还找个地方把你放下？！

中文哥显然也不接受，振振有词道："不行，我们有自己的职业道德……"

楚楚直接打断他，简单粗暴地道："那人花多少钱让你们绑票？我出双倍，行了吧？"

中文哥弱弱地道："对方没给钱……"

他们并不是被钱雇佣，而是遵循组织的规矩制度，完成重要人士的委托。大佬们不是用金钱直接作为酬劳，而是靠人脉关系或其他隐性回报。

楚楚闻言嗤笑一声，要不是被蒙住了眼睛，此时就要露出怜悯的表情，当即不屑道："甲方都没给钱，你谈哪门子职业道德？！你这是受压迫而不自知，被资本家洗过脑！"

当代大学生实习打工都能拿到钱，先不提报酬是多是少，起码有正经的雇佣或劳务关系。她完全不理解中文哥、咕噜哥的思路，能拿到钱的绑匪才叫绑匪，拿不到钱的绑匪统统叫失业或无收入人群！

楚楚冷笑道："难道绑架是你的梦想？你是为梦想而战？"

中文哥听出她的鄙薄，支支吾吾地解释："不是完全没钱拿……"

楚楚："那不就完了？你报个价，我们出三倍，行了吧？"

中文哥："不……"

楚楚："五倍！"

中文哥声若蚊蝇："不是钱的问题……"

楚楚不耐烦地道："我俩手上的现金和好转手的资产都给你们，你们拿股权和公司也没用，还容易被查被抓。你要不知道有多少钱，上网搜一下楚彦印和楚楚。这回就当一口价打包，咱们痛快点！"

楚楚偏不信邪，世上就没有跟钱无关的问题，只有钱没给到位的问题。中文哥又不是怀揣绑匪梦想的热血青年，说到底就是完成工作混饭吃，哪有那么多有的没的！她非常想得开，钱都是身外之物，性命最重要。

果不其然，刚才还坚守行业道德的中文哥迟疑起来，弱弱地道："我待会儿跟他商量一下？"

中文哥口中的"他"明显是指咕噜哥，楚楚淡淡地道："那你动作麻利点，我俩还赶着回去挣钱，给你们交完赎金，手上都没现钱了，一大家子等着吃饭呢。"

中文哥深表理解，忙不迭地道："好的好的。"

楚彦印："……"他究竟该赞叹楚楚胆色过人，还是挥金如土？

汽车终于停了下来，楚楚和楚彦印被关进新的地方。中文哥和咕噜哥似乎外出了，伴随着铁门哗啦啦的声响，周围寂静无声。楚楚摸了摸粗糙的地面，觉得指尖似乎染上了一层灰土，别扭地在附近摸索起来，发出稀里哗啦的声音。

楚彦印被蒙着眼，问道："你又干什么呢？！"

"找机会逃命啊，他们就两个人。"楚楚费力地挪动着，想在黑暗中摸索有用的道具。中文哥说跟咕噜哥商议一下，并没提到其他兄弟，绑匪很可能只有两人。队伍庞大会太显眼，潜入机构也困难。

楚彦印没好气地道："你不是刚跟对方谈成生意？"

楚楚理直气壮地痛斥："败家子，这不是能省一笔是一笔吗？"

楚彦印："……"

楚楚摸到被遗弃在地上、手感熟悉的冰冷金属工具，不动声色地悄悄收进袖子里，又痛苦地往回滚。她刚刚回到原处，还没来得及挣脱紧捆的麻绳，又听到哗啦啦的铁门声，两人回来了！

楚楚和楚彦印同时沉默，镇定地坐在地上。有人上前将楚楚蒙眼的布条扯掉，她长时间处于黑暗中，被外界的亮光刺得微微眯起眼，转瞬便看到两名绑匪小哥，一个是金发，一个是栗发。旁边的老楚也被解开眼罩，看清废弃厂房内的环境。

金发小哥的脸上不但有小雀斑，还有被打后的伤痕。他遗憾地朝楚楚道："抱歉，我们有自己的坚守与任务，你们都得死。"

楚楚毫不留情地吐槽："什么坚守？你明显是被人殴打后不敢拿钱！"

金发的中文哥刚才可不是这副说辞，肯定是协商时遭到栗发咕噜哥的拳打脚踢，打消了拿钱跑路的念头。咕噜哥全程话很少，还指责中文哥话多，应该等级位置比较高，想要维护组织的尊严。

中文哥无奈地耸耸肩："没办法，不然我也会被杀。"

楚楚忍不住嘀咕："所以我就讨厌古板守规矩的人，还不懂用劳动法维护自身利益……"

咕噜哥突然说出一段叽里咕噜语，掏出拍摄设备，将镜头对准楚彦印。中文哥翻译道："楚彦印先生，因为您过去的过错，您和您的女儿今天都得死。"

楚彦印坐在地上却不减气度，冷静地道："杀我没关系，你们放她走，她是无辜的。”

中文哥听完咕噜哥的话，继续尽职地翻译：“您不是贪生怕死之辈，所以您的仇家希望能看到您失去至亲的惊恐与悔恨。”

中文哥说完，伸手将楚楚拽起来，补充道：“当然，我们有人道主义精神，不会在您面前行凶，但先杀您女儿是雇主的要求。”

楚彦印瞬间面色惨白，没料到对方会有如此歹毒的主意，惊慌地道：“等等，你们先杀我吧——”

楚彦印一时手脚冰冷，他向来泰山崩于前而色不变，现在却紧张得口不择言，拼命向楚楚扑去，想用身体挡住她。

咕噜哥无声地拍拍手，像是用掌声赞美感人的画面，手中的拍摄也没停。

“别等啦，杀就杀，搞那么多花里胡哨的！”楚楚没有剧烈挣扎，利落地起身，扭头安抚楚彦印，“你别慌，你要真害怕，岂不是正好让对方如愿？”

对方就是要看楚彦印惊慌失措的模样，满足自身变态扭曲的心理，怎么能着了他们的道儿？

楚彦印看她仍一派悠闲，声嘶力竭：“怎么可能不慌？！”

他脸上的慌乱没有半分作假，鬓角头发花白，完全没有在商界叱咤风云的模样，看上去就是一名可怜的老人。

楚楚沉默片刻，语气轻松地开口：“老楚，有一件事情，我想告诉你很久了……”

楚彦印眼眶泛红，只觉得一股悲意涌上心头，快要老泪纵横。中文哥和咕噜哥并没有阻止楚楚的临终遗言，咕噜哥还在拍摄，不知是要发给谁看。

“不不不，你别哭啊……”楚楚看老楚泣不成声，一时也有点手足无措。

她深吸一口气，像是终于将藏在心里的结解开，坦白道：“其实我并不是你的女儿，你不要太过伤心。”

她只是异世界的不速之客，所以他不用为她流泪。

中文哥的脸上露出了匪夷所思的表情，他今日竟听到一桩豪门秘闻，同情地望向楚彦印，误以为对方被绿了。

楚彦印在悲痛中失去往昔的思考能力，不明白楚楚何出此言，颤声道：“胡说……”

“不管你是谁，回忆总不会作假……”他哽咽道，不管他们是否拥有血缘关系，起码相处的点点滴滴是真实存在的。

“啊，你搞得这么煽情，我都想哭了。”楚楚无奈地叹气，同样鼻子一酸。

中文哥押着楚楚往外走，即将给她判处死刑。咕噜哥则留在厂房内，打算记录楚彦印得知她死讯后的反应。

“还有，虽然我也没有比较对象……”楚楚思索片刻，像是在斟酌措辞，最后释然道，“但你是称职的父亲，即使不算满分，也称得上合格。”

尽管便宜父亲老楚毛病一大堆，但好歹也算让她感受到了别扭的父爱。

楚彦印闻言，已经满脸是泪，跪倒在地上。

楚楚说完，便平静地在中文哥的押解下离开，走出封闭的厂房。她看到厂房外豁然开朗的风景，感慨道：“景色倒不错，是个埋尸的好地方。”

中文哥取出手枪，熟练地上膛，遗憾道：“我还挺喜欢你的，不过抱歉啦，工作就是工作。”

楚楚看他拔枪，乖乖地站在原地，不跑也不闹，问道：“你学中文时，知不知道有首歌叫《铁窗泪》？”

“不知道。”

中文哥缓缓地举枪，就要射出那发象征死亡的子弹。千钧一发之际，楚楚瞬间挣开麻绳，猛地将袖子中的扳手掷出！

她在厂房里竟然摸出了自己的老伙计，一直偷偷藏着，现在毫不客气地将中文哥一扳手爆头！

铁窗泪：用暴力手段清除bug的你，自带不怒自威的社会气息。

砰！

枪声响起，厂房内的楚彦印绝望地闭上眼睛，宛如失去灵魂的朽木。

外面，楚楚晃了晃有些乏力的胳膊，看着昏倒在地的中文哥，庆幸走火的手枪没打中自己。她居高临下地瞟了眼中文哥，不屑道：“喜欢还要杀，你以为自己是变态男主角？”

楚楚其实并不是十拿九稳，以前也没见过专业绑匪，谁知道扳手突袭能不能成功？她看着昏倒在地的中文哥，捡起掉落在地上的手枪，稍微研究一番，往厂房的方向走去。

楚楚人生地不熟，完全不知道自己身处何地，周围一片荒芜，连报警的地方都没有。她要是此时偷跑，老楚必死无疑。楚楚原本考虑用人质换人质，但中文哥在咕噜哥心中的地位显然不高，估计咕噜哥不会答应。

唯一的办法，便是趁对方还没反应过来，她先下手为强。

楚楚握着枪觉得相当别扭，最后还是把扳手捡起来，全副武装地偷偷潜入。令人意外的是，厂房内不见拍摄者咕噜哥的踪影，只有瘫倒在地、失魂落魄的楚彦印。

楚楚见四下无人，赶忙跑上前将老楚的麻绳解开，紧接着拍了拍他，唤道：“醒醒！”

楚彦印本来还沉浸在悲痛中，看到楚楚死而复生吓了一跳，惊诧道：“你……”

他的心情经历大起大落，终于长舒一口气，露出了激动而喜悦的神情。

楚楚干脆道：“还是先跑吧，他人呢？”

“有人搜到这里，他过去查看了。”楚彦印缓过神来，抖落身上的绳子，利落地站起来，“估计是营救我们的人。”

咕噜哥虽然是奉组织命令完成任务，但显然没打算丧命于此。他没想到营救队伍来得如此之快，又听见枪声，以为中文哥已经杀死楚楚，便先去找条逃跑的后路。咕噜哥没有马上解决楚彦印，是考虑到突出重围时的难度，必要时可以将楚彦印作为人质威胁。

楚楚今天简直是锦鲤运爆表，居然成功抓准营救时机。她跟楚彦印一同跑出厂房，楚彦印看到地上生死不明的中文哥一愣。楚楚看他面色讶异，赶忙解释道：“应该没死，最多脑震荡！我没有故意打架！”

她打破南彦东脑袋时，遭受怒骂的情景还历历在目，唯恐老楚又借题发挥。

楚彦印无可奈何地道：“唉，你以后要想打就打吧……”毕竟世事难料，她有点武力值也好。

两人顺着小路逃命，努力远离废弃厂房，远远地似乎看到营救的队伍，打头的人正是熟悉的面孔。

夕阳的微光下，楚楚看到张嘉年带着人手朝他们跑来。张嘉年满脸焦灼，发丝狼狈地贴在脸侧，汗滴浸透了衬衫，显然是在争分夺秒的搜查中衣冠不整。她像是突然涌出力气，更加努力地朝他奔去，脸上忍不住绽放笑意。

虽然营救队伍发现了两人的踪迹，但汽车由于复杂的路况无法开入。张嘉年看到两人的身影，他迫不及待地翻过栅栏，跑得比专业营救人士还快，想要去接两人。

厂房和营救队伍看上去相距不远，实际上却有不短的距离，楚楚和楚彦印在剧烈的奔跑中都气喘吁吁、踉踉跄跄。她望着近在咫尺的目标，竟脚下打了个绊子。

砰——

意外突然而至，子弹的破空声划过，紧接着就是大片的血花。

咕噜哥自然地收回枪，见没打中目标，不满地啧了一声。他今日在劫难逃，本想临死前完成任务，不料她突然蹿出来，还将楚彦印撞翻在地。

张嘉年望着眼前的鲜红，顿时脸色煞白，用尽全力地奔过去，只感到手脚冰凉。

砰——砰——

此起彼伏的枪声在他的耳畔响起，营救队伍发现暴露位置的咕噜哥，当即进行还击，想要将其击毙。

楚楚感受到猛烈的疼痛，心中简直崩溃了，怎么好死不死地在此刻崴脚，不但连累老楚摔倒在地，自己还正撞上了子弹？

楚楚心中不服：别人都是躺枪，她跑着摔跤也能被狙？！

她昏迷前，模模糊糊地听到他泣不成声，有温热的液体砸在她的脸上。

“你别吓我，醒醒……”

“你不是修士吗？这都是假的吧？”

“我求你，别开玩笑……”

她闭眼前颇为感慨，原来张嘉年的眼泪是又咸又甜的味道，哭声也很好听。

她该不会一生只能尝到这一次吧？

医院里，病房内四下无声，微风吹起窗帘。

雪白的病床上，楚楚迷迷糊糊地睁眼。身边的人看她苏醒，大喜道：“你可算醒了！”

楚楚茫然地扶住额头，却感觉浑身难受。旁边人见状惊叫道：“别乱动啦，你怎么出门都能遭雷劈？简直吓死我们！”

楚楚面露诧异：“啊？”

楚楚还没回神，听到这话，试图跟叽叽喳喳的医护人员争辩：“我记得好像是遭枪击，不是遭雷劈。”

楚楚：这该不会是庸医吧？怎么伤口都搞不清？

楚楚抬起头来，才发现身边的人并不是医护人员，而是她的同事。

没错，对方是楚楚在现实世界的同事，此时正满脸担忧地注视着她。

楚楚前一天下班路上遇雷，莫名其妙被劈中，正好被同样回家的同事发现。众人火急火燎将她送到医院抢救，幸好人安然无恙。大家还打趣楚楚是渡劫的修士，不然怎么就劈她？

“你怎么现在还开玩笑？许哥一会儿来看你，早知道那天加班就不让你冒雨回去……”同事喋喋不休地说道，又将果篮提到桌上，“这是大家的心意，你这情况估计也没法进组了。”

楚楚半天没反应过来，一时无法接受自己回到现实世界的事情，然而同事头上确实不再有光环。她沉默片刻，说道：“我能不能看会儿书？”

同事：“你想看什么？”

楚楚：“《巨星的惹火娇妻》。”

同事：“别老想工作！你要觉得小说烂，直接拒绝版权部就行！”

楚楚最终还是强撑病体阅读电子版小说，原谅她无暇顾及夏笑笑的主线剧情，直接简单粗暴地搜索张嘉年的名字。原著中，张嘉年的戏份儿极少，没两章就由于跟女配角的经营思路不同，主动请辞离开银达，后文再未提及。

楚楚：小朋友不愧是路人甲，能拥有名字都属奇迹。

她又开始搜索楚彦印的名字，文中果然没提及老楚的死因。小说里，齐盛集团在失去强势领袖后，各大团体分崩离析，内部的腐败及女配角的丑闻终于击垮了庞大的帝国。

楚楚默默地看书，同事体贴地削着苹果。病房里本该很安静，楚楚却突然听到朦胧的声音。

“她的情况很特殊，受伤的位置并不是脑部，却像是将自我意识封闭，陷入昏迷……”陌生的男声一本正经地解释着，声音像是从天边飘来般缥缈。

楚楚不知说话的人是谁，左右看看，疑惑地看向同事：“你有听见谁在说话吗？”

“没……”同事听到她的问题很奇怪，同时警告道，“你别吓我啊！”

楚楚眨眨眼，以为自己听错了，继续低头看书。

VIP（贵宾）病房外，张嘉年满脸疲惫，眼中布满血丝，强作冷静道：“胡医生，这是什么意思？”

楚彦印沉默地站在一旁，同样状况极差，像是一夜老了十岁。楚楚刚刚脱离抢救，却无法苏醒，堪称医学史上的谜题，让所有医护人员都万分诧异。

胡医生千里迢迢赶到海外，一同参与治疗方案的研讨。他说道：“她的脑电波快速而紊乱，跟做梦时有些像，但又不完全一样……”

楚彦印：“所以你们的治疗方案是什么？！”

胡医生：“楚董，对不起，人类历史上还存在很多医学难题，尤其是脑科更为复杂，我没法马上给您明确的答案。”

张嘉年："如果她一直没醒，怎么办？"

胡医生："这是最糟的情况，假如楚总近期没有苏醒，说实话……她未来醒来的可能性也不大，很可能维持这种状态为常态。"

楚彦印大惊失色："那不就是植物人？！"

楚彦印没想到自己的女儿有一天会变成植物人，瞬间颓然不已。他甚至痛惜子弹为什么没有打中自己！他已经是垂垂老朽，而她的未来还那么长，老天为什么要如此残忍？

张嘉年哑声道："胡医生，真的没有任何办法吗？"

胡医生看到张嘉年祈求的眼神，竟有点于心不忍，无奈地道："虽然说这话实在有违我的身份，但如果您真想要办法，或许可以试试冲喜……"

张嘉年和楚彦印皆是一愣，没明白胡医生的意思。

"我知道这话有点离谱，跟职业不符，但在我们家乡是信的……"胡医生尴尬地挠挠脸，解释道，"两家定亲，选个良辰吉日，重病不起的人就会痊愈。听上去是很扯，不过世界上总有点科学没法解释的东西。"

胡医生说话的底气并不强，毕竟这方法搞得他像个赤脚医生，而且完全没有医疗知识可以佐证其可靠性。虽然看上去是封建糟粕，但他幼年确实在村中看过实际案例，才会坚信此种方法有点用处。

胡医生看两人不说话，心虚地摆摆手："算了算了……"

胡医生自知失言，不该乱说话，颇有些后悔。

"好。"沉默的张嘉年却突然发声，认真地望向胡医生，询问道，"麻烦您告诉我们，需要准备什么？"

公司门外，楚楚打量一眼手中的辞职证明，随手将其揣进钱包里。她辞职颇费了一番工夫，先是被许哥许诺"封官加爵"，又被同事动情挽留，最后老板竟都出言威胁、暗示她背叛。不过无论过程多复杂，好歹结果顺利，她总算离职了。

楚楚可没把自己太当回事，上司等人的真切挽留，不过是暂时没找到比她性价比更高的员工，不然怎么会一听她要辞职，便立马掏股权？

楚楚对公司也没很多感情，当初是觉得项目大、工资高才来的，不过每天累到吐血，老板又爱吹牛，算是有利有弊。除了个别常合作的同事外，楚楚跟公司中大多数人没什么情谊。

楚楚存款颇丰，又无家人牵挂，辞职后立马乘飞机来到某城。小说中的城市跟现实世界有所不同，但她从蛛丝马迹中能猜出其关联。她知道张嘉年家的大致位置，下飞机后便匆匆循着记忆寻找，终于抵达目的地。

记忆中覆满爬山虎的老楼不复存在，这里既没有狭窄的小道，也没有张雅芳响亮的声音，更没有他。

楚楚望着一览无余的绿化带，虽然早有预感，但还是难掩失落。

这个世界没有张嘉年。

她穿越进书中前，曾经幻想头脑一热辞职，然后自在地环游世界，做条无所事事的“咸鱼”，现在却提不起劲儿。

原来现实和书中的生活同样无趣，没有他的世界，她去哪里都一样，只有他是独一无二的。

医院长廊内，楚彦印思考许久，终于艰难地开口：“嘉年，你没必要做到这地步。”

楚彦印同样很悲痛，但不能眼看着张嘉年轻信毫无根据的事情。冲喜之事听上去极为荒谬，简直是无稽之谈。如果楚楚醒不过来，难道他真让张嘉年守一辈子？

楚楚是楚彦印唯一的女儿，但张嘉年同样是他看着长大的孩子，自然不忍见张嘉年做傻事。

张嘉年面色苍白，勉强地笑笑，努力打趣道：“您是不满意我？其实我真的还可以。”

当初他郁结于心的顾虑，有一天竟如此轻描淡写地说出，换来的却是更深的悲痛。他一直瞻前顾后、思虑甚远，却没想到美好的光阴稍纵即逝，甚至连反悔的机会都不留。

原本趾高气扬、嚣张鲜活的她安静地躺在病床上，调皮地不愿睁开眼睛。他以为两人会有更好的以后，不料现在连以后都变为奢望。

楚彦印看张嘉年强颜欢笑的样子，心中更加难过，沉声道：“你这样……我没法向你妈交代。”

楚彦印从来不是挟恩图报之人，明白张嘉年的悲伤不亚于自己，更不能让对方深陷泥淖。

张嘉年不言，仍巴巴地守在楚楚身边。

楚彦印没有办法，只能请张雅芳从国内赶过来，希望她能规劝执迷不悟的张嘉年。张雅芳难得出国，看到楚楚的样子也吓了一跳，惊道：“哦豁，这是干啥子嘛？！”

楚彦印说清来龙去脉，着重提起冲喜一事，恳求张雅芳打消张嘉年的主意。

张雅芳还没从“楚楚昏迷”的新闻中缓过神，又遭到“张嘉年要冲喜”的消息暴击，一时蒙蒙地待在原地。她无言良久，最后痛快地道：“那就办啊！”

张雅芳满脸理所当然，似乎还有点抱怨楚彦印磨磨叽叽的动作，疑惑道：“你是不是不晓得合适的日子，要我来定？”

楚彦印：“……”

楚彦印：我让你来劝阻，你却跑来怂恿快点干？！

楚彦印为难道：“要是楚楚一直没醒，嘉年岂不是……”

张雅芳转换成别扭的普通话，不太利索地道：“但他有自己的主意，不是吗？”

张雅芳觉得自己儿子向来是“哈不溜秋”的人，不管别人说什么，都有他自己的主意，执着而固执。她从来没要求他能干上进、出人头地，但他不断地努力，想要为自己和母亲正名。这就像楚彦印不强求回报，张嘉年却仍然进入齐盛一样，报恩是张嘉年的主动选择。

他从来不会听其他人抱怨或劝阻，只会践行自己认为正确的事。

虽然张雅芳偶尔很烦张嘉年的别扭劲儿，但也不会故意阻止。每个人都有自己的坚持，即使她是母亲，他是儿子，她也没资格让他留下遗憾。

楚彦印万万没想到，张雅芳的到来反而推进冲喜一事，直接定下了日子。

楚彦印：虽然我也很伤心，但我们能不能稍微唯物一点？

冲喜说到底就是仪式，楚楚躺在病房内，显然不可能真的结婚。张嘉年取出早先备好的戒指，小心翼翼地帮她戴上，轻声道：“本来想过两年再给你，现在却后悔给晚了……”

张嘉年当初恰巧看到这枚戒指，鬼迷心窍地买下，没想到是用这种方式送出。

眼眸中漾起波光，他强压住酸涩的感觉，努力温和地道：“说不定你是回到自己的世界了，真去做修士？”

楚楚仍闭着眼。

张嘉年落寞地道：“你是不是不要我了？”

他看她静静地躺在病床上，似乎对外界的声音毫无感觉，胸腔中满溢悲伤的海水。他忍不住唤了一声她的真名，低声道：“我可还没转正。”

楚楚没有反应，张嘉年便又唤了一声。

墓地内，楚楚将奶奶的墓碑擦得干干净净，又摆上新鲜的供品。她长舒一口气，满意地打量一圈自己的杰作，说道：“今天我没带酒，不过老太太酗酒也不好。”

“其实我购物时都看到好酒，故意没有买。谁让你当初没给我买糖，记得吧？”楚楚叉腰挑衅道。她至今对奶奶有钱却故意不给自己买糖的行为耿耿于怀，原因是奶奶觉得整钱被破开好烦，不想拿太多零钱。

“我最近的遭遇说出来你都不信，我可是坐拥百亿的商界新贵……”楚楚得意地说道，“我们公司继续发展下去，那都快能盖大楼，绝对比齐盛大厦帅！”

她炫耀完，又发出轻轻的叹息：“不过现在都没了。”

墓地内的环境很好，楚楚站在奶奶的墓碑前，深思片刻，坦白道：“奶奶，我做了件错事……”

“我喜欢上了一个人，但还没郑重地对他说过喜欢。”她怅然道，这是她最为后悔的事情，甚至比失去金山银山更可惜。她总是善用开玩笑的语气，却遗忘了如何真诚地示爱。

“而且我很没出息，现在有点想回去了……”楚楚缓缓道，又连忙补充说，“当然在书里就没法给你扫墓啦，不过咱们是唯物主义者，其实不用信这套，对吧？”

楚楚对着墓碑袒露心声，才发现自己有那么多怀念的人和物，这里没有张嘉年、老楚、夏笑笑、张雅芳、“可怜”……原来随着时间的变长，她也渐渐活成了书中人，有了如此多牵挂。

空中突然传来缥缈的声音，模模糊糊、不甚清晰。

楚楚听到有人喊她真名，下意识地回头：“谁叫我？”

她看身后无人，不免心生疑惑，扭头望着奶奶的墓碑，又觉得哪里不对。她沉吟片刻，缓缓地取出自己的钱包，慢慢抽出随手塞进去的辞职证明，仔细查看第一行的文字。

楚楚女士与我公司协议解除劳动合同……

她看清“楚楚”两字，突然醍醐灌顶、恍然大悟。她不敢相信地揉揉眼，再次检查一遍，确实是“楚楚”没错，顿时明白一切。

她在现实世界中不叫楚楚，那只是她的绰号。

楚楚是她在书中的名字。

楚楚竟有种豁然开朗的感觉，原来她还在书中，这里不是现实。她恋恋不舍地最后看了一眼奶奶的墓碑，摆手道：“奶奶，拜拜啦，我得回去了！

“以后可能没法实地过来看你……

“不过我会在网上扫墓，响应绿色扫墓方式的！！”

楚楚觉得奶奶是不拘小节之人，又向来支持国家政策，肯定不会反对民政部提倡的环保、安全、节约的扫墓方式！

医院内，楚楚睫毛 颤，终于睁开眼睛。映入她眼帘的第一幕，就是憔悴的张嘉年无声落泪。他握着楚楚的手，正难掩悲色地低头，还未发现她已醒来。

楚楚看到张嘉年沧桑的神色，又望见自己手上的结婚戒指，惊愕地出声：“我该不会昏迷好几年了吧？！”

难道她被枪击中后昏迷多年，张嘉年却毅然跟她结婚，不离不弃陪护好多年？不然她怎么连戒指都戴上了？

张嘉年听到她的声音，猛地抬头，脸上难掩震惊之色，眼角还带着一颗晶莹的泪滴，愣愣地望着她。

楚楚看他傻乎乎的样子，伸出手指抹掉那枚钻石般的眼泪，尝了尝指尖，果然是既咸又甜的味道。

张嘉年原本还沉浸在惊喜之中，看到她暧昧的举动又微赧，道：“你这是做什么？！”

楚楚摆摆手道：“都老夫老妻啦，别装纯……”

张嘉年：“……”

第十四章　总裁的订婚盛宴

看她醒来，张嘉年连日的愁绪终于一扫而空，吐槽道：“你并没有昏迷那么久。”

楚楚伸出手，向他展示手指上的戒指，问道：“那这是什么？”

漂亮的戒指闪闪发亮，戴的还是婚戒的位置。

张嘉年的脸上浮现一丝心虚，视线飘到一旁，他轻声道：“送你的。”

楚楚满意地点点头：“看你如此上道，恭喜你提前转正。”

张嘉年微微一愣，见她靠坐在床上狡黠地笑，焦躁难熬的内心终于平静和缓，失而复得的情绪油然而生。他向来患得患失，然而等到真的差点失去时，才发觉如今的时光来之不易。

楚楚看他正专注地盯着自己，眼神盈满柔光，嘀咕道：“我好疼……”

果不其然，张嘉年大惊失色，连忙问道：“哪里还疼？”

楚楚眨眨眼：“浑身都疼，亲亲才能好。”

张嘉年：“……”

张嘉年听到熟悉的无赖论调，深吸一口气，终于俯身上前，垂眸想要吻她。楚楚立刻乖乖抬脸，却听门口传来一声惊呼：“楚总醒啦！太好了！”

张嘉年被这声音吓了一跳，差点栽倒在她身上，赶忙假装无事发生，又退回到一边。楚楚眉头直跳，被骤然打断好事，咬牙道：“VIP病房还如此吵闹？”

楚楚：正常人看到这一幕不该默默离开？大喊叫人是什么意思？

楚楚醒来的消息顺利传递给所有人，亲属们鱼贯而入，楚彦印打头阵，张雅芳紧随其后。楚彦印见她苏醒，差点声泪俱下：“我的女儿……”

楚楚迟疑道：“我都跟你说过，我不是你女儿……”

楚彦印闻言，立马一抹快要涌出的眼泪，中气十足道：“住嘴！亲子鉴定都在这里，你还敢胡说？！”

楚楚抢救期间需要输血，加上赶来的胡医生带着楚家父女所有的检查资料，自然而然证明了两人的父女关系。楚楚的血液信息记录得明明白白，从小到大没有任何变化，她怎么可能不是他的女儿？！

她肯定是被绑时怕他难过，所以口不择言。楚彦印当时由于此事还相当错愕，误以为已逝的妻子给自己戴过绿帽。

楚楚执着地道：“我都说了多少遍，现在我是‘爸爸’，你才是‘女儿’！”

楚彦印：“……”

张嘉年看不下去了，小声提醒：“喀……在你昏迷期间，交换便正式结束。”

父女交换的最后一天正是楚楚抢救的日子，她在昏迷中结束担当父亲的任务。楚楚闻言颇感惊讶，脸上浮现出失落的神情，像是错过了宝贵的时光。

她沉思片刻，看向楚彦印，试探地说道：“我这回算不算救你一命？”

楚彦印应道：“算。”楚楚冒险返回厂房救他，可谓有勇有谋。

楚楚：“那我这次就算偿还生恩，我们以后可以公平地竞争爸爸之位吧？”

楚彦印斩钉截铁地道：“不可以！”

楚楚看他不上当，不满地啧了一声。

张雅芳绝对是状况外的人物，被紧急叫来，只知道楚楚陷入昏迷，并不清楚大小楚遭遇绑架的事情。她看到楚楚清醒相当惊喜，楚楚看到她也万分高兴。两人兴高采烈地寒暄一番，张雅芳笑着感慨道：“这还没冲喜，人不就醒啦？”

楚楚面色古怪，直白地道：“雅芳姨，这都什么年代了，哪还流行冲喜啊？这都是封建迷信的行为，你得多学科学文化知识，少看朋友圈里奇怪的文章。”

她和张雅芳关系很好，自然知道对方经常看些养生秘闻、不转不是中国人等内容，或许哪回其中就不小心夹带糟粕。

张嘉年沉默片刻，突然开口道：“我回国后会好好学习的。”

楚楚眉毛一跳，小心翼翼地问道："这主意是你出的？"

楚彦印冷静地补刀："嘉年甚至还要举办仪式，我怎么阻拦也没用。"

楚彦印此时简直扬眉吐气！

楚楚望着张嘉年长叹一声，实在不明白高学历的张嘉年信了哪门子的邪，难道是由于她以前自称修士？他估计是病急乱投医，才会什么都答应。

楚楚望着张嘉年摇头，无可奈何地道："像你这样思想较为落后的人，看来我只能终身督促你学习进步了。"

张嘉年当众听到"终身"一词，莫名有点脸红，手足无措地站在原地。

楚彦印替他打抱不平："嘉年是关心你……"

张雅芳在心底默默白了大老板楚董一眼，心道他怎么"哈不溜秋"的，句子的重点都能抓错，关键词难道不是"终身"？

张雅芳引着楚彦印往外走，出言道："让娃儿们好好耍，我们先出去！"

楚彦印莫名其妙地被张雅芳带出病房，两名长辈站在走廊里交流。楚彦印不禁眉头紧皱，颇不是滋味道："你怎么如此平静？他们可是……"

楚彦印得知楚楚和张嘉年的关系后大吃一惊，然而张雅芳此时却波澜不惊，看上去都不像当事人母亲。楚彦印虽然早见识过她的泼辣作风，但如今还是万分不解。

张雅芳简单粗暴地道："关老娘屁事，我又没打算操心他婚事！"

楚彦印："……"

张雅芳很早以前就打定主意，不干预任何张嘉年有关择偶的事宜，她也不是闲得无聊为难儿媳的恶婆婆，只是骂退过不少非要找她儿子相亲的怪人而已。如果不是张雅芳性情使然，以张嘉年的条件，他恐怕早就被三姑六婆缠死了。

张雅芳过去想得很好，要是跟未来儿媳处得来，就留在目前的家里；要是跟对方关系不好，就拍拍屁股回老家，自己找人喝茶打麻将也挺开心。

她思索一番，如果是楚楚的话……那每周末两人都可以相约喝茶打麻将！

张雅芳用着不太流利的普通话道："其实我觉得定下的日子也不是没用……"

楚彦印："嗯？"

屋内，闲杂人等陆续退去，给楚楚和张嘉年留下静谈的空间。楚楚的伤口还未愈合，她又一连接见如此多探病之人，感觉身体有些疲乏。她靠着枕头昏昏欲睡，却仍忍不住好奇："你真信冲喜？"

楚楚颇有点遗憾，刚才要不是嘴太快，是不是就可以满足张总助的意愿？

不过她不知道女配角的户口本在哪儿，回去还得找一找，难道是老楚拿着？

她正摸着下巴思考，便听张嘉年轻声答道：“我不信。”

张嘉年当然知道这是无稽之谈，只是自欺欺人的说法。

他靠着窗边，眼神平静而悠远，垂眸道：“但你如果一直没醒，我好歹还有理由陪着你。”

楚楚一愣，读出他语气中淡淡的落寞，随即认真地建议道：“嗯……其实婚姻法给你的理由比封建迷信充分？”

张嘉年：“……”

楚楚振振有词：“你真的不能逃避法律学习。”

张嘉年：“如何学习？”

楚楚：“在实践中学习，在学习后实践。”

张嘉年：“好。”

不久，楚彦印和张雅芳被叫进屋，两人皆一头雾水。楚彦印好奇道：“怎么了？”

楚楚靠坐在床上，张嘉年沉静地站在她床边，完全是一对璧人。她慢条斯理地郑重宣布：“敬爱的老楚、雅芳姨，我们刚刚商议了一下，打算近期订婚。”

张雅芳的反应倒还好，楚彦印却是一脸困惑：“等等，这又是闹哪出……我都说了冲喜是无稽之谈！”

楚楚：“不，我们这回是想要一起学习进步，才会做出这样的决定。”

楚彦印虽然知道两人的情况，但仍觉得进度太快，下意识地反驳道：“我不同意，怎么能如此草率……”

楚楚理直气壮地道：“又不是你结婚，你凭什么不同意？！”

楚彦印：“……”

张嘉年的眼神清亮，他诚恳而谦逊地道：“请您放心，我会好好照顾楚楚的……”

楚彦印痛心疾首地捂脸，恨铁不成钢：“嘉年，你怎么就是不明白？”

张嘉年明明才是最吃亏的人，怎么被人卖了还要帮忙数钞票？他为什么不能稍微学会摆谱？

张雅芳只差拍手庆贺，没想到如此快便美梦成真。她欣喜地望向楚楚，如同看到久别未见的孩子，亲切地唤道：“幺儿！”

张嘉年听到这话，条件反射地露出鄙夷之色，觉得张雅芳女士有点肉麻。

张雅芳没好气地道：“没喊你！”

楚楚应道："哎！"

张雅芳和楚楚激动相拥，两人只差热泪盈眶，感人的亲人重逢的画面让观众潸然泪下。

张嘉年："……"

张嘉年严重怀疑自己只是跳板，促使臭味相投的两人终于成为家人。

虽然楚彦印觉得订婚一事有待商议，但全场似乎没人在乎他的感受。唯一尊重楚董意见的张嘉年，还唯恐楚彦印不放心，耐心地许诺保证，倒让老楚更加受挫。

楚彦印见大势已去，思绪一转，又惦记上了订婚宴。既然事情已经变成定局，那订婚宴便变得至关重要，宴会不但见证两人的关系，更是楚楚在齐盛集团内的首次正式亮相。

虽然所有人都知道大小楚的关系，楚楚也在齐盛电影工作过一段时间，但她还并没有真正走入过集团，更没跟纷繁复杂的人际关系打交道。如今她快要成家，也理应立业，正好借此机会渐渐融入。

尽管楚楚有些跳脱，但有张嘉年在旁辅佐，问题应该也不大。

楚彦印想通其中关节，立马大包大揽道："那订婚宴就由我来筹备？"

楚楚对老楚的变脸功力着实佩服，他前一秒还反对，后一秒就自荐为订婚宴的总导演？

她开口道："可以是可以……"

楚楚不好打击楚董策划活动的积极性，又觉得订婚宴应该是以家庭为范围的，便暂时没有太多过问。她哪里知道楚彦印已经在心里拟出超长名单，不但要邀请合作频繁的大集团代表，还有齐盛内部的重要人物，人员复杂程度堪比高端版齐盛年会。

楚楚的伤势顺利痊愈，便开始着手回国的事宜，她在临走前还见了中文哥一面，尽管是隔着防护栏。

绑匪咕噜哥被营救人员当场击毙，在地上挺尸的中文哥却捡回一命，但很快就被抓捕。他脸上的瘀青已经褪去大半，只留下满脸小雀斑，正在遭受警方的审问。警方正在彻查雇凶的幕后人员，然而中文哥却是一问三不知，毕竟他也是奉命行事。

中文哥只觉得自己睁开眼，事情便天翻地覆，搭档直接丧命，自己被逮捕，脑袋还被敲出脑震荡。他刚开始还三缄其口，想用沉默来应对审问。

楚楚看他装死，立马揭发检举，建议道："用中文跟他说，万一他只能听懂中文？"

警方：“什么？”

楚楚坦白道：“他是留学生，所以会中文。”

警方得知“会中文的留学生”信息点，瞬间加快了调查进度，获取中文哥的详细资料。因为中文哥背后的组织相当庞大，跟无数势力有着不正当交易，所以查出幕后真凶的任务并不容易，不过好在最终得以水落石出。

楚彦印在国际上的互助合作引发了当地不少极端反动分子的不满，这些极端人物便雇佣中文哥等人，想要阻止齐盛集团在当地的发展。中文哥等人潜入医疗机构许久，一直在蹲点楚彦印的行踪，知道老楚此次是最后一次复查，才会当即采取行动。

楚家大宅内，楚彦印像往常一样回到家中。他在餐桌前落座，整了整领带，看向林明珠，问道：“她说什么时候回来？”

楚彦印决定今天跟楚楚正式谈谈有关她逐步介入齐盛事务的事情。他经历此次大难，突然想通很多事情。她是自己唯一的女儿，一味地怀疑她的能力和观点，着实不该是父亲的行为。

楚楚当时都敢冒险回厂房救他，他为什么不敢冒险让她在齐盛大干一场？

楚彦印回顾过去，或许真是当局者迷旁观者清，深陷于此山太久，看不到险峰的全貌，才会在山间迷路。楚楚如今跟各大派系毫无牵扯，说不定真有解决问题的办法。

林明珠诧异地道：“谁回来？”

林明珠对大小楚在国外的腥风血雨一无所知，只知道众人耽搁些日子，回来后老楚便提出要举办楚楚和张嘉年的订婚宴。

林明珠想了想，恍然大悟：“她去嘉年家了。”

楚彦印万分惊愕：“我怎么不知道？”

林明珠：“她说既然交换结束，人与人还是距离产生美，不会再每天过来。”

林明珠松了口气，楚楚不在家，自己就不用装好后妈了，工作量瞬间减轻不少。

楚彦印：父女情随着她失去爸爸之位而瞬间变淡？！

另一边，张嘉年竟然逐渐怀念起在大宅的生活，默默地择菜，耳边环绕着生命中最重要的两个女人的欢声笑语，内心毫无波澜。楚楚本来陪着张雅芳看电视，最终还是偷偷溜过来，询问道：“需要我帮忙吗？”

厨房内，张嘉年的袖子被挽起，露出白净的手腕。他正握着菜叶，认真地工作。楚楚刚刚就想过来搭把手，但屡屡被张雅芳叫走，一直没有好机会。

张嘉年瞥楚楚一眼，摇摇头："算了，她一会儿肯定又要叫你……"

果不其然，下一刻身处客厅的张雅芳便喊道："幺儿——"

张嘉年："……"

张雅芳女士如此亲热的态度，快让他严重怀疑楚楚姓张，全名张楚楚。他要是哪天被张女士收回姓氏，不能再姓张，只配叫嘉年，估计也不奇怪。

楚楚有点迟疑，觉得将可怜的小朋友独自留在厨房不好，但面对张雅芳又盛情难却。尽管她小小地提出建议，但张女士又会说起"粑耳朵"等词，力证其决策的科学性。

张嘉年对自己母亲的态度见怪不怪，这本就是两人的相处方式。他眼神温润，语气柔和："没关系，你出去吧，菜很快就好。"

楚楚左右看看，犹豫道："我能做什么吗？"

张嘉年看楚楚停步不走，心知不安排一些工作，她断然不会离开。他双手湿透，不太方便擦干，开口道："你帮我把围裙拿过来。"

"哦……"楚楚环顾一圈，找到藏在旁边的新围裙，小心翼翼地取过来，"你要穿这条？"

楚楚望着围裙，不禁陷入沉思。清新的蓝色格子上遍布着雪白的蕾丝，真是可爱又迷人的少女配色，非常符合张总助温和有礼的人设！

张嘉年万万没想到，家中新换的围裙是如此模样，强作镇定地道："谢谢，麻烦你再放回去。"

楚楚义正词严："我跟你讲，这条围裙真的很符合你的气质，必须试一试！"

张嘉年："哪里符合？"

楚楚侃侃而谈："清新淡雅的马卡龙蓝最衬托张总助沉静理性的心智，素净雪白的蕾丝边则象征你纯洁的内心，特别的配色反映你宛如莲花般中通外直、不蔓不枝的气质，绝对清逸超群……"

张嘉年："……"

张嘉年：编，你接着编，怎么没人聘你去做语文老师？

楚楚唯恐天下不乱，拿着围裙围着他转，殷切道："试试吧，绝对很好看。"

张嘉年哪里不知道她的鬼主意，无非就是想打趣自己一番，别扭地想要躲藏，推却道："我手上有水，不方便穿……"

楚楚真诚地道："我帮你穿！"

楚楚踊跃地提议，将张嘉年逼进角落，有种不达目的誓不罢休的执着。张嘉年瞟她一眼，最后终于服软，但还是强调道："你不许拍照。"

楚楚眨眨眼，立刻满口答应："好。"才怪。

张嘉年只得伸出胳膊，任由她将过于少女的围裙穿在自己身上，同时在心里吐槽张雅芳女士的审美。

楚楚兴致盎然地动手，他肩宽腿长、身材挺拔，她双手扯过围裙带子，在他的腰间打了个蝴蝶结。虽然围裙配色有点奇怪，但从背面看居然还挺好。

她望着张嘉年的背影，一时鬼迷心窍，竟忍不住上前一把从背后抱住，使劲用脸蹭了蹭，像是强行撸猫的宵小之辈。

张嘉年没料到她的突然举动，察觉她犹如猫洗脸的行为，顿时哭笑不得道："怎么了……"

楚楚幼稚地道："我是围裙精，正在防止你背后溅油。"

张嘉年："……"嗯，幸好她不是菜刀成精，不然他现在就完了。

晚上，楚楚在张家享用了极合心意的一餐。尽管张嘉年顾及她的伤口，禁止她食用过油过辣的菜色，但其他清淡的家常菜味道也很鲜美。饭后，三人又玩了一会儿牌，老年人张雅芳便率先休息，洗漱后跟楚楚道晚安。

虽然大家未来要正式成为一家人，但楚楚这回仍旧是住在客房。她看张雅芳的房门关上，便偷偷摸摸地抵达张嘉年的门口，想要突然袭击，却被他抓个正着。

张嘉年身着家居装，坐在床边低头看手机。他抬头见她站在门外，便拍了拍自己身边的位置，示意她坐过来，开口道："正好，我刚打算找你。"

楚楚闻言面色古怪，本以为张嘉年还会推拉婉拒一番，没想到他居然主动邀请自己，一改往日的保守禁欲作风。楚楚疑惑地走进来，又听他补充道："你把门带一下。"

楚楚眉头微皱："嗯，这会不会有点快？"

张嘉年不解："什么有点快？"

楚楚迟疑道："雅芳姨还在隔壁，不然我们现在回燕晗居？"

虽然他们都是成年人，不用避讳太多，但还是该考虑一下周围人的感受，注意社会效应。

张嘉年反应过来她的意思，颇有点恼羞成怒，咬牙道："我只是想跟你谈谈。"

楚楚乖乖地坐在床边，将手放在膝盖上，像个正襟危坐的小学生，恍然大悟地拖长声调：“哦……”

楚楚：“其实你也可以想点别的。”

张嘉年：“……”

张嘉年唯恐她突然飙车或岔开话题，赶忙回归到正题，说起正事：“楚董、楚叔叔让我问问你，完成百亿目标后的规划。”

张嘉年如今刚开始对楚彦印改口，最近还极不适应，时常口误。楚彦印却发现种子选手化身自家人的好处，他原来就总靠张嘉年跟楚楚沟通，现在变得更方便了。

虽然今年还没过完，但银达本年度净利润绝对超过百亿，主要贡献方便是即将启动IPO的光界娱乐。

楚楚问道：“老楚是不是想履行赌约，准备给我打钱啦？”

她可记得清清楚楚，某人曾放下豪言，只要她完成百亿目标，就要转让全副身家。

张嘉年不料她是惦记这一出，面露为难之色：“嗯，楚叔叔好歹是你的父亲……”

楚楚振振有词：“愿赌服输，身为父亲更要有信用！”

张嘉年好奇道：“可你拿到赌注，打算做什么呢？”

楚楚直白地道：“我把齐盛卖了，然后将钱汇进银达。”

张嘉年：“嗯？”

张嘉年本来接到楚彦印委派的任务，要劝说楚楚逐渐步入集团处理事务，但此时听到她的规划，竟产生了一丝犹豫。他觉得卖掉齐盛真可能是她会干的事，到时候估计要把楚彦印气死。毕生心血被人变卖，换谁都要心肌梗死。

张嘉年比别人更了解楚楚的脑回路，当然不能让她将齐盛卖掉，但跟熊孩子硬碰硬只会引发反效果。他索性用她的逻辑，语重心长地道：“但齐盛的部分业务如今很难脱手，总得经营得稍有起色，才能卖出高价……”

齐盛近年转型艰难，没有过去的风头盛，确实不在高估值区间内。

楚楚摸了摸下巴，若有所思：“有点道理。”

张嘉年见她认同，温和地引导：“不如您先了解一下集团的情况，等时机成熟后，再决策不迟！您现在也没法马上拿到全部赌注，资产交接总需要时间，正好趁这段过渡期打基础。”

张嘉年为让她走上明君路线，可谓煞费苦心，不但温声细语、循循善诱，连称呼都换回职业式的“您”，生怕哪里引发她的逆反心理。他觉得只要让她先对齐盛集团产生兴趣，别老盼着集团破产，便是踏出了成功的第一步。

楚楚被他说服，点头赞同道："好像可以。"

老楚按照赌约早晚要给她全部资产，齐盛股权也是其中之一。虽然齐盛会破产，但她可以将手里的股权在高点卖出，然后狠狠地捞一笔，也算是发挥大集团最后的余热？

两人一拍即合，楚楚同意逐步进入齐盛。

楚彦印得知张嘉年的劝说产生了作用，无疑是最欣喜若狂的人，要知道他和姚兴都曾暗示、明示过楚楚，但皆折戟而归。楚楚每回都声称对齐盛毫无兴趣，坚持集团会破产，跟他们闹得不欢而散。

楚彦印误以为楚楚改变了观念，哪知道张嘉年善意地隐瞒了她想卖掉齐盛的事。欣慰的楚董看孽女终于开窍，考虑到孩子的工作积极性，决定大方地转让部分股权给她，以此鼓舞士气。

楚彦印最终决定转让给楚楚齐盛总集团2%的股权，以及他手中齐盛金融科技集团的所有股权。齐盛覆盖的领域很广，总集团下还有无数直接或间接控股的子公司，其中文旅房产、文娱产业和金融科技是总集团的主力军。

齐盛电影是归于齐盛文娱产业集团，联美外卖则是归于齐盛金融科技集团，这些大大小小的组织又都统归于齐盛总集团。

楚彦印先将齐盛金融科技集团转让给楚楚，原因很简单：一是银达过去对互联网公司投入较多，且成绩都不错，经典案例如光界娱乐《赢战》、微夜科技的微眼等，楚楚在该领域容易服众；二是联美外卖曾最先响应账号互通，其CEO吕书跟齐盛金融科技集团董事吕侠是叔侄关系，他们看上去愿意做"太子派"。

不得不说，这是一个天大的误会，楚彦印并不知道楚楚是靠坑蒙拐骗拿下吕书及联美，只当吕家人跟她是一伙儿的。

楚彦印将股权转让给楚楚的消息还没传出去，便先在总集团内部炸开了锅。虽然大家都猜到会有这一天，但现在见证历史的感觉还是很微妙，而金融科技集团董事吕侠则是此次事件中最尴尬的人。

董事会结束后，众人看到吕侠起身，纷纷或恭维或怪笑，道："吕董，前途不可限量啊！"

"老油条"们都有些心照不宣的小心思，虽然偶尔会联手，但也会彼此攻讦。大家没想到，吕侠平时看上去是老好人、墙头草，谁想到他私下却抱上了"太子"的大腿。

"老吕，水能载舟，亦能覆舟，你可悠着点。"有人意味深长地道。

吕侠露出客套的笑容，波澜不惊："有劳诸位提醒。"

吕侠面上镇定，其实心里早将吕书痛骂了一百遍。他向来奉行中庸之道，不愿做出头鸟，万万没想到，由于自家侄子蠢笨的行为，他们家莫名混成了“太子派”，如今瞬间沦为众矢之的，还被逼得要辅佐“太子”！

吕侠是有苦说不出，楚楚现有的股权占比高于自己，在金融科技集团内拥有最高话语权。他也不能跑去告诉楚董，自己一家并不是“太子派”，这样估计更会惹楚董厌恶。

办公室内，联美CEO吕书又被叔叔吕侠痛斥两小时，内心忧郁得只想看《哆啦A梦》。吕侠骂得口干舌燥，喝了口茶水润嗓子，说道：“明天你去接她，先带她在集团里转转，介绍下业务。”

吕书面露犹豫：“这不好吧，您明天不露面吗？”

吕侠嗤道：“我能跟姚兴一样没出息，上赶着巴结她吗？我们当初进总集团的时候，她还没出生呢！”

吕侠最看不起理工男姚兴，简直唯楚家人马首是瞻，又靠溜须拍马哄得小楚总帮齐盛票务搞账户互通。如果不是由于这件事，吕侠怎么会沦落到今天的地步？

吕侠想了想，又补充道：“你该给她的尊重还是要给，别给人留下话柄，但我不会马上出面，最迟也要等到晚上。第一次见面很重要，不能真让她觉得一切都轻而易举。”

吕侠在此关节上，只能选择走“太子派”路线，但坚持要给自己打造重臣人设，决心推拉一番。想当年，刘备三顾茅庐才得见卧龙先生，吕侠觉得自己也不是随便就能见的人！

吕书：虽然叔叔的想法很好，但总觉得会跟现实有差距？

吕书欲言又止，老感觉楚总跟叔叔想的不太一样，但又碍于长久以来的教育和压迫，不敢贸然挑战叔叔的权威，索性将话咽回去。

第二天，楚楚走马上任，迫不及待地想看看自己的新产业。她倒没马上追着要齐盛剩下的资产，毕竟银达还没正式把100亿打给老楚，老楚就先慢慢过渡手上的产业给她，显然很有诚意，再催不合适。

殊不知，父女俩在张嘉年含蓄的转告下产生了微妙误会，楚彦印给股权是让她干出事业，楚楚拿股权却以为是提前收到了赌注。

齐盛金融科技集团有着独立的大楼，便是楚楚上回到访联美外卖的地方。写字楼内每层的公司不同，但都属于科技集团。张嘉年最近忙于处理光界娱乐IPO的事务，今天便没陪同过来。

吕书看到楚总及其秘书王青，先领着一行人在每层楼转了转，最后将她们带入会议室。巨大的会议室内，金融科技集团旗下的众多CEO及高管齐聚一堂，跟新任大领导楚总正式见面。

不，现在不能再称她为楚总。

如今她是金融科技集团董事长，只能简称小楚董，好跟总集团的大楚董相区分。

大家都有点紧张，一夜之间更换董事长，换谁都不太适应。吕书本来还担心小楚董询问董事吕侠的下落，没想到她连提都没提。吕书主持道：“那先有请楚董说两句？”

会议室内响起了热烈的掌声，众人坐得挺直，精神都格外饱满，将楚楚吓了一跳。她还没见过如此上纲上线的会议气氛，落落大方地道：“大家不用客气，我是楚楚，很荣幸未来能与你们共事。”直至卖掉公司的那天。

她说完客套话，又简单地展望规划几句，便不再发言。

吕书不太习惯她言简意赅的方式，悄声道：“您不再说两句吗？”

如果换成董事吕侠，该环节应该会长达两个小时，吕侠会有说不完的会议发言。

楚楚：“嗯？”

楚楚：“我说完了，我跟诸位很多是初次见面，不如大家介绍下自己？”

吕书闻言也没异议，让众人按顺序介绍自己、公司、产品及业务等。楚楚刚进屋就觉得会议室内气氛古怪，但还没搞懂症结在哪儿，等听完一轮高管的发言，才骤然领会金融科技集团的企业文化！

“我是袁本初，目前担任盛华支付CEO，我刚才听完楚董的发言，简直热泪盈眶，我坚信在楚董的带领下，我们金融科技集团一定会有繁花似锦的前程……”

“楚董对互联网的认识实在发人深省，让我瞬间明白公司要克服的难题是什么！掌握用户需求，优化用户体验，是我们责无旁贷的使命！”

“技术和商业模式兼备，就是科技集团未来的方向。我们一定众志成城、不畏艰险，在楚董的指导下取得胜利……”

楚楚听着在座充满老年人特色的会议发言，忍不住制止，无奈地道：“不是，可以这样，但没必要。”

年纪稍小的吕书闻言强抿嘴角，尽量别忍俊不禁。他以前就有点受不了叔叔带领下的会议氛围，没料到小楚董比他更直接，只差将嫌弃写在脸上。

楚楚硬着头皮听完一圈发言，差点以为自己误入微商总代群，不然大家怎么都不说人话？银达等公司的员工们虽然平时很尊敬她，但也不会毫无理智地将她捧杀成这样。

她哪知道董事吕侠最喜欢这种话，这就是年轻领导和老领导的差异。

高管们发言完毕，楚楚便开门见山地布置正事，希望剩余还没有完成账户互通的公司抓紧时间，同时表明未来会带银达系互联网公司的高管前来交流，让大家有互相学习、合作的机会。

小楚董说事的风格干脆利落，会议全程只有一个半小时，让众人颇不习惯。散会后，楚楚也没再拖延时间，直接去自己在此处的办公室办公。

剩下的人面面相觑，不确定道："这就结束啦？"

吕书摆摆手："走吧，散了。"

"嘿，小楚董刚过来，居然都不多说两句？这都没到午饭时间呢。"高管们的上午平白多出一大半时间，顿时有点怅然若失，要知道吕侠开会经常让大家午饭都吃不上。

吕书嘀咕道："这不还有晚上吗？"

"那倒也是，上午歇歇，晚上干一票大的。"

因为科技集团内互联网公司较多，工作氛围便是加班成风，员工们经常十一点才能离开，偶尔还会通宵。董事吕侠又最爱开会，喜欢吃苦耐劳的员工，一来二去没人敢准点下班，大家都生怕惹领导不快。

然而，今天却是一个特别的日子，有一名勇士毅然选择准点下班。

楚楚在科技集团的办公室位于最内侧，紧挨着吕侠的房间。她要是离开，便会穿过一段办公区。她和王青等人高效处理完事务，便决定打道回府，到银达看看张嘉年。

其他人见小楚董脚步匆匆，坦然地带着一票人下班，皆错愕地睁大了眼，下意识地瞟了眼时间——下午六点。

吕书得知消息，火急火燎地赶来，想要阻拦小楚董。叔叔吕侠可是说要晚上才亮相开会，小楚董要是现在走了，两人岂不是见不到啦？

吕书气喘吁吁地抵达，在办公区堵住要走的小楚董，尴尬地道："楚董，您是有急事？"

楚楚茫然道："没啊。"

吕书："那您现在走是……不打算在这边待一整天？"

楚楚："这不是下班啦，我待了一整天。"

吕书腹诽：互联网公司的六点才不是下班，是每天的开始！

吕书为难道："可大家都没走……"

楚楚环顾四周，发现格子间内的员工确实都没走，干脆跟最近的人搭话，问道："这都下班了，你怎么还不走？"

那人的语气不太确定，支支吾吾道："我、我工作还没做完……"

楚楚露出了然的神色，扭头看向吕书，解释道："哦，我工作已经做完，所以准备先走了。"

吕书："……"

楚楚说完，又朝向刚才那人，鼓励道："你可抓点紧，效率不行啊，下班不积极，思想有问题！"

"好、好的。"

吕书：叔叔，对不起，我没法阻止她准点下班了。

楚楚带着银达的人直接离开，显然他们都选择准点下班，成为科技集团内难得亮丽的风景线。楚楚本来就不爱强求别人加班，实际上人的能力还分三六九等，有人两个小时能做别人八小时的工作，总不能靠工作时长衡量工作水平？

楚楚是影视公司思维，跟互联网公司更不一样。影视公司的制片人有项目时连忙三个月，没项目时可以不用到公司坐班，最后靠项目成果算酬劳，也不是拿时薪。

银达内员工同样分为两类：一是准点下班派，只要能完成本职工作，拿基本工资就行；二是勤奋加班派，产出会高于旁人，因此酬劳很优渥。

辰星影视的管理则更松散点，但最后会靠项目评定，例如负责《胭脂骨》的夏笑笑年终奖就会挺丰厚。

大家眼见小楚董下班，又听闻名句"下班不积极，思想有问题"，一时都有点蠢蠢欲动。有人相当果敢，直接效仿小楚董，拎包关电脑。

吕书见状，叫道："唉，你干什么去？"

对方耸耸肩："我也完成工作了，现在下班走人。"

吕书气不打一处来："什么叫完成了？我看是你工作量太少！胡闹！"

有人嘀咕道："吕总，这话你该跟楚董说，说她工作量少……"

吕书猛地回头，勃然大怒地跳脚："刚刚那话谁说的？！"

众人皆默默低头。

吕书误以为自己压住了场面，回头一看，才发现关电脑的人已经跑了。其余员工见状，都迫切地盯着吕书，恨不得他一走便全部跑路。他们变相加班又没加班费，很多时候是拖延到很晚，或者是被莫名其妙的会议占用过长时间。

今天董事吕侠不在，董事长楚楚都走了，他们穷表现给谁看？

袁本初听到风声，下楼来看吕书的笑话，悠然道："那我今天也先走啦，看样子晚上没会议？"

吕书万分头大，咬牙道："吕董待会儿要过来。"

袁本初打趣道："嗨，那吕董白跑一趟，楚董都不在，开会没用啊。"

袁本初是个狡诈圆滑的人，顾忌吕侠却不怕吕书，如今小楚董空降，连对吕侠的敬畏也丧失了几分。袁本初一走，楼上盛华支付的人瞬间跑空。大家觉得法不责众，很快便搞完手上的任务，接二连三地下班。

吕书从开始的暴怒，到中途的麻木，再到化为心动，不然他也回家看《哆啦A梦》？

没过多久，董事吕侠终于昂首挺胸地踏入大楼。他神色高深、眼神晶亮，初次见面，打算给新晋的小楚董留下深刻的印象，奠定自己的地位。吕侠进入公司内，正巧碰到吕书，皱眉道："哎，你干吗去？！"

吕书没想到自己如此背，正撞上叔叔的枪口，勉强道："我……完成工作，现在下班走人……"

吕侠怒斥道："什么叫完成了？我看是你的工作量太少！胡闹！"

吕书嘀咕道："吕董，这话你该跟楚董说，说她的工作量少……"

吕侠："嗯？"

吕书坦诚地告知自家叔叔残忍的事实："楚董下班走了，大家都走了……"大楼内如今空荡荡的，恐怕只剩辛勤的保洁阿姨们坚守最后一班岗。

吕侠："什么？！"

吕侠全副武装正要上台，打算大展身手，尽显重臣风范，结果全体观众直接退票走人？！

银达投资内，楚楚并不知道科技集团里发生的事情。她走到张嘉年办公室门前，偷偷探头张望，正好抓到用餐的张总助。张嘉年看她鬼鬼祟祟地扒门观察，笑道："我都怀疑你是盯着饭点来的。"

楚楚原本没感到饿，现在闻到饭香才发觉饥肠辘辘，好奇道："你怎么没去食堂？"

银达内有员工餐厅，价格相对便宜，不像辰星影视只能点外卖。

"想看些资料，而且带了点小菜。"张嘉年指了指电脑，又询问道，"你吃饭了吗？"

楚楚摇摇头，两人干脆又去食堂打了两个菜，一起窝在办公室里吃饭。张嘉年带的是自家的酸豇豆和川式腊肠，一看就是张雅芳女士囤积食物的风格。

楚楚满意地道："我想吃这个很久了……"

张嘉年感到奇怪："你当时不也拿走一些？"

张雅芳忘记谁也不会忘记她，每次从老家拿回来的特产，都会强塞给楚楚一大堆。

楚楚露出哀怨的表情，语气隐有指责张嘉年的意味，嘀咕道："又没人给我蒸。"

楚楚居住的燕晗居简直像《牧场物语》的家，每天在外跑一天，回家倒头睡一觉，醒来后又是往外跑。

张嘉年听完她的懒人逻辑，一时既好气又好笑："我蒸好是不是还要喂到你嘴边？"

楚楚："如果你坚持如此，我可以勉为其难地答应你。"

张嘉年："……"

楚楚兴致勃勃地提议："你可以住进燕晗居啊，我们不但能一起吃饭，还能一起玩游戏。雅芳姨不是每年都要回老家几个月？你自己待着也无聊。"

她现在能跟张嘉年见面的时间相当有限，由于银达的摊子越铺越大，两人都有点分身乏术。

张嘉年为难道："现在同进同出会被人议论的。"

楚彦印还没有确定订婚宴的时间，两人便只是私下联络，在明面上没有逾矩的举动。张嘉年顾及她的名声和公司员工的心态，不想在尘埃落定前做出过格的事，使她遭受非议。

楚、李之事当初在辰星传得风风火火，如今终于往事如烟。即使楚楚并不在乎外界的声音，但他不愿看到她再遭人误解，只要出现舆论，其中必然会夹杂不和谐的声音。

楚楚眨眨眼："我们以前不都是同进同出，也没人怀疑过我们看夜光文件？"

"嗯……"张嘉年仔细思索一番，回顾自己过去遭她疯狂压榨私人时间的经历，还有自己大半夜被迫送外卖的遭遇，竟觉得有几分道理？

楚楚见他犹豫，循循善诱道："来嘛，来嘛！你还可以督促我建立合理的生活习惯。"

张嘉年看楚楚如此上进，再找不到婉拒的理由，同意道："那等下周吧。"正好张雅芳下周要回老家收租，跟老友们见面，张嘉年同样稍微空闲点。

楚楚看他答应，心中沾沾自喜。她一定会用自己完美的生活习惯击败他健康的作息，告诉他究竟什么才是人类合理的生活习惯。

张嘉年用餐时被楚楚一打岔，竟然忘记询问她科技集团的情况，还有跟董事吕侠的交流如何。他这周忙于光界娱乐IPO，休息时间极少，等想起来时楚楚已经离开，再发消息特意问又显得大惊小怪。

张嘉年犹豫地想：偶尔一天没检查作业也行？

科技集团内，董事吕侠吃一堑长一智，隔天早早地抵达大楼，坐在办公室里静候小楚董。员工们看到吕侠露面，一时皆有点心慌，想起昨天按时下班的事情，都在办公区里当鸵鸟。

吕侠左等右等，不见楚楚出现，颇有点坐不住，连茶都喝不下了。

接近早上九点，楚楚带着王青等人准时地进门上班，大步匆匆地钻进办公室。

吕侠看小楚董进屋，这回干脆主动出击，走入她的办公室，客气而严肃地说道："楚董，我想跟您谈谈。"

楚楚望着跟老楚年纪相仿的吕侠，一时面露茫然，不知对方是谁。张嘉年是跟齐盛董事及高管接触最多的人，但他今天不在。王青仅见过吕侠的照片，便悄声提示楚楚："这位好像是吕董……"

楚楚恍然大悟，赶忙起身："哦哦，原来是吕董，久仰久仰。"尽管她也没搞明白吕侠的身份，但第一次见面装熟就对了。

吕侠却不客气，直接道："我听说您昨天呼吁大家早下班？"

楚楚诧异道："没有啊，我昨天是按时下班。"

吕侠傲气地抬头，侃侃而谈："金融科技集团一直是总集团的重要支柱之一，我们能创造出不菲的效益，跟吃苦耐劳、勇于拼搏、众志成城的企业文化脱不开关系，这是团队的坚守与凝结……您虽然是董事长，但带头打破这种氛围，着实不太妥当。"

楚楚听到熟悉的老年"微商风"发言，顿时明白了这种发言风格的源头就是眼前的董事吕侠。她看出吕侠气势汹汹、来者不善，估摸对方就是要找碴儿，任谁被小丫头片子压一头都会不爽。

楚楚好奇道："吕董昨天好像没出现？难道您公然翘班就妥当？"

吕侠瞪大眼，没料到她竟倒打一耙，解释道："我六点半来过公司……"

楚楚顿时坐实了他的罪名，振振有词道："六点是下班时间，你六点半才到，不是翘班是什么？！"

吕侠："……"

吕侠自知理亏，以前是领导当然没人管，现在楚楚官大一级压死人。她都准时早九晚六，吕侠还真没理由反驳，一时万分憋屈。

楚楚长期跟老楚打交道，专治这种古板固执的老领导，直接嘲讽道：“现在的老年人，一点时间观念都没有，上班都不准时，还敢号称自己吃苦耐劳？！这是典型的眼高手低，先问问自己为集团付出过什么，再惦记那点股权利益，不要总想着要钱，却连本职工作都做不好！”

吕侠只觉得这话万分熟悉，被她夹枪带棍地影射一番，气得满脸涨红、声音发抖：“你、你……”

总集团的“老油条”们都是斯文人，冷嘲热讽也不会如此露骨直白，吕侠还是头一次见识这样的反讽。

楚楚见状，当即起身警告：“唉，我告诉你，你别耍赖往地上倒啊！我不是你侄子吕书，我可不会惯着你！”

连楚彦印面对无耻的楚楚都招架不了几回合，更何况没见过世面的吕侠。

吕侠闻言差点吐血，连风度都维持不住，处于晕厥边缘：“……”

小楚董和吕董发生争执，吕书只能急匆匆地跑来救火，毕竟其他高管谁劝都不合适。吕书看叔叔面色难看，小楚董同样不肯让步，无奈地道：“这是怎么了，大家坐下好好聊？”

吕书还没见过叔叔吕侠如此动怒，往日叔叔都要端着架子，起码面上的功夫会做全。

楚楚轻描淡写道：“我不过稍微批评两句，他就在办公室甩脸色。”

吕书：怎么听着自己的叔叔还挺不懂事的？

吕侠看她恶人先告状，他又不及对方牙尖嘴利，气得拂袖而去，同时威胁道：“小楚董的主意大，既然您要改变集团的管理模式，那我就拭目以待！”

吕侠坚信，楚楚的不加班理论没法维持太久。互联网公司工作节奏快、任务重，她如此放纵员工，等到年终统计收益的时候，恐怕有的是机会哭。同时，吕侠绝不会帮她在科技集团立稳脚跟，他倒要看看，她能不能拢得住其他人！

楚楚见吕侠离开，嘀咕道：“莫名其妙，脾气还挺大……”

吕书左右为难，不知该追叔叔，还是先劝小楚董，最后苦恼地道：“您也消消火？”

楚楚挑眉：“集团要是人人都这样闹事，还不如把你们都卖了。”

如果谁都像吕侠一样冥顽不灵，她还不如现在就直接卖掉科技集团，还节省大把工作时间。光界娱乐和微夜科技要是上市顺利，完全可以挑战科技集团的量级，领导人及团队还更年轻，更有互联网思维。

吕书其实没听懂，他们又不是奴隶，怎么还能买卖？

吕书看楚楚面染寒霜，忙道："不会的……"

小楚董和吕董不和的消息不胫而走，让科技集团的高管们万分无奈。吕侠是老派势力，但小楚董如今是董事长，众人居然又陷入站队的抉择。

袁本初无疑是蹦得最欢的人，显然打算跟着小楚董走，每天嘘寒问暖，但他往日灵验的马屁却似乎不太管用。袁本初原想多刷脸，让小楚董记住自己，却事与愿违。

楚楚看袁本初成天在自己面前晃，皱眉道："你是不是工作量不饱和呀？"

袁本初语塞片刻，随即笑道："不，我是想请教您一些工作上的事……"

楚楚看了眼资料，点点头道："你确实该找谁请教一下，盛华支付日活用户不断流失，连续三年都没有突出的成绩，这要是在银达，你早就该卷铺盖走人了。"

袁本初："……"

楚楚在成功得罪吕侠后，又再次怼走妄图投靠的袁本初，让高管们瞬间摸不准她的脉。小楚董是完全不打算笼络旧部，想做独一无二的孤狼？

楚楚现在没空琢磨高管们的小心思，在研究完科技集团的历史情况后，发觉仅靠一人之力无法扭转，只能发动广大的基层员工。

楚楚没有别的本事，只有"钞能力"，便使用亘古不变的法则——金钱。

会议上，楚楚宣布自己的决策："我打算从本年度科技集团利润中拿出五十亿，作为员工股权奖励，嘉奖对科技集团有杰出贡献的人员。"

她的想法很直接，只要集团的栋梁之材都是股东，还怕他们不干活？

有钱能使鬼推磨，不干活肯定是钱没到位！

众人皆是一愣，吕书在心底掐算一番，如果按照GAAP（通用会计准则）计算，小楚董一掷千金的行为，会直接导致科技集团净利润同比下滑几十个百分点。

袁本初显然有同样的顾虑，小心地提醒："楚董，这会让我们集团年终的数据很不好看……"

股权奖励开支会冲掉不少净利润，加上杂七杂八的其他开支，科技集团的报表岂不是相当惨淡？

楚楚反问道："说得好像现在的数据就很好看？"

科技集团要真干得不错，她就不用费心拿钱刺激众人，现在是没时间重塑企业文化，只能上特效药。股权激励会触及现有股东的利益，但不一定会影响集团估值。楚楚如今抱着卖掉科技集团的念头，哪有心思考虑董事吕侠的感受?

向来伶牙俐齿的袁本初一时无言，支支吾吾道：“嗯……可我们不是怕您在年终会上没面子，数据能好一点是一点？”

各大分集团最后要到总集团汇报，他们垮得犹如山体滑坡，这也不合适啊。

楚楚不要脸地道：“我才初来乍到，年终会当然得让德高望重的吕董参加。毕竟他今年为科技集团贡献更多，相信他在会上能跟大家与有荣焉，不会感到没面子。”

吕书：“嗯？”

吕书：你花钱收买人心，让我叔到年终会上背锅，这不合适吧?

另一边，生气在家的董事吕侠打了个喷嚏，还等着孤立无援的楚楚来求自己，并不知即将成为“背锅侠”的事。

楚楚绝对是高效执行派，趁吕侠不在公司，很快就完了成股权激励流程的制定。

这是楚总化身小楚董以来推出的第一个重要决策，顿时吸引了外界不少的注意力。

楚彦印转让总集团、科技集团的股权给楚楚，绝对是近期引人关注的大事件。对相关从业者来说，楚氏家族的股权内部转让必然跟齐盛接下来的布局有关，预示着楚楚真正走入齐盛。

楚楚在齐盛金融科技集团大会上的发言视频流传出来，不但宣称会在本年度内完成齐盛系产品账户互通，还正式公布五十亿股权激励计划，引起广泛热议。

当然，如果是普通的股权变动新闻，肯定不会有太多反响，但楚楚的一举一动都很受关注。

银罗：“我说‘太子’最近怎么不营业，这是要亲政，上任三把火？”

澜澜的锦鲤：“我对楚总很失望，她怎么能去齐盛，我作为银达的事业粉（网络用语，指比较关注偶像事业方面的粉丝），打算脱粉了！”

电灯泡：“大家都别慌，她其实是个卧底！你看，上来就发掉五十亿！”

月见草草：“我点开大图不对呀，这手上是婚戒？”

闪烁：“华生，你发现了盲点！”

皮皮虾不皮：“盲生，你发现了华点！”

这本来是条平平无奇的新闻稿，却由于高清大图而带来更大的信息量。有人声称楚楚是随便戴戒指，没任何含义；有人表明是配图错位，实际上没戴在婚戒位置；有人认为楚楚早就隐婚了，只是没对外公布。

网友们围绕新闻图众说纷纭，还四处翻找更多其他角度的照片，最后确认是婚戒的位置没错。

小章鱼："谁还记得楚总在《我是毒舌王》上的名言，莫非是哪家老总不肯投资银达，她才报复对方家的青年才俊？"

另一边，吕侠没等来楚楚请自己回去力挽狂澜，反而收到总集团"老油条"们的问候。

"吕董，我可是听到消息，科技集团最近的举动可谓大刀阔斧，这是要釜底抽薪啊！拿出五十亿作为股权激励，看来你和小楚董都是豪气的人……"

吕侠：哪门子的五十亿？

吕侠打开朋友圈，才发现楚楚在大会上的发言稿已经刷屏，底下高歌一片。他生闷气没参会，恰巧给了她出风头的机会。

吕侠得知消息，内心疯狂呕血，简直是岂有此理，这完全是打肿脸充胖子！

他本来还想打电话询问吕书，但想了想自家侄子的无用，干脆直奔齐盛大厦，决定让楚彦印来评评理。小楚董这样挥金如土，以后的工作还怎么干？！

楚楚开完上半场会议，并不知道自己又被弄上了热搜榜，内容还是"楚楚隐婚"。她作为过气网红，在利用微博完成初始阶段营销后，便逐渐减少花费在上面的时间，处理其他更重要的工作。

楚楚久不露面自然引发了饥饿营销效应，很快便有娱乐记者循着消息，浑水摸鱼地进入会场。散会后，楚楚快步穿过大厅，准备乘坐电梯，却被突然钻出的记者堵个正着。她是错峰离开，此时正好周围没人。

秘书长王青吓了一跳，赶紧挡在老板前面，隔开可疑人士。记者蹲点良久，终于捕捉到楚总。他看王青如此防备也不恼，直接道："楚总，您对自己在网上的隐婚传闻怎么看？"

王青严肃地道："抱歉，现在不能接受采访，请等到正式会议的问答环节……"

楚楚诧异道："哥们儿，你是娱记吧？"

会场内的记者们大多是财经记者，可不会提出这种私人问题。

娱记摸了摸鼻子，坦言道：“是。”

王青闻言眉头皱得更紧，开始考虑叫人把这位娱记请出去。会场内受邀的媒体都配备了专门的记者证，此人明显是偷偷溜进来的。

楚楚一边等电梯，一边好奇道：“你怎么进来的？”

娱记：“我找朋友借了张证。”

楚楚：“哦，不容易。”

娱记：“您还没回答我的问题，您是什么时候隐婚的？”

娱记费尽千辛万苦摸进来，就是为了抢新闻。虽然楚总目前没马上赶他走，但他看出她时间很紧，估计只有等电梯的这段空暇。

楚楚开门见山道：“我没隐婚。”

娱记露出将信将疑的神色。

楚楚颇为理直气壮：“我要是结婚还能隐？那肯定要嘚瑟到所有人都知道！”

她好不容易嫁出去了，这波牛可以吹很久！

娱记：“……”

娱记：“那您怎么戴婚戒？”

楚楚鄙夷地看了他一眼，像是谴责对方的直男思维，反问道：“戴婚戒就是隐婚，你没谈过恋爱哦？”

娱记闻言，嗅到了火爆新闻的味道，像是看到了光明的前景。

秘书长王青则震惊不已，先是陷入“老板何时脱单”的凌乱，紧接着是“听闻上司感情怎么办”的纠结。

电梯叮咚一声响起，娱记在最后时刻追问道：“您能说说对方是什么人吗？！”

楚楚正要走进电梯，听到这话停下脚步。她想了想，笃定道：“全世界最好的人。”

娱记：“……”

娱记干脆地踢翻这碗“狗粮”，献上直男式吐槽：“不可能，您的认识太主观，全世界最好的标准很难定义。”

楚楚面无表情地举报：“王青，叫人把他赶出去，他是无证溜进来的。”

王青：“好的。”

娱记：“嗯？”因为他说实话，她就立马翻脸赶人？明明刚刚还不在乎！

楚楚冷漠地道：“你的错误认识太离谱，这让我对现在的记者朋友们很失望。”

楚楚：张嘉年要不是全世界最好的人，还、有、谁、能、是！

娱记万分委屈，都不知道对方是谁，怎么还得被按头承认那人全世界最好？

被驱逐出门的娱记并没有太沮丧，好歹拿到了一手消息。虽然楚总的话说得犹如白说，但她起码自证没有隐婚，还有就是承认正处于恋爱中。娱记最擅长添油加醋、捕风捉影，很快就由极少的内容延伸出新闻稿。

楚楚成功靠花边新闻让自己翻红，一时“楚总最新恋情”替代“楚楚隐婚”，一举蹿上热搜榜前三的位置。

齐盛大厦内，默默刷微博的楚彦印焦头烂额，暗骂孽女不按流程来，当时说好他来操办订婚宴，她怎么能公然自爆？！

订婚宴总导演楚彦印连受邀名单都没拟完，更别提核对场地及流程，瞬间感到生活的压力。他长叹一声，愁眉不展，这不是强行缩减他的筹备时间吗？

吕侠就是在这样的情况下，怀着满腹不满来找楚彦印的。他进屋后，看董事长楚彦印比自己还忧愁，顿时感觉没找到好时机。

众所周知，如果想要让领导评公道，该挑领导心情好的时候。

吕侠害怕惹怒楚董，干脆咽下自己的抱怨，主动问道：“楚董，您是有什么烦心事？”

楚彦印抬头看到他，突然灵光闪现，大呼道：“老吕，你来得正好，你真是及时雨啊……”

楚彦印：“太子”的事情就安排给“太子派”去做吧！

吕侠看楚彦印如此热络，颇有些受宠若惊：“您有事吩咐？”

楚彦印尽量镇定地道：“咯……有这么一件事，我女儿马上要订婚，但我在宴会筹备上也没什么经验。我听说吕书当初的婚宴，你还帮着盯过，做得挺不错？”

吕侠仔细一想，楚董的女儿岂不是小楚董？！

吕侠诧异地道：“您女儿要订婚？”

楚彦印：“是的，男方你也认识，就是张嘉年，当初你不是还挺看好他？”

张嘉年在没升到总集团前，在科技集团运作过不少成功项目，深受吕侠好评。吕侠被这个爆炸新闻震得头脑发昏，稀里糊涂地听着楚彦印的要求，承接起订婚宴的工作。在他们这辈人看来，领导私下安排涉及隐私的事务给你，代表对你的绝对信任与重用。集团内如此多董事，楚彦印偏偏看中吕侠，吕侠着实没理由拒绝。

吕侠从齐盛大厦里出来时，已经顺利成为订婚宴的执行导演，而总导演是楚董。

他核对一圈邀请嘉宾名单，琢磨完场地与宣传，后知后觉地产生了疑惑。

吕侠：我好像是因为什么别的事才过来的？

银达投资内，张嘉年正带领团队工作，他们最近一直忙于光界娱乐的IPO。众人苦干良久，终于等到来之不易的休息时间，一边喝咖啡，一边翻阅着手机。

“哎，科技集团五十亿股权激励计划？我们怎么都没听到风声？”有人看到新闻，不由得嘀咕起来，“这什么时候的事？”

银达员工都知道自家老板刚刚上任，所以最近随时关注科技集团动向，却不知此决策是何时诞生。这倒不算最令人惊奇的事，那人接着往下看新闻，突然大叫道：“天啊！天啊！”

旁边人抱怨道：“你干什么，能不能别一惊一乍？不就是股权激励，咱们公司不也有？”

张嘉年同样抬头望过来，像是被对方的惊叫声打扰，微微皱眉。他没料到科技集团会突然颁布激励计划，但好像也没必要惊讶成这样！

“不是啊！楚总隐婚？！”那人仓皇地握着手机，头脑一片混乱。

其他人刚刚还是“事不关己，高高挂起”的高冷模样，此时一窝蜂地拥过来，争先恐后地要吃瓜。

张嘉年本来还不紧不慢，此时相当震惊：她跟谁隐婚？我明明还坐在这里！

“辟谣！刚刚辟谣了！”几人聚集在一起，疯狂地八卦起自家老板，翻阅各大娱乐板块。

张嘉年刚松一口气，便听他们念起新闻：“没有隐婚，只是在谈恋爱……”

张嘉年：“……”

吃瓜群众继续念稿：“对方是……”

张嘉年心里一跳，心想他不会当场“掉马”吧？那该有多尴尬！

“全世界最好的人？”那人茫然地读完稿件，只觉得自己浪费人生中宝贵的十几秒，愤而踢翻此碗“狗粮”，驳斥道，“这记者太没用，这都好意思发稿？！”

“啧啧，老板都脱单了，我却要加班。”

众人兴奋地吃完瓜，皆有点怅然若失。他们冷静下来，忽然想起严格的张总助，赶紧偷偷打量他的神色，唯恐被骂。令人意外的是，张总助的心情似乎不错，连嘴角都微微翘起，流露出一丝愉悦的神情。

其他人：“嗯？”

有人看张嘉年没生气皱眉，干脆鼓起勇气发问：“总助，您知道对方是谁吗？”

张总助平时为楚总鞠躬尽瘁、死而后已，全天候等待老板的指示，很可能知道私下的情况，否则他怎么不惊讶？

张嘉年坦然道：“知道。”

“哦哦哦——”其他人瞬间激动，像是上学时想抄作业的学生，全围着“学霸”张嘉年问东问西，想让他透露详情，“您稍微透露一点点呗？就一点！”

张嘉年气定神闲地打量他们一圈，直把众人情绪调动得更高，才慢条斯理地道：“少打听这些，我今天要早点回去，晚上会把审过的东西发到群里。”

张嘉年走后，旁边人嘀咕道：“总助今天走这么早？不会故意的吧？”

众人：必须严厉抵制类似的吊胃口的行为！

张嘉年收拾完东西乘电梯下楼，又偷偷打开手机，破天荒地点开娱乐新闻。他读完后，强压自己内心的喜不自胜，摸了摸再次翘起的嘴角，努力进行表情控制。

张嘉年：嗯，晚上可以做道她喜欢的菜，稍微嘉奖一下。

张嘉年先回家取走整理好的生活用品及衣物，又前往超市挑选完食材，便前往燕晗居。路上，他意外地收到科技集团董事吕侠的消息，一时有点错愕。两人以前曾是上下属，算是有些旧交情，彼此印象还可以。

吕侠发来的消息中心大意简明扼要，措辞慷慨激昂而不失礼貌，他郑重地向张嘉年告楚楚的状。

吕侠回家后，越想越不对，总觉得不能就这样放过小楚董。他成为订婚宴执行导演，便顺利地想到告状的新人选——张嘉年。吕侠在消息末尾，还直接表明知道两人的关系，恳请张嘉年让楚楚三思而行！

张嘉年没料到吕侠会知道，一时满脸疑惑：一夜之间好像全世界都得到消息？

燕晗居内，张嘉年刚刚进屋便看到迎接自己的楚楚，她兴高采烈地蹿出：“欢迎！”

张嘉年放下食材及蔬果，想起吕侠的嘱托，挑眉道：“您能跟我解释一下五十亿股权激励的事吗？”

老人家都把恶状告到他这里了，估计在她的手里吃了不少亏。

楚楚的眼睛一转，没想到他进门就兴师问罪，她心虚地道：“嘿，不就是那么回事儿。”

张嘉年语重心长地温和地道：“我不反对您的任何决策，但我们起码要跟吕董沟通好，毕竟他为集团工作了几十年，没有功劳也有苦劳。”

楚楚嘀咕道：“他不听话就把他卖了……”

张嘉年没听清：“什么？”

楚楚：“对对对，要沟通！”

张嘉年感受到她的敷衍，一时颇为无奈：“……”

他解决完告状之事，脸上流露出赧意，又不自然地提起另一件事，哑声道：“你今天为什么要对记者那么说？”

楚楚：“怎么说？”

张嘉年声若蚊蝇，别扭地道：“全世界最好的人。”

楚楚：“我只是陈述事实。”

张嘉年：“现在不适合对外说……”

楚楚大大方方地抱胸，理直气壮地道：“为什么不能说？喜欢你又不是什么丢脸的事。”

张嘉年被她的一记直球击中，顿时脸色火烧般通红，理智的大脑也热成一团糨糊。他只觉得脑袋晕晕乎乎的，被狂喜的海浪击倒，视线飘向一边，艰难地道：“哦……”

楚楚看张嘉年背过身整理食材，总觉得刚才在他的脸上看到了遮掩不住的笑意，好奇地探头打量：“你怎么了？”

“没……”心脏还在乱跳，他故意回避她探查的目光，说话的底气也不足。

楚楚发现张嘉年发蒙的状况，脑海中灵光闪现，趁他的头脑还不甚清醒，狡黠地道：“那我可以不去跟吕侠沟通吗？”

“好……”眩晕状态的张嘉年极好说话，稀里糊涂地答应下来。

“那晚上可以吃水煮肉片吗？”楚楚看到他买回的食材，心中早有菜单。张嘉年担心她伤口的恢复，最近对她的饮食管控严格，每天禁油禁辣。

“好……”

“那你可以今天陪我一起睡吗？”

“好……等等？”张嘉年缓过神来，总觉得哪里不对。

楚楚听他答应，扭头就跑，生怕他反悔：“君子一言，驷马难追！”

张嘉年望着楚楚的背影无可奈何，又见她一溜烟地跑出来，将客房的被子搬到自己屋。

张嘉年：“……”

夜色已至，窗外传来淅淅沥沥的小雨声，屋里则是噼里啪啦的打字声。楚楚面无表情地坐在床头，看着还在工作的张总助，毫不留情地道：“不许赖账，你答应了的。”

“等我把这点工作做完……”

楚楚委屈地道：“我都受伤了，又没法对你做什么，真的只是睡觉！”

她现在伤口还没痊愈，偶尔还会隐隐作痛，连带最近夜里手脚冰凉，这才盯上人形暖宝宝张嘉年。

张嘉年看了眼时间，竟然快要凌晨了。他望着电脑上的报表，为难地说道：“你该休息了，不然你先睡？我马上就审完资料……”

楚楚还在恢复期，确实需要多加休息。她受伤的事情外界不知情，但她最近在作息和饮食上都很注意。张嘉年忙于光界的事，近来休息得很少，两人实在没法同步。

熊孩子楚楚当即不满，不但捶打被子，还在床上撒泼打滚，完美地诠释了胡搅蛮缠这个词：“不行，不行！我自己睡不着，我要听睡前故事！你陪我睡！”

张嘉年：我难道读财报给你当睡前故事？

张嘉年看着她熊到极致的举动，生怕她扯到自己伤口，最终哭笑不得地合上电脑，安抚道：“好好好，你躺下。”

他没有办法，决定先将她哄睡着，再偷偷爬起来继续工作。

楚楚闻言，立刻一抹脸，恢复淡定的神色，乖乖地缩进被窝里，展现出影帝级的精湛演技。

张嘉年穿着睡衣，陪她一起钻进被窝。雨后的天气湿润而微凉，楚楚原本手冷脚冷，很快便发觉他的到来使被窝变暖，满足地窝进柔软的棉被里。

张嘉年没有完全陷进被子里，半靠在床头，碰到她冰凉的手有点意外：“你很冷？”

楚楚立刻卖惨：“我快冻死了，你都不管我……”

张嘉年无言地握紧她的手，反复摩挲着，直至恢复正常的温度，又小心地将她的手放到被子里，害怕她着凉。下雨天极适合睡眠，楚楚像是归巢的小兽，窝进他温暖的怀抱里，听着他沉稳规律的心跳，很快就兴起睡意。

他看她半睡半醒，柔声道："伤口还疼吗？"

楚楚摇摇头，将自己埋入梦乡。

张嘉年靠在床头，轻轻地拍着她入眠。他突然希望时间静止，停在平静而安逸的此刻。她不用刻意做什么，光是待在他身边，都让他觉得像是拥有了全世界。

他甚至不用特意去想什么，只是看到她都控制不住地嘴角上扬，感到发自内心的快乐。

张嘉年听到她轻微而均匀的吐息，心里软得一塌糊涂。他在如此悠然的环境里，竟也萌生一丝睡意，感觉眼皮发沉、想要闭眼。他原本计划好工作，此时却有点眷恋，不断地在心里将计划推后一点、再推后一点……

深夜，银达投资里还有人在奋斗，有人疑惑道："张总助怎么不回消息？"

张总助可是凌晨四点还能回复邮件的工作机器，大家感觉他就像是不用睡眠的植物，每天喝点水靠光合作用就能存活，全靠一口仙气吊着。今天明明时间还早，难道是他的手机没电了？

第二天早上，张嘉年自责而懊恼地醒来：他居然一觉睡、到、天、明、了！如果不是楚楚同样睡得死沉，他都要怀疑自己被她下了药，否则怎么会毫无知觉？

楚楚戳着盘子里的青菜，望着起床后便低气压的张嘉年，疑惑道："怎么了？一大早脸色就这么臭？"

楚楚心想：我好像没有打呼噜的习惯？

张嘉年愧疚道："我昨天没审完资料……"

毫无责任心的楚楚直白地道："那就今天审。"

张总助拥有强烈时间规划，对自己昨天的拖延感到自我厌弃，自顾自地道："这感觉不一样……"

张氏观念：今日事该今日毕，拖到明日很挫败。

"咸鱼"王者楚楚完全不理解他的烦恼，规劝道："你又不是机器人，哪里能整天转？你以前不是还打游戏，把工作当游戏就好，心态放轻松嘛。"

张嘉年："打游戏也该提前查找资料，复盘经典对战，统合所有数据……"

楚楚突然理解他的超神水平："……"

楚楚：谁会把游戏当课题钻研？这简直是毫无游戏体验可言！

科技集团内，张嘉年陪同楚楚前往公司，打算跟董事吕侠面谈，试图缓和对方跟楚楚的关系。楚楚肯定不会低头，但工作还要继续下去，张嘉年便决定从中说和。

张嘉年和吕侠单独在房间里谈话，楚楚得知情况只是撇撇嘴，也没有多加阻拦。

张嘉年许久未见吕侠，双方友好地问候两句，居然是吕侠率先开口："你家那边有多少人要参加订婚宴？"

张嘉年："嗯？"

张嘉年满脸震惊，迟疑道："没、没有多少……"

张嘉年：难道她压迫董事吕侠去搞婚庆司仪？这确实有点过分！？

张嘉年正襟危坐，慌张地道："您是从哪里知道……"

"楚董跟我说的。"吕侠和蔼地笑道，"祝贺你们啊。"

张嘉年："实在是麻烦您，让您帮那么多忙……"

吕侠："你帮我劝劝小楚董就好，真像她一样搞得准时下班，科技集团还能办吗？还脑门一热发出五十亿做股权激励！"

"准时下班是有特殊原因……"张嘉年不好提起楚楚受伤的事，又语气委婉地道，"股权激励则是针对人才流失率大的对策，并不是脑门一热，其实您可以换种思路来理解。"

"你的意思是我还该夸她？"吕侠没好气地道。

张嘉年循循善诱道："虽然她的行为偶尔匪夷所思，但她不是光看短期效益的人，而是想用企业去改变大众的生活思维与观念……如果吕董跟她接触更多，肯定会慢慢理解我的看法，她确实是很有理想的企业家。"

张嘉年对楚楚自始至终怀抱着信任，便是坚信她不是为赚钱而赚钱。否则，她不会建立真理冰川公益基金会，不会同意陈一帆上节目，不会去发表吃力不讨好的言论。她有时嘴巴很坏，很多事却看得明白。

吕侠对张嘉年的说辞甘拜下风，现在别说理解楚楚了，吕侠连张嘉年都难以理解。

吕侠：你们小年轻现在谈起恋爱都没理智了吧？瞧瞧这话说的，就差将她比作当代乔布斯！

吕侠心中不服，滔滔不绝起来："我是不明白早下班能有什么好？你当初在科技集团多努力，现在像你的年轻人可不多！加班都要怨声载道，你给他传授宝贵经验，他怪你耽误自己吃午饭！"

张嘉年："您误会了，其实她……"她对待工作很认真。

张嘉年正要替楚楚辩解，房门外却突然响起了敲门声。楚楚探头进来，淡淡地提醒："该吃午饭了。"

张嘉年："……"

吕侠："你看、你看看，哪里误会了？"

张嘉年扶额。

张嘉年正好声好气地说服吕侠，楚楚进来就啪啪打脸，实在出人意料。张嘉年硬着头皮道："吕董有空一起用餐吗？"

楚楚闻言，满脸冷漠地注视着吕侠，仿佛他要是敢答应，她就要用视线将他杀死。

吕侠感受到杀气，背后一凉："我一会儿还有事，你和小楚董先过去吧。"

张嘉年遭对方婉拒，心中无奈，看来劝和之路任重而道远。

楚楚当即神色和缓，厚颜无耻地道："那吕董也要注意身体，别天天加班忙得忘了吃饭。"

虽然吕侠与楚楚面和心不和，对五十亿股权激励的决策也不认可，但无奈木已成舟，只能强咽下这口气。吕侠因为被楚彦印委派策划订婚宴，精力也遭分散，暂时无暇想起年会要盘点数据，被公开处刑。

对于股权激励计划的施行，最高兴的无疑是科技集团的骨干员工们。过去，大家是干多干少一个样，干脆都当"老油条"，假装天天加班，实际工作效率低下。现在胡萝卜吊在面前，钱实打实地给人打鸡血，顿时每个人都斗志昂扬！

楚楚还专门提出，本次股权激励计划主要针对骨干人才，而非行政型高管，打破过去优先考虑吕书、袁本初等小头目的规矩。科技集团以前按职级分红，职级又要熬资历，很多人十几年才能混到股权，现在按在工作上的突出成绩分红，效果自然不一样。

吕侠原本还小心眼地认为楚楚拉不起队伍，没想到她直接不搭理小头目，靠钱拢住广大人民群众的心。刚开始进度极慢的账号互通居然超前完成，给予文娱三大家一记重击。

电视上，记者正在采访胡达庆，询问有关文娱三大家的近况。

"胡董，齐盛系已经完成全部账户互通，面对齐盛票务的来势汹汹，请问文娱三大家接下来是否还有深度合作计划？据传文娱还处于烧钱状况，您当初为什么有信心跟楚总立下十亿之约？"

“我相信投机取巧不是长久之计，只有优质内容才能得到观众认可，例如我们马上定档的电影《大侠客传》……”胡达庆巧妙岔开话题，仍然是满脸自信的模样，双眼一眯，又语出讥诮，“至于十亿之约，那是陪小孩子过家家的游戏，权供大家看个热闹。”

“您的意思是输赢并不重要？”记者追问。

“不，我这个人非常较真的，连小孩都要赢。”胡达庆扯起嘴角，胸有成竹地对着镜头笑笑。

沙发上，楚楚一边玩手机，一边看着电视，感慨道：“啧啧，我看他是做皮革业起家，改不了臭毛病。”

张嘉年好奇道：“皮革业什么毛病？”

楚楚：“吹牛皮呗，他们厂皮革生产都不用杀牛，全靠他吹出来，极具人道主义精神。”

张嘉年：“……”

张嘉年：明明你才是开局一张嘴，输出全靠吹，怎么还吐槽别人？

楚楚看胡达庆在电视上出风头，不由得委屈地嘀咕：“为什么采访他的都是正经记者，换我就是娱记？”

张嘉年试探道：“可能正经记者都采访正经人？”

楚楚：“……”

楚楚闻言气得丢下手机，张嘴咬了他一口，给他留下一圈漂亮的图案。张嘉年猝不及防，遭到她的报复。她作案结束，趁他还没追上，便一溜烟地逃回房间。

张嘉年看着手腕上的牙印哭笑不得，既好气又好笑地敲门：“你跑得还挺快。”

熊孩子隔门挑衅，得意扬扬地道：“谁让不正经的人天生腿长，当然跑得快。”

张嘉年：“……”

张嘉年：没看出不正经的人腿长，只看出她挺自恋。

第二天，团队人员不经意发现张总助打字时露出的伤痕，诧异道：“总助，你的手怎么了？”

张嘉年的手腕上有一圈浅浅的红痕，虽然没有破皮，但他皮肤很白，痕迹便相当明显。楚楚咬得并不重，但张嘉年估计是留痕体质，迟迟没有消去。

张嘉年面不改色心不跳，淡淡地道：“被家里的猫咬的。”

“您养猫了？什么品种啊？”其他同事没料到张总助居然还有爱猫的一

面，兴致勃勃地问道。

张嘉年：“不知道品种，但腿挺长的。”

众人一头雾水。

同事：“您有照片吗？或者改天在朋友圈晒晒？我们公司好多人喜欢猫！”

现在不少人都喜欢养宠物，还会在朋友圈曝光，连楚董偶尔都会发两张“可怜”的照片。

张嘉年含糊其词道：“有机会吧。”

这只猫要是晒出来，估计公司的人不是惊喜，而是惊吓。

另一边，齐盛系的账号互通带给文娱三大家极大压力，现在胡达庆等人只能将希望放在营收上，想要靠作品收入缓解票补烧钱的压力。文娱三大家重磅推出的电影便是《大侠客传》，据说其中还有胡达庆出演的片段，本身也是超大IP改编，耗资五亿。

然而命运就是如此奇妙，胡达庆和楚楚再次正面对上。奇迹影业运作的由《赢战》改编的首部IP改编电影《藏火》正巧跟《大侠客传》撞档，四舍五入又是齐盛系跟文娱三大家的对决。

制片人为了完美还原《赢战》的游戏世界，拜访多家好莱坞技术精湛的影视公司。随着《赢战》海外版的拓展，不少知名的影视技术公司愿意跟光界娱乐和奇迹影业合作，最后《藏火》成片的画面效果相当完美。

两部电影都是超大IP，而且都号称国际化巨制，可以说接下来的档期便是《藏火》和《大侠客传》正面对决。

《藏火》发布会上，楚楚当然要为自家电影站台营业，同样跟随主创们露面，毕竟此片决定奇迹影业本年度的具体成绩。她过去砍掉奇迹影业如此多项目，最后将团队的主要精力投入到《藏火》上，自然不能让人看笑话。

“楚总，请问您在《藏火》中有客串或出演吗？据说电影的主人公是游侠？”有记者在问答环节笑着问道。

众所周知，都庆集团的胡董在《大侠客传》中有镜头，前几天还上了热搜。此举引发无数网友的好奇心，吃瓜群众皆宣称要去看电影，一探胡董的风采。当时，有人便提出疑问，想知道《藏火》里有没有楚楚？

楚楚：“我没有出演。”

记者：“可是《大侠客传》宣传片里有胡董的片段，您不怕因此落下风吗？”

楚楚平静而不失自傲地道：“我的人气毕竟摆在这里，《藏火》剧组经费紧张，所以请不起我。胡董就不一样，流量还是差点，能有电影让他演，肯定就兴高采烈地答应，屁颠屁颠地跑去了。”

楚楚作为最近靠花边新闻翻红的娱乐圈“流量”，对妄图复制自己走红道路的胡达庆不屑一顾。她又不是没搞过影视项目，还能像个外行一样，上赶着出镜？

记者：你真是“黑”得妙啊！

记者们暗自好笑，有人故意挑事道：“胡董说跟您的十亿之约是小孩子过家家的游戏，您对此怎么评价呢？”

楚楚：“据不科学统计，《赢战》里小学生的游戏水平远超自负的成年男性，后者的典型特征就是‘嘴上豪气话江山，场上千里送人头’。我们可以联系胡董说过的话，根据现实的游戏现象，对比地看待这个问题。”

在楚楚看来，胡达庆显然是游戏中典型的“盒子指挥精”，开局就死，但嘴上还叭叭个不停，想要指点所有人。

胡达庆和楚楚各自远程放狠话，被有心的网友故意剪辑在一起，成为吃瓜群众最近的快乐源泉。胡达庆本身就是有点跋扈自负的人，早些年还跟楚彦印有许多纠葛，现在他和楚楚的隔代对决自然带来不少看点。

胡达庆很快就得知楚楚在《藏火》发布会上的发言，立马做出对策，让电影《大侠客传》的微博进行抽奖，暗暗地进行回应。

电影《大侠客传》：“沉着有力，自在于胸，大侠者不与宵小多言，不与无赖论道。转发本条微博，关注@电影《大侠客传》并晒出电影票根，官博将抽出一名侠客清空其购物车（金额上限五万元）。@微博抽奖平台。”

小平：“文案如此特别，难道是胡董亲自编辑的？”

红枫：“楚总，有人挑事干不过，你自己下场还击@楚楚。”

太阳可可：“快出来营业，对家要冲票房啦！！@楚楚@奇迹影业。”

楚楚：“抽一个看过《藏火》的超神小学生，送《赢战》现有全套游戏皮肤（包括已下架限定款）。另外，大虾我喜欢吃油焖的@微博抽奖平台。”

无限金币十八连：“全套皮肤价值至少七万六吧？今天起我就是小学生，谁说我不是我骂谁！”

嘤嘤怪：“社会，体面，胡董的抽奖在金额上败北，但胜在实用@电影《大侠客传》。”

杏仁糖：“皮肤也很实用，轻轻松松就能卖到五万元，还有限定款。”

黠呀："胡董的文案跟抽奖内容不符，侠客哪里需要清空购物车，还不如楚总的油焖大虾来得应景！"

楚楚发微博没多久，《大侠客传》官博竟然又发出一条抽奖，显然有人对自己的奖品金额被压感到不爽。

电影《大侠客传》："转发本条微博，关注@电影《大侠客传》并晒出电影票根，官博将抽出一名侠客赠送都庆全系列VIP资格@微博抽奖平台。"

瓜农："打起来，快打起来！@楚楚。"

赫曼先生："很好，我就喜欢你们有钱人的营业对决！@楚楚。"

都庆集团的营业领域广泛，全系列VIP资格便难用金钱来衡量，包括酒店、银行、旅游、电商等多方面。八卦的网友们看胡达庆追加奖品，像是誓要夺回面子，都对楚楚接下来的反应极感兴趣。

楚楚：本人在此郑重承诺，如果电影《藏火》全球票房超十亿美金，在法律及道德允许范围内，满足点赞数最多的网友的合理要求，以此感谢广大衣食父母们的支持与奉献。

毛衣熊："老板，我想要一亿人民币。"

MIMI："钱算什么，我要看你再上《我是毒舌王》！"

帆下人间："让您参加女版《偶像之光》，可以吗？"

爱心："大家能不能有点现实温度，我选《变形计》。"

犀利夏："胡董，看看人家！你现在不拿出十亿，我们很难帮你和《大侠客传》的忙啊@电影《大侠客传》。"

胡达庆望着微博满脸疑惑，一时束手无策，这未免玩得太大？！

网友们看热闹不嫌事大，轮番上阵，忽悠胡达庆下场对赌。电影《大侠客传》的官博却突然陷入长久的死寂，弱弱地透露出一股认㞞的劲头。

胡达庆就算平时再张狂，此时也不敢陪着楚楚胡闹。她的评论区内已经有人张口要一亿，换他变成十亿怎么办？

胡达庆的黯然退却让吃瓜群众颇为遗憾，但丝毫没有减弱这场舆论狂欢的力度。楚楚的评论区累积出爆炸般的惊人数据，甚至还有跟她相关的人物纷纷下场，例如陈一帆许愿有二十天年假、微眼刘贤许愿楚楚直播等。

然而，往常总被捞到前排的大V们，这回的评论却如重石投湖，沉得不见底。

陈一帆评论完自家老板后，在演出休息的间隙翻微博，头一次见识如此惨淡的评论点赞量。作为当红小生，他平时的无聊日常都能刷出强悍的数字，现在认真许愿的微博点击量却低得要命？

他不相信自己的失败，执着地又发了一条，还难得地配上表情。

ASE-陈一帆：“希望今年能有二十天年假。”

陈一帆发送完就来回来去地刷新页面，却眼看着自己的评论浮不上来，不由得万分狐疑，莫非是被限流了？又或是网不好？

陈一帆坚守良久，终于看到新评论，当即兴奋起来，等待自己一飞冲天，夺下楚总评论区前排。然而，现实却给了他一记重击，粉丝们并不是跑来抓数据，而是告诉他数据差的真相。

瓜子妹：“少放假，多营业，不要耽误《变形计》。”

陈一帆亲妈饭：“崽崽对不起，但这回就不捞你啦。年轻人要打拼事业，别老想着放二十天年假，绝对不是麻麻想看《变形计》的缘故。”

岚岚：“大家都不要给他点赞，这种愿望不能让老板看见。”

渴望放假的陈一帆：“……”

陈一帆：我的粉丝难道都是老板在网上花钱买的水军？！

电影市场的竞争向来残酷，极为重视前期宣发排档。大家对《藏火》和《大侠客传》的票房有很高的期待，拿出十八般武艺宣传。线上，楚楚和胡达庆在微博上展开抽奖之争；线下，齐盛电影和文娱三大家各自推出活动，刺激观众进入影院。

齐盛系及银达系的公司都或多或少为《藏火》站台，甚至连男团ASE也露面宣传。文娱三大家也不遑多让，不过都庆是主力军，帝奇和筑岩便没那么卖命。

如果换成别的出品方，实际上并不会掐得这般昏天黑地、日月无光。然而，楚楚和胡达庆都不是低调的人，齐盛和都庆又财大气粗，致使双方的对抗愈演愈烈。

万众瞩目下，两部电影终于先后上映，《藏火》的首日内地票房三亿，《大侠客传》首日内地票房二点四亿。两者的票房差距看上去不大，但上映后的评价却天差地别，《大侠客传》在网上的热议度瞬间一骑绝尘。

《大侠客传》的首日票房算是亮眼，但在网上却遭受一面倒的嘲讽，演员拙劣的演技和混乱的剪辑直接带垮整部电影。虽然文娱三大家前期的宣传力度很大，但在成片质量的对比下便产生了反噬，导致许多期待的观众更为愤怒。

不少人甚至戏称其为《大瞎客传》，表示《藏火》属于躺赢，全靠对家的粗制滥造衬托。因为《大侠客传》成为群嘲对象，连带楚楚和《藏火》项目组最近都低调不少。

楚楚不是火上浇油的人，见识过太多外行指导内行拍烂片的事，《大侠客传》并不算多离奇，便懒得跳出来给胡达庆添堵。另一边，《藏火》低调地收割着票房，不断地刷新着票房纪录。

虽然楚楚在微博上立帖为证，但她开出的条件实际相当苛刻，毕竟全球票房十亿美金确实是漂亮的成绩，足以让奇迹影业翻红。这不是单靠国内观众便能刷出来的，网友们渐渐领悟过来，纷纷对她的行为进行吐槽。

花枝：“我算是看出来，楚总是炫富型抠门人格，乍看大方，细想不太对。”

超神一米八：“真是愈有钱，便愈是一毫不肯放松，愈是一毫不肯放松，便愈有钱。”

Max：“海外粉丝已经买票支持了，怎么都得让《变形计》上线！”

网上，网友们热火朝天地闹着要看《变形计》；现实里，吕侠热火朝天地操办着订婚宴事务，甚至尽职地催促张嘉年跟小楚董沟通试礼服的日子。张嘉年颇有些无奈：“其实您不用如此着急……”

吕侠半开玩笑道：“楚董早就定好了时间，你可不要为难我啊。”

张嘉年垂下眼帘，迟疑道：“您觉得现在办订婚宴合适吗？”

楚楚刚刚进入齐盛集团，脚跟还没有立稳，订婚宴或许有点操之过急。

吕侠看出他的顾虑，开解道：“只是订婚，也不是马上结婚。”

张嘉年沉默，道理他都懂，但两人的关系彻底暴露在外，是否真的对她好？

最近，楚楚敏锐地发现张嘉年的低气压，他似乎患上了当代年轻人的流行病——婚前恐惧症，时常长吁短叹，犹如焦灼待嫁的黄花大闺女。

两人一起去试宴会礼服，明明看到盛装的彼此都很高兴，但转眼张嘉年便神情复杂，似乎又陷入千回百转的苦情独角戏，不知在心里瞎脑补什么。

回家后，他神情柔和地盯着她吃饭，转瞬又露出落寞的神色，让楚楚摸不着头脑。

饭后，楚楚坐在沙发上，望向看电视的张嘉年，认真地吐槽道：“其实你不用苦大仇深地看少儿频道，以后咱家孩子的教育问题一定交给你，可以吗？”

楚楚发现张嘉年的症状日益严重，连看少儿动画片都能眉头紧皱！

张嘉年闻言，默默地关掉电视，一言不发地靠在沙发上，仿佛失去灵魂的木头人。

楚楚见状顿感不妙，似乎问题有点严重。她凑到走神的张嘉年身边，伸手在他的眼前晃了晃，轻声道：“怎么了？这两天魂不守舍的。”

张嘉年目光微闪，犹豫道：“你觉得马上订婚好吗？”

楚楚恍然大悟：“哦，我懂了，你在紧张……”

张嘉年刚要承认，便听她慢悠悠的后半句话：“毕竟豪门媳妇不好当，我理解，豪门水深，难怪你最近焦虑。”

张嘉年：“……”

看着楚楚幸灾乐祸的样子，张嘉年气不打一处来，忍不住伸手掐她的脸，挑眉道：“你看上去还很得意？”

“没有啊……”楚楚赶忙装乖，直到张嘉年放开她，才扭头嘀咕，“只是一般般得意，没有很得意。”

张嘉年望着心大的楚楚，无可奈何道：“订婚后，我们怎么在公司里共事，你考虑过吗？”

银达投资正是上升的关键时期，楚楚好不容易打出好成绩，现在却传出要跟下属订婚，不管事情的真相如何，总会让外界有些非议。两人又都在银达工作，得知真相的同事们估计一时也无法接受。

楚楚摸了摸下巴，思索片刻，试探道：“你是觉得订婚后公司的格调降低了？从高端私募基金公司变成家庭式小作坊经营，感觉对公司形象不好？”

楚楚琢磨一番，公司的一二把手是夫妻，确实跟学校边的小卖部差不多。

“不是……”张嘉年立马否认，但想了想，又觉得她的形容好像也对，改口道，“这么说也可以。”

楚楚理直气壮地道：“那没关系，齐盛都是家族企业，银达也可以。”

她和老楚是父女，吕侠和吕书是叔侄，全是家庭没毛病。

张嘉年：究竟是谁以前吐槽过齐盛的家族抱团式经营？现在怎么公然走上老路？

“如果你只是在乎外人的看法，订婚宴就按期举行，因为那些都无所谓。”楚楚停顿片刻，抿了抿唇，语气中有一丝若有若无的失落，“但如果是你自己想要重新考虑，那就延期吧。毕竟是人生的大事，我还有一堆毛病。”

她向来飞扬跋扈，从未流露出如此沮丧的样子，像是对自己毫无自信。

张嘉年原本还怀有理智，此时瞬间被海啸般的愧疚击垮。他手足无措，竟难得地笨拙起来，解释道：“我没有那个意思……”

楚楚低头不言，像是快要垂泪。

张嘉年更觉慌乱，围着楚楚打转，恨不得使出全套亲亲抱抱举高高，完全是哄小孩的架势，温声细语道：“对不起，我们按期举行，好吗？”

他后悔不迭，未料自己的瞻前顾后竟会让她受伤，脸上流露出紧张而愧疚的神色。

楚楚委屈道："你不用勉强自己，知道你不想公开……"

张嘉年连忙否认，只想打消她的胡思乱想，口不择言："公开，只要你愿意就好。"

"影帝"楚楚闻言，当即抓住话柄，机敏地道："上节目那种形式的公开也可以？"

张嘉年："……"

张嘉年望着她干打雷不下雨的干净脸庞，心想自己都受骗好几次，怎么还对她的奥斯卡级别演技没有记性？难道真是上辈子作孽，这回被骗一辈子？

张嘉年眉毛一跳，强作镇定："什么节目？"

楚楚悻悻地摸了摸鼻子，不好意思地解释道："你可能不知道，我不是在微博上立帖想刺激下《藏火》的票房吗？"

"然后呢？"张嘉年面露疑惑，不明白这跟上节目有何关系。

"然后好像失败了。"楚楚颇感为难，万万没想到电影《藏火》的海外票房同样强势，北美首周票房就有两亿多美金。如果照此延续下去，《藏火》全球票房破十亿美金真不是梦。

楚楚前两天还挺高兴，过了一阵子才发觉不妙，赶紧翻了下自己的评论区。前排评论不知何时被"变形派"网友占领，其中夹杂着要看她对象的人，更有狠心者要她和张嘉年一同去农村"变形"。

无聊网友甚至开始全网征集最穷农村，反正就是看热闹不嫌事大，只想将她打包发配到穷乡僻壤。

辰星影视综艺部门的人见状，委婉而不失礼貌地询问老板，有没有意愿让公司现在就开始策划节目。编导们不是傻子，嗅觉相当灵敏，这要真的事成，绝对是爆款节目。然而，楚楚得知他们靠网上的"全国最穷农村排行榜"来踩点，顿时感到一丝不妙。

张嘉年听完来龙去脉，既好气又好笑："因为那里没网、没灶，所以你要拉我下水？"

他算是看透了楚楚，估计节目组踩点的地方都条件极差，恨不得烧柴火做饭。她担忧自己在拍摄中饿死，才会出此下策。

楚楚振振有词："我明明是看你平常工作太辛苦，邀请你去乡下休息。"

张嘉年："不，我觉得工作很快乐。"

楚楚宛如点播机，当即动情地唱起来："你不是真正的快乐，你的笑只是你穿的保护色……”

张嘉年：“……”

张嘉年：就不该送你去《变形计》，《歌手》的舞台欢迎你。

张嘉年最终勉为其难地答应了楚楚的要求，总不能真让她独自流落山间，连口热饭都吃不上。但在两人登上节目前，还有另一个大磨难在路上等待，那就是订婚宴。

楚家大宅内，从老家归来的张雅芳正和楚彦印兴致勃勃地商议着聘礼和嫁妆。张雅芳兴高采烈地道：“我晓得大家都不差钱，但该给的还是要给……”

张雅芳这次是特意回去清点家产，现在一股脑地将房产证堆在桌上，拉着楚楚热情地介绍：“这个带小院，夏天住巴适得很，这个离市中心近……”

张嘉年有些讶然，望着桌上的本子，迟疑道：“家里怎么会有这么多套房？我都不知道？”

张雅芳理直气壮：“你为啥子要晓得嘛？”

从小维持家境清贫人设的张嘉年：“……”

张雅芳当年靠拆迁还债后，手里还有余款，便没事就买房。她看房的眼光还真不错，挑中的地方没几年都暴涨，又成功高位卖出，再买入其他地方，不知不觉竟家底殷实。这些房产证所属的地方天南海北，既有一线大城市，也有老家的，明显张雅芳买得随心所欲。

张嘉年根本没料到，完全不懂投资的张雅芳会囤积下如此多产业，以为家中还完债就没剩多少钱。他刚毕业时，还因此努力工作，害怕没法让母亲过上好日子。

张嘉年现在严重怀疑，张雅芳过去频繁地回老家探亲，实际是在游山玩水加买房收租，还一直瞒着自己！

楚楚麻木而茫然地看着张雅芳翻阅厚如字典的房产证，总算知道对方多年的本职工作，竟是搞房产和收租。她终于发出灵魂质问，疑惑道：“雅芳姨，既然有那么多房，您怎么不住呢？”

张雅芳明明有如此多房产，甚至在同城还有大房子，为什么要蜗居在老楼里？她第一次到张嘉年家还颇感惊讶，毕竟他工作多年，以他的收入住老房很奇怪。

张雅芳平时衣着朴素，可真是完全不显山露水！

张雅芳爽利道：“我住啊，偶尔住！但还是现在那片儿好耍，其他地方没得意思，麻将都打不起！”

楚楚恍然大悟，张雅芳无法割舍她的广场舞和麻将伙伴，所以多年来坚守在老楼，不离不弃。张雅芳跟其他住处的邻里不熟悉，自然玩不到一起去，好一个大隐于市！

张嘉年此时大脑内一片混乱，如果不是临近他和楚楚订婚，还不知会被瞒多久。张雅芳的炫富环节结束后，便轮到楚彦印的个人秀。楚彦印干咳两声，郑重其事地道："嘉年，这是给你的股权。"

楚楚好奇地拿过文件，打量一眼数字，随即质疑道："不对啊，你才给我2%而已！"

楚楚：怎么轮到张嘉年突然变成3%了？

楚彦印皱眉斥责："你怎么连这都计较，还想不想好好过日子？！"

楚楚："……"

张嘉年闻言一惊，为难道："这确实不合适，或者您转到楚楚的名下……"

张嘉年同样觉得自己持股比例高于楚楚不好，赶忙推辞起来。

楚彦印果决地道："大好的日子，给你就收着，都是长辈的心意！"

楚彦印还有自己的考虑，张嘉年毕竟曾在齐盛集团内任职，现在他莫名地成为楚家女婿，需要一些东西立住脚。楚彦印拿出股权，就是要向其他"老油条"表明态度，让他们明白张嘉年不好惹。同时，张嘉年拥有股权后也会有更强的责任心，督促楚楚好好工作，不会随意败坏齐盛。

双方家长完成和谐的交流与沟通，又添上些零零碎碎的聘礼与嫁妆，事情总算是告一段落。两名当事人在漫长的谈话中都有些疲劳，面无表情地听着自家父母热火朝天地聊，竟有一种置身事外的错觉。

楚楚、张嘉年：为什么订婚能搞得如此复杂？

林明珠适时地温声提醒："那我们去餐厅用餐吧？"

楚楚看到她，突然惊觉道："小妈，你还没给我嫁妆！"

林明珠全程一言不发，保持优雅微笑，使人忽略了她的存在。

林明珠没想到祸从天降，腰缠万贯的楚楚居然连她都要宰。她皮笑肉不笑，尽量保持从容，干巴巴地道："你家大业大，我还需要添吗？"

楚楚无辜地道："需要，这可是祝福，'可怜'都把它的金铃铛给我了。"

她说完，还拿出兜里的金铃铛晃了晃，发出一串动听的响声。金铃铛是"可怜"心爱的玩具，它经常戴着到处跑。今天它特意叼过来送给楚楚，为他们的"楚楚可怜"组合加油，展现出能上清华北大的过人智慧。

林明珠：我的狗什么时候背叛了我？

林明珠不敢相信地看向“可怜”，“可怜”高兴地晃着尾巴，天真烂漫地汪了一声。

万般无奈之下，林明珠只能割肉放血，不情不愿地拿出昂贵的珠宝收藏，将一套翡翠首饰作为楚楚的订婚礼物。她手中的现金可能位于楚家食物链底端，但珠宝、名包等物件很多。

林明珠意外破财，痛心地想：对不起崽崽，麻麻刚刚破财了，本月要少买点你的封面杂志了。

楚楚本来就没期望拿到多贵重的礼物，只是看着林明珠憋屈的样子很有趣。她看到水头极好的翡翠时相当惊讶，暗道林明珠还是有点家底，虚情假意地道：“谢谢小妈，我很喜欢！”

林明珠心中呕血，强颜欢笑地咬牙：“不客气，你喜欢就好。”

订婚宴的前期筹备终于结束，楚彦印正式将邀请函发出，瞬间引爆齐盛内部的“老油条”们。众人万分惊骇，震惊的地方无外乎是两个：一是张嘉年什么时候跟“太子”好上的？二是吕侠什么时候成了“太子派”？

齐盛元老们：大家都辛辛苦苦给集团打工，凭什么你们用不入流的手段弯道超车？“太子妃”的事就算了，毕竟感情的事不好说，突然崛起的“太子派”是怎么回事？

自从其他人知道吕侠负责订婚宴之事后，都跳出来讥讽他。吕侠每天面对众多“老油条”，只觉得他们酸气扑鼻。

负责文旅、房产的陈祥涛就差直白地指着吕侠的鼻子骂，嘲讽道：“老吕啊，我可真是不如你，辛苦在外跑一年，还不及你坐在办公室！你这事情办得可真容易！”

陈祥涛心里不服，他兢兢业业、勤勤恳恳地在外考察盯项目，回头发现佞臣们围着“太子”拍马屁，扭头就上位了，这叫什么事？！

吕侠尴尬而不失礼貌地道：“说出来你可能不信，但事情真不是你想象的那样……”

陈祥涛：“想象的哪样？你敢做还不敢让我们想？”

有理说不清的吕侠：“……”

“好啦，你们都少说两句。”负责电商的罗禾遂过来劝和，但同样绵里藏针，“老陈，老吕现在跟我们可不一样喽，咱们是日薄西山，人家是老骥伏枥！”

吕侠暗中吐槽：什么老骥伏枥，我看是被小楚董当马骑！

吕侠过去可是不站队的老好人，着实不知自己为何沦落到如此地步。他艰难地坦白："老哥哥们，其实我真跟小楚董关系一般。"

陈祥涛："但你跟张嘉年关系好啊，他是从科技集团升上来的，没错吧？"

罗禾遂："啧啧啧，还是老吕深谋远虑、慧眼识英才，当年的下属转头就成了集团大股东……"

"老油条"们都恨不得脑补出宫廷大剧，伪君子吕侠苦心经营多年，在万千手下中挑出一名适龄的青年才俊，培养过后送入宫中。青年果然不负众望，博得当朝"太子"的欢心，不但成功上位"太子妃"，还暗中力荐老东家吕侠，使其成为"太子派"头目。

现在他连订婚宴都交给吕侠来办，可见两人关系匪浅！

吕侠觉得自己是跳进黄河也洗不清了！

虽然吕侠心中满含委屈，但订婚宴的准备工作仍然不能懈怠。

楚彦印等人挑选完好日子，又向合作良好的各大集团和公司发送邀请函，正式宣告订婚宴的消息。银达系公司的高管们同样受到邀请，梁禅等人得知楚总和张总助即将订婚，感觉比目睹光界娱乐上市还震惊！

晴空白云，风朗气清，订婚宴是在露天举行，铺着洁白桌布的长桌上布满精致琳琅的美食，身着正装的男男女女觥筹交错、巧笑嫣然。

光界娱乐CEO梁禅坐在桌前，望着身边沮丧的秦东，吐槽道："今天可是好日子，你能不能别这么丧？"

卷毛秦东茫然而麻木地道："我无法接受……"

梁禅补刀："没有人在乎你能不能接受。"

秦东："呜呜呜！大神怎么能如此出卖自己，他居然卧薪尝胆多年，就为让《赢战》活下去，当年的永恒虚像VIR啊……"

梁禅看他一反常态地不停嘤嘤，不禁打了个寒战，总觉得自己公司的主程缺乏男性气质，下意识地离远他一点。

这边厢VIR的粉丝秦东心灰意冷，那边厢楚总的粉头夏笑笑则震惊不已。

恋爱狗头军师夏笑笑当然知道楚总有喜欢的人，但万万没想到对方是张总助，而且两人还到了订婚的地步。张嘉年绝对是让夏笑笑感到敬畏的存在，尤其是他向来对她不假辞色、严格要求，不喜欢她围着楚总转。

夏笑笑不禁满心忧愁：那以后能跟老板交流的机会岂不是更少？！

夏笑笑一边眉头紧皱，一边握着手持摄像机，既为楚总感到高兴，又有一丝隐忧和失落。

楚楚换好衣服出来，便看到夏笑笑眉头皱得快夹死苍蝇，好奇道："你怎么满脸苦大仇深？还带着摄像机？"

"公司的姐姐让我拍点您综艺的前期资料……"夏笑笑听到楚总的声音，赶忙回答道。

楚楚不满地啧了一声："你们可真有心，《藏火》的票房还没到十亿美金呢。"

楚楚仍心存希冀，万一全球票房稍微差一点，《变形计》便能成功黄掉。

"我们该过去了。"熟悉而温和的男声从旁边响起，身着西装的张嘉年仪表堂堂、彬彬有礼，缓步朝楚楚走来。

尽管楚楚早在试衣时见过他的打扮，但还是再次遭受美颜暴击，真心实意地捂住心脏，感慨道："我死了。"

她死了，原来真的有人可以"恃美行凶"。

张嘉年眉目俊朗、斯文如画，早已没有毛头小子初出茅庐的青涩，身上沉淀着成熟男人的稳重气度，只是那双眼睛仍温润清亮，现在盈满笑意。他似乎很高兴，甚至不用言辞表达，便能从他的神色中体会到发自肺腑的喜悦与幸福。

夏笑笑看张总助过来，赶忙把自己缩成一团，尽量不要招惹对方的注意力，继续暗中拍摄。

张嘉年看楚楚穿着漂亮合身的素色礼服裙。她的礼服是高领设计，衬得她的脖颈曲线优雅而柔美。眼神微微一怔，他似是被惊艳了，竟有种美梦成真的虚幻感。

然而，张嘉年的失神并没维持太久，他看到她裸露的胳膊，很快就切换回亲切慈祥的父爱式关怀，开始嘘寒问暖："你冷不冷？要不要再穿点？"

楚楚的礼服裙是半露肩设计，订婚宴又是露天举行，现在正好有点小风。

楚楚下意识地道："不冷……"

张嘉年伸手碰了碰她露出的白净小臂，皱起眉，直言道："你身上那么凉，还说不冷？"

楚楚：嗯，有种冷可能叫你未婚夫觉得你冷。

两人交谈几句，张嘉年才发现藏在一边的夏笑笑，不由得皱眉。夏笑笑见状，心里吓了一跳，颇有些仓皇，干巴巴地道："楚总、总助，祝您两位百年好合、幸福美满。"

张嘉年闻言，脸色稍微和缓，客气而不失礼貌地点头："谢谢。"

楚楚颇觉古怪，觉得夏笑笑太过拘谨，吐槽道："你还挺官方啊！"

夏笑笑悄声询问："楚总，我以后还能跟您说话吗？"楚总和张总助以后的关系不同常人，总助岂不是盯得更紧？

楚楚没听清："你说什么？"

患得患失的粉丝夏笑笑："没、没什么。"

楚楚和张嘉年郎才女貌，宛如璧人，携手出现在宴会上，瞬间吸引了全场的注意力。

吕侠在台上主持，引导着订婚宴的流程，而双方父母的脸上早就堆满了笑容。张雅芳高兴得眯起眼，楚彦印还算收敛沉稳，但嘴角也一直高高地扬起，显然心中很满意。

楚楚刚开始还感到兴奋，毕竟这是隆重而富有意义的日子，但很快就迷失在不断上前问候的各类人士中，完全分不清他们的脸。宴会虽然打着订婚的名义，但有着社交的目的。齐盛集团的董事们更是轮番上阵，这算是他们跟小楚董第一次见面。

张嘉年轻声介绍道："这位是文旅集团的陈董，这位则是商务集团的罗董……"

陈祥涛和罗禾遂上前问候，他们在集团内的地位跟吕侠差不多，只是分管的业务不同。

楚楚望着眼前的人，其实完全对不上号，但还是一本正经地跟两人握手："您好。"

陈祥涛热情地道："祝福两位订婚，我就等着正式喝喜酒啦！"

罗禾遂同样说了几句贺词，感慨道："古人云，先成家后立业，楚董如今也算成家，将来肯定能开创一番大事业，就是不知会往哪处发展？"

张嘉年眼神微闪，听出罗禾遂拐弯抹角下的意思，不由得微微抿唇。

现在齐盛集团内部盛传楚楚要接班，楚彦印转让股权便是信号，但也有人认为大楚董是转移资产、准备套现。他们觉得楚家将来会以银达系为主体，渐渐清理手上的齐盛股权。尤其是光界娱乐等公司陆续上市后，如日中天的银达会成为可媲美齐盛的庞然大物，而齐盛则在不断衰败。

董事股东们人心惶惶，楚彦印已经是快退休的年纪，谁能保证他退休前不会套现走人？楚彦印一跑，最惨的无疑是剩下的人。

楚楚笑了笑，轻描淡写道："人往高处走，我往高处发展。"

罗禾遂见她不痛不痒地岔开话题，只能客套地应和几句，不好继续追问。

楚楚和张嘉年简直将齐盛集团内的高管们见了一遍。应酬结束后，楚楚对张嘉年认人的本领甘拜下风，她见识如此多“老油条”，只感觉一阵油腻。现在要求她记住每个人的脸，这难度不亚于让她分辨“哪根油条炸得焦，哪根油条用料好”。

订婚宴时间漫长，楚楚望着满场人就发慌，突然对身边的张嘉年道：“我们私奔吧。”

张嘉年正喝水润嗓子，闻言面露疑惑。

楚楚认真地道：“我们现在逃走，就两个人去玩。”

她才不想跟如此多陌生人虚与委蛇，认识的夏笑笑、梁禅等人也寒暄过了。

张嘉年面露难色，扭头看了看台上的吕侠，迟疑道：“但接下来我们得上场，这样不太好吧？”

吕侠的流程单上标注两人要上台，感谢在场的嘉宾到来，然后是敬酒环节。

楚楚眨眨眼，坦然道：“那些都是做给外人看的，但今天宝贵的时间，我只想留给你。

“我不在乎他们怎么想，我只在乎你。”

张嘉年愣怔在原地，望着她一脸郑重的模样，竟说不出任何拒绝的话。

他难以形容自己的感受，尽管他只是芸芸众生中平凡的普通人，但她偶尔让他近乎相信，自己真的特殊而重要，起码对她而言是特别的。

张嘉年沉默片刻，发出一声似有若无的叹息，最后释然地露出微笑。他朝她伸手，温和地道：“那走吧。”

宴会后台，工作人员眼看着订婚宴的两名主角手拉手跑来，有点讶然。楚楚干脆道：“环节刚刚改了，接下来插播歌曲表演，老楚要唱《我爱我的祖国》。”

工作人员疑惑地核对流程：“可吕董的流程单上没写？”

楚楚面不改色：“这是临时起意，吕侠还不知道呢。等他下台后，你记得提醒他让老楚上去唱歌。”

工作人员：“好的。”

旁边的张嘉年心情复杂，觉得颇对不起现场来宾，让大家惨遭楚董歌声的荼毒。

楚楚重新安排完环节，便拉着张嘉年偷偷溜出会场。张嘉年还从未做出如此胆大包天的事情，任由她牵着走。

过了一会儿，台上的吕侠看着节目单表情微妙，像是想起无数年会的痛苦回忆，但还是隆重地介绍道："接下来有请楚董为我们高歌一曲——《我爱我的祖国》。"

楚彦印："嗯？"

齐盛集团的高管们听到这话，同时呼吸一窒。夏笑笑端着手持摄像机，奇怪地左右看看，询问其他人："楚总和张总助呢？"

她刚刚还看到两人，怎么转眼就跟丢了？

楚彦印没安排自己唱歌，误以为是惊喜环节，缓缓地起身，谦虚道："既然今天是女儿的重要日子，那就恭敬不如从命……"

齐盛元老们：别，这命您真的不用从！

楚彦印握着话筒，再次献唱自己的成名代表作《我爱我的祖国》。他独特的死亡嗓音放在古代是余音绕梁、三日不绝，在现代就是杜比环绕音的效果，产生了可怕的杀伤力。

台下，嘉宾们献上猛烈的掌声，都快把手拍红了，只为掩盖这股强大的精神攻击。

另一边，楚楚和张嘉年顺利私奔。两人为躲避来来往往的人，干脆盯上被锁的幽静小园林，打算翻墙进去。

张嘉年穿着西装仍身手矫捷，落地后看着僵立在铁栅栏上的楚楚，哭笑不得地道："你提议要翻墙，现在却下不来？"

她宛如没学会跳跃的幼猫，在高处一动也不敢动。

楚楚拽着别扭的裙子，死死地握着栏杆，不满道："这不是上来才发现高……"

她相当不服气，张嘉年的装备可比她简便，穿礼服裙翻墙简直是杂技表演！

张嘉年朝她敞开怀抱，伸手安慰道："你跳下来，我接着你。"

楚楚尴尬地道："我要是把你压死怎么办？订婚宴表演当场丧偶？"

张嘉年："……"

张嘉年心道：我可能会先被你气死，而不是压死。

楚楚僵持良久，最终还是鼓起勇气，朝张嘉年跳下去。张嘉年看她宛如一团从天而降的锦簇繁花，果断上前一步，稳稳地接住她。她成功落入他的怀抱，感受到熟悉的温度，才放松地长舒一口气，双臂环住他的脖子。

片刻后，楚楚发现不对劲，乖巧地道："计划似乎出现了偏差。"

张嘉年抱着她，有点茫然。

楚楚："我把鞋子落在那边了。"

张嘉年扭头一看，果然发现了遗落在栏杆对面的高跟鞋。楚楚嫌弃翻墙麻烦，刚才将它们丢在路边，没来得及丢过来。园林的路上有不少枝丫和碎石，很容易便会扎破她的脚。

张嘉年提议道："你想去哪里，我抱着你去吧。"

楚楚不好意思地道："其实我一直有个梦想，就是攀登喜马拉雅山，能不能请你……"

张嘉年：你听听这是人话吗？

张嘉年干脆抱着她往园林深处随意地逛逛。楚楚光着脚也不老实，在他怀里没待多久，便开始左摸摸、右蹭蹭，还伸手往张嘉年衬衣领口里探，不知道想做什么。

张嘉年脚步一僵，脸色微赧，伸手轻拍她一下，警告道："不许乱摸！"

楚楚振振有词："我明明是整齐有序地摸，不算乱摸。"

张嘉年眼神一黯，看她浑不吝的样子，低声道："我要生气了。"

楚楚挑衅道："那你生气啊。"

下一秒，她就感受到温柔的触感，脸上拂过温和的吐息，被浓烈而深入的吻包围。他垂下的眼睫毛宛如停歇的黑翅蝶，他几乎要将她揉入骨血里，用荷尔蒙勾引她堕入深渊，陷入更深的迷乱。

两人一吻结束，脸庞都染上桃花的颜色，望着彼此，同时陷入沉默。

楚楚犹豫片刻，干巴巴地道："你其实可以多生气，我不介意。"

张嘉年幽幽地道："你以后不要后悔。"

楚楚用脸颊贴着他的脸，检查了一下手中紧握的链子，发现自己没有因美色当头而丢失东西，这才松了口气。她伸手将项链挂到张嘉年的脖子上，小心地塞入他的领口。

张嘉年被金属触感冰了一下，随即感受到细细的项链贴在他的胸口，上面似乎还悬挂着什么。他伸手提出细链，发现那是一枚闪闪发光的戒指，跟他送给楚楚的戒指极为相像，不由得愣怔了几秒。

楚楚吐槽道："你送我的居然是单戒！我只好让人再照着做了一枚，这枚送给你。"

张嘉年在楚楚住院期间，给她戴在手上的是一枚钻戒。出院后，她本来还好奇张嘉年为何不戴戒指，后来才发现他送的戒指是单戒，并没有男款。

楚楚细细一想，觉得小朋友实在太凄惨，决心凭空造一枚出来！

张嘉年："因为那是钻戒，我还没把对戒给你……"钻戒是求婚用的，他本来想结婚时再把对戒拿出来，没想到竟乌龙地让她强行定制了一枚男戒。

楚楚面露茫然。

张嘉年无奈地道："婚戒是婚戒，对戒是对戒。"

楚楚有点抓狂："我又没结过婚，谁会了解得那么清楚！"

张嘉年很想说他同样没结过婚，又见她陷入混乱的样子，不禁调侃道："这戒指跟我的家庭地位也差不多了，完全照着你来。"

他没想到，她会对比着造出一枚男戒，心里不由得塞满柔软的情绪。

楚楚趴在张嘉年的肩膀上，两人漫无目的地在园林里瞎逛，享受平静而安逸的时光，但最终还是被人发现。在场的嘉宾在听楚董献唱三曲后，终于不堪忍受，四处寻找两名订婚宴主角的下落。

嘉宾：求求来个人把楚董请下台吧，不然会出人命的！

主持人吕侠接过重任，随行的还有"前线记者"夏笑笑，开始慢慢搜索边缘地带。夏笑笑在铁栅栏边发现了楚总的高跟鞋，两人用钥匙打开被锁的园林，进去后便看到衣衫凌乱、举止亲昵的两名主角，楚楚甚至光着脚。

"荒唐，实在是荒唐！"吕侠瞧了一眼，便转身非礼勿视，痛斥世风日下。

夏笑笑满脸通红，结巴道："你、你们……"

张嘉年："事情不是……"你们想象的那样。

楚楚："事情没有那么严重，大家都是成年人。"

张嘉年："什么？"

夏笑笑、吕侠震惊了！

夏笑笑和吕侠在领悟楚楚的神情后，默契地选择守口如瓶。张嘉年总觉得哪里不对，事情朝着微妙的方向迈了一大步。

第十五章　总裁的扶贫攻坚

虽然宴会没有邀请太多外人，狗仔也没成功摸进会场，但楚楚和张嘉年订婚的消息还是传了出去，甚至直接导致评论区里“带对象上《变形计》”挤上首位，将“独自上《变形计》”踩在脚下。

1L、2L：“男方居然不是明星或公子哥？这跟我想象的不一样啊！竟然是办公室恋情？！”

枭枭：“我还以为楚总是看脸的人，本来盲狙cyf的，哈哈哈！”

冰川陨石：“小老弟，你瞎狙不怕被我们粉丝踩死？”

网友“枭枭”本来无聊地发条微博，想凑楚总订婚的热闹，没想到还被粉丝抓住。不过“枭枭”心很大，态度也挺皮，又回复对方一条。

枭枭：“那么问题来了，我究竟会被楚总的粉丝踩死，还是被cyf的粉丝踩死呢？”

冰川陨石：“被VIR的粉丝踩死，谁说她不看脸的。”

枭枭：“嗯？”

网友“枭枭”在好奇心的驱使下，主动点进冰川陨石的页面，这似乎是个小号，但对方接连转发光界娱乐及《赢战》游戏的消息，态度又不像玩家，倒像内部人士。

冰川陨石的口气简直如同知情人，态度如此笃定，直接点破VIR。

枭枭：“等等，我好像发现真相了？！”

因为类似“男方是VIR”的言论越来越多，不少人立志查出真相。

某八卦论坛，吃瓜网友们围绕楚楚订婚一事建起高楼，帖子标题名为《某集团老板订婚，扒一扒新晋霸道总裁小娇妻的来头》。

1L：“楼主抛砖引玉，隔壁某总跟自己下属订婚，这是什么套路？有钱人不该商业联姻、强强联合？难道是为爱冲昏头脑？要是有知情人，大家一起唠唠呗。”

2L：“为什么现在还没有新闻图啊？这届狗仔真的不行，‘爸爸’对你们很失望！”

3L：“勉强算是半个给楚总打工的员工。”

4L：“勉强算是给楚总打工的员工。”

5L：“知情的‘爸爸’来点消息吧！我看有人说男方是VIR，到底是不是真的？”

6L：“天哪，我当时看到楚总下属还没反应，居然是VIR？！这要是男女性别颠倒一下，绝对是电竞言情小说情节！”

7L：“六哥，性别不颠倒也能是言情小说的情节。”

…………

52L：“我还以为大家都知道，这两人早有粉丝了，各种小细节超多，指路微博@VC银翘片。”

53L：“我司老早就有人喜欢这对，各位都是‘村通网’？”

54L：“为什么我搜不到VIR的照片啊，感觉他老是跟着楚总，但每张照片都失焦或没正脸？”

55L：“楼上我也是，我现在被逼开始翻齐盛年会合照……”

56L：“视频里也总找不到正脸，该说不愧是永恒虚像VIR，多年游侠没白玩？游戏和现实里的潜行走位都厉害得不行！”

八卦论坛上，网友们四处寻找张嘉年的正脸照片。另一边，微博账号“VC银翘片”的运营者感到十分惶恐。她们本来是闲得无聊的光界员工，既喜欢老板楚总，又崇拜大神VIR，在两人时常露面光界后，便头脑一热创立了微博并起名“VC银翘片”，在上面记录VIR和楚楚的小故事。

“V”是VIR，“C”是楚楚，“银”是银达，而“翘”谐音“悄”，代表他们悄悄喜欢这一对的中心思想。

万万没想到，“VC银翘片”突然火了。运营者们立刻召开紧急会议，觉得有必要巩固自己的江湖地位，维护账号的威严。

“现在开始，我们不能再随意更新，每条微博都要保证质量！策划来编辑文案，原画努力产图，程序注意打榜、投票方面的数据……”本职运营的小姐姐进行分工，将工作安排下去。

大家气势如虹，发布的微博文案辞藻精美，还开始出产同人图，果然让“VC银翘片”焕然一新。

肖乐乐：“小银翘风格突变，最近的几条微博的质量好高。”

倾听我声音：“楚总不会介入运营了吧？”

QAWS：“建议写同人文，VIR身怀使命卧底银达，最终跟总裁假戏真做、日久生情。”

小珠珠：“一人血书求曝光VIR！”

胡吃海塞：“两人血书！”

微博评论区内，求照片的网友们从四面八方赶来，他们感到奇怪，为什么那么多人都找不出张嘉年的正面照？按道理，张嘉年时常跟随楚楚前往各大公司，又曾在齐盛任职，应该留下些痕迹，但那些照片不是画质模糊，就是没有正脸。

订婚宴上，同样有嘉宾拍摄留念，但最多也是张嘉年的侧脸！

话题“全网求购VIR正脸照”竟然被刷上热搜榜，无数网友高价悬赏，等待有志之士拿到照片。

燕晗居内，张嘉年正在收拾上节目的行李箱，突然被闪光灯一闪，抬头便看到熊孩子举着手机，疑惑道：“你在做什么？”

楚楚拍完照片，检查了一遍自己的成果，感到相当满意：“我要赚点零花钱。”

张嘉年：“嗯？”

楚楚：“网上悬赏你的正脸照，肥水不流外人田，干脆让我拿赏金。”

张嘉年：“什么？”

楚楚觉得张嘉年的“路人甲”光环相当顽强，其效果就是精准躲镜头和自带隐形效果，成功让他逃过一拨又一拨的网友追查。她刚才也是试了几次，才留下一张不错的照片。

张嘉年看楚楚低头编辑，生怕她真公开照片，赶忙道：“不许往外发。”

楚楚仰下巴，似乎颇为得意：“你求求我，我就考虑考虑。”

张嘉年冷静地道：“你确定要上节目前这样，嗯？”他们马上就要被发配穷乡僻壤，熊孩子现在居然还在作死的边缘来回横跳。

楚楚想了想，觉得没必要现在激怒“饲养员”，这才大发慈悲道：“好吧，既然你都求我了，我这回就勉为其难地不发。”

张嘉年：“……”

楚楚虽然没有公开照片，但还是兴致勃勃地将其设置为手机桌面。别人都是选锦鲤桌面求财，她打算用张嘉年求“路人甲”滤镜。

《藏火》全球票房突破十亿美金那天，刚好是辰星影视正式开拍综艺的日子。节目当然不能真叫《变形计》，编导们将其命名为《老板的假期》。虽然楚楚百般不愿，望着满屋的摄像编导不想出门，但现实的残酷还是摆在她面前。

节目正式开拍，张嘉年拉着早就准备好的箱子，望着仅背了书包的楚楚，提醒道：“你不再带点东西吗？时间还挺长的。”

楚楚振振有词：“你没看过《变形计》吧？”

张嘉年坦白道：“没怎么看过。”

楚楚：“这节目是有套路的，我现在应该跟你先大吵一架、撒泼打滚，甚至离家出走，被编导们深夜找回。等我进村后，生活用品会被节目组全部没收，此时不满情绪达到顶点，但在友好村民的感化下，我渐渐洗去戾气，最终幡然醒悟，真诚地跟你道歉，一改过去的不良作风。”

张嘉年：“……”

楚楚总结道：“所以我现在提箱子没用，到头来都会被没收，估计手机和钱也会被拿走。”

节目组肯定盼着她和张嘉年吃苦，好跟城市生活形成强烈对比，产生戏剧效果。

编导们闻言，不由得面面相觑，除了《变形计》常见剧情外，楚总在规则上说得分毫不差，跟节目设计完全一样！

编导们：现在都不好意思介绍节目流程，完全被剧透得干净。

张嘉年听完，认为她说得颇有道理：“那我也不带箱子？”

楚楚：“没关系，带着吧。如果他们执意没收，我们可以扣薪警告。”

编导们：玩归玩，闹归闹，别拿工资开玩笑！

节目组在多处踩点后，挑选的是名为纪川镇的地方。这里风景秀丽，民风淳朴，地处西南，却由于陡峭复杂的地形与世隔绝，商业并不发达，当地小镇里村民的生活也不富裕。

节目组一行人下飞机后，编导们便正式开始介绍：“纪川镇人口基数较小，居民年人均可支配收入不足一万元，算是当地有名的贫困镇。镇上居民的生活基本靠自给自足，我们会给您三百元启动资金，支撑最初的花销，后面则都要靠您两人的共同努力……

“下车后，请您上交身上所有的现金和贵重物品，我们会帮您好好保管。”

楚楚：“等等，现在买个游戏皮肤都要花两百多元？”

编导：“纪川镇网络信号不太好，您可能暂时不需要游戏皮肤。”

楚楚：“你叫什么名字？我记住你的脸了，扣薪警告。”

编导：“……”

编导看向其他同事，迟疑道：“不然换个人介绍规则？其实我最近还挺缺钱。”

其他人齐齐地摇头，坚守“死道友不死贫道”的原则。

然而，楚楚靠扣薪警告达到的威胁效果，并没有维持太长时间。汽车在泥泞的路上颠簸，晃得车里人左摇右摆，愣是将楚楚晃到晕车。纪川镇距离市区很远，长达数小时的车程让她感到不适，虚弱地往张嘉年怀里钻。

摄像看到此幕，立刻想记录下楚总受苦受难的神色，不料她拉开张嘉年的运动服外套，直接将头埋进他的怀里，躲避镜头的追踪，不想被抓住憔悴的样子。

张嘉年感觉她有点恹恹的，看向镜头，当即伸手制止，冷声道：“别拍了。”

张嘉年一路上相当安静，对节目组设计的规则也没有任何抱怨，如今他因为忧心楚楚的情况，还是头一次皱眉冷脸，瞬间镇住围着楚楚拍的摄像们。如果是没架子的楚总，大家还会嘻嘻哈哈几句，但面对向来正经的张总助，众人便不敢太过放肆。

毕竟老实人突然生气，一般没人招架得住。

摄像们遭到喝止，只能收敛地将镜头挪远，但仍没停止拍摄。他们眼看着前一秒脸带寒霜的张总助，转脸就眼含柔色，温声细语地低头询问楚总：“哪里不舒服？你要不要喝点水？开窗通通风？”

楚楚将脸靠他的身上，像是难受得说不出话，艰难地摇摇头。

张嘉年瞬间忧虑起来，干脆提议道：“我们不录了，现在回去吧？”

编导们闻言，瞬间瞪大眼，生怕楚总真的答应这个提议！

楚楚可怜巴巴地道：“难受……”

张嘉年立刻心疼，安抚道：“嗯，回家吧，不录了……”

楚楚抬头眨眨眼，可怜兮兮地道：“你亲亲我就好了。”

张嘉年：“……”

某单身狗编导看到此幕，简直遭遇暴击，痛心疾首道：“我难受，要跳车。”

这明明是具有现实主义温度的正能量节目，为什么还有“虐狗”环节？

张嘉年面色微赧，只能为难地轻声哄她：“周围还有人……”

楚楚一本正经地胡说八道：“他们都是瞎的。”

“……”

编导：不但在行为上“虐狗”，居然还在语言上进行“狗”身攻击！

耳聋眼瞎的编导摄像们闻言出离愤怒，将镜头对了上来，把两人团团围住。张嘉年左右为难，最后只能同样低头，双手一拉外套，像是蜗牛缩进壳里，闪避众人的拍摄镜头，轻轻地亲了她一下。

编导们被隔绝在外看不到情况，瞬间抓心挠肺，更是将镜头推近，想要一探究竟。

深色的外套挡住两人，楚楚和张嘉年不知私下做了些什么，转瞬楚楚便坐直身子，露出正脸来。她的脸色有所好转，还夹杂一丝得逞后的愉悦，她朝探身拼命张望的摄像摆手，教育道：“坐下来，坐下来，车里这么坐着很危险。”

编导痛失关键镜头，试图卖惨：“楚总，请您理解和配合我们的拍摄，大家都不容易……”

楚楚：“你就给我三百块片酬，这实在配合不了。”

编导：“……”

楚楚：“不对，这三百块都只能叫生活补贴，工作时长还极不合理，严重地违反劳动法。”

编导：很好，从扣薪警告快要进阶为律师函警告了。

漫长的车程结束，节目组一行人终于抵达纪川镇，实际拍摄的地方离小镇还有点距离，在纪川镇旁边的小村落。众人抵达目的地时，正是日暮时分，血染般的夕阳在天空中铺开绚丽的颜色，枝叶摇摆的树丛中传来不歇的虫鸣。

下车后，工作人员们便开始收走两人的现金和贵重物品，由于工作性质的特殊，楚楚和张嘉年的手机不用被没收，避免他们错过急需处理的信息。

当然，自从进入村落，楚楚的手机信号就变成3G，有时居然是2G。现在的运营商们都开始着手2G退网，楚楚没料到自己却有重回2G的一天。

楚楚将贵重物品上交后，编导们还进行了检查，楚楚只感觉女编导恨不得把自己摸个遍，开口道：“为什么查我这么严？我看起来像是携带了危险物品？”

张嘉年那边很快就结束，根本没有多耽搁时间，带的更多是与工作和生活相关的东西，没什么贵重财产。

编导们不好直言楚总花招太多，本身就是危险物品，让人怀有警惕心。搜身结束后，编导和摄像们便各自散开，隐匿在暗处。房间里有摄像头，大多数工作人员窝在院子里。

村落里家家都是独门独户，盖几间普通的平房或草屋，远远还能听到守院大黄狗的叫声。楚楚和张嘉年先在屋里转了一圈，厨房的灶台上盖了厚厚一层灰。张嘉年只是揭开锅盖，便是灰尘乱舞。

楚楚差点被灰眯了眼，吐槽道："这是有人曾在灶台上施工，还是被装土车轧过？"

这扑面的灰尘快让她怀疑编导是故意批发沙土撒上去的，否则光靠自然落灰得要多久？

张嘉年有些无奈："我把锅刷一刷，晚上凑合吃面条吧，地里好像有些菜。"

两人将近日落才抵达破落小屋，现在手上的材料也不充足，好在院子的菜地里有些当季时蔬。

张嘉年在家刷锅，楚楚则拿着钱前往小卖部，打算完成"购买挂面"的任务。小卖部位于山顶处的平地，虽然这里是个村落，但道路大多是坡状的，村民的家散落在山上各处。

楚楚一路上左瞧瞧、右看看，还发现有老爷爷卖小木雕，竟然只要一块钱一个，价格等于白捡。但她仔细想想，现有资金仅三百元，贸然消费不太好，最终还是忍痛离开。

编导和摄像见状，竟忍不住调侃："楚总，您还会被一元钱难倒？"

楚楚懒得理这帮幸灾乐祸的人，先前往小卖部买挂面，发现这里的物价极度便宜，挂面只用一元钱。她又买了些调味料，慢悠悠地往回走，发现卖木雕的爷爷已经不见了，倒是另有一群不速之客。

山路上，霸道的大白鹅们横冲直撞，气势汹汹地朝人冲来，见人就啄。

编导们还没反应过来，楚楚便提起挂面撒腿就跑，成功靠卖队友逃脱，将他们远远地抛在身后。

楚楚：只要跑得够快，鹅就追不上我！

来自城市的编导摄像们遭鹅群攻击，反击无效后想要逃离，却早被楚楚甩得老远。楚楚一溜烟地跑回家，小心眼地将院门一关，还颇不放心地用大铁链套上，报复刚才调侃自己的工作人员。

张嘉年已经在用洗干净的大铁锅烧水，看到熊孩子的动作，好奇道："你在做什么？"

楚楚："马上就是丧尸片场面，必须提前锁好门窗。"

张嘉年："嗯？"

下一秒，院门便被人砰砰地敲响，伴随着疯狂大鹅的叫声和编导们的惨叫，听上去惨不忍睹。人类在大鹅面前溃不成军，付出了惨痛的代价。临阵脱逃的楚楚则在院内欣赏着动听的哀鸣，露出邪恶而愉悦的微笑。

目睹此幕的张嘉年：这段节目播出后，可能会对小朋友产生不好的引导作用。

由于大鹅事件，节目组工作人员算是彻底跟楚楚杠上了，甚至挥去了最后一丝对老板的敬畏，誓要让她在《老板的假期》中付出惨痛的代价！

第二天，楚楚和张嘉年将院落简单收拾一下，擦干净闲置的长椅，将其放在院内的阳光下。楚楚悠然地躺在长椅上晒太阳，众人眼看着她打算平躺一整天，很快便坐不住，向她发起挑战。

"楚总，如果您不找到赚钱劳作的方法，很快就会坐吃山空的。"

"不会，挂面才一块钱一包，我可以买二百包，能吃将近一年。"

"什么？"

工作人员本以为大老板会被钱难倒，没想到她由奢入俭得如此之快！编导们后悔不迭，早知道就该只给她三十元，居然还给多了！

编导："可张总今天都收拾过菜地，您完全不参与劳动，不会感到惭愧吗？"

张嘉年今日不但整理菜地、打扫卫生，居然还靠手机热点处理工作邮件，跟横躺在长椅上的"咸鱼"楚楚有天壤之别。

楚楚厚颜无耻地道："嫁汉嫁汉，穿衣吃饭。"

编导们闻言，愤怒地一脚"踢翻狗粮"，只能祭出撒手锏，诱惑道："如果您能在节目录制期间赚到目标金额，我们可以提早结束录制，让您离开纪川镇。"

楚楚顿时来了精神，问道："目标金额是多少？"

编导解释道："这里的人均年收入不到一万元，您和张总是两人，只要赚到两万元就可以离开。"

楚楚面露犹豫："我想冒昧地询问一下，你月收入有两万吗？"

编导坦诚地答道："没有。"

楚楚直接道："那你还好意思要求我赚两万？"

惨遭暴击的编导无言以对："……"

编导们可是拿一线城市的工资，现在让楚楚在十八线小村落短时间赚两万，无异于天方夜谭。如果真有这样的方法，村里人早就发财了，还用等到今天？

张嘉年并不知道楚楚和编导的交锋，拿着两根鱼竿出来，提议道：“我们去钓鱼吧，看看能不能加餐。”

编导本以为懒散度日的楚总会一口回绝，没想到她这回乖乖地起身，跟刚才拒绝劳作的样子判若两人。楚总展现出了完美的双标嘴脸，用行动诠释“编导说的都是屁话，只有张嘉年管用”。

楚楚和张嘉年各自拿着一根鱼竿出发，前往村边的水库钓鱼。节目组见状，立刻振作精神，抓紧时机想拍摄有价值的素材，以免资料不够。今天简直愁杀工作人员了，楚总大部分时间躺在长椅上，连身都懒得翻，根本没戏剧事件。

节目组：这可是真人秀节目，总不能直播晒太阳打盹儿吧！

工作人员们满怀希望地跟到水库，眼见着楚楚和张嘉年掏出小椅子，两人悠闲地坐在水边，似乎又陷入新一轮的晒太阳打盹儿。最可气的是楚楚，将鱼竿随手插在脚边，甚至都懒得用手握竿。

总导演忍无可忍，吐槽道：“楚总，您这样不可能钓到鱼的。”

楚楚：“不会，我跟鱼很有缘。”

总导演：“我们踩点的时候试过钓鱼，这里的鱼是纯野生的，非常狡猾……”

楚楚正有一搭没一搭地听着，突然看到鱼线绷紧，立刻握起鱼竿，快速收线，一尾大鱼猛地从水面蹿出！

张嘉年适时地递过水桶，帮她将大鱼放入桶中。楚楚做完这一切后，好奇地扭头看向总导演，抱歉道：“你刚刚说什么？我没听清。”

总导演：“……”

节目组踩点的时候，可是将村中能进行的农务劳作试了一遍，生怕出现任何疏忽。村边水库里的鱼虽然肥美鲜嫩，但是凶猛狡猾，甚至经常拽断鱼线。当地人都很难钓起，怎么换她就跟闹着玩一样？！

巧合，这绝对是个巧合！

总导演无法相信，断定这是意外，没料到很快楚总便接二连三地举起鱼竿，而且几乎每回都能钓上一条大鱼。

“哇，钓到了，又钓到了！”

周围的工作人员本来还在拍摄，现在都沉浸在楚总的钓鱼表演中，纷纷发出兴奋的惊叹。张嘉年刚开始还自己钓鱼，后来干脆专心帮她卸鱼，没多久就装满一大桶。

总导演目睹此景，难以置信道：“您以前学过钓鱼？”这就算是专业水准，也不可能无间断地连着钓上鱼吧？

楚楚从容地道：“学过，我玩《牧场物语》时学过，今天算是首次实践。”

总导演：这不就是没学过吗？！

钓鱼达人楚楚很快便吸引了旁人的注意，甚至有当地人请求跟她换位置，想在她坐的地方钓鱼。楚楚大方地答应，跟张嘉年一起更换地方，然而不管她坐在哪里，都有无数傻鱼往上撞，前仆后继地送上来。

楚楚早就意识到自己跟鱼有不解之缘，但钓鱼前也不敢确信，现在算是相信曾获称号的作用。

鱼塘塘主：我要让所有人知道，这个鱼塘被你承包了。你的维护让女主角大为感动，获得5%锦鲤运加成。

她作为鱼塘塘主，要是连鱼都钓不上来，实在有堕塘主的威风！

楚楚的钓法对其他钓鱼人简直是惨痛打击，有人终于受不了，主动往这边走。

对方望着旁边的摄像机有点踌躇，硬着头皮搭话：“小姑娘，我跟你买条鱼吧？”

楚楚打眼一瞧，想买鱼的是一名头戴斗笠、脚踩雨靴的中年大叔。他皮肤黝黑，除了说话字正腔圆外，看上去跟其他村民没什么不同。买鱼大叔好像没见过如此多摄影机，迟疑道：“你们这是做什么呢？”

“靠钓鱼养家糊口，这不是一大家子人。”楚楚信口胡说，随手一指浩浩荡荡的工作人员，客气道，“您要哪一条？”

“给我来两条黑鱼，你开个价吧？”买鱼大叔在楚楚的桶里扫视一圈，挑中了自己想要的鱼。

楚楚和张嘉年都没卖过鱼，自然不好开价，她大方地道：“您开吧。”

买鱼大叔面露犹豫，试探道：“那我按十元一斤跟你收，行吗？”

旁边瞬间有小编导嘀咕：“好便宜……”

楚楚钓上来的鱼不但品相极佳，而且是野生鱼，如果在饭店里做成料理端上桌，价格估计能翻上十倍。

买鱼大叔像是听到了周围人的议论，急得满脸通红，拼命解释道：“你们是外面来的吧？我跟你讲，这鱼确实好，但那得运出去才能卖高价，要是镇上的餐馆收，估计才七八元一斤！”

“行，您出五十块拿走吧。”楚楚痛快地应下，紧接着张嘉年将那两尾黑鱼赶进大叔的桶里，黑鱼活蹦乱跳地摇摆身子。

买鱼大叔赶紧摆手：“唉，那怎么行，这可不止五斤了……”

楚楚：“我们就钓着玩，也没地方卖。”

买鱼大叔看楚楚和张嘉年衣着整洁，皮肤白得发光，确实不像做农活且缺钱的人。他望着桶里剩下的鱼，提议道：“你要信得过我，我帮你把鱼拉到镇上卖掉，不然这鱼真可惜了……”

这里穷乡僻壤，冷冻保鲜的手段不多，野生鱼一旦死掉，价格也会大打折扣。买鱼大叔不想糟蹋东西，便主张自己拉鱼卖掉，第二天再把钱交给楚楚。

“当然，你们要是不放心，可以跟我一同去镇里。”

楚楚有点惊讶：“您开车来的？”他们所处的村落距离纪川镇还有点距离，想步行过去不太容易。

买鱼大叔一指远处，豪华低调的三蹦子停靠在路边，彰显出不凡的气势。

因为天色渐晚，楚楚和张嘉年便没打算去镇上，只是将大鱼交给买鱼大叔，委托他帮忙卖掉。买鱼大叔看他们如此爽快，笑道：“行，那我明天还这个点儿过来，把钱给你们！”

玩家楚楚、张嘉年成功获得人民币五十元，失去野生水库鱼，结识新人物买鱼大叔老夏。

老夏离开后，楚楚长叹一声，遗憾道：“我的致富梦破灭了。”

如果她想赚到两万元，按照十元一斤的物价，必须卖两千斤鱼，那她真得承包鱼塘做塘主才行。

张嘉年看她财迷的样子，颇为好笑：“晚上可以做水煮鱼。”

楚楚眼睛一亮，恨不得现在就打道回府。她和张嘉年又垂钓一会儿，将桶里的鱼挑挑拣拣一番，留下需要的鱼。楚楚提着剩下的鱼往水边走，编导们看到她的举动，惊叫道：“您要做什么？！”

楚楚平静地道：“倒掉啊，我俩吃不了那么多。”他们留下两条大鱼便差不多，剩下的鱼提回去很重。

编导：你考虑过我们的感受吗？不，你只考虑你自己！

编导们眼巴巴地望着她，露出乞求的目光，脸上恨不得写着“我可以”。虽然节目组有专人料理伙食，但那是根据现有食材来做，要是想吃鱼，自然也得到镇上买鱼，说不定还没楚总手里的好！

楚楚：“你们开价吧，多少钱买我的鱼？”

编导：“十元一斤？”

楚楚闻言挑眉，干脆地将桶直接提起，作势要放生大鱼，旁人赶忙叫道：“十五？二十？三十！”

楚楚将举起的桶放下，伸手道：“掏钱。”

玩家楚楚、张嘉年成功获得人民币三百元，失去野生水库鱼。

两人花费一天时间便净赚三百五十元，楚楚从满脸不情愿的总导演的手中抽过三百元的纸币，感慨道：“我要是承包一个鱼塘，岂不是可以赚翻？”

虽然楚楚有“鱼塘塘主”的称号，但单靠她钓到上千斤鱼，显然是痴人说梦，进行鱼类养殖还有可能。

张嘉年：突然走上家庭联产承包责任制？

张嘉年想了想，缓缓道：“鱼塘估计是不可能了，但我们可以找村民收点特产，然后拜托老夏一起卖掉。”

村落和纪川镇之间最大的问题是交通，既然老夏有三蹦子，那就方便很多。

楚楚赞叹道：“有道理，还是投机倒把来钱快，不愧是学金融的！”

张嘉年：这怎么听着不像好话？广大金融学子表示强烈谴责！

晚饭时，张嘉年将泼过滚油的水煮鱼端上桌，浓烈扑鼻的香气瞬间席卷全院。两人是在院里搭小桌吃饭，围观的工作人员闻到香料的味道，味蕾遭受强烈的刺激，不停地咽口水。

现杀的新鲜活鱼被片成薄片，凝脂般的鱼肉微微蜷缩，配上刚摘的碧绿嫩菜，浸泡在透明清亮的汤汁里。两人找当地的农民买了米面，终于摆脱吃挂面的生活，伙食瞬间进阶一个档次。

楚楚看摄像们凄惨地蹲着，近距离拍摄美食却无法享用，不禁关怀道：“参加《老板的假期》苦吧？”

摄像们忙不迭地含泪点头：“苦。”

楚楚：“那就好，反正我不苦。”

摄像们：“……”

楚楚：“接下来，我为广大观众朋友表演水煮鱼吃播，请工作人员敬业一点，坚持到下班后再吃饭。”

工作人员：如果你不是我老板，恐怕已经被揍好几次了？

楚楚和张嘉年享用了漫长的一餐，美食的香气差点没把编导们熬死，其间有人强烈要求下班放饭，甚至一度想要罢拍打道回府！

总导演见军心大乱，忙道：“大家要坚持住，千万不能中计，我们要是罢拍，岂不是正中她下怀！”

两人用餐完，工作人员们终于得以放饭，皆一溜烟地离开，院子里瞬间空荡荡的，只剩安置在各处的摄像机自动记录。

吃饱喝足，楚楚明显愉悦不少，悠然地在长椅上晃着脚，跟张嘉年一同在院子里乘凉。他们安静地挨在一起，在凉爽的夜风中极为放松，非但没有身处异乡的困苦，还显得相当惬意。

两人完全不像参加《变形计》，还真贴近节目名称，确实是《老板的假期》。过去，他们都工作繁忙，少有安逸舒适的相守时光。

天色变暗，楚楚望着深色的天空，突然道："古人每家每户子女多，其实有个原因，就是晚上只有一种娱乐活动……"

张嘉年紧守节目底线，冷静地开口："不许'开车'。"

楚楚无辜地道："我是说吟诗作对、喝酒下棋，你在想什么？"

张嘉年："那你为什么要提子女多？"

楚楚一本正经地胡说八道："因为晚上要吟诗下棋，人多点热闹，所以多生孩子。"

张嘉年对她的逻辑既好气又好笑，故意道："不如我们聊聊工作？"

楚楚抓住机会就开始皮，浑不吝地道："工作有什么好聊的，你来处理就好，有事总助干，没事干……啊！"

她正得意地抖着机灵，话没说完便惨遭"扫黄使者"张嘉年掐脸，被摁在长椅上揉脸。张嘉年满脸正色地捏住她的脸蛋，誓要改掉熊孩子满口黄段子的毛病，教育道："还敢不敢瞎说话？"

楚楚不服："我哪有瞎说话？"

张嘉年默默地瞪着她。

楚楚振振有词："怎么了？有事总助干，没事干就好好学习啊！"

张嘉年："……"

《老板的假期》边拍边播，首期节目剪辑出来后，剪辑师便向摄像们表示愤怒："你们看看这素材，人脸都是虚的，对焦都没跟上！"

剪辑师们极度愤慨，认为跟组人员太不负责，连张嘉年的脸都没拍清楚，简直枉称专业人员！

摄像们万分委屈，他们的确有提前对焦，谁知道张总助总是莫名其妙地虚像，或者是人物离奇地卡边消失。剪辑师们没有办法，最后只能将所有两人的同框镜头用上，原因是只有楚楚和张嘉年同框时，张嘉年才不会失焦。

这样的后果就是"狗粮"的含量急剧上涨，风格变得浪漫而悠然。

"你们后面要注意对焦，接下来几期可不能这样……"剪辑师特意打电话提醒，"核对素材时要好好看看！"

摄像：这可真是见鬼了，明明检查过对焦。

这边厢，楚楚和张嘉年顺利拿到卖鱼钱两百元，靠钓鱼倒卖发家致富，跟老夏达成长线合作，完成生产和运输销售的对接。那边厢，《老板的假期》首期节目在万众期盼中上线，亮点却让观众瞠目结舌。

节目内容相当充足，不但有节目组和楚总的互怼相杀，还有楚楚和张嘉年的相爱相守，展现出跌宕起伏的曲折情节。

罗伊："我眼巴巴地想看《变形计》，你给我拍摄、剪辑成《我们结婚了》？！"

单身狗哇的一声哭出来："无话可说，看ID吧。"

咬指甲："《老板的假期》，又名《我们结婚了》《编导变形计》《牧场物语：纪川镇的伙伴们》。"

金逸："节目组能挑中我的家乡，真的很有心了，我自己都住不下去，那是远近闻名的贫困村，但凡有条件的人都走了！"

DIARY："楚总凭自己懒惰的双手致富，靠本事钓鱼养小娇妻。"

村落里，老夏的三蹦子踉踉跄跄地碾过不平的小道，抵达院子门口，同时带来坏消息。老夏垂头丧气地将鱼桶拎回来，无奈地道："不行，卖不动啦，餐馆都不收了。"

楚楚和张嘉年这几天疯狂钓鱼、攒特产，然后拜托老夏运送到镇上贩卖，再将收益合理分配。然而，纪川镇的人口实在较少，完全没法消耗如此多的食材，市场很快就达到饱和。

楚楚没想到，手上的钱还没攒到两千块，赚钱渠道便断了。

张嘉年分析道："因为人口少、市场需求不强，所以不可能长期供应。如果再往更远的地方贩卖，便有点得不偿失，毕竟交通很不方便。"

节目组来纪川镇时，楚楚在车上都差点被颠晕，可见那条破路有多危险。

楚楚摸了摸下巴："果然要想富先修路，基础设施弄起来，经济建设才能搞上去。"

老夏摆摆手："你们别想啦，镇里喊修路都多少年了，也没见有动静……"

楚楚："镇里有负责修路的地方？那你带我们去看看？"

老夏面露疑惑："看那儿干什么？你还要为卖鱼修路？"

楚楚大义凛然地道：“我作为热心村民，必须督促他们落实村村通工程，真正为百姓谋福祉，怎么可能是为区区卖鱼？！”

老夏：听上去有道理，但莫名地不太信！

张嘉年：突然变成了扶贫攻坚特别节目？

因为水库鱼的销路被断，三人不用继续钓鱼、卖鱼，时间瞬间空闲下来。楚楚和张嘉年搭乘老夏的三蹦子，前往纪川镇寻找负责修路的小领导。节目组的车随行在旁边，摄像们端着镜头，紧紧地追踪着三蹦子，颇有追车片的既视感。

老夏驾驶着三蹦子，看着周围的黑衣人，好奇道：“你们到底是来干吗的？为什么不坐他们的车？”

老夏心里感到奇怪，楚楚和张嘉年的身边每天围着一大群人，配有看上去昂贵的专车，却非要搭乘自己的三蹦子。

淳朴老实的老夏并不爱上网，更不关注任何新闻，只知道车上的两人好像不一般，但也不敢细问。

楚楚解释道：“他们的车不给我俩坐。”毕竟是在录制节目，她跟编导们又有仇在先，会有车坐才奇怪。

老夏不懂录节目的规则，出谋划策道：“嗨，哪能真不给你们坐！你上车就赖着不下来，他们也拿你没办法，还能报警不成？”

楚楚心服口服，赞同道：“说得有道理啊！”

张嘉年：这都是什么撒泼式办法？

张嘉年看着旁边的长枪短炮，下意识地向后退了退。他今天有点不习惯，总觉得摄像在疯狂地包围自己。前几天可不是如此，摄像们还是拍摄楚楚居多，但今日却突然转性，恨不得要将镜头对到自己的脸上。

摄像们：我就不信直接上特写镜头，还能够脸部失焦！

《老板的假期》首期播出后，张嘉年在节目中透明般的存在感引发暴风吐槽，网友们恨不得一帧一帧地找他，然而全是失焦的脸部、背影、远景，甚至直接放画外音。

摄像们面对网上的抱怨声，发誓要一雪前耻，今天便全副武装，不信抓不到张嘉年的镜头。

纪川镇内，楚楚和张嘉年依次从三蹦子上下来，很快便一扫小镇里的全貌。虽然说是镇，但实际上并没比村里好多少，只是多了些店铺门面，放眼望去相当荒凉，甚至没有村中那样动人的自然美景。

办公室内，墙上贴着一幅城乡接合部风格的海报，不锈钢杯子放置在破旧整洁的木桌上，负责修路的人是一位“地中海”小领导。严格来说，小领导身兼数职，反正镇上没几个干部，大事小情都由他抓。

小领导见老夏进屋，顿时紧张焦虑起来，叫道：“你怎么又来了！”

老夏不满道：“我找你解决问题，你这是什么态度……”

小领导抱怨道：“别人偷你两枚鱼饵，你都赖在我的桌上，死活不下来要交代，你说我什么态度？！”

“……”

楚楚和张嘉年陷入沉思，这听上去怎么跟刚才传授的蹭车绝招很像？

老夏爱闹事是远近闻名的，其必杀技就是“横躺办公桌撒泼，大喊有本事报警”，让小领导操碎了心。穷乡僻壤的领导干部可不好当，尤其是没油水的贫困村，基层干部的生活条件也很差，他们没办法做什么大事，却要处理各类鸡毛蒜皮的杂事。

老夏一指楚楚，介绍道：“今天不是我找你，她想问修路的事。”

小领导看着楚楚和张嘉年，还有他们身后鱼贯而入的黑衣人，心中又惊又疑，问道：“修路？修什么路？”

楚楚和张嘉年乍一看就是外乡人，尤其是张嘉年还适时地递出名片，上面复杂的公司名字让小领导摸不到头脑。小领导望着满屋黑衣人和各种镜头，心中有些惶恐，不敢怠慢一行人。

楚楚礼貌地道：“现在镇里的路很破，可以考虑修缮一下吗？”

小领导摆手道：“你们是外乡人吧？修了也没用，这里暴雨滑坡多，没多久还得修！”

楚楚：“那好歹把坑平了，有的路都没法通过。”

小领导长叹一声，安抚道：“我有空拿铲子去平吧，你稍微再等等。”

楚楚：“嗯？”

老夏帮腔道：“行啦，你们放心吧，如果过两天路没平，你们就往他的桌子上一躺，他肯定马上去平坑！”

张嘉年：这是什么仅有一人的寒酸施工队？！

楚楚：“该不会国道也是您修的吧？”

小领导谦虚道：“国道我修不了，我就修纪川镇周围的路。”

楚楚吐槽道：“您从事行政工作，还辅修道路建设？”

小领导自得地道：“我还会排水、贴膜、木工、电焊呢，技多不压身！”

张嘉年听不下去了，委婉地解释：“我们是想请您找专业的施工队集中修缮道路，可能不是只填几个土坑。”

小领导一口回绝：“那不可能，邻镇人口比我们多一倍，现在路都没修好呢，哪轮得到我们？”

纪川镇并不是没有道路，早些年确实在上级政府的帮助下通了路，但道路长年累月的维护又是一笔额外的费用。国道等主路有更高层的政府来管，但镇里乡间的道路却是由纪川镇负责，总不能永远靠上面拨款。

纪川镇本身就经济欠发达，镇民的收入又低，加上每年都有道路被雨和泥破坏，谁能扛得住每年捐款修路？

楚楚不免好奇：“修路要多少钱？”

小领导很快就报出数字，如果只是修缮拓宽的话，花费其实并不高。总导演一瞟楚楚的神色，当即提醒道：“您不能动用其他资金。”

换言之，楚楚和张嘉年现在手里只有不到两千块。

楚楚不满地啧了一声，痛心疾首道：“你居然如此无情，眼睁睁地看着镇里人受苦？我要曝光你，让网友对你网络暴力！”

总导演：真强，嘴上功夫竟如此厉害！

小领导不懂他们在打什么哑谜，他还算敬业爱岗，提议道：“其实镇里可以申请道路补助，那就不用捐钱，但要搞什么精品项目……”

全省的贫困村镇那么多，谁要是想率先获得补助，除了哭穷卖惨外，就是拿出合理的经营计划。如果镇里的规划很好，让上级政府看到早日脱贫的希望，就有可能会提前扶一把，不用苦巴巴地排队。

楚楚和张嘉年万万没想到，他们靠文娱、互联网等行业逆袭齐盛后，有一天居然会干回房地产老本行。

楚楚望着纪川镇的地图，不由得头皮发麻：“我的地理不太好……”她哪里会搞城镇规划，这不是开玩笑吗？！

张嘉年比她略强一点，但同感两人瞎琢磨过于儿戏。术业有专攻，他们对这方面并不了解，总不能帮纪川镇瞎出主意。

楚楚挠挠头，向总导演发问：“我们是不能动用资金，也不能出去？”

总导演铁面无私，道：“是的。”

“那我们邀请朋友来做客呢？”楚楚眼睛一转，循循善诱道，“做些乡野美食招待客人，可以吗？”

总导演想了想，觉得招待客人属于常见的剧情设置，便点头答应下来。

没过两天，齐盛文旅集团董事陈祥涛兴高采烈地抵达机场，打算前往纪川镇赴约。他前天突然接到张嘉年的电话，说小楚董郑重邀请他来纪川镇旅游，简直受宠若惊。

楚楚在电话里说得很好，她和张嘉年订婚后出来旅行，突然发现了山清水秀的好地方，想起陈董是专业人士，特意请他来看看。当然，陈祥涛很快就读懂暗示，这是“太子”要跟他商讨齐盛今后的发展规划，所以专门私下交流！

陈祥涛认为，文旅房地产是齐盛起家的根本，目前仍创造不菲收益，小楚董现在逐渐进入内部，找上自己很正常。

陈祥涛：吕侠都没有如此待遇，“丞相”之位近在咫尺！

陈祥涛刚开始还不知道纪川镇在哪里，本以为是隐秘的私人会所，或者是豪华大气的别墅，只是位置比较偏远而已。当陈祥涛坐在车上，眼睁睁地望着窗外的风景从城市变为城乡接合部，从城乡接合部变为乡镇，再从乡镇变成村里，总算发现了不对劲。

我是谁？我在哪儿？我该不会被绑架吧？

泥泞的道路上，陈祥涛及其秘书望着破落的小村庄面面相觑，陈祥涛恼怒道：“你该不会找错地方了吧？”

秘书赶忙道：“没有，张总助说有人会来接。”

片刻后，扛着摄像机的编导们满头是汗地赶到，迎接陈祥涛等人入住破落小院。

陈祥涛望着半山腰的小破屋直发蒙。他向来没有看综艺的习惯，更不知道仅有一期的节目《老板的假期》。大家都是中老年人，谁会关注网络综艺？

陈祥涛深吸一口气，还能闻到雨后泥土的味道，油光锃亮的皮鞋也被蹭花，尴尬地深陷在黏巴巴的土地里。这显然还不是倒霉的顶点，他们在路上遭遇大鹅军攻击，不但裤腿被溅满泥，还被鹅撵着跑了老远。

陈祥涛满身狼狈地抵达院子，内心麻木，精神恍惚，终于看到了罪魁祸首。

楚楚热情地迎上前，笑着跟他握手：“陈董来啦，现在外面夕阳正好，您路上看见没？”

陈祥涛干巴巴地笑道：“看到啦，看到啦。”实际上，他在路上只看到裤脚的苟且，完全没注意天空的诗意。

楚楚将陈祥涛等人领进屋，张嘉年为众人倒水。陈祥涛环视一圈种着菜的小破院，还有朴实无华的白开水，总觉得这跟他想象的相距甚远！

陈祥涛：说好的私人会馆、豪华别墅呢？小楚董不该纸醉金迷、昼夜笙歌？

陈祥涛完全没想到，小楚董居然跟大楚董一脉相承，走的是接地气路线。

大楚董年轻时从农村冲出创业，小楚董便返璞归真，专门忆苦思甜。陈祥涛不禁展开复杂的内心戏，小楚董特意邀自己过来，难道是什么暗示？提醒他不忘初心？

旁边的工作人员无声地叹气，看着满脸茫然的陈董有些心疼，只能用镜头记录这历史性会面的一幕。

众人许久未见，自然要寒暄一番。楚楚像是本地人般好客，脸上洋溢温暖的笑容："陈董觉得怎么样？我一来就觉得这里山清水秀、民风淳朴，是个风水宝地啊！"

陈祥涛擦了擦额角的汗，强颜欢笑道："是，空气很清新，而且比城里安静……"这里连人影都很难见到，可不是一片死寂，安静得要人命吗？

楚楚感慨道："我看比很多旅游村都好，原汁原味，没商业性。"

陈祥涛镇定下来后，总觉得小楚董意有所指，像是用话暗示齐盛的发展方向，不由得来回咂摸起来。他实在想不通，又不能晾着楚楚，只能祭出万古不变的马屁大法："那是，您的眼光不一般！这里要搞旅游开发，绝对没问题！"

楚楚闻言甚喜，悦然道："我也觉得是，这事就交给陈董吧。您可是老江湖，出手肯定不一般！"

陈祥涛直发蒙，语气僵硬地说："哈哈哈哈您可真能开玩笑……"

张嘉年冷静而怜悯地递上纪川镇的资料，开口道："陈董，这是纪川镇的基本资料，还有一些开发和规划上的政策扶持条件。"

陈祥涛：我堂堂文旅集团董事，凡经手起码是几十亿的项目，你居然让我帮地图上找不到的小村镇开发？这跟拿着四十米大刀切蒜瓣有什么区别？

楚楚和张嘉年对文旅房产一窍不通，更不明白开发流程，自然不能贸然行事。楚楚在订婚宴上见过陈祥涛，这是她已知范围内专业度最高的人，便立刻着手将他请（骗）来。

楚楚：我就算是找人代写作业，也要让全班第一代写！

陈祥涛的大脑内一片混乱，但他却敢怒不敢言，只能为难地推辞："楚董，您有所不知，我现在的主要工作是集团管理，不太参与文旅开发的实际执行……"

董事们肯定不会亲力亲为，主要是做战略规划、集团管理等方面的事务，谁还会真去盯全流程？

楚楚问道："那都是谁来规划执行项目？你报上名字和电话来。"

张嘉年闻言，默默地拿出手机，像是要将信息尽职地记录下来。

陈祥涛想起自己到此的经历，跟小楚董当初在电话里的虚假营销，感到一丝不妙："您要做什么？"

楚楚真诚道："邀请他们来纪川镇旅行，感受这里的美食美景、风土人情。"

陈祥涛：你这是想把我们一网打尽啊！

楚楚认真地道："如果对方不愿意过来，那还是得请陈董暂住一段，为我们答疑解惑。"

虽然陈祥涛已经走管理，但功底应该还在，起码比她和张嘉年好。

陈祥涛闻言，语气坚定地保证："他们一定会愿意过来的！"

陈祥涛恨不得现在就打飞机离开，怎么可能忍受在纪川镇再住一段时间，立刻报上几个得力干将的名字和电话。他会永远记住他们的名字，感谢这些人解救深陷大山的自己！

隔天，文旅集团的人员在陈祥涛的指示下火速赶来，望着眼前的景象同样满脸疑惑。陈祥涛看叫人成功，立刻抽身想逃，客气道："楚董，那您跟他们好好交流，我先回去了。"

陈祥涛现在只想拖着自己的箱子撒腿狂奔。

楚楚赶忙拦住陈祥涛，露出求贤若渴的眼神，郑重地道："陈董，现在这些人不就组成了小集团？您最擅长集团管理，我还有很多事想向您请教，必须再麻烦您一段时间……"

陈祥涛："……"

这该不会是葫芦娃救爷爷，一个一个送？

破旧小院内显然住不了那么多人，陈祥涛等人暂时被安置在节目组的住处。虽然这里的条件比小院稍好一点，但仍然让陈祥涛无法忍受。陈董不敢在小楚董面前抱怨，私下却找到张嘉年，崩溃地道："你们怎么会来这里旅游？这是什么地方？！"

张嘉年终于吐露真言，无奈地道："陈董，其实我们在录制一档节目，必须在这里生活一段时间。"

陈祥涛："……"

张嘉年："您现在也参与到节目录制中，所以请一定要慎言。"如果陈祥涛胡乱说话，很可能面临网友的强烈谴责及网络暴力。

陈祥涛望着形影不离的摄像们，顿时信服一大半，只觉得无数镜头就像网友的眼睛，让他无处遁形。陈祥涛感到极为别扭，一时无措，道："那我们什么时候能走？"

张嘉年温和地道：“如果能赚到两万元，节目录制就会提前结束。”

陈祥涛感到万分离奇，两万元算什么钱？

他扭头看向身边的工作人员，问道：“我现在给节目组二十万，放我们走行吗？”

刚正不阿、清正廉明的节目组却严词拒绝了陈董的提议，完全不为所动。开玩笑，《老板的假期》可是有冠名商的，没有二十亿怎么能考虑？

陈祥涛是不了解综艺，被蒙骗过来，其他人员则是收到陈董召唤，遵从领导要求赶过来。现在可好，不但陈祥涛没能走，所有人员还被扣在山中，其中甚至有在文旅集团任职的外国友人。

文旅集团：说好的“太子”来变形，为什么会变成他们被迫变形？

事已至此，文旅小分队涌出无限斗志，誓要快刀斩乱麻地解决战斗，尽早逃出大山。大家都是专业人士，曾在全国各地经手不少文旅项目、商业地产，甚至有海外项目经验，很快就做出详细的方案，下一步便是跟当地政府沟通。

文旅房产开发需要跟当地政府达成合作，而洽谈沟通、人脉关系则是重中之重。陈祥涛尽力调整心态，既然暂时被绑架，那就用强大的工作能力让小楚董折服！

楚楚和张嘉年带着一帮人来到办公室，“地中海”小领导望着乌泱泱的一群人，竟然开始习惯，嘿嘿笑道：“你们又来了？”

楚楚将方案交给他，说道：“我们把方案带来了。”

小领导：“好好好，我们镇总算也有投标方案了，我会往上递的，你们回去等结果吧！”

陈祥涛进屋时，便被寒酸的办公室震了一下，如今听到还要回去等结果，当即心中不服，倨傲地道：“你知道我是谁吗？”

他可是堂堂齐盛文旅集团董事，出国搞项目都不会被如此怠慢，居然在某不知名小镇沦落到要回家等结果？！他们的团队过去跟各地合作，当地政府都是哭着喊着往上扑，何时有过这般遭遇？！

齐盛好歹是文旅房产起家，有时他们打造出某个大型商圈，便能解决当地无数人的就业问题，改善人们的生活水平并创收。

小领导眨眨眼，诚实地道：“不知道。”

陈祥涛朝秘书示意，秘书立马机灵地上前递名片，小领导却摆摆手，无奈地道：“嗨，我不要你们的小卡片，我实在看不明白。”

张嘉年那天就递给他一张名片，小领导回家琢磨了半天，也没搞懂私募基金公司是搞什么的，上面还印着花里胡哨的英文。

陈祥涛横眉道："你上网搜一下我，还有我们的团队，你就明白了。"

小领导耐心地规劝："叔儿，我理解你着急的心情，但咱们投标中标也要按流程啊……"

陈祥涛想起无法回家的酸楚苦涩，当即愤慨道："不，你理解不了！我要见你上级单位的领导，起码得是省级！"

陈祥涛可不傻，小领导把投标方案交上去，鬼知道会到谁手里。如果没人认真核查，岂不是石沉大海？再说万一等待时间太长，半年后才有结果呢？

小领导恼火道："唉，你这人咋这样呢？谁都闹着要见领导，那还得了？"

陈祥涛望着土得掉渣的小领导，窝火地摆手："你根本不懂这事，我要见专业的！"

小领导有点生气："我怎么不懂？镇里的事都是我管，我就是专业的！"他可是会修路、排水、贴膜、木工、电焊，哪里不专业？

两人越说越凶，竟眼看着要吵起来，楚楚赶忙去拦小领导，劝道："使不得，使不得……"

另一边，张嘉年同样在安抚暴躁的陈祥涛："陈董，消消火，消消火……"

小领导是按流程办事，陈祥涛是思家心切，双方各有道理，还真不好评判。

陈祥涛显然没被劝服，大怒之下往办公桌上一坐，高声威胁道："你带不带我见领导？带不带？！"

楚楚、张嘉年：这撒泼方式真让人感到分外眼熟！

小领导看着自己摇摇欲坠的办公桌，最后终于退却，忙不迭地道："带带带，快下来！你们都是什么怪毛病，我想有张好桌子，怎么就那么难？"

楚楚看着小领导服软退让，竟然觉得老夏的话颇有道理。没有什么事是往桌上一躺解决不了的，如果真的有，那就高声大喊"有本事报警"。

陈祥涛达成自己的目的，立即从容地下来，整了整衣摆，捡回身为董事的偶像包袱。出门后，陈祥涛已经恢复淡定深沉的模样，客观地点评道："这人心眼不错，就是性格古板。"

小领导显然没有坏心眼，也在自己的能力范围内尽职尽责，就是有点循规蹈矩。

楚楚佩服地鼓掌，吐槽道："陈董果然擅长集团管理。"这见人下菜碟的本事着实让人瞠目结舌。

陈祥涛听到小楚董崇拜的语气，心中颇为自得，只觉得“丞相”之位近在咫尺。

虽然文旅小分队今日取得不错的成绩，但回去看到破落的小屋，仍不由得悲从中来。最可恨的是节目组，工作人员表示陈祥涛等人是楚楚邀请来的客人，不该跟着节目组蹭饭，应该由楚楚招待。

陈祥涛：你听听，这是人话吗？零工资就算了，连口饭都没有！

张嘉年确实擅长烹饪，但让他张罗所有人的饭菜，显然也忙不过来。陈祥涛有幸留在院中用餐，而其他人只能可怜地前往纪川镇餐馆，或者到旁边的老乡家中混口饭吃，当然是公费报销。

饭后，陈祥涛忧伤地怀念着大城市中的风景，看到在院子里玩得开心的小楚董和张嘉年，更感到一丝黯然神伤。现在专业团队一到，楚楚和张嘉年瞬间没有心理压力，悠闲地踢着毽子，极好地融入了乡村生活。

两人皆笑意盎然，等踢完毽子后，又聚在一起研究木雕。楚楚对村里老爷爷的木雕很感兴趣，两人连续观察几天，张嘉年竟学会了雕刻手法。他们索性找老爷爷买了套工具，回家自己琢磨起来。

张嘉年学东西很快，修长有力的手指握着刻刀，雕得有模有样。楚楚则坐在旁边眼巴巴地盯着，将小木雕按顺序排在一起，组成浩浩荡荡的队伍。

陈祥涛打眼一瞧，张嘉年竟然雕出了一群大鹅，小楚董则摆出大鹅军。

陈祥涛：这真是具有本村特色的木雕艺术。

夕阳下，陈祥涛孤独地守望着欢乐嬉闹的两人，其悲壮沉痛的背影快让工作人员们潸然泪下。

陈祥涛：快乐是你们的，而我什么也没有。

节目录制的新素材送出，剪辑师们终于看到了张嘉年的正脸，激动得差点热泪盈眶。然而，他们高兴没多久，突然发现了新问题，节目特色怎么变成了扶贫攻坚致富经？

楚楚和张嘉年不但寻访小镇领导，准备修路建设，还下乡慰问村中邻里？陈祥涛等人莫名其妙地赶到，为什么还有外国人，大家都在吃糠咽菜？

剪辑师头疼地整理着节目的故事线，感觉毫无头绪，究竟该如何让《老板的假期》跟央视农业频道有差异化？！

《老板的假期》迎来更新，张嘉年的正脸在摄像们的不懈努力下，终于被成功曝光，热搜“VIR正脸”一举冲上前三。剪辑师竟然用高清特写镜头，拼接出一段浪漫唯美的画面，在大众前揭开VIR的真面目。

画面中，张嘉年安静地坐在三蹦子上，眼神柔和地听楚楚说话，偶尔露出浅浅的笑意。他全程话都不多，额角的碎发被微风吹起，视线却从未离开过她。

小路上，凶狠的大鹅扑棱棱地扇动着翅膀。他一手牵着她，一手握着长竹竿，不紧不慢地赶走大鹅军。两人在血色夕阳下结伴往家走，她似乎在兴奋地说着什么，惹得他侧耳倾听。

院子内，他正专注地雕刻着木雕，手指干净漂亮，她则目不转睛地盯着，像是两个活在自己世界中的小朋友。远处的高山重峦叠嶂，头顶的天空绚丽多彩，最令人印象深刻的却是他们有说有笑的背影。

图和："永恒虚像VIR原来是帅到镜头发虚！"

红灯："大家来品品这个特写！最关键的是他美而不自知！"

BON："楚总，打扰一下，您有兴趣收小吗？我愿意做您二房，跟大房天天打照面那种！"

蓝星："我可以！这句话我已经讲腻了，两位谁收了我都行！"

凉茶："本年度我嗑过的最高颜值及财力组合。"

土豆饼："剪辑师为保留网综属性，阻止此片成为扶贫特别节目，只能靠出卖'太子妃'的美色。慢镜头都使出来了，实在煞费苦心！"

当部分粉丝陷入狂欢时，理智的粉丝却窥破剪辑师的阴谋，直白地揭穿真相。剪辑师为维护节目调性，将张嘉年的所有特写镜头和双人互动一股脑地堆上，努力冲淡奇怪的乡村慰问感，诱骗万千网友前仆后继地往下跳。

那感觉就是大家本来想看浪漫爱情连续剧，点开却发现是《新闻联播》。

军瑟："本节目又名《乡村爱情》，主要分为两大板块，乡村扶贫建设和虐狗爱情。"

CSC："看看这饭后打闹的桥段，陈董才是《老板的假期》真正的城市主人公，实际上楚楚和张嘉年是农村父母。"

轻轻："远看电灯泡，近看陈祥涛。"

胡瞎子："齐盛陈祥涛，亮得快反光。"

十字星："这不是齐盛文旅董事陈祥涛？小黑脸原来是做滨海城旅游开发的，海外友人是海外建筑师协会资深会员，曾获国际设计大赛……虽然大家看着灰头土脸、撒泼打滚要回家，但战力确实是王者没错！"

无二："他们曾经是群王者，直到被楚总拐卖了。"

英卡英卡："楚楚和张嘉年欢乐地踢毽子，隔壁小队大山苦加班，果然《老板的假期》就是《员工的地狱》。"

节目播出后，网友们兴高采烈地在各大平台狂欢打趣，掀起全民的娱乐风暴，但很快某些风格不同的平台却发布最新消息，加入这场讨论。

太阳网：“‘文旅建设焕发动力，助力纪川扶贫攻坚’，楚楚自小家境富裕，然而她从来没有忘记父亲早年靠努力离开农村。如今怀着对乡村的特殊感情，她要带领团体来到纪川镇，用旅游承载文化，誓要将青山绿水打造成金山银山……”

广央频道：“扶贫攻坚特别节目《老板的假期》将于周六晚上八点登陆广央一频道，本片通过楚楚的青春奋斗史，彰显决胜扶贫攻坚战的信心与意志。”

《老板的假期》即将上线广央一频道，简直炸得网友们满脸疑惑，然而他们细细一想特色，竟然感觉合情合理。大家突然涌现无限的好奇心，楚总等人到底要把纪川镇建设成什么样，怎么还能被主流媒体报道？

节目录制和播出有延后性，但主流媒体的新闻显然是极有时效的，看上去一行人真的在纪川镇大展拳脚？

柠萌树下你和我：“我突然想去纪川镇看看，顺便跟大鹅军合影。”

小苗：“我也想！姐们儿你要真去请帮我代购VIR牌大鹅木雕手办！”

各大主流媒体报道纪川镇的原因很简单，齐盛文旅小队的存在惊动了省级领导，其投标方案毫无意外地中标。毕竟众人看到齐盛文旅的logo便陷入震惊，同时心生一丝茫然，不明白对方来贫困村的意义。

众领导：这哪里是建旅游村，这就是来扶贫啊。

齐盛文旅可是打造过不少精品文旅项目，真没必要跑到穷乡僻壤来开发，人家的版图早都拓展到海外了。

领导们思考一番，终于得出结论，在这离奇情景的背后，实际是新老企业家对国家的大义与情怀！大小楚虽然事业有成，但从来没有忘本，通过各自的方式回馈着社会！

大楚董的齐盛文旅打造纪川镇生态旅游村项目，小楚董的辰星影视则响应国家号召，助力扶贫攻坚宣传。这简直是可歌可泣的事迹，必须要大力弘扬！

纪川镇内，楚楚正在玩现实版的小镇建设游戏，望着桌上的规划图，提议道：“既然有自然人文景观，是不是还能建设一个影视城？这里取景很漂亮。”

齐盛文旅要建设集商圈、写字楼、影城、五星酒店等为一体的巨型城市综合体，在保留纪川镇本身的自然美景、人文风情的前提下，对整个周边地区进行创新式设计。

楚楚对纪川美景念念不忘，觉得在这儿实景拍摄影视剧应该会很棒。其他人围着桌子，开始七嘴八舌地讨论起来，商议建设影视城合不合适。

旁边，张嘉年看着突然亮起的手机屏幕一愣，没有惊动其他人，先到角落里接通电话。片刻后，他面露难色地回到桌边，弯腰悄声对楚楚说了些什么。

因为周围人在高声议论，楚楚一时没听清，下意识地将脸凑近张嘉年，好奇道："你刚说什么？"

张嘉年无可奈何，只能提高音量："楚叔叔问你纪川扶贫是怎么回事。"

他又看向桌边的陈祥涛："还问陈董在哪里，为什么不接电话。"

张嘉年说完，全场瞬间安静下来，有人去瞟陈祥涛，但陈董好像还没反应过来。

陈祥涛失神片刻，突然瞬间醒悟，张嘉年口中的楚叔叔可不就是大楚董？！

他掏出手机一看，果然有无数来自楚董的未接来电，只是刚才开会将手机调成静音模式没接到，再加上今日秘书去处理镇里的事业，也没人提醒他。

遥远的大城市里，楚彦印满脸疑惑，完全不知道齐盛文旅何时要打造超大生态旅游村，自己怎么就变成了助力扶贫攻坚的企业家榜样。

如果想将纪川镇建设起来，齐盛文旅可是要砸下数十亿巨款，而后期收益如何却没有保障，谁会上赶着去穷乡僻壤旅游？！

楚彦印晕头转向，立刻想联系陈祥涛，这老小子关键时刻却不接电话，差点把老楚气炸。他犹记楚楚和张嘉年好像是去了纪川镇，马上给"亲儿子"张嘉年打电话，这回立刻就接通。

陈祥涛顿时浑身冒冷汗，赶忙望向楚楚："您没跟楚董说这事吗？"他本以为楚董早就知道此事，最近深陷大山讯息不便，居然忘记了汇报，还以为小楚董私下提过。

楚楚痛快地道："没啊。"

楚楚反问他："你没跟老楚说这事吗？"

陈祥涛："没啊。"

众人倒吸一口凉气，都感到一丝不妙。陈祥涛这才想起，楚楚跟文旅集团毫无关系，她是科技集团的人，然而他却已经听话地把单子批出去了！

说到底，楚楚没花一分钱，楚彦印及齐盛文旅才是冤大头。

齐盛文旅：完蛋，公费报销流程好像出现失误，领导大楚董不给批怎么办？难道要自己垫钱？

大楚董不知情的消息一出，众人都有些惶惶，陈祥涛更是几近晕厥。楚楚倒是挺坦然，安慰道："好啦，我们别聊这些不高兴的事，接着刚才的说。"

有人小心翼翼地道："这是可以不聊的事吗？"

楚楚："嗨，实在不行就把陈董派回去，让他解释一下。"

陈祥涛万分崩溃，他能给大楚董解释什么，这不是把他往枪口上推吗？

楚楚心平气和地道："反正现在项目启动，陈董还有很多集团的事务要处理，确实不宜久留。"

大家都是专家、执行者，陈祥涛是做行政管理工作，继续待下去用处也不大，还得让张嘉年多做一个人的饭菜，着实有点麻烦。

陈祥涛："……"

陈祥涛看着小楚董翻脸无情、过河拆桥的样子，强忍内心即将爆发的吐槽。究竟是谁原先扣着他不许走，现在事情一出就要送自己回去顶锅？

虽然陈祥涛满腹怨怼，但显然现在不是争辩的时候。他先离开屋子给楚彦印回电话，打算临死前抢救一下自己。其他人想了想，天塌地陷有领导顶着，而且还有小楚董，问题似乎也不大。

众人很快回到规划状态，楚楚完全沉浸在现实小镇的经营中，一连串提出许多要求。她说得差不多，回头看到认真倾听的张嘉年，突然道："你想建什么？"

张嘉年一愣，没想到自己还要发言，迟疑道："我不太擅长旅游规划……"

楚楚眨眨眼，大方道："不用你费心规划，就问你想建什么？"

其他人：这怎么听上去像昏庸无能、荒淫无度的君主在讨好爱妃？

节目组的工作人员却是看热闹不嫌事大，刚才听建筑设计规划昏昏欲睡，如今立马来了精神，各种镜头对上来。《老板的假期》现在唯一能跟广央频道的其他节目产生差异化的地方，就是楚总的包袱、段子和张总的盛世美颜。

楚楚原来被媒体曝光太多，网友们对她脸蛋的关注度早就转移到才华上。然而，张嘉年却不一样，以前可是无法被镜头捕捉的男人，物以稀为贵，还不得多看一眼是一眼？

张嘉年看着设计人员们惊惶的眼神，心知自己不能说出太离谱的要求，否则文旅集团的众人可以马上表演当场去世。他苦思冥想许久，最后试探地说道："其实这里跟荒野小镇有点像……"

荒野小镇是《赢战》游戏中低级地图，算是新人玩家的起点。张总助常年对居住环境毫无要求，都能陪张雅芳在老楼里一住十几年，自然想不到其他可建设施，最后只能硬挤出一个游戏场景名。

楚楚思考片刻，摸了摸下巴，拍板道："那就建一个创意主题游戏公园，纪川镇是荒野小镇，冬天的远山就是真理冰川，水库是那布崖湖……”

文旅小分队队员们满脸疑惑，明明张总只是随口说有点像，小楚董是如何延伸出创意主题游戏公园？而且纪川镇跟荒野小镇相像，他们还可以接受，但后面两者完全无关联吧？

设计师：“可水库跟那布崖湖不像呀……”

楚楚：“你在旁边插个牌子，给它取名那布崖湖不就可以了？谁能说它不是？”

设计师：很好，这逻辑没毛病。

文旅小队就《赢战》主题公园的事情商议一番，除了感觉瞎取名字欺骗别人略不可取外，认为这个点子可以操作实行。因为纪川镇确实跟荒野小镇有许多相似之处，再加上《赢战》IP握在小楚董的手里，相比其他设计可谓近水楼台先得月。

如果是其他地方想搞创意主题公园，光是把土地盘起来就要耗费大工夫，但地广人稀的纪川镇最便宜的就是地，加上当地政府的政策支持，基本上没费多少力气。

昼夜花：“突如其来的《赢战》主题公园，只因‘太子妃’早年的情怀？不知楚总有没有学过《阿房宫赋》？”

星哈：“果然传言不是空穴来风，VIR卧底上位为《赢战》，终于从游戏走到现实，开始大兴土木！”

灯泡侠陈祥涛：“天哪，如果建成我一定要去，节目刚播时就觉得纪川镇莫名眼熟！”

碎碎念：“我现在看这节目有种云建小镇的爽感，恨不得立马下乡扶贫，让乡亲们过上好生活！”

炸薯条：“已经买票打算去实地看我的纪川镇，而且当地食宿很便宜哦。”

随着节目的播出，纪川镇最近不断地拥入游客，镇上空寂已久的酒店竟然住满了。过去，纪川镇附近道路的使用频率并不高，当地人能忍就忍，但现在人流量增加，修路的事情便变得迫在眉睫。

《老板的假期》并没有特意遮掩地名，不少行动力强的观众居然真的跑过来，兴致勃勃地要旅游参观。虽然纪川镇的规划还没真正实施，仍然是穷乡僻壤、鸟不拉屎的状态，但糟糕差劲的条件完全无法阻碍慕名而来游客们。

游客们：环境恶劣代表原汁原味，四舍五入，我就是变形的小楚董！

当然，很多游客也不是简单地旅游参观，还会进行直播，属于专门过来蹭节目热度的人。

“老铁们，这里就是野生水库鱼的老巢，十元钱一斤啊！主播打算今天就在这里钓鱼，收成就当礼物送给幸运粉丝，这里网不太好很卡，大家刷的礼物可能没法及时感谢回复……”

最近，无数游客疯狂涌入纪川镇，楚楚和张嘉年的小院子便是重点围攻对象，好在节目组也不是吃素的，工作人员们的控场能力很强。

闲杂人等遭到驱逐，便只能漫山遍野游荡，老爷爷的木雕被一扫而空，镇上的餐馆在饭点时也人声鼎沸，跟过去寂静荒凉的状态完全不同。

陈祥涛作为靠表情包出道的新晋网红，终于没法忍受游客们的围追堵截，在遭游客包围和面对大楚董两者中，选择了后者。毕竟他现在随便走在路上，时常会蹦出路人当面调侃：“你知道我是谁吗？”

“你带不带我见领导？”

“……”

陈祥涛心中思量，起码大楚董不会天天扯着“我是谁”“上网搜”“见领导”的话题过不去，这日子简直没法过啦！

临走前，陈祥涛提着拉杆箱，试探地看向小楚董：“那我就真走啦？”

楚楚干脆地摆手：“走吧走吧！”

陈祥涛：突然感到一丝伤心？你以前不是这样的？！

陈祥涛：“您有什么话，需要我转达给楚董吗？”

楚楚：“如果有空请打笔生活费，他的儿女们快饿死了。”

陈祥涛：这怎么像当代某些大学生的口气？

陈祥涛的离开并没影响纪川镇的火热，楚楚和张嘉年很快就靠卖鱼和卖木雕赚够两万块。现在镇上的餐馆急需大量食材，周围的乡亲们努力卖货仍供不应求，甚至有老人开始呼唤在外的儿女回来帮忙，等忙过这段日子再做打算。

如今有时间来纪川镇的游客，要么是有钱有闲的好奇观众，要么是紧贴热点的主播媒体，总之都不是缺钱的人。

小领导望着人气高涨、焕发生机的纪川镇，本该感到高兴，但游客量增大的隐患便是镇中事务更多，突发情况层出不穷。

小领导找上楚楚和张嘉年，无奈地道：“我理解大家都想来看看，但现在确实忙不过来，而且以后真正开始施工，那得多危险啊……”

现在老夏骑三蹦子都会遭遇追车，可见某些游客有点逾越，已经打扰到本地居民的正常生活。如果纪川镇真开始动工，到处乱窜的游客没人引导，很可能遭遇意外。

张嘉年冷静地分析："因为现在纪川镇的旅游景点还不规范，所以大家也不知道该去哪里，才会到处乱转。"

纪川镇本身还没有规范的景点，游客们自然只能跑到节目中的同款场景，偶尔还会影响到节目拍摄。最近，很多人摸到两人的小屋边，搅得工作人员也提心吊胆。

楚楚思考一番，认为现在的游客还是有点闲，所以才会无处消耗精力，无头苍蝇般在镇上窜。她提议道："既然他们没地方去，我们给大家安排去处就好。"

张嘉年面露好奇，不知她有何主意。小领导同样不解："可镇上没去处啊。"

楚楚："当然有，就是要麻烦您配合发通告。"

隔天，纪川镇政府便发布了新通知，《老板的假期》官博也在网上同步发表文章宣传。

老板的假期："纪川镇诚招开荒NPC，现邀请热心志愿者加入荒野小镇计划，协助当地完成景区引导及后勤保障工作，要求热爱公益事业，具有奉献精神。志愿者服务结束后可获得独家大鹅木雕及志愿服务证明，表现优秀者可拥有《赢战》荒野小镇NPC的取名权，有机会真正成为小镇开荒NPC。"

楚楚的想法很简单，既然游客们对纪川镇感兴趣，却不知道该去哪里，倒不如让他们真正参与进来。现在镇上正是缺人的时候，专业人士当然要外聘，但许多杂务可以交给喜欢纪川镇的游客们，毕竟做局外的看客，远没有做真正的参与者有意思。

此消息发布当天，不少游客便在小领导处现场报名，应招成为志愿者。毕竟他们做游客，很多地方节目组不许去，做志愿者反而有自由度，还有可能在节目上露面。

因为志愿者招募的顺利进行，纪川镇上游客乱窜的现象好转很多。齐盛文旅的人们开始认真规划，大家各司其职，楚楚和张嘉年便空闲下来。虽然两人已经成功赚到两万元，按道理可以让节目组放他们离开，但有件事却绊住了楚楚的步伐。

院子的自留地内，一排整齐的草莓丛已经挂果，锯齿状的叶片下藏着小小的青色果实，它们正在日光的沐浴中慢慢变为淡粉，再逐渐染上鲜艳的红。

楚楚蹲在田边，目不转睛地检查草莓果实，将果子数了一遍后，又开始观察哪颗草莓即将彻底成熟。

张嘉年对她每天紧迫盯梢的行为感到好笑："一周后就熟了，你不用天天盯。”

楚楚和张嘉年在村中闲逛时，竟发现有老乡种植草莓，索性买下已挂果的草莓苗，想感受收获的乐趣。自从张嘉年将草莓苗移到地里，楚楚就恨不得变成守望草莓田的稻草人，日日都要核对果实的数量。

楚楚振振有词：“每天院子里那么多人经过，万一有谁摘走呢？”

旁边的工作人员不禁内心吐槽：你每天数得如此认真，真要有人敢摘草莓，你不得摘对方的项上人头？

随着两人在纪川镇居住的时间不断变长，节目组也渐渐摸透了楚楚和张嘉年的生活节奏。虽然总导演很想设置《变形计》中的强剧情事件，但无奈每次都是反效果，三下两下便被楚楚和张嘉年化解。

毕竟节目组要求他们赚两万元，最后人家不但造出生态旅游村，还直接将节目调性变为广央风，实在惹不起。

可以说《老板的假期》让许多网友见到了楚楚的另一面，她不像印象中那般锋芒毕露、妙语连珠，是带动全网流量的网络红人，相反她私下相当懒散，能坐绝不站，能躺绝不坐，属于晒太阳都不愿翻身的“咸鱼”。

除了刚开始有点不适，她对恶劣糟糕的生活条件也没有太多抱怨，很快就跟张嘉年一起在村里找乐子，像是自在闲人般在山上乱逛。两人在没有修路搞建设的时候，生活得都相当安逸，甚至感觉就是村中的土著居民。

张嘉年比楚楚适应得还好一点，已经成功点亮赶鹅、卖鱼、木工和草莓种植技能，甚至抽空找出陶罐腌上菜，开始自制酸豇豆、酸萝卜。节目中，张嘉年的烹饪料理的过程更是好评连连，被网友特意单独剪辑出来作为下饭特辑。

齐盛的其他人偶尔还对生活环境有小抱怨，楚楚和张嘉年却像是乐在其中，悠闲的日子竟还惹得网友们羡慕向往起来。

当田间的草莓变得鲜红欲滴，楚楚和张嘉年也终于迎来了离开的日子。楚楚毫不客气地将鲜草莓摘得一干二净，全部封进保鲜盒内，把它们一颗不留地打包带走。张嘉年整理了一下最近的大鹅木雕，将多余的部分转交给小领导，作为志愿者的奖品。

两人提着行李箱，徘徊在小院门口，一时都有点留恋。张嘉年看楚楚还在盯着草莓苗，安慰道：“明年你还能摘新的。”

楚楚和张嘉年跟节目组商议一番，打算保留小院的原样不动，直到他们下次再过来。钓鱼竿和木雕工具也会被好好保存，连同回忆一起封在小院里。老夏偶尔会过来帮忙照料院里的地，让两人的菜苗和草莓不至于枯死。

“嗯……”楚楚眨眨眼，又看了看院子中的景象，“其实这儿也挺好的，以后可以来养老。”

张嘉年看楚楚神情认真，眼中不由得盈满柔和的笑意，轻轻应道：“好。”反正只要两人待在一起，不管到哪里都行。

楚楚和张嘉年搭乘节目组的车离开，望着逐渐远离的纪川镇，都有一点怅然。齐盛文旅的工作人员有部分留下来继续规划，最近小镇周边的路也进行了简单的修缮，不再像来时那般泥泞颠簸。

楚楚上车没多久，突然反应过来，慌张地道：“忘记了一件重要的事情！”

张嘉年以为她遗落了贵重物品，不由得看过来。

楚楚担忧道：“居然没把泡菜坛带走，万一有谁拿走呢？！”

张嘉年：这吝啬的护食态度实在令人发指。

《老板的假期》正式收官，观众们也极为不舍，毕竟是限定节目，很可能不再有第二季。

楚楚和张嘉年刚结束节目录制，便接到来自大宅的老楚的召唤。陈祥涛因为率先归来，抵挡了大部分的枪林弹雨，但总还有些散弹要往楚楚的身上打。

楚彦印最近跟各级领导沟通探讨，最终通过了纪川镇建设的规划，同时集团得到政策上的支持。但他仍对楚楚莽撞的做事方式耿耿于怀。

两人刚进屋没多久，楚彦印就进行猛烈地攻击：“你真是翅膀变硬了！不打招呼就要建旅游村？！”

楚楚嘀咕道：“我是正常人，并没有翅膀。”既然没有翅膀，那也不会翅膀变硬。

楚彦印愤怒地道：“这不是重点！我要跟你严肃地谈谈！”

楚楚眨眨眼：“我给你带特产了。”

楚彦印的怒火瞬间被岔开，音量降低了不少，他迟疑道：“哦，带的什么？”

楚楚将小心保存的草莓取出，说道：“我种的草莓。”

张嘉年闻言，在心中默默纠正，应该是她盯的草莓，她并没有种。

楚彦印刚听到纪川镇的事时有点生气，但早就大骂了陈祥涛一通，又隔了那么长时间，其实心情已经平复得差不多。毕竟木已成舟，他作为成功的企业家，帮国家做点事也合情合理，该有些社会责任感。

现在楚楚又拿出特产主动示好，证明还记得老父亲，楚彦印的脸色便和缓不少，他别扭地道：“既然你还算有心，那我就勉强尝尝吧……”

“好。”楚楚已经洗干净手，慢慢打开装有草莓的保鲜盒，大方地挑出一颗饱满鲜红的果实，递给楚彦印，“给你。”

草莓早就洗过，楚彦印一口便能吃掉，紧接着就看到楚楚将盒子小心地扣上。

楚彦印无奈地道：“你关盒子干什么？我才吃了一颗。”

草莓葛朗台楚楚：“你不都尝过味道了？”

楚彦印：不孝女！

然而，这还不是最让楚彦印伤心的事，楚楚赠送的草莓数量显然代表她对别人的重视程度。张嘉年作为实际劳动者，拥有无限拿取草莓的权利，林明珠获得一颗草莓，但“可怜”居然拿到了两颗！

“可怜”开心地吃掉自己的份例，兴奋地叫了一声，跑到花园跟楚楚玩沙包。

楚彦印：我竟然还比不过一只狗？！

最后还是张嘉年看不下去，无奈地发动“无限草莓”技能，转赠楚彦印部分草莓，才算浇灭家庭战争的火星。

第十六章　总裁的年终总结

楚楚和张嘉年回来后，除了要处理积攒的事务，还要迎接年会的到来。这无疑是一年中最繁忙的时间，本身年底的事情就很多，楚楚又要参加齐盛和银达的两个大年会，以及光界、微夜等众多小年会。

齐盛年会的时间安排在银达之前，按常理总集团会先让各分集团进行汇报总结，然后就是高端大气的晚会环节，当然也少不了楚董每年固定的魔鬼献唱环节。

罗禾遂作为电商集团董事，深刻地感到自己今年仿佛陷入寒冬，在集团内变得孤立无援。不知何时开始，他被其他董事甩在身后，吕侠一马当先讨好小楚董，陈祥涛后来居上力挺纪川镇，大家都跟集团继任者建立起紧密的联系，只有他被落下了。

文旅房产、科技、电商集团原本是总集团的三大支柱，但他可能是政治觉悟不够强，莫名其妙地没被小楚董看上。

惨遭排挤的罗禾遂快要“自闭”了，不禁忧伤地想：他们什么时候才能发现如今是三缺一？

罗禾遂自我检讨一番，觉得不能甘于落后。他抱着虚心求教的态度，专门去询问吕侠和陈祥涛，想打听他们结交小楚董的秘诀，然而得到的回答却极为统一。

吕侠：“唉，不是你想的那样。”

陈祥涛：“唉，不是你想的那样。”

罗禾遂："……"

天地良心，罗禾遂可是私下分别询问两人，但他们的回答怎么会宛如对过答案般精准！如果这都不算排挤，那还能有什么称得上排挤？罗禾遂坚信，吕侠和陈祥涛是故意避而不谈，想要借机在集团内占据上风，保住自己的先发优势。

罗禾遂绝不能让他们的奸计得逞，打算主动出击。

另一边，科技集团的吕侠则有点苦恼，每年的年会上都要进行汇报总结，今年自然也不会例外。楚楚的股权激励计划初见成效，科技集团内像是焕发生机，涌现出一大批积极工作的人才，交上了不错的成绩单。

虽然股权激励的支出高得让吕侠肉疼，但看在效果拔群的分儿上，他现在还算能接受。吕侠在乎的是另一件事，小楚董初入科技集团，今年该由谁来汇报介绍？

科技集团办公室内，楚楚听完吕侠的话，立马坚定地一口回绝："我不汇报。"

吕侠闻言松了口气，按道理小楚董应该排在他之上，但其他董事都有汇报环节，单单只有自己落单，这种滋味也不好受。

吕侠刚开始以为是小楚董不爱出风头，没想到她下一句就直接道："成绩又不算好，汇报也没意思。"

吕侠："……"

如果换个人说这话，吕侠立马要吹胡子瞪眼，但对方是小董事长，他只能努力解释道："相比去年的数据，今年的增长率……"

吕侠：今年的增长率明明不错。

楚楚干脆道："这是我带过最差的一届互联网公司。"

吕侠："……"

吕侠想了想光界娱乐和微夜科技的现状，顿时有点说不出话，果然没有对比就没有伤害。《赢战》和微眼今年的强势崛起，让光界娱乐和微夜科技都得到了飞速发展。

微眼刚刚设立"纪川开荒"特别计划，发布大量纪川镇及志愿者的短视频，既响应国家号召，又安抚云开发用户，同时变相延续《老板的假期》热度，继续吸引游客拥入。《赢战》就更不用说，吕侠觉得一般人能投中一个好公司就不错，小楚董却一年碰到两个。

楚楚弹了弹报表，不满道："你看看盛华支付，其他业务好歹还在增长，它真是稳如不动山，带都带不动。"

盛华支付是由袁本初管理的，按道理科技集团完成账户互通，内部又受股权激励的刺激，应该会有所增长，但它竟然在如此猛药下都没反应。这就像给人抢救，心肺复苏都上完整套，却连口气都没喘出来，让楚楚很疑惑。

吕侠无奈地解释："电子支付本身就是南风先起步，我们进入市场较晚，现在再拓展不容易。"

南风集团在互联网及金融领域一直着力较多，占领了电子支付的大半市场。齐盛科技集团的盛华支付起步略晚，在市场占有率上自然偏低，近来更是被挤压得喘不过气，新用户难以增长。

由于前不久在拍节目，楚楚也是看到年底数据后，才发现班中的落后代表盛华支付，然而目前又不宜施展新政。她只能先搁置此事，打算年会结束后再跟袁本初谈谈。

楚楚：必须好好激励转化"后进生"！

齐盛年会如期而至，会议场所是在齐盛大厦内，位于CBD（中央商务区）的大楼高入云霄，看上去气势恢宏。楚楚原来总是躲避跟老楚谈话，这是第一次来到齐盛大厦。她望着大楼，不由得啧啧感叹："银达什么时候能有大楼？"

她目前还有点暴发户心态，虽然经济基础搞上去了，但配套设施还没弄起来。银达如今是租用写字楼，并不能像齐盛一样拥有自命名的大厦。

张嘉年哭笑不得："可公司没有那么多员工，并不需要太大的地方。"

银达系公司的数量还不多，人数规模跟齐盛的一个分集团差不离，银达只是单个公司的战斗力很强而已，体量并不庞大。

楚楚振振有词，向往地规划："虽然人很少，但需要的区域很多，可以让辰星、光界、微夜都搬过来，笑影愿意的话也可以，还要有专门一层的餐厅、健身房、会议室、影院、游戏厅、图书馆、小剧场、午休场所……然后我自己怎么也要有一层楼，你想要也可以来一层！"

张嘉年："谢谢，我不需要。"

楚楚："那你跟我挤一层凑合吧，这倒也可以。"

张嘉年："……"

张嘉年内心吐槽，听听她的规划，这像是能正经上班的地方吗？这根本就是建立奇怪的巨型城市综合体，搞起"城中城"来。他严重怀疑，这是楚楚从纪川镇回来后留下的后遗症，没事就想搞城建，疯狂地想做城主。

齐盛年会分为日场和夜场，白天主要是述职汇报，晚上是颁奖晚会。楚楚和张嘉年结伴进来，不由得好奇地发问：“往年都有什么环节？有意思吗？”

“一般是总集团发言，分集团汇报，然后是颁奖及表彰晚会……”张嘉年耐心地给她解答，不知想起什么，又露出一言难尽的神色，为难道，“可能你会觉得没意思，因为人有点多。”

张嘉年以前在齐盛任职，很了解齐盛年会的特点，推测楚楚大概率不会喜欢。楚楚闻言，本以为张嘉年是指他们要寒暄的人很多，就像订婚宴一样，万万没想到是发言的人有点多。

楚彦印先作为总集团代表发言，紧接着是各大分集团董事及代表，例如文娱集团姚兴、文旅房产集团陈祥涛、科技集团吕侠、商务集团罗禾遂等。

楚楚听着汇报，突然感到不对，疑惑道：“为什么文娱和商务都自称是三大支柱之一？如果加上房产和科技，这不是四大吗？”

张嘉年抿抿唇，只得小声道：“嗯……因为姚总跟其他董事关系一般，加上文娱起步得较晚，所以‘旧三大’没有文娱，只是近年来文娱的收入位于分集团榜首，才有‘新三大’的称呼。”

姚兴是典型的“亲皇派”，过去很受“旧三大”排挤，但最近罗禾遂不断式微，大家也开始见风使舵。

楚楚心道：别看这些老家伙脸老，但还怀抱着幼儿园级宫斗的童心呢。这跟小孩们自创的“斧头帮七杰”“巴啦啦小魔仙队”有什么区别？一言不合还要开除帮籍！

楚楚听了一段会议，很快便抓住汇报句式，基本上就是“齐盛××集团收入××亿元，完成年初计划的105%，同比增长××%”，每个分集团都完成年初计划的100%以上，恨不得都歌舞升平、蒸蒸日上。

领导发言磕磕巴巴、爱拉长调，完全没法让人集中精神。没过多久，楚楚便昏昏欲睡、半梦半醒。她努力挺直背，不想靠着张嘉年睡着，但收效甚微。

楚楚的坐姿其实非常标准，她只是不小心将眼睛闭上而已，按道理别的高管也不会乱瞟发现她走神，但谁让楚彦印时不时就用视线扫射她呢？

老楚发现孽女公然走神睡觉，内心怒不可遏，宛如上课点名的严厉老师，突然道：“接下来，不如有请金融科技集团董事长楚楚，聊聊对集团未来的展望。”

楚楚本来还如小鸡啄米般打瞌睡，在听到自己的名字时瞬间惊醒。张嘉年同样面露错愕，要知道他可没给楚楚打过底稿，各大董事发言都有秘书提前准备，现在是要她临场发挥？

其他董事也有点惊讶，会议环节里可没这项。他们不知小楚董走神之事，只以为大楚董对女儿非常重视，给她一个表现的机会，不由得觉得小楚董在集团的分量比想象的重。然而，真相却是老楚故意刁难，想要惩罚开小差的不孝女。

楚楚被骤然点名，哪能不懂老楚的警告，只能硬着头皮无稿上场，在台上干咳两声，镇定地道："咯，刚才诸位董事的发言都很精彩，我现在就另一方面简单聊聊……"

楚楚低头看了眼面前的白纸，让旁人误以为她有稿，不由得等她娓娓道来。

楚彦印心知楚楚没准备，面无表情地盯着她：编，接着编，我看你能编多少句出来！

楚楚打起精神，高谈阔论道："我发言的题目是《形式主义害死人，实事求是戒歪风》，齐盛集团不但要争效益、谋发展，更要重视在工作作风上存在的问题，实事求是……"

楚彦印："……"

"部分领导干部在发言时堆材料、造数据，各个集团都号称完成年初计划的100%，却避而不谈实际项目，这有意义吗？当然，董事们的形式主义也是被上级所逼，才会导致对汇报应付了事、避重就轻，这也不能责怪大家。"楚楚微不可察地摇摇头，语重心长地道。

上级代表楚彦印：你到底想说什么？

众人顿时觉得耳目一新，同时心中犯疑，难道这是以后要精简汇报的意思？

楚楚认真道："部分同志还存在用形式主义做派反对形式主义的问题，致使歪风邪气愈演愈烈，其典型代表就是在发言前声称'我简单地说三点'……"

她低头看了看表，淡淡地感慨："结果直接说到下午三点，如果这句话的意思是指从早九说到现在，也勉强算实事求是吧。"

"简单说三点"的代表楚彦印："……"

众人刚开始还有点疑惑，但越听越有理、越想越顺畅，仔细琢磨后觉得没问题！

小楚董见解独到、一针见血，对集团内的不正之风加以针砭，甚至勇于拿大楚董举例，这是何等公正无私、大义凛然的态度！大楚董特意让她发言，看来是对常规慢节奏、凑数据的汇报极为不满，正好借机点醒众人！

董事们瞬间如醍醐灌顶，后面的人立马着手删减无用的数据及发言，用行动支持领导的想法。

台上，楚楚还在侃侃而谈，做最后的总结陈词，掷地有声地道："所以单纯比拼经济效益，这是没有意义的。齐盛集团作为金牌企业，打击不良的工作作风，用实事求是的态度看待企业发展，肩负发展责任，才能成为业内真正的常青树！"

全场响起热烈的掌声，有人不禁附和："说得好！"

楚彦印的内心毫无波动，他麻木而面无表情地鼓掌，感到彻底的心累。

楚彦印：行吧，你们开心就好。

因为楚楚的发言，会议后半截的进度瞬间加快，竟然比预计结束时间提早很多。

齐盛年会按惯例要出会议记录，而且要发新闻稿。虽然楚楚的发言环节是突然增加的，但也被记录在案，整理后登上网站。她的发言措辞甚至不用修改，看上去正得要命，非常符合主流价值观。

年会结束后，楚楚找时间跟袁本初聊了聊，认为盛华支付不能再颓废下去。袁本初还是像往常一样油滑，满脸为难，解释道："楚董，这是没办法的事，一般使用电子支付的用户都是在网上消费，但电商并不归科技集团管。"

这算是袁本初的万能理由，只要业绩上不来，他就甩锅各分集团合作不易，很难达到成效。他的心理很好解读，有困难要上，没有困难创造困难也要上，总之一定得让工作不好做！

然而，楚楚的思维很是简单粗暴，她迟疑道："你的意思是，我安排你转到商务集团？"

在楚楚看来，袁本初的理由类似于"我适合学文却待在理科班"，她的第一反应自然是给他转班。

袁本初吓了一跳，连忙道："那倒也不用。"他明明是敷衍两句，怎么事态突然严重了？

楚楚显然还没打消念头，摸了摸下巴，若有所思："其实这也可行，商务集团是罗董在管？"她觉得后进生没法进步，转班也是不错的结果，总不会拖大队伍后腿。

袁本初看她神情认真，一时有点慌张，正常思路不该是让他跟商务集团合作吗？她为什么要兴起把他转到其他集团的念头？！

袁本初："等等，您再考虑一下？"

楚楚痛快地应道："好，正好也跟吕董商量一下。"

没过多久，吕侠便进屋，听完楚楚的提议，只觉得天降馅饼，内心简直乐开了花，面上却强装惋惜道："唉，本初在科技集团待了挺久，但为了大集体的利益，还是要委屈你啦，到时候我跟老罗说一声……"

吕侠可是不爽袁本初很久了，自从小楚董空降科技集团，袁本初对吕氏家族便没有过去的敬意。盛华支付的成绩确实也一般，属于食之无味、弃之可惜。

袁本初：我信了你的邪，你个糟老头子坏得很！

袁本初万万没想到，自己不但在科技集团孤立无援，还差点要被吕侠捅一刀。他原本是懒洋洋地虚与委蛇，此时瞬间打起精神，抓住最后的救命稻草，义正词严地道："楚董，您稍微给我点时间，我觉得盛华的成绩还能更好！"

开玩笑，商务集团的业绩现在连年滑坡，袁本初才不愿意过去。

楚楚踌躇道："可你刚才说，这是没办法的事……"

袁本初语气坚决："就算没办法，创造办法也要上！"

天地良心，吕侠以前可从没见过如此有干劲的袁本初，连袁本初往常的眯缝眼都瞪得犹如铜铃，好像生怕遭到转卖。

楚楚看袁本初如此有士气，这才勉为其难地答应下来。吕侠颇为失望，袁本初却长舒一口气，悬起的心放下一半。

袁本初：幸好自己叫袁本初，不然刚才差点混成三姓家奴吕布！

楚楚其实还没彻底打消安排袁本初转班的念头，但最近有更为重要的事情，一时便没顾上这茬儿。

齐盛年会结束后，银达同样迎来了自己的年会。银达的年会地点直接选在体育馆，看上去不像搞年会，倒像在做演唱会。每个公司的年会都有节目表演，银达自然也不例外，表演嘉宾更是堪比演唱会阵容，不但有ASE男团及辰星练习生，还有楚总和张嘉年这对组合。

"楚总、张总助，这是大家策划提议的节目，您的《流仙》翻唱版大受好评。这次年会我们将重新编曲，诠释新的感觉。"外包公司的年会总导演一边苍蝇搓手，一边心虚地解释道。虽然大家都觉得该节目极具看点，但拿不准两人会不会愿意。

楚楚面无表情地戳穿真相："崭新的死亡般的感觉？"居然还美其名曰《流仙》翻唱版，真以为她不知道外界称之为《死亡流仙》？

总导演拍手赞道："您如此想得开，那真是太好了！"

楚楚淡淡地道："是，我想得开，所以我不唱。"

总导演赶忙道："别啊，不然您问问张总的意见？"

张嘉年礼貌地道：“我没有意见……”

总导演欣喜地看向楚楚：“您看看！我说吧！”

张嘉年客气地说完后半句，委婉地道：“所以听她的吧。”

总导演：“……”

楚楚得意地瞟了总导演一眼，还伸手跟张嘉年愉快击掌，看上去别提多嘚瑟。张嘉年对她幼稚的行径哭笑不得，只能伸手配合。

总导演深吸一口气，察觉事情的关键还是在楚总的身上，只要能把她说动，上节目就没困难。他脑筋一转，循循善诱道：“楚总，隔壁楚董都有勇气在齐盛年会上献唱，您好歹比楚董唱得好，为什么不愿试试呢？”

张嘉年：你这个导演是怎么回事，下半辈子不打算承接齐盛年会？

楚楚瞬间被击碎心防，若有所思道：“你说得好像有道理……”

总导演见楚楚松口，忙不迭地道：“是吧是吧！”

张嘉年听不下去导演的忽悠：“我觉得……”

总导演闻言，生怕张嘉年开口拒绝，立马岔开话题：“那张总助就由您说服！我再去核对下节目单！”

张嘉年眼见着对方一溜烟地离开：“……”

总导演离开前还顺手将门带上，屋内瞬间只剩下两人，楚楚认真地道：“好吧，那就由我来说服你。”

张嘉年温和地道：“只要你想唱就行，不用说服我。”

楚楚极为不满：“不行，我还没有睡，你不能答应得那么快。”

说（shuō）服？睡（shuì）服？

张嘉年刚开始还没反应过来，等明白楚楚在说什么后，不由得既好气又好笑，要捏她的脸，咬牙道：“你就改不了‘开假车’的爱好，是不是？”

张嘉年最近发现了她的新毛病，她就是喜欢突如其来地“开车”，令人防不胜防。

楚楚早就猜到他的突然袭击，灵活地躲过妄图捏自己的手，扬眉道：“什么开假车？你可不要凭空污人清白，我的车库里停的都是限量版豪车！”

张嘉年：“……”

张嘉年想起她在小区门口造成的剐蹭事件，感觉车应该是真的，不过车技怕是假的。

看他不说话，楚楚耍赖地挂在他的身上，宛如八哥附体的树袋熊，碎碎念道：“我要睡服你、睡服你……”

张嘉年：“……”

张嘉年冷静地道：“好，那就晚上吧，行吗？”

楚楚错愕地望着他，露出见鬼的表情。这还是她克制保守的张总助吗？

张嘉年看她瞪大了眼睛，心中暗自好笑，面上却仍故意吓她，镇定地反问：“不行吗？”

楚楚：“行。”

她身为霸道总裁，怎么能说不行呢？霸道总裁的标配可都是“一夜七次，夜还很长”，绝不能说不行！

晚上的燕晗居内，楚楚坐在床上，神情严肃地开始浏览网页，打算临考前突击一把，却碍于国家近来的扫黄力度，竟然没找到学习资料。

楚楚：这世界的扫黄未免太狠，真是脖子底下一点不剩！

楚楚作为语言的巨人、行动的矮子，即将裸考上阵，不由得有点心虚。她在心中自我开解，既然自己自带霸道总裁光环，或许能无师自通？反正霸道总裁文都是不讲逻辑的，她说不定能开挂呢？

张嘉年本来是想逗逗她，没料到她一整个晚上都精神游离。他干脆率先让步，主动打消她的胡思乱想，笑道：“不早了，休息吧。”

“哦。”楚楚闻言，误以为他在催促，直接掀开身边的被子拍了拍，发出无声的邀请。

张嘉年无奈地道：“我去隔壁就好。”

楚楚：“不行，我是有诚信的人，要是出尔反尔，传出去还怎么做人？”

张嘉年：槽点太多，一时竟不知该说哪一个。

楚楚看他还在门口踌躇，瞬间打消满腹的紧张，色从胆边生，上前安抚道：“你不要害怕，我会很温柔的。”

张嘉年望着她浑不吝的样子，不怒反笑：“我害怕？”

楚楚拉着他往屋里领，应道：“对，你别紧张。”

张嘉年望向拽着自己的明显很紧张的小手，戳穿道：“你的手在抖。”

楚楚毫无准备上考场，气势却不虚，硬着头皮道：“我先热身一下，踝关节运动不行吗？”

张嘉年：好好好，你最行。

张嘉年穿的是睡衣，估计是刚洗完澡，发丝间还带着些湿气，有淡淡的香味。楚楚手忙脚乱地将他推进被窝里，随即便陷入沉默，面对秀色可餐的张总助，一时不知如何下手，尤其是对方神情平和，看上去宽容得任她蹂躏。

张嘉年看楚楚紧绷着脸不动，强忍笑意，主动给熊孩子递台阶：“改天吧，我做下心理建设……”

张嘉年算是看出来，她就是一个只会动嘴的小㞞包，理论知识一套又一套，上手实操一塌糊涂。他看破不说破，给她留了几分薄面，实际上却快笑出声。

楚楚坚决道：“不行，我说到做到！”

张嘉年善意地规劝小纸老虎：“其实你不用勉强自己……”

楚楚：“不，我可以！”

她上前亲了亲他的脸，又吻了吻他的唇，像只闹人的小猫，若即若离地磨蹭。

他乖乖地任她摆布，既觉得她有点可爱，又觉得有点好笑。

楚楚做完这一切，昂首挺胸地叉腰，质问道：“你服不服？”

张嘉年以拳掩饰笑意，安抚道：“服服服……”

“好，那睡觉吧。”楚楚闻言，立刻缩进被窝里蜷成团，进入装死状态。反正张嘉年都求饶了，那就算她胜利，这绝对不是阿Q精神！

张嘉年终于忍不住笑出声，在接收到楚楚恼羞成怒的视线后，这才有所收敛，随手将卧室的灯关掉，放虚张声势的“假车小司机”一条生路。

银达年会在体育馆举办的消息一出，立刻有无数网友私信银达投资的官方微博，询问能否卖票，让大家共同感受下现场氛围。

银达官博将群众的呼声反映给年会导演组，导演组也开始犯难，还没见过谁家年会让网友们上赶着入场。这难道是什么键盘员工、云员工，如此积极地响应公司活动？

导演组不敢瞎做决定，将此事跟楚楚汇报完，得到反馈后才告知官博。

银达投资：“感谢大家的热情支持，但考虑到公司年会的性质，暂不开放售票通道。我们会抽取十名银达系产品的忠实粉丝，免费赠予年会入场券（楚董都无法拥有的稀有道具）。其他小伙伴仍可通过微眼观看直播，实时刷新弹幕。”

微眼短视频：“银达年会直播页面已正式上线，大家可在线参与最佳年会节目票选。”

齐盛集团：“小老弟，你怎么回事？”

齐盛集团：“我看你就是在为难我胖虎。”

小夫：“我发现你自从被怼后，便变得很不端庄，表情包越来越怪，扛起品如的衣柜@齐盛集团。”

华绕：“喜闻乐见的巅峰‘爸爸’之争再次上演！这连续剧我能看八百年！”

银达投资：“怎么，我胖虎说的有毛病吗？”

齐盛集团：“你的意思就是要和我胖虎对着干咯！”

银达投资：“我胖虎今天就是要叛逆一次。”

小卷毛：“你们两家内部是都只用胖虎的表情包？莫非楚氏家庭群里也这样？@迷惑行为大赏。”

银达年会在体育馆举行，导演组为满足场外网友们的愿望，甚至在舞台一侧搭建了电子弹幕屏，可实时显示微眼上的直播弹幕并配合现场抽奖。这不仅仅是一场公司年会，更是彰显银达实力的展销会，将银达系产品淋漓尽致地展现在场馆内。

舞台主色调是高级银，随着灯光的切换不断变换颜色。音乐响起，ASE男团在烟雾中现身，送上热烈有力的劲舞。

后台内，楚楚正在化妆间最后突击练习《流仙》，也不知道自己唱得如何，干脆扭头问旁边的夏笑笑：“你觉得怎么样？”

夏笑笑是辰星影视的年度优秀员工代表，等会儿要上台发言，正在努力对稿。她听到楚总的询问，笑道：“我觉得挺好的。”

旁边的化妆师闻言，表情颇为复杂，为什么自己听楚总唱歌差点把化妆刷掰断？

楚楚见夏笑笑答得如此痛快，不由得面露狐疑：“你是不是在敷衍我？”

夏笑笑惊慌失措，连忙摆手否认：“当然没有……”

楚楚果断道：“那我跟南彦东谁唱得好？”

夏笑笑：“……”

夏笑笑的脑袋里突然冒出一句“魔镜，魔镜，谁是世界上唱歌最好的人”，代入楚总现在的语气完全不违和。

楚楚如果换个人询问对比，夏笑笑肯定能秒答楚总，但众所周知，南彦东是互联网公司老板里最会玩音乐的，是音乐家里最懂互联网的。善良的夏笑笑左右为难，虽然她是楚总的脑残粉，但对偶像说谎显然也不真诚，更别提她刚被楚总怀疑敷衍。

夏笑笑望着楚总期待的眼神，最后艰难地道：“嗯……南总的技巧比较好，但您唱得有灵气！”

楚楚满意地称赞：“果然你的音乐造诣进步不少！”

化妆师：这回答才是真有灵气，这得有多强的求生欲，才能说出这种话……

化妆师们听不下去，给楚总化完妆，便默默地退出房间，将空间留给两人。

化妆间其实是楚楚专用，只是她私下想跟夏笑笑聊点事，才把对方叫进来。夏笑笑本以为楚总是有工作要谈，不料她突然问道："你最近在看房？"

夏笑笑颇为惊讶，脸红道："您怎么知道……"

夏笑笑确实在看房，一来是她的年终奖格外丰厚，稍有存款；二来是她想接父母过来，跟亲人团聚。夏笑笑作为早期言情小说的女主角，身世背景很常规，属于家贫志坚的"傻白甜"小花，父母在老家的生活条件也不好。

当然，一线城市的房价不是开玩笑的，夏笑笑如今买"老破小"都有点困难，开始琢磨要不要买公寓。因为摸不清未来房价是否还会暴涨，夏笑笑不太敢多耽误时间，想抓紧时机。

楚楚："公司里都是我的眼线，当然会有人打小报告。"

夏笑笑：总觉得老板莫名地骄傲，是我的错觉吗？

楚楚其实得知夏笑笑在看房时，内心也有点意外，不免好奇道："你的首付预算多少？有能力供房吗？"

夏笑笑老实地报出数字，同时细声解释道："我的存款和家里的积蓄差不多是这些，但可能买住宅不太行，所以在看公寓。"

楚楚感慨道："那你也很厉害，能存这么多钱。"

楚楚虽然参与制定辰星的薪酬体系与激励机制，但很少真正关注每个人的总收入。夏笑笑能有如此丰厚的年终奖，证明一年里的努力并不少，而且非常有天分。毕竟她刚进公司时还是泼领导咖啡的莽撞新人，如今已经成为独当一面的小领导。

即使是在现实世界，职场新人能有如此高的成长度也实属罕见，夏笑笑倒是没有堕女主角的名号。虽然她没按剧情谈上恋爱，但钱没有少赚。

夏笑笑听到楚总的夸赞，有些不好意思地挠挠头，脸红得犹如苹果。

楚楚低头摆弄一会儿手机，这才抬头看向羞赧的小姑娘，开口道："不要买公寓，好好挑住宅吧，升值空间也大。"

夏笑笑刚想答应，突然收到短信提示，看到账户里惊人的数字吓了一跳，赶忙道："楚总，这是……"

楚楚淡然道："嘘寒问暖不如打笔巨款，接济一下未来的房奴。"

夏笑笑紧张地道："这、这怎么行，这钱我不能收，您对我的帮助已经很多……"

楚楚大方道："那你就当借我的吧，等有能力时再还，反正不着急。"

楚楚看夏笑笑眼圈红红的，像只兔子般盯着自己，调侃道："怎么了？你不会要哭吧？你该庆幸自己没买别墅，不然我转笔钱给你，还得去打报告……"

楚楚自从上交黑卡后，便对金钱毫无概念，家庭财政统一由张嘉年管理。她本身就不是太有物质需求的人，知道账号密码也不动卡里的钱，相比其他老板来说，花销并不大。

听到楚总的打趣，心知再推托倒显生分，夏笑笑垂下眼帘，瓮声瓮气地道："谢谢您……"

夏笑笑没想到楚总会注意到自己的私事，毕竟对方每天忙得团团转，看上去难有关注鸡毛蒜皮之事的时间。她其实兴起过找人借钱的念头，但骨子里的羞涩又让她难以开口，毕竟这不是笔小数目。

楚总虽然平时看上去玩世不恭，但偶尔却又有细心体贴、洞察世事的一面，只是惯于用浑不吝的态度来隐藏。她像是生怕旁人有压力，就算是做出助人之举，也是随意懒散的调调。

夏笑笑思及此，内心既柔软又感动，不禁热泪盈眶。

资本家楚楚见她如此认真道谢，官方地应道："嗯，不客气，明年努力卖命还钱就行。"

夏笑笑："好、好的！"

歌曲《流仙》的表演被安排在压轴位置，两人在后台候场。张嘉年见楚楚绷着脸，好笑道："你很紧张？"

楚楚面无表情地道："马上就要成为鬼畜区网红，当然很紧张。"尽管夏笑笑刚才一直夸自己，但以楚楚对无聊网友们的了解，自己肯定不会被放过。

张嘉年努力安慰："或许你不会超越楚叔叔？"

"楚总、张总助，请往这边走。"后台导演走过来，指引道。

楚楚望着广阔的舞台，深吸一口气，牵着张嘉年的手上台。绚丽的灯光下，观众席犹如漆黑的夜幕，世界上仿佛只余他们两人。舒缓的前奏响起，竟意外地打消了楚楚的僵硬。她握紧对方温暖的手，转身回头看他。

张嘉年看她扭头，眼中漾起柔和的笑意，率先开口唱道："花错花期，流水流溢……"

台下传来观众佩服的掌声和惊呼，似乎被张总助的演唱水平所震撼。舞台边的弹幕屏为配合歌曲的舞美，亮度稍微变暗，但仍掩盖不住网友们的疯狂刷屏。

“出道吧，‘太子妃’，唱得太好听了！”

“他们俩今天的造型美到晕厥，本颜粉表演当场倒地！”

“楚总像是个毫无感情的冷面杀手，最后被VIR的牵手所感化，真是感人肺腑！”

“她绝对是杀手，听她唱歌我寒毛直立。”

“楚总的脸上仿佛写着‘百忙之中敷衍你们一下’。”

楚楚生无可恋地唱着，一度使用高超的技巧，让音准飘忽不定。张嘉年在旁轻声给她和音，努力将调子一点点拽回，全程包容温和地看着她，像是完全忽视了周围的环境。

一曲结束，台下响起热烈的掌声，弹幕们也纷纷刷出。

“存活确认！”

“存活确认+1，唱歌要命系列！”

楚楚和张嘉年的歌唱节目结束，还有一个发言致辞的环节。主持人先盛赞刚才的演出，然后官方地介绍一下直播弹幕屏及抽奖功能，随即笑道：“楚总、张总，现在屏幕上都是网友们的评论，您可以挑选其中印象最深的一条，作为本轮中奖的幸运者。”

张嘉年看向楚楚，让她率先选择。楚楚扫了一眼密密麻麻的弹幕，说道：“那我选这条‘太子妃好美’。”

张嘉年：“……”

楚楚摸了摸下巴，逻辑缜密地纠正：“但大家以后还是不该叫‘太子妃’，毕竟现在是法治社会。”

网友们：“嗯？”这是突如其来的法制教育？复辟警告？

主持人同样有点蒙，好奇道：“这应该是网友们玩笑的昵称，那您觉得该如何称呼呢？”

楚楚试探道：“总经理夫人？”

张嘉年：“……”

“这称呼很法制，为什么不叫霸道总裁的娇妻？”

“感受下新晋总经理夫人的微妙表情，估计VIR现在在想‘要不要在外人前给丈夫面子’！”

“楚总：感觉有人马上要揪住我命运的后脖颈。”

张嘉年最后还是忍住了，没有当众捏熊孩子的脸，对她进行深刻的思想教育，决定秋后算账。

主持人笑道：“那下面有请张总选一条中奖弹幕。”

张嘉年看着密密麻麻的弹幕，最后选择一条“还能怎么办，当然是选择原谅她”，作为无声的回应。他挑选时相当认真专注，仿佛是在看股市图而非弹幕，画面有种莫名的冷幽默。

银达年会的各个节目结束后，便是最令人期待的抽奖环节。特等奖的奖品简单粗暴，就是八十八万现金，最后被绝世锦鲤夏笑笑抽中，似乎老天都在助她买房。剩下的一二三等奖虽然不是直接给钱，但同样价值高昂，一时惹得弹幕屏全是酸气，直让网友们羡慕得眼红。

因为银达员工数量本来就不多，加上本年度业绩超群，年会奖品自然准备得丰厚。其他大集团虽然在营收上高于银达，但员工数量却是银达的数倍，人均收入反而不高。

“我不酸，等明年光界上市，我就可以跟着楚总赚钱。”

“那我现在抛掉齐盛等光界？”

“可以双买，两股都押，总能投中！”

银达年会圆满落幕，紧接着就是过年放假。楚楚和张嘉年约上张雅芳，一同前往楚家大宅，众人在春节前提前吃了顿年夜饭。饭后，张雅芳便飞往老家，跟亲戚们过节，只留下楚楚和张嘉年还待在大宅。

楚楚望着风风火火、来去自由的张雅芳，真情实感地羡慕了：“我也好想跟雅芳姨一样，自由自在地到处飞……”

张嘉年看着楚楚，好笑道：“但你收入可比她高，你不是最喜欢赚钱？”

楚楚义正词严地纠正：“不，我最喜欢的是不劳而获，不工作还能赚钱。”

张嘉年听着熟悉的“咸鱼”论调，竟丝毫不感意外。

楚楚赖皮道：“等过完年，你出门赚钱，我在家躺着。”

张嘉年痛快地应道：“可以，那你做总经理夫人，把称呼调换过来。”

楚楚闻言，不由得猛地起身，坚决道：“我想了想，怎么能让你在外风吹日晒、辛苦工作，还是由我养家糊口吧！”

张嘉年既好气又好笑：“你还挺在乎称呼？”她以前可是时不时想做“咸鱼”，现在为了一个称号突然燃起斗志？

楚楚仰起下巴，振振有词：“当然，这事关家庭地位，总不能让你嫁给我吃苦。”

张嘉年：“……”

张嘉年瞧见她得意的小模样，一时没有忍住，上前想捏她的脸。熊孩子还真是越说越起劲，他在年会上顾及她的面子，没有当场教育她，她回家居然还频频挑衅。

楚楚见他过来，立刻机敏地往被子里缩，却被手疾眼快的张嘉年握住了脚腕。张嘉年拉着她往外拽，又不敢过于用力，反倒被熊孩子蒙了被子，两人陷入混乱的缠斗。

楚楚仗着张嘉年不敢使劲，在争斗中取得阶段性胜利，扬扬得意地骑在他的身上，挑衅道："还能每回都被你捏到？"

张嘉年的手腕被她制住，不由得眼神幽幽，他哑声道："你下去。"

楚楚当即拒绝："不要。"

张嘉年在刚才激烈的肢体接触中有点难受，又见她冥顽不灵，索性抿了抿唇，淡淡地道："那你往后坐。"

楚楚微微一愣，等反应过来他在说什么时，不由得陷入久久的沉默。她的目光有点不自然的飘忽，她总觉得身下的张嘉年的体温有些灼人，他还用似有若无的视线撩拨着自己，实在过于犯规。

楚楚果断蒙住他的眼睛："不许用这种眼神盯我。"

张嘉年："……"

下一秒，楚楚便被张嘉年掀翻进被窝，紧接着体验到猫被人强撸强吸的感受，差点被他揉进骨血里。她听到对方有力的心脏跳动声，难得地老实下来，一动也不敢动。

张嘉年抱紧她，感受到"小司机"僵硬的状态，心中难免好笑，闷声安慰道："抱抱你就好。"

楚楚："哦……"

楚楚弱弱地发问："你总这样会生病吗？"

张嘉年咬牙道："你要现在关心我是否身体健康？"他每次如此在乎她的感受，熊孩子还要自己作死？

楚楚忙道："不关心，不关心。"她就是好奇张嘉年会不会转职成为魔法师。据说一个人保持处男之身到三十岁，便可以拥有魔法。

张嘉年："……"

第十七章　总裁的歼敌之计

楚家大宅，大年初一刚过，便不断有人上门拜访，跟楚董活络关系。楚楚和张嘉年因为也在大宅里，难免便会碰上外人，言不由衷地寒暄几句。过年期间，能够登楚家门拜年的人关系都不一般，例如老楚的好朋友南董。

南风集团作为齐盛集团的老铁之一，拥有多年的合作关系，虽然差点被楚楚一扳手击碎，但好在如今有惊无险。南董今日也不是独自过来，而是拖家带口，让楚楚见识到南家的人丁兴旺。

南董看到楚楚，露出熟悉的笑容，还给她递了个红包："新年好啊！"

楚楚一边控制不住地伸出罪恶的小手，一边老练地推托："哎呀，叔叔太客气，我都成年好久……"

楚彦印看到孽女言行不一地收红包，一时颇想吐槽。

南董笑道："你们都是小辈，过年图个喜气嘛！"

楚楚一捏红包，感觉非常丰厚，感慨南董就是大方，同时用暗示的目光扫过老楚。

楚彦印看到楚楚的眼色，瞬间猜中她的心思，没好气地拿出红包："拿去，这是给你的！"

楚楚喜气洋洋地接过，感到心满意足。南董同样给张嘉年封了红包，和善地道："我可就等着你们的喜酒啦，订婚宴不请我，正式酒席可不行！"

张嘉年礼貌地道谢，听完南董的话，颇有点不好意思。当时的订婚宴只邀请了齐盛内部的人，并没有大肆声张，南董等人自然没机会到场，只是听说了此消息。

楚彦印心情不错，一口应道："那肯定请您，说不定到时候都能喝上彦东的喜酒。"

南董闻言却摇摇头，嘀咕道："难说，他现在埋头于音乐，我可管不了他。这不今天又往外跑，也不知跑到哪里去了。"

楚楚心道，不知南彦东现在是埋头于音乐，还是埋头于用音乐泡小姑娘。南彦东可以说是霸道总裁小说里的合格男主角，每天不用管公司业务，尽靠钢琴特长勾搭小姑娘，据说还在辰星门口蹲点过夏笑笑。

可惜夏笑笑现在事业心极强，又快背上房贷，更是满腔热血要开疆扩土、报效楚总，似乎完全将恋爱抛之脑后，走上银达总裁办姐姐们的女强人老路。等光界上市后，银达会着手推动辰星的上市，公司处于关键时期，夏笑笑更不会放松。

南家来的人颇多，但楚楚熟识的只有南董。楚彦印和南董早就去一旁喝茶单聊，剩下的人跟楚楚的地位又不相当，实在聊不到一起去。她很快便感到无趣，拽着张嘉年往楼上跑，留下林明珠跟夫人孩子们寒暄。

如果楚楚只是楚家千金，那大家还敢上前搭话，但她现在成为齐盛继任掌舵人，又一手打造银达，身价自然大不一样。她现在可以跟楚彦印、南董等人直接对话，当然不好再参与太太们的交流。

客厅内，黄奈菲暗中注意着两人的行踪，一时没抓住合适的机会，不由得暗自咬牙。她一直在暗中积蓄力量，想要达成自己的目标，但还差一点外力的帮助。今天南彦东不在，南家却来拜访楚家，实在是千载难逢的机会。

没过多久，张嘉年从楼上下来，黄奈菲见机行事，立刻尾随他进入庭院。

张嘉年在院子里没走两步，便感觉到背后的动静，转身看清来人，客套而疏离地问道："请问有事吗？"

张嘉年的记忆力不错，对黄奈菲还有点印象。她似乎曾跟着南彦东来过大宅，然后暗戳戳地怂恿过一波赌博UNO，其间还紧盯他，生怕他帮楚楚出老千。

黄奈菲露出笑容，自我介绍道："我叫黄奈菲，跟您上回有一面之缘，不知道张总助还记不记得？"

张嘉年不言，黄奈菲见状也不气馁，笑道："张总助是有能力的人，不觉得现在有些屈才吗？明明您对齐盛和银达更为了解，外人却从不将视线放在您身上，还要诬蔑您高攀楚家，说些不好听的话……"

张嘉年坦然道："我确实高攀了，但外面似乎没有不好听的话。"

黄奈菲被对方的大实话噎住，竟无言以对：这是不以为耻、反以为荣？

黄奈菲本来是想私下串通张嘉年，他如今是齐盛和银达的重要人物，加上她在南风集团积攒的力量，很容易便可优先获取全渠道消息。时机成熟后，从内部瓦解三家公司，黄奈菲便能浑水摸鱼，一举超越现有的超大集团，建立自己的事业。

她会挑中张嘉年的原因很简单，因为她太了解这类人的心理，家世不高却颇有手腕，身处重位却难以再进一步。即使楚彦印转让给他少许股权，但说到底张嘉年还是被楚家操控的傀儡，完全没有主动权。

他是男性，又有能力，自然会有强烈的自尊心，早晚会生出不满的怨怼。黄奈菲看中了这一点，才会想跟对方建立联盟，但现在看起来他似乎没什么自尊心？

黄奈菲不肯放弃，温声挑拨道："您难道就甘心屈居她之下，一辈子被人称作吃软饭的吗？"

张嘉年面对她的激将法，风轻云淡地道："有时候所谓的屈居并不代表软弱，不过像你这样的人可能不懂。"

他的包容与退让并不缘于家世或地位，只是因为对方是她而已。

张嘉年平静地道："再说我们现在都屈居她之下。"

黄奈菲误以为他是说两人地位都不及楚楚，当即道："人活在世总要争取一把，张总现在放弃未免太早，您掌握着齐盛和银达的核心资料，而我对南风了如指掌，只要……"

张嘉年理智地打断道："我说的屈居不是这个意思。"

黄奈菲面露疑惑，刚欲继续怂恿张嘉年，突然听到头顶传来懒洋洋的女声："Hello（你好）？"

黄奈菲抬起头来，便看到小阳台上的楚楚淡定地朝她招手，当即吓得魂飞魄散、浑身冷汗！

黄奈菲：她怎么在二楼站着，怪不得他刚才说他们都屈居她之下！

张嘉年和黄奈菲站在庭院里，都需要抬头才能看到小阳台上的楚楚，可不是屈居她之下？

楚楚抱着"可怜"，不好意思地解释："对不起，我们就是想下去捡个沙包，真没想到你会说如此重要的事。"

黄奈菲："……"

楚楚都觉得有点尴尬，她真没听墙角破坏别人阴谋的爱好，只是好奇怎么张嘉年捡沙包半天没上楼而已，谁料到黄奈菲就在楼下搞策反？

两人一狗在二楼玩沙包，不小心将其抛出窗外，张嘉年这才下楼去找。沙包正落在小阳台底下，而黄奈菲偏偏好死不死地在此谋事，二楼的楚楚就算想不听，都没法阻止声音往耳朵里飘。

气氛一度陷入凝滞，黄奈菲面对这种状况快要当场晕厥，口不择言道：“楚总，这是个误会……”

虽然黄奈菲都认为这借口烂到爆，但此时只能死马当作活马医，最后抢救自己一把。

楚楚好脾气地点点头，理解道：“嗯，我明白的。”

“可怜”：“汪汪呜……”

黄奈菲：“其实我也一直钦佩您的成就……”

楚楚：“谢谢，谢谢。”

“可怜”：“汪汪呜呜呜……”

黄奈菲：“您大人有大量……”

“可怜”：“汪汪汪……”

楚楚忍无可忍地低头捏住“可怜”的嘴，教育道：“你老学别人说话做什么？你能不能安静点？”

黄奈菲：“……”

“可怜”从刚才起就嘟嘟囔囔不停，在楚楚的怀里像个小孩般汪呜乱叫，不知在学舌谁，还挺不服气地扭了扭身子，发出呜呜的哼声，似乎还有话要说。

张嘉年见状，索性将沙包丢上小阳台，“可怜”立刻从楚楚的怀里跳下，心满意足地叼走玩具沙包，再也不哼哼唧唧。

“可怜”：天大地大，沙包最大。

楚楚和张嘉年成功制止“可怜”的抢话行为，她看向黄奈菲，鼓励道：“抱歉，你接着说。”

黄奈菲三番五次被“可怜”打断，一时竟连说辞都被搅乱。她半天没想起来剩下的话，最后干巴巴地道：“没什么了……”

楚楚：“好的。”

黄奈菲妄图离间搞垮三家，虽然听上去轰轰烈烈、其心可诛，但其大计竟毁于小阳台之下，实在令人叹惋。楚楚都不好处理她，说对方没坏心，显然不正确，说对方恶到极点，又有点太夸张。

楚楚和张嘉年都对她没什么印象，毕竟她的地位都没法匹敌南彦东，更不要提南董。楚楚想了想，只能选择古往今来最简单经典的处理方法——找老师、家长告小状。

黄奈菲是想搞南风、齐盛和银达三家，又是南董带来的人，楚楚当然将皮球踢给南董处理。书房里，她和张嘉年轻描淡写地跟南董说了说此事，立即见对方脸色一变。

南董没想到黄奈菲胆大包天，还想私下策反，颇为自责、愧疚，忙不迭地道歉："唉，真没想到好好的过年，居然会发生这种事，这让我以后还怎么有脸来拜年？"

南董是想新年期间联络下关系，他带来的人却想破坏齐盛和银达，这绝对有他识人不清的过错。他算是好脾气的长辈，平日对小辈也不苛刻，真没料到会有人滋生如此疯狂而阴暗的念头。如果是公平竞争，南董肯定不会阻止，但黄奈菲显然是想靠歪门邪道上位，实在有失风骨。

楚楚安慰道："您也没法什么都知道，不必太自责。"她清楚此事跟南董并无关系，南董毕竟是老江湖，肯定不会使出这种幼稚园级别的手段，还现场露馅儿。

南董叹气道："你放心，我回去后会好好处理，肯定给你们一个交代……楚董，这回实在惭愧，是我管教无方。"

楚彦印听完来龙去脉却云里雾里，在脑海中疯狂搜索人名，疑惑感油然而生：黄奈菲是谁？她为什么要搞大家？她跟南家有什么关系？

楚彦印作为从不参加太太聚会的老年人，黄奈菲对他来说就是查无此人。老楚见南董颇为难受愧疚，只能稀里糊涂地应道："没事没事，查清楚就好。"

毕竟齐盛和银达还未受损，说到底是南风的家里事，楚楚和楚彦印也不好过问太多。

南董面对大小楚及张嘉年，一再进行道歉，下楼看到惴惴不安的黄奈菲时，却摆不出好脸。南董跟自己的夫人打了个招呼，便率先领着一家人告辞，打算重整家风。黄奈菲算是南家的远房亲戚，南董自问对她并无亏待，谁想到是现代版《农夫与蛇》？

楚彦印和林明珠去送南家一行人，楚楚不免调侃道："张总助真是备受青睐，想挖你的人都能排到海外。"

张嘉年用手指戳她的脸："你居然还站在阳台看戏？"如果不是他中途提醒，楚楚怕不是要暗中听完全场。

楚楚惋惜道："明明我想搞黄齐盛的意愿更强，为什么都没人联系我？"

张嘉年：“……”楚董听了想打人。

南董回去后，很快就对黄奈菲进行彻查并处理，不但收回她在集团内的一切特权，还严正声明要断绝来往。虽然黄奈菲在楚家大宅做出乌龙策反事件，但她的出局还真给南风集团带来不小的影响，一批人竟自愿跟她离开。

南董越查越心惊，发现黄奈菲不知何时积蓄起人力和财富，竟还跟一股外资扯上联系。如果不是这回发现得早，假以时日黄奈菲很可能真会从内部瓦解南风，产生可怕的影响。

众所周知，齐盛、南风等超大型集团的部分业务是绝不能被外资控股的，尤其是牵扯到国计民生的领域。楚彦印和南董都是谨慎的人，就算是精明的商人，在大是大非面前仍会保留底线。他们能够长期合作，也是缘于相似的观点与理念。

南风擅长的领域是移动电子支付，如今已渐渐渗入大众生活，如果真被外资控制，是件细思恐极的事情。黄奈菲带走的人大部分跟电子支付相关，脱离南风后非但没有一落千丈，反而凭借外资建立自己的公司，名为华里宝汇。

齐盛科技集团内，袁本初最近的心情喜忧参半，自从他面临转班危机后，便下定决心要好好拓展一下盛华支付的业务。盛华支付的竞争者是南风支付，对方起步早、用户量更大，并不是容易挑战的对手。

最近，南风内部却突然分裂，从南风支付中脱胎的华里支付横空出世，势头相当强劲。南风支付由于内讧受挫，这本来是有利于盛华支付的消息，但新对手华里支付的加入让局势更加复杂，袁本初也很头疼。

盛华支付搞出送红包、限时折扣、用户邀请等活动，华里支付也一样不落地推出，顿时冲淡了盛华的影响力，让袁本初的计划打了水漂。华里支付刚刚入局，必然会不断烧钱吸收用户，盛华正撞上对方，显然是吃力不讨好。

袁本初愁得掉头发，这真是时运不济，难道真要主动找小楚董转班？

虽然局势不太明朗，但该汇报的还是要汇报，袁本初简单总结了三家支付各自的特点与成绩，汇报给楚楚。

袁本初为难道：“目前来看，南风支付由于人事调动还在休整期，但华里支付引流活动的力度很大，我们短期内没法跟对方拉开距离……”

楚楚没想到新年策反的小插曲，竟然直接逼出一家崭新的竞争者，不免有点讶异：“华里支付的出资人是谁？”

黄奈菲能从南风集团全身而退，显然单凭自己的力量不够，有人看中她的身份，在背后默默地提供支持。他们想靠黄奈菲撬走南风的核心团队，甚至产生过挖角齐盛和银达的念头。

袁本初："华里宝汇的主要出资人是欧国某公司，相关资料并不太多。"

楚楚陷入沉思，总觉得这已经不是简单的同类产品竞争，背后透着几分微妙的意味。

袁本初见小楚董不言，不由得有点发虚，求教道："您觉得接下来该怎么做？"

楚楚反问道："你觉得南风和华里为什么会分家？"

袁本初："嗯，应该是团队的正常周期吧，很多互联网公司都是大厂团队跳槽单干……"

楚楚："那你觉得盛华支付是什么样的公司？"

袁本初："盛华属于第三方支付平台，为用户提供高效、快捷、安全的服务……"

楚楚面露嫌弃："你也太弱了。"

袁本初："嗯？"

楚楚点破道："华里都能得到外资支持，难道南风没有这个能力？移动支付业务就像是在走钢丝，现在看上去做得热火朝天，但只要上面有心，繁荣的局面很快就能覆灭。"

南董是有求生欲的人，不肯让外资进入的原因很简单，一旦事态失控，说不定整个行业都被强势控制。现在黄奈菲冒失入局，看上去风头正盛，但枪打出头鸟，难保她不会拖所有移动支付平台下水。

袁本初艰难地试探："您说的上面是指……"

楚楚平静地道："盛华支付未来只能是国家企业，不可能属于任何人。"

袁本初似有所悟，他不是傻瓜，顿时明白了小楚董的暗示："那盛华接下来要……"

楚楚："我们要去'抱最厉害的爸爸的大腿'，然后帮他排忧解难。"

袁本初："……"

虽然道理我都懂，但听上去好像哪里怪怪的？

他们既然敲定了盛华支付的发展路线，原本拓展新用户的小活动也暂时搁置下来。毕竟靠小恩小惠争夺市场并非长久之计，楚楚想让盛华支付流入新用户，单靠旧市场可不够。

尽管袁本初是盛华支付CEO，但让他出面去抱大腿，显然不够分量。最后，楚楚和吕书在安排下跟上级机构详谈，沟通移动支付未来的发展道路。因为齐盛集团最近的名声不错，开发纪川镇的事情为其增光添彩不少，加上楚楚的条件并不苛刻，双方沟通得相当顺利。

对方面对齐盛的自发要求，同样感到惊讶，颇为感慨："您还是头一个如此主动的。"

他们经常跟各类第三方支付平台打交道，大家还抱着法不责众的心态，难有上赶着被管理的觉悟。毕竟南风支付作为领头羊，是保守派，跟他们维持着相安无事的距离。

其他平台是收到要求后，尽量配合上面的意见，还真没见过如此积极地请求被管理的，搞得领导面对楚楚都有点不知所措。

楚楚笑道："天下无事不可为，但商人有所为也有所不为，我们只是提前弄明白不可为的事而已。"

对方赞叹道："像您和齐盛金融这般有责任感的人和企业，实在不多见。"

吕书听双方商业互吹，看小楚董佯装支持国家工作的乖宝宝，心情颇为复杂。这明明是件为国为民的好事，为什么他总觉得哪里怪怪的？

吕书：小楚董向来无利不起早，如此又红又专着实离奇。

他总觉得小楚董自愿大出血，实在不像她的作风。国家某直投子公司将会投资盛华支付，以低价认购部分股份，实际上楚楚的权力是被分割，但她似乎甘之如饴？

楚楚跟领导装乖寒暄许久，又大放血让出股权，最后的目的非常明确——需要最强"爸爸"的支持。南风和华里都不好对付，盛华单靠普通手段很难打开市占率，只能走些取巧的道路。短时间的利益缺失总比长时间打不开市场好，楚楚想要吃肉，总要让出肉汤来。

没过多久，盛华支付便暗戳戳地完成一轮融资，同时宣布已获得港区支付牌照，并将跟多个欧洲国家进行合作，为港区和赴外旅游的中国消费者提供服务。

此消息一出，财经版新闻简直炸开了锅，盛华支付绝对是目前首个踏出国门的第三方支付平台，这称得上是颇具战略意义的一步。

狮虎吼："太牛了，居然弯道超车，别以为我没发现你们的股东有变动！"

橄榄秋子："楚总这是要逼死同行，齐盛和南风果然是'塑料'兄弟情。"

蓝柠檬：“那我马上出国旅游岂不是可以用盛华？”

印章路：“楚总考虑下《赢战》外服支持盛华支付好吗？现在靠第三方买皮肤贼贵！”

黑白：“帮大家划重点，未来盛华支付还会陆续跟更多国家达成合作，也就是说凡祖国‘爸爸’想合作之处，没有不行的。”

因为盛华支付还未上市，所以并无股价的变化，但它却推动齐盛的股价小涨一波，似乎盛华抱上大腿的行为增强了投资者们的信心。盛华支付又赶上向外发展的春风，如果全力攻占海外市场，很快就能赶超南风。毕竟南风支付的胳膊再强，肯定拧不过最强“爸爸”的大腿。

楚彦印其实觉得有点对不起南董，毕竟对方内部刚刚分裂，他们现在有点趁人病要人命的感觉。不过老楚仔细一想，南风支付作为领头者早就能跟上面合作，只是迟迟不肯行动，便又打消几分愧疚。谁都是付出才有回报，南风不愿让利，得不到支持也正常。

另一边，南风支付还没发话，华里支付的黄奈菲却公开宣称向行业潜规则宣战，要用更优质的服务打破行业垄断。她表明，移动支付长期被大型集团垄断，用各类手段压制其他平台的成长。此话被认为是暗中指责南风和盛华，尤其是盛华刚刚得到相关支持，更有种要压得其他平台抬不起头的感觉。

一时之间，盛华和华里由于黄奈菲的言论产生公开对决的感觉。因为盛华支付的大动作，不少记者闻风而至，其中有专业记者，也不乏挑拨离间之辈。楚楚跟袁本初等人共同出席记者会，现场回答各类提问。

记者看向楚楚，当场询问：“盛华支付的动作是否预示着未来移动支付行业将进入垄断？无法得到监管部门认可的平台会被不断挤压，直至丧失竞争力？”

楚楚心平气和地道：“盛华支付无意垄断，并愿意看到良性竞争，毕竟适当的竞争才能激励双方更好地为用户服务。至于后一个问题，部分平台若无法得到监管部门认可，退出市场才是正常行为，跟盛华恐怕没什么关系。”

剩下的记者紧咬不放，立马再次出招：“众所周知，盛华支付前不久进行股东变动，盛华未来是否会走上国有企业的道路？”

“盛华支付将会成为国家企业，而非国有企业，股东变动是为帮助盛华更好地接受部门的监管。”

“盛华支付的股东变动是否会影响到齐盛和南风的合作关系？”

“我相信南董是胸怀宽广、富有责任感的杰出企业家，如果南风支付也愿进行股东变动，这是皆大欢喜的事情。”楚楚神色镇定，满脸真诚地注视着提问的记者。

她继续道：“我认为所有对盛华感到不公的第三方平台，都可以主动提出股东变动，全行业在同样的监管和政策下行动，更能让大众放心。”

楚楚早猜到盛华支付会被其他人酸，毕竟大家都硬挺着不拍马屁，当然会对第一个抱大腿的人嗤之以鼻。楚楚可不在乎外界的风言风语，任凭外人羡慕得眼红，有本事你也上交股权啊？

记者：你自己抱大腿不够，还忽悠大家一起抱？

记者出言挑拨：“您最近有听闻华里支付CEO黄奈菲女士的言论吗？”

楚楚淡淡地道：“没有，但我大概能猜到对方的想法，无非是觉得盛华碍眼。”

记者惊奇于楚总的直白，好奇道：“那您对此有什么看法？”

楚楚颇为语重心长地引用段子，调侃道：“有的人创业就创业，但千万别事情没做成，就怪行业大环境不好。怎么你到哪儿，哪儿大环境就不好，你是破坏大环境的人啊？”

台下有记者听到如此贴切的形容，一时竟没忍住笑出声，瞬间打破了刚才严肃正经的风格。

楚楚认真道：“如果引用饭圈术语，先撩者那什么，我希望华里支付可以专注自家、少蹭热度，用实力来证明自己，而不是无事就营销。话儿叭叭地说，事儿一件不做。”

不是楚楚看不起黄奈菲，但她有本事就该多出对策赶超盛华，每天光找记者唠嗑算怎么回事？这是商界营销号式拉踩？

有人闻言瞬间忍俊不禁，现场记者简直对楚总甘拜下风。楚楚的脸上恨不得写着“我就是要搞你，有本事你咬我啊”，完全清新脱俗不造作。

楚楚接受记者采访的视频，自然也被放到了网上。她对华里支付和黄奈菲的评价宛如近期移动支付之争中的泥石流，瞬间冲垮前几日各大公司老板的严肃态度。

黄奈菲看到楚楚的采访视频，简直快要气炸了，还从未见识如此牙尖嘴利之人。楚楚前半段的采访都一本正经，对南风支付也友善而客观，提到华里支付却像吃火药般立刻开炮，谁会相信她没听过黄奈菲的言论？

黄奈菲深吸一口气，终于平复心情，她现在拥有外资支持，跟在南风集团里无依无靠的状态大不一样。既然楚楚指责她光说不做，那她就对盛华支付进行施压，先击垮对方的优势！

隔天，华里支付便宣称将在欧与多国合作，方便旅客在外消费。因为华里宝汇拥有外资背景，在海外拓展业务比盛华更具优势，可服务的国家更多，一时风头无两。

盛华本身是靠布局海外引流新用户，现在华里加入战局，情况便让人有点看不清，投资者们开始观望。

楚楚还没来得及有所反应，刚刚入伙的最强“爸爸”却坐不住了。他们支持盛华支付走出国门，就有名不见经传的新公司冒出来抢生意，这不是啪啪打脸？盛华支付的海外布局是相关部门沟通磋商的结果，华里支付又是从哪里冒出来的？！

最强“爸爸”：如果班里的学生都跟着瞎搞，这班还能带吗？！

他们本来希望更多的第三方平台看到盛华的优势，眼红政策的扶持，然后都逐步接受自己的监管督促。事情还没见成效，他们怎么可能上来就让华里支付撅面子？他们原本对华里还没什么认识和印象，现在立刻展开调查，地毯式搜索华里的一切资料！

黄奈菲是聪明反被聪明误，不明白树大招风的道理，过于引人注意出风头，大都难有好下场。没过多久，华里支付就被监管部门吊销支付牌照，理由是外资控股比重过高，违反相关部门的要求。

话题“楚楚搞垮华里支付”一夜之间冲上热搜榜，无数网友感慨楚总的“邪恶”势力，跟她作对的人都没有好下场，她实在是太过残暴！

华里支付前不久还公开叫嚣，如今瞬间一败涂地！

“残暴的商界魔头”楚楚看到新闻，不由得满脸茫然。

天地良心，她和袁本初还没想出应对华里海外竞争的办法，对手怎么就突然完了？

楚楚看完网友对自己的夸张评价，他们恨不得形容她只手遮天、操控时局，更感到一丝委屈。

楚楚：我没有，我不是，别瞎说。

她绝对没有对华里支付下手，明明是对方不遵守监管部门明文要求，网友怎么能甩锅给她？！

华里支付面世时风风火火，坍塌得也干脆利落。楚楚看完新闻，感慨许久，便听到张嘉年的提醒：“我们该出发了。”

“好的，直接去光界娱乐吗？”楚楚随手取过自己的外套，跟着张嘉年出门。他们前不久跟梁禅相约去公司看看，便是要考察一项新业务。

张嘉年看她手忙脚乱地穿上外套，伸手将她掖在领口里的衣领轻轻拽好，这才答道："对，梁禅今天通知选手们到公司，但以后的培训基地还要再安排地方。"

光界娱乐即将在港交所上市，已经进入最后的阶段。梁禅和张嘉年私下也在沟通一项新业务，就是电竞战队的建立。随着《赢战》在海外影响力的扩大，端游版游戏又重新上线，不少电竞战队如雨后春笋般冒出，光界起步都算晚的。

《赢战》手游版将游戏的国民度打开，而端游版则让大家看到电竞行业的潜力。当然，光界娱乐既下场踢球，又出面当裁判，显然不太合适。银达系的电竞战队肯定会自立门户，不会直接挂在光界下面，但首期选手的甄选却是暂用光界娱乐的场地。

楚楚知道张嘉年等人在招募选手的事情，但关注得并不多。原因很简单，她连手游版都玩得极废，更不要提功能更复杂的端游版，完全是门外汉看热闹。

张嘉年负责开车，楚楚坐在副驾驶座上虚心地求教："但我不太懂游戏，过去说什么呢？"

她是第一次跟首期选手正式见面，前面的招人环节完全没出面，就连选拔出来的人的名字都不知道。

张嘉年想起楚楚在齐盛年会上的自由发挥，打趣道："如何加强电竞战队的建设？"

楚楚立刻放松："你要是聊这个，我可就不困了。"

楚楚和张嘉年抵达光界娱乐时，战队的首期选手正在进行训练。梁禅为电竞战队暂时开辟出一片新区域，透过玻璃墙便能看到专业的设备和电竞椅。选手们正全神贯注地盯着炫目的屏幕，目不转睛地进行练习。他们的年纪都不算太大，个别成员还是未成年，脸上带着稚嫩和青涩。

楚楚见张嘉年站在屋外，正隔着玻璃认真地看着实时投放战局的大屏幕，突然想到些什么。张嘉年像是察觉了她的视线，误以为楚楚对选手们的配合练习不太感兴趣，扭头温声道："是不是等得有点无聊？他们打完这局，我们就进去。"

楚楚摇了摇头，突然道："你以前是不是想打电竞？"

她可看过从秦东手里拿到的VIR视频，张嘉年那时的打法相当生猛，操作快到令对手自闭，甚至他的游戏名至今都被许多网友铭记，远比本名的国民度更高。

张嘉年微微一愣，随即苦笑道：“那都是上学时候的胡思乱想。”

楚楚好奇道：“后来为什么不想？因为家里的情况？”

楚楚想了想，如果张嘉年当年得知张雅芳是个包租婆，不知他的人生规划会不会产生变动。

张嘉年平静地分析，坦白道：“确实有这方面的原因，但当时自己其实也感觉冒险。过去的职业电竞环境很差，《赢战》开始走下坡路，我不确定这条路能走多远，便没再继续下去。”

张嘉年属于典型的理性数据派，做任何事前都要分析前景未来、趋势走向，不像楚楚会经常做出“人有多大胆，地有多大产”的举动。他偶尔也会自问是否后悔，但实际上年少的狂想就犹如童年的一颗糖，少年时觉得弥足珍贵、万分美味，成年后再尝便只留下怀念的余味。

张嘉年望向楚楚，笑道：“凡事有失必有得，如果我去打电竞，可能我们都不会认识。”

如果张嘉年当初去做电竞选手，根本不会进入齐盛和银达，那后面两人的故事自然而然就不会发生了。

楚楚镇定地道：“没关系，我可以做战队的饮水机管理员，我们肯定会认识。”

张嘉年：那你很棒棒，凭借百亿身家看守饮水机？

选手们练习结束，梁禅便邀请楚楚和张嘉年进屋，依次介绍众人：“这是主打炸弹人的‘小茶’，这是游侠位置的‘盘龙’……”

大家都是第一次见到楚总，过去只跟张总和梁总打交道，头一回看到大老板，部分人难免拘谨。当然，有些人的状态则比往日还放松，例如游侠位的“盘龙”。众所周知，楚总的游戏水平一般，她不太能看出门道。

梁禅询问楚楚的意见：“您觉得刚才那局怎么样？”

楚楚和张嘉年是在屋外看完全程，梁禅索性问问两人的看法。

楚楚直言道：“还可以吧。”

“盘龙”闻言挑眉，发出浅浅的气音，似乎对楚总的评价不置可否。在他看来，刚才那局的意识和配合都非常出彩，属于难得一见的佳局，不知楚总是故意这么说，还是根本没看懂。

楚楚察觉了“盘龙”的小动作，眨眨眼，看向对方：“你好像不太同意？”

“盘龙”年纪尚小，还略带几分中二期的心高气傲，喜怒都明白地表现在脸上。梁禅虽然知道对方的小毛病，但一时还没空出手扳一扳他，没想到正撞上楚总。

“盘龙”仰起下巴，问道：“您能说说刚才那局哪里不好吗？”

楚楚：“没有哪里不好，只是可以更好。”

“盘龙”颇为笃定：“没人能超越刚才那把的操作。”

楚楚看他态度断然，当即犹如幼儿园爱炫耀的小朋友，傲慢地道：“我未婚夫就行。”

盘龙：这又不是你的游戏水平，怎么你比当事人还嘚瑟？

“盘龙”原本看上去骄傲自满，但在楚楚飞扬跋扈的态度衬托下，气势瞬间矮了一截。其他人听到楚总简单粗暴的回答，顿时发生兴奋的起哄声：“哦哦哦——”

周围人顿时唯恐天下不乱，出言挑唆起来。

“‘盘龙’别㞞，单挑一把！”

“说不定你就屠神了！”

VIR名声在外，职业选手无人不知，但张嘉年毕竟是远古大神，大家都没看过他现在的水平。梁禅看着振奋激动的小孩们，调侃道：“张总助，秀一局？”

楚楚像个狐假虎威的小朋友，围着张嘉年直打转，掷地有声地道：“必须把他秀到自闭！”

张嘉年哭笑不得，莫名其妙地被众人推到电脑前，看向犹豫不决的“盘龙”，语气和缓：“如果你愿意，可以试一试。”

“盘龙”颇有点骑虎难下，谁料到楚总不按套路出牌，让她提问题，她居然搬救兵。“盘龙”思索良久，心想VIR的神话已有十年，张嘉年现在绝对是退役的年纪，或许水平早就今时不如往日，索性咬咬牙道：“好，那就试试。”

电竞选手一般在二十五岁左右会开始退役，大龄选手可谓凤毛麟角，毕竟人的反应能力黄金期就那么几年。张嘉年不但年龄渐长，同时又缺乏专业封闭的游戏训练，再想跟上如今的职业选手应当不容易。

张嘉年和“盘龙”最后选择的是1v1（1对1）模式，两人的职业都是游侠，算是拿出最强水平对决。

游戏开局前，张嘉年突然问道：“你的心理评估结果好吗？”

“盘龙”有点茫然：“挺正常？”

张嘉年点点头，轻松道：“那就好，既然老板发话，我可不能让你。”

“盘龙”毕竟是战队的主力游侠，虽然楚楚的要求是秀到令“盘龙”自闭，但张嘉年显然不能真将他打到自闭，那以后队伍没法带，战队游侠会留下心理阴影。

其他人听到这略显宠溺的措辞，心里皆不是滋味，偷偷地打量楚总，发出单身狗的啧啧感慨。有人叫道：“‘盘龙’，不蒸馒头争口气，这局必须赢！”

单身狗：绝不让情侣狗有秀优越的机会，我们要赶尽杀绝！

“盘龙”听到张嘉年风轻云淡的口气，心里顿时有点情绪，开局便发起猛攻。他想靠灵活的走位重击张嘉年，却反被对方秀了一脸，不断被消磨血量，难免有些心浮气躁。游戏就是这样，沉稳的心态最重要，一旦心态崩了，操作立马失控。

楚楚看张嘉年游刃有余地移动鼠标，他全神贯注地投入到游戏里，她竟有点挪不开眼。他的专注不像往日工作时的态度，那是沉浸其中、享受乐趣的感觉，像是最精湛的艺术家在随心所欲地完成作品。

其实她在屋外时，便发现他眼中隐隐的渴望与羡慕，他渴望再次走到顶点，他羡慕如今的职业选手有更好的条件和环境。即使他心里已经释然，但那好歹曾是他深埋在心底的梦。

这局游戏的节奏很快，没过多久便分出胜负，其他选手看着大屏幕上VIR的惊人操作，不是吓得合不拢嘴，便是不停地大喊“酷”。“盘龙”无疑是受刺激最大的人，怅然地松开鼠标，竟然第一回对自己产生怀疑，自己真适合游侠吗？

张嘉年全局的操作只能用“秀绝人寰”来形容，将该职业的优势淋漓尽致地表现出来。

“盘龙”回想着两人的对战，居然悲从中来，控制不住地哭了。

“盘龙”一改平时的高傲，脆弱地趴在桌子上抹泪，哽咽道：“呜，我这辈子都打不出这样的水平……”

楚总说得没错，他自以为没人能做到，其实只不过是坐井观天、一叶障目。

众人：小老弟你哪位，快把我们嚣张中二的游侠队友还回来，他怎么还突然哭成奶狗了？

张嘉年看“盘龙”失控有点慌，他算是《赢战》老玩家，玩过1v1次数也算多，但真是头一次把人打哭了……

张嘉年：不是说好心灵评估很正常？难道是由于年纪小？

众人围着“盘龙”上前安慰，然而半点不见成效，致使张嘉年更为自责。

始作俑者楚楚看"盘龙"哭成泪人，宽慰道："哎呀，这辈子打不出就算啦，稍微想开一点，实在不行你跟我竞争上岗饮水机管理员嘛。"

众人：您确定这是安慰？不是反手再插一刀？

楚楚举出自身例子，语重心长地道："有什么可哭的，你看我打游戏的水平一塌糊涂，不照样还是能投资电竞战队、随意指点比赛？不就是输了局比赛，哪至于天崩地裂？"

张嘉年：等等，你怎么越劝越奇怪？

"盘龙"听到楚楚的话，却意外地止住啜泣，瓮声瓮气道："那我该怎么办呢？"

楚楚拍了拍他的肩膀，鼓励道："你先好好打电竞赚钱，攒够钱便开公司创业，成功后就能做身价最贵的饮水机管理员，说不定还能聘VIR级别的大神做副总！这不是很励志？我相信你可以的！"

梁禅都有点看不下去，为难道："楚总，这有点离谱啊……"毕竟"盘龙"可没有楚楚投胎就获得"无限金币"技能的幸运值，又没有张嘉年的投资敏锐度，这不是开玩笑吗？

"盘龙"若有所思地看着楚楚，恍然大悟道："您说得有道理！"

梁禅："嗯？"

尽管所有人都觉得楚总的规劝太牵强，但"盘龙"竟然被说服了！

这不能怪"盘龙"，如果他不接受楚总的开解，便要接受自己终身无法达到VIR水平的残酷现实。

既然他已经深刻地意识到差距，当然只能靠其他办法弥补不足。多年后，"盘龙"真的开创了自己的电竞战队，荣幸地成为饮水机管理员，并感恩楚总当初的主意。当然，这都是后话，暂且不提。

张嘉年和"盘龙"的1v1比赛活跃了现场的气氛，接下来便是更大的难题，电竞战队叫什么。

梁禅邀请两人今日过来，就是想商议此事，现在战队连名字都没有，实在很难组织管理。楚楚可以不管战队训练，但起码得决定名字。她在梁禅草拟的队名中看了一圈，却一时没发现合适的。

楚楚思考片刻，认真地询问张嘉年："如果战队名叫VIR，你可以接受吗？"

楚楚很明白，现在再让张嘉年做职业选手，无异于痴人说梦。人生每个阶段的心境都有所不同，有时一旦错过，不管以后如何补救，感觉总归是变了。

“你没有继续下去的，由他们接着来完成。”

但她希望他的梦想能以另一种形式延续下去，用其他方式被人铭记。

张嘉年微微一愣，她像是看穿了自己心底的秘密，终于补齐年少的旧梦。

他没有多加犹豫，笑着应道：“好。”

两人露出默契的笑容，像是无声地达成某种一致，露出释怀而轻松的神情。

惨遭情侣“酸臭味”熏陶的梁禅望着两人，完全插不进嘴。

梁禅：我不该在桌边，我应该在桌底。

既然张嘉年愿意将自己的游戏名作为战队名，梁禅自然没有任何意见。毕竟VIR就像是《赢战》的民间IP，曾经带来无数热度，象征着玩家们某种特别的回忆。战队可以让VIR的名字延续下去，也算是佳话一桩。

张嘉年想了想，补充道：“梁总也要征求下大家的意见，不知道他们能不能接受。”

虽然楚楚等人是决策层，但未来真正为战队效力的是职业选手们。如果有人无法接受战队被冠以VIR的名字，张嘉年自然不会勉强，会重新考虑取名问题。

梁禅明白张嘉年的顾虑，索性立马过去询问隔壁职业选手们的意见。大家非但没有反对，而且相当喜出望外，四舍五入他们也是有神格的选手！

小茶感慨道：“那以后我岂不就是‘VIR-小茶’？要是打输会不会给大神丢脸？”

楚楚本来是提议者，闻言顿时醒悟，当即面露迟疑：“不然换个名字吧……”

楚楚：差点忘了这个队很弱，万一以后输掉岂不是丢张嘉年的脸？

众人眼看楚总要反悔，立刻哀求道：“楚总，我们不会输的！”

“叫这个战队名肯定不会输，光气势就占一大半！”

选手们围着楚楚和梁禅打转，生怕他们改变主意。“盘龙”站在队伍外，颇有点融入不进去，作为刚刚被VIR打哭的男孩，如今的心情微妙而复杂。

张嘉年注意到“盘龙”的神色，干脆悄悄地将其叫到一边，把刚才在会议室内写完的纸张给他，温和地道：“这个给你。”

那张普通的A4纸上是密密麻麻的文字内容，字体刚正有力、极有风骨，按顺序整齐地列出各类细节，工整地写满正反两面。

“盘龙”独自面对张嘉年，刚开始还有些惴惴，等他看清纸上的内容，不由得大为惊讶，眼中绽放闪亮的光彩：“这是……”

“我过去对游侠职业的一些总结，但近期的更新内容可能没有。”张嘉年心平气和地解释，“你是目前战队中唯一的游侠，应该会需要。”

张嘉年没有说破的是，“盘龙”现在的游侠走位及打法其实是在模仿早期的自己，所以他反杀“盘龙”轻而易举，毕竟谁能比他更了解自己的打法呢?

如果刚才换个职业1v1，张嘉年可能还会有些压力，不敢将话说得太满。然而，游侠是他的本命职业，其技能及数据恨不得精准地刻在他的脑海里，那是经历无数次对战和视频复盘后留下的下意识反应，不管多久他都没法遗忘。

“盘龙”看着眼前写满字的A4纸如获至宝，同时感受到学霸的可怕，玩游戏都能写出引经据典的数据流小论文，果然每个人的成功都不是偶然!

“盘龙”狂喜过后，脸上又浮现一丝不好意思：“但我可以拿吗……”

如果张嘉年愿意将技巧及数据公布在网上，估计可以让无数游侠玩家乐疯，或许有人愿意重金收购都说不定。现在大神无偿赠予自己经验小作文，礼物实在太重，“盘龙”顿时有点不敢收。

张嘉年鼓励道：“你的游侠打得很好，说不定未来能将我现有的内容完善得更好。”

“盘龙”颇为沮丧地低头，又想起伤心事：“我可能一辈子都超越不了您……”

张嘉年笑笑：“怎么会？我现在的反应能力没你们强，如果打时间太长的局，精力就跟不上了。你以后的路还很长，你肯定会超越我的。”

张嘉年没说假话，他偶尔玩一两局还可以，但如果长时间连续作战，便不敌职业选手，容易出现操作失误。现在年轻的职业选手可以连打一整天，甚至不吃不喝地熬夜，张嘉年却早已吃不消。

“盘龙”听到此话，难得地露出了腼腆而别扭的表情，郑重地道：“谢谢您。”

“盘龙”鼓起勇气，望向张嘉年，敞开心扉道：“其实我以前看过您很多视频……”还经常模仿练习。

楚楚：“你们在聊什么，好像很开心？”

“盘龙”吓了一跳。

楚楚突然冒出来，注意到“盘龙”手中的A4纸，总觉得莫名地眼熟：“这是什么？”

“盘龙”感到一丝不妙，弱弱地道：“张总助刚才给我……”

“好的，没收。”楚楚眨眨眼，伸手从无法反抗的“盘龙”手中取过A4纸，递给梁禅，“请帮我复印一份。”

楚楚很快便拿到复印完的手稿，将复印版重新递给“盘龙”，镇定地道：“你拿这份。”她说完，便默默将手稿真迹收好，完全忽视了“盘龙”哀怨的眼神。

张嘉年：“……”

“盘龙”望着楚总的强盗行为敢怒不敢言，只能闷闷地哼唧两声，强忍心中辛酸的泪水。他看了看复印版手稿，才算稍感安慰，好歹内容都还在。

“盘龙”：曾经有份真迹手稿摆在我面前却不知珍惜，转眼便是竹篮打水一场空！

张嘉年看不下去小孩被欺负，表情颇为微妙，询问楚楚：“你拿这个做什么？”

楚楚理直气壮：“我有收集癖，不行吗？”

张嘉年微赧：“你都在收集什么……”

楚楚振振有词：“粉丝收集偶像周边，凡是沾边的通通都要拿，没看隔壁的粉丝都能把广告人形立牌搬走了？”

梁禅跟楚楚相熟，知道她没架子，不由得调侃道：“您作为VIR的粉丝，连游戏都不懂可不行吧？”

楚楚：“我是颜粉，又不是事业粉。”

张嘉年：我没有如此厚颜无耻的粉丝。

楚楚等人检查完战队训练，又敲定了战队名字，便是最后的团建环节。梁禅预订了一家知名的豪华餐厅，由楚楚出资邀请众人一同聚餐。新鲜出炉的VIR战队一行人跟高管们举杯而饮，未成年选手喝果汁，成年选手喝酒，气氛倒是相当热闹。

张嘉年本来考虑到开车不想喝酒，但他过去的游戏身份，让无数钦佩向往的选手上前敬酒，导致他很快便招架不住。选手们的人数摆在那里，有的端着真酒，有的以果汁代酒，再加上梁禅等光界成员时不时怂恿，大家竟将张总助灌得有点上头。

楚楚刚开始还没察觉，毕竟在她看来，张嘉年喝得不多，但他很快脸色潮红、反应迟钝，整个人陷入晕晕乎乎的死机状态，任谁都感觉不对。

楚楚轻轻地碰了碰他滚烫的脸颊，小声道：“醉了？”

张嘉年的眼神清亮柔和，他乖乖地盯着她不说话，看上去有种莫名的呆萌感。

梁禅也有点惊讶，看了眼酒瓶：“张总助没喝多少吧？”天地良心，今天大家喝的都是红酒，按道理不易醉？

楚楚仔细回想一番，似乎真没见过张嘉年喝酒，上次在同学聚会他也几乎滴酒不沾，估计本身的酒精抗性非常弱。如果细究张总助的人设，酗酒特性显然跟他绝缘，那么他醉酒便理所当然。

好在喝醉的张嘉年并不撒酒疯，酒品非常之好，只是安静乖巧地待在楚楚身旁，像是开启跟随模式的人形宠物。

聚餐差不多快结束了，梁禅见张嘉年还没回神，问道：“楚总，您一会儿怎么走？”

楚楚：“我叫司机过来给我们代驾，你安排小孩儿们回去就行。”

梁禅点点头，带着VIR战队的选手们跟楚楚告别，率先离开餐厅。楚楚和张嘉年留在包间中，等待救场的司机抵达。楚楚见张嘉年眼神蒙眬，随手叉起一块水果，问道：“吃吗？”

张嘉年眨眨眼，乖乖地就着她的手吃掉。

楚楚见状，又伸出手，试探道：“抱抱？”

张嘉年眨眨眼，又乖乖地伸出双臂抱抱。

楚楚感慨道：“不行，你太乖会惹我犯罪的。”

醉酒的张嘉年大脑混沌，似乎并不太明白，只用湿润和温和的眼神注视着她，像是听话的友好大狗狗。那感觉似乎是楚楚一说握手，他就会立刻无声地伸手。

许久未上岗的司机专业而准时，很快就将楚楚和张嘉年送回燕晗居。楚楚没太费力气，就将张嘉年扶进屋里，安排他躺在床上。张嘉年不吵也不闹，全程配合她的指示，靠在床边，用满含醉意的眸子盯着她。

楚楚面对晕乎乎的可爱的张嘉年，先给他冲了一杯蜂蜜水喂下，随即又开始了愉悦的游戏环节。她伸出两根手指，问道：“这是几？”

张嘉年歪头看她，像是陷入沉思，半晌不说话，似乎在认真考虑。

楚楚厚颜无耻地偷袭亲了他两下，得意道：“这是二。”

张嘉年被亲也不反抗，任人摆布的模样立刻激发了楚楚心底为所欲为的欲望。

她伸手去解他的衬衣扣子，颇含私心地道：“给你换成睡衣，早点休息吧。”

如果是往日从头武装到脚的张总助，此时绝不会同意她的小动作，但他现在却乖巧地伸手，像是任人打扮的小木偶。楚楚望着对方露出的漂亮锁骨和胸膛，心虚地将视线往别处一飘，又控制不住地偷偷往回瞄。

说实话，“理论巨人小司机”楚楚在实操上有点㞞，但此时却冒出无尽的勇气，谁让喝醉的张嘉年看上去太好吃了！

而且他完全没有杀伤力，她似乎想做什么都可以！

他抬头换衣服的时候，她甚至能看到微微滚动的喉结和流畅的脖颈曲线，绝对引人犯罪。

楚楚色向胆边生，终于控制不住地将其摁倒，似有若无的吻落下，如愿地听到对方回馈压抑而低沉的喘息声。他并没有反抗，只是茫然而迷离地望着她，这种神情立刻鼓励她继续作恶。

荷尔蒙很快将两人拽入深渊，没过多久她便看着他清澈的眼眸染上快意与沉沦。他的吻夹杂着蜂蜜的甜味，引诱她进行更深的探索。她用手指感受对方每一寸灼热的体温，恶作剧般玩弄着经过之处，故意坏心眼地想看他臣服、皱眉。

然而，楚楚并没得意太久就被摁倒制服。

没错，她完全没法翻身地被摁倒，然后一败涂地。

第二天，楚楚感觉自己浑身像是被车轧过，想起昨天的耻辱之战，心中有一万句脏话想说。她满脸麻木地窝在被子里上网，在搜索框里输入“男人酒后是否有能力乱性”，想要考证自己有没有被套路。

网上众说纷纭，什么答案都有，更让楚楚脑袋里宛如一团糨糊。

她不由得痛心疾首地感慨：果然漂亮无害的东西都有毒！

楚楚对自己的败绩进行反思，头一次认识到锻炼身体的重要性，甚至开始考虑要不要报武术班，否则在床上搏斗时完全没优势。世事无常，祸不单行，她在战败后的清晨居然还发现自己来了例假，如今只能窝囊地缩在被子里上网冲浪，浏览跆拳道、泰拳等教学课程。

“起来吃点东西。”张嘉年从厨房出来，将冒着热气的汤碗端进屋里，望着躺在床上的楚楚，温和地开口。他的状态看上去比楚楚要好不少，褪去昨日的醉酒之态，恢复了平常的样子。

楚楚见状，想起自己昨夜的失败，更是气不打一处来：“哼。”

张嘉年误以为她是身体难受，诱哄道：“趁热喝掉，肚子就不疼了。”

张嘉年还不知楚楚暗地里在搜索武术课程，妄图将自己摁在地上打的事情，小心地将生姜红糖鸡蛋放到床头。楚楚用注视敌人的微妙眼神瞪他，感受到红糖水扑面的袅袅热气，但别扭地不肯动手，颇有骨气地缩成一团。

张嘉年好脾气地拿起汤勺，提议道：“我喂你？”

楚楚眼珠一转，想想好像不吃亏，勉强答应道："好吧。"

微烫的红糖水喝下肚，只留下甜甜的余味，让楚楚隐痛的腹部感到一丝熨帖。张嘉年看她无精打采地靠着枕头，继续嘘寒问暖："还是很难受？"

楚楚摇摇头。

张嘉年试探道："给你拿个暖宝宝？"

刚刚喝完糖水的楚楚很有原则地开口："休想用糖衣炮弹击垮我。"

张嘉年哭笑不得："哪里有炮弹？"

楚楚当即兴师问罪，愤愤道："你装醉，你赖皮！"

张嘉年无可奈何地解释："昨天确实有点晕，但喝完蜂蜜水就好多了……"

楚楚不满地继续指控："你居然还摁住我，不让我起来！"

张嘉年闻言气势略弱，微赧道："可你动得太慢……"

楚楚："什么？！"

张嘉年没有办法，谁让她昨晚一阵瞎撩，实操却一塌糊涂，将他摆弄半天后还要休息片刻，谁能忍受不上不下地卡着？他刚开始还有耐心，任她玩来玩去，后来着实难受得不行，没忍住将其就地正法。

楚楚闻言大受打击，干脆用被子将脸遮住，进入自闭的状态。

张嘉年怕她憋坏自己，想将她从被窝里挖出来，反被对方拍了手。

楚楚愤慨道："你不要管我，让我自闭吧。"

张嘉年面露难色："我能做点什么吗？"

楚楚藏在被子里，瓮声瓮气道："你让我压一回……"

"可以是可以，"张嘉年发现她执着的小情绪，最终心软地答应，又道，"但你现在也不行。"

楚楚目前的身体状况不太合适，她显然不能尝试特殊运动。

楚楚听到"不行"二字瞬间奓毛，宛如尖叫鸡附体，叫道："你才不行——我行的！我可以！"

张嘉年看她像被人踩到尾巴的猫，忙不迭地安慰："好好好，肯定行……"

楚楚："那你要配合我，不能中途反悔！"

张嘉年不敢将话说得太死，音量渐低："我尽量。"

楚楚如今不太信任张嘉年的诚恳态度，万一他下次又扮猪吃老虎怎么办？她觉得为保险起见，还是该下单绳索、手铐等道具。如果她短时间的武术培训效果不佳，那就只能借助外力达成目的。

楚楚：君子报仇，十年不晚，现在暂时卧薪尝胆。

胸怀复仇之志的楚楚最后还是被张嘉年的糖衣炮弹击垮，乖乖贴上暖宝宝，老实地窝在他的怀里，有点困倦地眯眼打盹儿，只觉得浑身乏力。张嘉年安抚地亲了亲她的额角，任由她用凉脚冰自己。他哄着她入眠，感受到触碰她的真实感，像是拥有了全世界。

第十八章　总裁的美满生活

因为盛华支付最近发展很好，市场占有率逐步走高，互联网电商峰会特意邀请楚楚参加。齐盛集团下还有其他参会人员，便是商务集团的罗禾遂，看着此次千载难逢的好机会，下定决心要好好跟小楚董拉近关系，不能再做“落后生”。

罗禾遂看到其他人的状态非常眼热，姚兴、陈祥涛和吕侠都干得风风火火，只有他迟迟等不到小楚董垂青，难免内心焦灼。他发现小楚董今日带的人不多，赶忙客气地迎上来。

楚楚问道：“听说胡董今天也会出面？”

罗禾遂：“是的，您有什么事吗？”

楚楚：“正好找他追债。”

罗禾遂：“……”

胡达庆可是电商起家，算是互联网电商峰会的常驻人员，曾跟楚楚定下十亿赌约。年初的时候，文娱三大家宣布解散，由于《大侠客传》的惨痛成绩和内部长期亏损，帝奇和筑岩都正式退出，不再陪同都庆集团胡闹。

胡达庆当初信誓旦旦地放下豪言，如今却黯然从影视行业退场，灰溜溜地重回老本行，实在有些没面子。他曾经许诺，如果文娱三大家一年内解散，便输给楚楚十亿赌金，等到现在事情成真，他却装死不说话，迟迟没给楚楚打钱。

楚楚没有胡达庆的联系方式，碰到此等老赖行为，只能趁今日当面对质。

罗禾遂汗颜："您要去找胡董要钱？"

楚楚点头："是啊，你要跟我一起吗？"

罗禾遂骑虎难下，他确实想跟小楚董联络下感情，但结伴要债是否过于硬核？他平时经常要跟都庆集团打照面，要是真的闹开，以后工作如何展开？

楚楚见罗禾遂不言，婉言道："你要没空也不强求。"

罗禾遂思来想去，最终硬着头皮跟上，所谓富贵险中求，或许小楚董是靠智慧拿到赌资的？他刚在心里安慰完自己，便眼睁睁地望着小楚董找上休息室的胡达庆，简单利落地向对方要债。

胡达庆看到楚楚过来，神色颇不自然，警惕道："你有什么事？"

胡达庆早就提前得知楚楚出席的消息，一直想对她避而不见。他倒不是由于赌资的事情，而是觉得在小辈面前太失颜面。毕竟他曾在别的会议上发出豪言壮语，如今却被啪啪打脸，实在不愿主动想起伤心事。

此时，楚楚主动上前，胡达庆立马展开警戒模式，怀疑她要落井下石、当面羞辱自己。

楚楚可不了解胡达庆的小心思，诚恳地道："胡董，这年都过完啦，您欠的钱该还了吧。"

胡达庆满脸疑惑，罗禾遂对小楚董的直白发言感到震惊！

她的语气娴熟自然，仿佛真参与过无数次讨债，话术相当专业。

胡达庆满脸诧异，脱口而出："什么钱……"

楚楚见他忘却，微微皱眉，提醒道："十亿赌资。"

胡达庆感到不可思议，辩驳道："那不是玩笑话……"他和楚楚都不是差钱的人，当初不就是在会上争面子，她居然还真的公然要债？

楚楚看他矢口否认，有点不悦，面无表情地盯着胡达庆。

罗禾遂见一时气氛剑拔弩张，赶忙救场，哈哈笑道："胡董，楚董是开玩笑，也是跟您闹着玩呢……"

胡达庆将信将疑，扫过对方的表情，总觉得不像开玩笑。

罗禾遂私下面对小楚董，为难地规劝："不然算了吧……"

楚楚："可他确实欠我钱。"

罗禾遂病急乱投医，信口胡说："这、这……您的赌约进行过公证，或者确实不跟赌博罪沾边吗？"

楚楚闻言却被戳中要害，一时还真不确定是否涉嫌赌博。

罗禾遂看她犹豫了，立刻趁热打铁："您看看，流程不合法，还是算了吧。"楚楚和胡达庆现在进行大宗钱款转账，岂不是坐实赌博，被人抓个正着？

楚楚颇为怅然，但还是决定做合格守法好公民，勉强接受错失十个亿的遗憾。

罗禾遂跟楚楚暗自交流完，还没来得及完全放下心来，便又听对面的胡达庆开口。胡达庆自认为想通其中关节，觉得楚楚是借要债敲打自己，并非真正要钱，当即冷哼道：“我可不会占你便宜，都庆不过是在某个行业失利，还能输得起！”

“直接给钱未免太庸俗，我现在手里有能赚更多的生意，就是不知小楚总敢不敢做？”胡达庆可不会小家子气地转账十亿，在他看来更有价值的是高含金量的新生意。

罗禾遂：“……”

罗禾遂：不是很懂你们这些做老板的，这是上赶着用其他手段洗赌资吗？

胡达庆如此胸有成竹，楚楚也不免好奇对方的生意经。她想了想，试探道：“胡董不会又要邀我做影视？那我可真不敢。”

楚楚发现胡达庆很喜欢搞合作联盟，文娱三大家就是他联合帝奇、筑岩的产物。该不会风水轮流转，他又要拉自己下水？跨界企业家是有点毒性的，楚楚可不想被他带翻船。

“我才不搞影视……”胡达庆像是被人刺中伤心事，当即出言反驳，又不想显得过于恼羞成怒，强作缓和语气，“总不好在小楚总面前班门弄斧。”

虽然这话听上去客气，但看他的脸色还有点不服，他似乎对于文娱三大家的挫败仍耿耿于怀。

楚楚：“那是什么生意？”

胡达庆：“如今跨境电商正是风口，盛华支付要是愿意跟都庆合作，自然是双赢的事情……”

楚楚顿时秒懂，胡达庆嘴上说是偿还赌资，实际上是看到盛华支付背后的商机。盛华支付获得政策的支持，可以逐步在海外多国进行布局。都庆目前是国内最大的电商平台，肯定不会放过潜在的海外市场，如果双方达成合作，竞争力会非常强。

尽管胡达庆在文娱上一窍不通，但对电商的经营能力毋庸置疑，否则当初怎么会有大笔闲钱砸影视？楚楚陷入深思，要是胡达庆有门路，说不定盛华支付也能趁机在海外打开。

罗禾遂看小楚董竟真开始琢磨，不由得满脸疑惑，赶忙提醒道：“其实齐盛也有电商平台……”

潜台词就是，小楚董明明可以考虑齐盛电商，为什么要便宜外人？

罗禾遂遭遇内部排挤已经很惨，没想到自己还会面临外部挖角。胡达庆居然当着自己的面，邀请小楚董一起做海外电商，这不是赤裸裸的挑衅吗？他经营商务集团多年，都还没好意思跟小楚董开口，胡达庆是哪里来的自信？

胡达庆豪气万丈地摆摆手，直接道："嗨，罗董，你们做得又不好，还不让别人跟更优秀的合作？"

胡达庆在自己擅长的领域，向来万分自负。齐盛在电商方面紧追都庆多年，一直是做着万年老二，胡达庆自然没把罗禾遂的抗议放在眼里。齐盛内部的主要营收项都不是电商，可见罗禾遂及商务集团地位的下降。

罗禾遂：我就不该阻止小楚董管你要钱，你就是活该。

楚楚有点心动，又不好一口答应胡达庆，只说还要回去参考内部意见。她和阮玫刚告别胡达庆，罗禾遂立刻过来"上眼药"，语重心长地道："楚总，您要三思呀，都庆跟我们竞争多年……"

楚楚："只是跟你竞争，其实不包括其他人。"都庆不搞科技、房产，还真跟别的董事没关系。

罗禾遂语塞，又道："但大家都是在总集团下……"

楚楚拍拍他，安慰道："没关系，师夷长技以制夷，说不定你能借机逆风翻盘？"

罗禾遂相当焦灼，总觉得小楚董已有决断。他不敢耽误，等峰会结束，立刻向楚彦印汇报此事，希望大楚董能够出手阻拦。

楚彦印听完来龙去脉，反应却跟罗禾遂所预测的大相径庭。他果断道："很好，你的消息很及时，一定要全力促成此事！"

罗禾遂："嗯？"

楚彦印："姓胡的老小子难得有求人的时候，我们也不能太小家子气！"老楚只感到大快人心，胡达庆还有求着要合作的时候，这可是千载难逢的机会。

罗禾遂：总觉得自己彻底被抛弃了……

工作结束后，楚楚的生活有了一点微妙的变化，其中之一就是她开始坚持锻炼。实际上，非说是锻炼也不合适，毕竟没有谁每天在学如何打绳结。

教练看着坐在地上认真打绳的楚总，颇为无奈地道："老板，其实在我老家那边，这是用来套猪的……"

大家不明白好端端的大老板，为何对打绳结有如此大兴趣。他们提议教授楚总简单的搏斗技巧，但对方只是潦草地学了学，没有像玩绳子一样上心。

楚楚望着教练无奈的表情，总不好告诉对方，自己不是要学打架，而是想学妖精打架的技巧。她干咳两声，挥去脑袋里的“黄色废料”，解释道：“我比较爱好和平，学套猪就差不多了。”

教练迟疑道：“可是猪要挣扎起来也不好套。”

在老家深山里，野猪甚至有獠牙，没点力气可干不了套猪的活儿。教练担心误人子弟，教完老板套绳，却没有起到作用，才会说出这话。

楚楚悠闲地道：“没事，我的猪不挣扎。”

教练：“我还没见过不挣扎的猪，是什么品种？”

楚楚：“高学历的猪都这样。”

教练一头雾水。

银达投资内，张嘉年轻轻地打了个喷嚏，还不知自己的新称号。他看了眼时间，看向团队的众人，开口道：“今天先到这里吧，你们也早点回去休息。”

其他人劳累过后，不免大喜过望：“谢谢总助！”

“晚上我会把审过的内容发邮件，大家路上小心。”张嘉年像往常一样嘱咐完细节，便开始收整自己的东西。他看了眼时间，准备回家做饭，楚楚到家时晚饭应该正好。

张嘉年一走，剩下的人难免感慨起来：“公司里唯一的加班独苗终于被楚总拉下水，总助也开始准时下班了……”

张总助过去的工作状态简直是“只要地球不爆炸，全年绝对不放假”。他们虽然跟着张总助能学到很多东西，但适应如此高强度的工作节奏还是很疲惫。如果上司比你还努力能拼，有时候真是无形的压力。

现在则大不一样，张总助是直接跨过新婚状态，快速跨入中年顾家男性的角色，恨不得每天着急下班接小孩做饭，感觉相当居家。

单身男同事看着张嘉年的变化，不由得发出无奈的悲鸣：“公司‘二把手’尚且如此，现代社会真是对男性太残酷，白天要忙，回家还得做饭……”

某女同事冷漠脸：“哦，难道我们女人就活该要做家务？怪不得你单身。”

男同事辩解：“那总归感觉不一样，张总明明混得也不差……”

女同事嗤之以鼻，嘲道：“所以人家是绝美爱情，换你就是柴米油盐酱醋茶。”

男同事：这天是没法聊了。

楚楚和张嘉年的关系等最初的轰炸一过，在公司里的影响也逐渐平息，然而两人的相处模式却让不少人津津乐道。

《老板的假期》里展现得一清二楚，楚总私底下完全是五谷不分的“咸鱼”，只能帮着洗碗打下手，家务大多是张嘉年处理。张总助白天在公司里严谨专业，回家却还贤惠地买菜做饭，此等反差绝对给旁人巨大的冲击，而且当事人对此并不避讳。

张嘉年似乎并不感到丢脸，偶尔有人休息时请教菜谱，也会从善如流地传授，并不介意身上出现“居家”或“贤惠”的标签。当然，公司难免有思想传统的男同事，私下替张嘉年打抱不平，有种“男人工作出色，还要回家受气”的怨怼，但常被女同事群起而攻之。

如果当事人稍微换一换，张嘉年估计要面对不少流言蜚语，毕竟以家世来说，他确实是高攀无误。但银达员工对张总助的工作能力心服口服，又看到他每天工作和家庭两不误，便只剩下深深的敬佩。

尤其对女同事来说，她们简直找到了绝世标杆：只要你努力赚钱如楚总，总会找到十佳对象张总助！张总助每天忙完工作都做家务，其他男人凭什么回家做跷脚大爷？

在此等环境下，即使有人想酸或抱怨两句，也变成政治不正确而不敢开口。张嘉年的民间呼声居然因此莫名走高，稍微减淡几分在众人心中的严厉距离感。

张嘉年对此一无所知，如今很珍惜下班后跟楚楚的相处时间。他按惯例挑好蔬菜，回家烹饪料理，等待楚楚从科技集团回来。

燕晗居内，大门发出轻轻的响动，楚楚蹑手蹑脚地往里走，想尽量不引起张嘉年的注意，没想到被他抓个正着。张嘉年端着炒菜出来，正好看到进屋的熊孩子，神色和缓地道：“吃饭吧。”

楚楚背着手，心虚地应道：“好的……”

张嘉年发现了她手中的盒子，好奇道：“你拿着什么？”

楚楚的视线飘了飘：“没什么。”

张嘉年顾着锅里的饭菜，一时没有多问。楚楚看他转身去厨房，心里松了口气，将装有绳子的小盒放好，准备晚上试验一番。她最近苦学良久，终于到了检验学习成果的时候！

饭后，楚楚兴致勃勃地打开盒子，将绳子取出来。她回忆今天阮玫的教学过程，开始进行复盘，却出师不利。她上课时明明结打得很好，回家做作业却乱七八糟，似乎身边没人指导不行。

楚楚正想给阮玫发消息，忽听背后传来张嘉年的声音：“你在做什么？”

她闻言吓了一跳，顿时汗毛倒立，但面上镇定地道：“做手工。”

“是吗？”张嘉年并未怀疑，抽起一根绳子，见楚楚将其编得凌乱，提议道，“我帮你编吧，你想编成什么样？”

他对楚楚的手残早有认知，虽然不知她要做什么，但还是主动帮熊孩子做手工作业。

这句话犹如天降馅饼，楚楚差点说漏嘴：“套你……套猪的那种就行。”

张嘉年浑然不觉地点点头，对楚楚的小阴谋还一无所知，好脾气地捡起绳子：“我试试。”

楚楚看他全神贯注地投入打结事业中，啧啧道：“高学历就是好啊。”

他不但完全不挣扎，甚至自己主动帮忙打结，搞得她都快不忍心套了！

张嘉年不太明白，索性低头继续完成绳结工作，完美诠释作茧自缚。

他的手很巧，转瞬就在楚楚的指导下将基础工作完成。楚楚满意地看着半成品，眨眨眼道：“好像可以，稍微试验一下？感觉哪天回纪川也用得上？”

张嘉年看她摆弄着绳子，好笑道：“现在去超市找东西给你套？”

他只当她留下了纪川后遗症，热爱囤积一切食物，并且对打猎、捕鱼等活动产生了兴趣。当初，两人还上山摘过野菜，也用细草编织过一些草绳，村里还有人用草网捕鸟。

楚楚：“不用那么麻烦，你帮我示范下就行。”她一边说，一边将绳索往张嘉年的身上比画，看上去兴致勃勃的。

张嘉年感到一丝不对劲，吐槽道：“可你刚才说是套猪的？”

楚楚满脸正气，振振有词：“考验一下你的演技，戏剧学院偶尔还让学生演动物呢！”

张嘉年：可我并不想演猪。

张嘉年还有点犹豫，楚楚立马软磨硬泡起来，围着他打转，拉长调道：“张总，总助——”

她满脸天真无邪，看上去执着地想试试新绳索，让人难以拒绝。张嘉年面露难色，最终还是勉强答应了她不合理的要求，同时为难道：“可我觉得很奇怪。”

楚楚厚颜无耻道：“不奇怪，试一试就能知道哪里编得不好。”

她看张嘉年没再反对，立马按照课程手段上绳，满怀期待地将他的双臂反扣住，接着往腿上捆。张嘉年总觉得她往自己身上套绳的手法过于娴熟，不太像第一次操作，内心有点狐疑，却已被她捆住。

张嘉年看她完成得差不多，试探地挣了挣双臂，理智客观地点评其绳索：“好像挺结实，就是最后系绳的位置有点松，感觉不太能套猪。”

他以学术态度评价完，便开始试着自己解开绳索，却感觉楚楚将打结的端口一捏。她一手握着收尾的地方，一手将早先备好的铁锁一扣，只听清脆的咔嚓声，便将稍显松散的绳索彻底扣住。

张嘉年：“嗯？”

楚楚一本正经地道：“套猪最后都要再上扣，单靠绳索可不行。”教练说过，野猪挣扎起来破坏力很强，一般都要靠绳索和铁锁共同固定住，这才万无一失。

张嘉年：“……”

张嘉年刚想让她将自己解开，便瞅到熊孩子脸上狡黠的坏笑，顿时脑中警铃大作。楚楚对上了他不敢置信的神情，对方眼中满是惨遭欺骗的受伤感，她颇为惭愧地挠挠头，无奈地道：“你这样盯着我，我会很自责。”

张嘉年吐槽：“那你现在就解开。”

楚楚抽出一根布条，笑嘻嘻地道：“眼不见心不烦，还是把你眼睛蒙住吧。”

张嘉年：你准备得还挺齐全？

楚楚显然处心积虑许久，毫不留情地蒙上了张嘉年的眼睛，还将布条打了个漂亮的蝴蝶结。张嘉年即使再傻，此时也明白自己步入了她的陷阱，既好气又好笑地道：“你这都是跟谁学的？”

他由于布条的遮挡丧失视觉，只能听到外界窸窸窣窣的动静，不但没有等到她的答案，反而感觉自己领口的扣子被解开，接触到微凉的空气。黑暗的世界中，人的听觉和感官被无限放大，她似有若无接近的体温和熟悉的清淡香气，进一步刺激到受缚的他。

张嘉年察觉她的动作，终有点恼羞成怒，声音沙哑道：“你解开。”

她扬扬得意的声音从耳边响起，夹杂着得逞的笑声：“解着呢。”

楚楚好不容易得手，怎么可能乖乖放弃。她看着被反绑的诱人的张总助，寻找合适的下手之处，先选择打开往日相当禁欲的衬衫扣子。绳索刚好完美地束缚住他的双臂，然而胸前的位置却没捆太多。

她望着衣衫不整、露着白皙胸膛、脖颈染上潮红的张嘉年，强压流鼻血的冲动，努力抑制自己疯狂上扬的嘴角。

张嘉年没想到她胆大至此，试图自己解开绳索，然而绳结竟然还真有些技巧，上锁后完全没法弄开。他就算有力气，但被绳索的巧劲套住，反而觉得越挣扎越紧。

楚楚看他强抿嘴角，一言不发地想要挣脱，干脆将脸贴到他的颈侧，故意朝他的耳朵里坏心眼地吹气。柔和的吐息慢悠悠地往里钻，只让张嘉年打了个颤，他咬牙道："松开……"

无辜受骗的张总助很快被就地正法。

楚楚结束后有点疲惫，用脸在他的身上蹭来蹭去，哼哼唧唧起来。

楚楚：原来这么累，简直是一周的运动量。

张嘉年同样浑身是汗，但抿了抿唇角，相比楚楚的愉悦，似乎陷入别的忧虑，自责道："我没忍住。"

楚楚骑在他的身上休息："你要是忍住了，我会很丢脸。"

张嘉年："你没戴套。"

楚楚："家里没有。"

张嘉年："有，我买了。"

楚楚没想到他还会暗中做这事，感慨道："你好闷骚。"

张嘉年听到她大大咧咧的回答，简直气不打一处来。他是担心她还没做好心理建设，才特意做好准备。上次事出意外，好在楚楚第二天就来了例假，算是有惊无险。张嘉年犹记她过去对小孩的看法，害怕她还没办法马上接受，才会专程前去采购，怎么就变成闷骚了？

楚楚懒洋洋地瘫在张嘉年的身上，一个劲地用脸蹭他，一动也不想动。

张嘉年："还不松开我？"他被反绑着极为别扭，双臂很难使上力气。

楚楚抱怨道："好累啊，你等我歇歇。"

张嘉年："……"

"咸鱼"楚楚作为刚才的主导者，只觉得心理上的满足感褪去后，身体软绵绵的。她平时运动就要费老命，首次酣战后相当困倦，感觉跟打了一仗一样，不由得嘀咕霸道总裁不好做。

楚楚：好累、好乏、好辛苦。

她最后懒得开锁，索性取出茶几边的剪刀，随手将绳索剪开，放张嘉年自由。

张嘉年感受到绳索被解，自己将绳结扯开，又摘下遮挡视线的布条，入目便看到修长漂亮的双腿和敞开的春色。她窝在沙发上打盹儿，眼皮快要搭上了，像是犯困时慵懒的猫。

她还不怕死地指手画脚，无耻地对受害者要起赖皮："你收拾残局，我好困……”

楚楚实在没心情收拾绳索，现在只想立马躺下睡觉。

张嘉年：“……”

他望着眼前的美景，又想起刚才的新仇旧恨，干脆一言不发地抱着熊孩子往卧室走。

楚楚：“嗯？”

张嘉年：“剩下的一会儿收拾，你先歇着吧。”

然后，楚楚就被收拾一顿，她和客厅的清洁工作都被尽职的张总助负责扫尾。

银达投资小群里，众人在深夜迟迟不见张总助的邮件，难免八卦地交流起来。

“超过两点就可以视为鸽了，君王从此不晚朝。”

“哭了，以前的总助不是这样的。”

“美滋滋，我去睡觉啦，各位同僚晚安！”

“银达的工作节奏终于彻底楚总化，老板不愧是反996先驱，打倒一个是一个，连总助都能反。”

因为大家都不是第一次遭遇此类情况，竟有几分习以为常，互道晚安后便各自休息。果不其然，张嘉年一夜未发邮件，显然是被其他事情绊住了脚。楚总身体力行为众人抢救出下班后的休息时间，简直值得拍手称赞。

好在张总助第二天上班时情绪不错，只是为昨天的失约向众人郑重道歉。楚总则更绝一点，直接消失一天，没有出现在公司。

另一边，对罗禾遂来说，最近是一段悲伤而难熬的日子。大楚董亲自放话让他协助小楚董，促成都庆和齐盛的合作，他的心里很不是滋味。齐盛和都庆在电商方面本来就是竞争者，难免让他的处境有点尴尬。

楚楚接触到的齐盛“老油条”也算多，但发现罗禾遂绝对是其中最丧的，没有之一。他几乎每天都长吁短叹、哀愁不已，直让人觉得他稀疏的头发还要脱落几根。

楚楚：“罗董，您是家里有事吗？”莫非是家里人生病住院，不然为何如此忧心忡忡？

罗禾遂：“唉，没有……”

楚楚：“那您最近怎么提不起劲？”

楚楚由于跟都庆的合作，难免要跟罗禾遂打交道。她觉得齐盛商务的业绩上不去很正常，谁让领导人每天负能量爆表？

罗禾遂闻言，更是悲上心头、几欲落泪，欲言又止道："您说集团以后会不会转移重心，不再主攻商务部分……"

楚楚坦诚道："其实不算转移重心，毕竟现在也没主攻商务。"

罗禾遂听到此话，心上又被怒捅一刀，脸色不由得更差，气质越发颓丧。

楚楚察觉自己失言了，好像进一步刺激到对方的情绪，赶忙补救道："当然话也不能这么说，您还是往长远来看，想开点……"

罗禾遂委屈巴巴，期待地望向她："怎么往长远看？"

楚楚认真地分析："长远来看，齐盛都可能黄掉，齐盛商务黄掉也不算事儿，完全可以想开点嘛。"

罗禾遂：不，我想不开，我自闭了。

楚楚由于赌约之事，给都庆和齐盛搭上跨境电商的桥，但最后的实际合作达成，还是要由胡达庆和楚彦印亲自出面。毕竟楚彦印才是齐盛目前的实际掌舵人，楚楚只是握有科技集团而已。

楚彦印和胡达庆的多年恩怨，在外传得沸沸扬扬。楚楚虽然听说过两人过去的厮杀，但还真没见过他们见面，似乎近几年双方都处于王不见王的状态。

大小楚是一同乘车参会，赴约的路上楚楚难免好奇，八卦道："你们关系怎么样？"

楚彦印坐在后排，鹰眼一眯，气质威严，淡淡地道："商人在商言商，能有什么关系？"这话里话外是将流言蜚语撇得一清二楚，还真有成功企业家的气度。

楚楚见老楚装得像模像样，还没抵达便在车上起范儿，又道："不是说你俩关系不好？"

楚彦印冷笑："哼，你怎么像个无聊记者，尽说些捕风捉影的事情。"

楚彦印对楚楚的言论嗤之以鼻，脸上恨不得写满"我如此有修养的人，哪里会小心眼斤斤计较"，仿佛他跟胡达庆只是普通同行，完全没有相杀多年。

楚楚心道，老楚还真挺忍，不过看他上赶着跟全世界交朋友的虚伪态度，倒不是没有可能。在她看来，楚彦印是她见过最能交友的人物，在商界的朋友摞起来有一打，甚至远超"笑面佛"南董，堪称商界老年交际花。

如果楚彦印愿意参加社区广场舞团队，肯定也是其中的杰出小头目，属于专门组织活动的人物，跟只参赛的张雅芳不一样。

然而，楚彦印在车上牛吹得叭叭响，刚到会场便被啪啪打脸，差点跟胡达庆互怼起来。大小楚跟胡达庆是私下相约，并没有带太多人，他们要事先商议好条件，才会公开宣布合作，今日只是商谈阶段。

会场内没什么外人，胡达庆见楚彦印进屋，悠悠地敬了个礼，吊儿郎当地道：“老东西，你状态不错啊！”

楚彦印立刻嘴角紧抿，义正词严地道：“胡董，请注意你的措辞。”

胡达庆颇为不屑：“嗨，你早些年工地上骂娘时，可不说这话！”都庆和齐盛早年在房地产事业上疯狂掐架，结下不少新仇旧恨，那时候楚彦印可是个暴脾气。

楚彦印满脸冷漠：“人贵有长进，所以胡董多年来只有肚子见长。”他说完，还傲气地挺了挺腰杆，似乎对于自己的身材管理很满意，不像胡达庆大腹便便。

胡达庆嘲道：“还长进呢？你看看齐盛增速什么样，你长哪儿去啦？”

楚彦印也不客气：“刚在文娱上栽跟头的人还有脸开口？都庆董事会都不叫你下台吗？”

胡达庆恼道：“我是靠能力的人，哪像齐盛尽搞家族企业！”

楚彦印反唇相讥：“那你还沦落到找家族企业合作？！”

双方你一言我一语，火药味居然越来越浓，激烈程度让旁边人看得愣神。楚彦印的秘书倒是挺镇定，他跟随老楚多年，像是见过大世面的人，还好心地安慰楚楚：“楚总，您放心，胡董的血压比楚董高，应该是吵不过的。”

楚楚：这场对决最后是以血压决胜负吗？

楚彦印其实早就收敛很多，现在走老谋深算道路，但碰到老对家胡达庆，多年前的暴脾气又被点燃了。他平时只有面对楚楚才会如此暴躁，在外人面前大都很沉稳，却由于老仇人又有重回青春的感觉，快要炸成一朵烟花。

罗禾遂见状竟有点窃喜，万一闹翻岂不就合作失败了？但他还没偷乐太久，便见原本不言的小楚董上前拉架。

楚楚看不下去了，上前想分开如小学生般扭打吵闹的两位大佬，高声道：“别吵啦，别吵啦，这要谁叫得欢就称王，驴早就统治世界了！”

罗禾遂：很好，暗讽两位大佬是驴，不对，是明讽。

老鸡互啄的两人这才分开，胡达庆抖了抖衣服，仍有点不服气：“谁找你合作？我是履行赌约，做讲信用的人！”

楚彦印：“少来这套！我还不懂你那点把戏？！”

楚楚看他们争论不休，不耐烦地皱紧眉头，语重心长地道：“好啦，都是江河日下的老集团，怎么非要五十步笑百步？这很有意思吗？！”

在她看来，齐盛和都庆都有一大堆毛病，如今还不服老地互相讽刺，实在过于幼稚。

楚彦印、胡达庆：“……”

楚楚恨铁不成钢地教育：“不要老是攀比净利润数据，多想想自己为国家做过什么！这都一把年纪的人，怎么还不知担起社会责任，努力回馈奉献？”

楚彦印、胡达庆：你这太平洋警察管得宽啊！

楚楚成功以一己之力拉起全场的仇恨，化解了楚彦印和胡达庆的矛盾。因为两人的愤怒值都被吸引到她的身上，他们一时竟顾不上互掐，转头要朝她开火。

楚楚作为全场血压最稳定的人物，毫无意外地胜出，没有压力地血虐两人。

罗禾遂在旁边看得直瞪眼，对于小楚董吊打双大佬的嘴上功夫甘拜下风。她最后气得两人聊回正事，楚彦印和胡达庆宁肯聊合作，都不愿意搭理她。他们干脆直接谈条件，将楚楚的话当成耳旁风。

楚楚惨遭两人排挤，不免朝罗禾遂感叹：“独孤求败的滋味就是有点寂寞……”

罗禾遂肯定道：“您确实太能说了。”

楚楚由己及人地安抚：“所以罗董也别沮丧，寂寞不代表被排挤，还可能是胜利的味道！”

她算是看出来，罗禾遂最近就如上学时没找到人结伴去厕所的小孩，整天患得患失，需要心理疏导。

罗禾遂：“谢谢您的安慰。”虽然小楚董的行为和言辞如此牵强，但她不要脸的精神好像确实感染和激励了自己？

齐盛和都庆进行跨境电商合作的消息一出，简直引起了轩然大波，让两家的股价都产生了波动。网友们简直惊呼这是“有生之年”系列，掐架许久的两巨头再次相聚，让人难以置信。

齐盛和都庆的双巨头合作，自然是在最强“爸爸”的同意下进行，毕竟跨境电商牵扯到的事情很多，需要强有力的裁判和守护者。双方久违的联手，算是彼此互打一剂强心针，刺激齐盛和都庆都恢复些许生机活力。

尽管两大集团的前景不错，但双方领导人仍对彼此不认同，看上去关系并没有修复。

都庆集团胡董对跨境电商合作如此评价：“我是讲信用的人，不过是履行赌约而已。”

齐盛集团楚董对跨境电商合作如此评价："胡董和小孩子家的玩闹，我也不好阻止。"

银达集团楚董对跨境电商合作如此评价："两个傲娇鬼闹别扭，我不太理解现在的老年人。"

三家对合作有三种说法，简直让外界哭笑不得。

虽然齐盛和都庆的合作是双赢，但楚楚心里还是有点遗憾，这意味着短时间内齐盛不太可能会破产，而她低价收购齐盛的白日梦也破灭了。随着齐盛跟最强"爸爸"的联络加深，它走上肩负社会效益的企业之路，便不会过于轻易地倒下。

纪川镇的事情算是误打误撞，盛华支付是楚楚想抢占市场，跨境电商则将事情推到新高度，让这家老牌企业产生新转向。楚彦印刚开始还气恼于楚楚的大手大脚，但木已成舟，只能顺其自然，却反而因此走上不错的道路。

虽然齐盛还没有在收益上见到成效，但企业的生命力却获得了延长。原书中齐盛集团破灭的直接导火索是老楚去世，导致集团内部溃散，现在有大楚董稳定军心，又有小楚董逐步进入，集团氛围安定不少。

原书女配角丑闻缠身，在经营手段上又相当过激，无法收拢人心，自然没法在父亲去世后把控全局。楚楚虽常一掷千金、闷声干大事，但她做事的主要方向没错，又有张嘉年和楚彦印在背后监督，还没出过什么差错。

至于齐盛内部的溃散，现在当然也不复存在，"老油条"们在惨遭楚楚坑害后，默默地走到一起，都想要远离小楚董。吕侠甚至还萌生了提前退休的念头，主要他跟楚楚打交道比较多，害怕自己哪天气出心梗。

当然，吕侠萌生退休念头，少不了提前敲打吕书一番，将自己毕生的职场经验倾囊传授。

吕侠语重心长地道："我要是真退了，家里就靠你啦。你平时跟小楚董多处处关系，别老让袁本初往她面前晃，反倒让她忘了其他人。"

吕书真诚地提问："叔，难道被小楚董遗忘不是一件好事吗？"

在吕书看来，凡是被小楚董想起来的人都没好下场，不是被话怼死，就是被工作压死。

吕侠想了想自己的经历，一时无言以对："……"

最后，吕侠不耐烦地摆手："算啦，算啦！你看着办吧，你也那么大人了！"小楚董和大楚董感觉不是一类人，或许他的经验根本不适用。

当齐盛集团的一切都进入正轨，张嘉年及团队的努力也有所结果，光界娱乐预计不日在港交所上市，定价为十八港元/股。银达投资在光界娱乐的占股比例极高，跟梁禅等光界核心层拿下大半江山，所以光界一直以来也被看作银达系公司。

燕晗居内，楚楚面对电脑抓耳挠腮，完全憋不出一句话。张嘉年端着水果过来，看到她宛如挤牙膏的状态感到好笑，规劝道："其实你要是觉得困难，可以不用写太多。"

光界娱乐上市，公司领导总要对外发些鼓舞人心的公开信，不是感恩致谢，就是展望未来。梁禅对此类文字工作避之不及，假惺惺地将球踢给楚楚，美其名曰银达持股比例高，必须楚总出手。

楚楚颓丧地道："我简直像是写作文的学生，连八百字都是艰难地在凑……"

张嘉年提议："不用写得太正式，你可以措辞轻松点。"

楚楚："那我就写一句'话不多说，买就行啦'，可以吗？"说到底，他们就是希望大家认可光界娱乐的价格，然后一路红红火火地涨上去。

张嘉年："恐怕不行。"这得是多敷衍的公开信，连半点销售的求生欲都没有。

楚楚长叹一声，苦哈哈地继续打字，窝在沙发里硬憋内容。张嘉年的脑海中不由得晃过往事，他笑道："你把当初对我画的大饼写出来不就可以了。"

楚楚诧异道："什么大饼？许诺人人'太子妃'？"她想了半天，自己什么时候给张嘉年画过大饼？

张嘉年忍不住上前捏她的脸，提醒道："我是说你第一次来我家时讲的话，是谁原来说要让银达的思维模式渗入所有人的生活？"

张嘉年至今对她当天的演讲记忆犹新，那也算是他第一次见识她的嘴上功夫有多厉害。

楚楚似乎陷入了回忆，眨眨眼，弱弱地道："那不是当初怕你辞职，故意稳定军心的话吗？原来你工作那么久也会信哦。"

她觉得张嘉年简直天真得可爱，阅历丰厚还会信资本家老板的鬼话，果然本质善良。现在两人的关系不同那时，她自然没有遮拦，肆无忌惮地重谈往事。

张嘉年："……"

张嘉年看着她欠揍的嘴脸，忍不住又捏了捏她的脸蛋，表示无声的抗议。

楚楚的创作耗费挺长时间，张嘉年处理完公务回到客厅，才发现她竟然窝在沙发上睡着了。他小声唤她回房睡，却见小"咸鱼"已经没有反应，只得伸手提溜着她去卧室，先将其塞进被子里。

张嘉年反身收拾电脑，却在亮起的屏幕上看到楚楚的稿件。她已经完成大半，再稍加润色就是成稿。张嘉年通读完，陷入久久的沉思，帮楚楚改了点错别字，又稍微加了点数据段落，便点击保存。

光界娱乐上市前，楚楚也在微博上发布公开信。

各位光界同僚及游戏大佬们：

明天是特别的一天，光界娱乐将在港交所上市，我们通过长久的奋斗，终于完成阶段目标，这是个值得兴奋的日子（毕竟可以开始进一步赚钱）。

光界娱乐的发展宛如奇迹，岌岌可危的《赢战》通过专业团队的付出与玩家的努力，成为风靡海外的大热游戏。《缥缈山居》《胭脂骨》则带来美轮美奂的幻想世界，为我们所有人搭建现实中无法想象的世界……

过去的一年，我们取得许多非凡的成就，创造出惊人的数据（以下为专人代笔内容）：

…………

我相信光界娱乐是个造梦者，它创造出唤回童心的梦想世界，让我们寻回成长后早已遗忘的乐趣。你曾久经磨难，爬上真理冰川，在外与魔鬼战斗多年，归来却仍是少年……

明天并不是故事的结束，或许是故事新的开始。从寒冰中解封的心火刚刚燃起，鼓舞着跟风车搏斗的堂吉诃德继续向前……

我不是擅长煽情之人，但今天我很骄傲，为曾经参与创造你向往中的世界而骄傲。

明天，让我们共同见证，你我的梦想世界。

（P.S.如果有想要暴富的大佬，建议早点投资买入，以后买爆皮肤不是梦。我能帮大家的机会不多，好不容易有个公开合法的发财办法，机不可失，时不再来。）

楚楚

光界娱乐的上市自然有前期宣传，楚楚的公开信一发，立马登上热搜榜。她洋洋洒洒地写了挺长，如果删去括号里的内容，还真是像模像样的宣传。

金天：“除了括号里的内容，我认为其他全是代写。”

小叶黄油：“列数据那段绝对是VIR代笔，完全不是楚总的文风！”

丸子酱：“括号外像高考作文般积极向上，括号里一键切换微商暴富风，带你发财致富走上人生巅峰。”

ten：“楚总，我当然想投，可是我没钱，不然您先借点？”

邮票范：“感谢您百忙之中抽空敷衍，我们立马安排买入！”

武藤：“我猜括号里的内容是VIR检查完作业后，楚总偷偷加上的。”

不得不说，有网友猜得很准，张嘉年阅读时根本没有括号里的内容，谁想他改完后，熊孩子转头便夹杂私货。好在楚楚括号里的调侃无伤大雅，甚至真的给光界娱乐开了个好头。

光界上市没多久，便迎来涨停，多位大佬进行认购，显然对公司前景极度看好！这其中既有不声不响的南董，也有口是心非的老对头胡达庆。虽然有人曾跟楚楚产生过节儿，但他们在买入认购上却毫不含糊，显然都想捞一把，更彰显了光界的实力。

光界娱乐的强势上涨，一度让众人认为其股价已进入高位，但没多久又会再次创造新高，让晚出手之人后悔不迭。楚楚同样因此身家暴涨，长期的积累终于通过此次机会有所变现，一跃冲进首富榜前十，达到一百八十六亿美金，而且这是除去她握有齐盛股权后的数据。

长久以来，楚楚都没有在首富榜上真正拥有过名字，最多是排在楚彦印之后，统一称为楚氏家族。然而，光界的上市终于迫使外人正视她的成绩，将她和楚彦印分开来看。这个外人看上去离经叛道、敢说敢做的纨绔子弟，好像还真挺能挣钱？

楚家大宅内，楚彦印看着电视上的新闻，难得地露出了欣慰的神情，一时百感交集。

林明珠笑道：“现在放心了吧？”

光界娱乐上市，楚彦印居然搞得比楚楚还紧张，也是让林明珠百思不得其解。她或许只有在辰星影视上市时会紧张，毕竟齐澜可能握有员工股权，算是崽崽的额外收入。

楚彦印掩饰地关掉电视，别扭地道：“说什么呢，跟我又没关系。”

他话是这么说，却又掏出手机，想要看看光界娱乐上市后的新闻评论，延续一下感慨的情绪，不料一刷便看到奇怪的观点。

网友87294：“光界上市就这么猛，等辰星、微眼都上市完，小楚应该就可以翻身做大楚‘爸爸’了吧？不是说好按战力排？”

身家三百多亿美金的楚彦印：你们以为这是打游戏，还按照战力排？

楚彦印突然感到自己的地位岌岌可危，以前还没有如此强烈的感受。现在光界上市，网友们要拿齐盛和银达做对比，他反倒莫名产生了危机感。

楚彦印：必须维护身为父亲的尊严，努力提高集团效益。

光界娱乐上市是件值得开心的事情，楚楚和张嘉年在光界跟梁禅等人庆贺完，还在楚家大宅内接受了新一波的祝福。楚彦印、张雅芳、林明珠和“可怜”齐聚一堂，一家人聚在一起用餐，分享这个喜讯。

张雅芳的心情不错，虽然她搞不明白上市等专业术语，但简单粗暴地明白楚楚等人赚钱了，干脆主动提议做饭，掌控大宅的厨房。没过多久，厨房内便传来浓浓的香气，直把楚楚勾得食指大动，将老楚呛得半死。

楚彦印甚至一度怀疑张雅芳将厨房炸了，不然此等味道怎么会无孔不入？他冒死进入厨房，委婉地规劝：“嘉年吃不了那么辣吧……”

张雅芳作为亲妈，果断地摆摆手：“那他就不吃嘛！”

楚彦印：可我跟张嘉年口味相似，我也要吃饭呀！

他不好意思说破，便再次绕起了弯子：“我家那位可能吃不了……”

林明珠正巧进屋，信誓旦旦地道：“我吃辣还可以。”

楚彦印被人当场揭穿，颇有点气急败坏：“你以前不是说吃辣长痘？！”

林明珠坦诚道：“但闻着还挺香的……”她以前是遵守职业道德，以楚彦印的口味为主，但今天家里来人了，显然有另一套标准。

张雅芳颇为赞同：“下饭更香，待会儿就晓得啦！”

楚彦印被林明珠连撅两次，心生狐疑：总觉得你最近很爱“插刀”，站队有问题？

林明珠相当鸡贼，暗戳戳地补完刀，又柔声细语劝老楚出去吃药，看上去跟往日一样。她如今的立场很明确，每次面对大小楚之争，在鸡毛蒜皮之事上大多合楚楚的意，至于大是大非的问题，那就更是必须全都支持楚楚，严格遵循“谁给钱就给谁投票”原则。

林明珠：不要跟我谈感情，我只是偶像的赚钱机器。

院子里，楚楚和张嘉年正带着精力旺盛的“可怜”瞎跑。“可怜”目前处于发情期，最近总对着自己的玩具耍流氓。它没事还老爱嚎叫几声，哭诉单身狗的悲凉，搅得周围人不得安宁。

“可怜”没跑多远，又哼哼唧唧起来，开始在一边胡乱瞎蹭，还要往张嘉年的身上扑。楚楚见状，赶忙拉开张嘉年，语重心长地规劝道：“小老弟，你怎么回事？光天化日调戏良家妇女？”

“可怜”扑了个空，委屈巴巴：“呜汪……”

良家妇女张嘉年则毫不客气，面无表情地捏了捏口无遮拦小楚总的脸，惩罚她的胡言乱语。

楚楚感慨道：“你们性别一样？它怎么还扑你？”她百思不得其解，“可怜”明明是公狗，难道不该同性相斥？

张嘉年沉吟片刻，试探道：“或许因为你们是姐弟？”毕竟是“楚楚可怜”组合。

楚楚总觉得这话的信息量挺大，还没反应过来，“可怜”又继续哼唧起来。她不由得皱眉，教训道：“行啦，你以为这事很快乐吗？每天还想个没完？”

张嘉年斜她一眼，总觉得这话的信息量也挺大。

“可怜”：“呜汪……”

楚楚伸手摸摸狗头，得意地道：“哎嘿，这事的快乐你想象不到，谁让你还是个孩子？”

张嘉年：“……”

惨遭调侃的愤怒“可怜”：“汪汪汪汪汪！”

楚楚调戏完“可怜”，便跟张嘉年一起带着它往回走，回屋去吃饭。用人早就把饭菜摆上桌，张雅芳今天确实大显厨艺，做得一桌好川菜，有毛血旺、水煮鱼、豆花饭等等，皆色香味俱全。

三个女人的胃口显然都很好，倒是难为了桌上的两名男士，只得在麻辣鲜香中夹缝求生。楚彦印望着满桌菜忧心忡忡，总觉得自从身家下降，在家的地位都发生了变化。

好在楚彦印颇有绅士风度，并没有过多抱怨，但仍改不了领导陋习，刚吃没几筷子，便发言道：“一转眼孩子们都这么大了……”

他还犹记楚楚和张嘉年小豆丁时的模样，殊不知还会有同为一家人的一天。领导发言都很有套路，吃饭绝对不能仅是吃饭。他作为一家之主，必然要借此树立家规，团结家庭成员，鼓舞众人士气。这感觉就像是年夜饭不管多好吃，开动前都要白话两句一样。

张嘉年闻言抬头，脸上也露出怀念的神色。

楚楚则默默扒饭，不发一言。

楚彦印瞟了一眼无动于衷的楚楚，又道：“当年可没想到有今天……”

楚楚继续扒饭，仍不为老楚的忆往昔发言捧场。

楚彦印忍无可忍，提醒道：“有那么好吃吗？”

“好吃，好吃！”楚楚痛快地应完，又赶紧恭敬地道，“楚董，您讲，您讲……”

她这模样像极了齐盛“老油条”们平时的姿态，但话里话外又好像不是一个味儿。

惨遭敷衍的楚董突然无话可说，干脆怒气冲冲地夹了两筷子菜，囫囵吞枣地咽下，吃完却停顿几秒。他咂摸片刻，又回忆了一下滋味，好像确实很好吃。虽然这些菜不像平时的菜肴养生精致，但有一种烟火气。

楚彦印望着桌上言笑晏晏的一家人，又不确定是菜肴味美，还是气氛正酣，致使自己产生了错觉。往常稍显冷寂的大宅如今充满欢声笑语和生活的温馨，这状态不似应酬外人时的刻板严肃，倒让他的心态变得有点柔和。

楚彦印索性也开始默默扒饭，甚至跟楚楚抢菜。

楚楚不满：“你不是不吃辣吗？”

楚彦印理直气壮：“我家的菜，我还吃不得啦？”

父女俩又吵吵闹闹起来，倒引来其他人见怪不怪的笑声。

楚楚啧了一声，没再像往常一样跟老楚斗嘴，反而加快了夹菜的速度。只要她的筷子够快，老楚就抢不过她！

饭后，感到家庭安逸的楚彦印头一次松懈下来，面对身边的楚楚，突然闲聊道：“我是不是现在退休也可以？”

他一辈子奔波奋斗太久，竟难得地产生了休息的念头。他平时一直在集团拼搏还没明显感觉，回家才突然发现自己头发花白，儿女也长大成人、家庭圆满。

楚楚正在捡饭后水果吃，肯定地点头：“可以，这样齐盛就算垮了，别人也赖不到你头上。”

楚彦印硬气地道：“齐盛才不会垮！”

楚楚挑眉，诱哄道：“嗯嗯嗯，不会垮。”她最近习得“老油条”诀窍，总而言之就是别跟老楚倔，说啥都点头，奋力加快对话进度。

楚彦印想了想，又道：“等我有了孙子孙女再退休，到时候也算有事干。”

楚楚：“嗯嗯嗯，你让张嘉年加油生……”

楚彦印面色古怪：“这是嘉年的事吗？”这好像是跟张嘉年有点关系，但他总觉得哪里不对？

楚楚摆手道：“能者多劳，他比我能干，你又信任他，没毛病！”她对张嘉年的业务能力表示高度赞扬，他一定能化腐朽为神奇、化不可能为可能！

“过来照相吧。”

两人正说着，张嘉年恰巧过来叫人，通知两人到照相的地方。因为一家人难得聚齐，便决定在院子里拍张全家福大合照，刚刚将机器架好。

楚彦印看着张嘉年，委以重任地拍拍他的肩：“嘉年，加油吧。”他的退休计划就看张嘉年的进度了。

张嘉年有点疑惑，不知楚彦印在说什么，却还是老实地应道：“好的。”

院子里阳光灿烂，一家人齐聚在一起，用镜头定格下温馨美好的一幕。

这张照片被长久地悬挂在楚家大宅内，甚至见证了新“太子”的出生。

多年后，小小“太子”路仁抱着全家福照片，疑惑地问楚楚：“妈，为什么全家福里没有我？”

楚楚面无表情地道：“因为你是个路人嘛。”

路仁：“……”

路仁：究竟是什么样的父母，才会给小孩起名路人？

楚楚没有说穿，因为全世界最好看的人，是她独一无二的“路人甲”。

番外　我有古代光环

常言道福祸相依，张嘉年最近接到一份新差事，便是担任齐盛国太子侍读一职。太子侍读的职位听上去不够响亮，但绝对是太子身边的近臣，只要太子即位，就能扶摇直上。

按理说，张嘉年背后并无名门望族支撑，不该获得如此有前景的位置，偏偏齐盛国太子性情古怪、玩世不恭。据说，太子撵走的侍读可以从城门北排到城门南，基本无人能在她的身边待三天，此项重任才落到张嘉年的身上。

“嘉年，太子殿下一向顽劣，即使你在银达阁待不下去，也不必放在心上，自有别的好去处……”

张嘉年听着前辈们的苦心开解，有礼地作揖，安抚道：“殿下是齐盛太子，自有容人之心，或许只是外人误传……”

“哪里是误传？你还没听过她的事迹吧！太傅想要教她弹琴，她乱七八糟地弹奏一曲，太傅出言斥责，她却说对牛弹琴不用好曲子，这不就是暗讽太傅是牛？她这话将太傅气得半死！”

“说得是啊，还有上一回下棋，殿下不愿好好对弈，非要搞什么五子棋，太傅竟然真没下过她。据说两人当时大吵一架，殿下还指着太傅的鼻子说他是不是玩不起……”

“没错没错，太子殿下也不肯好好学画画，非要搞什么抽象派艺术，将上好的墨和纸弄得一塌糊涂，让太傅大呼荒唐！”

“……”

张嘉年听着同僚们叽叽喳喳的议论，顿时感到头大如斗，忽然想象不出太子殿下的形象。

张嘉年：这哪是什么太子殿下？这是隔壁家的绝世熊孩子吧。

银达阁，此处正是太子的住处。张嘉年独自站在门外，不知该不该拜访。他得知太子劣迹斑斑的学习事迹后，莫名地感觉自己的未来凶多吉少。

张嘉年原本还在踌躇，却突然闻到焦煳之味，连带院内冒起黑烟，让人看到心里一惊。因为害怕银达阁走水，张嘉年不敢再耽误，匆匆冲进院内，却打眼便瞧见正蹲着烧书的罪魁祸首正是齐盛太子楚楚！

齐盛的女太子身着精致蟒袍，束发却随意不羁，正懒洋洋地望着面前的火堆，随手往里丢着一张张书页。火舌乱舞，书页燃烧，亮光映照进她澄澈的眼眸里，可谓一眼万年。

张嘉年没想到会在此等情况下跟太子碰面，连忙收起一丝慌乱，躬身行礼道："拜见太子殿下。"

齐盛太子倒是相当淡定，看都没看张嘉年一眼，悠然道："你好哦。"

张嘉年见她还在烧书，颇感诧异，刚想要出言制止，又难免心生好奇："您为什么要烧书呢？"

张嘉年仔细一瞧，等看见她烧的是什么书时，已经预感太傅又要大发雷霆，全是太傅编写的教材！

楚楚漫不经心地道："我翻开书一看，满本都写着废话，当然要烧掉……"

张嘉年一愣。

楚楚没听到他应声，颇感无趣地瞥他一眼，撇撇嘴道："算了，又忘了你们听不懂，我想讲相声却连捧哏的都没有！"

张嘉年闻言心中微动，作为新任太子侍读，实在揣摩不透上司的想法，只能好脾气地道："殿下，您还是不要吃人了……我给您做点儿别的吧。"

张嘉年完全不懂太子的脑回路，但现在要想办法制止她烧书，只能从吃人引导到吃别的上去，阻拦她玩火尿炕的熊孩子行为。

楚楚挑眉道："你要做什么吃的？如果不是我想吃的，那我还是待在这儿吧。"

张嘉年："您总要先尝尝。"

片刻后，楚楚望着香气扑鼻、卖相极佳的水煮鱼几欲落泪，夹起一筷子鲜嫩美味的鱼片，恨不得将舌头都吞下去，连连赞道："太香了，太香了，你来我这里上班吧，你原来在哪里工作啊？"

张嘉年："卑职乃太子侍读张嘉年，见过太子殿下……"

楚楚："哦、哦、哦，你就是新来的侍读，不要做什么太子侍读啦，来做太子侍厨吧！我们一起开心地吃饭，每天瞎读什么书啊！"

张嘉年："……"这可真是清晰脱俗的逃学理由呢。

张嘉年依靠水煮鱼成功拿下新领导，楚楚一边欢快地吃鱼，一边好奇地发问："你们不是说'君子远庖厨'吗，那你怎么还会做饭呢？"

张嘉年一愣，张了张口，还没来得及作答，太子殿下便抢先发言。

楚楚似乎唯恐张嘉年在自己的提醒下想起此事，今后再也不做水煮鱼，忙不迭地补救道："没事，你不是君子也没事，我就喜欢会做饭的小人！"

张嘉年："太子殿下谬赞。"他竟不知道太子这是在夸他还是在骂他。

张嘉年靠厨艺成功地接近新任上司，发现太子殿下跟传闻中的略有不同。尽管她性格乖戾、能言善辩，但还算讲道理，而且有向学之心，并不是不学无术的人。

张嘉年疑惑地问道："殿下，您既然有向学之心，为什么还要屡屡惹太傅发怒？"

楚楚懒洋洋地道："他教我的东西又没用，一天到晚搞些花里胡哨的糊弄我，不就是觉得女太子不靠谱？真当我看不出来他的小九九！"

张嘉年哑然，不料她看着没个正形儿，实际上却心思通透。众臣对齐盛女太子的存在颇有争议，楚楚是齐盛史上首位女太子，面对的压力自然不会小。太傅总教她琴棋书画，却不肯拿出真功夫，自然让她感到自己被怠慢了。

张嘉年好言相劝："您为何不直言想学的东西？好好地跟太傅交流。"

楚楚迟疑地望他一眼，小声嘀咕道："能行吗？"

张嘉年见她动摇，双眸明亮如水，露出温和的笑意，安抚道："自然能行，殿下乃齐盛太子，您提出的要求都不会被拒绝。"

楚楚闻言一愣，望着张嘉年沉默片刻，猛地凑近对方，仔细地打量他的五官。张嘉年感觉她温热的吐息轻轻扫过自己的脸颊，顿时错愕地微微睁大眼，下意识地向后退两步，太子殿下却再次逼近。

"殿下……"张嘉年感觉自己都被逼到靠墙、退无可退，而她毫无瑕疵的白皙面孔近在咫尺，终于无奈地出声制止，不知太子想要做什么。她就犹如一只捕猎的猫，双眼熠熠生辉，将猎物逼到绝路。

楚楚将张嘉年上下打量一番，露出漫不经心的笑容，语调悠长地道："你长得还挺好看嘛！"

张嘉年："嗯？"

楚楚歪了歪头，又观赏片刻，再次道："确实很好看。"

张嘉年原本头脑发蒙，此时撞上她玩味的眼神，耳根噌地泛起红意，面上却强作镇定地道："太子殿下谬赞。"

张嘉年：我被新领导夸奖了长相，这究竟是福是祸？

好在楚楚没有继续逼近，用看艺术品的目光欣赏完张嘉年，又乖乖地退回去，让人摸不透她的想法。

楚楚听取张嘉年的建议，向太傅吕侠提出想要学习治国之道，谁料吕侠却不吃这一套。吕侠曾跟随皇帝陛下打下江山，厉声训斥道："殿下无心向学，连区区算学都弄不明白，还想学治国之道？！"

楚楚："我为什么要精通算学？太子需要组织、管理人才，这归根到底是管理岗，底下的人自会帮我算数，我只要能管理他们就行啊！"

吕侠怒道："荒谬！您又开始胡搅蛮缠，我看是有人故意挑唆……"

吕侠的视线扫过张嘉年，他慢慢走向对方，同时伸出戒尺："你就是新任太子侍读张嘉年？"

张嘉年作为太子侍读，主要工作就是在课堂上替太子挨打，不卑不亢地应道："正是在下。"

楚楚眼见吕侠要提戒尺打人，顿时坐不住了，不满地道："你敢罚他！"

吕侠："他不过是区区太子侍读，我身为太傅，有何不敢？"

张嘉年心平气和地道："殿下少安毋躁，太傅自有理由罚我。"

吕侠用戒尺狠狠地打张嘉年的手心，张嘉年隐忍地一声不吭，倒是楚楚气得不行。她恨不得手撕太傅吕侠，跟对方大战一场，掐得天翻地覆。

张嘉年挨罚结束，拦住暴跳如雷的奓毛太子猫，顺势一把抽回太傅的戒尺，沉着地道："既然太傅已经罚完，接下来就该轮到殿下罚太傅。"

吕侠："什么？"

张嘉年将戒尺递给楚楚，波澜不惊地道："您作为太傅，自有理罚我区区太子侍读，殿下作为太子，自有理罚您区区太子太傅。"

吕侠难以置信地道："荒谬……"

张嘉年："殿下有心研习治国之道，却被您贬得一无是处。殿下有容人之量，但国有国法、家有家规，该有的惩戒不能少……倘若您觉得无理，不如我们让陛下评说一二，看看殿下想学治国之道，何错之有？"

张嘉年心知群臣在外抹黑楚楚的形象，才会搞得她的风评不好，只有靠道理击败太傅，用大帽子将对方砸死，此事才能引发皇帝的重视。虽然皇帝钦点楚楚为女太子，但在他看不到的角落里，仍有人在故意刁难楚楚。

吕侠哑口无言，当然不想闹到皇帝面前去，但让他平白地挨太子的打，他又心里不爽。

楚楚已经兴奋地提起戒尺，露出邪恶的微笑：“好啦，现在轮到我了！”

吕侠：“……”

楚楚猛抽吕侠一顿，简直神清气爽，将吕侠折腾得拂袖而去。太傅离开后，她又连忙凑到张嘉年的身边，关切地检查他的手，担忧地道：“你没事吧？”

张嘉年笑道：“您不用忧心，太子侍读本就是替您挨罚的，这都是不碍事的小伤。”

楚楚思考片刻，又为难地道：“这怎么好意思？不然我给你换一份工作吧，你还能待在我身边，但也不会被他打。”

张嘉年诧异地提醒：“我的职位是由陛下任命的，您目前应该不能重新任命……”

楚楚：“怎么不能重新任命？你改行来做太子妃吧，我给他一百个胆，他都不敢再打你啦！”

张嘉年彻底蒙了。这岗位调动得有点儿奇怪？

楚楚兴致勃勃地道：“太子妃的工资肯定比太子侍读高，我保证待遇比你现在好！”

张嘉年满脸通红，磕磕巴巴地道：“太、太子殿下谬赞，卑职觉得还是太子侍读比较合适……”

张嘉年：没人告诉我这份工作中还有隐藏业务啊？

楚楚一本正经地道：“那你要是觉得太子妃不合适，我们就一步一步来，先给你换个跟太子侍读差不多的职务？”

张嘉年长松一口气，心想反正别是太子妃就行，忙不迭地道：“这也未尝不是办法。”

楚楚：“那你就先从‘太子侍寝’做起吧！”

张嘉年：“……”

多年后，张嘉年万万没有想到，他原本是陪太子读书，却莫名其妙地陪到了榻上。他开局明明走的是忠臣清流的路线，怎么最后就走上了以色侍君上位的路线呢？